國文課沒教的事3

語文力向上

劉炯朗 著

自序

終身學習是最美妙不過的一回事，想學什麼，就學什麼。這本書蒐集了我在讀中文、英文、白話文、古文，甚至唱民謠、流行曲的時候，學到的一些東西，正如我在這本書第五章開頭引用的莎士比亞的話說：「這些都只不過是語言文字的盛宴上，偷來的剩菜殘羹。」但是對我這一個站在文學殿堂外面要飯的叫化子來說，卻也真是美味珍饈，也因此想要和讀者們來分享。

這本書也可以看成我個人的讀書筆記，好讓讀者們知道一點我讀書的態度和習慣：愈扯愈遠、囉囉嗦嗦、打破砂鍋問到底。（在這裡想問問讀者是否知道這句成語的出處？）書本裡頭，有趣的東西實在太多了，用心去讀，雖然每個人得到的東西不一樣，但是入了寶山，絕不會空手而回。

我的書的內容往往都是一個大雜燴，絕對不是一本參考書、教科書，也稱不上像巴黎、紐約和臺北（三個我最喜歡的城市）完整的觀光地圖，也許就像是在這些美不勝收的地方中，偷聽到路人甲講的幾句話、跳蚤市場裡頭買到的一個小古董，或者路邊攤吃到的幾道小吃吧！

目錄

第一章

精鍊幽默的語文

折衝樽俎的外交辭令

有一次偶遇美國哥倫比亞大學（Columbia University in the City of New York）一位負責公共事務的女士，她說：「哥倫比亞大學有很多傑出的中國畢業生，其中之一是顧維鈞。」其實哥倫比亞大學有個傑出校友排行榜，其中三位是中國人，分別是：顧維鈞、胡適和吳健雄。

顧維鈞十七歲到美國留學，二十五歲在哥倫比亞大學獲得國際法博士學位，回到中國馬上嶄露頭角，在袁世凱的總統府裡擔任英文祕書和翻譯，三年之後被派到美國擔任中國駐美公使，是當時在華盛頓外交圈中最年輕的一位大使。顧維鈞年少英俊，當時和梅蘭芳、汪精衛並稱為中國三大美男子，而且說得一口漂亮流利的英文。

外交官的風趣談吐

第一次世界大戰結束，顧維鈞代表中國參加一九一九年巴黎和會，傑出的口才讓他在國際舞臺上聲譽鵲起。一九二〇年代，大多數的美國人對中國人的了解甚少，刻板的印象是他們開餐館、洗衣店和當建造鐵路的苦力。有次在華盛頓的午餐會上，顧維鈞坐在一位漂亮女士旁邊，她不知道怎樣和顧維鈞交談，第一道菜色是湯品，喝完湯之後，她終於開口講話。她禮貌地問顧維鈞喜歡這道湯嗎？但是她先入為主地假設顧維鈞只會講破爛的英文，就是所謂 pidgin English；（註）所以她慢吞吞地問：

Likee soupee?（喜歡湯嗎？）顧維鈞微笑點點頭，沒有回話。吃完中飯才是餐宴的重頭戲，顧維鈞是那天午餐會的主講人，當他用標準、流利、優美的英文發表演講後，在掌聲中回到座位上，他慢吞吞地問那位女士：Likee speechie?（喜歡這篇演講嗎？）還有一個在華盛頓國際舞會上的故事：顧維鈞和美國小姐共舞，她問：「請問您喜歡中國小姐呢？還是喜歡美國小姐？」顧維鈞面帶笑容地回答：「凡是喜歡我的小姐，我都喜歡她。」面面俱到正是外交家的本色。

顧維鈞一生中最成功的一幕，就是在一九一九年巴黎和會上展露才華，當時重要的議題之一是中國想收回日本根據袁世凱簽訂的條款在山東得到的特權。顧維鈞在演說裡提到：「中國人不能夠放棄山東，正如基督教不能夠放棄耶路撒冷一樣。」這句話打動了各國代表的心，可惜，列強為了各自利益，最後在會議上，山東問題仍然不能公平解決。中國代表只能拒絕在《凡爾賽和約》(Treaty of Versailles) 上簽字，也拒絕出席巴黎和會的閉幕典禮。

顧維鈞在會議總結講了一個寓言：狼和羊都在河邊喝水，狼責備羊把牠要喝的河水攪渾了。羊說：「你在上游喝水，我在下游喝水，我不可能把你喝的水攪渾。」狼改口說：「你去年仿冒了我的簽名。」羊說：「那個時候我還沒有出生。」狼對羊說：「不論你多會狡辯，我還是要吃了你。」這個寓言說明弱國無外交，國家的實力是外交工作必要的後盾，這句話真是語重心長。

顧維鈞後來歷任外交部長，駐法、駐英大使，以及在海牙的國際法庭的法官，可說是中國歷史上最有經驗、也最受尊敬的職業外交官。

再說一個故事，有名的法學家和外交家王寵惠在倫敦的宴會上，一位英國貴婦問他：「聽說貴國男女都是憑媒妁之言，雙方沒有經過戀愛，甚至沒見過面就結婚了。我們這裡男女雙方必須經過長期戀愛，有了深刻的了解才結婚，這樣才會有美滿的婚姻。」

王寵惠笑著說：「你們是先戀愛後結婚，我們是先結婚後戀愛。好比有兩壺水，你們是先把水燒開了再結婚，結婚之後，水就冷下來了；我們是先結婚再把水燒開，所以夫妻感情在婚後會不斷增進。」

設宴共飲的主人風範

清朝直隸總督兼北洋大臣李鴻章一八九六年訪問英國，維多利亞女皇設宴招待。在正式的西方宴會上，主菜吃完後，侍者會個別奉上一碗洗手的水，按照禮儀是把手指往水裡輕輕沾一下，再用餐巾抹乾，放水的碗就叫做洗指碗 (finger bowl)。當侍者奉上洗指碗之後，李鴻章以為是飯後喝的水，雙手捧起來就喝。英女皇看到了，也跟著捧起她的洗指碗來喝，其他賓客看見也跟著照做，這件事成為外交史上一段顧全賓客顏面的佳話。但在現代英文中，drink from the finger bowl 卻是指沒有遵守餐桌禮節的意思。

有聽過「楚莊絕纓」這個成語嗎？春秋時代，楚莊王有一天宴請群臣，召來宮內妃嬪相陪，大家喝酒喝到傍晚，興致高昂，於是點上燭火繼續夜宴盡興。忽然之間，一陣風把廳上的燭火全數吹滅了，一片黑暗之中，楚莊王的愛妃許姬感覺到有人趁黑偷摸她一把，就是所謂的「鹹豬手」吧。許姬很生氣，黑暗中順手扯斷了那個人縛在帽子上的纓飾，並且回到楚莊王身邊告訴他這件事，說等到點上蠟燭，知道這人是誰，就可以懲罰他了。楚莊王這時卻說：「我請群臣喝酒，有人醉後失禮，怎能因此羞辱這個人呢？」他在黑暗中馬上大聲宣布：「我們一起喝酒，每人都把帽子上的纓飾扯斷，才算盡歡！」於是，一百多位大臣都把帽子上的纓飾拉斷，痛飲盡歡。

幾年之後，楚國和晉國打仗，楚軍裡有個特別勇猛的將軍，衝鋒陷陣不落人後，楚國最後獲得大勝。楚莊王問他：「我對你沒有特別好，為什麼你這樣為我拚命呢？」這位將軍說：「我就是那天酒宴晚上被扯斷帽子纓飾的那個人。」

英女皇喝洗手的水，楚莊王絕纓盡歡，都是一種寬容體諒的心態，不讓賓客覺得尷尬難堪。做皇帝如此，辦外交如此，做人也何嘗不應如此呢？

「完璧歸趙」的機智與膽識

戰國時期的藺相如是有名的政治家、外交家，他是趙國的大臣。秦昭王聽說趙惠文王有一塊完美無瑕的和氏璧，就派使者送信給趙王，表示要用十五座城池換取這塊寶玉。

趙王派藺相如帶著和氏璧到秦國，進入秦王的宮殿，藺相如雙手捧璧，獻給秦王，秦王接過之後小心仔細端詳，非常高興，卻絕口不提以城池換寶玉的事。藺相如察覺秦王的反應後，藉口說和氏璧其實有一點瑕疵，便趨身上前要指給秦王看。當他把和氏璧拿回手上，立刻走到柱子旁說：「大王答應以十五座城池交換和氏璧，卻一直看不到您的誠意。如果您只要寶玉卻不肯實踐諾言，我就把自己的腦袋和寶玉撞在柱子上，一起粉碎。」秦王怕寶玉真的被撞碎，只好推託其辭地表示會實踐諾言，並請藺相如先回賓館休息。回到賓館後藺相如馬上祕密派人將和氏璧送回趙國。這就是成語「完璧歸趙」的典故。

有一回，秦王為了和趙國修好，約了趙王在澠池相會，藺相如隨趙王一起前往。在澠池的筵席上，秦王對趙王說：「聽說您喜歡彈瑟，這裡有個瑟，請您彈一首曲子來助興吧！」趙王演奏一曲之後，秦國御史在簡上記錄：「某年某月某日在澠池宴會，秦王命趙王彈瑟。」

藺相如看到，於是拿著一個缶（缶是盛酒的器皿，也用來作為樂器）到秦王面前，請秦王擊缶助興，秦王不肯。藺相如說：「現在我離大王只有五步，如果您不答應，我拚著刎頸一死，也要濺您一身血！」秦王聞言，只好勉強在缶上敲了幾下，藺相如立刻叫趙國御史記下：「某年某月某日在澠池宴會，趙王命秦王擊缶助興。」

宴會進行到一半，秦國大臣忽然對趙王說：「請趙王獻出十五座城池，為秦王祝壽。」藺相如也不甘示弱地回說：「請秦王獻出咸陽（秦國首都），為趙王祝壽。」

作為外交官，這兩則故事都顯出藺相如的勇氣和機智。還有另一個故事，更彰顯藺相如的品格和個性。當時趙國有位大將廉頗，對藺相如因為在外交上的表現被封為上卿這事忿忿不平，他認為武將在戰場上出生入死，貢獻更大。但藺相如對廉頗一直很客氣、很恭敬，處處禮讓，後來廉頗了解藺相如的心態和氣度，特別袒露背部，在背上綁了一根荊枝（荊是一種有刺的灌木）到藺相如家裡請罪，請藺相如用荊枝打他。這就是成語「負荊請罪」的出處。

（註）Pidgin English，pidgin 是從兩種或多種語言混合而產生的一種語言，通常是由兩個說不同語言的族群為便利彼此的溝通而產生，所以 pidgin 往往是很簡單的語言。舉例來說，和英語混合起來的 pidgins，有 Chinglish 是在東南亞混合了華語和英語而產生的，有 Singlish 是在新加坡講的 pidgin，有 Spanglish 則是西班牙語和英語混合的 pidgin 等。前面的故事中，那位女士不用 Do you like the soup 而講 Likee soupee，是把「喜歡湯嗎」這句中文英語化，使原來英語句子架構和發音都改變了。現代英文裡有些語詞是源自中文（或廣東話）和英文混合的 pidgin，例如 Long time no see 是好久不見，Look-see 是看看，Go or no go 是進行或不進行，這些都是常用的例子。

春秋戰國謀士的辯才

齊威王在位三十七年，剛登位時經常花天酒地，通宵達旦尋歡作樂，加上不理朝政，正事都委託給卿大夫，因此百官懈怠，諸侯先後來侵，內憂外患接踵，國家面臨危亡之際，但左右大臣都不敢直言勸諫。因為齊威王有一個習慣，就是講話拐彎抹角，真正的想法卻隱晦不明，因此，大臣們只能用譬喻的方式來規勸他。

鄒忌諷齊王納諫

鄒忌為了勸諫齊威王廣開賢路，納取眾人的意見，於是為齊威王講了一個自己的故事。這就是收錄於《戰國策．齊策》（註1）中的經典名篇〈鄒忌諷齊王納諫〉。

鄒忌身高八尺多，容貌俊美，神采煥發。一天早晨穿戴好衣帽，照著鏡子，問他的妻子：「妳看我和城北的徐公比，哪個更俊美？」他妻子說：「您俊美多了，徐公怎麼比得上您呢？」城北的徐公是齊國出名的美男子，鄒忌不太相信，又去問他的妾：「我和徐公比，哪個更俊美？」妾說：「徐公怎能比得上您呢？」白天有位客人到他家拜訪，鄒忌與他坐著閒談，又問客人：「我和徐公比，哪個更俊美？」客人說：「徐公當然比不上您。」第二天徐公來到鄒忌家，鄒忌細細打量他，自以為不及徐公美，拿起鏡子來端詳之後，更覺得遠不如他。晚上躺在床上仔細思量後領悟：「我的妻子說我俊美是因為偏愛我，侍妾說我俊美是因為畏懼我，客人說我俊美是因為有求於我啊！」

於是鄒忌入朝參見齊威王，對他說：「臣確實比不上徐公俊美，可是臣的妻子偏袒臣，侍妾害怕臣，客人欲有求於臣，異口同聲都說臣比徐公俊美。如今齊國的地縱橫千里，有一百二十座城邑，宮中妃嬪沒有不偏私大王的，朝中大臣沒有不畏懼大王的，齊國上下沒有不求於大王的，可見大王被蒙蔽得非常嚴重。」

齊威王說：「說得好！」於是發出詔令：「群臣吏民，能當面指責寡人過失者，受上賞；能上書勸諫寡人者，受中賞；能在大庭廣眾之下評批朝政，讓寡人聽到者，受下賞。」詔令頒布之後，大家都來進諫，朝堂的門庭竟然像市集一樣熱鬧。燕、趙、韓、魏四國聽到這件事，都到齊國來朝見，這正是在朝廷上修明內政而戰勝他國的說法。

淳于髡婉轉勸諫，齊威王一鳴驚人

司馬遷在《史記．滑稽列傳》（註2）中描寫了幾個人物的故事，包括淳于髡、優孟、優旃等。就字面來說，「滑」是順暢、流利的意思，「稽」是停留、停滯的意思，「滑稽」可以說是婉轉地排除障礙，引申為能言善辯，幽默詼諧，不傷害別人，甚至能夠展現一些智慧。

司馬遷在〈太史公自序〉中表示，〈滑稽列傳〉這些人在世俗中不隨波逐流，不為私利爭奪權勢，對上對下的溝通都順暢無阻，沒人會傷害他們，因為他們懂得處世的道理與方法，而且他們機智聰敏，言詞流利，往往能夠用適當的譬喻和反諷的語言，道出現實的真相和正面的規勸，也許今日電視臺許多節目中的名嘴和他們有點類似吧！

齊威王有位臣子名為淳于髡，他出身卑賤，其貌不揚，而且個子矮小，身長不滿七尺（以周朝用的尺換算，大約一百六十公分左右）。而且他是入贅的女婿，那個時候只有家境貧困、無力娶妻的人才會入贅。不過他博學多才，善於辯論，數度以特使身分周旋於諸侯之間，不辱國格，不負君命，齊威王拜他為政卿大夫。

當他看到齊威王毫不振作的情形，就婉轉地用一個譬喻對齊威王說：「國內有一隻大鳥，棲息在大王的宮廷裡，三年不飛又不叫。大王知道這隻鳥在幹什麼嗎？」齊威王聽懂淳于髡的意思，也用譬喻回答：「此鳥不飛則已，一飛沖天；不鳴則已，一鳴驚人。」

於是齊威王詔令全國各縣七十二位長官入朝奏事，獎賞了一個人，誅殺了一個人；又整頓兵馬出去作戰，諸侯十分震驚，把侵占齊國的土地全都歸還，至此以後齊國的聲威持續了三十六年。

齊威王八年（公元前三四八年），楚宣王大規模發兵攻打齊國，齊威王派淳于髡到趙國，請求趙王派兵出救，並讓他帶黃金百斤、車馬十駟（四匹馬駕的車十輛）作為禮物。淳于髡聽後仰天大笑，笑得連帽子上的纓帶都斷了。齊威王問：「你嫌東西太少？」淳于髡說：「臣怎麼敢呢？」齊威王說：「那你為什麼大笑？」淳于髡說：「今天我從東方過來，看見路邊有一個農夫在祈求田地豐收，他拿著一隻豬蹄和一壺酒禱告說：『祈求狹小的高地收成滿簍，低窪的水田收成滿車，五穀茂盛成熟，堆滿家中。』我看他拿出來的祭品很少，而希望得到的東西那麼多，所以忍不住笑出來了。」齊威王聽懂了，決定加送黃金千鎰（二十兩為一鎰），白璧十雙，車馬百駟。淳于髡去到趙國，趙國給他精兵十萬，戰車一千輛，楚國打聽到這個消息，連夜就撤兵回去了。

齊威王非常高興，在後宮設宴，賜酒淳于髡。齊威王問：「先生喝多少酒才醉？」淳于髡回答：「臣喝一斗亦醉，一石亦醉（一石等於十斗）。」齊威王說：「你喝一斗就醉了，哪能喝一石呢？你好好解釋給我聽吧。」

淳于髡說：「在大王面前喝您賞賜的酒，旁邊有執法官員，後面有御史大夫，我既緊張又害怕，低頭伏地喝酒，不到一斗就醉了；父母親宴請尊貴的客人，我捲起袖子，彎著身子，跪著侍奉他們喝酒，他們也賞一些剩酒給我，我捧著酒杯敬酒，接連幾次，不到兩斗也就醉了；和久未見面的朋友突然相見，興高采烈地談論往事，大約喝五、六斗就醉了；參加鄉里間的聚會，男女混坐在一起，彼此斟酒，沒有時間限制慢慢地喝，一邊玩著六博、投壺遊戲，還要結伴互鬥，牽手言歡也不會受罰，眉目傳情也不會被禁止，面前有落下的耳環，後面有丟下的髮簪，我非常喜歡這種場合，可以喝上八斗酒，也不過只有二、三分醉意。等到日落西山，酒也快喝完了，再把酒杯整齊擺好，大家緊緊坐在一起，男女同席，鞋子、木屐交雜散落一地，碗盤雜亂不堪，堂上的蠟燭熄滅了。主人把客人送走，卻單獨留我下來，這時我的心情最高興，可以喝下一石的酒。所以有人說，酒喝過度，頭腦會昏亂；狂歡享樂到極點，悲哀的事就會發生，萬事都是如此。」

這就是說什麼事都不要過分走極端，一旦過分，衰敗就跟著來。齊威王聽懂淳于髡用喝酒做譬喻來勸說他，他回應說：「好。」於是停止通宵達旦的宴飲，並任命淳于髡為接待諸侯的禮官，每逢王族舉行宴會，淳于髡都在旁邊照應。

優孟諷諫「楚莊葬馬」

優孟是楚國的歌舞藝人，身高八尺，辯才無礙，常用說笑的方式勸諫楚莊王。「優」是指他的職業，「孟」才是名字。

楚莊王為春秋五霸之一，以愛馬聞名。他有一匹非常喜愛的馬，平常就給牠穿上繡花的衣服，養在華麗的屋子裡，睡在寬敞的床上，用蜜餞棗乾來餵他，因為吃得太胖就病死了。楚莊王很傷心，指派群臣替馬辦喪事，要用棺槨盛殮。

「棺」是放置屍體的棺材，「槨」是套在棺材外面的棺套。按照古代埋葬的規章制度，天子要用四重的棺槨，公、侯、伯、子、男、大夫按等差分別為三重、二重、一重。言下之意，楚莊王要按照大夫的禮儀來埋葬馬。左右近臣對此議論紛紛，認為不合禮儀。這些議論惹怒了楚莊王，他下令誰再進諫葬馬的事，就處以死刑。

優孟聽到這事，走進殿門仰天大哭。楚莊王吃驚地問他：「為什麼大哭？」優孟說：「這是大王最喜愛的馬，楚國是堂堂大國，什麼事不好辦，用大夫的禮儀來埋葬實在太苛待牠了，請用君王的禮儀來埋葬牠吧！」楚莊王問：「該怎麼辦？」優孟說：「我建議用雕花的美玉做內棺，用細緻的梓木做外槨，再用名貴的木材做保護棺材的木塊，派士兵挖掘墓穴，派老人幼童揹土築墳，請齊國、趙國的使臣站在前面陪祭，韓國、魏國的使臣在後面護衛，建立祠廟，定期用牛、豬、羊祭祀，再封一個萬戶侯負起供奉責任。這樣一來，諸侯們都會知道大王重視馬而輕視人。」

楚莊王說：「我竟然錯到這個地步！我該怎麼辦呢？」優孟說：「請大王用對待畜牲的辦法來埋葬牠吧。在地上堆個土灶作為外槨，用大銅鍋作為內棺，用薑、棗調味，用香料解腥，用稻米陪葬，用大火烹煮，把牠安葬在人的肚臟中。」於是楚莊王派人把馬交給宮中膳食官。用今天的語言來說，優孟的建議，就是把馬拿來祭五臟廟。

優旃譎諫秦王

優旃是秦國的歌舞藝人，個子矮小，很會講笑話，他的笑話常蘊含深刻的道理。有一回秦始皇想要大範圍擴大皇家獵場，東從河南的函谷關起，西至秦國的國都雍縣和陳倉。優旃說：「陛下，這個主意真好！多養一些禽獸在皇家獵場裡，敵人從東面侵犯，就下令麋鹿用角去頂，牠們就可以應付了。」秦始皇聽懂了，於是打消這個主意。

秦二世即位，想要在城牆上塗漆。優旃說：「陛下，這個主意真好！請陛下一定要勒令執行。城牆塗漆雖然要勞動百姓，耗費金錢，但這是個好主意。把城牆漆得油滑光亮，盜寇敵人即使來了也爬不上牆。不過上漆倒容易，但是要把漆過的城牆放在一間可以遮風避雨的大房子裡，才能避免城牆上的漆日久剝落，這就困難了。」秦二世聽了笑一笑，也就打消這個念頭。

西門豹破除河伯娶親惡習

魏文侯是魏國百年大業的開創者，他的宮廷裡有好幾位傑出的政治和軍事人才，其中一個叫西門豹。《史記・滑稽列傳》記載，西門豹被派到鄴縣（今河北省邯鄲市）當縣令，他到任後會見當地德高望重的長者，詢問民間疾苦。長者們說為了河伯娶媳婦這件事，百姓過著貧窮而痛苦的生活。

原來，縣府掌管教化的鄉官（三老）和縣令屬吏（廷掾），每年都向百姓徵收數百萬賦稅，其中的二、三十萬替河伯娶媳婦，剩下來的錢就和巫祝一起中飽私囊。每年快到為河伯娶媳婦時，女巫便四處巡視小戶人家的女兒，看到漂亮的便立刻下聘把女子帶走。等到出嫁日子一到，替她梳妝打扮，備妥嫁女兒的床鋪枕席，讓女子坐在上面，送到河裡去，漂流數十里之後就連人整個沉沒在河裡。家裡有漂亮女兒的人家，擔心河神來娶，只好帶著女兒逃得遠遠地，城市愈來愈空蕩，也愈來愈貧困。民間傳說如果不替河伯娶媳婦，河水將會泛濫，淹沒田產，淹死百姓。

到了要替河伯娶媳婦的日子，西門豹來到河邊，三老、廷掾和地方富紳、長老以及旁觀的百姓共二、三千人都來觀禮，巫祝是個七十多歲的老太婆，還有十幾個女弟子跟在身後。西門豹說：「叫河伯的媳婦過來，我看看夠不夠漂亮！」新娘子從帷帳裡被扶出來，西門豹看了之後說：「這個新娘子不夠漂亮，麻煩巫祝向河伯報告，我們要重新找一個更漂亮的，幾天之後再送過來。」說罷，便吩咐差役們抱起巫祝丟到河裡。過了一會兒，西門豹說：「巫祝去了這麼久，派她的女弟子去催催她吧！」就把一個女弟子丟到河裡去。又過了一會兒，說：「怎麼又去了這麼久，再派一個女弟子去催。」又把另一個女弟子丟到河裡，這樣一連丟了三個。

西門豹再說：「巫祝和弟子們都是女人，不能把事情說清楚，麻煩三老去把事情講明白吧！」三老就被丟進河裡，廷掾和長老們在旁邊都驚慌起來。西門豹說：「怎麼辦呢？是不是要再派一個廷掾和富紳、長老們去催促他們？」在旁的官員、富紳和長老們都嚇得跪下磕頭，磕得額頭都破了，血流滿地。西門豹說：「好吧，看樣子河伯留客要留很久，你們都先回家吧。」從此以後，鄴縣的官吏和百姓再也不敢談論河伯娶媳婦的事。

詭譎的「反證法」

河伯娶媳婦與優孟諫楚莊王葬馬、優旃諫秦始皇擴建皇家狩獵場、秦二世塗漆城牆的故事有相似的地方，那就是先順著荒唐的想法和荒謬的做法去延伸，讓皇帝、官吏和老百姓看出他們自己的錯誤。「既然要按照上大夫的禮儀來葬馬，為什麼不按照皇帝的禮儀來葬呢？」「擴大皇家獵場的想法很好，敵人來侵犯就可以下令麋鹿用角去頂他們。」「城牆塗漆很好，可是要先找一間大房子把漆過的城牆放在裡面。」就像俗語說「一闊三大」，意思是從一個小小的動作開始，會帶來許多龐大的後續動作。

尤其在優孟和優旃的故事中，當說理對象地位高過自己，特別是國君、長官或老闆提出一個錯誤的想法時，不必急著頂撞他，直接指出他的愚昧無知。相反地，從贊同他的出發點開始說理，然後引導他到正確的結論，這方式和邏輯學的「反證法」(Proof by Contradiction)（註3）相當類似。

（註1）《戰國策》是中國古代的史學名著，由西漢末年劉向編訂，主要記述戰國時期縱橫家的政治主張和言行策略。全書按東周國、西周國、秦國、齊國、楚國、趙國、魏國、韓國、燕國、宋國、衛國和中山國依次編寫，共三十三卷，約十二萬字。

（註2）《史記》由西漢太史令司馬遷編著，記載了黃帝至漢武帝時期前後共三千多年的歷史。《史記》分為〈本紀〉、〈表〉、〈書〉、〈世家〉、〈列傳〉五個主題，加上最後的〈太史公自序〉，共一百三十個章節。〈本紀〉以帝王的事蹟為主，是歷代帝王的傳記（但是也有例外，例如〈項羽本記〉與〈呂后本記〉）；〈表〉按年代和時期用表格整理歷史動態；〈書〉記載典章制度的興廢沿革；〈世家〉是諸侯傳記（但〈孔子世家〉、〈陳涉世家〉也是例外）；〈列傳〉記載社會各階層的特殊人物。

（註3）數學和邏輯學裡的「反證法」是一種辯證方式。要證明一個結果，我們先假設相反的結果是對的，然後從這個假設導引出一個已知是錯誤或者不可能的結果，那麼我們要證明的結果就得證是對的。例如，要證明$\sqrt{2}$是一個無理數，我們先假設$\sqrt{2}$是一個有理數，那麼$\sqrt{2}$可以寫成q/p，p和q都是整數，而且把它們的共同因子都先消掉，如果$\sqrt{2}$等於q/p，$2=q^2/p^2$，那麼p^2一定是偶數，p也一定是偶數，那麼q也一定是偶數。但是這是一個錯誤的結果，因為我們已知p和q沒有共同的因子，因此可以結論$\sqrt{2}$是一個無理數。

晏嬰佐齊君的治國語錄

晏子名嬰，是戰國時期齊靈公、齊莊公、齊景公三朝元老，曾經有人問他：「您侍奉過三位國君，仕途都很順暢，是不是您有三心呢？」晏子回答：「一顆愛國愛民的心，可以侍奉一百位國君。」

晏子的故事在《史記．管晏列傳》和很多古籍都可以找到，最完整的文獻就屬西漢時期劉向編纂的《晏子春秋》（註），其中記載許多晏子勸告齊君要勤政愛民、虛心納諫、飲酒要節制等事蹟。

晏子的父親晏弱在齊靈公時官拜上大夫，晏弱死後，晏嬰繼任，繼續輔佐朝政。當時，齊靈公喜歡後宮婦女作男子打扮，風氣傳開後上行下效，全國婦女都跟著扮男裝。靈公得知後非常驚訝，認為此風不可長，於是下令：「凡是婦女穿男子服飾，撕裂她的衣服，剪斷她的腰帶！」但是風氣並不因此停止，齊靈公問晏子為什麼這樣。晏子說：「大王在宮內鼓勵婦女扮男裝，卻在宮外禁止。這不正如在宮門上掛一個牛頭，卻在宮內賣馬肉一樣嗎？為何不一起禁止宮內婦女作男子的打扮呢？」齊靈公接受晏子的諫言，一個月之內事情就平息了。「掛牛頭賣馬肉」的故事就是今日「掛羊頭賣狗肉」這句話的出處。

齊景公在位共五十八年，登基的時候晏子才四十三歲，輔助景公超過三十年。有一次齊景公和群臣共飲，興高采烈地對群臣說：「今天要和眾卿喝個痛快，不必拘禮！」晏子聽了臉色立刻一變，說：「皇上說得有點偏差。如果大家都不拘禮數，那麼力氣大的就可以欺負長輩，膽量夠的就可以殺害國君。禽獸靠力氣彼此攻擊，以大欺小，如果我們不拘禮數，就和禽獸一樣了。」景公聽不進去，也不理會晏子。

過了一會兒，景公離席出去，晏子不起身恭送，景公回來入座，晏子不起來相迎，交杯互敬的時候又搶先喝酒。景公生氣說：「你剛才對我說人不可以無禮，而你卻這般不禮貌對待我！」晏子說：「我怎麼會忘記剛才說過的話呢？我只是用具體的行動來說明無禮而已。」景公說：「那是我的過錯。」酒過三巡後就停下不再喝了。

還有一次，齊景公喝酒七天七夜不止。大臣弦章勸諫說：「陛下已經喝了七日七夜，臣希望陛下不要再喝，否則的話就賜臣一死好了！」晏子進來，景公對晏子說：「如果我聽弦章的話，等於國君被臣子管制；不聽他的話賜他一死，內心又有所不忍。」晏子說：「幸虧弦章遇到陛下這樣的賢君，如果遇到夏桀和商紂，他早就活不成了。」景公一聽，也就不再喝了。

司馬遷願意當晏子的司機

某次晏子乘車外出，晏子車夫的妻子從門縫中往外面偷看，看見丈夫替宰相駕車，車頂有一個寬大的遮陽傘，丈夫鞭著四匹拉車的馬，一副趾高氣昂、悠然自得的樣子。等到車夫回到家中，他的妻子要求離婚，車夫不解。

妻子說：「晏子身高不滿六尺，擔任齊國的宰相，在諸侯中又有顯赫的名聲。早上我看到他外出，坐在車中用心地思考國事，給人謹慎謙和的感覺。你身高八尺，不過是個駕車的車夫，卻自滿自大，這是我要離婚的原因。」至此以後，車夫變得收斂謙卑，晏子覺得奇怪，車夫向晏子報告實情後，晏子推薦他擔任大夫。

司馬遷對晏子這個故事的評語是：如果晏子現在還活著，能夠為他駕車執鞭，也是我所嚮往的。

鬥智吳王夫差與楚靈王

晏子有一次出使吳國，吳王夫差聽說晏子是北方最擅長言詞、最懂得禮儀的人，於是向掌管朝覲禮儀的官員交待，當晏子來覲見時，就傳報「天子召見」。第二天晏子到來，接待人員大聲傳報天子召見，晏子動也不動，露出不認同的神情，接待的人再傳報天子召見，晏子還是不動。等到第三次傳報，晏子說：「小臣受敝國國君命令出使到吳國來，我竟糊里糊塗走到周天子的宮廷。請問吳王在哪裡？」吳王聽了之後就讓傳報的人改口說：「夫差召見！」並以諸侯的身分接待晏子。夫差狂妄自大的作風，立刻被晏子一語點破。

晏子出使楚國，楚靈王知道晏子身材矮小，叫人在大門旁邊開了小門迎接他。晏子說：「只有出使到狗國才從狗門進入，我現在出使楚國，不應該從這道門進。」接待的人只好讓他從大門進去。

楚靈王接見晏子說：「難道齊國沒有人才，竟然派你來當使者？」晏子說：「齊國的首都臨淄城有七千五百戶人家，百姓張開衣袖足以遮蔽太陽，揮甩汗水就成為一陣雨，路上的行人肩膀並著肩膀，腳尖接著腳跟，怎能說沒有人呢？」楚靈王問：「那麼為什麼派你來呢？」晏子回答：「敝國派遣使者有一個原則，賢能者出使見賢明的國君，不賢者出使到不賢的國君那裡去。我因為最不賢，因此派來楚國最合適。」

楚靈王安排酒席款待晏子，喝得正高興時，一個官兵押著一個囚犯來到楚靈王面前，楚王問：「這囚犯是什麼地方人？犯了什麼罪？」官兵說：「他是齊國人，犯了盜竊之罪。」楚王問晏子：「齊國人都喜歡偷東西的嗎？」晏子站起來回答：「我聽說橘子生長在淮水之南，是又大又甜的橘子；生長在淮水之北，就是又小又酸的桔子，雖然它們枝葉相似，味道卻大不相同，原因就是水土不同。住在齊國的人本來不會盜竊，來到楚國就偷雞摸狗，難道真的是楚國的水土使人民變成盜賊嗎？」楚靈王說：「真是不能隨便和有才華的人開玩笑，我是自取其辱了。」

晏子為人的品格

晏子在齊國雖然位高權重，卻過著非常儉樸的生活，齊景公多次要贈金封地，他都堅持不受。有一天大臣梁丘據見到晏子吃中飯，竟然沒有多少肉，向齊景公報告這狀況。齊景公要把都昌這塊地封給晏子，晏子拒不接受，說：「富貴而不驕奢的人，我從來沒有聽說過，貧窮而不埋怨的人，那就是我。我所以能夠處身在貧窮中而不埋怨，是因為我以貧窮作為生活指引。陛下封地會改變我的生活指引，讓我不再把貧窮放在心上，只會記得封地。」

有一次晏子正在吃飯，齊景公派使者來，晏子把飯分給他吃，使者沒吃飽，晏子也沒吃飽，使者回去報告景公。景公說：「晏子這麼貧窮，我竟不知道，那真是我的錯！」於是派人送錢給晏子，說是用來接待賓客的錢，晏子也不接受。

還有一次晏子乘一輛破車，駕一匹劣馬上朝，齊景公見到說：「先生的俸祿太少了嗎？為什麼坐這麼破舊的馬車？」齊景公派梁丘據送大車和駿馬給晏子，去了三次，晏子都不肯接受。

晏子住的地方也不是達官貴人的豪宅區，齊景公要替他換官邸，對他說：「先生住的地方靠近市場，潮溼狹小又吵雜，灰塵也多，實在不適合居住。」晏子辭謝說：「我的先人能夠居住的地方，如果我不能繼續住下來，那就太奢侈了。身為一個小市民，住家靠近市場，買東西非常方便。」

齊景公話鋒一轉：「既然先生的家離市場很近，是否知道貨物的貴賤呢？」晏子回答：「當然知道。」景公問：「什麼東西便宜？什麼東西昂貴？」那時齊景公常施行「刖刑」（就是砍去犯人的一隻腳或者雙腳），受過刖刑的人要穿上特製的鞋子叫「踴」才能走路。晏子說：「受過刖刑的人穿的踴供不應求，所以價格高；普通人穿的鞋子賣不出去，所以價格低。」齊景公聽了為之動容，於是大幅減少刖刑。

齊景公想把自己的愛女嫁給晏子，親自到晏子家做客，喝酒喝得有點醉了，齊景公看到晏子的妻子出來，問道：「這是先生的妻子嗎？」晏子說是。齊景公說：「她又老又醜，我有一個女兒年輕貌美，把她嫁給你吧！」晏子恭敬地站起來說：「我的妻子雖然現在又老又醜，可是我和她共同生活很久了，也曾經見過她年輕貌美的時候。為人妻者，本來就應該從年輕貌美到年老醜陋都跟著丈夫。她把終身託付給我，我也接受了，陛下要把女兒賜給我，我怎能違背妻子的託付呢？」

（註）《晏子春秋》成書於戰國時期，記載春秋時期齊國丞相晏嬰輔政齊靈公、齊莊公、齊景公，勸諫國君要勤政愛民、任用賢能、虛心納諫、勿貪杯享樂等事蹟，西漢劉向加以整理彙編，全書共八卷二百一十五章。

中輟生的精彩演講

中輟生是指在教育過程中的任何一個階段，沒有修完該階段課程以前，提早離開學校的學生。接下來要介紹美國幾個大名鼎鼎、功成名就的中輟生，受邀在名校畢業典禮上精彩的致詞內容。

蓋茲：消弭不平等是人類最崇高的成就

根據《富比世》(*Forbes*) 年度全球富豪排行榜，比爾．蓋茲 (Bill Gates) 在過去二十二年共十七度登上榜首，目前個人財富約八百億美元。他在十三歲國中時期開始對電腦軟體有濃厚興趣，十七歲以優異成績進入哈佛大學，並獲得全國優秀學生獎學金。在哈佛唸了二年，蓋茲即輟學創業，一九七五年和好友保羅．艾倫 (Paul Allen) 共同創立微軟公司 (Microsoft)，二〇一五年公司年度營收達九三五億美元。

蓋茲常被稱為有史以來最有名的中輟生，輟學三十二年後，二〇〇七年回到哈佛接受名譽博士學位，並在畢業典禮上向畢業生致詞。他上臺一開口，先講了幾句輕鬆幽默的話來暖場：

有句話我等了三十多年，今天終於可以說：「老爸，我對您說過多少次，我一定會回來拿到我的學位！」

我要感謝哈佛大學在這個關鍵時刻頒給我這份榮譽，明年我就要換工作了，能夠在履歷表填上一個學位真是挺好的。我也要為今天畢業的同學鼓掌，因為你們以比較直接簡單的方式拿到學位。

當時蓋茲決定隔年將停止在微軟的全職工作，不過仍繼續擔任董事長和技術顧問。開場短暫談了他的哈佛校園生活，接著轉入正題，講述他最關心的話題：

回首過去，我最大的遺憾是離開哈佛的時候，我對世界上極端的不平等並沒有真實的體會。我沒有體會在健康、財富和機會上那些令人震驚的差異，數以百萬人被壓迫在悲慘生活中。我在哈佛學到很多政治、經濟的新觀念，以及科學新知，但是人類最大進步不在於發明了什麼，而是如何把這些發明應用在消弭不平等。不論經由民主制度、義務教育、健康照護和廣泛的經濟機會，消弭不平等絕對是人類最崇高的成就。

之前我和我的妻子梅琳達(Melinda Ann French)讀到一篇文章，每年有數百萬貧窮兒童死於在美國已經絕跡的疾病，例如麻疹、瘧疾、肺炎、B型肝炎和黃熱病，這讓我們大為震驚！假設數以百萬的垂死兒童都是可以獲救的，那麼，全世界應該把發現新藥物和運送藥物列為當務之急，但事實並非如此，那些價值不到一美元的救命藥，並沒能送到他們手上。

為什麼這樣？其實答案非常簡單而冷酷，因為拯救貧窮脆弱的兒童在市場上沒有利潤，政府不會提供金援，這些兒童之所以死亡，因為他們父母沒有經濟能力，也沒有政治發聲的管道。然而，我們兩者都有。我們要建立有創意的資本主義制度，讓更多人可以賺錢養家，我們要向全世界的政府施壓，要求他們把稅收花在更符合納稅人價值觀的地方。換句話說，我們要找到一個永久消弭不平等的方法，既可以幫助窮人，同時為商人帶來利潤，為政治家帶來選票。

要把關心轉化為行動，我們需要看清問題，找到解決方案，評估影響效應，這些都是複雜度非常高的事。即使有網路和全天候新聞直播，要讓廣大群眾看清真正問題，依然十分困難。舉例來說，媒體會不成比例地報導一件意外傷亡的人數，卻時常忽略數以幾百萬可以避免的死亡。

哈佛是一個大家庭，在場的你們是人類最具聰明才智的一群。我們能做些什麼？世上最優秀的人是否應該致力解決人類最艱鉅的問題，世上最幸運的寵兒是否應該了解人類最不幸的遭遇。

在結婚前幾天，我罹患癌症的媽媽寫了一封信給梅琳達，信末寫著：「被上天賦予愈多能力的人，也應該承受愈多期待。」

希望三十年之後你們回到哈佛，檢視你們的才能和精力所完成的事業，希望你們不僅以專業上的成就來評價自己，也要以自己對世界最深不平等的付出來評價自己，以及你對那些遠在天涯另一邊、卻和你同為人類的陌生人所做的努力來評價自己。

戴爾：熱情是推動畢生工作的火焰

麥可．戴爾 (Michael Dell) 是戴爾電腦公司的創辦人，一九八四年在德州大學奧斯汀分校 (University of Texas at Austin) 就讀一年級，他中途輟學以一千美元的資金創立了戴爾電腦公司。二〇〇三年他受邀回母校在畢業典禮上演說，一開場就讓現場笑聲不斷：

我知道在座的畢業生和你們的雙親，等待今天的來臨已經好幾年了，我也感到非常驕傲，我的雙親今天也在場，他們也等了好幾年。可是老爸和老媽，我要告訴你們一個壞消息，雖然我站在臺上，還是沒辦法帶一個學位回家啊！（註1）

戴爾接著說：

畢業是一個神奇美妙旅程的出發點，不過你們必須下決心踏出第一步。我的忠告是：第一，不要花太多時間去等待和選擇最完美的機會，那樣會錯失許多好機會。第二，在旅程上會遇到失敗和挫折，從自己和別人的失敗中可以學到很多；反之，成功的旅程通常可以學到的東西並不多。第三，必須對自己的能力和知識充滿信心，勇往直前，懊悔通常是來自沒有試著去走自己想走的路。第四，捨棄現成的地圖，自己規劃要走的路徑，不要盲從專家悲觀的判斷，好奇是成功的敲門磚，盡量去讀書、讀網頁、讀人。第五，成功之路是由人際關係鋪出來的，世上沒有單打獨鬥的成功，不要自以為是團隊中最聰明的人，假如真的如此，就再找另一個更聰明的人加入團隊，或者離開這個團隊，在團隊裡需要彼此提攜，共同成長。第六，不要用別人的成功來衡量自己的成功，那樣太低估自己了。第七，熱情是推動畢生工作的火焰。

賈伯斯：求知若渴，虛心若愚

蘋果電腦公司的創辦人史蒂芬．賈伯斯 (Steven Jobs) 於一九五五年出生，一九七二年高中畢業之後進入里德學院 (Reed College)，但是讀了一年就中輟退學了，原因之一是里德學院是昂貴的私立學校，賈伯斯養父母的經濟能力並不充裕，賈伯斯不願讓養父母把畢生積蓄花在他的教育上。賈伯斯輟學之後還在里德學院待了一段時間，這段時間他去旁聽一門有關書法的課，他說這門課對後來蘋果電腦字型設計有許多影響。一九七六年，賈伯斯和中學時期的朋友共同創立蘋果電腦公司，時至今日，蘋果公司員工近十萬，年收入超過一千八百億美元。

近年來在畢業典禮上的演說，最為人傳頌的可以說是賈伯斯二〇〇五年在史丹佛大學畢業典禮的演講。在演講中，他說起自己生命中的三個故事。第一個故事從他出生被領養，講到進入里德學院讀了一學期就休學的事，他說人生裡有許多乍看之下互不相關的點，可是回過頭來看，這些點是可以相互連結的。第二個故事是關於愛和失落，從他創立蘋果公司，一直到被趕出去後又班師回朝重掌蘋果電腦，把蘋果電腦帶到最高峰的過程。他說假如當時沒有離開蘋果電腦，後面一連串的事情就不可能發生，那是一帖很苦的藥，但是良藥苦口，對病人是有益的。第三個故事是關於死亡。他四十九歲那年發現胰臟有個腫瘤，醫生告訴他胰臟腫瘤很難治癒，可是切片檢查後，發現他的腫瘤是很罕見的一種，動過手術之後已經完全治好。賈伯斯說這是他生命中最接近死亡的經驗，這個經驗讓他了解沒有人願意接受死亡，但是死亡是每個人必須接受的終點。

他給年輕學生的忠告是，不要浪費有限的時間去過別人希望你過的生活，不要讓別人意見的雜音淹沒自己內心的聲音。最重要的，必須擁有跟隨自己內心和直覺向前走的勇氣，因為憑著內心和直覺，可以清楚知道自己要成為怎樣的一個人。

他的結語是：年輕的同學們，要「求知若渴，虛心若愚」(Stay hungry. Stay foolish.)。

祖克柏：值得做的事通常是困難的

臉書創辦人馬克．祖克柏 (Mark Zuckerberg) 在一個中學八年級的畢業典禮上，給畢業學生的三個提示：

第一，值得做的事通常是困難的；第二，建立良好的人際關係；第三，做你喜歡做、想要做的事。

他最後的結語是：努力讀書！

歐普拉：相信內在感覺、失敗與改變、追求快樂

歐普拉(Oprah G. Winfrey)是美國電視、電影、出版界的天王巨星，她主持的「歐普拉脫口秀」(The Oprah Winfrey Show)從一九八六年開播至二〇一一年，前後二十五年共計四五六一集，每集收看人數在幾百萬到上千萬人之多，是美國收視率最高的脫口秀節目，累積的財富達三十億美元，對慈善和教育捐獻非常慷慨。廣為人知地，她也是知名度很高的中輟生。

歐普拉在父母未結婚且極度貧困的景況中出生，少年時曾經酗酒、吸毒，過著叛逆墮落的生活，母親因為無力管教，原本要將她送入青年管教所，碰巧管教所床位客滿被拒於門外，十四歲後跟著父親和繼母同住，逐漸改頭換面，在學校裡展露出色的口才。十八歲獲得獎學金進入田納西州立大學(Tennessee State University)，主修演講和戲劇，在大二時成為田納西州首府一個電視臺最年輕的主播，因此輟學開始她的事業。

二〇〇八年歐普拉受邀在史丹佛大學畢業典禮上致詞，一開始她先講自己的故事：

一九七五年我少了一個學分，沒能在田納西州立大學畢業，從那時開始，我的老爸就一直唸我：「沒有學位要怎麼謀生？」我回答說：「我已經是電視臺節目主持人啦！」但老爸還是說：「沒有學位要怎麼找到另外一份工作？」一九八七年，田納西州立大學邀我在畢業典禮上演講，那時我的電視節目非常受歡迎，我也獲得奧斯卡金像獎最佳女配角提名，那時我回答說：「除非補足了畢業學分，否則我不會去演講。」後來我終於補足學分，拿到我的學位。

接下來歐普拉說：

我要分享我的人生旅途上，對我影響最大的三個經驗。第一個經驗是：相信自己內在感覺。自己內在感覺是生命中的ＧＰＳ（全球定位系統），不管任何事情，如果內心告訴你是對的，你要奮勇直前；如果內心告訴你那是錯的，就踩剎車。你就是你自己，不要模仿別人，更不要讓別人牽著鼻子走。

二十二歲時，我在一個大城市當上電視臺主播，新聞部主管對我說，歐普拉這個名字不好記，不如改成蘇西。雖然我沒有特別喜歡歐普拉這個名字，但我回答不行，因為內心告訴我不要改。新聞部主管又說我的髮型不好，送我去美容院燙頭髮，過幾天捲髮全塌了下來，我只好把頭髮剃掉，從頭來過。

從進入電視界開始，我就想模仿當時最有名的主播芭芭拉(Barbara Walters)，後來我想了想，與其做一個傻傻的芭芭拉，不如找回自我，做一個好的歐普拉。報新聞時我常常脫稿，因為我認為新聞報導必須來自內心，我對一場火災事件做現場報導之後，我會再回去探訪受災者。

第二個經驗是失敗。沒有人永遠一帆風順，我們都會遇到挫折，都會跌倒，如果事情出錯了，走進死胡同，那正是生活在告訴你，改變的時刻到了。當你陷入困境，不要去對抗，要融入困境裡，答案會從裡面冒出來。暫時地適應和妥協不代表投降和放棄，它代表嚴肅的責任感。

許多人都知道我在非洲創辦一所女子中學，我花了五年時間檢視每一張設計圖，挑選宿舍裡每一個枕頭，甚至查看磚塊間的水泥，每個學生都是我親自從九個村落裡挑出來的。然而，去年遭遇一個不曾想過的危機，我被告知一名宿舍管理員涉嫌性侵。當時我先哭了半小時，然後立即聯繫兒童心理創傷治療專家派出一個調查隊伍，我也跟著直飛南非做危機處理。這是一個痛苦的經驗，但學到很多。我明白自己犯了許多錯誤，我把注意力放在不對的地方，我一直從外向內建立這所學校，我應該從內向外建造才對。

第三個經驗是追求快樂。有一首兒歌是這樣唱的：「不要為打勝仗而活，不要為歌曲的結尾而活，活在當下。」（註2）當然這首歌還有另一層含義：要活出真正快樂，你必須超越自我，推己及人，不能只為自己而活。人生是一個互動互惠的過程，為了更上一層樓，你必須有所回饋。

當然你們已經了解，因為這個經驗已深深融入史丹佛大學的建校精神中，一八八五年史丹佛夫婦(Jane and Leland Stanford)為了紀念因為傷寒逝世的十五歲獨生子，他們把悲痛轉化成偉大善行，捐助鉅款建立了史丹佛大學。他們說：「加州的孩子就是我們的孩子，我們要為別的孩子做一些我們不能為自己孩子做的事情。」

最後，歐普拉引用馬丁．路德博士(Dr. Martin Luther King)的一段話作為結語：

不是每個人都有機會成名，但每個人都可能變得偉大，因為偉大來自於奉獻。為別人服務，不一定需要大學學位，不一定可以出口成章，不一定懂得亞里斯多德、柏拉圖和愛因斯坦的思想學說，偉大需要的是慈悲的心，和充滿愛的靈魂。

波諾：勇往直前，打造新世界

U2樂團的主唱兼旋律吉他手波諾(Bono)是愛爾蘭人，一九七六年他和幾個同學組成樂團，隔年團名正式改為U2，一九七九年發行第一張唱片。接下來的三十年，U2共獲得二十二座葛萊美獎(Grammy Award)，是當今樂團紀錄保持者，二〇〇五年進入「搖滾音樂名人堂」(The Rock and Roll Hall of Fame)。

作為一個中輟生，波諾除了音樂上的成就，他也是一位出色的社會運動家，特別是針對非洲、第三世界地區的貧窮、疾病和教育問題，發揮巨大貢獻及影響力，曾多次獲得諾貝爾和平獎提名。因為人道關懷，二〇〇五年，波諾和蓋茲夫婦並列為《時代雜誌》(*Time*)年度風雲人物。

下面是波諾在二〇〇四年獲得賓州大學名譽博士學位時，在典禮上的大部分致詞：

我叫波諾，是一個搖滾樂歌手。請你們千萬不要讓我太興奮，當我太興奮時，我會忍不住講四個字母的粗話。不過家長、同學們請放心，今天我唯一要講的四個字母，就是PENN（指賓州大學），這是何等的榮譽。我沒上過大學，也曾經到處流浪，在各種奇怪的地方過夜，不過並不包括圖書館。

過去四年，同學們在這歷史悠久的學術殿堂做些什麼呢？你們在這個知識和理念的市場中交易買賣，你們有付出，也有斬獲。即使你們父母的錢包已經空空如也，但你們口袋卻是滿滿的。所以我的問題是：「理想是什麼？什麼是你的理想？你願意把你的精神、知識、金錢和汗水，投注在什麼事情上？」

偉大的愛爾蘭詩人康納利(Brendan Kennelly)說過：「如果想對這個時代有所貢獻，那就背叛它吧！」（註3）背叛一個時代就是揭露它的狂妄、弱點和虛偽的道德規範。每個時代都有它的道德盲點，今天我們可能看不見，但我們的後代看得見，過去幾百年的奴隸制度就是一個例子。那麼，什麼是今天值得背叛的思想？什麼是我們欺騙自己的謊言？什麼是這個時代的盲點？

你們可能有自己的答案，我的答案是：在內心深處，我不相信人人生而平等。非洲就是對人人生而平等莫大的諷刺。在目睹非洲發生的事情，和這些事情對我們的影響之後，我們無法在上帝面前許諾，我們平等對待非洲人。一九八五年，我和妻子到衣索比亞住了一個多月，有天早上我去到食物供應站，有個男人帶著一個漂亮男孩，透過翻譯對我說：「帶走我的兒子吧！他會是一個好兒子。」我困惑地看著他，他接著說：「你一定要帶走我的兒子，否則他會死在這裡。你帶他去到他應該去的地方，得到他該受的教育。」按照當地規定，我不得不拒絕他，然後我就走了。

其實我沒有真正走開，我一直在想著那對父子，就在那一刻，我決定負起我的使命，但是我發現使命非常長遠，而且還有許多迫在眉睫的任務。當每天有七千個非洲人死於各種可以預防和治療的疾病，例如愛滋病，那不是一個長遠的使命，而是迫在眉睫的任務；當多數人每天只有不到一美元的生活費，而導致疾病蔓延，甚至失去控制，那不是一個長遠的使命，而是迫在眉睫的任務；當不平等貿易規則和債務重擔使人怨恨不已的時候，那不是一個長遠的使命，而是迫在眉睫的任務。

波諾最後的結論是：

過去我一直以為未來是固定的，無法改變的，就像一棟老房子，當上一代搬走或者被趕走之後，我們就繼承下去。但事實並非如此，未來就像水一般是可以導引的。你們可以建造自己的房子，茅屋或者公寓，世界的可塑性遠超過你的想像，正等著你拿起釘錘，將它敲打成型。你們手中的學位就是這麼一個工具，你們要勇往直前，用這個工具打造你們想要的東西。

就像美國的第二任總統亞當斯(John Adams)對開國元勛法蘭克林(Benjamin Franklin)的一句評語是：「他對我們最大膽的行動毫不猶豫地響應，反而還認為我們太優柔寡斷了。」諸位，此時此地需要的正是大膽行事，那就是你們這一代的使命了。祝你們好運。

（註１）德州大學不頒授名譽博士，唯一的例外是給現任的總統。
（註２）Live not for battle won, live not for the end of the song, live in the along.
（註３）If you want to serve the age, betray it.

林肯總統就職演說

林肯 (Abraham Lincoln) 是美國第十六任總統，一八六一年三月四日上任，四年任滿之後又當選連任，一八六五年三月四日開始第二任。很不幸地，在第二任上任之後六個禮拜，就遇刺身亡。林肯是美國歷史上最偉大的總統之一，也是最傑出的演說家，在好幾場著名的演說中，第二任總統就職演說被公認是最精彩的一篇。

我們先從林肯就職第一任總統的時空背景談起。林肯第一任總統任期開始，正是美國南北戰爭一觸即發、戰雲密布的前夕，美國自一七七六年立國以來，南北的對立和衝突可說是冰凍三尺非一日之寒。從憲法制定的觀點來看，北方傾向大政府觀念，認為聯邦政府必須有足夠程度的中央集權，以維持聯邦的存在和功能；南方則傾向小政府觀念，認為每一州應該擁有充分的自主權，制定自己的法令，除非必要，聯邦政府不應該干預。

美國南北戰爭的時空背景

從經濟模式的觀點來說，北方朝著工業製造的方向發展，南方還是以農業為主，有許多大大小小農莊，形成不同的社會階級制度。北方階級的分界逐漸模糊、消失，而南方階級的分界仍然非常明顯，後來更引發壁壘分明的奴隸制度存廢問題。北方各州逐漸廢除奴隸制度，但南方因為農業勞力需求，主張延續制度，後來因奴隸制度存廢態度，兩方陣營在聯邦政府裡進行一波波政治角力。

為了消弭不同陣營因奴隸制度而對立的敵意，聯邦政府通過五項在歷史上被稱為《一八五〇年折衷法案》(Compromise of 1850)，目的就是避免分裂和內戰的發生，但是這樣不穩定的狀態持續拖了十年。一八六〇年十一月六日共和黨候選人林肯以低於四〇%的總票數當選總統，他的重要競選政綱，就是反對奴隸制度的擴張，因此，他的當選成為美國南北戰爭直接的導火線。

林肯當選後一個多月，十二月二十日南卡羅來納州 (South Carolina) 宣布脫離聯邦政府，接著一八六一年三月四日總統就職前，共有七個州脫離聯邦政府，成立「南方聯邦政府」(Confederate States of America)。在這種政治氛圍下，林肯就職演說的最重要目的，就是說明他對奴隸問題的立場，安撫各州，避免更多州脫離聯邦政府，避免內戰爆發。可是，上任後一個月內，又有四個州脫離聯邦政府，三個月之後，南北戰爭終於爆發。

第一任總統就職演說

第一任總統就職演說，林肯一開始就開宗明義安撫南方各州，且明確說出他對奴隸制度的立場：

南方各州的人民似乎存著一份憂慮，擔心共和黨執政之後，他們的財產、平靜的生活和個人的安全，將會遭到干擾和威脅，但這份憂慮從沒有存在的理由。我在此重申，我無意直接或間接干預任何一州現存的奴隸制度，我既沒有法律上的權力，更沒有意圖這樣做。

提名我做為總統候選人的人，以及接受提名的我，都有清楚而強烈的共同決心：維護和不侵犯每個州的權力，特別是按照自己獨立判斷訂定法令來管理自己州的制度的權力，這是保持聯邦和州之間權力

> 平衡的主要因素，這平衡正是我們完美與歷久不衰的政治結構所憑藉的。
>
> 讓我再一次陳述這個決心：新上任的政府絕對不會採取任何行動，去危害任何地區的財產、和平與安全，政府也會按照憲法和法律規定，樂意地提供任何地區依法律提出請求的保護。

接下來，林肯談到敏感、有爭議性的《逃奴追緝法案》(Fugitive Slave Act of 1850)，這是一八五〇年通過的五個折衷法案之一，規定逃跑的奴隸從有奴隸制度的州逃亡到沒有奴隸制度的州，仍然要依法通緝、追捕和遣返到原來主人的地方。

林肯表明自己會支持這個法案，縱使這個法案有相當多的爭議，但它是憲法的一部分，而憲法是經由全體國會議員通過支持的，憲法必須整體地、全面地被接受和遵行，而不能選擇性地執行，也不能被過分嚴峻地、挑剔地詮釋。林肯這樣說固然是為了安撫南方各州，但同時也揮起憲法的大纛，作為往下演說論述的依據。

接下去，談到國家分裂的危機，他說：

> 自從第一位總統依照國家憲法就職上任，已經七十二年了，這段期間，十五位出類拔萃的公民擔起管理政府部門的責任，他們帶領政府度過許多困難和危機，也獲得極大的成功。今天，在這些先賢的光芒下，我卻在巨大而特殊的困難之中，擔起相同的任務，履行短暫的四年任期。分裂聯邦，過去只是一種威脅，現在已經變成一個令人震駭的意圖。

林肯以法理為基礎，明白指出分裂聯邦是違法的。他說：

> 按照一般法律和我們的憲法，州的聯合是永久性的，在所有國家政府的基本法中，即使沒有明文規

定，其永久性也是不言而喻的。我們可以斷言，沒有一個政府會在自己的組織法中訂定落日條款，只要我們繼續負起憲法明文賦予的責任，這個聯邦將會永久存在。

退一步來說，即使聯邦政府不是一個正式的政府，而是各州之間一個契約性的組織，那麼，既然是一份合約，怎能任由部分成員單方面取消呢？一個成員可以違反合約的規定，難道不需要全體成員同意就能合法廢止嗎？

接著他指出應負的責任和具體的行動，他說：

> 我認為按照憲法和法律，聯邦是不可分裂的，我會遵照憲法交付給我的責任，竭盡全力，確保聯邦的法律在各州貫徹執行。對我來說，這是簡單明瞭的責任。
>
> 我將在可能範圍之內盡力而為，除非我的合法主人，也就是全體美國人民，制止我使用某些必要的手段，或經由法定程序做出相反的指示。我相信這個說法不會被解讀為一種威脅，相反地，這個說法只會被視為聯邦明確地宣示，那就是依循憲法保護和維繫自身的理念而已。
>
> 我們的所作所為必須避免流血和暴力，即使為了國家公權力必須做的因應，也不該有任何的流血和暴力。我會用國家賦予我的權力來保護和接管屬於國家的土地和財產，徵集稅收和關稅。除了達成這些任務的必要手段之外，我們不會侵犯，更不會使用武力對待任何地方的人民。

他具體指出郵政制度會在全國繼續運作，不會硬把聯邦政府的公務人員（例如郵局局長）派到不歡迎他的地區，重點是讓每個地方的人民都有高度的安全感，才能冷靜地思考和反省。林肯接著表示，雖然大家意見不同，但不要走上分裂這條路：

憲法上的爭議可以分成少數派和多數派，如果少數派不讓步，多數派就非讓步不可，否則，政府的運作將會停止。假如少數派選擇分裂脫離而不願意讓步，就開了一個先例，必然導致他們內部的少數派有一天也會選擇分裂脫離。

國家分裂將帶來無政府狀態，而受憲法約束，隨著民意做出相對應改變的多數派政府，才是真正的自由人民的政府。我們知道，全體人民的意見不可能完全一致，若由少數派掌權執政做為永久性的措施，是不能被接受的。因為，摒棄了多數原則，剩下來的僅是無政府狀態，或是獨裁政府了。

接下來，林肯要大家放心，憲法是可以依法修正的，而且他只當四年總統而已。

這個國家和其組織架構是屬於生活在這塊土地上的全體人民，當他們對目前的政府感到不滿，可以用憲法賦予的權利去改正，或者以革命的力量去推翻。我知道許多傑出的愛國人士對於憲法抱持若干修正的意見，雖然我個人沒有提出任何關於修憲的具體建議，但是，在法律上，我會尊重人民按照憲法規定的方式來行使這個權利。

我尤其希望這些修正建議來自廣大的人民，而不是只能選擇接受或反對他人提出的建議，因為提案人不見得是最恰當的，而且提案也不應該只限於接受和反對的選擇。

我們的先賢在規劃政府架構時，非常聰明地，授予政府公僕們胡作非為的權力幾乎微乎其微，而且同樣聰明地，在短短時間內，收回這份權力。當人民保持高度的警覺和道德標準審視，即使是極端邪惡或者愚蠢的行政當局，也無法在短短四年嚴重地傷害國家。

最後，林肯呼籲大家不要急躁猛進。他說：

同胞們，讓我們平心靜氣好好思考整個問題，欲速不達，事緩則圓，真正有價值的事不會因為審慎處理而減損或消失。即使有些同胞目前非常不滿，但請記住，我們的憲法和這個憲法底下訂定的法律依然存在，新政府也沒有權力在目前做任何變更。

即使你們自認為在爭執中是站在正確的那一邊，也沒理由採取草率行動。因為智慧、愛國情操、基督的教義，以及對從未離棄祂所厚愛的這一片土地的上帝的堅定信賴，將讓我們有能力在目前的困境之中，做出最好的調整和安排。

對現狀不滿的同胞們，「內戰」這個重大議題，掌握在你們手上，而不在我的手上。聯邦政府不會發動攻擊，只要你們不主動出手，我們就不會戰爭，即使你們沒有發誓要毀滅政府，但是我必須莊嚴地宣示，我一定要保存、保護和保衛我們的國家和政府。

我們不是敵人，而是朋友

我真想繼續講下去。我們不是敵人，而是朋友，我們不能成為敵人，情緒上的衝擊在所難免，但是彼此之間相連的愛不能被破壞與中斷。在這片偉大的土地上，從每一個戰場和烈士公墓，到每一個跳躍的心和溫暖的家庭，神妙的記憶之弦將被我們心中良善的天使所撥動，將再次合奏出國家的歡樂之歌。

作為新上任的總統，面對已有七個州脫離聯邦政府，南北戰爭的爆發更是箭在弦上，林肯在演說一開始就盡力安撫南方各州，首先表達不干預每一州現存的奴隸制度，也尊重憲法中所有的法令，包括奴隸制度在內。他也指出退出和分裂聯邦是違反憲法和法律的行為，更以柔軟的身段說明，可以依照法定程序修改憲法，他個人任期只有短短四年。

最後的結語非常動人：「我們不是敵人，而是朋友，情緒上的衝擊在所難免，但是彼此之間相連的愛不能被破壞與中斷。」二〇〇八年十一月四日，歐巴馬 (Barack Obama) 當選美國總統的勝利演說上，就引用了這段話的結語。

第二任總統就職演說

林肯第一任總統上任一個月後，四月十二日南方邦聯政府的軍隊攻占聯邦政府在南卡羅來納州的軍事堡壘「桑特堡」(Fort Sumter)，這是南北戰爭的開始。毫無疑問地，在第一任四年任期內，南北戰爭是首要也是唯一的任務，這場戰爭拖了整整四年。戰爭開打經過兩年左右，北方的軍事優勢逐漸顯現，甚至有歷史學家認為，北軍在一八六三年七月三、四日兩天在賓州 (Pennsylvania) 的蓋茲堡 (Gettysburg) 和密西西比州 (Mississippi) 的維克斯堡 (Vicksburg) 的兩場勝仗，是整場南北戰爭的轉捩點。不過，這兩場勝仗之後，戰爭又拖了兩年。

一八六四年十一月八日，林肯在戰爭尾聲中當選連任，一八六五年三月四日就職第二任總統。四月九日在維吉尼亞州 (Virginia) 的戰役中，南方的李將軍 (Robert E. Lee) 向北方的格蘭特將軍 (Ulysses S. Grant) 投降，南北戰爭宣告結束。非常不幸地，林肯總統在幾天之後的四月十四日遇刺身亡。

林肯在時空環境大不相同之下，發表第二任就職演說。當時，戰爭的勝利指日可待，奴隸政策也將結束，但是，他的演說沒有得意驕傲，也沒有顯出特別的歡欣喜悅。

同胞們，第二次就職典禮，沒有必要像第一次那樣長篇大論地演說。那時，我為大家詳細描述聯邦政府的努力方向是正確，甚至是必要的。今天，舉國上下依然非常關注戰爭的每個階段和層面，過去四年我已經一再公開說明，因此，的確也沒什麼新的訊息要向大家報告。我們軍事上的進展是其他一切的關鍵，是大家和我都熟悉的情況，並感到滿意和鼓舞。我們對未來充滿希望，因此，我不在這裡多所預言。

對指日可待的勝利，林肯輕描淡寫，不再多著墨。他說：

四年前的今天，大家對即將爆發的內戰充滿焦慮害怕，也想避免戰爭發生。當時的就職演說，我全力投注在如何避免用戰爭的手段來確保聯邦的存在。而同時，叛亂分子卻圖謀以非戰爭的方式來毀滅聯邦的存在，他們想用談判的手段來分裂、瓦解聯邦政府。雙方都反對戰爭，但是一方寧可發動戰爭也不在乎國家的存續，另一方則寧可接受戰爭也不願看到國家滅亡。因此，戰爭來臨。

在此，林肯指出為了國家存活，是不得已而戰。他接著說：

我們全國人口的八分之一是黑人奴隸，他們不是平均分散各地，而是多數集中在南方。這些奴隸形成一種特殊且重大的利益，大家都知道這種利益就是此次戰爭的原因。為了加強、保持和擴張這種利益，叛亂分子不惜以戰爭來分裂聯邦政府，而聯邦政府只不過要限制這種利益被擴張到更廣大的地區而已。

當初沒有一方料到這場戰爭發展到目前的規模和持續的時間，更沒有料到導致衝突的原因會在衝突結束時中止，甚至在衝突結束前消失。雙方都只想獲得一場輕鬆的勝利，而不期盼有什麼根本性的驚人結果。

雙方都讀同一本《聖經》，都向同一位上帝禱告，而且兩方都要求上帝幫助自己來對抗另一方。人們居敢請求公平正義的上帝，幫助他們從別人臉上的汗水擠出自己要吃的麵包，那是何等不可思議。

「從別人臉上的汗水擠出自己要吃的麵包」這句話的意思，就是靠別人的勞力來供養自己。「汗水」和「麵包」這兩個比喻來自《聖經．創世紀》第三章第十九節，當亞當和夏娃偷吃禁果之後，上帝把他們逐出伊甸園。上帝對亞當說：「你必須汗流滿面才有麵包吃，直到你歸土。」

批評奴隸制度的支持者是靠別人勞力來供養自己，之後林肯又不偏不頗地引用了《聖經．馬太福音》第七章第一節的話，他說：

我們不要論斷別人，免得我們也被論斷。雙方的祈求都不會如願，而且到目前為止，沒有一方的祈求得到滿足，上帝自有祂的旨意。

林肯接著引用耶穌在〈馬太福音〉第十八章第七節講的話：「世上的苦難來自罪惡的行為，世上的罪惡行為無法避免，但是，犯罪作惡的人必將承受苦難。」其實，耶穌在〈路加福音〉第十七章第一節也講過相似的話。

林肯接著說：

假如我們認為目前美國的奴隸制度是罪惡的行為之一，而且按照上帝的旨意，惡行是無法避免的，那麼，在經歷上帝所指定的這段時間之後，現在，上帝要來清除這個罪惡行為了。這場可怕的戰爭，正是上帝要南北雙方承受的苦難，因為這個罪惡行為來自南北雙方。對每一個深信上帝的人，難道看不出來這正是上帝神聖的指引嗎？我們深情地希望、熱切地祈求，這場戰爭的大災難將迅速消逝。

接下去，林肯從另一個角度來看戰爭的結束，他說：

即使上帝要讓戰爭繼續下去，直到兩百五十年來奴隸們無償的辛勞，為我們累積的財富被消耗殆盡，正如《聖經》在三千年前說的，直到每一滴鞭笞出的血，被每一滴刀劍刺出的血償還為止。今天我們還要再說一次，上帝的裁判就是真理和公義。

上帝的裁判就是真理和公義，來自《舊約聖經．詩篇》第十九章第九節。演說最後，是一段感人的結語：

我們對任何人不存惡念，我們對每一個人心懷慈悲，上帝讓我們看到正義，因此，讓我們堅持正義，繼續努力，完成我們目前的工作，療癒國家的創傷，照料那些被戰爭烙上痛苦印記的戰士，和他們的孤兒和遺孀。

我們要竭盡全力，在我們之間，以及我們和其他國家之間，建立並且珍惜永久的公正與和平。

林肯的第二次總統就職演說簡短而鏗鏘有力，全部只有七〇三個英文字，而且五〇五字是單音節。

勝利即將來臨的前夕，林肯不但沒有趾高氣昂的語調，也沒有顯露出歡欣愉悅的心情，他只說軍事上的進展是令人滿意和鼓舞的；對未來的政策更是隻字未提。一八六三年到一八七七年這段時期，在美國歷史上被稱為「國家重建期」，國家的重建包括處理軍隊、奴隸、經濟等問題，某些處理在南北戰爭中已逐步進行，直到戰爭結束時自然更加如火如荼進行。但林肯就職演說卻完全沒有提到這個議題，我們沒辦法揣測他的選擇，不過，政策宣示或者流於空洞，或者引起爭議，並不是林肯想在演說中營造的氣氛。

最重要的，林肯的演說沒有把奴隸問題都推給南方，他不單獨責備南方，他反覆地說這場戰爭雙方都有責任。在勝利即將來臨前，他更要刻意安撫南方。

第一任就職演說，林肯以憲法和法律為基礎，宣示脫離聯邦政府、分裂國家是違法的舉措，第二任就職演說，林肯以上帝旨意為主，指出奴隸制度是不公不義的。

令人動容的〈蓋茲堡演說〉

發生在一八六三年七月一日至三日的賓夕尼亞州蓋茲堡戰役，是南北戰爭的一場關鍵戰，陣亡將士後來葬在蓋茲堡國家公墓。林肯在一八六三年十一月十九日國家公墓落成典禮上，發表了膾炙人口的〈蓋茲堡演說〉(Gettysburg Address)。這篇演說僅二七二字，十個句子，全長只講了兩分鐘。

八十七年前，我們的祖先在這片土地上建立一個嶄新的國家，這個國家孕育於自由之中，奉行人人生而平等的信念。我們正處於一場浩大的內戰中，這戰爭正考驗著我們國家，也考驗著任何一個以自由平等為普遍價值的國家，是否能夠歷久不衰。

今天，我們聚集在這場戰役中的一個偉大戰場裡，我們要把這個戰場一部分的土地，奉獻給捍衛國家生存而獻出生命的烈士，作為他們最後安息的地方，我們這樣做，是理所當然的。

但是，從更高的層次來說，我們如何能奉獻這塊土地，如何能神聖化這塊土地呢？那些曾在這裡奮戰的勇士們，活著的和死去的，已經使這塊土地神聖化了，遠遠超過我們微薄力量所能增減的。整個世界不會注意、更不會記得我們在這裡說過的話，卻永遠不會忘記他們在這裡的英勇行為。

我們這些存活的人，在這裡，我們把自己奉獻給這戰場上勇士們奮力推進而尚未完成的任務，把自己奉獻給依然還在前方的偉大任務。從最值得崇敬的先烈身上，我們知道要加倍努力，去達成他們付出最後的、全部的努力想要達成的目標，我們下了最大決心，決不讓死者白白犧牲。

我們深信，我們的國家在上帝的庇佑之下，將會見到自由的重生。一個民有、民治、民享的國家，將會在地球上生生不息，永存不朽。

這就是著名的〈蓋茲堡演說〉。

其實按照當時的傳統，這場典禮上有一位主講者，主講者會發表一篇相當長的演講，當天林肯只不過負責做簡單的結語而已。那天主講者愛德華・埃弗里特 (Edward Everett) 是著名的演說家，在演講後第二天，他寫給林肯一封信：

對於您昨日在落成典禮上扼要得體的演說所傳達的理念，請容許我表達我的讚美。我會非常高興假如我敢對自己說，我在兩小時演講的鋪陳，和您在短短兩分鐘裡講得一樣切合題旨。

林肯則回信說：

以我們昨天分別擔任的角色來說，沒有人會原諒我們，假如您講得太短，或者我講得太長。

林肯競選演說：一棟分裂的房子站不穩

林肯還有一篇著名的演說，發表於一八五八年六月十六日，當時林肯被共和黨提名為參議員候選人，他的對手是民主黨道格拉斯 (Stephan A. Douglas)。這篇演說是競選活動的出發點，他在演說中清楚地指出他和道格拉斯對奴隸制度存廢的不同看法，他主張全部廢除奴隸制度，道格拉斯則主張每一州可自主決定奴隸制度的存廢。演說的其中一段是這樣的：

一棟分裂的房子是站不穩的，我認為政府不能永遠維持一半是奴隸制度、一半是自由的狀態。我不相信聯邦政府會解體，我不相信這棟房子會倒塌，我期待它停止分裂，要麼就全部變成是這個狀態，要麼就全部變成另一個狀態。也許反對奴隸制度的人會制止這個制度進一步擴大，而且讓大眾相信奴隸制度終會完全消滅，不管是舊的還是新的州，在南方還是在北方的州，全部都變成合法的制度。

這篇演說裡的警句：「一棟分裂的房子是站不穩的」，來自《新約聖經．馬可福音》第三章第二十五節。林肯指出奴隸制度存廢的爭議會使國家分裂，在任何一個國家，尤其是民主國家，一定會存在不同的意見，更必須讓不同意見存在。但是，不同的意見不能分裂國家，因為「一棟分裂的房子是站不穩的」。

吳冠中的散文風采

吳冠中是享譽國際的現代中國繪畫代表畫家之一，根據一個叫「胡潤藝術榜」的統計，每年藝術家的拍賣總值排行，二〇〇九年趙無極以二．四億人民幣居首位，吳冠中以二．二億人民幣居次，臺灣的雕刻藝術家朱銘排名第五。

吳冠中的畫一直被收藏家所珍愛，他的一張油畫長卷〈長江萬里圖〉，在二〇一一年以人民幣一．四九五億元賣出；他的另一幅油畫作品〈周莊〉，在二〇一六年以二．三六億港元拍出。其實，他把更多重要的作品都捐出去了。

吳冠中生於江蘇省宜興縣，因為家境貧困，小學畢業之後考入師範學校，初中之後進入職業學校讀電機科，短暫地讀了一年，因為有機會接觸到圖畫和雕塑藝術，十七歲那年在父親竭力反對下，執意進入杭州的國立藝術專科學校。接著中日戰爭爆發，隨著學校一路遷移到大後方，畢業之後，一九四三年在沙坪壩重慶大學建築系任助教，教素描和水彩。

全國第一名公費留學生

一九四六年，教育部選送中日戰爭後第一批留學生，在全國設九大考區，同日同題考選一百多名留學歐美的公費生，其中留法學繪畫僅有兩個名額，吳冠中以全國第一名入選。

這次考試還留有一段佳話。吳冠中應試的一門美術史的考題有二，一是：試言中國山水畫興於何時？盛於何時？並說明其原因；另一題是：義大利文藝復興對後世西洋美術的影響。當時參與閱卷之一的陳之佛教授非常欣賞吳冠中試卷所寫的兩篇文章，不但打了九十幾分的高分，還把這兩篇文章用毛筆抄錄下來保存。一九六二年陳之佛逝世之後，他的後人在整理遺稿時發現這兩篇文章，手稿的標題為〈一九四六年官費留學美術史最優試卷〉。後來因緣際會才找出吳冠中就是這文章的作者。所以，今天我們還可以讀到這兩篇被陳之佛評為文采飛揚、脈絡清晰、見解卓然的文章。

陳之佛的確是慧眼識才的伯樂，考取公費留學毫無疑問是吳冠中藝術生命中一個極大的轉捩點，但是，全國僅僅兩個名額，加上八年抗戰，累積下來想要出國留學的人才非常多，吳冠中能夠脫穎而出，絕非偶然僥倖。

一九四七年，吳冠中到了巴黎進入國立高等美術學校，三年公費讀完之後決定回國，他的指導教授有點意外，也有點惋惜，對他說：「你是班上最好的學生，最勤奮，進步很大，我教的你都吸收了，但是，藝術是一項瘋狂的感情事業，我無法教你，你確定要回到自己的祖國，那就從你們祖先的根基上去發展吧！」

如果當年吳冠中留在法國，以他的才華和努力，在藝術上的成就是可以斷言的。但是，他的風格又會是怎樣不同呢？

回到中國，吳冠中先後任教於中央美術學院、清華大學、北京藝術學院，一九七〇年文革期間，被下放到河北農村勞動耕田。吳冠中在自述裡說：「我失去了作畫的自由。想起在巴黎的同行，聽說都是舉世聞名的畫家了，他們也正在自己的藝術田園裡勤奮耕作吧？不知種出了怎樣的碩果，會令我羨慕、嫉妒和痛哭？」三年後被調回北京工作，不過，正如他所說，真正能心情舒暢地作畫，是在四人幫粉碎以後了。

一九五〇到一九七〇年這段期間，吳冠中逃不開時代洪濤巨浪的衝擊，他的藝術被批判，妻子和三個兒子分別被送到不同的地方勞改，真是所謂的妻離子散。可是他站得穩，堅韌執著，堅持他的藝術主張，不為利誘，不為威屈，不為時用，理想和風骨支持著他走過漫長而艱難的路。

一九七九年，中央工藝學院主辦吳冠中作品展；一九九二年，大英博物館打破了只展出古代文物的慣例，首次為仍在世的吳冠中舉辦專題畫展：「吳冠中——二十世紀的中國畫家」，並且鄭重收藏吳冠中的巨幅彩墨新作〈小鳥天堂〉；二〇〇〇年入選為法國法蘭西學院藝術院通訊院士，是第一位獲頒這項殊榮的中國籍藝術家。

《吳帶當風》收錄一百多篇散文

吳冠中的散文清新可喜，讀起來就和欣賞他的畫一樣，有一種優美舒暢的感覺。同時，他的智慧和見解也令人折服。

英國牛津大學漢學專家蘇利文(Michael Sullivan)說過，單憑吳冠中發表的文字，就足以讓他在藝術上占一席之地，尤其是那樣強烈、簡練和坦誠的表達方式，可與他所崇拜的梵谷媲美。

吳冠中出版了好幾本散文集，其中在二〇〇八年出版的《吳帶當風》一書，蒐集超過一百篇散文，書裡還穿插了他將近一百張的畫和字，光是這些畫和字，絕對讓人愛不釋手。

〈橫站生涯五十年〉

首先來談《吳帶當風》書裡一篇主題為〈橫站生涯五十年〉的文章。「橫站」就是側著站，魯迅曾說過因為自己前面有敵人的攻擊，背後又有自己人在扯後腿，只好側著站，避免前面和後面雙方同時衝擊的力量。吳冠中覺得自己在中國和西方文化藝術的衝擊之下，在古今思想觀念的衝擊之下，橫站了五十年。他的橫站不是不站，不是躲避，可以解釋為了體會前後方的敵意，也可解釋為折衷平衡，甚至是作為一種發揚，甚至是各取其長。

文章一開始，他敘述一九四九年至一九五〇年在歐洲留學，受到歧視的經歷，他是這樣寫的：

> 倫敦，一九四九年。公共汽車上售票員胸前掛個袋，將售票所得的錢往袋裡扔，一如北京常見現象。我買了票，付的是硬幣，售票員接過硬幣，尚未及扔入袋，便立即找給我鄰座一位紳士模樣的先生，他付的是紙幣，須找他錢。但他斷然拒絕接受售票員剛從我手裡收的硬幣，售票員於是在袋中另換一枚硬幣找他。我被歧視，我手中的英國硬幣也被英國人拒收。

接下來，他又寫：

> 巴黎，在街頭排隊等待公共汽車，車來了，很空，排隊的人亦寥寥，我在排尾，前面的人都上車了，我正要跨步上車，車飛快開走，甩下我這個黃臉人。
>
> 在課室裡，老師、同學很友好，甚至熱情，藝術學習中無國籍了，藝術中感情的真偽一目了然。是西方藝術的魅力吸引我漂洋過海，負笈天涯。為了到西方留學，我付出了全部精力，甚至身家性命，這個美夢終於實現了，但現實的巴黎不是夢中的巴黎，錯把梁園認家園，我雖屬法國政府的公費留學生，但卻是一個異國的靈魂失落者。學習，美好的學習，醉人的學習，但不知不覺間，我帶著敵情觀念在學習，我不屬於法蘭西，我的土壤在祖國，我不信在祖國土壤上成長的樹矮於大洋彼岸的樹。「中國的巨人只能在中國土地上成長，只有中國的巨人才能同外國的巨人較量」，這是我的偏激之言，肺腑之言。

接下來文章的第二段是這樣開頭的：

北京，一九五〇年。大概由於也吃過那麼多的苦，常常想起玄奘，珍惜玄奘取來的經典。我將取來的經傳給美術學院的學生。從此我被確認為資產階級形式主義者，承受各式各樣的批判。……解放初期的鑼鼓和彩旗豈能掩飾百年的貧窮真實，但我構思的作品一幅也不許可誕生，胎死腹中。……無法觸及深層的社會題材，我改弦易轍，改行作風景畫，歌頌山河，夾雜長歌當哭的心態。……「內容決定形式」成了美術創作的法律，……我自己在教學中仍悄悄給學生們灌輸形式美的營養，冒著毒害青年的罪名。

在這裡，我們看到吳冠中橫站在盲目瘋狂的意識形態和他所體會到的美的真諦兩者中間，接著他回過頭來說：

離開巴黎，我對西方的敵情觀念並沒有消滅，反而更為強烈。每作畫，往往考慮到背後兩個觀眾，一個是我的老鄉，一個是西方的專家。能夠同時感染他們嗎？難！

這就是吳冠中橫站在中西之間，一生拚搏的一個字：難。接下去他說：

祖先的輝煌不是子孫的光環，近代陳陳相因、千篇一律的「中國畫」，確如李小山呼籲的將走入窮途末路。我聽老師的話大量臨摹近代水墨畫，深感近親婚姻的惡果。因之從七十年代中期起徹底拋棄舊程式，探索中國畫的現代化。所謂現代化其實就是結合現代人的生活、審美口味，而現代的生活與審美口味是緣於受了外來的影響。現代中國人與現代外國人有距離，但現代中國人與古代中國人距離更遙遠。

要在傳統基礎上發展現代化，話很正確，並表達了民族的感情，但實踐中情況卻複雜得多多。傳統本身在不斷變化，傳誰的統？反傳統，反反傳統，反反反傳統，在反反反反反中形成了大傳統。叛逆不一定是創造，但創造中必有叛逆。

> 我自己同時在油彩和墨彩中探索，竭力想在紙上的墨彩中開闢寬廣的大道，因不少西方人士認為紙上的中國畫沒有前途了。由於敵情觀念和不服氣吧，願紙上的新中國畫能與油畫較量，以獨特的面貌屹立於世界藝術之林。

這篇文章裡，吳冠中道出怎樣橫站在中和西、傳統和現代、油彩和水墨中間。的確，大家公認吳冠中的藝術風格和理念，就是油畫民族化和中國畫現代化。

〈肥瘦之間〉

《吳帶當風》這本散文集雖然無所不談，但是，我姑且按照「橫站」這個脈絡，和大家分享幾篇文章。下一篇談的是〈肥瘦之間〉：

> 減肥，為了健康，更為了美。楊貴妃不需減肥，相反，當時婦女們都想仿效她，增肥。不知李隆基的審美品位是高是低，只從周昉筆底的〈簪花仕女圖〉來看，當時崇尚的女性之肥胖確傾向於雍容華貴之美。趙飛燕以瘦之美征服了漢成帝，豈止趙飛燕，楚宮裡也為崇尚苗條細腰，餓死宮女。他們土法減肥。

楊貴妃名玉環，是唐玄宗的寵妃，身材豐滿，膚如凝脂。趙飛燕是西漢漢成帝的皇后，體態纖美瘦弱，輕盈如燕，傳聞能夠站在一個人手上做出各種舞姿，被稱為「掌上舞」。所以現在我們用「環肥燕瘦」，來形容胖瘦各不同的美女。據說李白喝醉酒後，在唐玄宗、楊貴妃面前寫下〈清平調〉，其中兩句：「借問漢宮誰得似，可憐飛燕倚新妝。」春秋時代楚靈王特別喜歡細腰的女子，所以，後來有「楚王好細腰，宮中多餓死」的說法，原意是在上位者的愛好，對下面的人有很大的影響力，現在我們用「楚腰」形容女子纖細的腰。杜牧一首詩其中一句：「楚腰纖細掌中輕」，就是結合這兩個典故。

接著，文章從美女，轉到繪畫藝術上面談肥與瘦：

繪畫中有疏密對照之美，疏可走馬，密不通風，各走極端，藝術美往往體現在特性之誇張中，走極端。猶如疏密之為兩極，肥與瘦也是造型美中相反的兩極。吳道子畫寬鬆衣著的人物，人稱「吳帶當風」；而曹仲達追求緊窄美，衣紋如溼了水緊貼在身軀上，人稱「曹衣出水」。

中國繪畫藝術上有「吳帶當風，曹衣出水」這兩句話。吳道子是唐代名畫家，作畫用筆雄放，線條富含運動感，而且粗細不一，畫的衣服有飄舉的姿態，像風吹起來的樣子。曹仲達原籍西域曹國，是北齊朝代的人，他畫人物用細勁有力、粗細一致的工筆線條，人物的衣服又緊又窄，就像剛從水裡走出來的人，衣服都緊貼在身上一樣。「吳帶當風，曹衣出水」正是兩個相對的技術，但何嘗不可以「橫站」呢？

西方現代藝術的主要特徵就是表達感情之任性，形式走極端。馬約雕刻的肥婆比楊貴妃胖得多多，其實已超越「胖」的概念，在追求造型中的飽滿與張力，即所謂「量感美」；而當代美國畫家波特羅則更由此道發展進入漫畫世界，肥得臃腫到極限，並將眉眼口鼻都縮成小星點兒，醜中求美，美醜之間難分難解了。

有人說馬約 (Aristide Maillol) 的藝術創作豪邁又沉穩，深邃又粗糙，古典又原始，高昂又謙和，明易又深入，和諧又易動，的確只有大師，才能橫站在這些極端之間。當代南美洲哥倫比亞藝術家波特羅 (Fernando Botero) 是全世界探索肥胖最有名的藝術家，他畫的人像和雕塑臃腫到極限，醜中求美，美醜難分難解。

西方現代造型藝術中也追求瘦骨嶙峋之美，盡量揚棄一切累贅的脂肪、肌肉，突出堅實的人之最本質的架構。瑞士賈克梅蒂於此走到了極端，「人」幾乎存在於幾根鐵絲中，人們評說那屬存在主義了。

美似乎沒有一個絕對的標準，中國歷史上有所謂沉魚落雁、閉月羞花的四大美人：西施、王昭君、貂蟬和楊玉環，西方有希臘神話木馬屠城記的海倫以及埃及豔后等。建議諸位上網找找馬約、波特羅和賈克梅蒂 (Alberto Giacometti) 的作品圖片，的確都非常美，而且是邪氣的美。

法國哲學家帕斯卡在他的《思想錄》裡說過：「如果克莉奧佩特拉（埃及豔后）的鼻子稍微再低一點兒，那麼或許整個地球的面貌就會改觀，世界的歷史就要重寫了。」確乎，美醜之間，差之毫釐，失之千里。

審美往往帶有偏見，藝術創作中，審美的「偏見」倒恰恰是獨特風格之母，偏見由於偏愛，而偏愛則由於發現了別人尚未發現的特色。

十七世紀法國數學家和哲學家帕斯卡 (Blaise Pascal) 是這麼說：「假如埃及豔后的鼻子稍微短一點，整個世界的面貌就不同了。」（註）首先，帕斯卡在這裡玩了一個文字遊戲，面貌的改變表面上是指容貌的改變，其實也指歷史、政治、社會的改觀。當我們用埃及豔后作為美的標準時，合乎這標準的人會得到羨慕、欣賞和寵愛，因而獲得財富、地位和權力。但是，如果我們改變標準，就換另外一群人獲得財富、地位和權力，因此，很可能改寫歷史、政治、社會的面貌。誰能被選入君王側，誰就能一笑傾人城，再笑傾人國，誰就能改寫歷史。

這個說法可以延伸為聰明和努力很難有一個量化標準，但是，我們往往選擇考試的分數作標準；對於研究的成就和貢獻，我們往往選擇SCI論文的數目作標準；對於成功和快樂，我們選擇財富的總值作標準。這些標準都會影響學生、教授甚至社會上每一個人的行為。

如同胖和瘦、美和醜一樣，許多事情即使有大家公認的標準，每個人也必須相信自己心裡的標準，眾人皆醉我獨醒的赤子之心，是值得珍惜的。

〈一對冤家：工筆畫和印象派〉

接著談吳冠中另一篇文章〈一對冤家：工筆畫和印象派〉。

> 工筆畫和印象派似一對冤家。工筆畫要求事事物物均描寫得一清二楚，每朵花的花瓣轉折，每隻鳥的羽毛伸展，都栩栩如生。人們看工筆畫，可近看、細看，可玩味每處局部，既欣賞其美，還尋找其缺失或疏漏。宋徽宗這位大行家就指出過孔雀行動時先舉左腳還是右腳的問題。
>
> 工筆畫將畫面的全部內容羅列在觀眾的眼前，由觀眾的眼睛任意挑選，但看著看著，反容易忘卻了全局的效果。印象派不讓你著眼於任何局部，她只給一瞥的瞬間，讓你留下瞬間的強烈視覺印象。比如蒙住你的雙眼，將你送到郊外什麼地方，然後突然打開你的眼目，又匆匆蒙住你的眼睛。這匆匆一瞥，你未及觀察任何個體事物，卻獲得了鮮明的瞬間印象，這就是印象派繪畫的主旨。

印象派的畫大多色彩燦爛，筆觸錯綜，準確地表現瞬間之美、朦朧之美和含蘊之美。例如嬰兒總是用手指這個、指那個，因為他只注意到眼中看到的獨立物體，能夠著眼於物和物的相同和關聯之處，還得靠智慧的發展和經驗。

這是一個整體與局部的關係問題，在繪畫中整體與局部本該統一，但卻常常相互抵觸、矛盾。有謂「盡精微而後致廣大」，就是先將局部都畫得精微了，才能達到全局的廣大效應。我認為非也，如先著眼於全域的廣大效應，在這前提下再考慮局部的精微，這精微不是主角而是附庸，「廣大」指揮「精微」，則創作過程中不致盲目為精微而精微。某些廣大效應並不需要局部的精微，甚至排斥精微——謹毛而失貌。

既廣大又精微的傑作當然也不少，如呂紀的某些工筆花鳥及波提切利的〈春〉等，一筆不苟而全局十分完整，這種局部與整體的高度統一永遠贏得雅俗共賞。八大山人、馬諦斯等捨精微而突出廣大氣勢，自成絕唱，更是人類智慧的偉大創造。很難說那一對冤家誰是誰非，各有各的理，關鍵是看具體作品的效果。藝術的特色都屬個例，理論想概其全，往往失之於偏。

在藝術上廣大而又精微的傑作也不少，明朝工筆畫家呂紀的〈殘荷鷹鷺圖〉裡，蒼鷹在高空中向下俯衝，鷺鷥倉皇躲入荷葉蘆草裡，張嘴尖聲鳴叫，撲翅騰竄，卻又驚動了原來棲息在水面的兩隻野鴨，東邊兩側的蘆葦、荷葉更增加一份動盪不安的氛圍。

義大利文藝復興時期畫家波提切利 (Sandro Botticelli) 的名作〈春〉，這幅畫裡維納斯女神是代表生命之源的女神，她走過的路上萬物萌發，百花盛開，小愛神丘比特手裡拿著愛情的箭在她頭上飛翔，維納斯左邊是風神，他擁著春神，春神又擁著花神，被鮮花裝點的花神向大地撒著鮮花，維納斯女神的右邊是三位象徵華美、貞潔和喜悅的神，手拉手翩翩起舞，他們旁邊執和平之杖的是天王宙斯的特使愛馬士。這是一幅以大地回春歡樂愉快為主題的畫，可是，畫裡的神態卻又似乎籠罩著一層春寒和哀愁。

八大山人本名朱耷，是明末清初的畫家、書法家。他的畫筆墨簡練，氣勢磅礴，畫風主張「省」，有時滿幅大紙只畫一隻鳥或一塊石頭，寥寥數筆。他的花鳥透過象徵寓意的手法，用誇張、奇特的造型，使畫中的形象突出。

馬諦斯(Henri Matisse)是二十世紀最偉大的藝術家之一，對色彩的運用不論是繽紛鮮豔，還是簡單純粹，無人能出其右，被譽為色彩的天才。他的一些作品在大幅的畫面上用極簡單的內容、極簡單的形體，和僅僅幾種純粹的顏色，例如他的名作〈跳舞〉。在他的畫裡，人頭只是一個橢圓形，他說：「只要需要用一個符號去引發，而不需要用嘴巴、眼睛，強迫別人去想這是一張臉。」

工筆畫和印象派是繪畫裡的一對寃家，推而廣之，在文學作品裡，磅礴氣勢和細膩的筆觸也是。例如，宋朝蘇東坡和柳永都是有名的詞人，有一天蘇東坡問一位很會唱歌的幕僚，他寫的詞和柳永寫的詞，比較起來怎樣呢？那人說：「柳永的詞適合十七、八歲小姑娘拿紅牙板，唱『楊柳岸曉風殘月』；您的詞要找關西大漢拿銅琵琶、鐵彈板，唱『大江東去』。」蘇東坡的「大江東去浪淘盡，千古風流人物」，柳永的「今宵酒醒何處，楊柳岸曉風殘月」都是不朽名句，要建立一個大格局，要有魄力、大手筆、高瞻遠矚，但是，同時也要嚴謹周到，小心縝密。

肥和瘦，美和醜，工筆畫和印象派，大格局和小心謹慎都是極端，但是何嘗不也可以橫站在中間呢？

〈一對軟骨孿生〉

接著談吳冠中另一篇散文〈一對軟骨孿生〉。孿生即雙胞胎，通指同根、同源與相似的人、物、理念和方法；軟骨則是指他們需要相依相靠，甚至可以相輔相成。

> 血統是偶然的結果，無從選擇，更非自願。已成親屬，日久生情，於是父子兄妹子子孫孫被聯繫在

一條無形的脈絡中。但這條脈絡其實並不牢固，因為它不可能符合和適應每個人在社會生活發展中的不斷變化。……友情卻是經過長期相互了解和考驗的結晶，所謂人生得一知己足矣，此言不虛，友情無價。

友情並不是一廂情願，而是經過長期相互了解。古人說「千金易得，知己難求」，又說「得一知己，死而無憾」。但是，正如孔子在《論語》裡說的「益者三友，損者三友」，朋友之中有好的朋友，也有不好的朋友，更何況朋友和親人的分別，往往只是一線之間而已。

傳統是擴大了的血統，血統裡有真情，也有假意，傳統裡有精華，也有糟粕。……但洋是必須吸取的，正如古是必須繼承的，但都須擇其優而取之，承之。……崇洋或復古，在藝術領域裡其實是一對軟骨頭孿生，彼此形神完全一致。

特別是從文化、藝術、社會的觀點來看，復古和崇洋、遠親和近鄰，血統的親情和誠摯的友情之間的關係一樣，它們的確是一對軟骨孿生兒，「古」必須繼承，「洋」必須吸收，故國和外國一樣都混雜著精華和糟粕，必須選擇地繼承和吸收，以燈籠和剪紙來抗拒畢卡索(Pablo Picasso)，用順口溜、火星文來取代李白、杜甫，都是愚昧的選擇。

〈成竹和靈犀〉

還有一篇談創作靈感，題目為〈成竹和靈犀〉：

因記住了竹之形象，落筆便是對這記憶中具體形象的抄襲。因之，胸有成竹的情況中誕生的作品，不會太失敗，但也不容易創造出「超以象外，得其寰中」的傑出作品。

關於成語「胸有成竹」，源自北宋時代一位著名的畫家文同，特別擅長畫竹子，常常到竹林裡觀察竹子的姿態，所以，當他要畫竹子時，心中已經有了具體的構圖、形象和筆法了。「胸有成竹」就是指做事、處理問題時，心中已經有清楚固定的主張和做法。

靈犀都是一種靈感、感覺、感受，難於捉摸，但它卻如蠕動的胎兒，令母親坐臥不安。分娩的母親不知胎兒是男是女，是肥是瘦，是美是醜，也許是畸形的怪胎。當作者感覺到非創作不可之時，緣於心有靈犀，正如母親分娩緣於胎兒的蠕動。但靈犀比胎兒更難預測，從「感受」轉化為「形象」，無論是具象或抽象，這形象完全是一種新樣式了。這樣的創作過程大異於胸有成竹的老規矩。

「心有靈犀」一詞按照古書記載，有一種犀牛叫通天犀，可以感應靈異，所以叫靈犀，現在「靈犀」這詞就代表人和人之間思想和理念的相通和呼應，李商隱〈無題〉一詩中有二句：「身無彩鳳雙飛翼，心有靈犀一點通。」

〈速寫與懷孕〉

還有一篇主題相似的文章，叫〈速寫與懷孕〉，把速寫視為他藝術創作中類似懷孕的過程，他說：

速寫，寫形、寫神、寫情。捕捉素材，捕捉感受，捕捉構思、構圖。

尋尋覓覓在大自然裡發現美。因為美是一種感覺，她雖在物象中閃光，但往往又被蕪雜的物象所掩蔽，故而時顯時隱。慧眼識美醜，作者在蕪雜的物象中提取美之精靈，須動手術，移花接木，移山倒海。速寫似乎是我的手術刀，鋒利而方便，我的構思與構圖多半是先在速寫中成形，懷孕。

身處在大自然中，手揮五弦，目送飛鴻，藝術的創造欲恣意發揮。感覺中夾雜著錯覺，錯覺者，帶著感情之眼所見之美之形態也。離開大自然現場，回到室內，翻遍大量照片資料，再也找不到這珍貴的錯覺了。原來，我是在速寫中緊追自己的錯覺的。

〈拖泥帶水和乾淨利索〉

另一篇題目〈拖泥帶水和乾淨利索〉：

> 在生活中，乾淨利索是褒詞，指處理事情既有條理，且不拖延。拖泥帶水是貶詞，指辦事不乾脆，不得要領又拖拉，是乾淨利索的對立面。
>
> 從技術角度看，作畫要求技法的乾淨利索，排斥拖泥帶水。但是，乾淨利索的畫面有時如冷靜的人面，不動情，不感人。嬉笑怒罵，涕淚橫流是失態了，感情激動時未免失態。情之所至，得意忘形。畫面應留住那得意忘形的現場記錄，筆觸其實就是作者創作時心跳的烙印。石濤說大幅畫不避邋遢，他的著眼點是激情噴發與整體構成。

的確，繪畫中乾淨利索不一定是優點，而拖泥帶水往往是痛哭流涕留下來的痕跡。

吳冠中這幾篇散文，都在談關於對應互補的觀念和方法，可以走極端，也可以橫站在兩個極端之間，猶如中和西，古和今，肥和瘦，美和醜，工筆畫和印象派，傳統和外來，成竹在胸和心有靈犀，拖泥帶水和乾淨利索。在這本《吳帶當風》的文集裡，他另外還談厭舊和懷舊，文物和垃圾，藝術和科學，藝術和技術，還未孵出的小雞和孵不出小鳥的鵪鶉蛋等主題，這些，就留給大家自己去發掘。

（註）Cleopatra's nose, had it been shorter, the who face of the world would have been changed.

第二章

紙短情長的書信

如何寫信？

之前在報紙上看到一則新聞，某位立法委員任期屆滿，當時的立法院院長王金平以信函的形式寫了一份公文給她，聘她任「無給職榮譽最高顧問」。公文以文言文寫成，用了一些不常見的字，也引用一些不常用的成語。其中一部分是這樣寫的：

> 久疏箋候，時切馳思，敬公私迪吉，闔府祥泰為頌。金平承乏立院，轉瞬載，綆短汲深，幸賴委員同仁掖贊，得無隕越。

收到這份公文的委員，直呼看得一頭霧水。後來這公文的新聞引起相當的迴響，多位機關首長都明確表示，公文應該力求簡單明瞭，最好以老嫗能解，甚者以國小五年級學童看得懂為標準。

首先，要讓人看得懂

文字用來傳遞訊息和感情，因對象不同，目的不同，形式也各異。公文是公務人員彼此之間，或者和老百姓傳遞公共事務的訊息之用，因此，必須明確簡單，不含私人意見，也不帶感情因素。法律條文則是執法的依據，必須嚴謹、精準、周密，因此，必然使用許多法律專有詞彙。導引手冊，例如機器使用說明書，必須明白易解，條理清晰。宣傳廣告，為了打動人心，往往使用火辣、誇大，卻是模稜兩可，甚至流於粗俗的字句。

至於私人往來的信函，就海闊天空了。爸爸的信，義正詞嚴，講的是做人做事的大道理；媽媽的信，叮嚀囑咐，不嫌囉唆；兒子的信，最重要的一句話：「請趕快寄生活費」；情人的信，情話綿綿；朋友的信，或者語重心長，或者虛晃一招，因此無法也沒有必要在文字上、格式上設定固定規範。

王前院長的聘書雖然是一份公文，採用信函的格式，以及禮貌地表達感謝與尊敬，這是極恰當的，至於使用「久疏箋候」，還是使用「很久沒有寫信問候您了」，那就是一種選擇。用「綆短汲深」，還是用「我的能力不足以承擔重任，就像綁在水桶上的繩子很短，而井很深一樣」，那就是公文和私人信函之間模糊地帶的選擇。

這個小故事，一方面引起官員和民眾對於公文該怎樣寫的討論，另一方面也提醒我們，傳遞訊息、闡述理念，加上表達情感的信函，不管是私人還是公開，雖有嚴肅教導的作用，也有輕鬆有趣的地方，這是我想多談論的面向。

例如銀行寄來一封催繳欠款的信，關鍵詞是某月某日以前，必須把欠款還清，至於用語是禮貌客氣還是嚴峻冰冷，倒沒有什麼分別，重點就是要錢。對於本來準備還款的人，那些法匠們寫的「到期不還利息加倍，甚至告上法庭，查封財產」等文字，就不必費心思去看懂了。

寫情書，難道必須寫「我愛你」三個大字嗎？梁啟超讀李商隱詩的時候說過：「他講的什麼事，我理會不著，拆開來一句一句叫我解釋，我連文義也解不出來。但是我覺得它美，讀起來令我精神上得到一種新鮮的愉快。」當然詩詞和信函有不同的目的，但是何嘗沒有相同或相似的地方。有一句大家常用的語詞：「盡在不言中」，意思是想要表達的，不必或不能用語言文字完全表達出來。

從表達力思考文體的選用

胡適在一九一七年發表一篇〈文學改良芻議〉，吹起白話文運動的號角。白話文運動提倡「語文合一」，即是書寫文字不用文言文，而改用白話文，目的就是提倡教育普及，因而帶動思想開放。除了「語文合一」，後來也推廣「詩文合一」，正如黃遵憲的「我手寫我口」，胡適的「作詩如作文」。

胡適在一九二〇年出版《嘗試集》詩集，開啟白話詩的先河，其中一首〈夢與詩〉：

醉過方知酒濃，愛過方知情重，你不能作我的詩，正如我不能做你夢。

這四句寫「愛」，都是平常經驗、平常影像，偶然湧到夢中，變換出多少新奇花樣；這四句寫「夢」，都是平常情感、平常語言，偶然碰著個詩人，變換出多少新奇詩句。

《嘗試集》裡有另一首詩，原題目是〈希望〉，後來被譜成大家耳熟能詳的校園民歌〈蘭花草〉：

我從山中來，帶著蘭花草，種在小園中，希望花開早。一日看三回，看得花時過，蘭草卻依然，苞也無一個。

眼見秋天到，移蘭入暖房，朝朝頻顧惜，夜夜不能忘。但願花開早，能將宿願償。滿庭花簇簇，開得許多香。

不過，語言和文字的演變是漸進的，文言文和白話文、古詩和新詩，兩者之間的分野是模糊的，而不是突兀的。現今文字的敘述裡，包含所謂古文、外來語、方言、火星文等，都是自然的事情，甚至可以把訊息表達得更精準，把情感表達得更傳神，如果過分拘泥，就失去用文字語言傳達訊息和情感的原來目的。

不過，我要強調，「我手寫我口」並不等於「我目閱我口」，換句話說，即使我們唸的是白話文和白話詩，也不要排除寫的是古文和古詩，甚至更要鼓勵大家去讀古文和古詩。文言文和白話文不但修辭遣字沒有清晰的界限區分，理念和情感的表達，更是超越界限的區分。千萬不要以「沒有用」一句話，把幾千年來文化累積的寶藏，一股腦兒就拋棄了。

成語、典故、寓言、引用語的使用與拿捏

在文字的敘述裡，使用成語、典故、寓言和引用語等，就像一把兩面刃。美國作家威廉・斐勒(William Feather)說過：「成語、寓言、俗語和引用語，把民族社會裡共同的智慧，和隨著時間累積的經驗保存起來，傳之久遠。」(註1)英國語言學家亨利・福勒(Henry W. Fowler)說：「一個作者用別人的文字，表達自己的想法；或者認為用別人的文字，能把自己的想法表達得更好；或者因為別人的文字優雅風趣，希望用別人的文字引起讀者的共鳴；或者想炫耀他的書讀得多，學問好。但是，如果使用引用語是為了炫耀，那是非常不智的做法。看出這種心態的讀者，會看不起他，沒有看出這心態的讀者，即使會被他唬倒，但也同時會覺得反感。浮誇地使用典故和引用語，其必然的結果是乏味而無趣的。」(註2)我想我們可以把成語、典故、寓言和引用語，看成是伴著月亮的星星，伴著佳餚的美酒，是恰到好處還是過猶不及，都得小心拿捏。

我們從立法院王金平院長寫給一位卸任立委談公務的信函，談到用文字的形式，敘述事實，闡釋理念和表達感情時的要點：

第一，讀者看得懂嗎？(讀者設定是公文的受文者，還是一個國小五年級學生？)；第二，使用什麼文字的形式？(文言文、白話文、外來語、方言還是火星文？)；第三，使用什麼成語、典故、

寓言和引用語？（古、今、中和外嗎？）這三個要點是相關連的，也沒有絕對的、極端的規範，因此，我會在下一篇文章的書信範圍中找一些例子和大家分享。

（註1）The wisdom of the wise and the experience of the ages is preserved into perpetuity by a nation's proverbs, fables, folk sayings and quotations.

（註2）A writer expresses himself in words that have been used before because they give his meaning better than he can give it himself, or because they are beautiful or witty, or because he expects them to touch a cord of association in his reader, or because he wishes to show that he is learned and well read. Quotations due to the last motive are invariably ill-advised; the discerning reader detects it and is contemptuous; the undiscerning is perhaps impressed, but even then is at the same time repelled, pretentious quotations being the surest road to tedium.

唐伯虎和友人的書信往來

「牘」是古代用來書寫文字的木片，通常的大小是一尺長、一尺寬。「尺牘」這個詞演變至今，已經成為信件的代名詞。

古今中外有許多名人的信函流傳廣遠，相信很多人都讀過。例如革命先烈林覺民〈與妻訣別書〉；《愛眉小札》蒐集徐志摩的日記之外，還有他寫給陸小曼的信；古文裡，司馬遷〈報任安書〉、李陵〈答蘇武書〉、李白〈與韓荊州書〉，都可以列為必讀的古文書信。顧貞觀以兩首詞的形式，寫信給他的好友吳兆騫，是至情的文字。還有曾國藩的家書、鄭板橋的家書，充滿了忠言和訓誨。

許葭村的《秋水軒尺牘》、龔未齋的《雪鴻軒尺牘》、袁枚的《小倉山房尺牘》，歷來被認為是清代三大尺牘經典，我在中學時就聽老師講解過。許葭村和龔未齋都是清朝乾隆年代的文人，他們大半輩子都在官府當幕僚，過著清寒潦倒的生活。袁枚是清朝知名的文學家，名列清代「駢文八大家」之首和「江右三大家」之一，文筆又與紀昀（紀曉嵐）齊名，時稱「南袁北紀」，而且還是個美食家。

近幾十年來，我雖然搬了幾次家，在臺北家中的書架上，還找得到快五十年前印刷的《唐伯虎尺牘》，其中有些內容比較有趣、文字比較易解的短簡，反覆誦讀，只覺妙趣橫生，因此選了幾篇出來和大家分享。

講到唐伯虎，大家也許只知道唐伯虎點秋香的故事，其實他的確是一位才華橫溢，能文能畫的才子，他和祝枝山、文徵明、徐禎卿有「江南四大才子」之稱（「江南四大才子」另一個說法是唐祝文周，周是指「周文賓」，不過周是一個虛構的人物，歷史上找不到有關他的記載）。

送茶、贈酒，禮數周全

首先，先來看唐伯虎有一封送茶葉給朋友而寫的小簡：

新茶奉敬，素交淡泊，所可與有道者，草木之叨耳。

我恭敬地奉上新茶，我是個淡泊清貧的人，能夠送給像您這樣有品德和修養的人的，也只是一些草木之類的東西而已。

友人回信說：

日逐市氛，腸胃間盡屬紅塵矣。荷惠佳茗，嘗之兩碗，覺九竅香浮，幾欲羽化。信哉，鄙生非軒冕人也。僅謝。

我每天在庸俗的市井氣氛中討生活，腸胃裡裝滿了紅塵。（紅塵字面是指市井氣氛中的塵土，也指繁華的俗世，例如大家都聽過的「看破紅塵」這句話。）承蒙您送我好茶，喝了兩碗，覺得眼耳口鼻都充滿了香氣，真有「羽化登仙」的感覺。（昆蟲的成長有四個形態變化，分別是卵、幼蟲、蛹到成蟲，「羽化」原指從蛹到成蟲稱為羽化。後來有「羽化登仙」這句話則出自蘇軾〈前赤壁賦〉中：飄飄乎如遺世獨立，羽化而登仙。）最後友人加上一句結語說，當然我也不是一個富貴中人，僅表謝意。（這是回應原先送茶葉的信裡所說「我是個淡泊清貧的人」那句話。）

我們從這個簡單的例子可以看出，「送你一盒茶」、「茶很好喝，謝謝」這兩句話，也可以用不同的方式表達。成語典故的引用，文字遊戲的玩弄，是非常有趣味的。

唐伯虎一封送酒給朋友的信：

一個塵字，忙了許多人。吾輩最忘此塵字不去，酒名可曰掃塵。知君遍來，儘在塵中，聊貢一斗，為君掃之。

意思是許多人都為庸俗的世事忙碌，我們往往擔心跳脫不出這個塵字（塵字是指庸俗的世事），這酒可以叫作掃塵的帚。（這個典故出自蘇軾〈洞庭春色〉詩：「應呼釣詩鉤，亦號掃愁帚。」至於喝的酒和掃塵的帚，兩個字讀音相近，更見妙趣。）我知道您近來盡在紅塵裡打滾，特地送上一斗酒，替您掃塵。

友人回信說：

高陽酒徒，無貂可解矣。既我者適當其時，又不覺身入醉鄉去，容醒時馳謝。

友人在信裡說：我這個酒鬼已經沒有酒可喝，您送來的酒，正是時候，不過，不覺之中，我已經身入醉鄉，等酒醒之後，再過來道謝。

這裡用了兩個典故，秦末年代，有一個人去拜見劉邦，自我介紹說，我是來自高陽喜歡喝酒的人，這就是「高陽酒徒」的出處。（見《史記．酈生陸賈列傳第三十七》）另一個典故是司馬相如和卓文君私奔回到家鄉，沒有錢，只好把身上的貂皮大衣拿去換酒喝，所以有「貂裘換酒」的說法。（見《西京雜記》）

喝一碗茶而生香羽化，乾一杯酒以釣詩掃塵，舞文弄墨，不也多增一分情趣嗎？

才子借錢、催債，一派優雅

唐伯虎寫一封向朋友借錢：

> 青蚨遠我，近未飛來，弟終日奔忙，俱尋孔方兄耳。足下囊有長物，希移數貫，少助腰纏，稍遲數日，即以萬選者歸還。甚無掛慮，即解杖頭。

寫成白話文的大意是：近來手頭很緊，終日都是為找錢奔波忙碌。您荷包滿滿，希望能夠挪借一點，幫我一個忙，數日之後立即歸還，請您不必掛慮，趕快打開荷包吧！

古代傳說，有一種蟲叫青蚨，長得像蠶，體型比蠶稍微大一點。母蚨生下子蚨，子蚨不管被帶到多遠的地方，母蚨一定會飛去和子蚨在一起。按照《淮南子》記載，有一個「青蚨還錢」的方法，把母蚨的血塗在八十一個錢上，子蚨的血塗在另外八十一個錢上，到市場買東西的時候，用塗上母蚨血的錢付帳，塗子蚨血的錢留在口袋裡，有母蚨血的錢就會自動飛回到口袋裡。不管這個說法是不是真的，青蚨因此成為錢的代名詞，所以，青蚨離我遠去，近日沒有飛來，就是近日沒有收入。

中國古代的銅錢，中間有一個方的孔，所以「孔方兄」也是錢的代名詞。至於，銅錢中間為什麼有一個方形孔？一個解釋是可以用繩子串起來，方便攜帶；另一個解釋是銅錢製造時可以串在木棍上，方便修銼銅錢的邊緣。至於圓的錢方的孔，符合古時候「天圓地方」的宇宙觀。所以，終日忙於尋找孔方兄，就是終日忙於找錢。

這封信裡還用了另一個錢的代名詞：萬選。唐朝文人張鷟文章寫得很好，有如青錢般人人喜歡，萬選萬中，所以，「青錢萬選」用來比喻文才出眾的意思。這句成語又可以倒過來，用「萬選」兩個字代表「青錢」。我們不得不佩服唐伯虎，在一封短短的借錢信裡，完全不提錢這個字，卻用了青蚨、孔方兄和萬選三個代名詞。

關於荷包，還有兩個代名詞，一個是「腰纏」，就是把銅錢串起來繫在腰上。有一個關於腰纏的故事：話說四個進京考試的年輕人在路上遇到一位神仙，神仙答應送給每個人一個願望。第一個人說我願為富翁，腰纏萬貫。（「貫」是古代穿錢的繩索，一千個銅錢為一貫。）第二個人說願做揚州的刺史，得眾人仰慕。第三個人說願當神仙，騎著鶴上天下地，逍遙遊玩。第四個人則說他的願望是「腰纏十萬貫，騎鶴下揚州」。（見南朝梁殷芸《小說》卷六）

另一個代名詞叫「杖頭」，這個典故出自三國時代竹林七賢之一的阮籍。他是個喜歡喝酒，不受世俗禮教約束的文人，常常把一百枚銅錢掛在杖頭，獨自出外散步，走到酒店，就把掛在杖頭的銅錢解下來付酒錢。所以，杖頭就是掛錢的地方。

唐伯虎寫信來借錢，怎麼辦？他的朋友回信是這樣寫的：

> 緩急原為常情，挪移亦屬大義。敢不相通，貽譏鄙吝。但弟亦赤洪厓耳，安能副兄所望。僅有若干，謹付令使齎上，特恐涓埃輶褻，不足當大方慨揮，統祈原諒。

手頭有鬆有緊是正常的事情，挪借周轉也是正常的道理，我哪敢因為不肯相通錢財而被譏笑為吝嗇。不過，我的財力和您也是彼此彼此，無法如您所望如數借給您，僅將若干金錢交給您的僕使（齎上指贈送、資助），恐怕這些小錢像涓滴的水、細微的塵埃，褻瀆了您（輶褻指輕簡褻瀆），不夠您大手筆地使用，還希望您見諒。

信裡說我的財力和您也是彼此彼此這句話，用了一個比較偏僻的典故。「紅爺」是古代管錢的官，有一首詩說：我們兩個人都沒有錢，就像穿紅衣服和穿白衣服的管錢的官一樣。意思是管錢的官沒有錢，穿紅穿白都是一樣。因此信裡說我也是穿紅衣服的管錢的官，就是說我也沒有錢的意思。

還不出欠款託詞：歸璧有心，點金無術

錢借給朋友卻遲遲不見歸還，自然得寫信去要。朋友沒有錢還，只好回信說抱歉，這兩封信一來一往，該如何寫呢？唐伯虎討債的信這樣寫：

> 焚券市義，古人高風，非不慕之，力無能耳。前承金諾，又已逾期。竟令涸轍之魚，空待西江之水，似非知我所應如斯。希即措償，以舒懸切。

唐伯虎說：「焚券市義」是古人高尚的行為，我並非不仰慕這種做法，只是沒有能力而已。以前承蒙您的金諾，但是已經過期很久。我等著您還錢，好比在乾涸車轍中的魚空等著西江的水，這不像老朋友該有的行為。希望您趕快找錢還債，免得我像被吊在半空中一樣擔心。

「焚券市義」是指戰國時代齊國公子孟嘗君派手下的食客馮諼到他的封地薛去收債的故事。馮諼問孟嘗君，收債之後要買些什麼東西回來？孟嘗君說就買我家裡沒有的東西。馮諼到了薛，假傳命令說，孟嘗君決定免收所有的借債，而且把借條都燒了，老百姓莫不歡呼萬歲。馮諼回到孟嘗君那裡，孟嘗君問：您為什麼這麼快就回來？您替我買了什麼東西？馮諼說：您吩咐我買些家裡沒有的東西，所以我把借條都燒了，替您買了「義」。一年之後，孟嘗君回到薛去，百里之外，老百姓扶老攜幼歡迎他，孟嘗君很感動地對馮諼說：「你替我買的義，我今天看到了。」「金諾」一詞源自漢朝季布的事蹟，他是一位重諾言、守信用的人，當時有諺語說：「得黃金百斤，不如得季布一諾。」

「涸轍之魚」和「西江之水」兩句成語來自《莊子》。莊周因為家貧，去找了一個管理河道的小官（監河侯）商借米糧。這個小官說：「好的，等我收到老百姓的租稅，就借你三百兩銀子好嗎？」莊周聽了很生氣地說：「我來的時候，看見路上快乾涸的車轍（車輪輾過留下的痕跡）裡，躺著一條鯽魚。鯽魚對我說：『我從東海來，快乾死了，您可以給我一升或一斗水，救我的命嗎？』我說：『可以，等我往南邊去，遊說吳國和越國的君王，引西江的水來救你好嗎？』鯽魚說：『等到你把西江的水引來，不如到賣乾魚的攤子找我。』」

接到朋友催債的信，錢還是還不出來，該如何回信呢？唐伯虎的友人寫道：

> 歸璧有心，點金無術。僕實迫於莫可如何者，豈甘作負債人耶。足下且略跡原心卓識，存設身處地之深情。希再展現，自應清償。漫謂靦然人面，終亦食言者。

一開頭說「歸璧有心，點金無術」，點出自己的心境，接著說，我實在迫於無可奈何，哪裡甘心做負債之人呢？還請您本著照顧我的初衷和設身處地的情義，再延展還款的期限。屆時我會清償借款，不會厚著臉皮做食言的人。

「歸璧有心」來自藺相如完璧歸趙的典故；「點鐵成金」這句則源於宋朝黃庭堅談論如何寫文章的一段話。他說：古人寫過的文章，只要稍稍改動一下，若是改動得宜，「如靈丹一粒，點鐵成金也」。這句成語讓我聯想起一個有趣的例子，宋朝王安石有一首詩，其中一句千古名句：「春風又綠江南岸」，看過的都說這個「綠」字用得極好。據說在王安石的手稿裡，他先寫春風又「到」江南岸，後來改成春風又「過」江南岸，再改為春風又「入」江南岸，再改春風又「滿」江南岸。最後用「綠」

字，可以說是點鐵成金。

至於「食言而肥」這個成語，春秋時代魯國有個大夫叫作孟武伯，他的一個毛病是時常說話不算數。有一天魯哀公宴請群臣，孟武伯對另一個大臣說你怎麼愈來愈胖了，魯哀公這時插口指桑罵槐地說：「是食言多矣，能無肥乎？」

邀友人同舟共乘應答

唐伯虎要去旅行，船已經安排好了，寫一封信邀請友人同行：

覓就小舟，只恐太窄，不堪並載。若肯俯同，定不以窄為嫌也。遲速尚未定期，另當相聞，費無所用，繳上。

我已經找好了一艘小船，只是恐怕空間太狹窄，不足以供您同行使用；但是，如果您同意的話，那就表示您不在意，行程尚未決定，當再告知，費用就不必計較了。

友人的回信說：

片雲天共遠，永夜月同孤。此遊人苦況，乃爾我無殊者。允與同舟，時相晤話，則此心已寬而舟不窄矣。但行期已決，希早與聞。俾拾行李，免致周章。至臺云不須船價，非隱拒我耶？

回信引用了杜甫的兩句詩：「片雲天共遠，永夜月同孤。」意思就是一個人孤單在外，只有天上遠遠的一片雲和晚上的月光相陪伴。接下去說，這是出外遠行辛苦之處，對我們也是一樣。蒙您允許我和您同船，可以聊天談話，心能夠寬敞，就不會覺得船狹窄。行期決定之後，請盡早告訴我，讓我好收拾行李，免得耽擱。至於您不收我的費用，那不是暗中見外嗎？

笑論御妻祕方

唐伯虎有一個朋友，以怕太太出名，唐伯虎寫了一封信去逗笑他：

尊夫人，巾幗丈夫也。獅一吼，固宜陳居士之落魄哉。但令小子推病七八日，尊夫人自軟性二三分。此龍宮祕方也，不宜輕泄。

「巾幗」是古代婦女用來覆蓋頭髮的頭巾和髮飾，「巾幗丈夫」就是「男人婆」。接著說，獅子大聲一吼，怪不得陳居士會失魂落魄了。不過，如果您裝病七八分，尊夫人就會軟弱下來兩三分了。這是名醫孫思邈在海底龍宮得來的祕方，千萬不要輕易外洩。

蘇東坡被貶到黃州，在那裡有個好朋友陳季常，陳季常住在龍丘的地方，外號龍丘居士，是個有才德而不出仕的人。陳的夫人柳月娥來自河東望族。當陳季常在家裡宴客，並有歌女陪酒的時候，柳月娥就拿了木棍去敲打牆壁，把客人罵走。蘇東坡因此寫了一首打油詩：「龍丘居士亦可憐，談空說有夜不眠。忽聞河東獅子吼，出杖落手心茫然。」現在「河東獅吼」就是指凶悍的老婆，「季常之癖」指怕老婆。

唐伯虎怕老婆的朋友這樣回信：

接足下來方，始信非個中人，未許說此也。兄既授弟以龍宮術，弟亦謹報兄以赤理木矣。笑笑。

接到足下寄來的祕方，很明顯地如果不是有親身經驗的人，說不出這個道理。既然你教我一個祕方，我也告訴你一個，那就是去找一片赤理木的樹葉。（按照古書記載，赤理木的樹葉是治妒嫉的良方。）

讓我解釋稱朋友為「足下」的典故。春秋戰國時代，晉文公登上霸主的地位，論公封賞群臣。可是，追隨了晉文公十九年，而且他當在外面流離逃難沒有東西吃的時候，還割下自己的肉給晉文公吃的介子推，就決定退出朝政，隱居到山中，不再出來。晉文公想要把介子推從山中逼出來，派人放火燒山，可是介子推和他的母親二人抱著一棵大柳樹被燒死了。晉文公砍了一段燒焦了的柳木，做成一雙木屐，每天望著這雙木屐嘆息說：悲哉足下。這就是用足下作為對朋友尊敬的稱呼的出處。而且晉文公為了哀悼介子推，下令全國在介子推被燒死的那一天，農曆三月五日禁止生火煮食，這就是「寒食節」的源起。

讓我打一個岔：唐太宗賜給他得力的宰相房玄齡幾個美女為妾，可是，房玄齡的夫人很妒嫉，極力反對。唐太宗就派太監送了一壺毒酒對房夫人說，如果不同意房玄齡納妾，就必須把這壺毒酒喝下去。房夫人二話不說，拿起毒酒一飲而盡。原來唐太宗也沒有那麼狠，房夫人喝的只是一般的醋，這就是吃醋成為妒嫉代名詞的來源。

請託朋友推薦良醫

唐伯虎生病了，寫信請朋友推薦一位醫生：

造化小兒，真苦人者。僕今臥病，已至形瘽。恐此沉痾，不能復起。欲覓三折肱者，或能救此殘生。奈懵然罔覺，不知是誰。仰祈足下為我擇之。

「造化小兒」是病魔的代名詞，造化指命運，小兒就是小子，是一種輕蔑的稱呼。病魔讓我吃盡苦頭，臥病在床，已經瘦弱不堪，這一回恐怕真的重病難起了。能夠找到一位有經驗的醫生，或許還可以救我這一條老命。但是我懵懂無知，不曉得去找誰，拜託您幫我找一位醫生吧！

朋友的回信說：

誰為扁鵲，術自長桑，所以賢不薦醫，恐貢舉非其人耳。今貴體違和，諭為代覓。若避此嫌，又涉方命。因擇平時有為種杏者，試令調治，諒獲神功，可驅病魔，隨即退舍。

到底誰是從長桑君那裡學到醫術的神醫扁鵲，是無法知道的。所以，聰明人都不敢向別人推薦醫生，就怕推薦不適當的人。但是您身體不舒服，交代我替您找醫生，我怎能為了避免推薦的醫生不適當，而不聽從您的吩咐呢？因此，我找了一位平時治癒很多病人的醫生來幫您調治，相信他的神功可以驅除病魔，令病魔立即退避三舍。

稱讚醫生的醫術有幾個常用的成語典故，在醫生的診所裡，我們常看到一些牌匾寫著「華陀再生」、「扁鵲重生」、「杏林春滿」、「三折其肱」、「功同良相」等。這來回兩封信用了幾個和這些成語有關的典故，讓我一一道來。

中國古代有三位名醫，華陀、扁鵲和董奉。華陀是東漢末年名醫，精通內科、外科、婦科、兒科和針灸，也是中國醫學史上公認第一個使用麻醉藥來麻醉病人，然後進行外科手術的醫生。華陀最有名的故事，就是《三國演義》裡為關公刮骨療毒的神技。關公帶兵攻打樊城，右臂中了一支毒箭，青腫不能動，而且毒已入骨。華陀用尖刀割開皮肉，再刮去骨上的箭毒，悉悉有聲，一旁軍官士兵都顏面失色，關公卻一邊和馬良下棋，一邊喝酒談笑自如。華陀把骨上的毒刮乾淨之後，敷上藥，縫上線，不久關公的右臂就完全康復。後來曹操頭部疼痛，找華陀替他治病，華陀說必須用利斧劈開腦袋，取出裡面的瘀血才可以根治。曹操認為華陀想要謀害他，就殺了華陀。用現代醫學的語言來說，曹操可能患了腦溢血的病症，也的確必須開刀清除瘀血。

扁鵲是公元前四百年的周朝人，奠定中國醫學裡望、聞、問、切四種診斷疾病的基本方法。望就是觀察病人的身體狀況，包括面色、舌苔等；聞就是聽病人的說話、咳嗽、喘息，並且嗅他的口裡或者身上的異味；問就是詢問病人的症狀和病史；切就是用手把脈，或者按壓腹部診療是否有異常。據說扁鵲隨神仙長桑君學醫，不但得到他傳授的醫術，而且長桑君給他服了藥，讓他可以看見病人的五臟六腑，從而知道病的根源，這也許是今天X光的功能。

董奉也是三國時代的名醫，他為病人治病卻不收任何費用，但是他有一個要求，經他治好的重病患者要種植五棵杏樹，病輕者種一棵。多年下來，他治好成千上萬的病人，也有了成千上萬棵杏樹的杏林。因此，種杏被用來作為行醫的代名詞，杏林也就指醫學界。

還有些成語是用來讚美醫生的，例如「三折肱為良醫」，肱是胳膊，這句話說胳膊折斷過三次就可以成為好醫生了，也就是有了豐富的經驗，就自然成為一個好醫生了。「三折肱為良醫」，縮短為三折其肱，就是有經驗的醫生的意思。另一句成語「不為良相便作良醫」，出自宋代明儒范仲淹，意思是沒有機會做好宰相，就做一個好醫生。良相治國，良醫活人，都是基於仁人愛物的心懷，所以，「功同良相」，也就是一位好醫生的意思。

論讀書與交友

唐伯虎有一封和朋友討論讀書的短信：

為蠶養桑，非為桑也，以桑飯蠶，非為蠶也。逮蠶吐繭而成絲，不特無桑，蠶亦無矣。取其精，棄其短，取其神，棄其形。所謂羅萬卷於胸中，而不留一字者乎。

為蠶種桑樹，不是為種桑樹而種桑樹，用桑葉來養蠶，不是為養蠶而養蠶。等到蠶結繭而成絲，不獨桑樹沒有了，蠶也死了。同理，讀書要擷取精細微妙的要點，摒棄粗糙疏淺的贅言，擷取內涵，摒棄外表，就是所謂讀萬卷書轉化為思想存在心中，而非背誦文字。

這封和朋友討論讀書的短信，饒富深意，其中一個要點是，書要讀得多，不妨讀得雜，沒什麼書是完全無趣的，讀了之後趣味就會出來，沒什麼書是看不懂的，用心讀就讀得懂。讀某些書是為獲得知識，以學以致用為目的，讀某些書是為修心養性，是為了欣賞、享受。讀書有精讀和略讀的分別，也要有吸收、篩選和摒棄的過程。一個人讀的書，呈現在他的思想、人格、行為、談吐和風度上面，絕對不等同於一份書單代表的意義。

路過友人的家，卻沒有進去拜訪，唐伯虎回來之後寫了一封信去問候：

形如弱柳，跡似浮萍。以弟生平，隨風鼓盪，不堪為知己道者，寧敢以瀆神聰耶。然前經珂里，擬步龍門。乍聞足下頤養天和，不通俗謁。又恐陳公之下榻，視為徐子之方來也。不然已經闊別多時，寧敢忘情若此。容暇趨謁，祗聆教言。

我的身體像衰弱的楊柳，我的行蹤像無根的浮萍，我的生涯隨風飄搖動盪，在好友面前實在不值一提，所以也不敢來煩您。日前經過您的豪邸，本來想進去拜望，可是聽說您在家休養，不和庸俗的人見面，我更怕您過分客氣地接待，就像陳蕃接待徐孺那樣。否則我們分別那麼久，怎敢忘記這份情誼呢。等您有空我再來拜望，聽候您的指教。

到底陳蕃如何接待徐孺呢？陳蕃是東漢末年的一位大臣，漢靈帝時，官至太府。太師、太府、太保並稱為三公，是地位最高的官銜。陳蕃不喜歡應酬，更不輕易接待賓客，可是他對學問很好卻淡泊名利的名士徐孺非常敬重。每次請徐孺過來，兩個人都相談甚歡，陳蕃還特別為徐孺準備一張床，留他過夜。等徐孺走了，陳蕃就把床掛起來，不許別人使用，這就是王勃在〈滕王閣序〉裡說，「徐孺下陳蕃之榻」那句話的出處，意思就是對來訪的客人殷勤熱忱地接待。

朋友回信說：

> 昔王子猷乘舟訪戴，到門輒返，竟不登堂，反託詞於興盡，何妨竟爾以歸。想足下欲師古人，以故如是耶？不然雖云羅雀之庭，可作停驂之廄，何為高踪遂不枉顧？若果仍戀舊情，僕當掃徑以俟。

當年王子猷坐了小船去訪好友戴達，可是到了戴達家門前就掉頭回家，居然不進門坐坐，反而用興盡而歸作為託詞。您是不是想模仿古人的行為才這樣做呢？我家門前雖然人氣不旺，還是有地方可以停放您的黑頭車，為什麼不肯進來看我呢？如果還掛念舊日情誼，我會把門前的小路打掃乾淨，等候您大駕光臨。

王子猷和戴達的故事是怎麼回事呢？王子猷是王羲之第五個兒子，出生名門，有文人率性而為的作風。話說有一天，王子猷半夜醒來，看到外面下大雪，忽然想起住在曹娥江上游剡縣的好友戴達，就立刻乘小船想去看朋友。小船走了很久，終於在第二天中午抵達戴達家門前，但王子猷沒有登門卻轉身回家去了。人家問他，既然去了，為什麼不進去看戴達呢？他說：「吾本乘興而來，興盡而返，何必見戴！」

託月老為兒子說媒

封建時代，男女授受不親，既無手機可以傳遞短訊，又無網路可以公開徵求，因此老爸還得找媒人替兒子說親，拜託媒人的信是這樣寫的：

伐柯須斧，詠自風人。婚姻之始，重冰語矣。小兒年歲漸長，家室未諧。聞某令愛稱閨中秀，弟自分寒陋，難結高門。然茍得鼎言，力為撮合，安知不荷其金諾。

信的大意是：男婚女嫁，需要媒人說合，我正想為我的兒子找一個匹配的老婆。聽說某人的女兒待字閨中，是一位賢淑的美女，我們家境簡陋，難以高攀豪門，只能靠您大力說媒來撮合了。如果真能成事的話，自然不敢忘記媒人的功勞。

執柯的柯是指斧頭的柄，執柯就是拿著斧頭的柄。《詩經》裡有兩句：「伐柯如何？匪斧不克，取妻如何？匪媒不得。」意思是做斧柄非用斧頭不可，找妻子非靠媒人不行。第一句的含義是，斧頭和斧柄必須互相配合，所以，明說執柯，實指做媒。

冰人也是媒人的代名詞。古時候士子娶親，多選在冰雪尚未融化的仲春二月，古人認為這段時間正是陰陽交接時候，陰氣漸漸消退，陽氣開始萌生，萬物即將蓬勃生長。在這段時期結婚，不但合乎陰陽之道，也配合農務尚未開始，大家有空辦喜事。晉朝有位官員叫作令狐策，有一天夢見自己站在冰上，對著冰下面的人說話。他找了一位解夢專家來解夢，專家說：冰上屬於陽，冰下屬於陰，冰上和冰下對話，就是有關婚姻的事，您是要當媒人的。

邀紅粉知己遊湖賞花

唐伯虎有一位紅粉知己叫徐素，和唐伯虎有白頭之約，可惜很年輕就過世了，唐伯虎為之傷痛不已。以下是唐伯虎在某年晚春時邀徐素一起郊遊的一封信：

採綠有心，踏青無伴。如布衣素屐，得一司香紅袖同遊，則青山缺處，會見花鳥亦迎人作笑也。君素自命知風雅，何不許我同遊乎？豈別有慧心，獨向山陂水崖叮嚀語燕，細勸啼鵑，招落花遊魂，寄殘春消息，故不容他人在旁相擾耶？僕已雇小舟，擬作山塘竟日遊，看水面落花，聽枝頭燕語。君遊不願人從，不知亦肯共我遊乎？人言殘春景物悽慘，僕則濃陰深綠，卻另有一種風趣。有非世俗所能領會者，君如解人，亦當有悟。專此速妝，幸毋珊珊其來遲也。

我很想去採摘綠葉，卻沒有同伴可以和我一起在草地上散散步。穿著樸素的我，如果有一位打扮漂亮的美女相伴，那麼在青山低處，花鳥都會笑著來迎接我們。您常常說自己是懂風雅的人，為什麼不許我和您結伴出遊呢？難道您有別的想法，想要在山坡水邊叮嚀燕子、勸說杜鵑，招回殘落的花魂，傳遞春天即將逝去的消息，所以不許別人在旁邊打擾？我已經訂了一艘小船，準備一整天在山下的湖上遊玩，看水上落花，聽枝頭燕語。我知道您出外遊玩，不喜歡有人跟蹤，但是，不知道是否願意和我一起出遊呢？有人說晚春的景色是淒慘的，我倒覺得濃蔭深綠，另有一種風趣，不是世俗的人所能領會。聰明如您，自然能夠體會，請您趕快梳妝打扮，不要姍姍來遲喔。

這信寫得殷勤細心，風趣逗人，而又死打爛纏，喋喋不休。信裡沒什麼偏僻的典故，清新易讀。看了原文，一定會同意比白話文版更勝百倍。

納蘭性德與摯友的詩詞唱和

納蘭性德字容若，出身滿州正黃旗人，有「清初第一詞人」之稱，他的父親納蘭明珠是康熙的重要大臣。納蘭性德二十二歲中進士，文思敏捷，書法娟秀，又明音律，精於騎射，是一位真才子，康熙也特別重用他，可惜三十一歲時因病逝世。

一片冷香惟有夢，十分清瘦更無詩

納蘭性德有一位好友顧貞觀，號梁汾。顧梁汾是明末清初非常有才華的詞人，和納蘭性德時常一起相唱和。顧梁汾有一首詠梅的詞〈浣溪沙．梅〉：

物外幽情世外姿，凍雲深護最高枝。小樓風月獨醒時。
一片冷香惟有夢，十分清瘦更無詩。待他移影說相思。

梅花優雅的情調和姿態是無可比擬的，凍雲襯托出梅花高高的枝椏。（凍雲的「凍」把冬天的季節帶出來了，還加上一分烏黑沉重的感覺。）我獨自在小樓上享受這氣氛和這環境。（這句話講自己的心情。）

下面兩句又回到描寫梅花。梅花的一片冷香就像在夢境一樣，不能用詩來描寫。（用冷香來形容梅花的香，用清瘦來描寫梅花姿態。）夜色漸深，梅花的影子在移動，讓我向他訴說相思之情。（這個「他」，又是誰呢？）

納蘭性德回了一首〈夢江南〉唱和：

新來好，唱得虎頭詞。一片冷香惟有夢，十分清瘦更無詩。標格早梅知。

近來很好，讀到您寫的詞，其中兩句很精彩：一片冷香惟有夢，十分清瘦更無詩。您清高的品格，就像梅花一樣。（虎頭什麼意思呢？晉代書法家顧愷之小字虎頭，他和顧貞觀同姓而且同鄉，所以用虎頭代替顧貞觀。）

雖然，詩詞唱和多半是用同樣的韻，但是，用同樣的句子，也是唱和的一種形式。

以〈金縷曲．贈梁汾〉抒發友情

納蘭性德寫給顧梁汾的一首詞作〈金縷曲．贈梁汾〉：

德也狂生也。偶然間、緇塵京國，烏衣門第。有酒惟澆趙州土，誰會成生此意。不信道、竟逢知己。青眼高歌俱未老，向尊前、拭盡英雄淚。君不見，月如水。

共君此夜須沉醉。且由他、蛾眉謠諑，古今同忌。身世悠悠何足問，冷笑置之而已。尋思起、從頭翻悔。一日心期千劫在，後身緣、恐結他生裡。然諾重，君須記。

這闋詞是納蘭性德初識顧梁汾時寫給他的。納蘭性德是富貴門第的公子哥兒，而顧梁汾只是一個剛剛辭官、不得志的書生。這首詞上半闋大意是：我本來是一個狂放不羈的人，偶然地在京城混跡於官場，又生長在富貴門第。我想仿效戰國時代趙國平原君一樣招賢納士，可是誰會理解我的心意呢？

完全沒有想到，遇到你這一位知己。我們相知相敬，而且還年輕未老，讓我們縱酒高歌，擦乾英雄不得志感傷的淚，月明如水。

下半闋的意思是：今天晚上讓我和你共醉。才華出眾、品行端正的人，容易受到謠言中傷，這是古今常有的事。前途遙遠迷茫，冷笑置之就好了。雖然回想起，難免有幾分後悔。我們今天以心相許的友情，即使經過劫難，也依然存在，後半生的緣分，恐怕要等到來生再補足了。我們珍重諾言，請你在心頭牢記。

吳兆騫之「丁酉科場案」

顧梁汾有一好友叫吳兆騫。吳兆騫字漢槎，也常被稱為吳季子，一個說法是當時的文人喜歡用古人的名字作為代號，吳季子是戰國時代「墓前掛劍」的故事。吳兆騫生於崇禎四年，小時就有才名，但是生性狂放，據說在書塾讀書時，把同學的帽子拿來小便，老師責怪他，他說與其放在俗人頭上，不如拿來盛小便。

清順治十四年（公元一六五七年，歲次丁酉），吳兆騫考中舉人，以為是仕途開始，卻發生一場意想不到災難。當時考試主考官被揭發偏袒作弊，而吳兆騫被仇人誣陷，捲入其中。被召到京城複試時，他交了白卷。為什麼交了白卷呢？一個說法是殿試的時候太緊張了，另一個說法是他因憤怒而抗議。順治皇帝親自定案，吳兆騫被革除舉人身分，受四十大板刑罰，家產被沒收，父母、兄弟、妻子一起被流放到黑龍江的寧古塔。

吳兆騫的好友，詩人吳偉業（號梅村）寫下感人肺腑的〈悲歌贈吳季子〉，其中有幾句：「山非山兮水非水，生非生兮死非死」，「生男聰明慎莫喜，倉頡夜哭良有以，憂患只從讀書始，君不見，吳季子！」

顧梁汾為吳兆騫送行時，許下諾言，要全力營救他。顧梁汾認識納蘭性德，請求他幫忙。納蘭性德當時沒有答應，因為這是順治皇帝定的案，不容易轉圜。離別之後，顧梁汾用〈金縷曲〉為詞牌，寫了兩首詞作為給吳兆騫的信，的確是催人淚下的千古絕唱。

納蘭性德看到之後，為之動容，他對顧梁汾說：「我在十年之內，一定要替你處理好這件事情。」顧梁汾說：「人的壽命沒多長，請您以五年時間為期。」納蘭性德感動了，這段期間納蘭性德也寫了一首〈金縷曲〉給顧梁汾，題目是〈簡梁汾〉，表明對營救吳兆騫的事，義不容辭，其中幾句：

> 絕塞生還吳季子，算眼前，此外皆閒事。知我者，梁汾耳。

眼前除了把吳兆騫從遠方救回來，其他的事都不重要，了解我的只有你顧梁汾了。

經過納蘭性德、顧梁汾和其他友人的努力，而且籌到一筆兩千兩的贖金，五年後，吳兆騫終於回來了。後來在偶然的機會，他到納蘭性德家，看到納蘭性德父親的書房裡，牆上掛著一個條子寫著：「顧梁汾為吳漢槎屈膝處」，他淚如雨下。

〈金縷曲〉寄營救之心與思念之情

顧梁汾寫給吳兆騫兩首〈金縷曲〉，第一首是這樣的：

> 季子平安否？便歸來，平生萬事，那堪回首。行路悠悠誰慰藉？母老家貧子幼。記不起從前杯酒。魑魅搏人應見慣，總輸他覆雨翻雲手。冰與雪，周旋久。
>
> 淚痕莫滴牛衣透，數天涯團圓骨肉，幾家能夠？比似紅顏多薄命，更不如今還有。只絕塞苦寒難受。

廿載包胥承一諾，盼烏頭馬角終相救。置此札，君懷袖。

我依照原詞的韻腳，用白話寫出來：掛念著，你可平安否？即使你歷劫歸來，這輩子千千萬萬的傷心事，哪堪回首？孤單的長路上，有誰來慰藉？母親年老，家庭貧困，稚子年幼。已經記不得從前一起言歡把酒。牛鬼蛇神，欺凌善良的作為已是司空見慣，更哪能應付那些卑鄙骯髒的黑手。冰和雪折磨你很久。

即使悲傷流淚，也不要把襤褸的破衣溼透。而且海角天涯，骨肉依然同在的，又有幾家能夠。古來紅顏多薄命，想不到這種心酸的遭遇，今天依然有。你在絕境遠處，苦寒難受。我會牢記古人的榜樣，絕不忘記二十年前的承諾。更盼望奇蹟出現，終能把你拯救。期盼這信帶著我的心願，長懷在你的衣袖。

「廿載包胥承一諾」用的典故是春秋時，吳兵破楚，楚國大夫申包胥趕赴秦國求救，跪於秦朝宮廷哭了七天，終於感動秦王發兵救楚，完成他復興楚國的承諾，在這裡表明自己營救老友的承諾一定會實現。「盼烏頭馬角終相救」引用的典故是戰國時，燕太子丹在秦國當人質，秦王不准他返國，曾說除非烏鴉白頭，馬兒長角，才允許太子丹返國。顧梁汾用這個典故，表明無論如何困難，也不會放棄營救老友。

顧梁汾第二首〈金縷曲〉：

我亦飄零久！十年來，深恩負盡，死生師友。宿昔齊名非忝竊，只看杜陵窮瘦，曾不減，夜郎僝僽，薄命長辭知己別，問人生到此淒涼否？千萬恨，為兄剖。

兄生辛未吾丁丑，共些時，冰霜摧折，早衰蒲柳。詞賦從今須少作，留取心魂相守。但願得，河清人壽！歸日急繙行成稿，把空名料理傳身後。言不盡，觀頓首。

用白話寫出這首詞：我也飄零許久，十年來辜負你的深恩。我和你生死與共，亦師亦友。我倆在文壇上並列，絕不是盜竊得來的虛名，可是，今天剩下的，只是和杜甫一般的窮和瘦，（杜甫自稱杜陵布衣，因安史之亂流落西南，生活窮困，作者借比喻自身的處境。）和李白一般的流離遠處，（李白因永王李璘謀逆案牽連，被流放至夜郎，也就是現今貴州關嶺縣一帶。）潦倒困愁。我的妻子已經過世，知己如你，又遠遠別離。不禁要問：人生到此淒涼否？千般怨，萬重恨，讓我向你傾剖。

我小你六歲，你生在辛未，我生在丁丑。這段時間以來，我們就像受盡冰霜摧折，早已衰弱的楊柳。以後應該少寫一點詩詞歌賦，把時間留下來，讓心靈交流。祈願黃河澄清，人能長壽，歸來之後，趕快把這段經歷記載下來，把事情處理好，流傳身後。思念之情，言語無法道盡，貞觀頓首。

林肯總統的私人信函

經由信件傳遞訊息和感情，因為對象和目的的不同，表達的方式也有很大的變化空間。在英文裡，值得細讀的著名書信包括：麥克阿瑟將軍 (Douglas MacArthur) 以禱告的格式寫給他剛出生兒子的信，拿破崙寫給約瑟芬的情書，英文詩裡最有名的一對詩人——羅伯・白朗寧 (Robert Browning) 與伊莉莎白 (Elizabeth B. Browning) 夫妻之間的情書，還有馬克・吐溫 (Mark Twain) 的書信集，林肯總統的書信集，這些都是智慧和幽默的寶藏。

懇請老師指導兒子如何待人處事

林肯用詩歌短句的形式，寫信給兒子的老師，懇請老師教導他的兒子如何待人處世，節錄如下：

請讓他學到，
並非每個人都是公正，
並非每個人都是誠實。
但也請您告訴他，
有一個壞蛋，也會有一個英雄。
有一個自私自利的政客，也會有一個無私奉獻的領袖。

有一個敵人，也會有一個朋友。
請您帶領他遠離妒嫉，
傳授給他安靜微笑的祕密。

讓他盡早學到，
霸凌是最不堪一擊的。

開示他，書本裡的奇妙。
為他安排寧靜的時光。

也讓他欣賞天空中的飛鳥，
陽光底下的蜜蜂，
和青翠的山坡上的花朵裡，永恆的奧祕。

請讓他學到，
在學校裡，不及格遠比作弊光榮。
鼓勵他，對自己的理念要有信心，
即使別人都告訴他這些理念是錯誤的。

請教導他，
謙虛地對待溫文的人，
嚴格地對付粗暴的人。

麻煩您，幫助我的兒子建立堅定的意志，
即使眾人隨聲附和，
他也不會隨波逐流。

請您教導他，聆聽別人的意見，
但也教導他用理智過濾這些聲音，去蕪存菁。

請您教導，如何在哀傷中微笑。
告訴他，流淚不羞恥，
告訴他，冷言冷話，不值得一顧，
同時也要提防過度的甜言蜜語。

請您告訴他，可以為有價值的使命，
付出他的氣力和腦袋，
可是，他的心和靈魂卻都是非賣品。

請您教導他，在亂民的嚎叫聲中，掩住耳朵，
當他認為自己是對的時候，站起來奮戰。

請您輕柔地鍛鍊，但是不要姑息他，
因為，只有烈火才能夠煉出精鋼。

讓他敢於急進，也讓他有堅忍不拔的勇氣。
請您教導他永遠對自己保持高度的信心，
因為這樣他才會對人類有高度的信心。
我知道這是莫大唐突的懇求，
還是請您費心，
他是個可愛的小鬼，
我的小娃娃。

信裡對兒子的諄諄教誨

以下是林肯寫給他兒子的一封信：

我寫這封信給你，有三個理由：第一，生命、運氣和意外是無法預測的；第二，沒有人知道能夠活多久；第三，有些話早點說還是比較好。

我是「你的父親」，假如我不告訴你這些，沒有別人會，我下面講的是我自己痛苦的經驗，也許可以減少你許多不必要的頭疼，在你的生命裡，記住下面的話：

不要對那些對你不好的人懷恨，除了你的媽媽和我之外，沒有人有義務好好對待你。那些對你好的人，你要珍惜和感激；但是同時也要小心，因為每個人的每一個動作都有他的動機。當一個人對你好的時候，並不代表他真的喜歡你，你要小心，不要一下子就把他當作真正的朋友。

沒有人是不可以取代的，世界上沒有任何一件東西是必須擁有的，你了解這個觀念之後，即使周圍的人不再要你，或者即使失去最愛的人和物，你也能夠泰然地繼續前行。

生命是短暫的，如果今天浪費生命，哪天你會發現生命將離你而去。愈早知道珍惜生命，你也愈能享受生命。

愛情不過是瞬間的感覺，而且這份感覺會隨著時間和一個人的感情而消逝，假如你的愛人離開你，要忍耐，時間會洗去你的痛苦和哀傷，不要過分強調愛情的美麗和甜蜜，也不要過分強調失去愛情的哀傷。

許多成功的人沒有機會接受良好教育，但是，那並不等於不用功求學也可能會成功，你所獲得的任何知識，都是生命中的武器。

一個人可以從衣衫襤褸轉變成綾羅綢緞，但是，他必須從有一件可以蔽體的破衣服開始。

我不期待你在我老年時在經濟上支持我，但是，我也不會在經濟上支持你一輩子，你成年以後，我就沒有支持你的責任。成年以後，你決定要擠公車，還是坐雙B黑頭車，是窮困，還是富裕，你必須實踐諾言，但是，不要期待別人也是如此。即使你好好對待別人，也不要期待別人會好好待你，假如沒有了解這一切，你會碰到許多不必要的麻煩。

我買了不知多少年的彩券，但從來沒有中獎過，這說明如果要發財，你得努力，天下沒有免費的午餐。

無論我和你相聚多久，讓我們珍惜在一起的時光，我們實在無法知道下一輩子會不會重逢。

安慰大學落榜的後輩

林肯的大兒子叫 Robert Todd Lincoln，家人暱稱他鮑伯 (Bob)。鮑伯有一個高中同班同學叫喬治 (George Latham)，喬治的爸爸也是林肯的好朋友。鮑伯和喬治同時申請進入哈佛大學，鮑伯錄取了，喬治卻沒有。當林肯聽到喬治沒錄取時，寫了一封信去安慰他：

> 從昨天鮑伯的來信中，得知你沒有被哈佛大學錄取時，我感覺到從沒有的難受。不過，只要你沒有被失望挾持，其實不是那麼嚴重的一回事。毫無疑問地，你有足夠能力進入哈佛大學，以及從哈佛大學畢業。既然你已經踏出嘗試的第一步，那麼就必須堅持到底，想要獲得成功，「必須」是最重要的兩個字。
>
> 我不知道如何幫你的忙，作為一個飽經憂患的長者，我敢斷言你不可能失敗，如果你下定決心的話。哈佛大學的校長是一位仁慈學者，毫無疑問地他會給你面談機會，指出最適當的方法，消除你前進的障礙。
>
> 目前暫時的挫折，並不代表那些順利進入大學的人，能成為比你更傑出的學者，或者在生命的奮鬥中，成為比你更成功的鬥士。
>
> 讓我再說一次，不要被失望挾持，最後你一定會成功。

慰問殉難好友的女兒

林肯有一位摯友在南北戰爭中殉難，林肯寫一封慰問信給好友的女兒：

> 對於妳慈祥勇敢的父親過世的消息，讓我非常難過，特別是這個消息對年輕的妳，一定帶來非常沉

重的打擊。

在這個不幸的世界，悲傷降臨每個人身上，年長者知道這都在意料之中，但對於年輕人來說，因為毫無預警，更加深了折磨。我很想幫妳減輕目前的憂傷，但是，除了靠時間消弭悲傷，目前想要完全紓解是不可能的。雖然妳現在不相信有一天能走出悲傷，但真是這樣嗎？那只是錯覺，妳一定可以重新快樂。有這份信心，將讓妳不再那麼難過，而且的確如此。只要妳相信，我有足夠的經驗這麼說，妳可以很快放下沉重心情。

對親愛父親的懷念和記憶，不會是痛苦，而是淒美甜蜜，將長存在妳心中，比過去任何體驗更純真、更聖潔。

請代我向妳哀傷的令堂致意。

林肯有四個兒子，除了大兒子之外，其他三位相當年輕就過世了。一八六〇年林肯寫這封信時，第二個兒子已經過世了。

與十一歲小女孩的書信

一八六〇年林肯參加美國總統的選舉，在競選過程中，收到一封十一歲小女孩葛瑞絲 (Grace Bedell) 寫給他的信，建議他要留鬍鬚，以增加當選的機會。

我爸爸剛剛從市集帶回來您和哈姆林先生（Hannibal Hamlin，副總統候選人）的照片，我只是一個十一歲的小女孩，但是，我很想您能成為美國總統，因此，我希望您不要說我太大膽，直接寫信給您這麼一位偉大的人物。您有沒有像我這麼大的女兒呢？如果有的話，請您把我的愛傳給他們，如果您沒有空的話，請告訴他們寫信給我。

我有四個哥哥，其中幾個肯定會投您一票，但是如果您能留一把鬍鬚的話，我會嘗試說服其他哥哥把票投給您，因為您的臉太瘦了，留鬍鬚一定會好看很多。女士們都喜歡鬍鬚，因此，她們會叫她們的丈夫把票投給您，那您就會當選。我的爸爸會投您一票，假如我是男人，我也會投您一票，同時我也會盡力幫您拉票。

婦女於南北戰爭這段期間，在總統選舉並沒有投票權。美國女性投票權的爭取相當緩慢，一直到一九二〇年憲法第十九條補充條款通過之後，婦女才有全國選舉的投票權。

收到女孩的來信，林肯這樣回信：

我收到妳非常親切的信。

很抱歉，我沒有女兒，我有三個兒子，十三、九和七歲，他們連同他們的媽媽，就是我的全家。我從來沒有留過鬍鬚，如果我現在開始留，您想大家會不會說這樣有點滑稽？

林肯在回信中並沒有任何承諾，可是隔年他當選後和這位少女見面時，的確留了一把絡腮鬍。

麥克阿瑟將軍〈一個父親的禱告〉

麥克阿瑟將軍是美國第一次和第二次世界大戰中的名將，一九三五年被派到菲律賓（當時為美國屬地）擔任軍事顧問，一九三七年結婚，唯一兒子於一九三八年在菲律賓出生。在他的兒子出生不久，麥克阿瑟寫了一篇祈禱文，題目是〈一個父親的禱告〉(A Father's Prayer)。（註）

主啊！懇請您教導我的兒子，讓他在脆弱時，能夠堅強地自知自省；在害怕時，有足夠勇氣面對自己；讓他在誠實的失敗中，自豪不屈；在勝利中，謙卑溫和。

懇請您教導我的兒子，讓他不會為欲望而折腰，引導他認識您，同時知道認識自己是知識的根本。

懇請您引領他不要走上安逸舒適的道路，讓他在困難和挑戰中承受壓力和衝擊，讓他學到在暴風中挺立，讓他學會同情憐憫失敗的人。

懇請您教導我的兒子，讓他有純潔的胸懷和崇高的理想，在企圖領導別人之前，先學會領導自己；讓他學會微笑，但是不忘記如何哭泣；遠眺未來，但是不忘記過去。

當他獲得這一切之後，懇請您，再賜給他充分的幽默感，讓他能夠嚴肅地處事，也不會過分拘謹，能夠一笑置之。

請您賜給他謙卑，讓他永遠記得，真正的偉大中的平凡，真正的智慧中的謙虛，和真正的力量中的溫柔。

主啊！這樣，我才膽敢輕聲低語說：我已不虛此生。

（註）Build me a son, O Lord, who will be strong enough to know when he is weak, and brave enough to face himself when he is afraid; one who will be proud and unbending in honest defeat, and humble and gentle in victory.

Build me a son whose wishbone will not be where his backbone should be; a son who will know Thee and that to know himself is the foundation stone of knowledge.

Lead him I pray, not in the path of ease and comfort, but under the stress and spur of difficulties and challenge. Here let him learn to stand up in the storm; here let him learn compassion for those who fail.

Build me a son whose heart will be clear, whose goal will be high; a son who will master himself before he seeks to master other men; one who will learn to laugh, yet never forget how to weep; one who will reach into the future, yet never forget the past.

And after all these things are his, add, I pray, enough of a sense of humor, so that he may always be serious, yet never take himself too seriously.

Give him humility, so that he may always remember the simplicity of true greatness, the open mind of true wisdom, the meekness of true strength.

Then, I, his father, will dare to whisper, have not lived in vain.

第三章

時代特色流行曲

古老的愛爾蘭民謠

民謠是一個很廣泛的詞，通常指在一個時期、一個地區當地人民之間流行的歌曲，它反映歷史、地理、文化、生活、風俗和民族性的異同，因此，也有法國民謠蓬勃，義大利民謠熱情，英國民謠淳樸，日本民謠悲情，西班牙民謠狂放不羈，中國民謠纏綿悱惻的說法。站在音樂的觀點，也有「民謠是樂曲靈感最豐富的泉源」的說法。

〈When You and I Were Young, Maggie〉

首先，我為大家介紹一首很美的愛爾蘭民歌〈When You and I Were Young, Maggie〉，作曲者詹姆斯・巴特菲爾德（James Butterfield），是移民到美國的英國人，歌詞的作者喬治・強生（George Johnson）是加拿大的教師，歌詞中的 **Maggie** 是他的妻子。這首歌的歌詞（及翻譯）是這樣的：

I wandered today to the hill, Maggie,
To watch the scene below.
The creek and the creaking old mill, Maggie,
As we used to, long ago.
The green grove is gone from the hill, Maggie,
Where first the daisies sprung.

我今日漫步山間，
俯望美景，無語憑欄。
古老的舊水車吱吱嘎嘎，溪流潺潺，
一如妳我當年，青春璀璨。
青青小草已經不知去向，
猶記雛菊滿山，

The creaking old mill is still, Maggie,
Since you and I were young.

They say I am feeble with age, Maggie.
My steps are less sprightly than then.
My face is a well written page, Maggie.
But time alone was the pen.
They say we are aged and grey, Maggie.
As spray by the white breakers flung.
But to me you're as fair as you were, Maggie,
When you and I were young.

古老的舊水車寂然不動，
回憶妳我當年，青春璀璨。

他們說我已經年老體衰，
步履不再豪邁，
我滿臉的風霜，
是時間的筆留下的痕斑，
我蒼蒼的白髮，
是時間的巨流所漂染。
但是在我眼中，妳依然美麗，
難忘妳我當年，青春璀璨。

這首歌容易讓人聯想起南宋著名詩人陸游的一段傷心愛情故事。陸游二十歲時和青梅竹馬的表妹唐婉結婚，可是婚後陸游的母親不喜歡唐婉，最後兩人被迫離婚。陸游一生仕途起起落落，七十五歲告老還鄉時，唐婉已經去世，他常到鄉城的一座花園踽踽獨行，那裡是他和唐婉離婚後曾經相遇的地方。陸游寫了〈沈園〉兩首詩抒發情懷，其中一首：

城上斜陽畫角哀，沈園非復舊池臺。傷心橋下春波綠，曾是驚鴻照影來。

斜陽照在城牆上，號角聲哀，沈園已經不再是當年熟悉的亭臺。令人傷心的橋下，春水依然碧綠，匆匆一瞥，妳曾經為我而來？

〈The Last Rose of Summer〉

〈The Last Rose of Summer〉（夏日最後一朵玫瑰）是一首流行很廣的愛爾蘭民謠，歌詞作者是十九世紀愛爾蘭詩人湯瑪斯・摩爾 (Thomas Moore)。

The last rose of summer,
Left blooming alone ;
All her lovely companions
Are faded and gone ;
No flower of her kindred,
No rosebud is nigh,
To reflect back her blushes,
Or give sigh for sigh.

I'll not leave thee, thou lone one!
To pine on the stem ;
Since the lovely are sleeping,
Go sleep thou with them.
Thus kindly I scatter
Thy leaves o'er the bed,
Where thy mates of the garden
Lie scentless and dead.

夏日最後的一朵玫瑰，
依然孤獨地綻放；
它那可愛的伴侶們，
都已凋謝死亡；
再也沒有盛開的鮮花和綻放的花蕾，
陪伴在她的身旁，
來襯托她緋紅的臉龐，
或者隨著她一起嘆息哀傷。

我不會離開妳，
讓妳孤單憔悴地留在枝頭上；
妳的同伴已經長眠，
願妳和他們一起安躺。
我把妳的花瓣
輕輕撒在花壇上，
妳玉殞的同伴已經香消成塵，
在底下被埋葬。

這首詩讓我們想起陸游寫的〈卜算子・詠梅〉：

驛外斷橋邊，寂寞開無主。已是黃昏獨自愁，更著風和雨。無意苦爭春，一任群芳妒。零落成泥碾作塵，只有香如故。

以及清朝文學家龔自珍的詩句：

落紅本是無情物，化作春泥更護花。

〈Believe Me, if All Those Endearing Young Charms〉

〈Believe Me, if All Those Endearing Young Charms〉這首歌，原曲是一首傳統愛爾蘭小調，歌詞也是詩人湯瑪斯．摩爾寫的。這首歌背後有一個故事，詩人的妻子染上嚴重的皮膚病，損壞了她美麗的容顏，詩人寫這首詩告訴她，會永遠和她在一起，不棄不離。有趣的是，哈佛大學在一八三六年建校二百年時，一位校友用這首曲填了詞，作一首歌叫〈Fair Harvard〉，成為哈佛的校歌。

Believe me, if all those endearing young charms
Which I gaze on so fondly today
Were to change by tomorrow and fleet in my arms
Like fairy gifts fading away.
Thou wouldst still be adored as this moment thou art
Let thy loveliness fade as it will.
And around the dear ruin each wish of my heart
Would entwine itself verdantly still.

相信我，即使讓我此刻深情凝視的，
妳那迷人的青春美麗，
有如天賜的明珠，
在朝露裡自我懷中飛逝；
我會依然愛妳，一如此刻，
無顧妳花容不再如舊；
即使綠肥紅瘦，
我願與妳長相廝守。

〈Molly Malone〉被視作都柏林市歌

〈Molly Malone〉這首民謠，唱的是一個沿街叫賣蛤蜊和淡菜的小女孩的名字，內容雖然東拉西扯，卻被視作是愛爾蘭首都都柏林 (Dublin) 的市歌。

In Dublin’s fair city,
Where the girls are so pretty,
I first set my eyes on sweet Molly Malone,
As she wheeled her wheel-barrow,
Through streets broad and narrow,
Crying, "Cockles and mussels, alive, alive, oh!"
"Alive, alive, oh! Alive, alive, oh!"

She was a fishmonger,
But sure ’twas no wonder,
For so were her father and mother before,
And they each wheeled their barrow,
Through streets broad and narrow,
Crying, "Cockles and mussels, alive, alive, oh!"
"Alive, alive, oh! Alive, alive, oh!"

She died of a fever,
And no one could save her,
And that was the end of sweet Molly Malone.
But her ghost wheels her barrow,
Through streets broad and narrow,
Crying, "Cockles and mussels, alive, alive, oh!"
"Alive, alive, oh! Alive, alive, oh!"

在都柏林這個好地方，
青春少女，美不勝收。
我一眼就看中，姓馬那個甜美的小丫頭。
她推著小車，
大街小巷到處走，
「蛤蜊和淡菜，活的，活的啊！」
大聲在吼。

沿街叫賣，她是高手，
如果你想要知道根由，
她的爹娘也靠這樣過生活：
推著小車，
大街小巷到處走。
「蛤蜊和淡菜，活的，活的啊！」
大聲在吼。

小丫頭發了高燒，下瀉又上嘔，
華陀再世，也莫展一籌。
嗚乎哀哉！可憐的小丫頭。
不過小丫頭還魂再現，
推著小車，大街小巷到處走。
「蛤蜊和淡菜，活的，活的啊！」
大聲在吼。

〈Danny Boy〉與〈秋夜吟〉

〈Danny Boy〉是大家很熟悉的歌，歌詞描述一個父親送兒子出門的心情。它的曲來自另一首歌〈Londonderry Air〉（倫敦德里小調），英國作曲家弗雷德里克．維特利 (Frederick Weatherly) 所寫。這首歌的歌詞有不同的版本，我選的版本是：第一段，父親送兒子出征，父親告訴兒子會等著他回來；第二段，父親告訴兒子，當兒子回來的時候，他可能已經長眠在土裡了。

Oh, Danny Boy, the pipes, the pipes are calling
From glen to glen, and down the mountain side.
The summer's gone, and all the roses falling.
'Tis you, 'tis you must go and I must bide.
But come you back when summer's in the meadow
Or when the valley's hushed and white with snow,
For I'll be here in sunshine or in shadow.
Oh, Danny Boy, oh, Danny Boy, I love you so.

But if you come, and all the flowers are dying
And if I'm dead, as dead I might well be.
Ye'll come and find the place where I am lying
And kneel and say an Ave there for me.
And I shall hear, though soft you tread above me,
And all my grave shall warmer, sweeter be,
And if you bend and tell me that you love me,
Then I shall sleep in peace until you come to me.

召集的號角聲，響遍了山谷。
夏日已逝，玫瑰已盡凋零。
你將遠去，我會在此等待。
當你歸來，
也許草原上，夏日正盛，
也許幽谷中，冬雪皚皚，
在陽光中，或者在陰霾裡，
我都會在此等待。

但是如果當你歸來，群芳已盡枯萎，
我已逝去，也的確難以預料。
你會來到我長眠所在，
跪下向我致意問安。
我會聽到你在上頭輕輕的足音，
我的孤墳會充滿溫暖和甜蜜。
當你彎下身來告訴我你愛我，
我會平靜地安睡，等待你歸來。

其實中文填詞還有一首寫得非常動聽，歌名為〈秋夜吟〉，歌詞比中文的〈倫敦德里小調〉還要動人，若在夜深人靜時吟唱這首歌，會讓人不覺潸然淚下。原填詞者已不可考，相當可惜。這首歌在早期的國小或國中音樂課是必唱的歌曲，歌詞如下：

月亮當空，照射大地明亮如鏡，
雲淡風輕，秋高又氣爽。
在這個優美撩人的秋夜裡，
想起了遙遠的故鄉，家鄉的母親。
啊！母親呀！我最愛的母親，
您愛家鄉，卻更愛著我們，
為了我們明天有光榮的前程，
引導著我們奔向旅程。

臺灣校園民歌

臺灣的校園民歌在一九七〇年代中期興起，流行於校園，反映出當時校園生活和青年人的心境與感受。在此以前，臺灣年輕人唱的歌不外乎是一些中國古老民歌，或三、四〇年代流行曲，或是美國流行歌，整體而言，這時期校園民歌的風格樸實明快、充滿活力，主要以吉他和鋼琴伴唱，而且有不少歌曲採用中國古今詩詞作為歌詞，重新配上樂曲，成為一大特色。

楊弦〈鄉愁四韻〉、〈鄉愁〉

一九七五年，楊弦和胡德夫在臺北市中山堂演唱〈鄉愁四韻〉，被視為臺灣現代民歌發展的開始。〈鄉愁四韻〉是一九七四年詩人余光中發表的一首新詩，他在詩集《白玉苦瓜》的自序提到：「究竟什麼在召喚中年人呢？小小孩的記憶，三十年前，巨者如寬厚博大的后土，滾滾千里的長江，細者如井邊的一聲蟋蟀，階下的一葉紅楓，於今憶及，莫不歷歷皆在心頭。」憶兒年、憶青春、憶老家、憶文化、憶歷史，那都是鄉愁。

〈鄉愁四韻〉作曲者楊弦，出生在花蓮，畢業於臺大生物研究所，〈鄉愁四韻〉是他二十多歲時的創作。他的其他著名作品包括〈江湖上〉、〈迴旋曲〉、〈民歌〉、〈鄉愁〉、〈渡口〉。胡德夫是臺灣卑南族、排灣族人，曾就讀臺大外文系，他的歌聲深沉豐厚，被讚譽為「臺灣最美麗的聲音」（蔣勳）、「臺灣最動人的呼喚」（林懷民）、「誠實有魂魄」（蔡明亮）、「宛如深沉的大風箱」（余光中）。他的著名作品包括〈匆匆〉、〈太平洋的風〉、〈牛背上的小孩〉。

給我一瓢長江水啊長江水，
酒一樣的長江水，
醉酒的滋味，
是鄉愁的滋味，
給我一瓢長江水啊長江水。
給我一張海棠紅啊海棠紅，
血一樣的海棠紅，
沸血的燒痛，
是鄉愁的燒痛，
給我一張海棠紅啊海棠紅。
給我一片雪花白啊雪花白，
信一樣的雪花白，
家信的等待，
是鄉愁的等待，
給我一片雪花白啊雪花白。

給我一朵臘梅香啊臘梅香，
母親一樣的臘梅香，
母親的芬芳，
是鄉土的芬芳，
給我一朵臘梅香啊臘梅香。

在詩裡，余光中從長江水帶到醉酒的滋味，也是鄉愁的滋味；從海棠紅帶到沸血的燒痛，也是鄉愁的燒痛；從雪花白帶到家信的等待，也是鄉愁的等待；從臘梅香帶到母親的芬芳，也是鄉愁的芬芳。我要特別指出，二次大戰結束、外蒙古獨立以前，中國的地圖就像一張海棠葉。一九八二年羅大佑也為余光中〈鄉愁四韻〉譜了另一首曲。

〈鄉愁〉是一九七一年余光中作詞、楊弦作曲的歌，由楊弦和章紀龍合唱，章紀龍當時是師大音樂系的學生。在詩裡，余光中說鄉愁是一張小小的郵票，是一張窄窄的船票，是一方矮矮的墳墓，是一灣淺淺的海峽。

小時候，鄉愁是一枚小小的郵票。
我在這頭，母親在那頭。
長大後，鄉愁是一張窄窄的船票。
我在這頭，新娘在那頭。
後來啊，鄉愁是一方矮矮的墳墓。

我在外頭，母親在裡頭。
而現在，鄉愁是一灣淺淺的海峽。
我在這頭，大陸在那頭。

李雙澤的〈少年中國〉

校園民歌風起雲湧地發展，另一位重要推手是李雙澤。李雙澤的父親是菲律賓華僑，一九六八年考入淡江文理學院（現在的淡江大學）數學系，他在音樂、文學、繪畫上都展露過人的才華。一九七六年十二月三日，淡江文理學院在校內舉辦西洋民謠演唱會，本來擔任表演的胡德夫因傷未能出席，由李雙澤代為上場。當他看到其他演唱者都唱著西洋歌曲，實在無法按納，等到他上臺，拿著一瓶可口可樂，大聲問臺下：「我從菲律賓到臺灣、到美國、到西班牙，全世界年輕人喝的都是可口可樂，唱的都是英文歌。請問，我們自己的歌在哪裡？」他把可樂瓶摔掉，開始唱起〈補破網〉、〈國父紀念歌〉等國、臺語民謠。這事件引起極大的震撼，也被稱為校園民歌發展歷程中的「淡江可樂瓶事件」。

很不幸地，隔年李雙澤才二十八歲，在淡水海域為拯救一個溺水的外國遊客而喪生。三十年之後，二〇〇九年的金曲獎，評審團特別獎頒給了李雙澤的紀念專輯「敬！李雙澤唱自己的歌」。〈少年中國〉這首歌由李雙澤譜曲，歌詞改自蔣勳的詩。《少年中國》詩集是蔣勳一九七二年負笈法國巴黎大學，為故鄉寫的一系列作品，記錄自己所說的「致命鄉愁」。

我們隔著迢遙的山河，去看望祖國的土地。

你用你的足跡，我用我遊子的哀歌。你對我說：
古老的中國不要鄉愁，鄉愁是給沒有家的人。
少年的中國也不要鄉愁，鄉愁是給不回家的人。
古老的中國不要哀歌，哀歌是給沒有家的人。
少年的中國也不要哀歌，哀歌是給不回家的人。
少年的中國沒有學校，她的學校是大地的山川。
少年的中國也沒有老師，她的老師是大地的人民。

「少年中國」這個概念源於一九〇〇年二月梁啟超的一篇〈少年中國說〉散文，他在文章中指出：在列強的眼中，中國是個頹廢、龍鍾老大的帝國，但是在他的心中有一個少年中國。他接著說：老年人喜歡回憶過去，少年人喜歡考慮未來，由於回憶過去，所以產生回戀之心；由於考慮將來，所以產生希望之心。老年人照慣例行事，少年人敢於破格，老年人多憂慮，所以容易灰心，因而變得怯弱；少年人喜歡做事，所以有旺盛的生氣，因而變得豪壯。也因此，老年人常常覺得天下一切事情都無可做，少年人常常覺得天下一切事情都無不可為。

梁啟超用了許多比喻，老年人如夕陽殘照，少年人如朝旭初陽；老年人如坐僧，少年人如飛俠；老年人如釋義的字典，少年人如活潑的戲文；老年人如在黑暗中墜落的殞石，少年人如在海洋裡不斷增生的珊瑚。人固然有這種不同，國家也應當如此。

他的結論是：造成衰老腐朽的中國，是中國衰老腐朽的人的罪孽，創建未來的少年中國，是中國少年一代的責任。假如全國的少年，果真成為充滿朝氣的少年，那麼我們國家的進步是無可限量的，所以今天的責任不在別人身上，全在我們少年身上。

梁啟超的〈少年中國說〉之後的七十多年，蔣勳的《少年中國》取而代之的是海外遊子的心懷。

李泰祥與三毛的〈橄欖樹〉

〈橄欖樹〉是三毛作詞、李泰祥作曲、齊豫演唱的一首歌。三毛原名陳平，是一九七〇至一九八〇年代著名作家。以其在撒哈拉沙漠的生活及見聞為背景，用幽默的文筆，發表了充滿異國風情的散文作品而成名。作家白先勇認為三毛「創造了一個充滿傳奇色彩、瑰麗的浪漫世界，裡面有大起大落，生死相許的愛情故事，引人入勝，不可思議的異國情調。非洲沙漠的馳騁，拉丁美洲原始森林的探幽，這些常人所不能及的人生經驗，造作了海峽兩岸的青春偶像。」

齊豫是臺灣著名女歌手，因其獨特的唱腔和出色的唱功，被廣大樂迷喻為「天籟之音」，曾獲頒一九九八年第九屆金曲獎最佳國語女歌手，代表作有〈橄欖樹〉、〈欲水〉、〈夢田〉。

不要問我從哪裡來，我的故鄉在遠方。
為什麼流浪，流浪遠方，流浪。
為了天空飛翔的小鳥，為了山間輕流的小溪，
為了寬闊的草原，流浪遠方，流浪。
還有還有，為了夢中的橄欖樹，橄欖樹。
不要問我從哪裡來，我的故鄉在遠方。

為什麼流浪，為什麼流浪遠方，
為了我夢中的橄欖樹。

羅大佑的〈歌〉、〈錯誤〉、〈追夢人〉

羅大佑出身醫生世家，一九七四年就讀中國醫藥大學二年級時發表一首的〈歌〉，歌詞是徐志摩翻譯十九世紀英國有名女詩人克里斯蒂娜·羅塞蒂 (Christina Rossetti) 的詩〈When I Am Dead, My Dearest〉。原詩開頭幾句是這樣的：

When I am dead, my dearest,
Sing no sad songs for me;
Plant thou no roses at my head,
Nor shady cypress tree:
Be the green grass above me
With showers and dewdrops wet;
And if thou wilt, remember,
And if thou wilt, forget.

I shall not see the shadows,
I shall not feel the rain;
I shall not hear the nightingale

Sing on, as if in pain:
And dreaming through the twilight
That doth not rise nor set,
Haply I may remember,
And haply may forget.

羅大佑〈歌〉的歌詞大部分按照徐志摩的翻譯，只做了很小的變動：

當我死去的時候，親愛，你別為我唱悲傷的歌。
我墳上不必安插薔薇，也無須濃蔭的柏樹。
讓蓋著我的青青的草，淋著雨也沾著露珠。
假如你願意請記著我，要是你甘心忘了我。

在悠久的昏幕中遺忘，陽光不升起也不消翳。
我也許，也許我還記得你，我也許把你忘記。

我再見不到地面的青蔭，覺不到雨露的甜蜜。
我再聽不到夜鶯的歌喉，在黑夜裡傾吐悲啼。
在悠久的昏暮中迷惘，陽光不升起也不消翳。
我也許，也許我還記得你，我也許把你忘記。

一九七六年羅大佑把名詩人鄭愁予的詩〈錯誤〉，譜成非常動聽的歌。

我打江南走過，
那等在季節裡的容顏如蓮花的開落。
東風不來，三月的柳絮不飛，
妳的心是小小的寂寞的城。
恰似青石的街道向晚。
跫音不響，三月的春帷不揭，
妳的心是小小的窗扉緊掩。
我達達的馬蹄是個美麗的錯誤，
我不是歸人，是個過客。
我打江南走過，
那等在季節裡的容顏如蓮花的開落。

接下來介紹羅大佑的〈追夢人〉，這是羅大佑在一九九〇年寫的曲，先後配了幾首不同的詞，也採用不同的歌名發表。下面第一首是香港粵語電影《天若有情》的主題曲，由袁鳳瑛演唱，李健達填

原諒話也不講半句，此刻生命在凝聚。
過去你曾尋過，某段失去了的聲音。
落日遠去，人期望，留住青春的一剎。
風雨思念，置身夢裡總會有唏噓。

只求望一望，讓愛火永遠的高燒。
青春請你歸來，再伴我一會。

第二首是國語電影《青春無悔》的主題曲，也是袁鳳瑛演唱，羅大佑填詞。

讓青春吹動了你的長髮，讓它牽引你的夢，
不知不覺的塵世的歷史已記取了你的笑容。
紅紅心中藍藍的天是個生命的開始，
春雨不眠隔夜的你曾空獨眠的日子。
讓青春嬌豔的花朵綻開了深藏的紅顏，
飛去飛來的滿天飛絮是幻想你的笑臉。
秋來春去紅塵中誰在宿命裡安排，
冰雪不語寒夜的你那難隱藏的光彩。
看我看一眼吧，莫讓紅顏守空枕，
青春無悔不死永遠的愛人。

第三首〈追夢人〉是臺灣電視劇《雪山飛狐》片尾曲，由鳳飛飛演唱。這首〈追夢人〉和〈青春無悔〉歌詞大部分相同，只有最後部分羅大佑加寫了四句，加寫的歌詞被解釋為紀念在一九九一年逝世的女作家三毛。這四句歌詞是：

讓流浪的足跡在荒漠裡寫下永久的回憶，

飄去飄來的筆跡是深藏的激情你的心語。
前塵後世輪迴中誰在聲音裡徘徊，
痴情笑我凡俗的人世終難解的關懷。

第四首是臺語版，歌名為〈斷夢曲〉，一九九五年由王武雄填詞，羅大佑和ＯＫ男女合唱團合唱。

是無情無義的這個時代，還是前世的期待，
你咱雙人會相逢在錯亂中，變幻的這個所在。
渺渺乾坤茫茫的心，誰人苦苦地安排。
進退浮沉流轉的夢，猶原是一種阻礙。

鄧麗君〈獨上西樓〉、〈但願人長久〉

介紹一曲以南唐時期李後主（李煜）一首〈相見歡〉為詞，由劉家昌譜曲，歌名為〈獨上西樓〉，原唱是鄧麗君。

無言獨上西樓，月如鉤。
寂寞梧桐深院鎖清秋。
剪不斷、理還亂，是離愁。
別是一般滋味在心頭。

鄧麗君十二歲時發行個人第一張唱片，一九七〇年代是她歌唱生涯全盛時期，歌唱事業達到最巔峰。曾經有句話說：「只要有華人的地方，就有鄧麗君的歌聲。」鄧麗君歌曲在華人社會廣泛的知名度和歷久不衰的傳唱度，幾乎等於華語流行樂壇永恆的文化符號。她的歌聲甚至風靡日本，被日本藝能界尊為「亞洲歌唱女王」（アジアの歌姫），其歌唱事業更獲得「十億個掌聲」的傳奇美譽。

另一首以古詩詞譜曲的一個例子，我介紹以蘇軾〈水調歌頭〉為詞，由梁弘志作曲，鄧麗君主唱的〈但願人長久〉。蘇軾〈水調歌頭〉的原詞是這樣：

明月幾時有？把酒問青天。
不知天上宮闕，今夕是何年？
我欲乘風歸去，又恐瓊樓玉宇，高處不勝寒。
起舞弄清影，何似在人間。
轉朱閣，低綺戶，照無眠。
不應有恨，何事長向別時圓？
人有悲歡離合，月有陰晴圓缺，此事古難全。
但願人長久，千里共嬋娟。

這首詞的上半闋在懷念朝廷：「不知天上宮闕，今夕是何年？」道出他對官位依然念念不忘；下半闋思念他的弟弟：「但願人長久，千里共嬋娟。」

梁弘志〈恰似你的溫柔〉、〈讀你〉

梁弘志一九五七年出生，大學畢業於世界新聞專科學校圖書管理學系，在學生時代就開始創作詞曲，展露驚人的才華，即使未成名時，他的歌已經在各大專院校被廣泛地傳唱。〈恰似你的溫柔〉是他二十三歲寫的歌，世新的學生戲稱這是他們的校歌。

> 某年某月的某一天，就像一張破碎的臉；
> 難以開口道再見，就讓一切走遠。
> 這不是件容易的事，我們卻都沒有哭泣；
> 讓它淡淡的來，讓它好好的去。
> 到如今年復一年，我不能停止懷念，
> 懷念你，懷念從前。
> 但願那海風再起，只為那浪花的手，
> 恰似你的溫柔。

〈恰似你的溫柔〉發表之後，梁弘志和蔡琴一夕之間成為家喻戶曉的音樂人，一九八〇至一九九〇這十年，可說是梁弘志音樂生涯最燦爛的階段。蔡琴和梁弘志同年，一九五七年出生於高雄左營，一九七〇年代後期以民歌手身分進入演藝圈，一直到現在，還是極受歡迎的女歌手。〈讀你〉是一九八四年梁弘志作曲、作詞，蔡琴主唱的歌：

> 讀你千遍也不厭倦，讀你的感覺像三月，
> 浪漫的季節，醉人的詩篇，唔……。
> 讀你千遍也不厭倦，讀你的感覺像春天，

喜悅的經典，美麗的句點，唔……。
你的眉目之間，鎖著我的愛憐，
你的唇齒之間，留著我的誓言，
你的一切移動，左右我的視線，
你是我的詩篇，讀你千遍也不厭倦。

侯德建〈龍的傳人〉

侯德建是一九七〇年代臺灣音樂創作者中一個重要的人物，知名的歌曲有〈捉泥鰍〉、〈龍的傳人〉、〈歸去來兮〉、〈酒矸倘賣無〉。一九八三年轉至大陸發展，隨著〈龍的傳人〉在大陸流行，很快成為家喻戶曉的歌手。一九八九年，他在天安門廣場聲援民主運動，和劉曉波、高新、周舵發起絕食活動，合稱「天安門四君子」，隔年被大陸驅逐出境後，移民至紐西蘭。二〇一一年，侯德建在北京鳥巢登臺演唱〈龍的傳人〉，是他二十一年後在大陸第一次公開演唱。〈龍的傳人〉原唱人是李建復，除了民歌手身分，也曾任雅虎臺灣區總經理。他的姪子是目前當紅歌手王力宏。

遙遠的東方有一條江，它的名字就叫長江；
遙遠的東方有一條河，它的名字就叫黃河。
雖不曾看見長江美，夢裡常神遊長江水；
雖不曾看見黃河壯，澎湃洶湧在夢裡。

古老的東方有一條龍，它的名字就叫中國；
遙遠的東方有一群人，他們全都是龍的傳人。
巨龍腳底下我成長，長成以後是龍的傳人，
黑眼睛黑頭髮黃皮膚，永永遠遠是龍的傳人。

〈酒矸倘賣無〉是侯德建在一九八三年為電影《搭錯車》寫的主題歌。搭錯車是一部以一九七〇年代眷村和國軍退役官兵的生活為背景的電影，男主角啞叔由孫越飾演，啞叔年輕時聲帶受損無法說話，自軍中退伍後，以收玻璃瓶、破銅爛鐵為生，過著平淡清苦的生活。有一天啞叔在垃圾堆中發現一個名叫阿美的女嬰，啞叔不忍孩子遭棄，就把阿美抱回家撫養長大。阿美長大之後，成為東南亞大紅大紫的歌手，也逐漸疏遠了啞叔，〈酒矸倘賣無〉是阿美在啞叔過世之後為他唱的歌，電影原曲由蘇芮配唱。

多麼熟悉的聲音，陪我多少年風和雨，
從來不需要想起，永遠也不會忘記。
沒有天哪有地，沒有地哪有家，
沒有家哪有你，沒有你哪有我。
假如你不曾養育我，給我溫暖的生活，
假如你不曾保護我，我的命運將會是什麼？
是你撫養我長大，對我說第一句話，
是你給我一個家，讓我與你共同擁有它。

雖然你不曾開口說一句話，卻明白人世間的黑白與真假，
雖然你不會表達你的真情，卻付出了熱忱的生命。
遠處傳來你多麼熟悉的聲音，讓我想起你多麼慈祥的心靈，
什麼時候你才回到我身旁，讓我再和你一起唱：
酒矸倘賣無？酒矸倘賣無？
酒矸倘賣無？酒矸倘賣無？

其實，《搭錯車》這部電影有好幾首非常好聽的插曲，包括羅大佑的〈是否〉，梁弘志的〈把握〉、〈請跟我來〉、〈變〉，吳念真、羅大佑的〈一樣的月光〉等。

一九四〇年代流行歌

什麼是流行音樂呢？在音樂學裡，普遍地將音樂分成藝術音樂、民族音樂和流行音樂三大類。藝術音樂強調架構、格式、技巧、理論，和某些音樂寫作的傳統，其中最重要的例子，就是西方的古典音樂；民族音樂就是各個地區的民族傳統音樂；流行音樂的特色是結構短小，形式活潑，內容通俗，情感真摯，因而容易被廣大群眾所喜愛。

一般來說，藝術音樂需要聽者用心專注，才能體會其中的精髓；而流行音樂容易被了解、欣賞和接受，但是這並不表示藝術音樂比較高貴典雅，流行音樂等於低級庸俗，他們是不同的藝術形式，都值得我們去體會和欣賞。我的比喻是藝術音樂就像古文，流行音樂就像白話文，古文需要多花力氣去理解，白話文則容易琅琅上口，老嫗能解。但是，好文章就是好文章，好音樂就是好音樂。

在中國文學裡，有陽春白雪、下里巴人的說法，這典故出自《文選》宋玉〈對楚王問〉這篇文章。楚襄王問宋玉說：「你有什麼不為人知道的德行嗎？為什麼都沒有聽到老百姓對你的稱譽呢？」宋玉回答：「有一個人在城裡唱歌，當他唱〈下里〉和〈巴人〉這兩首曲時，有幾千人跟著他唱；當他唱〈陽阿〉和〈薤露〉這兩首曲時，有幾百人跟著他唱；等他唱〈陽春〉和〈白雪〉這兩首曲時，只有幾十人跟著他唱。」宋玉接著說：「這就是曲高和寡。」

這樣說來，陽春白雪是藝術音樂，下里巴人就是流行音樂，雖然宋玉原意是在為自己辯護自己的品性高潔，乏人附和。

在一九四〇年代，才華洋溢的音樂家創作了許多當時的流行歌曲，其中不少歌曲流傳到今日，大家依然可以時常聽到、時常哼唱，以下我要分享那個時代的經典流行曲。

陳歌辛〈恭禧恭禧〉、〈向王小二拜年〉

每年到了農曆年前後幾天，大街小巷一定會響起〈恭禧恭禧〉的歌曲：

> 每條大街小巷，每個人的嘴裡，見面第一句話，就是恭禧恭禧。
> 恭禧恭禧恭禧你呀！恭禧恭禧恭禧你！
> 冬天已到盡頭，真是好的消息，溫暖的春風，就要吹醒大地。
> 恭禧恭禧恭禧你呀！恭禧恭禧恭禧你！
> 經過多少困難，歷經了磨練，多少心兒盼望，盼望春的消息。
> 恭禧恭禧恭禧你呀！恭禧恭禧恭禧你！

這是三〇年代在上海有「音樂才子」、後來更有「歌仙」之稱的陳歌辛寫的賀年歌。不過，原來不是為恭賀新年寫的，而是一九四五年抗日戰爭勝利時，為慶賀舉國上下同心協力、歷盡磨練，就像度過寒冬迎接春天到來而寫的歌。但是多年流傳下來，已經成為大家最熟悉的賀年歌。

抗日戰爭勝利那年，我讀小學五年級，喜訊傳來那個晚上，很多人衝向街頭，那份興奮心情的確和過年一樣。這讓我想起杜甫五十多歲的時候，因為安史之亂，漂泊流落到四川劍門關之外長達五個年頭，當他聽到朝廷的軍隊已經收復安史叛軍的根據地河南、河北時，他歡喜若狂寫了一首詩，題目為〈聞官軍收河南河北〉：

劍外忽傳收薊北，初聞涕淚滿衣裳。
卻看妻子愁何在？漫卷詩書喜欲狂。
白日放歌須縱酒，青春作伴好還鄉。
即從巴峽穿巫峽，便下襄陽向洛陽。

在劍門關外忽然聽說官軍已經收復薊北地區，聽到的時候淚水沾滿了衣裳。妻子和小孩的愁容已經不知去向，我隨手把詩書收捲起來，欣喜若狂。在白天開懷高歌，縱情飲酒，幸好青春尚在，該是回家鄉的時候了。我穿過三峽先到襄陽，接著再往洛陽走去。

在戰爭平息後返回家園，放歌縱酒，作伴還鄉，不是和「恭禧恭禧」一樣的心情嗎？

我們把慶祝抗戰勝利的歌轉成恭賀新年的歌，無獨有偶地，在歐美國家也將一首描寫友情珍貴的蘇格蘭民歌拿來慶祝新年，這首歌蘇格蘭語的名字是〈Auld Lang Syne〉，翻成英語是〈Old Long Since〉，也有人把它翻成〈Long Long Ago〉。歌詞作者是蘇格蘭詩人羅伯特·伯恩斯(Robert Burns)在一七八八年寫成，中文則直接翻成〈友誼萬歲〉。英文歌詞的第一段是：

Should old acquaintance be forgot and never brought to mind?
Should old acquaintance be forgot and days of auld long syne?
For auld lang syne, my dear, for auld lang syne,
We'll take a cup of kindness yet, for days of auld lang syne.

老朋友能被遺忘不放在心上嗎？
過去美好時光和老朋友能夠被遺忘嗎？
為了過去美好的時光，親愛的，
讓我們為過去的美好時光乾一杯吧！

伯恩斯寫這首詩不是為了迎接新年，但是歌詞中 We'll take a cup of kindness yet, For days of auld long syne.（讓我們為過去的美好時光乾一杯）不正是和「恭禧恭禧」一樣的心情嗎？

陳歌辛還用「林枚」的筆名寫了一首歌叫做〈向王小二拜年〉，由名歌星白光演唱，歌裡描寫冒著風、冒著雪、渡過江、越過山，向王小二拜年的情景。拜年時還給王小二帶了一匹布做新布衫，一籃麵做炸醬麵，這和今天開了汽車，坐了飛機，帶著鮑魚、干貝、香檳、威士忌去拜年，雖然方式不同，但是心意是一樣的。

> 過了一個大年頭一天，我給我那王小二來拜新年。
> 冒著風，冒著雪，渡過江，越過山，唉呀依喲嘿！
> 坐著雪車來到你大門前，唉呀依喲嘿！
> 叮噹叮！叮噹叮！叮噹叮噹叮！
> 王小二呀王小二，齊來迎新年。

這首歌合唱那一段「叮噹叮！叮噹叮！叮噹叮噹叮！」的調子，來自十九世紀聖誕歌曲〈Jingle Bells〉。這和「恭禧恭禧」不是一樣的心情嗎？

中國和過年有關的歌，都是比較老的歌，至於這些老歌好不好聽？就是人言人殊了。我倒覺得過年唱賀年歌就像過年的其他習俗，例如寫春聯、發紅包、放鞭炮等，提醒快樂新年就要到來，也有喚醒我們去追憶過去美好時光的功能。

陳歌辛〈玫瑰玫瑰我愛你〉、〈初戀女〉、〈夜上海〉、〈鳳凰于飛〉

陳歌辛是中國的作曲家、詩人、散文作家、語言學家，他的祖父是印度貴族，祖母是杭州人，祖父婚後定居上海，陳歌辛未滿二十歲就在上海幾個中學教音樂。他說自己練鋼琴、練唱歌都下了很大的苦功，他的音域極廣，能唱到二十一度。一生寫了兩百多首歌，演繹過他的歌的名歌手包括周璇、姚莉、李香蘭、龔秋霞和白光等。

陳歌辛也編寫過歌劇，抗戰時曾在上海被日本憲兵囚禁七十幾天，一九四二年出獄以後，幾年內寫了許多首有名的歌曲，歌詞表面上是風花雪月，背後都充滿活力和生氣。一九五七年被判下鄉勞改，後因饑餓生病，四十六歲就過世。他的大兒子陳鋼也是一位音樂家，亦是知名的〈梁祝小提琴協奏曲〉的作者之一。

〈玫瑰玫瑰我愛你〉由陳歌辛作曲，姚莉演唱，開始的一段歌詞是：

玫瑰玫瑰最嬌美，玫瑰玫瑰最豔麗，
長夏開在枝頭上，玫瑰玫瑰我愛你。
玫瑰玫瑰情意重，玫瑰玫瑰情意濃，
長夏開在荊棘裡，玫瑰玫瑰我愛你。
心的誓約，心的情意，聖潔的光輝照大地。
心的誓約，心的情意，聖潔的光輝照大地。

一九五一年〈玫瑰玫瑰我愛你〉英文版的唱片在英國和美國發行，都登上流行榜前三名，這是很難得的景況，通常只有很少數的中國歌曲能在歐美市場達到這個地位。英文版的節奏比中文版快速明朗，第一段歌詞：

Rose Rose I love you with an aching heart.
What is your future now we have to part.
Standing on the jetty as the steamer moves away.
Flower of Malaya, I cannot stay.

玫瑰玫瑰，我傷痛地愛著你，
我們要分手了，你的未來會是怎樣呢？
你站在碼頭上，輪船要啟航了，
馬來亞的花，我沒有辦法留下來啊。

〈初戀女〉由陳歌辛作曲、徐志摩作詞，描寫對初戀情人的懷念，譜成探戈舞步的節拍，喜歡跳舞的朋友都聽過這首歌。

我走遍漫漫的天涯路，我望斷遙遠的雲和樹。
多少的往事堪重數，妳呀妳在何處。
我難忘妳哀怨的眼睛，我知道妳那沉默的情意，
妳牽引我到一個夢中，我卻在別個夢中忘記妳。
啊，我的夢和遺忘的人，啊，受我最初祝福的人，
終日我灌溉著薔薇，卻讓幽蘭枯萎。

陳歌辛作曲的〈夜上海〉，由范煙橋作詞，周璇原唱。周璇是當時最知名的女歌手，有「金嗓子」之稱。

夜上海，夜上海，你是個不夜城，
華燈起，車聲響，歌舞昇平。

酒不醉人人自醉，胡天胡地蹉跎了青春，
曉色朦朧轉眼惺忪，大家歸去，心靈兒隨著轉動的車輪。

上海位在長江出口的地方，背後是中國最富庶的江浙太湖地區，從明朝開始已逐漸興盛。第一次鴉片戰爭之後，一八四二年簽訂的《南京條約》作為五口通商之一，隔年正式開埠，英美法各國先後設立租界。一九一一年辛亥革命成功，於軍閥、黑社會、知識分子和外國勢力的綜合衝擊下，在中日戰爭爆發前已經成為一個高度繁榮的經濟、商業、文化、航運中心。從滿清末年開始，租界區裡有一條東西走向長約十里的大街，洋人眾集加上洋貨充斥，這一地區也特別熱鬧繁榮，於是有「十里洋場」的指稱。

「夜上海，夜上海，你是一個不夜城」，不夜的夜上海是有趣的文字遊戲。「酒不醉人人自醉」這句來自清朝醉月山人的詩，原來的意思是品茶、讀書、唱酒、賞花的樂趣和意境，都是沒兩樣的：

茶亦醉人何須酒，書自香我何須花。
酒不醉人人自醉，花不迷人人自迷。

〈鳳凰于飛〉為陳歌辛作曲、陳蝶衣作詞、周璇原唱的歌，這三人的鐵三角為聽眾帶來好幾首流傳廣遠的名歌。陳蝶衣是著名的作家、報社編輯和作詞人，一生為五千多首歌填過詞，著名的歌包括〈南屏晚鐘〉、〈情人的眼淚〉。「鳳凰于飛」這成語出自《詩經．大雅》，鳳凰于飛指鳳和凰一起高飛，用來比喻夫妻、情人同在一起，美滿和諧。

柳媚花妍，鶯聲兒嬌，春色又向人間報到。

山眉水眼，盈盈的笑，我又投入了愛的懷抱。
像鳳凰于飛在雲霄，一樣的逍遙；
像鳳凰于飛在雲霄，一樣的輕飄。

宋朝王觀的一首詞〈卜算子〉，前半闋詞：「水是眼波橫，山是眉峰聚。欲問行人去那邊，眉眼盈盈處。」正是「山眉水眼盈盈的笑」這一句的出處；後半闋：「才始送春歸，又送君歸去。若到江東趕上春，千萬和春住。」也回應了歌裡那一句：「春色又向人間報到。」

徐志摩〈偶然〉、〈我不知道風是在哪一個方向吹〉

徐志摩是民國初年一位著名詩人、散文家，他的詩字句清新，韻律諧和，比喻新奇，想像豐富、意境優美。他倡導的新詩格律，對中國新詩的發展有重大的影響和貢獻，他的散文也自成一格。很不幸地，這絕世才華在三十四歲因為飛機空難逝世，胡適說過徐志摩一生追求的是愛、自由和美。

徐志摩有一首詩〈偶然〉，描寫一個偶然、短暫、沒有刻意安排、沒有可以追求的未來。一九二〇年徐志摩在歐洲遇到林徽因，有一個說法，〈偶然〉這首詩是徐志摩寫給林徽因的。「你記得也好，最好你忘掉」，這兩句和克里斯蒂娜．羅塞蒂的詩裡：「假如你願意請記著我，要是你甘心忘了我」，有異曲同工之妙。

我是天空裡的一片雲，
偶爾投影在你的波心。
你不必訝異，更無須歡喜，

在轉瞬間消滅了蹤影。

你我相逢在黑夜的海上，
你有你的，我有我的方向，
你記得也好，最好你忘掉，
在這交會時互放的光亮！

〈我不知道風是在哪一個方向吹〉是一九二八年徐志摩在《新月月刊》發表的詩，在電視劇《人間四月天》的插曲裡，這首詩分成六小節，每小節四句，每節前三句是一樣的：

我不知道風，是在哪一個方向吹，
我是在夢中，在夢的輕波裡依洄。

我不知道風，是在哪一個方向吹，
我是在夢中，她的溫存，我的迷醉。

我不知道風，是在哪一個方向吹，
我是在夢中，甜美是夢裡的光輝。

我不知道風，是在哪一個方向吹，
我是在夢中，她的負心，我的傷悲。

我不知道風，是在哪一個方向吹，

我是在夢中，在夢的悲哀裡心碎！
我不知道風，是在哪一個方向吹，
我是在夢中，黯淡是夢裡的光輝。

林徽因有才女之稱，是一位著名的建築師和詩人。〈你是人間的四月天——一句愛的讚頌〉是她的知名詩作。有人說這是寫給徐志摩的詩，另一個說法是這首詩是林徽因為剛出生不久的兒子譜寫的。

我說你是人間的四月天，
笑響點亮了四面風；清靈
在春的光豔中交舞著變。
你是四月早天裡的雲煙，
黃昏吹著風的軟，星子在
無意中閃，細雨點灑在花前。
那輕，那娉婷，你是，鮮妍。
百花的冠冕你戴著，你是
天真，莊嚴，你是夜夜的月圓。
雪化後那片鵝黃，你像；新鮮
初放芽的綠，你是；柔嫩喜悅

水光浮動著你夢期待中白蓮。
你是一樹一樹的花開，是燕
在梁間呢喃，你是愛，是暖，
是希望，你是人間的四月天！

劉雪庵〈何日君再來〉、〈紅豆詞〉、〈踏雪尋梅〉

接下來我們來談劉雪庵作曲，周璇原唱的〈何日君再來〉。這首歌不但是周璇的傳世名曲，也是公認一九四〇年代最受歡迎的流行歌曲。劉雪庵是才華橫溢的作曲家，〈何日君再來〉是他在上海音樂專科學校學生時期寫的曲。有一個說法，這首曲在未徵得劉雪庵同意之前，就由別人填了詞，作為周璇主演電影《三星伴月》的插曲，劉雪庵對歌詞並不滿意，卻礙於情面沒有公開抗議。

好花不常開，好景不常在，
愁堆解笑眉，淚灑相思帶。
今宵離別後，何日君再來。
喝完了這杯，請進點小菜，
人生難得幾回醉，不歡更何待。
來來來，喝完了這杯再說吧。
今宵離別後，何日君再來。

〈何日君再來〉原本只是一首電影的插曲，但是它背後有一段曲折的故事。這首歌流傳不久，正值中日戰爭爆發，原唱者李香蘭是日本人，將這首歌的中、日文版都唱得很紅。日文版的歌先被日本檢查機關禁唱，理由是那種靡靡之音會使日本軍隊的紀律渙散；中文版又被日本政府在中國占領區禁唱，理由是懷疑中國百姓以這首歌表達對中國軍隊反攻的期待。等到中日戰爭接近末期，這首歌被有心人改成〈賀日軍再來〉，歌詞也變成一首向日軍獻媚的歌，消息傳到重慶，國民政府又下令全國禁唱。

一九六六年中國文化大革命時，劉雪庵被批判所作的音樂頹廢反動，特別是〈何日君再來〉這首歌，後來被送到鄉下勞改。一九八〇年代，鄧麗君又唱紅這首歌，在大陸各地也廣為流傳，歌曲有一度被認為有半封建、半殖民地色彩，對民眾可能會造成精神汙染而被禁止。到了今日，這首歌重新被傳唱，可以說已唱遍大江南北與海峽兩岸。

〈紅豆詞〉歌詞源自《紅樓夢》

接著來介紹劉雪庵作曲的〈紅豆詞〉，歌詞出自曹雪芹的《紅樓夢》：

> 滴不盡相思血淚拋紅豆，開不完春柳春花滿畫樓。
> 睡不穩，紗窗風雨黃昏後，忘不了，新愁與舊愁。
> 嚥不下，玉粒金波噎滿喉，照不盡，菱花鏡裡花容瘦。
> 展不開眉頭，捱不明更漏。
> 恰似遮不住的青山隱隱，流不斷的綠水悠悠。

在《紅樓夢》第二十八回，賈寶玉和薛蟠兩個表兄弟去喝花酒，在席上，賈寶玉按照酒令唱了一首曲，就是這首歌的歌詞。這詞一共用了十個不字：滴不盡、開不完、睡不穩、忘不了、嚥不下、照不盡、展不開、捱不明、遮不住、流不斷，非常精彩。

劉雪庵在對日抗戰的時，創作好幾首振奮人心的愛國歌曲，例如〈長城謠〉，還有被稱為「流亡三部曲」的三首歌：〈松花江上〉、〈離家〉和〈上前線〉。〈踏雪尋梅〉是劉雪庵作詞，他的老師黃自作曲，一首活潑輕鬆的歌。

雪霽天晴朗，臘梅處處香，
騎驢灞橋過，鈴兒響叮噹。
響叮噹，響叮噹，響叮噹，
好花採得瓶供養，伴我書聲琴韻，
共度好時光。

雪霽就是下雪以後天空放晴了，臘梅是一種黃色的梅花，因為顏色和蜂蠟相似，故被稱為臘梅。灞橋是西安（古時的長安）外面灞水上的一條橋，漢唐時代的人在長安送朋友東行，在灞橋上分別，並且折下楊柳樹的樹枝，因為「柳」字和「留」字讀音相似的緣故，沿用下來，灞橋也就泛指送別分手的地方，灞橋折柳也就泛指送客遠行的意思。

話說唐朝一位宰相鄭棨，很會作詩，有一次有人到他家拜訪，問他：「您最近有什麼作品嗎？」鄭棨說：「寫詩的靈感來自灞橋上、風雪中和驢子的背上，在這裡哪來靈感呢？」

黃自的〈本事〉、〈花非花〉

黃自在北京清華大學畢業後，到美國歐柏林學院(Oberlin Collage)讀心理學，後來轉到耶魯大學學音樂，回國後在滬江大學和國立音樂專科學校任教，造就許多有名的音樂家，劉雪庵就是其中之一。〈本事〉這首歌，由黃自作曲，有「江南才子」之稱的文學家盧前作詞。這首歌在簡單平易中間，描繪出一幅粉彩圖畫，鳥語、春風、飛花、酣睡和美夢，多麼怡然，何等舒泰。

記得當時年紀小，我愛談天，你愛笑。
有一回並肩坐在桃樹下，風在林梢，鳥在叫。
我們不知怎麼樣睏覺了，夢裡花兒落多少。

黃自譜曲的〈花非花〉，歌詞來自白居易寫的一首小詩：

花非花，霧非霧，
夜半來，天明去。
來如春夢不多時，
去似朝雲無覓處。

白居易的詩以語言淺近、意境明顯為特色，但是這首詩卻是一個例外，因為詩裡並沒有清晰地說明要描述的是什麼東西，好像是花卻不是花，好像是霧卻不是霧，來的時候像春夢一樣短暫，消失的時候像早上的雲一樣，無處尋覓。我想白居易描寫的是一份看不見、摸不著，朦朧、飄渺，輕輕來卻又匆匆去的一份心情和感受吧。

黃友棣的〈杜鵑花〉

黃友棣是一位作曲家、演奏家、指揮家、教育家和文學家，音樂作品多達兩千多首，大家最熟悉的，是他在抗日戰爭期間寫的〈杜鵑花〉。一九四一年春天，中山大學哲學系學生方健鵬送給黃友棣幾首小詩，其中一首〈杜鵑花〉，黃友棣將之譜成民謠風的歌曲，節奏活潑而有變化，歌詞洋溢著天真無邪的青春氣息。

淡淡的三月天，杜鵑花開在山坡上，
杜鵑花開在小溪畔，多美麗啊，
像村家的小姑娘一樣，像村家的小姑娘。
去年，村家的小姑娘，走到山坡上，
和情郎唱支山歌，摘枝杜鵑花插在頭髮上。
今年，村家小姑娘，走向小溪畔，
杜鵑花謝了又開啊，記起了戰場上的情郎。
摘下一枝鮮紅的杜鵑，遙向著烽火的天邊，
哥哥你打勝仗回來，我把杜鵑花插在你的胸前，不再插在自己的頭髮上。

與鍾梅音合作〈當晚霞滿天〉、〈遺忘〉

歌曲〈當晚霞滿天〉由黃友棣作曲、鍾梅音作詞：

當晚霞滿天，
桃色的雲，漸漸淡了，
金色的光，漸漸暗了。
水鑽樣的星星，恰似你灼灼慧眼，
啊！正如這些星星，你已離我遠去。
我愛，我愛，讓我長相憶，
長相憶，長相憶，讓我長相憶。

〈當晚霞滿天〉這首歌歌詞纏綿抒情，曲調優美動聽。鍾梅音是一九五〇年代有名的散文家和電視節目主持人。後來他們又合作了一首詩〈遺忘〉：

若我不能遺忘，
這纖小軀體又怎載得起如許沉重憂傷。
人說愛情故事，值得終身想念，
但是我啊，只想把它遺忘。

誰能將浮雲化作雙翼，
載我向遺忘的宮殿飛去。
有時我恨這顆心，是活，是會跳躍，是會痛苦。
但我又怕遺忘的宮殿，
就連痛苦亦付闕如。

〈送別〉歌詞濃縮《西廂記》

黃友棣是傑出的作曲家，也是一位音樂教育家，他認為音樂教育並不止於彈琴、唱歌技巧，而是經由演奏和欣賞，修身養性，鍛鍊才華，達到全人教育的目的。他提出藝術歌曲大眾化的理念，正是《禮記．樂書》說的「大樂必易」，指最好的樂曲，必定淺近容易了解體會，也是大家常說的好的詩詞文章，應該是「老嫗能解」。黃友棣的作品都呈現這個特色，同時他也寫了很多民歌和兒童歌曲。

〈送別〉這首歌由李叔同作詞、黃友棣編為合唱曲，歌的原曲是十九世紀美國音樂家奧德威 (John P. Ordway) 寫的民謠〈Dreaming of Home and Mother〉（夢見故鄉和母親）。〈送別〉歌詞的第一段：

長亭外，古道邊，芳草碧連天。晚風拂柳笛聲殘，夕陽山外山。
天之涯，地之角，知交半零落。人生難得是歡聚，唯有別離多。
長亭外，古道邊，芳草碧連天。問君此去幾時還，來時莫徘徊。
天之涯，地之角，知交半零落。一壺濁酒盡餘歡，今宵別夢寒。

李叔同是清末民初一位多才多藝的大師，詩文詞曲、話劇、繪畫、書法、篆刻樣樣精通。有人說這首歌詞濃縮了《西廂記》第四本第三折〈哭宴〉，崔鶯鶯在長亭送張生上京考試那一場的意境，一開始崔鶯鶯唱的是：「碧雲天，黃花地，西風緊，北雁南飛，曉來誰染，霜林醉，總是離人淚。」其實，也有柳永〈雨霖鈴〉：「多情自古傷離別，更那堪、冷落清秋節。今宵酒醒何處？楊柳岸曉風殘月。」

〈問〉是由蕭友梅作曲，易韋齋作詞，黃友棣編成合唱曲的歌。

你知道你是誰？你知道華年如水？
你知道秋聲添得幾分憔悴？垂！垂！垂！垂！
你知道今日的江山，有多少淒涼的淚？
你想想啊！對！對！對！
你知道你是誰？你知道人生如蕊？
你知道秋花開得為何沉醉？吹！吹！吹！
你知道塵世的波瀾，有幾種溫良的類？
你講講啊！脆！脆！脆！

〈教我如何不想他〉

〈教我如何不想他〉由劉半農作詞，趙元任作曲，黃友棣編合唱，是一首流傳很廣的名歌：

天上飄著些微雲，地上吹著些微風。
啊！微風吹動了我頭髮，教我如何不想他！

月光戀愛著海洋，海洋戀愛著月光。
啊！這般蜜也似的銀夜，教我如何不想他！
水面落花慢慢流，水底魚兒慢慢游。
啊！燕子，你說些什麼話？教我如何不想他！
枯樹在冷風裡搖，野火在暮色中燒。
啊！西天還有些兒殘霞，教我如何不想他！

劉半農是中國近代著名的文學家、語言學家和教育家，留學英、法之後在北京大學任教。趙元任是中國語言學家，也是中國語言科學的創始人，十七歲時考取公費留美，在七十二名公費生裡名列第二（當時胡適名列五十五）。他在康乃爾大學主修數學，選修物理和音樂，在哈佛大學讀研究所修哲學和音樂，並從事語言學研究。一九二〇至三〇年代在北京清華大學，趙元任、王國維、梁啟超、陳寅恪並列為四大導師。

〈教我如何不想他〉歌名裡的「他」到底是誰？是男性還是女性？是故鄉還是什麼？在中文裡，「他」字可以含糊地混過去，趙元任把歌名翻成英文時，很有技巧地翻成〈How Can I Help but Think of You〉，一個 you 字也就含糊地混過去了。

第四章

生死大事做文章

出生的儀式

出生和死亡是人生旅途上的兩個站，有人說它們是起點和終點，也有人說它們只不過是兩個中途站。無論如何，我們怎樣看這兩個站呢？莊子在《莊子．外篇》說：「不樂壽，不哀夭，萬物一府，生死同狀。」不把長壽看作快樂，不把短命看作哀傷，萬物都終結為一體，生死都是一樣的狀態。

出生的喜樂與艱辛

美國詩人艾略特 (T.S. Eliot) 在〈智者之旅〉(The Journey of the Magi) 這首詩說：「我曾經見過出生和死亡，以為他們是不同的，可是，出生也可能充滿了艱辛和痛苦，就像死亡一樣。」(註 1)

這不是原文的直接翻譯。按照《聖經．馬太福音》第二章記載，耶穌在伯利恆城 (Bethlehem) 出生時，有三個來自東方的智者，帶了禮物呈獻給耶穌（magus 中文翻譯為「智者」，magus 的複數是 magi）。艾略特的詩描寫這三位智者的旅程，因此前面兩句原詩的直接翻譯應該是：「我曾經見過出生和死亡，以為他們是不同的。耶穌的出生，卻充滿了艱辛和痛苦，就像死亡，我們的死亡，一樣。」

印度詩人泰戈爾 (Rabindranath Tagore) 說過：「你哭哭啼啼地來，每個人都因你而歡笑；你歡笑著離去，卻讓整個世界為你哭泣。」(註 2)

美國幽默大師馬克．吐溫說：「為什麼我們在出生時歡欣快樂，在葬禮上痛哭哀傷，因為我們不

是當事人。」（註3）

中國「三朝洗兒」儀式

中國自唐朝開始，就有「三朝洗兒」的習俗。這習俗有幾層意義，嬰兒生下來過了三天，健康狀況達到穩定的狀態，媽媽也平安休息了三天，可以向親朋好友宣布喜訊了。在古時，一個重要的禮儀就是送油飯和雞酒到媽媽的娘家報喜，娘家也會回贈衣物、項圈、手鐲等飾物，當然親朋好友也會收到油飯、雞酒，和被邀參加慶祝的宴會。

同時，「三朝洗兒」要請產婆來替嬰兒洗澡，把臍帶剩餘下來的殘端移除。胎兒在母親身體裡，經由臍帶的臍靜脈把含有養分和氧氣的血送給胎兒，再經由臍動脈把已經被嬰兒吸收養分和氧氣的血送回母體。胎兒出生時，臍帶連著胎兒從母親身體脫落，醫生把臍帶剪斷，留下來兩三公分的殘端，這段殘端在幾天之內就會有些掉下來，留下來的傷口就是肚臍。其實，依照現在醫學資料的估計，殘端在七到二十一天會萎縮掉下。中國有些地區也有「洗七」的風俗習慣。

在古時，「三朝洗兒」有各種的儀式，例如用桃、李、梅樹的樹根來煮水，以洗去不祥，而且終生無瘡無疥；用端午的艾葉煮水，以避邪惡之氣；用薑、蔥煮水，薑就是強壯，蔥就是聰明；更有直接把錢放在水裡，因為錢到底是好東西。洗兒的時候，親朋好友會餽贈禮物，不過文人們往往趁這個機會寫幾首洗兒詩，既可賣弄一下才華，又省去禮物的花費，同時也拍拍主人的馬屁。

歐陽修、范仲淹賀梅堯臣洗兒詩

宋仁宗嘉祐三年，被譽為宋詩的開山祖師梅堯臣五十六歲生了一個兒子，在「三朝洗兒」的宴會上，歐陽修帶頭寫了一首洗兒詩，表達祝賀之意。

月暈五色如虹霓，深山猛虎夜生兒。虎兒可愛光陸離，開眼已有百步威。詩翁雖老神骨秀，想見嬌嬰目與眉。木星之精為紫氣，照山生玉水生犀。兒翁不比他兒翁，三十年名天下知。材高位下眾所惜，天與此兒聊慰之。翁家洗兒眾人喜，不惜金錢散閭里。宛陵他日見高門，車馬煌煌梅氏子。

這首洗兒詩的大意是：猛虎昨天晚上生了一個兒子，虎兒一生下來張開眼，威震百步，詩翁雖然老了，卻依然神采清秀，從老爸身上，可以想像嬰兒長大之後俊美的眉目。這個兒子的老爸和別人的老爸大不相同，三十年來他的聲名已經為天下所知，可是，才華雖高，官位卻低，大家都替他可惜，所以，上天賜給他這個兒子，作為安慰。

後來，范仲淹用歐陽修的詩韻，也寫了一首洗兒詩：

遙望瑞氣縈彩霓，上天誕降麒麟兒；麟兒瑞物等長離，不事蒼鷹乳虎威。聖俞次第五兒育，此兒良擬馬白眉；眉手秀整頭角聳，容光一脈通天犀。今朝抱洗蘭盆中，英物試啼蚤占知；世家學業有源委，聖俞才學家得之。我朝文盛殊堪喜，才學楊梅動帝里；此兒汝家千里駒，當復見奇於天子。

一開頭說：「上天誕降麒麟兒」，麒麟是中國古籍記載至高無上的神獸，象徵祥瑞，麒麟兒是指才能出眾的小孩，就是說聰穎異常的小孩，誕生到塵世來。接下來說：「今朝抱洗蘭盆中，英物試啼蚤占知」（「蚤」字通「早」），蘭盆是嬰兒的洗澡盆，初試啼聲是指初生嬰兒啼聲宏亮，將來一定不凡，都是讚揚祝禱的話。最後兩句：「此兒汝家千里駒，當復見奇於天子」，這個嬰兒是你們家的千里馬，將來一定也會再得到皇上的賞識，這兩句也暗暗地附和歐陽修替梅堯臣打抱不平的說法。

接下來，和范仲淹一起推動「慶曆新政」的政治家富弼，也寫了一首洗兒詩。最後梅堯臣為報謝諸友為洗兒獻出詩章，也寫了一首詩作答，亦用歐陽修原詩的韻，題名為〈依韻答永叔洗兒歌〉，原詩如下：

夜夢有人依帔霓，水邊授我黄龜兒；仰看星宿正離離，玉魁東指生斗威。明朝我婦忽在蓐，乃生男子實秀眉；自磨丹砂調白蜜，避惡避邪無寶犀。我漸暮年又舉息，不可不令朋友知；開封大尹憐最厚，持酒作歌來慶之。畫盆香水洗且喜，老駒未必能千里。盧同一生常困窮，亦有添丁是其子。

這詩的大意是，梅堯臣兒子出世前一天晚上，夢見一個道士送給他一隻龜，所以為兒子取名龜兒。接著說，我年紀這麼大了，還生了個兒子，因此，必須告知朋友。用美麗的盆和香水來替兒子洗澡，自然是開心的事，不過，老馬就未必能再奔跑千里了。

這都是文人的樂事。

蘇東坡的洗兒詩

講到洗兒詩，最有名的自然是蘇東坡所寫的。蘇東坡是一位全能的文學藝術家，擅長詩、詞、散文、書法和繪畫，在文章方面，和唐朝的韓愈、柳宗元，宋朝的歐陽修、蘇洵、蘇轍、王安石、曾鞏合稱「唐宋八大家」；在詩方面和黃庭堅並稱「蘇黃」；在詞方面和辛棄疾並稱「蘇辛」；在書法方面和黃庭堅、米芾、蔡襄合稱「北宋書法四大家」。

蘇東坡雖然才華洋溢，但是仕途卻是一路坎坷，他一生經歷宋仁宗、英宗、神宗、哲宗四朝，他反對王安石的變法主張，後來又反對司馬光廢新法的做法，可以說兩面都不討好。他曾經被外調到其他地方當個小官，更三次被貶謫到湖北的黃州（今湖北黃岡）、廣東的惠州（今廣東惠陽）和海南島儋州。晚年，他寫了一首詩，可以作為他政治生涯的句點：

心似已灰之木，身如不繫之舟，問汝平生功業，黃州、惠州、儋州。

蘇東坡被貶謫到黃州時，已經四十多歲，他的侍妾朝雲為他生了一個男孩，名為蘇遁。「三朝洗兒」時，蘇東坡寫了一首洗兒詩：

人皆養子望聰明，我被聰明誤一生，惟願孩兒愚且魯，無災無難到公卿。

前面兩句道出蘇東坡知道自己是個絕頂聰明的人，同時埋怨一輩子沒有發展長才的機會，後面兩句諷刺愚笨魯鈍的人，可以無災無難地做到大官的位置。

明末清初的文學家和政治人物錢謙益，也寫了一首相似的詩，題為〈反東坡洗兒詩〉：

坡公養子怕聰明，我被痴呆誤一生，還願生兒狷且巧，鑽天驀地到公卿。

前面兩句可以解釋為客套話，蘇東坡聰明我愚笨，其實「痴呆」也可以解釋為老實、憨厚，正和以下的狷且巧相對應。狷是心胸狹窄，巧是虛偽花言巧語的意思，「鑽天驀地到公卿」，只是鑽營投機，上可通天做大官的意思。

白居易外孫女滿月詩

按照中國傳統的習慣，嬰兒出生一個月後，有滿月慶祝；滿月的慶祝還有一個比較細的分別，男嬰出生三十天才算滿月，女嬰出生二十九天就稱為滿月。嬰兒出生後三天或者滿月，宴請親朋好友的宴會稱為「湯粥宴」，湯粥就是一種麵片湯，據說北齊文宣帝高澤生了兒子，仿照民間以湯粥招待朋友的習俗，用湯粥宴請群臣，這就是「湯粥宴」這個詞的由來。

白居易有一首〈小歲（註4）日喜談氏外孫女孩滿月〉：

> 今旦夫妻喜，他人豈得知。自嗟生女晚，敢訝見孫遲。物以稀為貴，情因老更慈。新年逢吉日，滿月乞名時。桂燎熏花果，蘭湯洗玉肌。懷中有可抱，何必是男兒。

小倆口今天的喜悅，他人豈能體會？笑我自己生女兒生得晚，怪不得要到很老才能盼到孫子。物以稀少為珍貴，年紀大了，更增加對孫輩的疼愛。新年裡，逢到吉祥的好日子，滿月時，要我為孫女取名，在桂木的煙中，擺設了鮮花水果；在芳香的水裡，洗濯玉一般的肌膚，有一個可以抱在懷裡的新生命，又何必一定是男孩呢？

最後兩句對古代封建社會重男輕女的觀念做了一個反駁。交代一下，白居易為他的外孫女取的名字是「引珠」。

西方新生兒賀卡祝辭

西方的習慣，嬰兒出生時，父母親會寄給親友一張出生的卡片，最簡單的就是宣布嬰兒的名字、性別、出生的年月日時分秒、身高和體重等資料，有時也會加上幾句喜悅、輕鬆風趣的話，例如：

> From the top on her head, to the toes on her feet, she is perfect and so sweet.
>
> （從頭到腳趾，她是十全十美、可愛甜美的。）

The dust has settled, and we are full of joy, as we announce the arrival of our baby boy.

（塵埃落定，我們滿懷喜悅地宣布我們的小男孩到來。）

Dream really do come true. Ours came to us wrapped in blue.（註5）

（美夢的確成真，我們的「夢想」是用藍布包好送來的。）

《新約聖經》中耶穌的誕生

當然，歷史上最重要的出生消息，記載在《新約聖經．路加福音》第二章：在伯利恆的野地上，有牧羊人，夜間按著更次，輪流看守羊群，有主的使者站在他們旁邊，主的榮光四面照著他們，牧羊人就很害怕。那天使對他們說：「不要懼怕，我報給你們大喜的訊息是關乎萬民的，因今天在伯利恆城裡為你們誕生了救世主，就是主基督。你們看見一個嬰孩裹著布，躺在馬槽裡，那就是記號了。」忽然有一大隊天兵，同那天使讚美神說，在至高之處，榮耀歸與神，在地上平安，歸與祂所喜悅的人。」

有一首大家都聽過，敘述這一段歷史的聖誕歌：

Hark! the herald angels sing,"Glory to the newborn King!" Peace on earth, and mercy mild, God and sinners reconciled!

（聽啊！天使高聲唱，榮耀歸與新生王，天人從此長融洽，恩寵平安被萬方。）

當耶穌出生的時候，按照〈馬太福音〉第二章記載，三個從東方來的智者帶來的賀禮是黃金、乳香和沒藥，這都是很珍貴的東西。黃金代表珍貴，它的意義是尊崇耶穌是普世之主；乳香是在祭壇上點燃的香，代表神聖，它的意義是耶穌是上帝的代表；沒藥是一種香料，通常被加在包裹屍體的布匹裡，它的意義是耶穌生下來是為了要拯救世人而殉身。

（註1）I have seen birth and death, but had thought they were different; this Birth were hard and bitter agony for us, like Death, our death.

（註2）When you came you cried and everybody smiled with joy; when you go smile and let the world cry for you.

（註3）Why is it that we rejoice at a birth and grieve at a funeral? It is because we are not the person involved.

（註4）小歲可解釋為元日或冬至夜。

（註5）美國的傳統，男嬰穿藍色、女嬰穿粉紅色的衣服。

死亡的習俗

在中國，一個人逝世的消息會經由訃聞的發送告知親戚朋友，「訃」是報喪，不幸的意思，「聞」是消息的意思。按照嚴格的規矩，在訃聞裡，「訃」字應該印黑色表達哀傷之意，「聞」字印紅色，表示恭敬之意。

訃聞的內容及避諱

訃聞的主要內容就是羅列逝世者的姓名、時間和逝世時的年齡。其實，這都可以用很簡單的文字來陳述，不過，即使在今日的社會，許多人還是遵照比較傳統的文字規則。

訃聞首先要說明誰過世了，也就是寫出過世者的姓名，但是，直接指名道姓有點不夠尊敬，比較現代化，也比較簡單的稱呼就是某某先生、某某女士等，例如名歌星張國榮的訃聞裡，就稱他為張國榮先生，梅豔芳的訃聞，就稱她為梅豔芳小姐，同樣也可以用某某教授、某某醫生、某某牧師等頭銜。

不過，自古以來，中國人為了表示對皇帝、長官、聖賢、長輩的尊敬，都不將他們的名字寫出來或唸出來，就是所謂的「避諱」，「諱」是隱藏保留的意思。避諱的方法有換字、缺筆、改音等方式。

唐高祖的名字是李淵，因此即使是兩百多年以前，名詩人陶淵明，也得改稱為陶泉明，或者陶深明（泉和深兩字都和淵字意義相近）。清朝康熙皇帝的名字是玄燁，因此，故宮的「玄武門」到了清朝改稱為「神武門」。孔子名孔丘，從漢朝開始到清朝，朝廷發出通知，規定姓丘的都要改成「邱」，不過因為有些人沒有改，所以現今有姓「丘」，也有姓「邱」。

唐朝大文豪韓愈寫了一篇文章，題目是〈會變〉，他指出光是在文字和聲音上玩遊戲是沒意義的。當時，韓愈很賞識年輕詩人李賀，鼓勵他去考進士，可是，想要阻擋的人說，李賀的父親叫作晉肅，因為，「晉」字和「進」字同音，李賀不應該去考進士，韓愈反駁說如果父親的名字是「仁」，那麼兒子就不能夠做人了嗎？

還有一個笑話，有一個小小的州官，姓田名登，正月十五，元宵燈節到了，按照規定，州官要發布公告准許老百姓點燈三天，可是，他手下的人不敢用「燈」字，因為「燈」和州官名字的「登」同音，所以，公告上面寫著：准許放火三天。這就是「只許州官放火，不許百姓點燈」這句話的出處。

不過，也不能只說我們老祖宗拘泥迂腐，即使現今在西方文化裡，當我們要講或者要寫一些不雅的字或詞時，我們會用X代表，這也就是避諱的另一個面向。

在訃聞裡，往往在過世者的名字前加上「諱」字，例如：林公諱則徐，意思是「應該避諱的名字」。女性可以在名字前面加上「閨名」兩個字，例如：李母閨名玉環。

名要避諱，姓要不要避諱呢？按照《孟子．靜心》篇的說法，姓不需要避諱。曾子是出名的孝子，他的父親生前很喜歡吃一種棗子叫做羊棗，父親過世之後，曾子就不再吃羊棗，因為，吃羊棗會讓他想起父親，有人問孟子烤肉好吃還是羊棗好吃呢？孟子說當然是烤肉，那麼為什麼曾子吃烤肉而不吃羊棗呢？孟子說烤肉是許多人都喜歡吃的，羊棗卻只是父親一人獨特的喜愛。因此，對姓名的避諱來說，名字要避諱，姓不必避諱，姓是許多人共同，名卻是獨有的。

臺中、雲林「活廖死張」的習俗

在臺中、雲林一帶，有廖氏家族仍然遵守「活廖死張」的習俗。廖氏家族成員在世時，戶籍、身分證、買賣契約都以「廖」姓來登記，但是過世之後，訃聞、墓碑、祖譜等都要改為「張」姓。因此，當不知道這個習俗的人，收到一個張某某的訃聞時，很可能認為根本不認識這個人，因為，他認識的是廖某某。

這習俗起源於七百多年以前的明末清初，福建漳州叫廖三九郎公的有錢人，沒有兒子，只有一個獨生女，廖三九郎公替女兒選了一個叫張願仔的年輕人入贅為婿，並且將他改名為廖元子。廖元子四十八歲才生了一個兒子，取名廖友來。廖元子病危臨終時，吩咐廖友來，以後子孫在世時要姓「廖」，以光耀母姓，死後要改姓「張」，作為對本姓的紀念。廖友來生了四個兒子，後來部分族人來到臺灣，落腳在臺中西屯、雲林西螺一帶，這就是「活廖死張」，或者稱為「人廖神張」、「廖皮張骨」習俗的由來。

訃聞的稱謂

丈夫往生由妻子名義發出訃聞，稱過世的丈夫為「先夫」，自稱為「護喪妻」（護喪是主辦喪葬事宜的意思，也有護送靈柩歸葬的意思），或者自稱「未亡人」，雖然也有人認為未亡人感覺比較哀傷。

妻子往生由丈夫名義發出訃聞，稱過世的妻子為「先室」（「室人」是古代對妻妾的稱呼），自稱為「護喪夫」，或者「杖期夫」。「杖期」是古代服喪的禮制，「杖」指拿著孝杖，「期」指服喪一年的時間，延伸的解釋是因為妻子去世，茶飯不思，身體虛弱必須拄著拐杖才能走路。如果丈夫的父母親還健在，就自稱「不杖期夫」，延伸的解釋是，父母親還健在，就得保重身體侍奉父母，不能過度悲傷，因此不需要拄著拐杖走路。

父親往生由兒女名義發出訃聞，稱父親為先考或顯考，考是指父親。其實，「考」和「老」字，都是老的意思，「考」和「老」字同一部首，讀音相近，意義相通，也就是六書中的轉注字。老和考，在篆文、金文、甲骨文裡，正是一個老頭子側面站著，長髮遮臉，腰彎背斜的模樣。了解了老字和考字之後，很明顯地，「孝」字就是一個老頭子，旁邊站著一個小孩子。

母親往生由兒女名義發出訃聞，稱母親為「先妣」或「顯妣」。「妣」字是形聲字，原來是指健在或者過世的母親，不過演變下來，「考」專指已故的父親，「妣」專指已故的母親。《禮記・曲禮下》：「生曰父、曰母、曰妻；死曰考、曰妣、曰嬪。」

至於發出訃聞的兒子和女兒，父逝母在，自稱為「孤子」、「孤女」；母逝父在，自稱為「哀子」、「哀女」；父母都不在，自稱為「孤哀子」、「孤哀女」；另一種簡單的做法就是自稱為「孝男」、「孝女」。可是，在這裡，也往往有人鬧笑話，在訃聞開頭，引用一句常用的話：「不孝男，罪孽深重，不自殞滅，禍延先考。」意思是我這個不孝子，自己沒有死，將災禍延到老爸身上。可是，結尾卻又自稱孝男，他到底是孝還是不孝呢？

古文中著名的祭文與輓詩

在葬禮中宣讀的一篇文章，或者一篇演說，中文稱為祭文、悼辭，英文稱為eulogy。在中國古代文學中，最有名的幾篇祭文，就是韓愈的〈祭十二郎文〉、李商隱的〈祭小侄女寄寄文〉和袁枚的〈祭妹文〉。

韓愈〈祭十二郎文〉

韓愈是唐代的文學家，他反對六朝以來，講究四六句和對仗的駢體，推動三代（夏商周）兩漢（東西漢）自然樸實的文體。他的文章辭鋒銳利，氣勢磅礡，蘇軾對他的讚譽是「文起八代之衰」。（八代指唐朝以前的東漢、魏、晉、宋、齊、梁、陳、隋。）

〈祭十二郎文〉是韓愈祭弔從小一起長大卻驟逝的姪子十二郎寫的祭文，情感真摯，文字純樸動人，被譽為祭文中的「千古絕調」，還有個說法是：「讀〈出師表〉不哭者，不忠；讀〈陳情表〉不哭者，不孝；讀〈祭十二郎文〉不哭者，不慈。」這三篇文章可說是古代中國三大抒情文。

韓愈出生未滿二個月，母親就去世了，三歲時父親也過世了。韓愈有三個哥哥，按照〈祭十二郎文〉說：「吾上有三兄，皆不幸早逝。」他又自稱「季父」，依伯、仲、叔、季的排行，他是老四。大哥韓會沒有兒子，二哥韓介有兩個兒子，大兒子韓柏川，二兒子韓老成。韓老成在族中同輩排行第十二，所以也叫十二郎，韓老成過繼給韓會，只比韓愈小二歲。

韓愈在父親韓仲卿過世之後，就由哥哥韓會、嫂嫂鄭氏撫養，和十二郎一起長大。韓愈七歲時，韓會入朝為官，三年之後，由於黨派的連累被貶到廣州韶關，兩年之後，在韶關逝世。鄭氏帶著韓愈和十二郎回到河南河陽老家，後來又因為逃難，顛沛流離，韓愈十九歲時離開嫂嫂，到長安求仕，八年之後鄭氏逝世，韓愈為嫂嫂寫的祭文裡說：「嗚呼，天禍我家，降集百殃，我生不辰，三歲而孤，蒙幼未知，鞠我者兄，在死而生，實維嫂恩。」

韓愈和十二郎雖然名為叔姪，卻情同手足，他和十二郎分別幾年未見面，他寫了兩首名為〈河之水〉的詩，描述對十二郎的懷念：

> 河之水，去悠悠。我不如，水東流。我有孤侄在海陬，三年不見兮使我生懷。日復日，夜復夜。三年不見汝，使我鬢髮未老而先化。
>
> 河之水，悠悠去。我不如，水東注。我有孤侄在海浦，三年不見兮使我心苦。採蕨於山，緡魚於淵。我徂京師，不遠其還。

韓愈三十五歲時，十二郎三十三歲英年早逝，這是韓愈寫〈祭十二郎文〉的家庭背景。

〈祭十二郎文〉一開始說：知道你去世消息之後的第七天，帶著無盡悲痛，來表達一份誠摯的心意。接下來，韓愈追記往事：我從小失去父親，依靠大哥韓會和嫂嫂鄭氏照顧長大，大哥中年早逝，我和你跟著嫂嫂回到河南河陽的老家安葬大哥，後來又避難到安徽宣城，「零丁孤苦，未嘗一日相離也。」

我的三個哥哥都不幸在壯年去世，所以，承繼先人的後代，「在孫惟汝，在子惟吾」。我們小時候，嫂嫂指著我們兩個說：「韓氏兩世，惟此而已。」那時你還小，大概不記得，我雖然記得，也不懂得嫂嫂話裡的悲痛。

我十九歲時，離開嫂嫂和你到長安，接下來的十幾年到處奔波，聚少離多，哪會想到你竟然捨我而去了。我和你都很年輕，我一直以為暫時的別離，以後一定會長久相聚，所以，我才會離開你到長安，謀求一份薪水微薄的官位。早知如此，即使是最高的官位、最豐厚的俸祿，我也不會離開你一日，而接受的。

「吾年未四十，而視茫茫，而髮蒼蒼，而齒牙動搖。」想到我的父親、哥哥都是健康而早逝，我這麼衰弱的身體，哪能撐得長久呢？誰會想到年輕的先逝去，年長的還活著？身體強健的夭折，一身都是病的，卻能夠拖延下來？這是真的嗎？還是在夢中？還是消息傳遞的錯誤呢？難道我哥哥多做善行好事，他的兒子卻英年早逝嗎？難道你這麼正直聰明的人，卻不能承受我哥哥的遺澤嗎？難道年輕強健者早逝，年長衰弱的人卻存活嗎？如果說是在夢中，是消息傳遞的錯誤，那麼好友孟在野的信，僕人耿蘭的報告，怎會在我身邊呢？唉，這是真的了，我哥哥多做善行好事，他的兒子竟然英年早逝，你是個正直聰明的人，竟然不能承受我哥哥的遺澤，這真是天理難測，壽命難以預知呀！（請注意這一段句法的巧妙運用，先是陳述句和疑問句，然後倒過來把陳述句改成疑問句，把疑問句改成陳述句。）

我自從今年開始，斑白的頭髮變成全白，動搖的牙齒有些已經掉落了，體質一天比一天衰弱，精神一天比一天萎靡，恐怕沒有多少時間，就會跟著你走了。你的大兒子韓湘今年十歲，我的大兒子韓昶今年五歲，年輕身體壯健如你卻已經逝去，又怎能期望那麼幼嫩脆弱的他們成家立業呢？

一年以前你寫信給我說得了軟腳病（推想是缺乏維他命B_1引起的腳氣病，症狀包括運動障礙，四肢無力），我說這是江南人常有的病，沒想到你竟因此喪生，難道你還有別的疾病嗎？唉，你何時開始生病我不知道，哪天去世我也不知道，你活著的時候，我們不能在一起相互照顧，你死了，我不能撫摸你的屍體而哭泣。現在「一在天之涯，一在地之角」，你活著時，你的影子和我的形體不能相依靠，死後，你的靈魂不會來到我的夢中，這都是我所造成的，還能怨誰呢？從此以後，我對人生也感到沒意義了，只希望在生命中剩餘的時光，教導你和我的兒子，希望他們有所成就，養育你和我的女兒等待她們出嫁。唉，話有說完的時候，而哀傷之情是無盡的，你知道還是不知道呢？

原文最後一段有幾句特別感人：

> 嗚呼！汝病吾不知時，汝歿吾不知日。生不能相養以共居，歿不得撫汝以盡哀。斂不憑其棺，窆不臨其穴。吾行負神明，而使汝夭，不孝不慈，而不得與汝相養以生，相守以死。一在天之涯，一在地之角，生而影不與吾形相依，死而魂不與吾夢相接。吾實為之，其又何尤。彼蒼者天，曷其有極！

韓愈的文章形式多樣化，眾體兼長，他很會寫，也寫了八十多篇祭文和墓誌銘，包括〈祭田橫墓文〉、〈祭鱷魚文〉、〈柳子厚墓誌銘〉等，還有一些是當時達官貴人重金懇請他，為他們先人寫的紀念文章。按照歷史記載，他收過的潤筆，包括一匹馬、一條白玉腰帶、絹五百匹等，收入倒是不錯的。

李商隱〈祭小侄女寄寄文〉

李商隱是晚唐著名的詩人，他的詩辭藻華麗，深情婉轉，意境迷濛。李商隱也是寫駢文的高手，他有幾篇流傳久遠的祭文，都是用駢文的格式寫的，〈祭小侄女寄寄文〉是他祭奠夭折的小侄女寄寄寫的祭文。

寄寄是李商隱堂弟李羲叟的小女兒。由於社會動盪，家庭變故，寄寄很小就寄養在別人家，幾年之後才被接回李家。李商隱非常疼愛寄寄，視為己出，可惜寄寄回家僅僅過了幾個月就夭折了。五年之後，李家才把寄寄的遺骨移葬到河南滎陽（今鄭州）祖墳，這篇祭文就是李商隱當時寫的，全文如下：

正月二十五日，伯伯以果子弄物，招送寄寄體魂，歸大塋之旁。

哀哉！爾生四年，方復本族。既復數月，奄然歸無。於鞠育而未深，結悲傷而何極！來也何故，去也何緣？念當稚戲之辰，孰測死生之位？時吾赴調京下，移家關中。事故紛綸，光陰遷貿。寄瘞爾骨，五年於茲。白草枯荄，荒塗古陌。朝饑誰飽，夜渴誰憐？爾之棲棲，吾有罪矣。今吾仲姊，返葬有期。遂遷爾靈，來復先域。平原卜穴，刊石書銘。明知過禮之文，何忍深情所屬！自爾沒後，侄輩數人。竹馬玉環，繡襜文褓。堂前階下，日裡風中，弄藥爭花，紛吾左右。獨爾精誠，不知何之。況吾別娶已來，嗣緒未立。猶子之誼，倍切他人。念往撫存，五情空熱。

嗚呼！滎水之上，檀山之側。汝乃曾乃祖，鬆檟森行。伯姑仲姑，塚墳相接。汝來往於此，勿怖勿驚。華彩衣裳，甘香飲食。汝來受此，無少無多。汝伯祭汝，汝父哭汝，哀哀寄寄，汝知之耶！

我用白話寫出祭文其中一部分如下：

正月二十五日，伯父以果子和玩具，召喚寄寄回到祖墳旁邊。

妳出生四年之後才回到自己家中，然而僅僅過了幾個月就去世了。我們還沒有機會多多照料妳，好好教育妳，而妳留給我們的是無盡的悲傷。妳為什麼來，又為什麼離去？回想起當日和妳嬉戲的時候，哪會料到生死的難測呢？我因為工作緣故，移家到關中，雜事繁忙，五年之後才回來為妳移葬。荒涼的小路，白草淒淒，白天餓了，誰來餵飽妳，晚上口渴，誰來憐愛妳？妳孤單寂寞之苦，都是我的罪過！自從妳去世後，當我看到年齡和妳相近的侄輩，穿著漂亮的衣服，有的騎竹馬，有的玩玉環，圍繞在我身邊吵吵鬧鬧，只有妳不知道哪裡去了？況且我續弦之後，仍然沒有子女，因此我對妳的疼愛，更勝於他人，當我想念妳，撫摸他們時，我的內心是何等的冰冷呀！

妳的先祖和大姑、二姑的墳墓都在旁邊，妳在這裡，就不會害怕，這些美麗的衣服和好吃的東西，妳就盡量享用吧！妳的伯父來這裡祭奠妳，妳的父親哭著送妳，寄寄，妳可知道嗎？

袁枚〈祭妹文〉

袁枚，字子才，是清朝乾隆年代的文學家，二十四歲就中進士，後來外放，在好幾個地方當縣官，他關心百姓疾苦，政績風評都很好，可是，他為人正直，厭惡官場的傾軋，三十三歲就以父親亡故為理由，辭官侍奉母親，從此以後過了四、五十年無拘無束、放蕩不羈的文人生活。他曾經寫過一副對聯：「不做高官，非無福命只緣懶；難成仙佛，愛讀詩書又戀花。」這意思是沒有做大官，不是沒有福、沒有命，只是因為懶，很難成為神仙和佛，因為愛讀詩書又愛花。

袁枚寫了幾千首詩，他強調詩歌的創作要直接抒發詩人的心靈，表達真實情感，不要受格律和文字堆砌所約束，這也就是以他為首的「性靈派」的核心觀念。袁枚在他的《隨園詩話》也說過：「詩人者，不失其赤子之心者也。」這句話是模仿《孟子．離婁下》：「大人者，不失赤子之心者也。」

以德文著作的著名小說家卡夫卡（Franz Kafka），讀過袁枚詩文的德文譯本，他在一九一二年十一月寫給未婚妻 Felice Bauer 的信，引用袁枚〈寒夜〉詩的句子：「寒夜讀書忘卻眠，錦衾香盡爐無煙。美人含怒奪燈去，問郎知是幾更天？」詩句清新可讀，且趣味盎然。

袁枚也是一個生活藝術家，喜歡遊山玩水，他寫了一本《隨園食單》，是相當完整的食譜。他對茶特別有研究，也蒐集許多鬼怪故事寫成筆記小說《子不語》，我學寫尺牘時，也讀過他的《小倉山房尺牘》。和袁枚差不多同時的一位大才子紀昀（紀曉嵐），曾任四庫全書的總纂修官，他們兩個人才華橫溢，卻又詼諧幽默，玩世不恭，有「南袁北紀」之稱。

接著先介紹袁枚的家庭背景。袁枚的父親袁濱，曾經在各地擔任幕僚，在袁枚三十三歲那年逝世。袁枚的母親章氏，他的妻子王氏生了四個女兒，其中一個早逝。

袁枚四十二歲的時候，他的一個侍妾陸氏生了一個兒子，可是，出生後就夭折了。袁枚有一個堂弟袁樹，小名阿品，袁枚到了六十歲還沒有兒子，袁樹就把他的一個兒子袁通過繼給袁枚。想不到袁枚後來納的妾鍾氏，先生了兩個女兒，又再生了一個兒子，那時袁枚已經六十三歲了，取名為袁遲，取遲來之意。

袁枚一家有五個兄弟姊妹，祭妹文寫的對象是三妹袁機（字素文），比袁枚小四歲，袁家姊妹中長得最漂亮端莊，袁枚的〈哭三妹五十韻〉中就有「最是風華質，還兼窈窕姿」之句。她從小喜歡讀書，很會作詩。四歲時，父親袁濱以指腹為婚的方式把她許配給一個叫高繹祖的人，高家也送來金鎖作為聘禮。等到雙方成年後，男方絕口不提嫁娶之事，直到袁機二十三歲時，高家派人來說兒子有病，不宜結婚，希望解除婚約。

可是袁機自幼深受封建禮教思想的影響，當她聽到男方要解除婚約時，抱著「一聞婚早定，萬死誓相隨」的決心（〈哭三妹五十韻〉句），手持金鎖，終日哭泣、絕食。後來高家那邊傳來消息，高繹祖並非有病，而是行為非常不檢點，而且屢教不改，為了不拖累袁機，才假稱有病要解除婚約。可是袁機為了固有舊禮教的想法，堅持出嫁，二十五歲嫁到高家，受盡丈夫虐待，賭博輸錢還想把她賣掉。四年之後，袁機的父親終於告到官府，獲得判決而離婚。二十九歲的袁機帶著兩個女兒回到娘家，其中一個是啞女，叫做阿印，年輕就逝世了，另一個由袁枚撫養長大，後來嫁到金陵章氏。袁機回到娘家，茹素不穿華麗的衣服，不聽音樂，生病也不好好找醫生治療，以形同守寡的方式清苦自持。袁機三十九歲時，她的前夫去世，袁機也因此生病，一年之後就過世了。七年之後，移葬到南京的羊山，袁枚的祭文相信是在稍後才寫的。

以下我摘錄了幾段〈祭妹文〉原文，為大家解讀：

> 嗚呼！汝生於浙而葬於斯，離吾鄉七百里矣！當時雖觭夢幻想，寧知此為歸骨所耶？汝以一念之貞，遇人仳離，致孤危託落；雖命之所存，天實為之，然而累汝至此者，未嘗非予之過也。予幼從先生受經，汝差肩而坐，愛聽古人節義事，一旦長成，遽躬蹈之。嗚呼！使汝不識詩書，或未必艱貞若是。

妳生在浙江，葬在南京羊山，離我們的老家七百多里，實在是做夢也無法預料的事。妳堅守從一而終的貞節觀念，卻遇人不淑，終於被遺棄仳離，雖然是命中註定和上天的安排，但是，連累妳到這個地步，何嘗不是我的過錯！我小時候跟老師誦讀四書五經，妳和我並肩而坐，最喜歡聽古人節義的故事，一旦長大成人就身體力行。唉，假如妳不懂詩書，未必會這樣堅持。

> 余捉蟋蟀，汝奮臂出其間，歲寒蟲僵，同臨其穴。今予殮汝葬汝，而當日之情形，憬然赴目。予九歲，憩書齋，汝梳雙髻，披單縑來，溫〈緇衣〉一章。適先生奓戶入，聞兩童子音琅琅然，不覺莞爾，連呼則則；此七月望日事也，汝在九原，當分明記之。

小時候我抓蟋蟀，妳在旁邊伸手幫忙，冬天蟋蟀凍死了，妳和我一起挖穴埋葬牠們，今天我安葬妳，當年的情景還清晰地呈現在眼前。我九歲時，在書房裡休息，妳梳著兩個髮髻，穿著一件細絹單衣走來，和我一起溫習《詩經．緇衣》一章，老師剛好走進來，聽到兩個孩子琅琅的讀書聲，也不禁微笑讚好。

予弱冠粵行，汝掎裳悲慟。逾二年，余披宮錦還家，汝從東廂扶案出，一家瞠視而笑，不記語從何起；大概說長安登科，函使報信遲早云爾。凡此瑣瑣，雖為陳跡，然我一日未死，則一日不能忘。舊事填膺，思之淒梗，如影歷歷，逼取便逝。悔當時不將嫛婗情狀，羅縷紀存；然而汝已不在人間，則雖年光倒流，兒時可在，而亦無與為證印者矣！

我二十一歲時，經由廣東到廣西，再到北京考博學鴻詞科，離開時，妳拉著我的衣服，流淚哭泣，二年之後，我考中進士，衣錦還鄉，妳從東廂房扶著長桌走出來，一家人笑著對看，也記不得話從哪裡講起，大概是說在長安考取進士和報信消息抵達的時間等。這些瑣碎的小節，雖然都已經過去，可是，我一日未死，一日不能忘記，滿懷舊事，回想起來，無語凝噎，它們像圖畫那麼清晰，可是想要抓住它們時，卻又消失得無蹤無影。我很後悔沒有把我們兒時的生活，一一詳細記載下來，現在妳已經離開人間，即使時光倒流，童年的歡樂可以重現，也沒有人可以印證這些歡樂時光。

前年予病，汝終宵刺探，減一分則喜，增一分則憂。後雖小瘥，猶尚殗殜，無所娛遣，汝來床前，為說稗官野史可喜可愕之事，聊資一懽。嗚呼！今而後吾將再病，教從何處呼汝耶？

前些年我生病，妳每天晚上都來探望我，病情減輕一分就高興，加重一分就擔憂，後來我的病稍微好一點，還是只能半臥半坐，妳來到我的床前，講一些稗官野史的故事，逗我開心快樂。唉！從今以後，如果我再生病，叫我到哪裡去呼喚妳呢？

嗚呼！身前既不可想，身後又不可知，哭汝既不聞汝言，奠汝又不見汝食。紙灰飛揚，朔風野大，阿兄歸矣！猶屢屢回頭望汝也。嗚呼哀哉！

唉，生前的事，既不堪想，死後的事又不可知，我為妳哭，但是聽不到妳講的話，我為妳祭奠，但是看不到妳來享用，紙灰飛揚，空曠野地的北風吹得狂烈，我要回去了，但是還是屢屢回頭看妳，這是何等的悲哀，這是何等的傷痛。

納蘭性德祭亡妻〈金縷曲〉

納蘭性德二十歲結婚，娶妻盧氏，小他兩歲。婚後兩人恩愛逾常，納蘭性德寫了好幾首描寫美滿婚姻生活的詞。可惜，婚後三年，盧氏難產逝世，納蘭性德悲慟不已，他寫的悼亡詞不下二、三十首，他的一首〈金縷曲〉，即是在妻子逝世三年後寫的，題目就是「亡婦忌日有感」。

此恨何時已。滴空階、寒更雨歇，葬花天氣。三載悠悠魂夢杳，是夢久應醒矣。料也覺、人間無味。不及夜臺塵土隔，冷清清、一片埋愁地。釵鈿約，竟拋棄。

重泉若有雙魚寄，好知他、年來苦樂，與誰相倚。我自中宵成轉側，忍聽湘弦重理。待結個、他生知己。還怕兩人俱薄命，再緣慳、剩月零風裡。清淚盡，紙灰起。

死別的怨恨，何時才能了結？雨點滴在空階上，剛剛停歇，這不正是埋葬落花的天氣嗎？三年來就像一個渺茫的夢，但如果是個夢，也早應醒過來了！相信妳和我一樣，覺得活在世上沒什麼意味，倒不如置身在墳墓裡，讓塵土把自己和世間隔離。冷清清一片掩埋愁苦的空地，我們定情的密約，也不得不拋棄。

黃泉底下，如果能送書信過來，也好讓我知道，這些年來，有誰和妳相倚靠。我夜夜輾轉反側，難以成眠，哪能忍心再娶？不如讓我們來世結成知己，只怕我們兩人天生薄命，沒有這種緣分，只有零落的風、殘缺的月。清淚已經流盡，紙灰隨風吹起。

陶淵明〈擬輓歌辭〉

陶淵明六十三歲時寫了三首〈擬輓歌辭〉，寫完兩個月之後就逝世了。這三首五言古詩，講到死亡和傷痛，也描述祭祀和出殯的情形。

第一首講生和死。

> 有生必有死，早終非命促。昨暮同為人，今旦在鬼錄。
> 魂氣散何知，枯形寄空木。嬌兒索父啼，良友撫我哭。
> 得失不復知，是非安能覺！千秋萬歲後，誰知榮與辱？但恨在世時，飲酒不得足。

有生就必定有死，即使早死也不必視為生命短促，昨天晚上同樣都是人，今天名字卻已經被登記在陰間死人的名簿。

靈魂不知飄散到哪裡去了？只有身體被放置在棺木裡，可愛的兒女悲啼著要父親回來，好朋友們為我痛哭。

不再知道得和失，又何必再論是與非呢？千秋萬歲之後，誰還會知道生前的光榮和恥辱呢？只是怨恨在世的時候，酒沒有喝足夠而已。

第二首敘述出殯前祭典的情形。

在昔無酒飲，今但湛空觴。春醪生浮蟻，何時更能嘗！
肴案盈我前，親舊哭我旁。欲語口無音，欲視眼無光。
昔在高堂寢，今宿荒草鄉；一朝出門去，歸來良未央。

以前沒有酒喝，現在酒杯中裝滿了酒，酒面還浮著泡沫，但是什麼時候再能品嘗呢？佳餚放在我面前，親友在旁邊痛哭。想要講話，卻無法出聲，想要看，眼裡沒有亮光，以前睡在寬敞的房間，現在留宿在荒草堆中，一旦出門下葬後，不知何時才會回來了？

第三首描寫出殯的情形。

荒草何茫茫，白楊亦蕭蕭。嚴霜九月中，送我出遠郊。
四面無人居，高墳正嶕嶢。馬為仰天鳴，風為自蕭條。
幽室一已閉，千年不復朝。千年不復朝，賢達無奈何。
向來相送人，各自還其家。親戚或余悲，他人亦已歌。死去何所道，托體同山阿。

荒草茫茫，白楊蕭蕭，在九月的寒霜中，把我送到遙遠的郊外，四面無人居住，只有高高的墳墓，馬兒仰天嘶叫，風在悲鳴，墳墓關起來之後，千年萬載也不會再打開了。既然不會再打開，是賢是達又算什麼呢？來送殯的人，各自回家去。親戚也許還為我悲傷，其他的人也許又開始唱歌歡樂了。已經死了，還有什麼話要說？也只能把軀體交託給山崗而已。

袁枚催輓詩

我們讀過袁枚至情至性的〈祭妹文〉，但是袁枚也有豁達、樂觀、幽默不羈的一面，據說算命他可以活到七十六歲，那年他得了嚴重的腸胃病，因此寫了一首自輓詩，並且請他的好友也預先替他寫輓詩。他的自輓詩大意是這樣：「人生本來就是過客，有來就必定有去，來既無端，去亦無故，水流花落，不再重返。但求引翅高飛，不想回頭反顧，在天外之天周遊，看以前沒有看過的事物，切莫再輪迴返轉，回頭來又再做一個倒楣的詩人。」

可是，他的朋友遲遲沒有替他寫輓詩，所以，袁枚又寫了四首催輓詩，催促他們趕快寫。第一首：

> 久住人間去已遲，行期將近自家知。老夫未肯空歸去，處處敲門索輓詩。

在人世活了這麼久也真該死了，我也知道行期將近，但是老頭子不肯空手歸去，所以我到處敲門，催促你們替我寫輓詩。

第二首：

> 輓詩最好是生存，讀罷猶能飲一樽。莫學當年痴宋玉，九天九地亂招魂。

輓詩最好在活著的時候讀，因為讀完了，還可以喝一杯酒助興，不要學當年宋玉那個傻瓜，還想要到天的最高處和地的最深處，把死去的人的靈魂招回來。（九天九地是指天的最高處，地的最深處。宋玉是戰國時期有名的辭賦文學家，他寫過一首〈招魂〉賦，不過，歷史考證學家又說可能是屈原所作。）

第三首：

> 莫輕詩人萬念空，一言我且問諸公。韓蘇李杜從頭數，誰是人間七十翁。

不要怪我萬念俱空，讓我問諸位一句話，韓愈、蘇軾、李白、杜甫，一個一個數來，那一位是活到七十歲的老翁？（韓愈五十七歲、蘇軾六十六歲、李白六十二歲、杜甫五十九歲，都沒有超過七十歲。）

第四首：

臘（註）盡春歸又見梅，三才萬象總輪回。人人有死何須諱？都是當初死過來。

冬去春回又看到梅花了，天地人，萬事萬物都要走過輪迴，每個人都會死，又何必忌諱，當初不也是死了，再輪轉回來的嗎？

袁枚的朋友被他逼不過，也只好寫幾首輓詩應付，其中與袁枚、趙士詮並稱「乾隆三大家」的趙翼寫的一首是：

生平花月最相關，此去應將結習刪。若見麻姑休背癢，恐防又謫到人間。

意思是：生平最喜歡風花雪月的生活，死後就應該把這些習慣改掉，看到麻姑時，千萬不要想找她來抓背癢，否則又會再被謫回到人間了。

這首詩用了一個有趣的典故，麻姑是一個仙子，她的手纖長，像鳥爪一樣。有一天麻姑和另一個神仙王遠來到一個叫蔡經的凡人家，蔡經看到麻姑的手，心裡就想，背癢的時候，如果能夠得到麻姑用手來抓幾下，一定很舒服。這個不敬的念頭，馬上被王遠知道，他就運用神力把蔡經鞭打一頓。所以「麻姑搔背」這個詞，有「很舒服」，也有「想入非非」的意思。

其實，袁枚七十六歲那年沒有死，他活到八十一歲。

元稹〈遣悲懷〉、〈離思〉

唐代詩人元稹年輕時，生活貧困，二十四歲娶了一個千金小姐韋叢為妻，她勤儉持家，任勞任怨，和元稹的生活雖然不寬裕，卻也溫馨甜蜜，可是短短七年之後就去世了。元稹寫了三首〈遣悲懷〉的詩懷念他的夫人，第一首寫生時，第二首寫亡後，第三首寫自悲。

第一首：

謝公最小偏憐女，自嫁黔婁百事乖。顧我無衣搜藎篋，泥他沽酒拔金釵。野蔬充膳甘長藿，落葉添薪仰古槐。今日俸錢過十萬，與君營奠復營齋。

妳是千金小姐，嫁給我這個窮光蛋，我沒有衣服穿，妳翻箱倒篋替我找，我還纏著妳把頭上的金釵給我換錢買酒喝。當年吃野蔬豆葉來充饑，用殘枝落葉當柴火，今日我有官位也有錢了，卻只能為妳祭奠，請僧人為妳誦經罷了。

第二首：

昔日戲言身後事，今朝都到眼前來。衣裳已施行看盡，針線猶存未忍開。尚想舊情憐婢僕，也曾因夢送錢財。誠知此恨人人有，貧賤夫妻百事哀。

從前開玩笑地說到死後的安排，今天都一一來到眼前了。妳留下的衣服差不多都已經送給別人，留下來的針線包我卻不忍打開。懷念舊日的情意，因此對身邊的婢僕特別憐惜，也曾經在夢中把錢財帶給妳。我知道死別的恨痛人人都有，但是貧賤夫妻百事哀。

第三首：

閒坐悲君亦自悲，百年都是幾多時。鄧攸無子尋知命，潘岳悼亡猶費詞。同穴窅冥何所望，他生緣會更難期。唯將終夜長開眼，報答平生未展眉。

空閒的時候悼念妳，也為自己傷悲，人生在世，百年的時光也算不了什麼。我和當年鄧攸一樣命中註定沒有兒子，也只能像潘岳替逝去的妻子寫悼念詩，除了死後同一個墓穴之外，還有什麼可以期望？至於來世有緣相聚，更是不可期待了，我會像鰥魚一樣永遠不會閉上眼睛，報答妳一生為了我而沒有歡樂的時光。（「鰥魚」的眼睛不會閉上的，所以用來比喻因為憂愁而不能成眠的人，更引申為鰥夫就是獨身的男子，特別是喪偶的獨身男子。）

元稹也寫了五首題為〈離思〉的詩，其中一首是：

曾經滄海難為水，除卻巫山不是雲；取次花叢懶回顧，半緣修道半緣君。

「曾經滄海難為水」的意思是曾經見過無邊無際浩瀚的大海，其他小河小池的水就無法相比了。「滄」是暗綠色的意思，「滄海」指大海，這句話是從《孟子．盡心》篇：「觀於海者難為水，遊於聖人之門者難為言。」這兩句變化出來的。孟子的意思是曾經見過大海，小河小池就很難稱得上是水了，曾經追隨聖人，聽過他的訓誨，就很難再開口講道德學問了。

巫山山脈在重慶、湖北、貴州邊界（其中的巫山在重慶東部），戰國時楚襄王帶著宋玉在那裡遊玩，看到那裡的雲彩，宋玉說那是巫山神女的化身，她早上為朝雲，晚上化為夕雨，接下來宋玉在他寫的〈高唐賦〉裡對朝雲的美麗和變化，作了很動人的描寫。就像松樹那麼茂盛挺拔，像少女那麼光彩照人。因此，「除卻巫山不是雲」指看過巫山的雲，別的地方的雲就無法相比了。「曾經滄海難為水，除卻巫山不是雲」這兩句，表達對亡故妻子的懷念，別人無法相比。

後面二句：「取次花叢懶回顧，半緣修道半緣君。」倒有點輕鬆幽默的意味，在花叢中間我都懶得回頭看，一半是為了我在修道，一半是為了對妳的追憶，我們也可以說，修道也是為了對亡妻的追憶。

（註）古人在冬至後的第三天，由天子主持祭祖謝天的盛大祭禮，這個祭典的名稱叫作「臘」，流傳下來，農曆十二月就叫做「臘月」。

中國近代名人的輓聯

在語言文字裡，使用平行的對稱句是相當普遍的文字技巧，但是因為中文是一字一音，所以，不但講究名詞對名詞，動詞對動詞，實字對實字，虛字對虛字，也講究平仄聲音的對稱。輓聯通常懸掛在葬禮上，表達尊敬、懷念和哀悼之意。許許多多有名的輓聯裡，我為大家選一些比較近代、比較知名人物的例子。

魯迅的輓聯

教育家、政治家蔡元培為魯迅寫的輓聯：

著述最嚴謹，非徒中國小說史；
遺言尤沉重，莫作空頭文學家。

魯迅著作等身，作品包括短篇小說、散文、評論、雜文和翻譯，《中國小說史略》是他在北京大學講〈中國小說歷史〉的講義，是一本開創性的專著。上聯的意思是魯迅的著作豐富嚴謹，《中國小說史略》這本書只不過是其中之一而已，下聯出自魯迅逝世前幾個月寫的文章，題目為〈死〉。文中有七點囑咐，其中一點是「孩子長大，倘無才能，可尋點小事情過活，萬不可去做空頭文學家或美術家」，「空頭文學家」這個詞令人深省。

Edgar Snow 是一位美籍記者，他在一九二〇年代末期到上海，認識當時許多知識分子，他對中國特別是共產黨的崛起，向西方做了許多報導。姚克是一位文學家、戲劇作家，曾經翻譯出版魯迅的《短篇小說選集》，他又和 Edgar Snow 編譯《活的中國》(*Living China*) 這本書，彙集魯迅、茅盾、巴金等人的文章。Edgar Snow 和姚克為魯迅合寫的輓聯：

> 譯著尚未成書，驚聞殞星，中國何人領吶喊？
> 先生已經作古，痛憶舊雨，文壇從此感彷徨。

《吶喊》和《彷徨》是魯迅兩本有名的小說集，《吶喊》蒐集〈狂人日記〉、〈孔乙己〉、〈阿Q正傳〉等十四篇小說；《彷徨》蒐集〈祝福〉、〈在酒樓上〉、〈肥皂〉等十一篇小說。「殞星」指傑出的人物的死亡，「舊雨」指老朋友。

這兩個例子指出，好的輓聯是貼切地為死者而寫，而不是只用「哲人其萎」、「魂歸天國」等普遍的詞句。

胡適的輓聯

胡適逝世時，劉東岩寫的一副輓聯：

> 想如何為人，便如何做。
> 要怎樣收穫，先怎樣栽。

這副對聯引用了胡適講的話：「從前種種，歸於今我，莫更思量，更莫哀，從今後，要怎麼收穫，先那麼栽。」

另一副金岳霖寫的：

先生不可死，居然去了。
我們還活著，何以繼之。

「去了」和「繼之」也暗含胡適的別字，「適之」兩個字。

林徽因、徐志摩的輓聯

民國初年著名的建築學家、文學家，有才女之稱的林徽因逝世時，金岳霖為她寫了一副輓聯：

一身詩意千尋瀑；
萬古人間四月天。

這副輓聯引用林徽因的一首詩〈你是人間四月天〉的典故。這副輓聯上聯：「一身詩意千尋瀑」，比喻林徽因一身都是詩意，就像一座很高的瀑布，「尋」是八尺的意思。

詩人徐志摩空難逝世，蔡元培為他寫的輓聯：

談話是詩，舉動是詩，畢生行徑都是詩，詩的意味滲透了，隨遇自有樂土。
乘船可死，驅車可死，斗室坐臥也可死，死於飛機偶然者，不必視為畏途。

劉半農的輓聯

我們在前面講過，〈教我如何不想他〉這首歌是由劉半農作詞，趙元任作曲。劉半農逝世後，趙元任為他寫了一副輓聯：

> 十載湊雙簧，無詞今後難成曲；
> 數人弱一個，教我如何不想他。

曾國藩、左宗棠寫的輓聯

講到輓聯，我們不能不講，晚清重要政治人物曾國藩寫的輓聯，有人稱他為中國文學裡寫輓聯的第一人，他為乳母寫的輓聯：

> 一飯尚銘恩，況曾褓抱提攜，只少懷胎十月；
> 千金難報德，既論人情物理，也當泣血三年。

這副輓聯引用「一飯千金」這個典故。漢初名臣韓信，年輕未得志時，生活很困苦，常常到河邊釣魚以求溫飽，那裡有一位洗衣服的老婦看到了，每天和韓信分食她的午飯。後來韓信做了大官，賞一千兩黃金給這位老婦。這副輓聯的意思是，一頓飯尚且要用一千兩黃金回報，更何況乳母哺養之恩呢？

左宗棠和曾國藩都是晚清的名臣，都為「同治中興」立下不少功勳，他們共事十餘年，交情甚厚。曾國藩對左宗棠有提攜相助之恩，後來因為政治上的歧見，兩人交惡，斷絕往來。曾國藩去世時，左宗棠寫了一副很得體的輓聯：

謀國之忠，知人之明，自愧不如元輔；
同心若金，攻錯若石，相期無負平生。

「元輔」是重臣的意思，這裡指曾國藩，「同心若金」出自《周易》：「二人同心，其利斷金。」意思是二人同心，鋒利程度可以把金切斷；「攻錯若石」出自《詩經．小雅》：「他山之石，可以為錯。」、「他山之石，可以攻玉。」「錯」是磨刀的石頭，「攻」是磨琢的意思。這副輓聯的意思是，為國家做事的忠心，用人判斷的明確，我不及您，我們同心合力，相互勉勵琢磨，也不枉這一場交情了。

民國初年，四川一個軍閥省主席劉湘去世時，有人寫了一副輓聯：

劉主席千古，
中華民國萬歲！

有人問，這哪算是輓聯呢？上聯五個字，下聯六個字。有人回說：「是啊，劉主席對不起中華民國呀！」

另外，有一個人老婆死了，他寫的輓聯：

穿也愁，吃也愁，我把妳苦死了；
兒不顧，女不顧，妳比我快活多。

西方的祭文與悼辭

一個人去世後，經由訃聞發布去世的消息，同時在葬禮或者追思聚會上，親朋好友會誦讀祭文或悼辭(eulogy)，來表達尊敬、懷念和哀傷之意。前面我們已經講過中國文學中韓愈的〈祭十二郎文〉，李商隱的〈祭小侄女寄寄文〉和袁枚的〈祭妹文〉，接著，我們來介紹西方的祭文。

悼念蘋果創辦人賈伯斯

美國蘋果電腦公司創辦人，被譽為數位生活革命的先鋒——史蒂芬．賈伯斯於二〇一一年去世，他的親妹妹莫娜．辛普森(Mona Simpson)在他的追思禮拜上，發表了一篇感人肺腑的悼辭。

悼辭第一部分，講賈伯斯的個性、事業和家庭。

我是個孤苦零丁的孩子，在單親媽媽的照顧下長大。因為我們很窮困，也因為我知道我的父親是來自敘利亞的移民，所以在我的想像中，他的長相就像來自埃及、在《阿拉伯的勞倫斯》(Lawrence of Arabia)和《齊瓦哥醫生》(Doctor Zhivago)等幾部有名的電影大明星奧瑪．雪瑞夫(Omar Sharif)。我也希望他富有和慈祥，會來到我們連家具都沒有的公寓，幫助我們。後來，我遇到我的父親，我相信因為他是一個充滿理想的革命者，為了替阿拉伯人打造一個新世界，所以他沒有留下通訊地址，也把電話號碼改了。

即使作為一個女權主義者，我一直在生命中等待著一個我愛和愛我的男人。多年以來，我想我的父親就是這個男人，直到我二十五歲那年，我真正遇到那個男人了，他是我的哥哥。

我第一次和史蒂芬會面時，他穿著牛仔褲，年齡和我相若，看起來比奧瑪．雪瑞夫英俊多了，我們一起散步了很長一段路，我已經不記得那天我們談些什麼，我只覺得他就像經過精挑細選，選出來的一個朋友。

賈伯斯的個性、事業和家庭

他做他喜愛的事，他非常努力，每天如此，他非常專注，從不分心。即使努力的結果是失敗，他從來不以為意，假如像他那麼聰明的人也不會羞於承認失敗，那麼我們更不必如此。被趕離蘋果電腦公司，對他是一個非常痛苦的經驗。他告訴我有一次總統宴請矽谷五百位科技大老，而他竟然沒有被邀請，他很難過。

但是他還是每天到 NeXT 公司工作，在那裡，他和他的夥伴默默地發展、建立一個軟體和硬體的平臺，很巧的，也就是後來提姆．柏納李 (Tim Berners-Lee) 發展全球資訊網 (World Wide Web) 時使用平臺。

對他來說，新奇並不是最高的價值，美麗才是。作為一個創新者，他有異常堅持的一面，假如他喜歡一件T恤，會一口氣買十件，甚至一百件。在他 Palo Alto 的家，大概有足夠的黑色棉織高領衫，分贈給在座的每個人。

我記得他第一次遇見 Laurene（賈伯斯的妻子）那一天，他打電話同我說：「她是個美麗、絕頂聰明的女孩子，她還養了一隻狗，我決定要娶她。」他對 Laurene 堅定的愛，一直支持著他，他相信愛的火花隨時隨地都會迸發，他從不懷疑，從不冷嘲熱諷，從不悲觀，到現在我依然要向他學習這一切。

他很年輕時，就名成利就。但他覺得也正因此被孤立隔離，自從我認識他之後，我認為他所做的種種選擇，都是為了移除這些包圍著他、封鎖住他的高牆。

他是一個來自洛思阿圖斯 (Los Altos) 中產家庭的男孩，愛上了一個來自紐澤西 (New Jersey) 中產家庭的女孩，對他們來說，讓四個小孩平凡地、平穩地成長是非常重要的。他們的家裡，沒有珍藏的藝術品或者富麗堂皇裝飾的壓迫感。事實上，在我剛認識他們前幾年，晚餐往往就在草坪上吃，有時候就只是一盤蔬菜、一大盤綠花椰菜，當季、簡單地烹調，加上一點剛摘下來的香草。

雖然他是一個年輕的百萬富翁，每次我去看他時，他總會親自到機場接我，穿著牛仔褲站在那裡。有一回，他們要裝修廚房，拖拖拉拉了好幾年，他們就在車庫用電爐做飯吃。家裡的浴室依然老舊如昔，不過，自始至終都是一個溫暖可愛的家。史蒂芬要確保如此。

不是說他不懂得享受他的財富，他很懂，不過他的享受少了幾個零而已。他告訴我他很喜歡跑到 Palo Alto 的腳踏車店，心花怒放地盤算：我買得起店裡最好的腳踏車，然後，他就把它買回家了。

史蒂芬是一個虛懷若谷的人，他喜歡不斷地學習，他會出一個怪招，耍一記神來之筆。請問哪位ＣＥＯ會知道遠在公元前五百年玫瑰已經在中國和希臘栽種？誰知道茶香玫瑰是歐洲薔薇和中國月季的交配種？誰知道月季是十九世紀初期從廣州經由印度，引進到英國？又有哪個ＣＥＯ在院子裡栽種英國玫瑰育種專家奧斯丁 (David C.H. Austin) 培育的品種？

他和他的四個小孩、他的夫人，和我們大家在一起，史蒂芬過得很快樂，他很珍惜快樂。

賈伯斯的病痛和死亡

但是史蒂芬生病了，我們看著他的生命被壓縮成一個小小的空間。他喜歡在巴黎的街上漫步，他在京都發現一家小小的手工拉麵店，他滑雪下坡時的優雅，正和他越野滑雪時的笨手笨腳相對照。可是，這一切都已不再。

到後來，即使最簡單的歡欣愉悅，例如一顆甜熟的桃子，對他已經失去吸引力。但是，我從他的病中發現的事遠遠出乎我意料之外，在已經被奪走那麼多之後，他依然還有那麼多存留下來。

我記得他在肝臟移植手術之後，抓住一把椅子重新學走路的樣子，每一天，他用那消瘦得似乎已經支撐不住的雙腿站起來，雙手扶住椅背往前推，走到走廊的盡頭，他會坐下來休息，然後轉頭走回去，每一天，他數他走的步數，每一天，他多走幾步。

誰也不知道他能夠撐多久？可是即使到了生命最後一年，在他身體狀況比較好的時候，他會策劃一些項目，並且要蘋果電腦公司的朋友完成這些項目。

他會想到他在荷蘭訂造、將來準備載著全家環遊世界的一艘船，不鏽鋼船身已經建造好了，只等著木作完成。他的三個女兒還沒有結婚，兩個還是小女孩，他要牽著她們，也牽著我，在我們的婚禮中走進教堂。

也許，對我們每一個人，死亡是生命故事的開頭，其他的一切只不過是那時候的倒敘而已。

雖然一個被癌症病痛纏繞多年的人逝去，很難說是意料之外，但是對我們來說，史蒂芬的逝去是遠在意料之外。

從哥哥的去世，我學到的是：性格就是一切，他怎樣去世，道盡了他是怎樣的一個人。

禮拜二早上他打電話給我，要我盡快趕到 Palo Alto，聲音裡充滿了深情、親密和關愛，就像一個已經準備要遠行的遊子，行李已經安放在車上，雖然他很難過，深深地難過，他就要離開我們了。

他要在電話裡和我道別，我阻止他，我告訴他我會趕過來，他說：「我想要告訴妳，就是怕妳趕不上，親愛的。」

我趕到時，他和 Laurene 正在相互逗笑，就像兩個一輩子每天生活在一起、工作在一起的夥伴一樣，他凝視著他的孩子們，無法轉移目光。

到了下午二點，Laurene 還能把他叫醒，讓他和蘋果公司的朋友交談，過了一陣子，我們知道他不會醒過來了。

他的呼吸在改變，變得急促、深沉、堅決，我可以感覺到他又在數他走的步數，他要往前推得更遠。當下我明白了，他還在盡力，死亡沒有來到他身上，他抵擋了死亡。醫生說一半的機會可以撐過這一夜，當他的呼吸又緩慢下來的時候，在病榻旁邊，Laurene 和我驚怕地相視，可是，他又重新繼續沉重的吸呼，他撐過了這一夜。

即使這一刻，他還是有一份嚴肅卻俊美的風采、專制卻又浪漫的氣質，他的呼吸告訴我們，他的旅程是艱難辛苦的，彎窄的小徑、陡峭的山路，他似乎還在繼續往上爬，帶著堅強的意志、敬業的精神和永不退縮的毅力，加上無盡的好奇心、藝術家的理想和未來會更美好的信念繼續往上爬。

他臨終的話是幾個單音節的字，他重複了三遍，在離去之前，他看著另一個妹妹 Patty、他的孩子們、他的終生伴侶 Laurene，然後他的目光移到他們的背後。

他臨終時，重複說了三遍的是：「噢哦，噢哦，噢哦。」(Oh wow, oh wow, oh wow.)

西方的輓詩、墓誌銘與訃聞

通常在葬禮或者追思的聚會裡，親朋好友會誦讀祭文、悼辭，以文章的方式來表達尊敬、懷念和哀傷之意，輓詩 (elegy) 則以詩歌的方式來表達，以下我介紹幾首英文的輓詩。

惠特曼悼林肯總統的輓詩

惠特曼(Walt Whitman)是美國十九世紀的名詩人，《草葉集》(*Leaves of Grass*)是他最有名的詩集。惠特曼非常崇拜林肯總統，一八六五年林肯被刺殺後，他先後寫了四首悼念的詩：〈軍營寂靜無聲〉(Hush'd Be the Camps To-day)、〈當最後的紫丁香在庭院中綻放時〉(When Lilacs Last in the Dooryard Bloom'd)、〈哦！船長，我的船長〉(O Captain! My Captain!)、〈人歸故土〉(The Dust Was Once the Man)。

讓我介紹〈哦！船長，我的船長〉這首詩，詩裡沒有提到林肯總統的名字，而是以去世的船長比喻林肯總統，用一艘安全歸航的船比喻美國，用一段艱險的行程比喻美國南北戰爭，這首詩是這樣的：

哦！船長，我的船長，
我們險惡的航程已經告終，

我們的船安然渡過驚滔駭浪，我們追求的勝利果實緊握在手中，
港口已近，陣陣遠鐘，
萬人振奮，歡聲雷動，
凝視著穩定歸航的船，冷酷又神勇。
可是，心啊！心啊！心啊！
鮮血一片殷紅，
躺在甲板上的船長
已經倒下，死亡、冰凍！

哦！船長，我的船長，起來吧，請聆聽那遠鐘，
起來吧，為你旌旗招展，為你號角聲震長空，
為你獻上鮮花彩帶，為你岸邊群眾蜂擁，
為你他們高呼，為你他們興奮動容。
在這裡，船長，我們親愛的父親，
您的頭枕在我的手臂上，
躺在甲板上的卻只是一個夢，
您已經倒下，死亡、冰凍！

哦！船長，我的船長不再回應，他的雙唇慘白，寂然不動，
我的父親再也感覺不到我的手臂，

他沒有知覺也沒有脈動，
我們的船已經安穩地停泊定錨，
我們的航程已經告終，
走過險惡的旅程，
勝利之船，破浪乘風，
歡呼吧！海岸，轟唱吧！洪鐘。
但是我踏著悲傷的腳步，
走過船長躺在那裡的甲板，
他已經倒下，死亡、冰凍！

英文原詩如下：

O Captain! My Captain! Our fearful trip is done;
The ship has weathered every rack, the prize we sought is won;
The port is near, the bells I hear, the people all exulting,
While follow eyes the steady keel, the vessel grim and daring;
But O heart! Heart! Heart!
O the bleeding drops of red,
Where on the deck my Captain lies,
Fallen cold and dead.

O Captain! My Captain! Rise up and hear the bells;
Rise up—for you the flag is flung—for you the bugle trills;
For you bouquets and ribbon'd wreaths—for you the shores a-crowding;
For you they call, the swaying mass, their eager faces turning;
Here captain! Dear father!
This arm beneath your head;
It is some dream that on the deck,
You've fallen cold and dead.

My Captain does not answer, his lips are pale and still;
My father does not feel my arm, he has no pulse nor will;
The ship is anchored safe and sound, its voyage closed and done;
From fearful trip, the victor ship, comes in with object won;
Exult, O shores, and ring, O bells!
But I, with mournful tread,
Walk the deck my Captain lies,
Fallen cold and dead.

不久前，不幸逝世的名演員羅賓．威廉斯(Robin Williams)，在一九八九年電影《春風化雨》(Dead

Poets Society) 中，飾演一位中學英文老師 Mr. Keating，也因為這部電影獲得金像獎提名。在一個電影場景裡，他對學生說：「〈Oh Captain! My Captain!〉是惠特曼為林肯總統寫的一首詩，從今以後你們可以叫我 Mr. Keating，或者有種的話叫我 Oh Captain! My Captain!」電影最後一個情景是 Mr. Keating 因為非傳統的教學方法被辭退，當他離開教室時，學生們毫不理會校長的命令，一個一個站起來，站在桌子上，高呼：「Oh Captain! My Captain!」

美國詩人奧登的〈葬禮哀歌〉

二十世紀美國詩人奧登 (W. H. Auden) 的一首詩〈葬禮哀歌〉(Funeral Blues)，用輕鬆的語調，道出哀傷懷念之意。

把電話切斷，把時鐘停下，
拿一塊骨頭塞住正在亂吠那條狗的嘴巴，
鋼琴不要再彈、鼓不要再敲啦！
把靈柩抬出來，讓送殯的人們進來吧！
讓飛機在頭頂上低鳴、盤旋，
在天空上寫出簡訊：他死了！
交通警察的白手套要換成深黑色，
在鴿子白色的脖子纏上黑紗。

你是我的北，我的南，我的東和西，
我的工作週和我休息的星期天，
我的中午和我的深夜，我的話和我的歌，
我以為愛可以永存，我真是大錯特錯！

我不再需要晚空中的星星，乾脆把它們一一摘下，
把月亮包起來，太陽還留在那裡幹嘛？
倒掉海洋裡的水，掃盡森林中的樹，
因為沒有任何東西，會再對我有一丁點的好處了！

一九九四年電影《您是我今生的新娘》(Four Wedding and a Funeral) 裡一個葬禮的場景，引用誦讀這首詩，非常動人，有興趣的聽眾可以上 YouTube 欣賞。英文原詩如下：

Stop all the clocks, cut off the telephone,
Prevent the dog from barking with a juicy bone,
Silence the pianos and with muffled drum,
Bring out the coffin, let the mourners come.
Let aeroplanes circle moaning overhead.
Scribbling on the sky the message 'He is Dead'.
Put crepe bows round the white necks of the public doves,

Let the traffic policemen wear black cotton gloves.
He was my North, my South, my East and West,
My working week and my Sunday rest,
My noon, my midnight, my talk, my song;
I thought that love would last forever: I was wrong.

The stars are not wanted now; put out every one,
Pack up the moon and dismantle the sun,
Pour away the ocean and sweep up the wood;
For nothing now can ever come to any good.

一位家庭主婦寫的輓詩

接下來，讓我講一首可以說是一位名不見經傳的家庭主婦Mary Elizabeth Frye寫的輓詩，據說這首詩是她為寄居在她家的小女孩想念遠在歐洲垂危的母親寫的，這首詩的初稿寫在一只購物袋的背面，也從來沒有註冊版權，歌詞如下：

Do not stand at my grave and weep;　　不要站在我的墓邊哭泣，
I am not there, I do not sleep　　我不在那裡，我沒有停下來休息。
I am a thousand winds that blow.　　我是千縷清風，
I am the diamond glints on snow.　　我是雪地中閃爍的鑽石，
I am the sunlight on ripened grain.　　我是普照著大地的豔陽，

I am the gentle autumn rain.
When you awaken in the morning's hush
I am the swift uplifting rush
Of quiet birds in circled flight.
I am the soft stars that shine at night.
Do not stand at my grave and cry;
I am not there. I did not die.

我是如絲的秋雨。
當你在破曉的寂靜中醒來時，
我是翱翔盤旋、
悄然無聲的飛鳥，
我是夜裡輕柔的星光，
不要站在我的墓邊流淚，
我不在那裡，我沒有逝去。

這首詩也譜成歌曲，不過，並非逐字逐句，在網路上可以找到海莉．薇思特拉(Hayley Westenra)唱的英文版〈A Thousand Winds〉，還有秋川雅史唱的日語版〈千風之歌〉，詹宏達唱的臺語版〈化作千風〉。

西方的墓誌銘

中國的輓聯寥寥數語，道出無盡的心意；在西方的習慣，也有在墓碑石刻上短短一、兩句墓誌銘(epitaph)。墓誌銘有些是自己寫的，有些是別人寫的，有些甚至不一定刻在墓碑上，以下我講幾個有趣的例子。

十九、二十世紀最偉大的數學家之一大衛．希爾伯特(David Hilbert)：「我們一定要知道，我們一定會知道。」(We must know, we will know.)

二十世紀著作豐富，有五百位以上的論文共同作者，匈牙利數學家保羅．艾狄胥(Paul Erdös)說：「我終於停止變得更笨了。」(I finally stopped getting dumber.)

二十世紀初期電影諧星斯坦．勞萊(Stan Laurel)說：「假如有人在我的葬禮上愁眉苦臉，我從此以後不再理睬他。」(If anyone at my funeral has a long face, I'll never speak to him again.)

英國政治家邱吉爾 (Winston Churchill) 說：「我已經準備好和我的創造者見面，至於我的創造者是否準備好要和我見面的那份折磨，那又是另外一回事。」(I am ready to meet my Maker. Whether my Maker is prepared for the ordeal of meeting me is another matter.)

美國幽默大師馬克・吐溫說：「我不怕死亡，我出生以前在死亡中度過了上億上萬年，那也沒有什麼不方便之處。」(I do not fear death, I had been dead for billions and billions of years before I was born, and had not suffered the slightest inconvenience from it.)

十九世紀美國大企業家、慈善家安德魯・卡內基 (Andrew Carnegie) 是這樣寫的：「躺在這裡的是一個懂得怎樣去找比他更能幹的人來幫他做事的人。」(Here lies a man who knew how to enlist in his service better men than himself.)

大人物刊在報紙上的訃聞

英文中，death notice 和 obituary 兩個詞都可以翻成訃聞、訃告，不過 death notice 通常是一般小老百姓過世的消息，由家屬寫好，和中國的訃聞相似，短短幾句話，扼要地將死者的姓名、死亡時間和葬禮地點等敘述清楚，然後付費在報紙上刊登。

Obituary 通常包括比較多的內容，一般由家屬來寫，或極少數情形由過世的人自己預先擬好，特別的知名人士，則由記者撰寫，作為新聞消息刊登在報紙上。因此，這種訃聞類似死者傳記的精華版、濃縮版。這麼一來，訃聞的內容就有很大的發揮空間了，可以講大事，也述小節，或者豐功偉業、惡名醜聞，或者家庭美滿、情路坎坷，或者土生土長、顛沛流離，歌頌與撻伐齊來，笑聲與哭聲並起。

死者為大，尊重之意不可無，為滿足讀者好奇，難免渲染誇張，更何況舞文弄墨是記者天賦人權，伶牙利嘴源自多年琢磨，所以，訃聞雖然只能在報紙上無關重要的篇幅占一角落，也從沒機會獲得鼎鼎大名的「普利茲新聞獎」(Pulitza Prize)。不過，其道雖小，其中感人啟發、趣味驚奇的成分往往不遜於任何新聞項目，亦不必以雞肋雕蟲自譏。

訃聞顧名思義，是在一個人過世之後才寫的，但是作為報紙的新聞訊息，訃聞卻要趕在死者過世之後的一、兩天內上報，如果是重要大人物三更半夜撒手塵寰，如何來得及把他的生平經歷，以及親朋好友的懷念、學者專家對他的褒貶，在短短幾個鐘頭內一一整理出來呢？許多大報會先準備好某些人物的訃聞「初稿」，包括年事已高，或者已罹患不治之症的大人物，也有包括一些過著「冒險犯難」生涯的人物，例如黑道大哥、情報頭子，以及動亂地區的特殊人物，和過著荒糜生活的藝人等。

美國好萊塢鼎鼎大名、有「玉女」之稱的女星——伊莉莎白．泰勒 (Elizabeth Taylor)，她十一歲就在電影界出道，結過八次婚，生過七場大病，動了二十次大手術，進進出出醫院超過七十趟，連她自己也說有多次瀕臨死亡的經驗。因此，許多大報早已為她的訃聞備妥初稿。當她在二〇一一年以七十九之齡過世時，《紐約時報》(New York Times) 登出她的訃聞，但這訃聞的主要作者梅爾．古索 (Mel Gussow) 已早於六年前過世。

有一個幽默的說法：每個知名人士的夢想，就是希望比替他寫訃聞的人活得更久。

誤刊的訃聞催生諾貝爾獎

關於訃聞，還有另一個意義深遠的故事。目前在科學和文學領域中被公認為最高的榮譽的諾貝爾獎 (The Nobel Prize)，其創始人是以發明火藥而致富的瑞典科學家和工程師艾佛烈．諾貝爾 (Alfred Nobel)。

諾貝爾博士五十五歲那年，比他大兩歲的哥哥路德維希．諾貝爾(Ludvig Nobel)在法國坎城逝世。他的哥哥是一個成功的商人，當時有一份法國報紙誤以為逝世的是艾佛烈．諾貝爾，訃聞登出的標題是：「死亡販子已死！」訃聞寫著：「諾貝爾博士，以發明更迅速殺死更多人的方法而發大財的人，昨日已過世。」

當他看到自己的訃聞後深刻反省，非常不希望這是自己死後留給後世的印象。因此他以具體行動改寫遺囑，傾注龐大的財富，建置諾貝爾獎，每年頒發在物理、化學、醫學、文學與和平等各領域有卓越貢獻者。

有人還被誤報的訃聞氣死。馬科斯．加維(Marcus Garvey)是牙買加(Jamaica)有名的政治家，一九四〇年一月在倫敦腦中風住院，後來病情穩定，差不多康復了。可是當時因為郵件傳遞的延宕，五月時，他收到一份一月在美國芝加哥出版的報紙，刊登他在倫敦腦中風逝世。訃聞寫著他死的時候孤苦零丁，一文不名，不受歡迎，他讀後相當憤怒悲傷，於是腦中風再次發作，就過世了。

美國大文豪馬克．吐溫有一句廣為傳誦的俏皮話，當多份報紙錯誤發布他的死亡消息時，他回應：「有關我死亡的報導，實屬誇大其詞！」(The reports of my death are greatly exaggerated.)

更正誤發的訃聞

報紙誤發死亡訃聞事件，時有所聞，主要的原因是傳聞錯誤和查證疏忽，不過，也有惡作劇，甚至惡意的行為。當報社編輯發現錯誤時，必須立刻鄭重地更正。不過，就像偷糖吃被抓到的小朋友一樣，編輯先生小姐有時也以輕鬆筆調擺出無辜表情，把責任輕輕推走。有一段更正的消息是這樣寫的，標題：「警官波亞(Bowya)沒有死。」內文是：「昨天有一則報導，警官波亞已經離開人間，其實，適得其反，這位深受大家喜愛的紳士，昨天在完美的健康狀態中，繼續在街上巡邏。這則報導是源自某某早報無緣無故登出的訃聞。」

另外，一個更正的消息是：「昨天我們錯誤地登出某某小姐的訃聞，她是一位舞蹈家和演員，這份訃聞是根據十一月二十九日倫敦《每日電訊報》(The Daily Telegraph) 登載的訃聞發出，我們沒有獨立地證實這則消息，又因編輯的疏忽，未寫出消息來源。據《每日電訊報》所載，他們已經開始調查整個事情的始末了。」

但是，更正錯誤有時不是「立刻」的。二〇〇五年七月《紐約時報》刊登一份更正聲明：「一九九三年一月六日我們刊登某某教授的訃聞，不過，他是一九九二年十二月二十八日過世，不是如訃聞所述一九九三年一月四日；他的死因是大腸癌，不是如訃聞所述的肝癌。還有，二次大戰時，他在奧克拉荷馬州 (Oklahoma) 服兵役，非訃聞所述在歐洲。」

這則更正，整整遲了十三年！

報刊訃聞必須用字精準，引用可靠消息來源

新聞報導的遣詞用字必須力求精準，訃聞報導更應如此。而其中最關鍵的詞，當然就是「死亡」，乍看之下這話似乎多餘，除了前面提到無心之過或者有心的錯誤，一個人未被證實死亡，自然不會替他刊登訃聞。我們來看一個例子，二〇〇一年九月十一日恐怖分子襲擊紐約世貿大樓，造成大量傷亡，第二天報紙報導：「官方正式宣布死亡人數為兩百零一人，大約五千人下落不明。」當報紙登出受難者死亡消息時，必須引用可證實、最低限度是可靠的來源。

例如美國九一一攻擊時，一對夫婦確知是被挾持撞在世貿大樓北座那班飛機的乘客，但訃聞還是

寫：「家人已經從航空公司獲得確實死亡的消息。」又例如一個人是某間股票公司的員工，他的訃聞寫著：「公司副總裁表示，公司在世貿大樓北座九十三樓辦公室的三十五名員工，相信無人倖免。」換句話說，寫訃聞的記者必須小心翼翼交代清楚，雖然不到「一言九鼎」那麼嚴重，也不可惹上「說話不牢」之譏。

訃聞裡，關於死者往生的日期和時間也是重要資料，這裡舉一個日期上的巧合。一八二六年七月四日美國國慶當天，第三任總統傑佛遜（Thomas Jefferson）下午十二點二十分逝世，享年八十三歲；當天下午六點二十分第二任總統亞當斯逝世，享年九十歲，他最後說的一句話是：「傑佛遜活下來了。」（Thomas Jefferson survives.）因為當時他尚未得知傑佛遜的死訊。這是美國歷史上唯一兩位總統在同一天去世的例子，更巧的，這兩位都是《美國獨立宣言》（United States Declaration of Independence）的簽署人。

訃聞上的最後願望

二〇〇三年二月二十七日美國電影明星鮑伯．霍普（Bob Hope）逝世，享年一百歲。他成名，發大財，捐很多錢做慈善工作，還拿到五十多個榮譽博士學位（一說五十四個，一說五十八個）。他逝世時，《紐約時報》訃聞最後一段是一九八九年他八十六歲時，記者問他：「您已經功成名就，還想要什麼？」他的回答是：「更多的快樂。」（More fun.）

同年九月十二日，鄉村音樂歌手強尼．凱許（Johnny Cash）逝世，享年七十一歲。《紐約時報》訃聞最後一段是：「當問到他心目中希望生命最後一幕是什麼？」他說：「我站在舞臺上，唱我最喜愛的一首成名作，突然倒下來，燈光正亮，我的樂隊和家人都在我身旁，這是每位藝人的夢想。」

二〇一一年蘋果電腦創辦人賈伯斯逝世，享年五十六歲。《紐約時報》訃聞最後一段引用他二〇〇五年在史丹佛大學畢業典禮致詞的結語：「求知若渴，虛心若愚。」(Stay hungry, Stay foolish.)

市井小民幽默的訃聞

郵遞區號是為了方便郵件的傳遞，在地址上加上的一個數字號碼。遠在十九世紀，倫敦就已經把市區劃分成十個郵遞區域，在美國，五位數字的郵遞區號，簡稱 Zip Code (Zone Improvement Plan)，是一九六三年由當時的郵政總監愛德華．戴 (J. Edward Day) 引進的。（我們就叫他Ｊ先生吧！）

Ｊ先生一九九六年十月二十九日逝世，《紐約時報》發布的訃聞說：

> 引進五位數字郵遞區號，而且開心快樂地當了三年郵政總監的Ｊ先生，八十二歲高齡逝世了，他住在 Chevy Chase, MD 20815，那是自從一九六三年二月一日他引進 Zip Code 制度時，就一直沿用的郵遞區號。

沒想到第二天，《紐約時報》就登出一則更正：

> Ｊ先生住處原來的郵遞區號是 20015，後來才改成 20815。一九六一年甘迺迪總統上任，任命Ｊ先生為郵政總監，當時熟悉華盛頓政治行情的人都大惑不解，因為Ｊ先生對於行政事務並沒有高度能幹的聲譽，和甘迺迪總統也沒有很深的政治淵源。當別人問Ｊ先生原因時，他回答說：「我在哈佛唸過書，在海軍服過役，我老婆畢業於瓦薩學院 (Vassar College)。」

Ｊ先生當了三年郵政總監，在 Zip Code 系統開始使用後一個月就辭職了，他說原因是每年二萬五千元，無法足夠過生活。他晚年的時候，嘗試在農場飼養犛牛和美國駱駝，可是出師未捷。

Ｊ先生幽默的回答，意思是他和甘迺迪總統有許多相同之處。

事實上，甘迺迪總統一九四〇年在哈佛大學部畢業，Ｊ先生大學部是就讀芝加哥大學，一九三八年在哈佛法學院畢業；甘迺迪總統是二次大戰中獲得紫心獎章的英雄人物，Ｊ先生在海軍服役的紀錄似乎乏善可陳；甘迺迪總統夫人賈桂林（Jacqueline Kennedy）在瓦薩學院只唸兩年，Ｊ先生的夫人一九三九年畢業於瓦薩學院經濟系。

和Ｊ先生的郵遞區號異曲同工的是下面一段訃聞：

郭太太，曼哈頓一間小店的老闆。她是舉國知名的女性胸圍專家，她不用量尺，光憑目測就可以幫助女性顧客找出正確的胸圍尺寸。上星期她去世了，享年九十五歲，胸圍尺寸是34Ｂ。

另一則有趣的訃聞是這樣：

某某女士，是當地天主教教堂的管家，在教堂用餐的神父們都有福氣享用過她巧奪天工的甜點，終生難忘的菜色和神奇的咖啡。

身高四呎出頭的她，會提著一壺咖啡，繞著餐桌，向正在用餐的神父們一一詢問：「普通咖啡還是低咖啡因咖啡？」不管答案是什麼，她總是從手中的那壺咖啡將杯子斟滿。喝咖啡的神父也順應天命默默接受，似乎真的以為她會把普通咖啡轉變成低咖啡因咖啡。一如《聖經》所記載，耶穌把水轉變成酒一樣。

不過，讓我為這位女士的神蹟做一個註解。熟悉餐廳運作的人指出，晚上八點以後，不管您點普通咖啡還是低咖啡因咖啡，侍者送上的都是低咖啡因咖啡。這有兩個解釋，一個是餐廳即將打烊，懶得準備兩壺不同的咖啡；另外一個是不要讓客人吃飽回家後睡不著。

為自己寫訃聞

這是一位電影、電視演員過世前不久，為自己寫的訃聞的一部分：

他的母親深愛他，並且極力支持他的夢想和理想；他的父親教導他對任何事情都要盡力而為；他的妹妹是他的朋友；他的知己是幫他渡過急湍危險的大河的橋梁。他的家庭是他生命的錨，讓他有充分發揮的自由和空間，即使他有種種的缺陷和瑕疵，他的妻子對他不移的愛，是無可比擬的典範。他的兩個女兒，讓他引以為傲，他們對人類的進步和世界福祉的奉獻，讓他對未來充滿希望，雖然他們會用不同的方式表達對他的逝去的哀傷，但是他希望他們節哀順變。他很幸運，能夠靠著做喜歡做的事情謀生，他是一個職業演員，從每個角度來看，他都是一個非常幸運的人。

另一則寫給自己的訃聞，再三翻來覆去，怕別人看不懂他走了：

某某先生已經是一具屍體了，他不再存在了，他沒有生命了，他死了，他終場落幕了，他斷氣了，他的靈魂已經從殘破的臭皮囊釋放出來。

假如他是中國人，還可以加上：

他翹辮子了，他一命嗚呼了，他壽終正寢了，他上西天了，他去見閻王了。

二〇一四年四月六日，瑞典一位九十二歲老先生吩咐兒子在他死後，在報紙上登出由他自己具名的訃聞，只有「我死了！」三個字。原以為這是簡單明瞭的做法，沒想到反而引起許多人對他的好奇，在諸多詢問之下，他的兒子只好再補寫一篇比較詳盡的訃聞。

離別的詩文與演說

在中國文學裡，描寫離別的文章，江淹寫的〈別賦〉可說是最膾炙人口。江淹是南北朝時代人，在南朝宋、齊、梁三代都做過官，早年仕途不甚得志，靠著在文學上的才華，逐漸攀升到相當高的官位，他的著作以辭賦著名，尤其〈別賦〉和〈恨賦〉。

先介紹他的一個故事。江淹年紀大了，官位不低，文章也寫得不少，他說有一天做夢，夢中郭璞（東晉時代著名的文學家）和他說：「我有一支筆存放在你那裡已經很多年，現在請你把筆還給我吧！」江淹往懷中一摸，摸出一支五色筆交還給郭璞，從此以後，他寫的詩詞文章大不如前，這就是「江郎才盡」典故的出處。

中國文學裡有「八大名賦」，包括宋玉的〈風賦〉、司馬相如的〈長門賦〉、趙壹的〈刺世疾邪賦〉、曹植的〈洛神賦〉、庾信的〈枯樹賦〉、江淹的〈別賦〉、杜牧的〈阿房宮賦〉、蘇軾的〈前赤壁賦〉。

江淹〈別賦〉

我將〈別賦〉部分內容以淺顯簡單的語言分段說明，至於原文工整的對仗、優美的聲調和貼切的典故，就讓大家對照原文細細體會吧。

黯然銷魂者，唯別而已矣！況秦吳兮絕國，復燕宋兮千里。或春苔兮始生，乍秋風兮蹔起。是以行子腸斷，百感悽惻。

令人心神沮喪、失魂落魄的，莫過於別離啊！更何況要到遙遠的千里之外，不管是春天或秋天，因此遠行的遊子傷心難過。

風蕭蕭而異響，雲漫漫而奇色。舟凝滯於水濱，車逶遲於山側。櫂容與而詎前，馬寒鳴而不息。掩金觴而誰御，横玉柱而霑軾。居人愁臥，怳若有亡。日下壁而沉彩，月上軒而飛光。見紅蘭之受露，望青楸之離霜。巡曾楹而空揜，撫錦幕而虛涼。知離夢之躑躅，意別魂之飛揚。

接下去寫離別時的景象。風蕭蕭，雲漫漫，船在水中滯留不動，車在山道旁徘徊不前，馬在嘶鳴。喝不下金杯裡的酒，對著琴和瑟流眼淚。留在家裡的人，懷著愁思躺臥著，恍然若有所失，太陽下山，月亮出來，關上虛掩的門，撫摸著冰冷的錦帳，離別的夢遲遲不來，離別的痛苦湧上心頭。

故別雖一緒，事乃萬族。至若龍馬銀鞍，朱軒繡軸。帳飲東都，送客金谷。琴羽張兮簫鼓陳，燕趙歌兮傷美人。珠與玉兮豔暮秋，羅與綺兮嬌上春。驚駟馬之仰秣，聳淵魚之赤鱗。造分手而銜涕，感寂寞而傷神。

作者指出離別雖然是同樣一回事，卻有不同的場景，因此，下面描述七個不同離別的場景。第一個場景是達官貴人的離別：高頭駿馬、華麗的車子，或者搭起帳棚，或者在花園裡擺設宴席，有音樂和歌曲，有服侍的美女，有珍珠美玉、綾羅綢緞等貴重的裝飾，但是，分手時依然含著淚水，感到孤單寂寞而黯然神傷。

> 乃有劍客慚恩，少年報士。韓國趙廁，吳宮燕市。割慈忍愛，離邦去里。瀝泣共訣，抆血相視。驅征馬而不顧，見行塵之時起。方銜感於一劍，非買價於泉裡。金石震而色變，骨肉悲而心死。

第二個場景是劍客俠士為了報恩，冒著生命危險兼負重大的任務遠行，拋棄慈母與嬌妻的愛，離開邦國家鄉，哭泣著和家人訣別，一邊擦拭著淚水和血。為了報答恩德，持著劍去執行任務，並不是為了死後留名。

> 或乃邊郡未和，負羽從軍。遼水無極，雁山參雲。閨中風暖，陌上草薰。日出天而耀景，露下地而騰文。鏡朱塵之照爛，襲青氣之煙熅。攀桃李兮不忍別，送愛子兮霑羅裙。

第三個場景是邊境發生戰爭，毅然從軍遠去。遼水一望無際，雁門山高聳入雲。手攀著桃李不忍訣別，送心愛的兒子遠行，淚水沾溼衣裙。

> 至如一赴絕國，詎相見期？視喬木兮故里，訣北梁兮永辭。左右兮魂動，親賓兮淚滋。可班荊兮贈恨，唯罇酒兮敘悲。值秋雁兮飛日，當白露兮下時。怨復怨兮遠山曲，去復去兮長河湄。

第四個場景是離開故鄉，前往遙遠偏僻的地方，恐怕再也沒有回來的機會。看著故鄉的樹木在北面的橋上，訣別告辭。送行的左右僕從，魂魄牽動，親戚朋友們落淚傷心。綿延的遠山，無盡的長河，瀰漫哀怨和惆悵。

> 又若君居淄右，妾家河陽，同瓊珮之晨照，共金爐之夕香。君結綬兮千里，惜瑤草之徒芳。慚幽閨之琴瑟，晦高臺之流黃。春宮閟此青苔色，秋帳含茲明月光。夏簟清兮晝不暮，冬釭凝兮夜何長！織錦曲兮泣已盡，迴文詩兮影獨傷。

第五個場景是夫妻一起過著快樂的生活，早上沐浴在晨光裡，晚上坐在香煙裊裊的金爐旁邊，但是丈夫為了官位離家遠去。春天青苔的綠色被阻隔在閨房外，春天潔白的月光照映在閨房的帷帳上，夏天覺得白天很難消磨打發，冬天又覺得靜夜太長。

儻有華陰上士，服食還山。術既妙而猶學，道已寂而未傳。守丹灶而不顧，鍊金鼎而方堅。駕鶴上漢，驂鸞騰天。暫遊萬里，少別千年。惟世間兮重別，謝主人兮依然。

第六個場景是離開塵俗的世界，到深山遠處去修煉，意志堅定，不再問聞世事。不過，世人依然重視別離，還得謝謝主人的照拂。

下有芍藥之詩，佳人之歌。桑中衛女，上宮陳娥。春草碧色，春水綠波。送君南浦，傷如之何！至乃秋露如珠，秋月如珪。明月白露，光陰往來。與子之別，思心徘徊。

第七個場景是年輕戀人的別離，春天的草和春天的水，秋天的月和秋天的露，和你分別以後，一直在想念著你。

是以別方不定，別理千名。有別必怨，有怨必盈。使人意奪神駭，心折骨驚。雖淵雲之墨妙，嚴樂之筆精。金閨之諸彥，蘭臺之群英。賦有凌雲之稱，辯有雕龍之聲。誰能摹暫離之狀，寫永訣之情者乎？

最後做一個總結：在不同的場景裡，離別的人不同，離別的原因不同，但是離別總是帶著哀怨，哀怨總會使人身心受到折磨。的確，不管多麼有名望和有才華的文人，誰能寫出小別的狀況和永訣的心情呢？

杜甫〈新婚別〉、〈垂老別〉、〈無家別〉

講到中國詩詞關於別離的詩，一定要提到杜甫有名的「三別」，分別是〈新婚別〉、〈垂老別〉和〈無家別〉。這三首詩和江淹的〈別賦〉有個相似的地方，就是描述在不同的情景之下，別離的哀傷和悲痛。

〈新婚別〉描寫一對新婚夫婦，新郎在結婚第二天清晨就要赴前線當兵，其中幾句是：「嫁女與征夫，不如棄路旁。結髮為君妻，席不暖君床。暮婚晨告別，無乃太匆忙。」將女兒嫁給馬上要出征的軍人不如把她丟棄在路邊，和你結為夫妻，床席都沒有睡暖就要離開了，昨天晚上結婚，今天早上就要告別，實在是太匆忙了。不過，妻子還是叮嚀囑咐新婚的丈夫要保重，不要為新婚思念太多，努力在戰場上奮戰。（「勿為新婚念，努力事戎行。」）

〈垂老別〉描寫一個老人的子孫都在戰爭中死亡了，他還是被徵召，離開他年老的妻子上戰場，一開頭二句是：「四郊未寧靜，垂老不得安。」世局紛亂，雖然年紀已老，還是不能過安寧平靜的生活。「老妻臥路啼，歲暮衣裳單。孰知是死別？且復傷其寒。此去必不歸，還聞勸加餐。」年老的妻子相送到路旁啼哭，歲末天寒她只穿著單薄的衣服，說不定這就是死別了，但還是擔心年老的妻子會著涼，這一回肯定是不會回來了，還聽到妻子吩咐我好好保重。

〈無家別〉描寫一個在戰場上歷劫回鄉的老兵，發現村子已經家散人亡了。「我里百餘家，世亂各東西，存者無消息，死者為塵泥。」村子有一百多戶人家，因為戰爭分散，各奔東西，活的沒有消息，死去的化為塵土。哪曉得縣官知道他回來，又徵召他去當兵。「家鄉既蕩盡，遠近理亦齊。」雖然離家不遠，但是孑然一身，家鄉也已經被夷為平地，遠近也沒有什麼分別了。不過，回想起臥病在床五年、死後還不能好好埋葬的母親，不得不說：「人生無家別，何以為蒸黎。」無家可別，怎麼樣做一個老百姓呢？（蒸黎是老百姓、黎民的意思。）

古詩十九首之〈行行重行行〉

古詩十九首的第一首〈行行重行行〉，內容是這樣的：

> 行行重行行，與君生別離。相去萬餘里，各在天一涯。道路阻且長，會面安可知。胡馬依北風，越鳥巢南枝。相去日已遠，衣帶日已緩。浮雲蔽白日，遊子不顧返。思君令人老，歲月忽已晚。棄捐勿復道，努力加餐飯。

一步一步不停地往前走，在這一刻馬上就要和你分手，從此相隔萬里，各在天地的兩頭。道路艱險遙遠，誰知道何時能再見面？北邊來的馬依然依戀著北風，南來的鳥還是選擇築巢在朝南的枝頭，分別的時間愈來愈長，人也愈來愈消瘦。浮雲遮住太陽，遊子也不再想回家。想念你讓我變得更衰老，韶華不為少年留，心中的話也不必再多說，願你保重身體，讓我忘慮消愁。

李白與王維的送別詩

李白的〈送友人〉：

> 青山橫北郭，白水遶東城。此地一為別，孤蓬萬里征。
> 浮雲遊子意，落日故人情。揮手自茲去，蕭蕭班馬鳴。

李白另一首〈贈汪倫〉（汪倫是替李白送行的一位友人）：

李白乘舟將欲行，忽聞岸上踏歌聲。桃花潭水深千尺，不及汪倫送我情。

王維的〈山中送別〉：

山中相送罷，日暮掩柴扉。春草明年綠，王孫歸不歸？

「王孫」是貴族的公子，這裡指送別的友人。

王維還有一首〈送元二使安西〉：

渭城朝雨浥輕塵，客舍青青柳色新。勸君更盡一杯酒，西出陽關無故人。

「安西」是唐朝設在甘肅的一個府；「渭城」是陝西咸陽市的城區，「陽關」在甘肅省敦煌西南，是中國古代絲綢之路南向必經的交通咽喉之地，因為在玉門關之南，所以叫做陽關，去「安西」必須經過的陽關。「浥」是溼潤的意思。

王維這首詩後來被譜成曲，叫〈陽關三疊〉或者〈陽關曲〉、〈渭城曲〉，是中國十大古名曲之一，不過曲裡的詞除了原來王維的詩句之外，還加入其他詩句，至於為什麼叫作三疊呢？就有不同的說法，一說是不疊第一句，疊後面三句，一說是只疊第三句，還有一個說法是整首詩疊三次，專家學者有很多不同的考證，我就不多說了。

王昌齡有一首〈芙蓉樓送辛漸〉：

寒雨連江夜入吳，平明送客楚山孤。洛陽親友如相問，一片冰心在玉壺。

「芙蓉樓」是江蘇鎮江的一座城樓，辛漸是一位友人。「吳」指長江下游一帶，「楚」指長江中下游一帶，「洛陽」在河南，辛漸要去的地方，「冰心在玉壺」比喻光明純潔。但是簡單率直的說法是：我很好，心地光明，行為端正，不必掛念。

杜牧有一首〈贈別詩〉：

多情卻似總無情，唯覺樽前笑不成，蠟燭有心還惜別，替人垂淚到天明。

至於在宋詞裡描寫別離的，大家一定會想到柳永的〈雨霖鈴〉：

寒蟬淒切，對長亭晚，驟雨初歇。都門帳飲無緒，方留戀處，蘭舟催發。執手相看淚眼，竟無語凝咽。念去去，千里煙波，暮靄沉沉楚天闊！

多情自古傷離別，更那堪，冷落清秋節？今宵酒醒何處？楊柳岸，曉風殘月。此去經年，應是良辰好景虛設。便縱有千種風情，更與何人說？

秦漢時代，鄉村每隔十里設一個亭，負責給來往的信使提供宿舍，詩詞裡的「長亭」就是送別的地方，「都門」是京都的城門。

有一首叫〈送別〉的歌大家都很熟悉，歌詞是由藝術家李叔同所寫：

長亭外，古道別，芳草碧連天。晚風拂柳笛聲殘，夕陽山外山。

天之涯，地之角，知交半零落，一瓢濁酒盡餘歡，今宵別夢寒。

白居易〈不致仕〉諷老而占官

在中國古代，退休就是不做官了，叫做致仕，致仕就是把祿位還給皇帝，中國退休制度起於周朝，到了漢朝正式形成制度。按照《禮記．曲禮》的記載，做官到了七十歲就要辭官告老還鄉，在中國詩詞文章裡有很多講到退休。白居易有一首〈不致仕〉的詩，嘲笑那些老了還不退休的大官們。

> 七十而致仕，禮法有明文。何乃貪榮者，斯言如不聞。可憐八九十，齒墮雙眸昏。朝露貪名利，夕陽憂子孫。掛冠顧翠緌，懸車惜朱輪。金章腰不勝，傴僂入君門。誰不愛富貴，誰不戀君恩。年高須告老，名遂合退身。少時共嗤誚，晚歲多因循。賢哉漢二疏，彼獨是何人。寂寞東門路，無人繼去塵。

白話寫成是：七十歲要退休，法令規定有明文，貪戀榮華的老頭子，假裝不見與不聞。可憐兮兮到了八、九十，牙齒掉光，雙眼發昏，生命短如朝露，還在名利場中打滾，生命宛如夕陽，還為子孫後代費精神，捨不得豪華辦公室，捨不得黑頭公務車，腰瘦背痛不自在，彎腰駝背上班來。誰人不愛富和貴，誰人不留戀大老闆的青睞，年高就該告老，名成就該身退，年輕的時候指著別人罵，年紀老了不管它。漢朝的疏廣和疏受，拿得起來放得下，這樣的典範，今天後繼無人啦！

疏廣是西漢漢宣帝時代的名臣，疏受是他的侄兒，他們兩個都是太子的老師，官至太傅和少傅，漢元帝登位後，他們叔侄倆就自動提出告老還鄉的請求。

徐志摩〈再別康橋〉

接下來我要介紹一首寫離開一個地方的詩，選的是徐志摩的〈再別康橋〉，不過在此之前，先來看徐志摩一篇〈我所知道的康橋〉最後一段：

一別二年了，康橋，誰知道我這思鄉的隱憂也不想別的，我只要那晚鐘撼動的黃昏，沒遮攔的田野，獨自斜倚在軟草裡，看第一個大星在天邊出現。

以下是徐志摩的〈再別康橋〉：

輕輕地我走了，
正如我輕輕地來；
我輕輕地招手，作別西天的雲彩。
那河畔的金柳，是夕陽中的新娘；
波光裡的豔影，在我的心頭蕩漾。
軟泥上的青荇，油油的在水底招搖；
在康河的柔波裡，我甘心做一條水草！
那榆蔭下的一潭，不是清泉，
是天上虹；揉碎在浮藻間，
沉澱著彩虹似的夢。
尋夢？
撐一支長篙，向青草更青處漫溯；
滿載一船星輝，
在星輝斑斕裡放歌。

但我不能放歌，
悄悄是別離的笙簫；
夏蟲也為我沉默，
沉默是今晚的康橋！
悄悄地我走了，
正如我悄悄地來；
我揮一揮衣袖，
不帶走一片雲彩。

再介紹一首有名的廣東粵曲〈再折長亭柳〉，歌詞是這樣的：

別離人對奈何天，離堪怨別堪憐，離心牽柳線，別淚灑花前。甫相逢，才見面，唉，不久又東去伯勞西飛燕。忽離忽別負華年，愁無恨啊恨無邊，慣說別離言，不曾償夙願。春心死咯化杜鵑，今復長亭折柳，別矣嬋娟。唉，我福薄緣慳，失此如花美眷。

第一句「別離人對奈何天」，出自晏幾道〈鷓鴣天．當日佳期鵲誤傳〉中「歡盡夜，別經年，別多歡少奈何天」之句；「不久又東去伯勞西飛燕」指伯勞鳥和燕子各分西東，出自《樂府詩集．東飛伯勞歌》中「東飛伯勞西飛燕」一句，比喻夫妻、情侶分離。

泰戈爾的離別詩

關於英文的離別詩詞，首先我選的是印度詩人泰戈爾寫的兩首詩，都選自他的詩集《吉檀迦利》

(*Gitanjali*)。「吉檀迦利」是獻詩的意思，原作用孟加拉文寫成，由泰戈爾自己翻成英文，這本詩集是泰戈爾最重要的著作之一，也可以說是他在一九一三年獲得諾貝爾文學獎的主要代表作。

《吉檀迦利》詩集第九十三首〈Farewell〉，主題為送行，其實原詩沒有題目，通常選用詩中 bid me farewell 這句的 farewell 為題。

I have got my leave. Bid me farewell, my brothers! I bow to you all and take my departure.

Here I give back the keys of my door and I give up all claims to my house. I only ask for last kind words from you.

We were neighbours for long, but I received more than I could give.

Now the day has dawned and the lamp that lit my dark corner is out. A summons has come and I am ready for my journey.

我已經請好假了，弟兄們，請為我送行吧！讓我向你們深深鞠躬，我馬上就要啟程了。

讓我交還大門的鑰匙，也交出房子的權狀。我唯一的請求，是你們臨別時對我殷勤的問候。

我們是老鄰居了，我付出的少而我得到的多。

天已破曉，曾經照亮著黑暗角落的燈已經熄滅，我已經聽到呼召的聲音，我已經準備好遠行。

《吉檀迦利》詩集第九十四首是〈Parting〉（離別）：

At this time of my parting, wish me good luck, my friends! The sky is flushed with the dawn and my path lies beautiful.

Ask not what I have with me to take there. I start on my journey with empty hands and expectant heart.

I shall put on my wedding garland. Mine is not the red-brown dress of the traveller, and though there are dangers on the way I have no fear in mind.

The evening star will come out when my voyage is done and the plaintive notes of the twilight melodies be struck up from the King's gateway.

離別那一刻，祝我好運吧！我的朋友！晨光曦微，前路無限優美。
不要問我帶了什麼往那邊去，我只帶著空空的雙手和一顆期盼的心。
我會戴上婚禮的花環，我穿的不是遠行人紅褐色的衣服，雖然前程險惡，我亦從容無懼。
在旅程的盡頭，晚星將會升起，從皇宮的門口，將會飄出黃昏的哀歌。

莎士比亞的〈Farewell〉

接下來說明《莎士比亞十四行詩集》（註1）的第八十七首〈Farewell〉，這首詩是一個男子向一位身分高貴的女子告別的詩，他覺得自己配不上這女子，應該讓她離他而去。

Farewell, thou art too dear for my possessing,
And like enough thou know'st thy estimate:
The charter of thy worth gives thee releasing;
My bonds in thee are all determinate.

For how do I hold thee but by thy granting?
And for that riches where is my deserving?

再會吧！妳的高貴，到底誰能擁有？
妳的青睞，的確千金難求。
身價不菲，自當無拘無束，
痴情雖重，亦應收心放手。

沒有你的恩賜，何來接受？
我竟懵然不知，好運臨頭，

The cause of this fair gift in me is wanting,
And so my patent back again is swerving.
Thyself thou gav'st, thy own worth then not knowing,
Or me, to whom thou gav'st it, else mistaking;
So thy great gift, upon misprision growing,
Comes home again, on better judgment making.
Thus have I had thee, as a dream doth flatter,
In sleep a king, but waking no such matter.

無緣無故，得到這份厚禮，
自慚形穢，不敢照單全收。
天真未鑿，你低估了自己，
全無心計，也選錯了對手。
流水無情，難解落花有意，
迷途知返，無言獨上歸舟。
曾經愛過，恍如渺渺春夢，
襄王神女，醒來萬事俱休。

王實甫《西廂記・長亭送別》

在戲劇表演有哪些動人的別離場景呢？我們來看王實甫《西廂記・長亭送別》那一段。《西廂記》最早取材於唐代詩人元稹所寫的傳奇《會真記》（又名《鶯鶯傳》），敘述唐德宗貞元年間的讀書人張生，在山西蒲州的普救寺遇到護送丈夫靈柩回長安、路過蒲州的崔氏夫人和她的女兒崔鶯鶯。崔氏夫人姓鄭，張生的媽媽也姓鄭，算來張生也可以叫崔氏夫人為姨母。

張生看到崔鶯鶯，驚為天人，再三請求崔鶯鶯的丫鬟紅娘幫他表達愛慕的心事，張生寫了兩首詩給崔鶯鶯，紅娘也帶回崔鶯鶯寫給張生題為〈明月三五夜〉的一首詩：

待月西廂下，迎風戶半開；拂牆花影動，疑是玉人來。

崔鶯鶯和張生相約在西廂房會面，他們後來也得到崔氏夫人的允許，相聚了個把月的時間，後來張生上京考試，沒有考取就留在長安，一年多之後，崔鶯鶯別嫁，張生另娶。有一回，張生路過崔鶯鶯的住所，要求以表兄的身分和崔鶯鶯見面，崔鶯鶯拒絕，她寫了一首詩給張生：

自從消瘦減容光，萬轉千迴懶下床，不為旁人羞不起，為郎憔悴卻羞郎。

最後兩句的意思是，不是因為別人在旁，不好意思和你見面，而是為了你憔悴，才不想和你見面。元朝王實甫按照《會真記》的故事改編成雜劇《西廂記》，詞句曲調優美，被稱為「元雜劇的壓卷之作」。不過，《西廂記》卻有一個美滿的結局，張生和崔鶯鶯有情人終成眷屬。

《西廂記》一共有五本，第四本第三折的〈哭宴〉，那就是崔夫人、崔鶯鶯和紅娘送張生上京考試這一段。

一開場，夫人說：「今日送張生進京趕考，在這十里長亭準備了送行的酒宴。」接著崔鶯鶯上場道：「離別已經足以令人傷感，更何況在暮秋天氣。」正是「悲歡聚散一杯酒，南北東西萬里程。」鶯鶯接著唱：「碧雲天，黃花地，西風緊，北雁南飛。曉來誰染霜林醉？總是離人淚。」這幾句讓我們想起黃庭堅的「碧雲天，黃花地」，和李叔同的「長亭外，古道邊」。

剛剛結束相思之苦，卻又開始別離之愁。張生到了長亭，拜見夫人，夫人和張生說：「你過來，自己人不必迴避，我今天把鶯鶯許配了你，你要努力爭取狀元功名回來。」張生信心滿滿地回答：「憑著胸中之才，視官如拾芥耳（芥，小草）。」

在宴席上，鶯鶯唱：「西風吹來，黃葉紛飛，看著酒席上斜偏著身子坐的張生，滿面愁容，雙眉緊蹙，雖然不久以後會配成佳偶，但是這時節怎不悲啼？意似痴，心如醉，昨夜到今日，我的腰圍就消瘦了不少。」夫人吩咐小姐替張生斟酒，鶯鶯唱：「我們才剛剛私訂終身，今日就要分離，深深體會那幾日相思的滋味，沒想到別離之情，更難受十倍。」

夫人又吩咐紅娘替張生、鶯鶯斟酒，紅娘對鶯鶯說：「小姐，妳今日不曾用早飯，就隨意喝點湯吧！」鶯鶯唱：「端上來的酒菜食物，嘗起來像土和泥，就算是土和泥也有些土氣息與泥滋味，可是這些酒食一點味道也沒有，不想吃面前的茶和飯，離恨塞滿了腸胃，只是為了虛名微利把鴛鴦拆散了。」

一陣子杯盤狼藉，張生上馬，夫人和小姐上車，鶯鶯吟了一首詩送給張生：「現在你拋棄了我，我也沒有辦法，當初是你來找我的，你還是把過去對我的情意，去愛你眼前的新人吧！」（棄置今何道，當時且自親，還將舊時意，憐取眼前人。）

接著叮嚀他，到京城以後要注意水土，旅程也要節制飲食，接著唱：「剛剛一起同來，如今竟獨自歸，我在這裡會常常寫信給你，你切莫金榜題名誓不歸，你要記住，看到那些異鄉花草不要流連徘徊。」張生唱：「小姐金玉之言，小生一一銘記肺腑，忍著淚低下頭，含情假意展開眉頭。」

鶯鶯唱：「不知魂已斷，那有夢相隨。」最後，鶯鶯上了車，「四圍山色中，一鞭殘照裡。人間的煩惱，充滿了心頭，這般大小的車兒，如何載得動？」

這一句倒讓我們想起李清照的「只恐雙溪舴艋舟，載不動許多愁」。

莎士比亞《羅密歐與茱麗葉》

《羅密歐與茱麗葉》(*Romeo and Juliet*) 是莎士比亞有名的悲劇，描寫在義大利維洛納城 (Verona) 兩個世仇的大家族凱家 (Capulet) 和蒙家 (Montague)，兩家族的人互不相容，常常械鬥。凱家有一個漂亮的女兒茱麗葉，有一位包伯爵追求她，蒙家有一個品性端正的兒子羅密歐，他愛上了凱家的姪女羅莎琳 (Rosaline)。有天晚上凱家舉行盛大的舞會，羅密歐找到機會混進去，希望能夠見到羅莎琳，可是，他遇到茱麗葉，兩人一見鍾情，後來他們知道了彼此的身分，還是不能跳出已經深陷的情網。

第二幕第二場，羅密歐偷偷跑到茱麗葉的花園，偷聽到茱麗葉道出她的心聲：

羅密歐啊，羅密歐，
為什麼你偏偏是羅密歐？
斷絕和父親的關係，拋棄你的姓名吧！
如果你不願意這樣做，
但是你宣誓你對我的愛，
我就不再做凱家人。
名字是什麼東西？
不管我們把玫瑰換成任何一個名字，
它依然吐露芬芳。
即使羅密歐不叫作羅密歐，
他依然是完美無瑕。

這就是莎士比亞名句之一：「不管我們把玫瑰換成任何一個名字，它依然吐露芬芳。」(A rose by other name would smell as sweet.)

在一個同情他們、也希望化解兩家族矛盾衝突的神父主持下，他們私下舉行婚禮，結成夫婦。不幸，當天中午一場爭執中，羅密歐殺死了茱麗葉的堂兄，要被驅逐出城。當天晚上，羅密歐偷偷到茱麗葉的住處向她道別。

羅密歐離開之後，包伯爵向茱麗葉父親提親，茱麗葉的父親馬上答應，茱麗葉找神父幫她想辦法，神父給她一種藥，服下去之後就像死了一樣，但是在四十二小時之後會甦醒過來，神父答應派人把這個計謀的安排告訴羅密歐，好讓他在茱麗葉被埋葬之後挖開墓穴，兩個人一起高飛遠走，茱麗葉在婚禮前夕依計行事，服了毒藥。

可是，羅密歐在神父為他送信的信差抵達前，就聽到茱麗葉的死訊，他以為茱麗葉真的死了，他買了毒藥，半夜來到茱麗葉的墓穴，在那裡遇到包伯爵，兩個人起了衝突，羅密歐殺死包伯爵，接下來，他掘開墓穴，親吻了茱麗葉，把隨身帶來的毒藥一飲而盡，倒在茱麗葉身邊死去。等到神父趕過來，茱麗葉也醒過來了，她看到死去的羅密歐悲痛不已，就拔出羅密歐的短劍自刎身亡。

以下就是第三幕第五場羅密歐和茱麗葉訣別的場景。

茱麗葉：你要走了嗎？還有一會兒才天亮呢，那刺進你驚恐耳朵中的，不是雲雀，是夜鶯的聲音。

羅密歐：那是報曉的雲雀，不是夜鶯。晨曦已經在東方的雲朵上，鑲上了金絲，晚上的蠟燭已經燒成灰燼，白晝已經到來，我必須離開才能存活，我是死定了，如果我留下來。

茱麗葉：我知道，那不是晨曦的光芒，不要急著去，再待一會吧。

羅密歐：讓我被他們抓住，讓我被他們處死，只要是妳的心意，我會毫無怨言，那邊灰白色的雲彩，不是黎明睜開它的睡眼，也不是雲雀的歌聲。我要留在這裡的心願，遠比我要離開這裡的決心要強，死亡，來吧！我歡迎你。

茱麗葉：天已經亮了，走吧，快走吧，發出刺耳、粗澀不成調的聲音正是雲雀，正是拆開我們的擁抱的聲音，快走吧，天愈來愈亮了。

羅密歐：天愈來愈亮，我的痛苦愈來愈黑暗深沉。

這個時候奶媽進來了。

奶媽說：妳的媽媽就要到房間來了，天已經亮了，小心點。

茱麗葉：窗戶啊，讓白晝進來，讓生命出去吧！

羅密歐：再會，給我一個吻吧！

茱麗葉：你就這樣走了嗎？我要在每一天的每一小時都聽到你的消息，但是一分鐘裡就有很多天，照這樣來算，當我再看到你時，我將會是垂垂老矣了！

羅密歐：我們會重聚的，今日的痛楚，將會是未來甜美的追憶。

茱麗葉：我有一份不祥的感覺，我看到站在下面的你，是我的眼睛昏花，還是你的臉色變得這般慘白？

羅密歐：說過再會就離開了。

茱麗葉：命運啊命運，人人都說你是反覆多端，如果真是如此，那麼你如何對待一個忠貞不二的人呢？希望你的確是反覆多端，無法預料，因為這樣你也許會早早安排羅密歐回來。

職業棒球員蓋瑞格的告別演說

二〇一四年夏天，一個叫做「冰桶挑戰」(Ice Bucket Challenge)的活動從美洲開始蔓延到歐洲、亞洲，這個活動的主題是為運動神經細胞疾病的研究工作募款，在各個地區活動的遊戲規則大同小異，參加活動的人拿一大桶冰水從頭淋下，並且允諾捐款若干支持運動神經細胞疾病的研究，同時還可以「點名」幾個人也參與這個活動。

例如美國歐巴馬總統被「點名」參加，他拒絕了，但是捐了一百美元。布希總統參加了，同時點名柯林頓總統參加。英國首相卡麥隆 (David Cameron) 被點名也拒絕了，科技界的大老包括微軟的蓋茲、蘋果的庫克、鴻海的郭台銘也都參加。此外許多演藝界、體育界明星也都參加，募款總數高達幾千萬美元。

被譽為當代最傑出的天文物理學家霍金教授 (Stephen Hawking)，十七歲進入英國牛津大學讀物理，畢業之後轉到劍橋大學唸博士學位，修讀理論天文學和宇宙學，二十一歲時，被診斷罹患運動神經細胞疾病，醫生估計他只能存活兩年。可是，五十多年來他行動能力逐漸衰退，到了只能靠臉部肌肉的抽動或者用嘴吹氣控制電腦語音合成系統來和別人溝通，他在宇宙起源、黑洞、時間和空間的關係、廣義相對論和量子重力學等非常艱深的領域，都有重大貢獻。二〇一四年他接受「冰桶挑戰」，不過，因為前一年得過肺炎，所以由他的子女代為接受淋頭的冰水。

在一次訪問裡，談到他的疾病，他說：「我差不多在成年之後就罹患運動神經細胞疾病，但是我依然能夠有一個美滿的家庭和成功的事業，我很幸運我的病情進展得比別的患者緩慢，這也表示我們永遠不要失去希望。」

另一位運動神經細胞疾病的患者是一九二〇、三〇年代美國棒球大聯盟出色的球員蓋瑞格 (Lou Gehrig)，他是紐約洋基隊的一壘手，在大聯盟前後十五年，被認為是史上最好的一壘手。他入選二十世紀最佳球隊隊員，擊出四百九十三支全壘打，二十三支滿點全壘打，終身打擊率是〇．三四〇，外號「鐵馬」(Iron Horse)，連續出賽二一三〇次的紀錄保持人，這紀錄維持近五十年，到一九九八年才被打破。

一九三九年六月，蓋瑞格在運動生涯最高峰時，被診斷罹患運動神經細胞疾病，一九三九年七月四日，六萬多名球迷在洋基球場為他舉辦告別儀式，當時他發表了一篇動人演說。七十五週年後的七月四日，美國棒球大聯盟特別安排三十位一壘手，每人一句重唸他的演講。他的這篇演講是這樣的：

觀眾朋友們，過去兩個禮拜，相信你們都聽到我不幸遭遇的消息，但是，今天我認為我是世界上最幸運的人。十七年來在這個球場上，你們賜給我的是無盡的仁慈和鼓勵，環首四顧，那是何等的權力，今天能夠穿著球衣站在球場上，和隊友們一起打拚，的確，我非常幸運！那是何等榮耀，認識我們洋基隊的大家長Jacob Robert，還有一手打造無與倫比棒球王國的總經理Ed Barrow，在他手下六年的總教練、那可愛的小個子Miller Huggins，接下來在他手下九年那出色的領航員、聰明的心理學家、今日棒球界裡最棒的總教練Joe McCarthy。的確，我非常幸運！

當我們棒球場上的死對頭紐約巨人隊送來一份禮物，那可真不容易。當從上到下，包括維護球場的員工們，和照料我健康的醫生們，都送給我紀念品，那可真不容易！

當你有一位你和她的女兒吵架會偏心站在你這邊的岳母，那可真不容易！當你有一輩子辛苦工作，讓你有機會受教育，培養健全身心的雙親，那是一份恩賜！當你有一位堅強穩定、展現超乎想像勇氣的妻子，那是我所知道最美好的。

最後，讓我說，雖然我可能碰上了霉運，但是我有許多我要繼續存活的理由。

電腦科學教授鮑許的最後演說

鮑許 (Randy Pausch) 是美國卡內基梅隆大學 (Carnegie Mellon University) 電腦科學系教授，他的研究專長是虛擬實境 (Virtual Reality)，二〇〇六年他被診斷罹患胰腺癌，二〇〇七年九月當他的病情接近末期時，他在卡內基梅隆大學發表最後一篇演說，題目是「實現你童年的夢想」。

一開始，鮑許教授說他父親給他的一個教訓是：當房間裡有一頭大象時，介紹牠給大家認識，意思是許多事情大家都知道不必隱瞞。他說醫生發現他的肝長了好幾個腫瘤，大概只能維持三到六個月良好的健康狀況了，不過，他目前身體很好，還當場表演了單手的伏地挺身。他說許多事情我們不能改變，只能夠決定如何應付，就像玩牌一樣，我們不能改變發到手中的牌，只能決定如何玩這一手牌。

接下來，鮑許教授告訴大家他童年的幾個夢想：體驗無重力的漂浮、當上全美足球大聯盟的球員、替世界百科全書撰稿、當上科幻小說《星際旅行》(*Star Trek*) 太空船船長寇克 (Captain Kirk)、贏得遊樂園裡最大的絨毛動物玩具、當上迪士尼公司的想像工程師 (Imagineer)（註2）。

接下來，他談到如何一一實現這些夢想。他當了教授之後，他指導學生組成的團隊，參加美國太空署的競賽，入選的團隊可以在太空署的實驗室短暫地體驗無重力的漂浮，他的團隊果真入選了，可是，按照規定，指導教授不能參加實驗室的體驗過程，不過，鮑許教授發現競賽規定，入選的團隊可以帶一位隨隊的記者。他就向太空署的人說明，我不但是隨隊記者，而且我會帶許多實驗室裡虛擬實境儀器，和其他參與團隊的同學們分享。結果他真的獲准參與，他學到的教訓是，如果你想參與一件事情，必須提出你的貢獻，得到別人的歡迎。

至於，當上全美足球大聯盟球員，鮑許教授的夢想沒有成真，他說，但是從這個沒有成真的夢想學到的，遠多於從成真夢想所學到的。他記得九歲第一次參加足球練習，可是教練卻沒有帶足球，他們問教練沒足球怎樣練習呢？教練說足球場上兩隊共二十二位球員，只有一個球員拿得到球，讓我們練習另外二十一個球員該做的事情。這個教訓是團隊合作和基本動作的重要性。

在足球場上，他學到的另一個教訓是，當教練嚴厲地反覆督促時，如果你犯錯而沒有人告訴你，那表示別人對你絕望，放棄你了；批評你的人是依然愛你、關心你的人。此外，在足球場上學到熱情、團體精神、運動員的精神和毅力的重要，他記得一句話：「如果得不到你想得到的東西，你得到的是經驗。」

替世界百科全書撰稿的夢也成真了，作為虛擬實境這個領域的權威，他被邀請替世界百科全書寫一段簡介。

至於，當上星際旅行中的寇克船長，他說其實寇克船長不是太空船裡最聰明的成員，為什麼他可以當上太空船的船長呢？因為他有領導才能。一位好的領導者必須讓其他人有發揮才能的機會，配合調節他們的才能，達到完成任務的目的。至於，贏得遊樂園最大的絨毛動物玩具，他拿出照片為證，不過，他也說這個年頭可能有人認為這些照片說不定是合成的。

至於，想當上想像工程師，那可真不容易。他在卡內基梅隆大學拿到博士學位後，寄信到迪士尼公司申請工作，可是，沒有被錄取，那是一個挫折。但是鮑許教授說，請記得圍牆有它存在的理由，圍牆不是要把我們擋在外面，圍牆是要給一個機會證明我們的確很想進到裡面，圍牆是要阻止那些並不是真心想進去的人。

接下去，鮑許教授描述如何從一個年輕的助理教授在虛擬實境這個領域建立很好的名聲，也得到許多這個領域前輩的認同，並且到迪士尼公司度過一年進修的休假。

演講的第三段，鮑許教授講到他學到的教訓，他說我們都有夢想，也有許多夢想的確成真，是什麼因素幫助我們實現夢想呢？最重要的是父母親、家人、老師、老闆、學生的教導、支持和鼓勵。

鮑許教授的另一個忠告，是你決定要做一個自信、樂觀甚至是自恃甚高、調皮搗蛋的人，還是一個悲觀、消沉、憂鬱的人。

最後，鮑許教授羅列了他學到的教訓：一、忠誠是雙向的，你對別人忠誠，別人才對你忠誠；二、永遠不要放棄，他申請進入布朗大學的時候是在備取名單裡，他申請進入卡內基梅隆大學唸博士時，是先被拒絕後來經他大學導師極力推薦才被接受；三、要誠實，要有熱情；四、犯了錯要道歉；五、建立一個反饋機制，珍惜善用別人給你的反饋；六、常存感謝之心；七、不要埋怨；八、要加倍努力；九、要有一技之長，這讓你成為一個有價值的人；十、要在每個人身上發現他的長處和優點；十一、永遠準備好，幸運只會降臨在準備好的人的身上。

（註1）《莎士比亞十四行詩集》(*Shakespeare's Sonnets*) 是莎士比亞於一六〇九年發表的十四行詩 (sonnet) 體裁詩集，共收錄一百五十四首詩。十四行詩是源自義大利民間的一種抒情短詩，顧名思義，十四行詩有十四句，分為上下兩部分，上段為八行，下段為六行，而且每句的節奏都是五個抑揚格 (Iambic pentameter) 的組合，那就是輕重 輕重 輕重 輕重 輕重 (da dum da dum da dum da dum da dum)。

（註2）Imagineering 是 imagination 和 engineering 的合成字，中文翻成想像工程，就是把創新的觀念和想法具體地呈現出來，在迪士尼公司，想像工程師負責迪士尼樂園中遊樂設施的設計和製作工作。

第五章

趨勢創造新語言

全球化的語言

語言文字是表達、傳遞和記錄理念、事實和感情的工具，善用這工具是一種藝術，活用這工具也是一種遊戲。正如莎士比亞《迷失的愛》(*Love's Labour's Lost*) 劇本中，其中一句話：「這些文字遊戲就像在一場語言文字的盛宴上，偷了些剩菜殘羹。」(They have been at a great feast of learning and stolen the scraps.) 在語言文字的世界裡，翱翔打滾，的確其樂也無窮。

語言文字是活的，隨著時間、又隨著不同語言文字互動交流，尤其在全球化如火如荼的今天，不同的語言文字更是頻繁地相互借用和採納。美國語言學家梅維恆 (Victor H. Mair) 說過：「完全純淨的語言並不存在，語言不斷變化是自然的，不僅如此，借用其他語言的辭彙，實際上是一種健康的現象。」

翻譯外國辭彙的新字

英文、中文、德文、日文都是成熟的文字，有豐富的辭彙。相對來說，英文和日文借用外國辭彙比較多，德文和中文借用外國詞彙比較少，這和文化和傳統有關係。當然，「借用」的定義也是模糊的，包括直接音譯、直接意譯，以及創造一個意義相同的新字或新詞。例如 computer 這個字源自英文 compute，是計算的意思，computer 就是計算的工具，在中文翻譯中，初期有人譯「電子計算機」，也有人譯「電腦」，到了今天就通用「電腦」了。在法文是 ordinateur。

現在我們說去麥當勞吃「漢堡」，那是英文 hamburger 的音譯，在中國大陸叫「漢堡包」。首先，hamburger 這個字就是位於德國北部大城市 Hamburg 這地方的居民的意思，現在用「漢堡」來稱一款美式速食，指二個圓形麵包中間夾一片碎牛肉餅。「漢堡」是誰先發明的已無從考證，一個可信的說法是，十九世紀末許多大西洋航線的輪船航行在德國漢堡和美國紐約之間，德國水手將碎牛肉餅夾在麵包中的吃法帶到紐約。

在日本，麵包夾碎牛肉餅叫做ハンバーガー，只有碎牛肉餅沒有麵包叫ハンバーグ。至於法國，寫法和英文一樣，可是發音卻是 om burger（法文字首的 h 不發音），也有人把這個字唸成 ohbushag（因為 ger 在法文的發音是 shag）。

Chop Suey 這個詞源自美國的中國餐館一道很受歡迎的菜 Chop Suey，這個詞是中文「雜碎」二字的音譯。Chop 這個字的意思正是斬和切。這道菜把雞、牛、豬、魚、蝦、芽菜、花椰菜、芥蘭等全部切碎，混在一起炒成一大盤。雖然這道菜發明的故事有不同版本，不過大都是廚子在沒準備之下隨手拿了一些食材切碎炒成一大盤，並且隨口說這道菜叫「雜碎」。

男士的西裝，英文是 suit，在日文叫做 sebiro（せびろ）。Sebiro 這個詞的出處很有趣，英國倫敦有一條街叫做 Savile Row，街上都是鼎鼎有名的裁縫店，皇家貴族、富商巨賈都在這裡訂做西裝，Savile Row 也成為名貴西裝的代名詞。sabiro 是 Savile Row 的音譯，不過 sabiro 在日文漢字是「背廣」，因為和日本傳統的和服相比，西裝的背比較寬廣，和服的背比較窄小。這讓我們聯想起，臺語歇後語稱「美國西裝」為「大輸」（臺語指「大件衣服」）。

二〇一五年英國為了吸引中國遊客，把一百零一處有名景點都取了中文譯名，像是 Savile Row，譯成「高富帥街」。另一個有趣的例子是，在威爾市 (Wales) 的一個村子，村名很長，叫作 Llanfairpwllgwyngyllgogerychwyrndrobwllllantysiliogogogoch，一共有五十八個字母，因此被翻成「健肺村」，因為要唸出這個村名，需要強大的肺活量。

從 Butterfly 講起

◆ Butterfly 與蝴蝶

在語言文字裡，一個字和詞的來源、出處，以及原來的意義和延伸出來相似或者不同的意義，這是深入了解、靈活使用語言文字的一個面向，同時也趣味盎然。按照《莊子．齊物論》記載，莊周夢見蝴蝶，不知道真的是莊周夢見蝴蝶，還是蝴蝶夢見莊周。蝴蝶的英文是 butterfly，由 butter 和 fly 兩個字組成，為什麼這兩個字合起來就變成蝴蝶呢？這倒沒有一個明確的解釋。

Butter 在臺灣叫「奶油」，因為從牛奶而來；在香港叫「牛油」，因為從牛而來；在北京叫「黃油」，因為是黃色；在上海叫「白脫油」，白脫是 butter 的音譯，還畫蛇添足地加上一個油字。butter 這個字也有奉承、甜言蜜語的意思，to butter up your boss 指「拍老闆馬屁」的意思。

回到 butterfly 這個字從何而來，一個說法是蝴蝶的排泄物顏色和奶油的顏色相似，這令人對奶油產生倒胃口的感覺；另一個說法是在英國，許多蝴蝶的顏色和奶油的顏色相似；還有一個說法，是古老的時候，春天來了，蝴蝶出來了，農家也開始攪拌牛奶製作奶油；也有一個說法是按照歐洲中古時代的民間傳說，仙女和巫婆在夜裡飛出來，偷吃農家的牛奶和奶油，這也解釋 butterfly 裡 fly 這個字。

中文的蝴蝶兩個字又怎麼來的呢？「蝶」字是「虫」字旁加一個「枼」字，枼是薄木片，也引申為薄平形狀的意思，虫字旁加枼字就是有薄薄雙翅的蝶。枼字加草頭，就是薄薄的樹葉；石字旁加枼字就是薄薄的碟子；片子旁加枼字，就是薄薄的文件，即牒；魚字旁加枼字，就是鶼鰈情深裡的鰈，鶼是比翼鳥，鰈是比目魚，比目魚的身體扁平；口字旁加枼字，就是喋喋不休的喋字。

至於「蝴」字，除了和蝴蝶在一起，蝴字很少單獨使用，一個說法是明朝李時珍的《本草綱目》裡說，蝶的美麗在牠的鬚，鬚就是蝶的觸角，在古字裡，鬚和鬍子通，這也許可以解釋蝴蝶裡蝴字的來源。

在英文裡，**butterfly in the stomach**，肚子裡有蝴蝶，是緊張、提心吊膽、忐忑不安的意思。和這個相似的是 **ants in the pants**，褲子裡有螞蟻，是心頭小鹿亂撞相同的意思。

Butterfly effect（蝴蝶效應）這個詞源自在巴西的一隻蝴蝶，搧動翅膀一個月之後，會引起印尼的龍捲風這一個說法。大約一百年以前，數學家和物理學家在研究「渾沌系統」(**chaotic system**) 的理論時，發現在系統裡，一點小小的變動會引致大不相同的後果，就被稱作「蝴蝶效應」。

◆ Deer、Buck、Stag 都是鹿

英文 **deer** 是公鹿，**buck** 和 **stag** 都是公鹿，**buck** 是比較年輕的小公鹿，**stag** 是比較成熟、體型比較大的公鹿。在美式俚語裡，**buck** 也是一塊錢的意思，例如 **Give me a buck**（給我一塊錢），為什麼公鹿和錢拉上關係呢？一個可能的解釋，十八世紀初期，從歐洲前往北美洲殖民的商人和當地原住民做買賣交易，用鹿皮作為貨幣的代用品，**buck** 就是 **buckskin** 的縮寫。

Buck 也是打撲克牌放在莊家面前那個號誌，通常用鹿角雕成，因此，叫作 **buck**。美國杜魯門總統 (**Harry S. Truman**) 的一句名言 **the buck stops here**，就是「我是莊家，我負全責」的意思，**pass the**

buck 也就是推卸責任的意思。

在中文，鹿是象形字，在甲骨文裡，上面是一對犄角，下面是四隻腳；到了篆字、隸書和楷書，上面的一點代表一對角，下面的「比」字代表四隻腳。鹿茸是出生的公鹿尚未骨化的角，可不是鹿的耳朵裡面的毛，鹿茸是中藥裡名貴的藥材。鹿也代表領導權、統治權，在《史記》裡有「秦失其鹿，天下共逐之」這句話，意思是秦失去了領導、統治權，大家都來爭奪這權力。推而廣之，「不知鹿死誰手」，不知道誰會獲得最後的勝利，為什麼是鹿呢？一個說法是古代狩獵的時候，以鹿為獵物。

「指鹿為馬」這個典故出於《史記》，相傳秦二世在位的時候，宰相趙高想要謀權篡位，為了試驗朝中的大臣哪些會順從他的意願，特地獻給秦二世一頭鹿，並且說是馬，秦二世說這明明是鹿，趙高就藉故問左右的大臣，不敢違逆趙高的大臣都附和說是馬，敢於反對的大臣都說是鹿，後來說是鹿的大臣都被趙高藉故殺掉。其實這個故事的主角是趙高，不是秦二世，不過「指鹿為馬」這個成語，演變為顛倒是非、混淆真相的意思。

◆Duck、Drake 與跛腳鴨、鴨霸

Duck 是母鴨，公鴨是 drake。Lame duck，中文直接翻為跛腳鴨，通常用在民主制度裡，當一位民選出來的官員和代表，在任期快滿，或者因為按照制度規定不能連任，或者參加連任選舉失敗，或者因為目前的位置要被廢除了，雖然他還在位置上，但影響力已經開始降低，更何況人情冷暖、世態炎涼，這些政治人物就像跛腳鴨一樣，無能為力，蹣跚難行了。

至於「跛腳鴨」這個詞是怎麼來的呢？在十八世紀倫敦股票交易所，如果一個交易員做了買賣之後，卻付不出錢，雖然不會馬上被交易所除名，但是大家也不再信任他，不想再和他交易，他就被稱

為 **lame duck**。在英文裡，**lame** 這個字是跛腳，也是軟弱無力的意思。為什麼是鴨子？而不是雞、不是狗呢？一個說法是這個交易員在股票交易所裡，垂頭喪氣走路的時候，就像一隻跛腳鴨。

臺語裡，「鴨霸」是強橫無理、欺負弱小的意思，這個帳可不要算在鴨子頭上，因為臺語「惡霸」和「鴨霸」的發音相同。

Duck soup（鴨湯）是輕而易舉的事情，中文可以翻成小事一樁、小菜一碟。**chicken soup** 古今中外都認為是營養滋補、帶來溫暖窩心感覺的食物，**chicken soup for the soul**，心靈雞湯，原來是美國出版的一系列鼓舞人心、敦品勵志的書，現在也泛指幫助心靈向上發展的書、文章和話語。

Buck 作為名詞是公鹿，作為動詞是抗拒抵制的意思，**to buck the trend** 是逆勢而行的意思；**duck** 作為名詞是母鴨，作為動詞是躲避閃開的意思，**to duck the responsibility** 就是逃避責任的意思。

◆ It Rains Cats and Dogs：傾盆大雨

在英文裡，**It rains cats and dogs** 意思是傾盆大雨。為什麼下大雨的時候，貓和狗會從天上掉下來？這倒沒有一個很明確的出處和解釋，一個說法是按照北歐神話，風和貓、雨和狗是相關連的，其實如果是這樣的話，按照《易經》雲從龍、風從虎的說法，應該是 **it rains tigers and dragons** 了嗎？比較合理的解釋是，十八世紀的時候，一位英國作家強納森‧史威夫特 (Jonathan Swift) 描寫，下大雨的時候，雨水把垃圾、糞便、動物的內臟和貓、狗的屍體都沖到貧民窟的街道上了。

站在科學的立場，曾經觀察到小魚和青蛙等小動物從天上降下來，可能的解釋是，這些小動物被龍捲風從地面或者水面捲到空中去，《舊約聖經‧出埃及記》第十六章裡說，上帝告訴摩西，我要將「嗎哪」(manna) 從天上降給你們。嗎哪是上帝賜給以色列人的食物，近代版的《聖經》都直接把嗎哪翻成糧食。在日常英語裡，manna from heaven 這個詞用來廣泛地指從天而降的恩賜。

按照《淮南子》記載：「倉頡作書，而天雨粟，鬼夜哭。」為什麼倉頡造字，蜀米從天上降下來，和鬼在夜裡哭泣拉上關係呢？史籍裡有不同的解釋，一個說法是，倉頡造字是人類文明歷史上重大的、罕見的突破，就像天雨粟、鬼夜哭一樣稀有的現象。按照東漢王充的《論衡．感虛篇》記載，秦王把燕太子丹拘留下來當人質，並且說除非「使日在中，天雨粟，令烏白頭，馬生角，廚門木象生肉足」，才會釋放太子丹回國。這個故事的後半段，太子丹仰天長嘆，忽然飛來一隻白頭的烏鴉，秦王就釋放了太子丹，也就有後來太子丹派荊軻去刺秦王的故事。五月天樂團的一首歌〈倉頡〉，就有「天雨粟，鬼夜哭，思念漫太古」這幾句。

中國成語有「喪家之狗」這個詞，首先是喪（ㄙㄤ）家之狗，還是喪（ㄙㄤˋ）家之狗呢？兩個說法都通，喪家（ㄙㄤ）之狗是辦喪事人家家裡的狗，因為家裡的人都忙著辦喪事，沒有人去照顧家裡的小狗，也就是孤零零的意思。這個詞出自《史記．孔子世家》，孔子出遊到鄭國去，和弟子們走散了，獨自一人站在東門發呆，當地人告訴子貢說：東門有一個人，就像辦喪事的人家裡的一頭狗，子貢果然在東門找到孔子，並且告訴孔子說，人家說您就像辦喪事人家的一條狗，孔子不但沒有生氣，笑著說真的很像。按照這個說法，喪（ㄙㄤ）家之狗並沒有貶義。至於喪（ㄙㄤˋ）家之狗就是喪失了家的狗，從家裡被趕出來的狗，正如「忙忙如喪家之狗，急急似漏網之魚」，那是失去依靠、驚慌失措的意思。

◆ Jaywalk、Zebra Crossing、Pelican Crossing

Jaywalk 的意思是行人違反交通規則，穿越馬路。jaywalk 這個字由 jay 和 walk 兩個字合成，但是為什麼是 jay 呢？jay 是一種鳥類，中文是杜鵑。美國棒球大聯盟的多倫多隊，就叫作 Toronto

Blue Jays，因為它的吉祥物是藍松鴉，中文也翻成藍鳥。還有紅極一時的歌星周杰倫，英文名字 Jay Chou。這個都和 jaywalk 無關，在美式英語裡，jay 指沒有見過世面、土包子的意思，多年以前，鄉下人來到城市，在熙攘的車潮、人潮中，亂衝亂撞，就被叫做 jaywalk。

現今在大城市街道的交叉口上，都特別為行人劃定的行人道，叫作「斑馬線」(zebra crossing)，黑色的路上畫上白線，黑白相間，看得比較清楚，就像斑馬身上的花紋一樣。在香港路面上，畫上黃線，黑黃相間，所以叫做「老虎線」(tiger crossing)。什麼是 pelican crossing 呢？pelican 是一種水禽，中文是鵜鶘，美國ＮＢＡ籃球聯盟的紐奧良球隊，就叫做 New Orleans Pelicans，但這和街道上 pelican crossing 的鵜鶘無關。pelican crossing 是在街道上的行人道，在街道兩旁有行人控制的交通號誌，行人可以按下按鈕，讓車停下來，讓行人通過，許多號誌會有一個站著的紅色小人，表示行人不能前進，或者一個快步跑的綠色小人，表示可以過街了。鵜鶘線這個詞是 pedestrian light control 這三個字合成為 pelican，玩一下文字遊戲變成鵜鶘了。

◆ White Elephant、Pink Elephant

White elephant 是白色的大象，在泰國和其他東南亞地區，白象在古老的時候被視為聖物，因此，白象的主人必須花力氣和金錢小心照料。但是事實上，白象沒什麼功用。更有一個說法是，皇帝會賜一頭白象給一個失寵的臣子，讓他變成這個臣子的累贅、負擔。

推而廣之，白色的象用來泛指需要花錢、花力氣去維護卻沒有什麼用的禮物，例如送上班族一輛超豪華的轎車，他不但負擔不起油錢和保險費用，甚至找不到足以停放這輛車子的停車空間，這就是一頭白象。

白象也泛指花費大量人力、財力去建造的工程，可是建好以後卻沒有實際用途，在偏遠的地方，建造一座派不上用場的飛機場，可以說是一頭白象。在臺灣，或者因為規劃錯誤，或者因為選舉考量，往往花了大錢去建造或維護，卻沒有使用的建築物，只能用來養蚊子，白象就變成蚊子館。

除了白象之外，也有粉紅色的象，**pink elephant** 是指喝醉了酒，或者吞了迷幻藥的幻覺，也有人說青春的愛情像一頭粉紅色的象，在想像中存在，美麗而無害。

◆Flea Market、Swan Song

Flea market（跳蚤市場）是賣二手平價貨品的露天市場，這個詞的來源是舊貨，特別是指舊衣服和家具裡會有很多跳蚤。

義大利的諺語：「和狗躺在一起，你會招來滿身跳蚤。」中文可以翻成「近朱者赤，近墨者黑」。漢朝劉向《說苑》裡有「與惡人居如入鮑魚之肆，久而不聞其臭」，鮑魚是指鹹魚，可不是酒席上的魚翅、鮑魚。

Swan song（天鵝之歌），傳說天鵝平時不唱歌，甚至不發聲，但是臨死以前會引頸長鳴，高歌一曲，雖然事實上並不是如此，不過長久以來，西方文人作家以訛傳訛，因此，天鵝之歌就泛指一個音樂家、演員退休以前最後一次的演出，更推而廣之，指一個有才華、有能力的人，最後完成的一件事情。

從I講起

◆I：第一人稱代名詞，我

文法上的第一人稱代名詞，顧名思義就是說話的人，說到他自己的時候，用來取代自己名字的一個字或詞，在中文裡，那就是「我」。至於「我就是我」這句話，倒有比較深的含義，黃霑寫了一首歌叫做〈問我〉，其中有幾句問：「我為什麼會高興？究竟為什麼要苦楚？我笑著回答講一聲，我就是我。」、「願我一生去到終結，無論歷經幾許風波，我仍然能夠講一聲，我就是我。」

在中文裡有好些不同的第一人稱代名詞，一個聽起來合理有趣卻難以證明的說法是，遠古人類互相呼喚，應一聲「哦」，就是「我」了；應一聲「唔」，就是「吾」了；應一聲「喲」，就是「余」了；應一聲「唵」，就是「俺」了；甚至應一聲「噯」，就是英文的「I」了。

在中文裡，第一人稱代名詞因為身分、性格和地區的不同而不同，皇帝自稱「朕」、「寡人」，大臣在皇帝面前自稱為「臣」，在下屬和百姓面前自稱「本官」，民意代表在議會上自稱「本席」，倚老賣老的自稱「老夫」、「老娘」，恭敬謙卑的自稱「後學」、「晚生」，豪氣牛氣的自稱「洒家」、「老子」，出家人自稱「貧僧」、「貧尼」，自貶的自稱「奴才」、「愚弟」。

至於到了二十一世紀的3C世代，開玩笑的說法是，使用鍵盤的可以自稱「鍵人」，使用觸控螢幕可以自稱「觸生」，使用滑鼠的可以自稱「鼠輩」。

◆為什麼第一人稱從小寫i變成大寫I？

在英文，第一人稱代名詞就是I，I是英文二十六個字母裡第九個，但是為什麼I要大寫？倒有幾個聽起來合理，但專家學者認為不夠嚴謹精準的答案，不過這也是研究語言文字的趣味。

首先，古英文演進到了十四世紀，逐漸成為正式的官方語言，英文議會和學校都開始用英文作為主要的語言，第一人稱代名詞，也從**ich**，變成**ic**，變成**i**，都是小寫（**ich**是德文的第一人稱代名詞）。英文的演進可以分為三個時期，從五到十一世紀是古英文；從十一到十五世紀是中古英文；十五世紀以後是現代英文；十七世紀以後，所謂英式英文、美式英文、蘇格蘭式英文就逐漸出現。

為什麼「我」從小寫的i變成大寫的I呢？一個說法是自信、自尊，甚至自大心理的呈現，和這個相似的是在德文，第二人稱代名詞是**du**，d是小寫，但是禮貌尊敬的形式是**Sie**，S是大寫。在中文，第二人稱代名詞是「你」，但是禮貌尊敬的形式是「您」。可是相反的，在中文書信裡，自稱的時候，字要寫在旁邊，寫得小一點，表示謙卑之意，稱對方的時候，或者留一個空格或者另起一行，表示尊敬之意。

從小寫i變成大寫I，另一個說法是，英文裡只有a和i是單一字母的字，因此，在手稿裡，容易被忽略，還有小寫的i上面那一點看不清楚，會看成數字1，尤其是印刷術正開始發展的時候，排字工人不會小心去看上下文，只是機械式地排字，錯誤機會就更多。第三個可能的說法，按照句子第一個字的第一個字母大寫這個規則，反正I常常出現在句子的開頭，乾脆就一致改成大寫了。

講了這許多，回過頭來問，為什麼英文和許多文字有大寫和小寫字母的分別？這是語言文字發展演變過程中的一部分，就像中文發展演變的過程中，從甲骨文到篆書、隸書、楷書等。有了大寫和小寫，許多文字的結構，例如句子的開頭、專有名詞，和語意（例如正式、尊敬、獨特之意），都可以比較清楚地表達出來，而且也加上藝術和美觀的考量。但同時帶來文化上各種額外的規則，和書寫排印上額外的工作，例如什麼字在什麼地方，該或者不該大寫。事實上，在大量使用手機和電腦傳送資訊的今天，在非正式的文件裡，大寫和小寫字母的區別已經不為人所注意了。

有一個先驅者，就是美國二十世紀詩人和小說家卡明斯 (Edward E. Cummings)，他經常把自己的名字寫成 **e e cummings**，在他寫的詩裡，常常只有小寫字母，而且沒有標點，這也和方文山所創的「素顏韻腳詩」的風格相似。卡明斯還擅長創造與尋常不同的字句排列和詞語組合，他一首有名的小詩，只有四個字 **a leaf falls loneliness**，一片樹葉掉下來孤單，而且他用繪畫的形式，把這四個字排起來，想讓讀者看到一片落葉孤單地漸漸落下的視覺現象。

這首小詩的排法如下：

l(a
le
af
fa
ll
s)
one
l
iness.

◆Dot the i's and Cross the t's：注意細節、一絲不苟

英文裡有一個詞語 **dot the i's and cross the t's**，表面的意思是抄寫一篇手稿的時候，不要漏掉字母ｉ上面那一點，與字母ｔ上面那一橫。書寫英文的時候，用連續的筆觸把一連串的字母寫出來，叫過 **cursive writing**，中文翻成「草書」。換句話說，寫的時候筆盡量不離開紙面，原來的目的是增加書寫的速度，在古老的時候，沾了墨水的筆離開紙面墨水容易滴下來，而且草書也帶來文字上的美感。在寫ｉ、ｊ和ｔ這幾個字母時，筆必須離開紙面，匆忙之中，可能漏掉ｉ和ｊ上面那一點，和ｔ上面那一橫，因此 **dot the i's and cross the t's** 就是注意所有的細節、一絲不苟的意思。

在二十一世紀３Ｃ時代的今天，大家都習慣使用鍵盤和印表機，學校裡，書法已經不是一門重要的科目了，可是，二〇一五年四月七日美國俄亥俄州州議會通過一個法案，規定國小的課程裡必須包括書法課，三年級學生必須具有清楚正確書寫的能力，五年級學生必須會寫草書，美國其他州也有相似的法案。

在臺灣，我們也面臨相似的情形，書法是文字的一部分，是一種藝術，也是把我們和古代文化連接起來的一道橋。但是反對的意見是，書法浪費時間，手寫的文字有時不容易辨識，更何況往往錯漏百出，而且「考試不考」。

作為一種藝術形式，中國的行書和草書遠遠超過西方的 **cursive writing**，東晉的王羲之、王獻之，唐朝的懷素、江旭，明朝的祝允明，都留下來很有名的書法作品。近年來，佛光山星雲大師的一筆字也備受推崇，星雲大師說，因為近年視力衰退，所以每一個字都要一筆寫成。

◆Mind Your P's and Q's：注意禮貌與小節

英文裡有一個詞 **mind your p's and q's**，意思是注意禮貌和小節，這個詞怎麼來的？那又是各說各話了，不過每一個說法都有它有趣的地方。一個說法是 p 就是 **please**，q 就是 **thank you**，所以 **mind your p's and q's** 指特別對小朋友說，就是要注意禮貌。另一個說法，p 是 **pint**（品脫），q 是 **quart**（夸脫），在英式和美式液體容量的單位，一加侖 **(gallon)** 等於四夸脫，一夸脫等於二品脫（英式加侖比美式加侖大二〇%）。在古老的英國啤酒店喝啤酒，都是以 **pint** 和 **quart** 為單位，所以 **mind your p's and q's** 就是告訴飲酒的客人，不要喝得超過預算，或者不要喝過量。

還有一個說法是，小朋友學寫字或者古老時候印刷工人排版時，因為 p 和 q 兩個字母形狀很相近，往往混淆不清，所以提醒他們要小心、不要搞錯。當然 b 和 d 這兩個字母形狀也很相近，是不是也可以說 **mind your b's and d's** 呢？至於現在電腦鍵盤上，q 鍵在字母最上面一排的最左邊，p 鍵在字母最上面一排的最右邊，**mind your p's and q's** 也可以解釋為不要弄錯左右了。

又有什麼詞和 p 或者 q 這兩個字母有關的呢？首先，**pee** 既代表 p 這個字母，也是小便的意思，很多年輕人喜歡穿的 p-coat，來自 pea coat，是男用、粗毛呢、通常是雙襟的短大衣，pea coat 和豌豆 pea 沒有關係，也和豌豆的綠色沒有關係。pea 來自荷蘭語，是粗糙布料的意思。

◆ 3Q：Thank You

在手機族的火星文，3Q就是 thank you，在臺灣，我們用Q形容食物有彈性、韌性和嚼勁，例如說紅龜粿很Q，英文翻成 chewy，Q是閩南語可以寫成食字旁，右邊一個丘字，即「飫」。

魯迅有一篇有名的小說《阿Q正傳》，阿Q的姓不詳，他似乎是姓趙，但是趙太爺說他不配姓趙，阿Q的名字可能是桂或者是貴，英文是 Quei，略稱阿Q。不過按照魯迅後來的解釋，阿Q是一個光頭，腦後留一條小辮子，就像Q這個字母。

在〇〇七電影《詹姆士．龐德》(James Bond) 也有一個重要人物叫Q，但這不是他的名字，Q來自於他的工作頭銜 Quartermaster，他是英國祕密情報局研發部門的頭子，負責提供龐德各式各樣的武器和配件，例如藏在鞋底使用時可以伸出來的小刀，車牌可以旋轉改換、車頭燈有機關槍的汽車，吞到肚子裡可以發出訊號讓總部確定他的所在地的藥丸，和有小火箭功能的香煙。

◆ ABC、X-Ray

英文字母前面三個字是ABC，所以ABC代表基礎、入門的資訊、知識或者技能，例如 the ABC of computer programing，延伸下來，as easy as ABC，就是很容易的意思。ABC是一個常用的首字母說略詞，不下幾百個，例如 always be careful（小心謹慎），例如 American born Chinese（美國出生的華裔）。

在臺灣，我們常用「A錢」這個詞，意思是用不正當的手段取得金錢、財物，「A錢」這個詞來自於臺語e-tsi，A可以寫成挨打的挨，「挨」在臺灣有「推」的意思，例如推磨叫挨磨，推倒叫作挨倒，在人群中推來推去，挨來挨去；「挨」也有拉的意思，例如挨弦仔，所以A錢的本意可以解釋為挪動金錢，後來就變成用不當的手段取得別人的金錢。A片就是adult movie（成人電影），AV就是adult video（成人影片），A貨就是盜版貨物中仿冒得最像的產品。

X-ray中文是X光或者X射線，這個名字怎麼來的？X-ray是波長從10^{-11}到10^{-8}米（〇・〇一到一〇奈米）的輻射電池波，在物理上，輻射是指能量以電磁波或者粒子的方式向外擴散。

一八九五年，德國物理學家威廉・倫琴(Wilhelm Röntgen)在產生電磁波的實驗中，發現某一波段的電磁波可以透過紙、木材等物質，卻又不能透過密度比較高的物質，例如鉛等，他就把這種電磁波叫作X-ray。因為X在數學裡代表一個未知數，大家都知道，X光能夠透過人體的肌肉，卻不能透過人體的骨頭，這就是在醫學上X光照像的基本原理。倫琴也因此在一九〇一年獲得第一個諾貝爾物理學獎。

#《牛津英語辭典》新字詞

在人類的文化歷史裡，我們觀察到語言文字是活的、動態的，隨著時間點和生活方式的不同而不斷地改變。古老的字和詞逐漸消失，新的字和詞不斷地出現，許多字和詞的含義和用法也改變得和原來不一樣。再加上交通和通訊工具的發達，帶來不同的語言文字之間的相互影響和融合，一個語言文字的定位也變得模糊、不清楚，採用一本權威而且不斷更新的字典來樹立一個語言文字的標準，倒不失為合理且可行的做法。

一個字或者詞的出處和起源，往往不容易追溯，但是在英文裡，一個新字被加入《牛津英語辭典》(*Oxford English Dictionary*)，就成為英文的一個字。《牛津英語辭典》被視為英語最權威的辭典，這本辭典編撰始於一八五七年，前後費時七十一年，到一九二八年才全部完成，共有十冊。第二版花了二十九年，一九八九年全部完成，共二十冊，二一七二八頁，電子版在二〇〇〇年發行。

每隔三個月，他們會經過嚴格的審查，把新的字和詞加到字典裡。這個字也許是新創的，也許是舊的字加上新的含義，也許是幾個舊字連起來成為一個新詞。從這些新字詞中，我們可以看到語言、文字、文化、科技、社會等各方面的演變。

我從二〇一二年之後才陸續加入《牛津英語辭典》的新字詞中，找出一些例子和大家分享，也透過這個機會談一些有趣的小故事。

食物相關新字

◆ Street Food、White Pizza、Red Pizza

Street food 指路邊攤小吃。路邊攤小吃在臺灣鼎鼎有名，在亞洲許多國家亦然。

White pizza（白色披薩）指沒有加番茄醬的披薩。我們常吃的披薩都是在發酵過的圓麵餅上抹一層番茄醬，然後再鋪上起士和其他食材，因此也叫作 red pizza（紅色披薩）。

甚至有一個傳說，現在大家常吃的 pizza Margherita（瑪格麗塔披薩）是一九八九年一位廚師特別為瑪格麗塔皇后製作的，在紅色番茄醬上放白色起士 (mozzarella) 和羅勒葉 (basil)，因為紅、白、綠正是義大利國旗的三個顏色。

◆ Omakase、California roll

日語「お任せ」（唸作 omakase），意思是交託給您了，日文漢字寫成「御任」。

在餐館說 omakase 就是請廚師配菜，而不是自己看菜單點菜，例如 Let us have the five-course omakase for dinner.（讓我們選由大廚配五道菜的晚餐吧！）

California roll 指加州壽司卷。壽司是日本的傳統美食，通常的作法是在飯加上魚、肉、蔬菜和雞蛋。一九七〇年代一間在洛杉磯的壽司店使用酪梨、黃瓜和蟹肉作為食材，大受不習慣吃生魚片客人的歡迎。

◆ Five-Second Rule：五秒鐘規則

Five-second rule 指五秒鐘規則。掉在地上的食物可以撿起來吃嗎？五秒鐘規則說，如果五秒鐘之內撿起來吃，是在衛生安全範圍之內的。

二〇〇三年一位十六歲高中生克拉克 (Jillian Clark)，在伊利諾大學香檳校區 (University of Illinois at Urbana-Champaign) 暑期實習時，做了一連串的實驗來驗證這個規則。

她在校園不同地方測量地板上細菌的數目，也特別買了表面光滑和粗糙度不同的磁磚，在上面放大腸桿菌和不同的食物，包括餅乾、軟糖和蔬菜，然後在顯微鏡底下觀察從磁磚到食物上大腸桿菌的數目。

她的結論是：如果食物掉在含有細菌的地面上，細菌會在五秒鐘或更短的時間跑到食物上去。後來她也因此獲得搞笑諾貝爾獎。

◆ Siu Mei、Char Siu、Siu Yuk

二〇一六年三月加入《牛津英語辭典》的新字，有好幾個源自香港，經由世界各地粵菜的餐館流傳開來的名詞，其中一個是 Siu Mei（「燒味」的粵語發音）。在粵語裡，「燒」是烤的意思，燒味是泛指塗上醬料在火上烤的肉類，也包括雞、鴨、鵝等家禽。

粵菜的燒味中，烤豬肉有兩種製法：一種叫作 Char Siu（叉燒），Char Siu 這個詞也同時進入《牛津英語辭典》。顧名思義，燒就是用一把叉子或者一根鐵條穿過一塊肉，放置在火上燒烤。另一種叫 Siu Yuk（燒肉），除了醬料不同之外，叉燒是不連皮的，燒肉不但連皮，而且皮要烤得酥脆才是上品，硬就是不合格。

整隻烤的豬就叫燒豬，在盛大的祭祀或者喜慶的儀式中作供奉之用，在豪華的粵菜宴席上，整隻「脆皮乳豬」更是不可或缺的一道菜，乳豬是指還未斷奶的小豬，小豬斷奶的時間是出生後約三十天，那時重量大約是八十斤。

按照考古學的證據，人類在五十萬甚至一百萬年以前，已經知道控制和使用火，例如不久以前，考古學家在北京附近的周口店發現燒過的骨、石頭和灰燼，時間大約是五、六十萬年以前，至於中國歷史上記載的「鑽木取火，教民熟食」的燧人氏，是五萬年前的事了。

◆烤、烄、炙

至於「烤」這個字，從前北京西城宣武門內大街有一家著名的烤肉店叫作「烤肉宛」，國畫大師齊白石常到那裡吃烤肉，他在八十六歲那年還給店主寫了一個招牌，而且加了註解說：「烤」是俗字，在字典裡頭找不到。

的確，《說文解字》和《康熙字典》裡頭沒有這個字，中國文字學專家流沙河說：「烤字的古寫是『烄』。」《康熙字典》的確有這個字，《說文解字》說：「交木然也。」「交木」就是一堆柴，「交木然也」就是交叉把柴堆起來燃燒。其實「炙」也是烤的意思，《康熙字典》裡頭也有這個字，炙字上面是肉，下面是火，不正是「烤」嗎？

和生的食物相比，煮過的食物不但更好吃，也更衛生，有一個說法是，從生食到熟食是人類進化的重要因素。首先，加熱之後，食物裡的澱粉和蛋白質分子會分解，食物變得比較容易消化，人體可以吸取更多能量。在生理上，消化器官和消化道縮小了，人體有更多能量可以供應給大腦，大腦增大了，牙齒也減少咬嚼堅硬生食的需要，而且咬嚼堅硬的生食這些時間可以省下來，做其他重要的改進生活工作。進而言之，生火烹煮食物不但促進共同生活的形成，也帶來家庭制度裡的分工（例如男狩獵，女烹煮）。

◆烤乳豬如何發明？

至於烤乳豬這道菜是誰發明的？按照十八世紀英國散文學家蘭姆 (Charles Lamb) 在《伊利亞隨筆集》(*The Essays of Elia*) 裡一篇〈燒豬論〉(A Dissertation Upon Roast Pig) 的記載：Hoi Ti（何大）是一個豬農，有一天他到樹林中撿拾餵豬的橡實，把兒子寶寶留在家裡，寶寶獨自一人玩火打發時間，不小心把他們住的茅屋全部燒毀，剛剛出生的九隻小豬也連同給燒死了。寶寶驚恐之餘發現烤乳豬好吃極了，等到了何大回到家裡，震怒之下，嘗到寶寶遞給他的乳豬美味，父子倆就一口氣把九隻小豬都吃光了。

何大吩咐寶寶，切記不可把烤乳豬祕密散播出去，而且自此以後，不管白天、晚上，何大家中常常失火，不過到底「紙包不住火」，何大的祕密還是被鄰居發現了，他們拿著烤過的乳豬作為證據，把何大帶到官府裡去，可是當他們嘗到烤乳豬的美味時，何大就立刻被判無罪釋放。

到底烤乳豬是怎樣的一道美食呢？按照蘭姆的描述是「牙嚼即碎、唇沾即化、香酥爽利、棕黃嬌嫩」。南北朝時，賈思勰在《齊民要術》中有這樣的描述：「色同琥珀，又類真金，入口則消，狀若凌雪，含漿膏潤，特異非常也。」顏色和琥珀相同，又和真的金子一般模樣，入口即化，形狀就像冰雪飽含著漿汁和膏油，真的是非常特別。

◆Yum Cha、Har Gow、Dim Sum

Yum Cha 就是飲茶，飲茶字面的意義是喝茶，但是在粵語的社會文化裡，就是上茶館，喝茶、吃點心，在比較古老的傳統裡，飲茶只是輕食，或者是早茶，或者是下午茶，所謂「一盅兩件」，就是一大杯茶，兩件小點心。有勞苦大眾匆匆吃了早餐，工作去；也有生意人在那裡談生意；也有老人家慢條斯理地細讀當天的報紙；以前還有公子哥兒帶著鳥籠，裝著金絲雀、畫眉鳥，出來呼吸新鮮空氣。

傳統的廣式點心是大家熟悉的 Har Gow（蝦餃）、Siu Mai（燒賣、叉燒餃、春捲等）。Dim Sum 是粵語「點心」的發音，不過點心這個詞，相傳來自東晉時期一位將軍（另一說是南宋擊鼓退金兵的梁紅玉），看到士卒們在戰場上英勇奮戰的時候，傳令烘製一些民間的美味糕點慰勞他們，以表示「點點心意」。

傳統的廣式飲茶，由女侍應生推著小車，載滿不同的點心，在餐桌中間穿梭往來，由客人隨意點取，既沒有喧嚷熱鬧之盛，卻也可以視若無睹、不聞不問，更有專司為客人加開水、泡茶的壯漢，手提著一大壺開水，只要客人把茶壺的蓋倒置過來，就是加開水的訊號。

和親朋好友飲茶的時候，別人替您倒茶，您彎起中指和食指在桌上輕叩幾下，表示回禮。據說是當年乾隆皇下江南的時候，和手底下的隨臣微服出遊，上茶樓時，乾隆皇替他們倒茶，他們用手指輕敲桌面，就是表示「微臣叩首」之意。

◆Milk Tea、Teh Tarik

二〇一六年的新字裡有兩個相似的新字：一個是 **Milk Tea**，字面上是奶茶，不過特別指港式奶茶；另一個是 **Teh Tarik**，**Teh** 是福建話「茶」的發音，**Tarik** 是馬來語「拉」的意思，所以 **Teh Tarik** 直接翻成中文就是拉茶。

茶的發現和飲用起源於中國，遠在公元前二九〇〇年左右，神農嘗百草發現茶有解毒功能；在商周時期，茶開始作為一種飲料，唐代陸羽（公元七二八年至八〇四年）在《茶經》中指出：「茶之為飲，發乎神農，聞於魯周公（周公旦）。」秦漢時期，茶逐漸成為宮廷的高級飲料；到了唐宋時期，茶更已經成為日常生活中的普通飲料了，所謂「開門七件事」，柴米油鹽醬醋茶。

日本鎌倉時代（公元一一八五年至一三三三年，大約是中國宋朝時代），日本來中國的留學僧人南浦紹明，把當時流行在寺廟中用來款待賓客的泡茶儀式帶回日本，就是日本茶道的起源。當時宋朝最有名的茶宴，就是在杭州徑山寺舉行的「徑山茶宴」。

在中國和日本，喝茶發展成為非常考究、細緻的藝術和享受，但是在茶中加入糖、牛奶或者其他成分，則是十六世紀葡萄牙商人和傳教士把茶從中國帶到歐洲去，到了十七世紀英國人也普遍養成喝茶的習慣，英國人喝紅茶，多數都加入牛奶和糖。

港式奶茶可說是兜了一個圈子，在英國殖民香港時期，從英式下午茶演變出來的。港式奶茶的製作也有很多細節，所用的茶葉和成分比例往往是商業機密，通常會用三種不同的茶葉，取其香、取其味、取其色。而且茶葉也分別碾成粗的、細的，粗的主味、細的主色。常用的茶是中國普洱和錫蘭紅茶。（錫蘭是以前的英屬殖民地，一九七二年改名為斯里蘭卡。）

◆各式茶飲的沖泡方式

港式奶茶的製作，先把茶葉放在一個用粗的紗布做成的口袋中，口袋鑲在一個金屬的框架上，掛在茶壺的邊沿，把攝氏九十度的熱水倒進茶袋中（不宜用正在沸騰的開水），再濾入茶壺裡，然後蓋上茶壺蓋，焗幾分鐘（稱為焗茶，焗是方言，是把鍋蓋蓋上焗煮的意思）。接下來，把焗過的茶再倒入茶袋，濾入另一個茶壺裡，這樣反覆來往幾次，叫作撞茶，撞茶的目的是讓空氣進入焗過的茶裡，發出更多香味。最後把撞過幾次的茶倒入已經有淡奶或者煉奶的茶杯中，煉奶是甜的，飲用的人可以選擇再加點糖。

至於淡奶和煉奶有什麼分別呢？淡奶是 **evaporated milk**，是經過蒸餾去除一些水分的牛奶，煉奶是 **condensed milk**，是加了糖再蒸餾去掉更多水分的牛奶。因此奶茶除了香、味、色之外，還有一個特色，就是滑。至於滑是來自淡奶還是過濾的紗布袋呢？還是撞茶的過程呢？那就說不清楚了。

港式奶茶又稱絲襪奶茶 **(Panty Milk Tea)**，來源是從二十世紀初期開始，女性穿的絲或尼龍製成的長襪，襪子的顏色多數是半透明的肉色，因為製作奶茶的口袋染上了茶的顏色之後，和絲襪的顏色相近，好事之徒就把港式奶茶叫作絲襪奶茶。

和港式奶茶相似，**Teh Tarik** 是馬來西亞最普遍的飲料，它的製作和港式奶茶相似，不過最重要的不同是港式奶茶是先撞，然後加入淡奶；拉茶是先加入煉奶，然後拉，而且拉茶的過程往往是非常戲劇性的表演，一上一下兩個茶壺距離在一公尺以上，奶茶一瀉如注，有所謂雙奶齊放的拉茶 **(Double Teh Tarik)**，有興趣可以上 **YouTube** 看看這個表演。

相信許多人都曾經在中國茶館或者餐館裡，看過長達一公尺的長嘴茶壺，一個說法是，長嘴茶壺一方面不讓壺中高達攝氏一百度滾燙的茶冷卻下來，另一方面，茶壺高高舉起，遠遠射出，水的沖力會把茶葉的香味釋放出來。

既然港式奶茶、馬來西亞奶茶、英式下午茶都是紅茶加上牛奶，一個爭議性的問題是，先把茶倒在杯子裡再加入牛奶呢？還是先把牛奶倒在杯子裡再加入紅茶呢？這問題曾引起好友反目，甚至家庭革命。歐威爾 **(George Orwell)** 是英國著名作家，歐威爾是筆名，他的本名叫布萊爾 **(Eric A. Blair)**，他在一九四六年發表的一篇小品文〈一杯好茶〉**(A Nice Cup of Tea)** 中指出煮一杯、喝一杯好茶的十一條規律，其中一條就是先倒茶後加牛奶。因為後加牛奶既可以一面加一面攪拌，而且牛奶的分量可以更精準地掌控，他同時反對在茶裡加糖，他強烈地質問：「在茶裡加糖，你還有資格號稱愛茶之人嗎？」

港式奶茶在香港的一個變化叫作鴛鴦奶茶，或者簡稱鴛鴦奶，或者簡稱鴛鴦，那是七分紅茶，三分咖啡，再加上煉奶。有咖啡的香味和奶的濃滑，所謂棕紅濃香，苦中帶甘，柔厚如緞，中醫認為咖啡燥熱，奶茶寒削，混合兩者後互補。

珍珠奶茶是一九八〇年代在臺灣的發明，「珍珠」是地瓜粉製成的粉圓，通常還會浸泡糖漿，讓粉圓在甜的奶茶中保持甜味，除了珍珠奶茶，也有珍珠紅茶、珍珠綠茶。用比較大顆珍珠的奶茶，就叫作「波霸奶茶」。波霸這個詞源自一九八〇年代香港的電影明星葉子媚，她的外號是「波霸」。

◆唐人街的蔬菜、水果新字

現在華人遍布世界各地，他們為應日常生活所需，常常到唐人街的雜貨店購買中國食材，這其中許多蔬菜、水果的英文名字，也來自粵語的發音，例如：**Buk Choy** 是白菜，**Gai Lan** 是芥蘭，**Gai Choy** 是芥菜，**Choy Sum** 是菜心，也就是油菜，**Wombok** 是黃芽白，也就是大白菜，**En Choy** 是莧菜，**Kang Kang** 是青江菜，**Sin Qua** 是絲瓜，**Chi Qua** 是節瓜，也叫小冬瓜。

◆香港大牌檔名稱由來

Dai Pai Dong（大牌檔）是香港很受歡迎的露天食肆，也是香港特有的街頭飲食文化。首先，「檔」這個字的意思是帶格子的架子或櫥櫃，而且多用來存放文件、卷宗，因此就有檔案、歸檔等詞；不過，檔也指貨物的等級，例如高檔貨；也指時間或空間的空隙，例如空檔、滿檔；也指店鋪，而且通常是規模比較小，也有臨時擺設的意思，這就是大牌檔中檔字的來源。

至於「大牌」這個詞，通常是指一個人身分高、名氣大，延伸也有擺架子、拉高身價的意思，此外大牌也指有名的貴重商品的牌子。但是大牌檔中的「大牌」卻是另有出處。遠在十九世紀後期，香港政府已經開始設立小販管理條例，初期的小販都是流動、沿街叫賣的，到了二十世紀初期，政府引進小販分類制度，把小販分為固定攤販 (Stall-Holder Hawker) 和流動小販 (Itinerant Hawker)。開始的時候，兩類小販都獲發一片木牌，標示牌照的號碼，固定攤販就把牌照放置在攤位上顯眼的地方以示合法，反過來，流動小販因為牌照攜帶不便，也就被忽略了，這兩種牌照分別稱為大牌和小牌，到底是不是牌照本身有大小之分，就人言人殊了。

也有一個說法，大牌檔也叫大排檔，來自大排筵席之意，不過到了今天，在香港街頭路邊熟食攤販數目已經大大減少，倒是大牌檔供應的食物包括奶茶、三明治、粥、速食麵、燒臘等，都形成一種香港飲食的特色。

隨著時空的改變，許多地方都建立比較舒適衛生的環境，在香港叫作熟食中心，在臺灣叫作美食街，在新加坡和馬來西亞叫 Hawker Center（小販中心），讓販賣當地或者世界各地特色的食物餐店集中在一起，他們的特色是方便、迅速、選擇多，而且價格比較低廉。**Hawker** 原來是沿街叫賣的小販的意思，**Hawker Center** 在二〇一六年三月加入《牛津英語辭典》。

社會現象新字

◆ Sandwich Class：三明治階層

另一個新的詞是三明治階層 (Sandwich Class)，這個詞也源自香港。首先交代一下三明治這一款食物的來源，英格蘭的肯特郡 (Kent County)（註）有一個鎮叫三明治 (Sandwich)，遠在十七世紀一位海軍上將愛德華・蒙塔古 (Edward Montagu) 被冊封為三明治伯爵 (Earl of Sandwich)，這個爵位的第四代傳人約翰・蒙塔古 (John Montagu)，是一位地位卓著的政治家、軍事家，傳說他時常沉迷在賭桌上廢寢忘食，往往吩咐僕人用麵包夾住肉片，讓他在牌桌上一邊打牌一邊吃，這就是三明治這款食物名稱的來源。

這個爵位的第十一代傳人 John Edward Hollister Montagu 是一位企業家，二〇〇四年他和他最小兒子和一個商人在美國創設賣三明治和沙拉連鎖餐館，名字就是 Earl of Sandwich。

三明治階層這個詞源自香港，遠在六十多年以前，香港政府已經開始規劃為低收入的市民提供合宜的居住屋舍，或者出租，或者出售，當然申請入居這些公共屋舍的市民，必須符合若干條件，其中一個就是收入的水準。三明治階層住屋計畫 (Sandwich Class Housing Scheme) 就是為那些收入高於可以參與低收入住屋計畫的上限，卻又不足以在私人房屋市場自行購買的市民做的安排。

其實 Sandwich Class 在粵語不是翻成三明治階層，而是夾心階層。推而廣之，三明治階層可以用來指在經濟上的中產階級 (Middle Class)，或者中產階級的下層 (Lower Middle Class)，在它上面有高收入階層（或富貴階層），在它下面有低收入階層（或貧窮階層），也許正是比上不足，比下有餘。

◆ Guanxi 就是關係

Guanxi 這個詞來自「關係」這個詞，首先，按照《牛津英語辭典》的解釋，這個詞源自中文，字面上是「連接」的意思，泛指基於社交往來和權勢連結而建立，因而促進商業或者其他交易行為的系統。

其實中文裡，關係的原意的確就是人和人、事和事、物和物之間相互影響的狀態，「運動和健康有密切的關係」、「他們兩人之間有二等親的關係」、「由於時間關係，我就不再講下去了」。

延伸出來「關係」這個詞有些比較特殊的含義，「關係」可以是「性關係」、「超友誼關係」比較含蓄的用詞。至於「有關係就沒關係，沒關係就有關係」這句順口溜，倒是傳神地說出了「關係」這個詞的含義。有了良好的政商關係連接管道，做什麼事情或發生了什麼事件，都不會有問題。反過來，沒有良好的政商連接管道，不但事情做不好，還會出問題。

至於拉關係、打交道、打招呼、鋪路子、走後門，都是同樣一回事。

◆Humblebrag、Bikeable

Humble（自卑、謙虛）和 brag（自大、吹噓）兩個字合起是 humblebrag，指的是表面上謙虛，事實上是吹噓的話，例如：「我這個薪水低薄的教授，在這個非富則貴的住宅區買下這棟大房子，經濟上非常吃力。」或者，「我的孩子笨頭笨腦的，不知哪來的運氣，居然考進了臺大。」

Humblebrag 的運用也正是「明抑暗揚」、「先抑後揚」的文字技巧。紀曉嵐有個故事：一位大官為他的母親祝壽，壽宴上主人請紀曉嵐作一首詩，他脫口而出：「這個婆娘不是人」，大家嚇了一跳，然後他說：「九天仙女下凡塵」，好極了。接下來說：「個個兒子都是賊」，這怎麼收尾呢？最後說：「偷得蟠桃獻母親」。

另一個字是 bikeable，bicycle 是兩個輪子的意思，bi 源自英文，cycle 源自希臘文，bike 是 bicycle 的縮短字，也是使用多年的老字，bicycle 在中文翻成自行車或者腳踏車；able 作為詞尾是可能，例如 breakable、controllable 具有某種特性的意思。

Bikeable 就是適合騎腳踏車、能夠安全騎腳踏車的意思，例如 With recently designed pedestrian lanes and bike lanes, Taipei becomes walkable and bikeable.（有了最近規劃的行人道和腳踏車道，在臺北走路和騎腳踏車更方便和安全了。）

◆ Payday Loan：發薪日貸款

另一個詞是 payday loan，payday 是發薪水的日子，payday loan 直接翻譯就是「發薪日貸款」，通常是小額、高利息、短期的貸款，必須在貸款人發薪那一天歸還。這種貸款可以被解釋為「即時雨」，就像《水滸傳》裡的宋江一樣，濟人須濟急時無，但是卻往往被解釋為趁人之危的做法，正如古語說：「趁人之危非仁也。」因為貸款的利息非常高，而且許多人往往陷入以貸款來歸還貸款的惡性循環。

二〇一五年三月二十六日美國許多報紙都登載了一篇報導，標題正是 How Government Aims to Protect Low-Income Users of Payday Loans.（美國政府要立法保護使用發薪日貸款的低收入戶家庭）。根據這篇報導，美國每個月有二十萬個家庭靠「發薪日貸款」來撐過兩個發薪日之間的一段時期，或者兩個禮拜或者一個月，這本來是濟人之急的好事，卻因為缺少政府監管，利息和手續費過高，再加上不能如期清還貸款時的嚴格剝削手段。

在中文，我們有「月光族」這個詞，意思是每個月把收入都花光光的族群，如果把月光族翻成 moon light clan，就失掉原來文字遊戲的趣味了。

◆ Tiger Mother：虎媽

Tiger mother 這個詞按照《牛津英語辭典》的解釋，是一位嚴格和高要求、採用中國和東南亞地區傳統的教育方式把兒女的成就推上更高層次的媽媽。我把英文原來的 strict and demanding mother 中的 strict 翻成「嚴格」而不是「嚴厲」，demanding 翻成「高要求」而不是「苛求」。「虎媽」應該是一個中性而不是褒或貶的名詞，而且中文也有「虎不食兒」這句成語。

Tiger mother 這詞源自二〇一一年耶魯大學法學院教授蔡美兒 (Amy Chua) 寫的書《虎媽戰歌》(*Battle Hymn of the Tiger Mother*)，這本書描述她養育兩個女兒 Sophia（蔡思慧）和 Lulu（蔡思珊）的經歷。他們家中的規矩包括不准在外過夜，任何一門功課成績不能低於A，除了體育和戲劇課之外，其他功課必須拿第一，除了鋼琴、小提琴之外，不准彈奏其他樂器，每天必須練習小提琴或鋼琴。

書裡也講到許多小故事，例如女兒練琴練得不好，得從傍晚一直彈到夜裡，中間不許喝水，不許吃飯，不許上洗手間；即使全家出外旅行，一定安排一臺鋼琴供練習之用；女兒在數學競賽中沒有拿第一，被勒令每天晚上都要做數學題，直到重新奪得第一名為止；女兒曾經被媽媽罵為垃圾；當他們全家在一個餐館為媽媽慶生的時候，媽媽拒絕接受四歲小女兒為她製作的生日賀卡，她說她要一張更用心思和力量製作的生日卡。

Sophia 在二〇一五年從哈佛大學畢業，她的雙主修是哲學和梵文，出乎媽媽意料之外，她還參加預備軍官訓練營（美國的預備軍官訓練營制度，大學生在大學期間接受訓練，大學畢業後獲得軍官身分，進入不同的軍種服役）。Sophia 每週一、三、五早上五點半起床，參加軍事訓練，她計畫進法學院唸法律，希望在服役期間擔任和軍事法令相關的工作。現在只有偶然才彈鋼琴，還是彈得很好。Lulu 比姐姐低三班，在二〇一四年也進了哈佛大學，除了拉小提琴之外，也努力練習打網球。

《虎媽戰歌》這本書引起了許多迴響，有正面也有反面的。首先，正如作者自己說：這是一本日記，不是一本育兒手冊。她很坦白地分享她的經驗和故事。我覺得最重要的是，她的經驗和故事引起我們反思，父母對子女教育的責任是什麼？方法和態度如何拿捏？父母對子女的期待是什麼？所謂「東方式」教育和「西方式」教育的分別在哪裡？各有什麼利弊？一個國家地區的「新移民」該怎麼樣努力奮鬥才能出頭？成功的定義是什麼？成功的代價是多少？不同「文化族群」在一個像美國大熔爐的環境裡，如何生存、成功、融合和保持原來的特色？

和最後一個問題有密切關係的是，二〇一四年二月蔡美兒和她先生出版了一本新書叫《虎媽的戰甲》(*The Triple Package*)，這本書的主題在談美國不同文化的族群裡，比較成功的族群有三種特徵，分別是優越感、不安全感以及自我控制。按照他們的統計結果，在美國的這些文化族群，包括華人、猶太人、印度人、伊朗人、黎巴嫩人、奈及利亞人，被驅離祖國的古巴人和摩門教徒，這本書也引起若干正面和反面的討論。

讓我講兩個輕鬆有趣的故事，一位媽媽接小女兒下課，小女兒說今天考試考了九十七分，媽媽一路上就盯著問：為什麼被扣了三分？第二天，媽媽接小女兒下課，小女兒說今天考了一百分，媽媽一路上問：班上還有多少個同學考一百分？

二〇一五年三月十八日網路上有幾張流傳很廣的照片，在印度一個高中學生會考考場，許多學生家長冒著生命危險，攀著繩索爬到四層高的高樓，從窗外把小抄遞給課堂裡正在考試的學生，警察在旁邊看到也束手無策。

英文縮寫

◆VIP、FYI、ASAP、LED、RADAR

「首字母縮略詞」(acronym)就是把一連串的字的第一個字母連起來，成為一個新的詞，例如，VIP: Very Important Person、FYI: For Your Information、ASAP: As Soon As Possible、LED: Light Emitting Diode、RADAR: Radio Detection and Ranging。

使用縮略詞最明顯的原因是簡單方便，特別是今日大家無時無刻使用手機和電腦傳輸文字訊息。但是縮略詞也帶來趣味和巧思，例如KISS來自Keep it Simple and Stupid，或者Keep it Simple, Stupid!

縮略詞也可以用來把不禮貌的詞間接的表達出來，例如FLK來自Funny Looking Kid，DOA來自Dead On Arrival。

◆IDC、YOLO、WDYT、BYOD

IDC是I Don't Care，例如IDC what you think, I'm going.（不管你怎樣想，反正我就要去）；YOLO（唸成yolo）是You Only Live Once，例如I have decided to go to Paris for a vacation next week, YOLO, right?（我決定下個禮拜去巴黎度假，人就只活一輩子，不是嗎？）WDYT是What Do You Think，例如We should quit now, WDYT?（我們該收工了，閣下意見如何？）TOMOZ是tomorrow。

BYOD是Bring Your Own Device（公司或政府機關讓員工用他自己的電腦、手機或者其他電子用品處理公事），其實BYO這詞在比較早的時候已開始使用了，例如BYOB是Bring Your Own Beverage或Bring Your Own Beer等。宏碁電腦推出的「自建雲」就叫做BYOC，Build Your Own Cloud。

◆ MOOC：大規模線上開放課程

MOOC 唸成 muk，中文翻成「磨課師」。MOOC 這個字源自 Massive Open Online Course（大規模線上開放課程），是指隨著網路技術的發展和普及，老師經由網路把授課內容和廣大群眾分享，是近年來教育界重大的發展方向。其實遠距教學並不是新的觀念，函授透過無線電和電視授課，都是遠距教學的先驅。

二〇〇二年麻省理工學院推出 OpenCourseWare 計畫，把校內許多課程的教學內容和資料放在網路上，讓群眾公開瀏覽。接著，許多學校都先後提供網上公開免費的課程，許多學校也結成聯盟，其中規模最大的包括 EdX，由麻省理工學院和哈佛大學創建，現在已經有許多大學加入，包括加州大學柏克萊分校、德州大學系統、日本京都大學、中國北京大學、香港科技大學等。Coursera 是一間非營利公司，由兩位史丹佛大學的教授始創，現在已經有許多全球有名的大學參與了。

一個特殊而令人敬佩的例子，是二〇〇六年由薩爾曼可汗 (Salman Khan) 一手創立的「可汗學院」(Khan Academy)，現在已經製作六千五百個教學錄影帶。在臺灣，我們的教育部也大力資助各大學設立「磨課師」課程，民間也有一個和可汗學院相似的「均一教育平臺」，也已經製作二千個教學影片。

◆ Karaoke：卡拉ＯＫ

卡拉ＯＫ也是縮略詞的有趣的例子，在日文 kara（カラ）是空，在英文 orchestra 是管弦樂團，把 kara 和 orchestra 合起來就是空的管弦樂團，指沒有人唱只有樂隊伴奏的音樂，成為日文的 karaoke（カラオケ），中文翻成卡拉ＯＫ。

中文也有很多縮略詞，公車就是公共汽車，超市是超級市場，清大是清華大學，張董是張董事長，拉美是拉丁美洲，中東是中亞與近東，中油是中國石油公司，春晚是春節聯歡晚會等。

科技發展新字

◆Dumbphone：愚蠢手機

Dumbphone（愚蠢手機）是新加入《牛津英語辭典》的一個詞，dumbphone是和smartphone（智慧手機）相對的名詞，dumbphone只具有無線電話通訊的基本功能，缺少許多智慧手機複雜而獨特的功能，例如照相、上網、電子郵件、社交網站連結等，因此dumbphone也可以翻成非智慧手機，在業界比較正式的名詞是feature phone（功能手機）。

在智慧手機技術不斷發展進步的今天，愚蠢手機還有沒有存在的空間？會不會被淘汰呢？愚蠢手機的好處包括價廉、省電，而且容易使用，在經濟條件比較落後的地區，或是對銀髮族和小朋友們都有它的市場，更何況《牛津英語辭典》也認為這個名詞可以列入持之久遠的行列。

◆Selfie：自拍

一個二〇一四年六月加入的新字是selfie，指自拍的照片。初期的智慧手機裡的照相機和傳統的照相機相似，只有一個鏡頭，位置在手機的背面，拍照的時候鏡頭對著被拍攝的景物，拍出來的照片就是拿著手機拍照的人看到的景物。比較新的智慧手機的照相機有兩個鏡頭，一個在手機的背面，一個在手機的正面，正如在上面所說，使用手機背面的鏡頭拍攝出來的照片就是從手機正面看過去的景物，而使用正面的鏡頭拍攝出來的照片，就是從手機背面看過去的景物，這就正好是拿著手機拍照的人和他身邊的景物，這樣拍攝出來的照片叫做 selfie。在英文裡 selfie 是名詞，複數是 selfies，但 selfie 也可作動詞，現在分詞是 selfying，過去分詞是 selfied。差不多在所有智慧手機裡，因為成本和設計考量，背面鏡頭的解析度比較高，因此拍出來的照片比較清晰。

市場上還可以買到附加在智慧手機上的鏡頭，例如廣角和遠距的鏡頭等。使用手機自拍的時候，攝影者拿著手機對著自己拍照，因此手機和景物的距離和角度都受到手的長度所限制，selfie stick（自拍棒或者自拍神器），可以把手機夾在一根長棒的末端延伸出去，長達一公尺以上。簡單的自拍棒只是一根可伸縮的長棒，自拍的時候設定照相機鏡頭延遲開啟，通常是二至十秒鐘，因此在按下拍照的按鈕之後，還有幾秒鐘時間可以移動自拍棒調整手機的位置和角度。市場上也有結合藍牙技術搖控手機的自拍棒，也有可以捲起來配帶在手腕上的自拍棒。但是，在人群裡大家都揮舞著長長的自拍棒，特別是在博物館、藝術館，容易招致意外，所以許多博物館包括臺灣的四大博物館，都禁止在館內使用自拍棒。

◆Phablet：平板手機

二〇一三年八月 phablet 這個字被加入《牛津英語辭典》，phablet 是 phone 和 tablet 二個字的合成字，phone 是指 smartphone，tablet 是指 tablet computer（平板電腦），在中文，phablet 是平板手機。其實 phablet 這個產品可以說是二百多年來通訊和計算科技的發展匯聚出來的一個產品，人類講話的聲音頻率大約是二百赫茲到一萬五千赫茲，耳朵可以分辨的聲音頻率大約是二十赫茲到二萬赫茲（Hertz 是頻率的單位，符號為 Hz，指每秒鐘振動的次數）。聲音在大氣中傳播的距離非常有限，因此我們把聲音訊號轉變為電波發送出去，遠方收到之後再轉變為聲音的訊號。

有線電話的發明開始於十九世紀的末期，貝爾 (Alexander G. Bell) 在一八七六年首先申請專利註冊，因此也被稱為「有線電話之父」。至於行動電話的技術卻直到一九七〇年代才開始面世，無線通訊也開始於十九世紀末期，起初是定點對定點，包括單向和雙向，今天大家都熟悉的無線電廣播，開始於二十世紀初期，廣播就是一點對多點。

電視技術的發展可以說開始於一九四〇年代末期，其中的一個關鍵技術是呈現圖像訊號的螢幕技術，剛開始的時候用的是陰極射線管 (Cathode Ray Tube)，演變到現在的ＬＥＤ螢幕。

電腦技術的發展開始於一九四〇年代末期，那個時候的電腦是個龐然大物，要占據一個大房間的空間，隨著電腦變得更小、更輕，同時功能也更廣大，價錢更低，從衣櫥那麼大的 mini computer，到可以放在桌上的 workstation（工作站）和 personal computer（個人電腦），更演進成可以放在公事包裡攜帶的 laptop computer（筆記本電腦）。不過這些電腦都以鍵盤作為主要的輸入工具，平板電腦的特色是可以經由觸控螢幕 (touch screen) 輸入文字資料，攜帶起來更方便。

智慧手機和平板電腦在功能上是相差不遠的，智慧手機的螢幕比較小，平板電腦的螢幕比較大，螢幕對角的長度在一三．二公分至一八公分之間，就稱為平板手機。

◆ Internet of Things：物聯網

Internet of Things（縮寫 IOT），中文翻成「物聯網」。首先，internet 中文翻成「網路」或「互聯網」，internet 把電腦聯結起來讓電腦和電腦之間交換資料，把這個觀念推而廣之，如果我們在物件上附加感應器 (sensor) 和識別碼 (identifier)，感應器會把有關物件的資訊連同識別碼透過網路送到其他地方去，例如一個人有測心跳、血液的感應器，這些資料可以經過互聯網送到他的醫生所在的醫院。一頭牛有測牠所在地點的感應器，這些資料可以送到管理牛群數目的中心。一個電表有感應器，感應車輛每一時每一刻的電力消耗，這樣不但可以隨時調整電力的供應，到了月底還輕易地把電費算出來。

◆Soft Key：軟鍵

Soft key 軟鍵，和軟鍵相對的就是硬鍵 hard key。古老的打字機每個鍵都有固定的功能，標記為A的鍵就是列印出A，這個字母不可改變、沒有例外，這就是硬鍵。相反地，軟鍵是在電腦、手機或者其他電子用品鍵盤上的鍵，經由軟體的操控，敲打同一個鍵會有不同的效應。最明顯的例子是在電腦上，使用英文輸入的軟體時，敲標記為A的鍵，輸入的是A，換成中文輸入軟體時，敲同一個鍵A，輸入的是ㄇ。在手機、提款機上也有很多軟鍵。

讓我舉一些在文字上也可以稱為軟鍵的例子，我們有「開」、「關」這兩個軟鍵，開門、關門，開燈、關燈，開心、關心，「開」、「關」兩個軟鍵的功能都不相同。我們有「上」、「下」這兩個軟鍵，上山、下山，上課、下課，上流、下流，「上」、「下」兩個軟鍵的功能也不相同。

◆Bitcoin：比特幣

Bitcoin，中文翻成比特幣，籠統地說，比特幣是一種電子貨幣。實體的貨幣就是鈔幣，臺幣、美金、日圓都是實體的貨幣，在商業的買賣行為裡，一手交錢一手交貨，是簡單明瞭的事，但是，因為實體的貨幣不易攜帶和遞送，我們就用實體的支票來取代實體的貨幣，憑著實體的支票可以上銀行換取實體的貨幣。隨著網路通訊技術的發展，電子貨幣可以籠統地經由網路把款項從一個帳戶轉到另一個帳戶去，我們常用的信用卡就是一個例子。

比特幣也是一種電子貨幣，但是最大的特色是當甲從他的帳戶把比特幣轉到乙的帳戶去，整個過程是保密的，沒有一個所謂公正的第三方（那就是傳統的銀行）會介入這個過程。相對來說，用信用卡轉帳必須經由銀行作為公正的第三方，那比特幣怎麼做？背後有很多有趣、聰明的做法。

在我二〇一四年出版的書《從輪子到諾貝爾：學校沒教的創新發明》，曾經講過其中的一些基本的觀念，比特幣是一種虛擬貨幣，因此必須有一個市場機制把比特幣和其他重要的法定貨幣（包括臺幣、美金、日圓等）做交換，可是因為沒有一個中間銀行負責調控交換匯率，匯率的大起大跌完全由自由經濟市場來決定，二〇一〇年當比特幣剛問市的時候，一個比特幣兌八分錢美元，而且一直在這個低價的範圍裡徘徊，到了二〇一一年才第一次到達一個比特幣兌超過一美元，二〇一一年六月升到一個比特幣兌二十美元，到了二〇一三年十二月竟高達一千美元，可是到了二〇一五年三月掉到二百五十美元，二〇一七年一月又反彈到九百美元。對投資人來說，這是風險非常大的投資，再加上比特幣高度的隱密性，便於不合法的洗錢行為，所以許多政府都有法令禁止比特幣的交易。這個虛擬貨幣已經存在六年多，到底未來的前途如何有不同的看法，不過《牛津英語辭典》已經把 **bitcoin** 這個字納入了。

◆ 3D Printing：3D列印

3D printing 來自 **3-dimensional printing**，中文翻成3D列印，其實三維列印比較正式的名詞是 **additive manufacturing**（增量製造）。**3D printing** 是一個製作三維物體的方法，基本的觀念相當簡單，一個蛋糕可以分成三層，每一層單獨烘培之後再疊起來，九級浮屠（九層的佛塔）也是一層一層地往上建築的，如果我們沿著垂直的軸，把一根柱子、一座維納斯女神的塑像、一個鳥籠、一組相扣的齒輪、一個人的心臟切割成上千上萬薄層，把這些薄層製造了然後疊起來，就可以製造出柱子、維納斯女神像、鳥籠等了。

這裡有幾個基本的技術問題，第一，設計一個新的三維物體，可以使用電腦軟件將它設計為上千上萬的薄層，讓我趁這個機會做一個交代，目前的製作技術，這些薄層的厚度大約是一百微米（10^{-4}米），但也有薄到十至二十微米的，因此一根十公分高的柱子則分成一千薄層，這也指出３Ｄ列印製作出來的物體表面光滑度的限制。再者，如果有一個已經造好的三維物體做為樣品，可以用光學掃瞄加上電腦分析技術，決定每一片薄層的形狀，還有，適當的材料可以把每一個薄層製造出來。

其實，如果把二維列印看成經由列印機的控制，把碳粉分布在平面的紙上，在３Ｄ列印裡這些材料就和二維列印中的碳粉相似，這些材料原來是液體，或者是可以溶化的固體粒子，由三維列印機控制分布在薄層上，而且正如二維列印可以同時使用不同顏色的碳粉，目前３Ｄ列印的技術也可以同時把不同的材料分布在一個薄層上。

至於製造人或者動物器官的材料，也在研發之中。３Ｄ列印帶來的影響會是非常廣、非常大。首先，在生產方面它會像機器人一樣取代人力，而且可以比人力更有效率，也可以做比人手更細緻的工作；第二、它帶來遠距製作的可能，假如您的車子一個齒輪壞了，不必等待從臺北的庫房把一個新的齒輪快遞過來，只要在德國的汽車總廠的資料中心透過雲端通訊，把３Ｄ列印這個齒輪的數位資料送到您家的３Ｄ列印機上，馬上就可以列印出新的齒輪。在太空飛行時，一個工具或者元件破損或壞掉沒有關係，太空艙的電腦裡有印刷所有工具和元件的數位資料，可以立刻列印一個新的工具和元件；第三、工業設計師可以迅速地看過並測試設計的雛形，效果會超過電腦的三維模擬，藝術設計師更可以反覆地改變他的設計，尋求最合宜的結果；第四、在醫學和生物學的應用更廣泛，從義肢、助聽器到心臟的瓣膜，都可以按照特定病人的生理特徵而製造；第五，3D列印是很好的研究發展普及科學的工具，現在臺灣許多大學都有3D列印機，澳門的科學技術發展基金會二〇一五年為澳門每一所中學配一臺3D列印機，那麼，一臺3D列印機要多少錢呢？入門的價格是二千到五千美元，我們可以想像成今天的影印機一樣，不久的將來，在統一、全家便利店都會有供顧客使用的3D列印機。

◆E-Cigarette：電子香菸

二〇一五年六月進入《牛津英語辭典》的新字 **E-cigarette**，就是 **electronic cigarette**（電子香菸）。電子香菸是在二〇〇三年中國一位藥劑師韓力發明的，雖然遠在一九六三年美國的發明家赫伯特・吉爾伯特 (**Herbert A. Gilbert**) 已經提出相似的基本觀念，他申請一個叫作「沒有煙、沒有菸草的香菸」的專利，可是一方面當時傳統香菸對健康的影響還沒有被充分了解，另一方面當時的電子技術也未臻成熟，因此他的發明沒有引起注意。

電子香菸和傳統香菸最基本不同是，傳統香菸經由菸草燃燒而產生煙 (**smoke**)，電子香菸經由液體的氣化而產生水汽 (**vapor**)，菸葉在攝氏七百至九百度高溫燃燒過程中，有些菸葉裡原來的成分被焚毀，有些菸葉裡原來沒有的成分會產生，包括一氧化碳和其他有毒物質，這些有毒物質統稱 **total aerosol residue**（全部餘留微粒），簡稱 **tar**。但是英文 **tar** 的本意，是在石油製煉或煤焦化（高溫乾餾）過程中產生的一種黑色黏稠液態的剩餘物，中文翻成焦油。大家把菸葉燃燒後餘留有毒物質叫作焦油，那就有點混淆不清了。

總而言之，吸菸就把尼古丁、一氧化碳和其他有毒物質一股腦兒吸到肺裡。反過來說，電子香菸裡存放一些含有尼古丁、香料或其他物質的液體，通常簡稱 **E-liquid**，利用電子元件把 **E-liquid** 加溫到攝氏三百度左右，E-liquid 就從液態轉變成氣態，被吸到肺裡，不過這樣產生的蒸氣不含新的化合物。有些電子香菸還裝上一個紅色發光二極體，看起來有點像一根點燃著的香菸。

明顯地，從生理和心理作用來說，電子香菸可以作為傳統香菸的代用品，不過使用電子香菸對健康的影響，專家還沒有確定的論述和統計數字，因為 E-liquid 裡除了尼古丁，還含有別的化合物，這些化合物進入人體內，對健康的影響還有許多未知數。製造和銷售電子香菸的行業方興未艾，而不同的國家、地區，政府對電子香菸的管控也有不同的法令規章。

（註）英國的正式名字是「大不列顛及北愛爾蘭聯合王國」(The United Kingdom of Great Britain and Northern Ireland)，在地理上，英國本土主要分成四個區，包括不列顛島上的英格蘭 (England)、蘇格蘭 (Scotland) 和威爾士 (Wales)，和愛爾蘭島東北部的北愛爾蘭 (Northern Ireland)。簡單來說，這四個區還分成一一八個郡，但是嚴格地說，郡這個觀念是比較混亂的，有所謂歷史上的郡 (historical counties)、行政上的郡 (administrative counties) 和儀式上的郡 (ceremonial counties)。

LEARN系列029

語文力向上：國文課沒教的事3

作　　者—劉炯朗
主　　編—邱憶伶
特約編輯—劉慧美
校正協力—苗議丰、鄭秀玲
責任企畫—葉蘭芳
封面設計—FE設計 葉馥儀 feyeh.design@gmail.com
版式設計—潘小麥
封面攝影—江思賢
發 行 人
董 事 長—趙政岷
總 編 輯—李采洪
出 版 者—時報文化出版企業股份有限公司
一〇八〇三臺北市和平西路三段二四〇號三樓
發行專線—（〇二）二三〇六六八四二
讀者服務專線—〇八〇〇二三一七〇五・（〇二）二三〇四七一〇三
讀者服務傳真—（〇二）二三〇四六八五八
郵撥—一九三四四七二四時報文化出版公司
信箱—臺北郵政七九～九九信箱
時報悅讀網—http://www.readingtimes.com.tw
電子郵件信箱—newstudy@readingtimes.com.tw
時報出版愛讀者粉絲團—http://www.facebook.com/readingtimes.2
法律顧問—理律法律事務所 陳長文律師、李念祖律師
印　　刷—勁達印刷有限公司
初版一刷—二〇一七年二月十日
定　　價—新臺幣二八〇元
（若有缺頁或破損，請寄回更換）

國家圖書館出版品預行編目(CIP)資料

語文力向上：國文課沒教的事.3／劉炯朗著.
--初版. --臺北市：時報文化，2017.02
面；　公分. -- (LEARN系列；29)
ISBN 978-957-13-6894-8(平裝)
1.文學 2.文集
810.7　　　　106000494

ISBN 978-957-13-6894-8
Printed in Taiwan

大人的
社會課

—— 劉炯朗　著

目次

Part I 公民

Part II 倫理

Part III

環境科學

Part IV

經濟學

PART I

公民

為什麼他們要「阻撓議事」？

阻撓議事的手段

二〇一三年六月二十五日是美國德州州議會❶第一次特別會期的最後一天，當天的議程要討論通過幾項重要的法案，包括交通運輸預算、十七歲青年可否被判死刑、針對墮胎行為規範的法令等。

早上十一點十八分，州參議員溫蒂·戴維斯（Wendy Davis）舉手發言，她計畫持續發言十三個小時直到午夜，即特別會期結束的時間，目的是為了阻擋對於墮胎行為規範法令的表決，避免此一法令獲得通過的可能性。戴維斯參議員的立場是，這個法令的條件和要求過分嚴峻。

德州的州參議院裡有十二位民主黨黨員和十九位共和黨黨員，身為民主黨黨員的戴維斯擔心寡不敵眾，因而決定採取持續發言的策略，癱瘓參議院的討論表決程序。按照德州州議會規則，發言人在發言期間不但不能飲食、不能上洗手間、也不能坐下來，甚至不能把身體靠在桌子上。

戴維斯參議員一開始發言就說，黨派的運作和個人政治野心的展現，在州議會裡可說司空見慣，不過於此時、在此地，這種運作和展現已來到了極端不負責任和粗暴濫用權力的地步。接著她侃侃而談一直講到下午五點半，這時一位共和黨參議員提出異議，認為戴維斯講的和目前的法案無關。主席是副州長，也是一位共和黨黨員，同意了這個異議，向戴維斯提出第一次警告。按照議事規則，一個發言人經過三次警告之後，就會被終止發言權。

下午六點半，另一位共和黨參議員提出異議，因為當戴維斯站累了想戴上護背腰帶時，有一位民主黨參議員在旁邊幫忙她。提出異議的共和黨參議員說，按照傳統，在發表演說時，不管什麼事，發言人都必須親力親為。經過反覆爭論，五十七分鐘後，主席將這個異議付諸表決，以十七對十一通過成立。

到了晚上十點七分，主席接受另一位共和黨參議員的異議，再次認為戴維斯的演講內容離題太遠，向她提出第三次警告，並終止了她的發言權。民主黨參議員們群起反對，因為主席答應過，而且按照傳統，發言權的終止必須經由表決來決定。混亂中，離午夜只剩下兩個小時了，民主黨參議員想盡辦法在議事程序上做文章，消耗剩餘時間。

此時一位民主黨的女性參議員趕到，說：「今天我父親出殯，所以來遲了，請你們好好的詳細解釋，這三次程序問題的爭論到底是怎麼一回事？」當然，這也是技術性的時間拖延，唇槍舌戰下來，一直拖到十一點四十五分，遲到的女性民主黨參議員動議散會，但主席根本不理會她，並接受一位男性共和黨參議員的動議，決定進行表決。遲到的民主黨參議員平靜卻言辭鋒利地問主席，什麼時候一位女性參議員必須高舉雙手、高聲叫喊，才搶得過一位男性參議員而得到主席的注意？這引起了一陣熱烈的掌聲。

表決結果是十九比十一，共和黨參議員們說，這個法案通過了，可是民主黨的參議員們和記者都說，投票是凌晨十二點〇二分才開始的，因此投票結果無效。主席副州長和共和黨參議員們則堅持，投票開始於午夜前十一點五十九分。最後在凌晨一點十五分，民主黨參議員們指出，按照線上會議紀錄，原來的紀錄是這個法案是六月二十六日通過的，後來才被竄改為六月二十五日通過。主席副州長在凌晨三點鐘認輸，接受這個法案沒有通過。但是，該法案的命運仍在未卜之列，德州州長瑞克．裴利（Rick Perry）是該法案的支持者，他決定在七月召集州議會第二次特別會期，繼續討論這個法案。

「費力把事拖」

讓我們來談談「filibuster」這個英文單字，這是指在民主議事的過程裡，用合乎議事規則的手段，延宕最終的表決。最常用的手段就是發表沒完沒了的冗長演說，通常是被居於劣勢的少數黨運用，目的是讓法案胎死腹中或者取得多數黨的讓步。

Filibuster 一字源自西班牙文 filibuster，不過 filibuster 又源自荷蘭文 vrijbuiter，是海盜、強盜的意思，現在已經過度引申。中文的意譯為「阻撓議事」或「冗長辯論」，還有個相當巧妙的音譯——費力把事拖。

filibuster 在香港被譯為「拉布」，出處則有好幾種不同的說法：一是織好的布會捲成一大捲，要用時才拉出來，要拉多長都可以，因此很自然的，終止拉布就被叫做「剪布」。另一說法是，拉布是 filibuster 的第二和第三音節 libus。還有一說，拉布來自大家都知道的「老太婆的裹腳布又臭又長」俗諺，把老太婆的裹腳布拉開來，難免臭氣沖天。

阻撓議事的起源

歷史上最古老、最常被引用的 filibuster 例子，發生在古羅馬時代的參議員小加圖（Cato the Younger）身上。

古羅馬的歷史跨越兩千多年，從西元前八世紀到西元後十四世紀，並分成三個時期。第一期是羅馬王政時代（Roman Kingdom），從西元前七五三年[2]在羅馬建城開始，經過了七個皇帝，到西元前五〇九年羅馬王朝被推翻。第二期是羅馬共和時代（Roman Republic），維持了差不多五百年（西元前五〇九年－西元前二十七年）。第三期是羅馬帝國時代（Roman Empire），雖然羅馬帝國號稱維持了一千四百多年，其實在西元四世紀已開始瓦解。前四百年是所謂的西羅馬帝國時代，後一千年是所謂的東羅馬帝國時代，也就是今天我們說的拜占庭帝國（Byzantine Empire）時代。

羅馬共和時代的最高行政權力，包括經濟、法令、軍事，由兩個執政官共享。執政官是由一個三百多人組成的委員會按照財富、年齡和地區分布選出來的，必須是四十三歲以上的男性，任期一年，期滿後要經過十年才能被重選再任，但這個原則後來並沒有被遵守。兩位執政官每個月輪流擔任主事執政官，另一位未擔任主事的執政官則有否決主事執政官決定的權力。換句話說，是相互制衡的雙首長制。參議院一方面是執政官的諮詢顧問委員會，但在民政事務上也有相當大的權力。參議員是被任命，並非經由選舉產生，也帶出了我們要講的參議員小加圖的故事。

首先，小加圖的名字是加圖，為了和他的曾祖父老加圖（Cato the Elder）區別，所以多加了「小」。小加圖和老加圖都是辯才無礙的政治家。老加圖說過的名言如：「發怒的人張開了他的嘴，卻閉上了他的眼睛。」「聰明人從傻瓜那裡學到的東西，比傻瓜從聰明人那裡學到的東西要多。」最有趣的是，當老加圖在羅馬參加某個公眾人物雕像的揭幕典禮時，有人問他，羅馬到處是公眾人物的雕像，為什麼您卻沒有？他回應：「我寧願因為沒有雕像讓人家問為什麼沒有，而不願有一個雕像讓人家問為什麼有。」

小加圖是羅馬共和時代末期的參議員，當時的政府並未設立負責徵收稅捐的機構，而是公開招標，把收稅的權力交付給出價最高的競標者。得標者必須按照競標時提出的數目，繳納稅款給政府，因此他們往往盡量提高稅率，壓榨老百姓，好賺取中間的差額。有一年，有些省分因為戰亂和天氣乾旱，稅收大減，得標者要求政府修改已經訂定的合約，降低合約中規定的繳庫數目。由於得標者多半是羅馬最有影響力的商人，還有許多有錢人當他們的後盾，所以多數的參議員都傾向同意。但小加圖說合約就是合約，賺錢是因為有合約，賠錢也是因為有合約。他運用阻撓議事的方式癱瘓了參議院的運作長達六個月，得標者最後只好認輸。

另外，有位叫做龐貝（Pompey）的將軍因為在帶兵出戰時，答應了手下的將官們，打完仗後會把一些農莊的土地分給他們，因此在參議院裡提出了一個土地改革方案。小加圖擔心這樣會幫龐貝將軍建立威望，增加他的勢力，再次使用癱瘓參議院的手段，讓龐貝將軍的土地改革法案胎死腹中。

小加圖還槓上了鼎鼎有名的凱撒將軍（Juluis Caesar）。凱撒剛剛在西班牙打完一場勝仗回來，按照傳統，可以在羅馬城裡舉行一場盛大的勝利慶祝遊行。凱撒這時正想競選執政官。按照羅馬的法令，參與勝利慶祝遊行的將軍在遊行前不能進入羅馬城，但是參與執政官選舉的候選人卻必須親自出席選舉，選舉的日期也早就選定了。凱撒向參議院提出請求，希望能准許他缺席選舉，雖然許多參議員傾向允許凱撒的請求，小加圖一樣是從早上講到黃昏，阻撓了凱撒的要求，因為按照參議院的議事規則，黃昏就得休會。

凱撒做了個明智的選擇，放棄遊行，順利當選為執政官。凱撒當選執政官後，重新提出龐貝將軍的土地改革方案，小加圖當然又在參議院裡發言，企圖阻擋法案。凱撒不耐煩了，也擔心月底在即，權力會轉移到另一位執政官比布魯斯（Bibulus）手上，而比布魯斯是凱撒的政敵。於是，凱撒下令把小加圖關入大牢半天，結果引起許多參議員的反感，最後只得放了小加圖。

動盪中的奧地利

大文豪馬克．吐溫一八九七、一八九八這兩年在維也納住了將近二十個月，並在這段時間寫了一篇詳盡深入、栩栩如生的報導——《動盪中的奧地利》（*Stirring Times in Austria*），其中同樣提及了阻撓議事的故事。

隨著神聖羅馬帝國（Holly Roman Empire）的瓦解，法蘭西斯一世大帝在一八〇四年建立了奧地利帝國。十九世紀前半的奧地利和英國、法國、普魯士、俄國並稱世界五大強國，國土幅員廣闊，人口眾多，是由十幾個不同民族組成的多元國家，包括了德國、匈牙利、捷克、波蘭、義大利等。在政治體制上，奧地利帝國本來是中央集權的統一帝國，但十九世紀中葉開始逐漸弱化，特別是匈牙利對奧地利的統治非常不滿。為了安撫匈牙利貴族、保障奧地利皇帝在匈牙利的地位、避免匈牙利脫離奧地利帝國而獨立，奧地利帝國於一八六七年轉型為奧地利匈牙利帝國，簡稱奧匈帝國。

奧匈帝國的政治體制按照憲法是君主制度，但是經過默契和協議，實際上卻是雙君主制度。奧匈帝國包括了奧地利帝國和匈牙利王國，奧地利帝國有一個大帝（Emperor），匈牙利王國有一個國王（King），起初都由原本奧地利帝國的第三位大帝法蘭茲約瑟夫一世擔任。

雖然尊崇的君主是同一位，但奧地利帝國有自己的首相，賦有立法權責的上議院和下議院，匈牙利王國亦然，其他外交和國防事務則統一由帝國中央政府處理，貨幣也是統一的。匈牙利對內享有立法、行政、司法、稅收、海關等自主權，各個地區的官方語言有七、八種之多，老百姓則不能擁有雙重身分。奧匈帝國的雙君主制度相當罕見，正如《禮記》所說，天無二日，土無二王，家無二主，尊無二相。但是，英國和愛爾蘭之間也討論過雙君主制度的可能性，一個皇帝管轄兩個完全獨立的國家，如亨利五世到亨利六世同時管轄英國和法國也曾見諸歷史。反之，也有一個國家兩位君主的例子。

不難想像，奧匈帝國從單一君主制度轉型成雙君主制度是何等複雜、充滿了多少爭議。經過利害得失的權衡後，雙方於一八六七年簽署了一份折衷方案，歷史上稱為「一八六七年折衷方案」（德文 Ausgleich），做為建立雙君主制度的基礎。雙方都同意，這份折衷方案每隔十年必須重新討論與調整，重新簽署生效。經過兩次更新、延續，折衷方案在一八九六年又必須重新簽署，可是討論了一年還沒完成，雙方同意把折衷方案的重新簽署延展一年，到了一八九七年年底，如果雙方的議會未能通過折衷方案，匈牙利將變成一個獨立的國家，即使奧地利的大帝依然是匈牙利的國王，匈牙利也將自此擁有軍隊、外交部門，甚至在奧地利邊境設立海關。

奧地利的下議院一共有四百二十五位議員，分成大大小小、代表不同區域和民族的二十五個黨派。為了掌握下議院的多數議員，讓折衷方案順利通過，首相貝丹尼伯爵（Count Casimir Badeni）和擁有六十席的青年捷克黨做了一個交換。貝丹尼提出一個法案，規定在青年捷克黨議員們所代表的地區，除了原來的德文，還會加上捷克語做為正式的官方語言。這引起了許多德國民眾強烈的反感，甚至上街遊行。在下議院裡，反對法案的議員是少數，他們因此想到使用「阻撓議事」這一招，試圖延宕折衷方案的表決，希望藉此強迫貝丹尼收回捷克語做為官方語言的法案。

一八九七年十月二十八日，奧地利的下議院開議，當時已有風聲流傳著政府當天會動員通過折衷方案。會議進行差不多十個小時後，晚上八點四十五分，少數派（也就是反對派）的議員萊夏博士（Dr. Lecher）要求發言。操控議事規則、讓少數派議員恨得牙癢癢的主席說：「請萊夏博士發言。」引發了少數派的如雷掌聲和歡呼聲，也勾起了多數派的反擊叫囂和謾罵。紛擾混亂之中，萊夏博士好整以暇開始他長達十二個小時的演說。他在說什麼，到底有誰在聽，全都無法確定，但他的嘴唇在動，這點無可置疑。演講既然已經開始，萊夏博士躊躇滿志地大演默劇，議場裡各種聲音時起時落，坐在主席位置上的主席一下子用力搖鈴試圖維持秩序，一下子嘴唇動來動去，同時也一再援用議事規則打壓少數派議員的發言，卻被頂回去說這違反了議事規則。

突然間，一位叫伍爾夫（Wolf）的多數派議員站起來，聲音洪亮地說：「我要求發言，我要提一個動議。」主席說：「萊夏博士正在發言。」伍爾夫先生說：「我動議散會。」主席重複道：「萊夏博士正在發言。」伍爾夫先生說：「主席先生，我要求發言提出動議，而且我會一直繼續要求，不達到目的不休。」主席說：「請伍爾夫先生遵守議事規則，萊夏博士正在發言。」這個時候，另一位多數派議員插嘴：「按照議事規則，一個動議必須投票表決。」主席則用力搖動手裡的鈴做為回答。無比混亂的動議聲浪中，只見主席木然地反覆說：「萊夏博士正在發言。」萊夏博士也確實心平氣和，口若懸河地繼續演說。接著，一位議員發現了一個新道具，議場的桌子附有一塊十八吋長、六吋寬、半吋厚的木板，供延伸桌面之用，他把這塊木板拆了下來，乒乒乓乓敲打桌面，其他議員見狀紛紛效尤。

主席的處境確實相當困難，如果接受散會的動議，不管這個動議的投票結果如何，肯定會再一次延宕對於折衷方案的投票。按照規定，萊夏博士演說的內容必須和議題有關，這對萊夏博士倒不是個大問題，他對奧地利和匈牙利之間的商業、經濟、鐵路交通等懂得很多，如果會場太吵，主席聽不清楚，甚至可以派一個人去萊夏博士旁邊細聽，再回報給主席知道。還有，演講者必須站著講，一旦坐下來就會馬上喪失發言權。不過演講者有個辦法可以爭取休息，也就是講了三、四個鐘頭後可以提議休會，附帶條件是如果休會的提議通過，復會後他有繼續講下去的權利，如果休會提議不通過，他就不能休息，但仍然可以繼續講下去。

萊夏博士提出的休會提議沒有通過，他只好繼續講下去。講到凌晨一點鐘時，大家都累了，逐漸有人溜出去休息、吃東西，尤其是多數派的人數減少了若干，有人提出法定人數已經不足，動議休會，但是主席拒絕投票表決這個動議。接著，一位少數派議員跟主席說，您必須有點良心，讓萊夏博士休息一下，萊夏博士請求休息十分鐘，主席只允許五分鐘。萊夏博士講了十二個鐘頭，他的朋友一共為他送上三杯酒、四杯咖啡、一杯啤酒，這也是充滿敵意的主席唯一允許的分量。講完後，萊夏博士回家吃點東西，睡了三個鐘頭，又回到下議院去。

支持政府的多數派用盡合法和不合法的手段和程序，拖延了整整三十七個小時，折衷方案還是沒有獲得表決通過的機會。多數派羞憤不已，少數派則開心透頂。下議院決定休會一星期，讓大家都冷靜下來，又浪費了一些寶貴的時間，由於折衷方案的通過迫在眉睫，整個十一月下議院裡的情況愈來愈不妙，折衷方案動彈不得。但是，假如首相貝丹尼撤回把捷克語加入為官方語言的法案，他在下議院就無法保持多數了。

在爭吵之中，粗話、髒話、個人隱私、恐嚇和種族歧視的字眼全數出籠，唇槍舌戰，刀刀入骨。終於有一天晚上，大家動手打起架來，有人高舉著一把椅子砸人，有人亮出一把小刀當武器。伍爾夫議員不但被主席用的鈴敲了頭，還被別人勒住脖子喘不過氣來。雖然按照馬克．吐溫的觀察，這些架都沒有真的打成，因為參戰的議員根本沒人當真。

十一月底某一天，多數派出了一個怪招。這天一如過去的每一天，兩派議員不斷吵鬧爭辯，坐著不好吵就站起來吵，此時，多數派議員馮根海伯爵（Count Falkenhayn）大步踏入議場，照著手裡拿著的一張紙念出動議。就在多數派鼓掌和少數派喧鬧之間，主席宣布投票表決，並規定表決方式是贊成者站起來，反對者坐下。許多人還沒反應過來，主席已宣布站著的人占多數，馮根海伯爵的動議通過！這種偷襲方式可真是民主議事過程的怪招，要是想模仿一下，贊成者戴上眼鏡，反對者脫下眼鏡；贊成者呼吸，反對者閉氣，那麼任何議案都一定會得到多數贊成的。

馮根海的議案就這樣成立了，在歷史上，這就是所謂的「馮根海條款」。

「馮根海條款」賦予下議院主席對議員停權的權力，如果一位議員經過兩次警告之後，還是繼續擾亂議事程序，主席有對他停權三天的權力。而且經由投票通過，停權時間可以增加到三十天。「馮根海條款」同時賦予主席動用警衛力量以維持會議秩序的權力。

政府以為有了「馮根海條款」，馬上能堂而皇之通過折衷方案，以為反對派自此以後只能乖乖坐著，接受政府派壓倒反對派的投票。然而，事情的發展並不如想像那麼平順。

第二天，下議院重新開議，每一位議員都到場了，主席和副主席從側門進入會場，根本尚未坐定，鼓噪聲就愈來愈大、愈來愈猛。主席坐下來，要求大家安靜下來並遵守規矩，但沒人聽得到，也沒人肯聽他的話。接著，一群反對派議員湧向主席臺，把主席桌上的文件抓起來亂丟，連主席用來維持秩序的鈴也不能倖免。反對派議員和政府派議員開始大打出手，主席和副主席趕緊從側門溜走，這個時候，六十位穿著制服的警察進入場中，無情地把反對派議員一個一個制伏、拖到會場外。

動用警察武力對待民選的民意代表，的確是史無前例。事情發生後，好幾個城市暴動了三、四天，政府甚至動用武力進行鎮壓，首相貝丹尼辭職下臺。到了十二月，新任首相圖恩伯爵（Count Leo Thun）依舊無法平息爭議，因此也沒有召集議員們復會，畢竟重新開會也只是徒然，公共意見一致認為，「馮根海條款」的通過和使用，帶來了議會制度和憲法的莫大危機。

奧地利無法通過折衷方案的同時，匈牙利也有他們的爭議：匈牙利獨立黨認為，折衷方案已經失效，匈牙利可以設立自己獨立的海關、徵收稅項；自由黨卻擔心這樣做會對匈牙利的經濟造成重大的負面衝擊。經過幾個黨的協商，通過了一個法案，先把原本的經濟協議延長一年，再回頭和奧地利新任首相圖恩伯爵協商，達成某一個程度的協議，把折衷方案保留了下來。

不過，隨著第一次世界大戰的結束，奧地利和匈牙利的折衷方案也在一九一八年十月三十一日正式結束了。有一句話說，歷史不斷在不同的時間、不同的地點重新出現，聽起來滿有道理的。

其他幾個阻撓議事的例子

在民主議事的過程裡，開會、提案、辯論、表決和散會是必須按部就班進行的程序。議事的目的在於表決，如果議而不決，就失去了立法的功能；如果決而不行，就失去了行政的功能。因此，對某個法案持不同意見的黨派，必須在表決時見真章。要是一個黨派知道在表決時一定會失敗，就會想盡辦法延宕表決，甚至取消表決。很明顯的，阻止會議的開始或中斷會議的進行，都是釜底抽薪的做法。這裡我們先不談外力介入的做法，比如英國和日本的首相都有解散議會的權力；在中國近代史裡，袁世凱一九一三年十月正式當上總統之後，也曾在一九一四年一月十日宣布解散國會。

在一個會期、甚至單一一次的會議裡，參加會議的成員可以用一些延宕手段阻止會議的開始，或是中斷會議的進行。當然，其中最重要的關鍵就是出席人數必須達到法定人數。不分中外的民主歷史裡都有關於法定人數的有趣故事，比如少數派議員偷偷躲起來，主席派警察把他們押回來開會，或是少數派議員在會議進行中偷偷溜出去等。一八四〇年十二月五日，當時還是伊利諾州州議員的美國第十六任總統林肯，為了阻擋一個由民主黨提出的議案，在州議會會議中，連同另外兩位共和黨議員，一起從議會會場的二樓窗子跳了下去，目的就是要讓出席人數無法達到法定開會人數。

我們對於類似的場景也不陌生。報章報導，二〇一三年八月二日，立法院原訂在臨時會期中處理核四公投案，反對公投議案的立法委員卻在前一天傍晚搶占了立法院議場，霸占主席臺，並用機車大鎖和鐵鍊鎖住議場後方的側門，阻擋立法院院長進入場內主持議事。清晨四點三十分，二十多名多數黨委員展開攻堅，試圖用油壓破壞剪剪開大鎖，但少數黨委員卻大聲喝叫：「大鎖是我們的黨產！」立法委員們高疊座椅做為路障，戴上安全帽做為保護，用寶特瓶做為攻擊武器，甚至一對一互相拉扯，互扣對方的脖子、滾地扭打。立法院大門外面，反核的民眾團體集結抗議，將豬糞稱為核廢料丟入立法院門口的廣場。一天下來，多數黨雖然前後五波進攻，仍然無法攻下主席臺，公投案三讀依然受阻。

若是在提出法案和辯論階段，也有許多充滿創意的延宕手段。按照會議規則，可以針對法案提出修正案。一九九七年，在加拿大安大略州州議會上，兩個反對黨的州議員聯合起來，針對某一個法案提出了一萬三千個修正案，而每一個修正案都必須經過提案、記錄和投票的過程。這個法案的內容是想把多倫多鄰近的小城和多倫多城合併起來，成為一個大城市。為此，反對黨想出了一條妙計，用電腦把多倫多城裡的街道一一列出來，針對每一條街道提出一個修正案，說該街道的居民必須被告知法案將如何影響他們的生活。這一折騰總共耗了十天，結果沒有一個修正案獲得通過。二〇〇六年在法國也有類似的例子，針對兩家國營公司的合併法案，左翼的反對黨提出了十三萬七千四百四十九個修正案。

另外一種做法是用語言文字做為延宕的手段。紐西蘭的總人口數大約是四百萬，一共有三種官方語言，包括九五％以上的人用的英文、不到五％的人用的當地原住民語言毛利語，還有兩萬多名聽障者使用的紐西蘭手語。因此有議員用毛利語提出了上千個修正案，這些修正案必須一一翻譯成英文，記錄、投票。

冗長演說的內容原則上必須和議題有關，但相關與否的判斷卻相當主觀，可以由主席來裁決，也可以經由投票來決定。

二〇一三年三月六日，針對歐巴馬總統提名任命約翰・布倫南（John Brennan）為中央情報局局長的案子，美國參議院要討論並投票是否通過。來自肯德基州的參議員蘭德・保羅（Rand Paul）從早上十一點四十五分開始進行冗長演說，演說過程中反覆引用知名童話《愛麗絲夢遊仙境》，接力的參議員們也引用了莎士比亞的《亨利五世》、電影《巴頓將軍》和《教父》裡的內容和對話。十二個小時又五十二分鐘之後，保羅參議員終於在次日凌晨結束了他的演說。但最終，參議院仍以六十三對三十四票通過了布倫南任命案。引用童話和電影是不是題外話並不容易判斷，冗長演說時可不可以休息、吃東西和上洗手間，有些地方有明文規定，有些地方是主席有裁量權。

美國歷史上最長的冗長演說出自南卡羅萊納州參議員史壯・瑟蒙（Strom Thurmond），為了反對一九五七年的民權法案，他從八月二十八日晚上八點四十五分開始，直講到第二天晚上九點十二分，為時二十四小時又十八分鐘。他誦讀了美國的〈獨立宣言〉、美國的〈人權宣言〉和華盛頓總統的告別演說，而且整整二十四小時沒有上過洗手間，卻也不像某位菲律賓議員堅持連站十八個小時，把褲子全都弄溼了。瑟蒙為何有此能耐？已成歷史學者心中的謎。

古今中外歷史最有趣的 filibuster 例子

・諸葛亮與司馬懿

諸葛亮五出祁山未得寸土，又帶了三十四萬兵再出祁山。司馬懿聚集四十萬大兵在渭河之北的渭濱下寨，搭了九座浮橋，撥五萬大軍做為先鋒部隊在渭南安營。諸葛亮先紮木筏北渡渭河，燒浮橋，想攻下司馬懿在渭南的營寨。可是混戰中蜀兵折傷萬餘人，敗退而歸。接著，諸葛亮計誘司馬懿來攻祁山大寨，司馬父子三人受困葫蘆谷，幾乎被魏延活活燒死，幸賴大雷雨救了一命。於是，司馬懿退回渭北，諸葛亮囤兵在渭水南邊的五丈原，雙方對峙。

但是司馬懿決定固守，不和蜀兵交戰，甚至下令：「諸將再言出戰者，斬！」諸葛亮累次派兵挑戰，魏兵都不予回應。善打心理戰的諸葛亮派人拿了婦人穿戴的頭巾、頭飾和縞素的衣服送給司馬懿，附上一封信說：「你身為大將，不敢在戰場上一決雌雄，卻像女人一樣躲起來，現在派人送給你婦人的頭巾和衣服，如果你還不敢出戰，就把這些東西收下來吧！」司馬懿看完信後心中大怒，卻笑著把衣服收下來，並且重賞來使，更趁著這個機會向使者打聽諸葛亮的近況。當他聽到諸葛亮夙興夜寐，食少事煩時，更加確信只要繼續拖延下去，就可以拖垮諸葛亮。

為了平息手下們的憤怒，司馬懿裝模作樣地奏報魏主曹叡，說諸葛亮羞辱他，請求允許效死一戰，以雪三軍之恥。曹叡是曹丕的兒子，他底下一個聰明的大臣看透了司馬懿的用意，告訴曹叡這只是司馬懿用來安撫官兵的假動作。曹叡只好配合演出，下令司馬懿不許出戰，否則以違旨論罪。消息傳入諸葛亮耳朵，絕頂聰明的他說：「將在外，君命有所不受。遠在五千里之外的將領，根本沒有請求魏王允許應戰的必要性，這只不過是司馬懿想鬆懈我們的鬥志而已。」

這是《三國演義》記載的故事，把司馬懿的拖延策略和拉布一詞拉上關係，甚至有一說法是，當司馬懿收到諸葛亮送給他的婦人衣服時，不但沒有露出生氣的神色，還命令手下士兵拉了一塊布條，上面寫著「謝丞相衣裳」五個大字。文獻裡找不到這個說法的出處，「謝丞相衣裳」很可能是從諸葛亮「草人借箭」那段故事裡借用的。那時諸葛亮利用放置在二十艘船上的草人，蒐集了曹操官兵發射的十餘萬支箭之後，得了便宜還賣乖，下令船上的軍兵齊聲高呼：「謝丞相箭！」幽了曹操一默。

• 天方夜譚

傳說古時候在印度和中國的群島上有一個王國，國王手下兵多將廣，奴婢如雲。國王有兩個兒子，大兒子繼承了王位，叫做沙魯亞國王，小兒子分封到波斯的撒馬爾罕國為王，是沙宰曼國王。兩兄弟治國嚴明公正，深受老百姓愛戴。

不知不覺過了十年，哥哥沙魯亞國王想念起弟弟沙宰曼國王，邀請弟弟來歡聚，弟弟也馬上準備了帳篷、駱駝、騾馬，帶著奴婢和隨從歡歡喜喜欣然上道。沒料到出宮不遠，想起有件珠寶要帶去給哥哥，半夜回到宮中取，卻發現了妻子的不貞行為。盛怒之下，弟弟抽劍把妻子和她的情人都殺了，然後才繼續趕路。抵達京城後，哥哥興高采烈地前來迎接，弟弟卻始終悶悶不樂，但沒把心事告訴哥哥。

有一天，哥哥邀請弟弟去打獵散心，弟弟不願意奉陪，哥哥就獨自出宮行獵去了。弟弟留在宮中，發現哥哥前腳剛走，嫂嫂就帶著宮女奴僕在宮裡飲酒作樂、放浪胡行。弟弟頓然醒悟，那些讓他痛心難過的往事遠遠不如他在哥哥宮裡看到的那麼嚴重，也就重拾歡愉的心情，大吃大喝。

哥哥打獵回來，看到原本面黃飢瘦的弟弟變得紅光滿面，趕緊問他怎麼一回事？弟弟說：「我可以告訴你我為什麼變得面黃飢瘦，但別逼我告訴你是怎樣恢復的。」但是，當弟弟說完自己殺死妻子和情夫的故事後，拗不過哥哥的要求，和盤托出了宮裡的事。哥哥堅持要親眼看到那些令人氣憤的可恥行為，於是再度宣稱去打獵，卻在出城後偷偷溜回宮裡。目睹真相之後的哥哥怒火中燒，對弟弟說：「國都和權力有什麼值得留戀？我們馬上離開這裡，到外面走走，看看類似的事情會不會也發生在別人身上。」於是兄弟倆從暗門悄悄離開了皇宮。

不知道走了幾天幾夜，來到海邊一處草地，草地中間有棵大樹，樹的前方有一眼泉水，他們喝了點泉水，坐在樹下休息。突然間，海裡波濤洶湧，一條黑色煙柱從海上衝天而起，兩人嚇得躲上樹。只見一個身高力壯的妖怪走上岸來，頭上頂著箱子。妖怪走到樹下打開箱子，從箱裡拿出一個盒子，再把盒子打開，裡頭跳出一位像陽光般燦爛嬌小的女郎。正如詩人所形容，女郎照亮了黑暗，讓白晝來臨，樹木為她灑滿了光彩，太陽因她增輝，月亮因她而羞閉，當她掀開面紗，萬物都會向她膜拜。

當女郎出現時，妖怪對她說：「這就是我在洞房花燭夜搶來的新娘啊，讓我先打個盹吧！」說罷就把頭靠在女郎膝蓋上睡著了。女郎招手把躲在樹上的兩兄弟叫下來，吩咐他們做她的情人，並告訴他們，雖然妖怪把她放在盒子裡，箱子外面又加了七道鎖，安放在驚滔駭浪的海底，其實她背著妖怪還有五百七十個情人。正如詩人所說——女人實在難相信，海誓山盟總是空，我們的老祖宗阿拉可不是為了一個女人被趕出了伊甸天堂——兩兄弟聽了恍然大悟。

回到京城後，哥哥沙魯亞國王把皇后、宮女、奴僕全部砍了頭，從此以後對女子深惡痛絕，吩咐宰相每晚都要送上一個新妃子，並在新婚之夜隔天一早就殺掉她。三年下來，百姓驚慌不安，有女兒的家庭全部逃之夭夭。終於，宰相再也找不到少女來奉獻給國王了，他懷著滿肚子怨怒，無可奈何回到家中。宰相有兩個美麗又聰明的女兒，大女兒叫山魯佐德，小女兒叫敦婭佐德。山魯佐德看到爸爸愁眉苦臉，念了一首詩給他聽，詩中說的是憂患不會久長，如同歡樂會消逝，憂患亦然。

宰相聽了詩，把國王交付下來的難辦差事原原本本說了出來。山魯佐德說：「爸爸，請您安排把我嫁給國王。」宰相說：「妳瘋了嗎？妳應該知道國王每一個妃子的命運。」山魯佐德回答：「我知道，但我不害怕。我會嘗試去做一件事，如果我失敗了，我會死得很光榮；如果我成功了，就可以拯救很多女孩子。」在山魯佐德堅持之下，宰相無可奈何地告訴國王，明晚將奉獻自己的長女為妃。國王驚訝之餘，警告宰相說話算話，否則就要砍下他的頭。

進宮前夕，山魯佐德找來妹妹敦婭佐德密談。山魯佐德進宮後，沙魯亞國王一掀面紗，驚為天人，卻看到她淚眼汪汪的。問她什麼事？山魯佐德回答：「我有一個最親密的妹妹，請求國王允許她今晚在我們的寢室和我一起度過這最後一夜。」國王同意了，妹妹敦婭佐德被接入宮中。

黎明前一小時，敦婭佐德醒了，按照山魯佐德的指示說：「親愛的姐姐，假如您已醒了，請您在太陽升起前，為我講一個有趣動人的故事，這將是我最後一次聽您講故事了。」山魯佐德徵得沙魯亞國王的允許，開始講起故事來。故事正講到最有趣的地方，天亮了，為了知道故事的結局，國王沒有照慣例賜死山魯佐德。就這樣，日復一日、月復一月、年復一年，每天黎明時，山魯佐德講的故事都沒有講到結局，一共講了一千零一夜。

這段期間，山魯佐德替國王生了三個王子。講完最後一個故事的時候，她把三個王子帶到國王面前，對國王說：「請您看在這些孩子的份上，免我一死。如果您殺了我，他們將成為無母的孤兒。」此時沙魯亞國王已流下眼淚，把孩子們抱在懷裡說：「就算妳沒有生下他們，我也早就寬恕妳了。我已經知道妳是一個有教養、純潔美好、善良大度、虔誠奉拜真主的好女子。」

沙魯亞國王把史官召來，讓他們記下他和皇后的故事，從開始寫到結尾，裝訂成三十冊，命名為《一千零一夜》，這就是古今中外最有趣、最動人的 filibusters 故事。

阻撓議事的目的

民主議事的過程裡，在任何情形下，使用暴力都是不合法的延宕手段，必須全力禁止，極力反對。很多時候，利用冗長演說、出席的法定人數不足、提出修正案等，做為延宕手段是合法的。

或許你會產生一個簡單的想法：既然民主程序就是少數服從多數，我們大可制定最嚴密的法規，限制發言的次數、時間和內容，也可以動用武裝力量鎮壓擾亂議事規則的行為。但是，這簡單的想法很明顯是一把雙面刃，有它的理由，也有它的陷阱，而其未盡完美之處，從原則層面來說，我們真的要這樣做嗎？若從細節層面來談，我們真能把細節規劃得完全沒有漏洞嗎？

至於大原則，民主議事的精神不僅在於單純的舉手投票、一翻兩瞪眼而已，讓不同的意見得到表達的機會，讓正反雙方互相辯論、說服對方，讓贏的一方謙卑漂亮地贏，讓輸的一方心服口服地輸，才是議事過程的功能和目的。

更重要的是，在民主議事的過程中，折衷和讓步是不可或缺的精神，尤其是一個政黨在議會裡占有絕對多數時，為了避免多數黨的威權暴力，必須讓少數黨有爭取折衷和讓步的機制，因此甚至有人說，filibuster 是議會的靈魂。

民主議事過程是由一群有理想和宏觀遠見的民意代表，共同匯集經驗和智慧，為國家社會做出選擇和決定。尊重不同的意見，了解利益衝突關係的存在，期待我們的民意代表能夠了解和體會民主議事的精神，理性並無私地完成他們對選民做出的承諾，光靠法規不夠，使用暴力更會遭受選民的唾棄。

注釋

❶ 美國德州州議會包括了共有三十一位參議員的參議院和一百五十位眾議員的眾議院。

❷ 按照神話，精準時間是西元前七五三年四月二十一日。

死刑存廢停看聽

可貴的生命與生存的權利

死刑存廢的問題一直引起廣泛的討論，這個重要且嚴肅的話題充滿了爭議性，牽涉到一個人的生存權利。生命是可貴的，生命的延續和傳遞的功能，也是大家都能體會和了解的。對於生命的尊重和珍惜包括了對自身生命的尊重和珍惜，以及對別人生命的尊重和珍惜，因此在共同生活的環境裡，必須經由法律來規範。當然，法律之外，倫理、哲學、宗教，都是重要甚至更重要的導引力量。

在尊重和珍惜生命的相關討論裡，最重要的一個議題就是生存權的消失，它無法挽回或補救。

死刑：最嚴峻的處分

在共同生活的環境裡，每個人的生活行為必須有共同的規範，在現代文明社會裡，這個規範來自於經過適當程序、由大家共同訂定的法律；在古代專權統治的社會裡，這個規範也許來自威權的統治者。無論來源為何，違反規範的人就得受到相應的處分。處分有不同的形式，包括現今比較熟悉的監禁、罰鍰、賠償、勞役、褫奪公權，甚至登報道歉，和比較古老的放逐、鞭笞、肢體的傷害等，這之中，撇去古代的誅九族不談，死刑被認為是最嚴峻的處分。

對一個違反了共同生活規範的人進行處分的目的，包括威權力或公權力的展現，以及懲罰、嚇阻、補償。但是，裁定的處分是不是真的可以達到目的呢？決定一個人是否違反共同生活規範的程序，假如是經由獨裁者、法官、合議庭或陪審團來決定，其中的程序是否合理完美呢？囚禁犯人的監獄環境和條件，死刑的執行是經由斬首、槍決或注射致命藥品，這些執行方式是否適宜、合乎人道呢？

事實上，任何一種違反共同生活規範的行為與其相應的處分，都有不同的層次，也有許多不同的看法和做法。舉例來說，揭開公眾人物的假髮，算不算洩露他人隱私？叫學生「遲到大王」，算不算公然侮辱？全都見仁見智。該受到的處分是登報道歉、罰款或賠償，自然也各說各話。只不過如果討論的是死刑這種最嚴峻的處分，大家對於這些層次會更加小心、更廣深地討論而已。

有一本討論死刑的書名叫做《*Debating the Death Penalty: Should America have Capital Punishment?*》，中文可以譯為「美國死刑存廢的辯論」，於二〇〇四年出版，蒐集了八篇文章，作者包含兩位法官、三位律師、兩位哲學家和一位與死刑執行有重要關係的政治人物，他們有四位支持保留死刑，有四位支持廢除死刑。

經由書中的討論，可以看到有關死刑存廢的若干具體且重要的問題：死刑和長期監禁的利弊比較何在？死刑的嚇阻功能是否是一個重要的考量？有多少無辜的人被判處死刑定讞並執行？以目前現實的情形來說，經由有效的改革來大量降低無辜受刑人的可行性是多少？執行死刑的社會成本遠比長期監禁來得高，這些花費值得嗎？支持保留死刑的主因是為了追溯過去的懲罰和補償，還是為了規範未來的預防和嚇阻？死刑是不是一種不公平的懲罰，含有社會地位、經濟能力、種族差異的歧視？死刑是不是讓受害者家屬終結痛苦的唯一途徑？目前許多暫停執行死刑的潮流，將往哪一個方向前進？

雖然書中八位作者對於死刑存廢的問題有相當周全的觀察和考量，但他們的背景較偏重於法律和哲學層面，對社會和宗教層面著墨較少，而且他們的出發點是美國的法律制度和社會環境，比較缺乏針對別的國家地區和傳統文化的討論，沒有辦法對於死刑存廢整理出一份完整又全面的綜合報告，但他們仍然分享了各自不同的經驗和看法。而我們每一個人在回答死刑存廢這個問題時，「是」或「否」必須是聽過了不同的意見、權衡了不同的利弊，然後才在自己心中的天平做出選擇，一面之詞或一己直覺都是遠遠不夠的。

法官判決死刑的掙扎

第一篇文章由法官亞歷克斯．科金斯基（Alex Kozinski）所寫。美國的司法制度分成三級三審，第一級是地方法院，全國依地理區域分成九十四個地方法院（District Court），每個地方法院的法官人數從一位到二十多位不等，因此全美國大約有六、七百位地方法院法官。第二級是上訴法院（Appellate Court），位階高於地方法院，每個地方法院有它所屬的上訴法院，全美國共有十三個上訴法院，目前有一百七十九位上訴法院法官。上訴法院是美國司法制度裡權力相當大的法院。第三級是最高法院（Supreme Court），由九位最高法院法官組成，雖然最高法院是三級三審程序的最後一級，但是一年受理的案件不到一百件。

某個星期六的凌晨一點二十三分，上訴法院法官科金斯基從黑暗中醒來，腦海中出現唯一的念頭：那狂人已經被處決了吧？以及隨之而來的如釋重負。事實上，死刑的執行時間是早上七點。科金斯基是一位支持保留死刑的法官，但盡了應盡的法律責任之後，他依然為了即將被處決的死刑犯徹夜難眠。

一九八八年二月在美國拉斯維加斯發生了一件搶劫命案，二十六歲的年輕人在搶走三十四歲女性公車司機二十塊美元的現款後，仍然繼續索取更多金錢，當女司機反抗時，他說妳要因此付出代價，然後就亂刀將女司機刺死了。

這件謀殺案經過地方法院的審判，謀殺罪名成立，判處死刑，安排在一九九〇年六月一日星期五凌晨十二點〇五分執行。星期四下午六點，法官在法庭上親口詢問被控告的謀殺犯，會同評估的心理學家報告，認定被告有充分的行為能力做出放棄上訴的決定。但是，被告的父母還想盡最後一份努力，找到一位尚未對他的心理狀態做過直接檢驗與評估的心理學家，提出了他的行為能力可能有短缺的證明文件，請求死刑延緩執行。但是，地方法院法官不接受這份證據和延緩執行的請求，這個案子因此送入了上訴法院。

星期四當天晚上，科金斯基法官正要去朋友家裡吃晚飯時，這個案子送達他的手中，他馬上安排了兩位上訴法庭法官和他一起共同決定。科金斯基是有二十多年經驗的法官，看過許多殘酷的謀殺案，他說：「殘酷的犯罪事實強而有力地在我心裡留下深刻的痕跡，我認為犯下這些罪行的人已經喪失了他們生命的權利，讓他們繼續生存下去，將在受害者的記憶中留下陰影，把不必要的痛苦強加在受害者家屬的身上。」但他也說：「感受和行動是兩回事，給一位法官提供意見和成為簽署死亡執行令的法官是兩回事。這位二十六歲年輕人的死刑是我第一次親自接觸到的經驗。」

在一個被判死刑的案子裡，當執行死刑的時間已經決定之後，請求死刑延後執行可以說是和時間競跑，甚至往往在三種級別的法院裡反覆地上傳下遞。如果超過了預定的執行時間，更可能拖上好幾個星期，甚至累月經年。有個例子是死刑原本排定在早上十點鐘執行，當律師們漏夜把延緩執行的請求文件送入最高法院，最高法院法官於早上十點鐘開始討論，幾分鐘後決定拒絕延緩執行的請求時，發現死刑已經按時在十點鐘執行了。還有一位謀殺案犯人在犯罪十四年之後才被定讞執行死刑，原定執行死刑的時間是凌晨十二點〇一分，但直到六點〇一分真正執行，中間反覆經過四次死刑延緩執行的決定，犯人被帶進帶出執行死刑的房間不下數次。

科金斯基法官指出，拒絕執行法律將違反從事法官工作的誓言，但死刑執行到底是不尋常的特例，維護受刑人權益的律師和理念上支持廢除死刑的法官難免會在細節裡挑剔。身為在理念上支持死刑存在的法官，他覺得必須維護法律的正確性和尊嚴性，不可以把刑罰的執行變成連串的運作。但他同時指出，死刑的執行對於受害者家屬應該也會有一種悲劇終結的感覺，反覆的上訴、程序上的拖延，是否也將拖延受害者家屬止疼療傷的過程？

科金斯基法官在電話中聽取了辯護律師的敘述，然後三位法官一起討論，投票結果是二對一，死刑將延緩到星期六中午執行。那時已是星期四深夜，距離原訂的死刑執行時間——星期五凌晨十二點〇一分——只剩下九十分鐘，那一票反對票是科金斯基法官投的。星期五全天，三位法官一起準備死刑延緩執行，以及反對意見的相關陳述。贊成死刑延緩執行的法官認為，被告父親提出的心理學家證明文件有足夠的說服力，足以證明被告的行為能力可能有所短缺。科金斯基法官卻認為，被告在法庭上和法官的對話以及被告的心理檢驗報告都證明，他有足夠的行為能力做出放棄上訴的決定。科金斯基法官的論點是尊重被告的決定，因為這也是維護被告的尊嚴。

不論時間長短，被關在死囚房裡都是莫大的折磨，有人認為這本身就是很大的懲罰，而且死刑一再拖延的可能性也降低了死刑的嚇阻作用。但是，迅速執行死刑定讞是過分簡單的想法，迅速定讞並不容易做到，死刑的定讞必須經過小心縝密的審判過程，更必須以個案處理，因為每一個案子都有其特殊的背景動機和過程，不管謀殺暴行是如何殘酷，都沒有公式可以套入死刑定讞的結論。

星期天早上，華盛頓最高法院以五票對四票的結果，剔除了科金斯基法官和其同儕的死刑延緩執行，並於美國西岸早晨七點〇五分執行死刑。科金斯基法官描述他自己在短短三天之內的起伏心情、內心的疑慮和不安，也說他盡到了做為法官的責任。他認為社會有公權力來褫奪蔑視他人生存權利之人的生存權利，也聽到了受害者家屬痛苦的聲音。

科金斯基法官的描述讓我們了解到，一位法官應該盡的法律責任和法律程序的慎重執行，同時也看到每位法官都有自己的理念和個人感受，這許多面向往往是矛盾衝突的。我們應該聽、應該思考和體會，如此嚴肅的話題絕非三言兩語就能總括與表達。

廢除死刑的爭議

喬治·瑞安（George Ryan）是美國伊利諾州一九九九年到二〇〇三年的州長，他二〇〇〇年上任後就下令全伊利諾州停止執行死刑，那時他的理念是支持死刑的存在，但認為現存的法律制度和系統有太多缺點，導致許多無辜的人被誤判而處死。

二〇〇三年一月十一日，州長任期屆滿前三天，瑞安下令將全伊利諾州一百六十七位死囚的死刑判決改為終身監禁，並在西北大學法學院發表了一篇演說，題為〈我必須採取行動〉（I must Act），他認為死刑無法公平地執行。而他選擇在西北大學發表演說的原因之一正是，一位在死牢裡關了十五年的犯人，在行刑前兩天爭取到了死刑延緩執行，在律師和一群西北大學新聞系學生的協助下，找到新的證據，證實了自己的無辜；後來那位差點被執行死刑的犯人不但被釋放，也抓到了真正的凶手。

瑞安除了把一百六十七位死囚的死刑判決改為終身監禁，也假釋了四位死囚。不幸的是，其中一位在假釋出獄後因販毒而被判三十年監禁，另一位則是在犯下謀殺案之前，還有擄人和性侵案件，所以仍然被關在監獄裡。

二〇〇五年，瑞安被提名為諾貝爾和平獎候選人，卻在二〇〇七年因為貪汙案被判入獄六年六個月，他當年的政治動機也因此引起了反對廢除死刑人士的質疑。

不管如何，我們還是先來看看他的演說內容：

「四年前，我宣誓就任伊利諾州州長一職，那是短短的四年以前。那時我對美國的司法制度充滿信心，也強烈支持死刑的執行，因為我相信，奪取他人生命權的最終懲罰將會公平和公義地被執行。

今天，在我任期屆滿前三天，站在你們面前，我要向你們表達我對於行政系統和死刑的挫敗與擔憂。面對死刑這個議題，我從強烈支持者轉變成改造者，一路走來，我對死刑的看法和想法確實一直在改變，我甚至說過不會針對死刑做出全面特赦。但是，做為公職服務者，處理重要議題時，我必須為大家的共同利益著想，保持應變的能力。

死刑是一個最嚴峻的議題，因為死亡是最後的終結，死刑是唯一可以決定是否剝奪一個人生存權的公共政策。我聽取了許多正反意見，也特別和許多被判刑的人以及受害者家屬討論過這個議題，我知道我的決定不會被正反雙方同時接受，我可能永遠不會為我的決定而釋然，但是在我心中，我知道自己盡了全力，去做我認為是對的事情。」

瑞安在演講一開始就為他改變了四年前的立場做出解釋，讓我們正面解讀這是一位領袖應該具有的道德勇氣。接著，他提到一個名叫安東尼·波特（Anthony Porter）的年輕人，也就是前面提到那場冤獄。

一九八二年五月，芝加哥南邊一個比較貧窮、居民以非裔美國人為主的地區，一對未婚夫婦在公共游泳池附近被謀殺了，當時在游泳池裡游泳的人指證二十七歲的幫派分子波特就是謀殺犯。指證者起初說沒有目擊槍殺事件的發生，後來又改口說看見波特在槍擊案發生後逃跑，最後在警方強烈質詢之下，又說親眼看見波特開槍。警方當時還收到了其他可能嫌疑犯的消息，受害者的母親更懷疑一個叫做賽門的人可能因為涉及販毒而起意謀殺。但是，警方選擇只朝波特是凶嫌的方向偵辦。當波特聽到自己被懷疑是凶手時，前往警局希望能澄清真相，卻馬上被逮捕了，控告的罪名是謀殺和持械搶劫。

法官審訊的過程非常短暫，據法院紀錄，波特的律師在審訊過程中甚至睡著了，而且在開審時才第一次和波特會面。波特被判死刑。一九八六年上訴伊利諾最高法院遭到駁回；一九八七年上訴美國最高法院，再次被駁回；一九九五年，案發十三年之後，波特的智商被測定為五十一，屬於中度智障；一九九八年在他即將被處決的四十八小時前，律師以行為能力不足為理由，再度提出上訴。

這時，西北大學新聞系有一門課的作業是犯罪案件調查，學生們發現波特一案的偵辦過程充滿了疑點。他們找到原先指證波特是殺人犯的那個人，他說自己是在警察恐嚇和壓力之下才指證波特的。學生們又從槍擊痕跡證實了謀殺犯是個左撇子，但波特並不是。

一九九九年，案發初期曾被懷疑的賽門之妻挺身出來說，賽門確實是為了販毒的金錢起爭執，殺了那對未婚夫婦，事發當時她人在現場。她的侄兒也作證，事發後賽門曾逃到他住的地方。四天之後，賽門認罪。西北大學的學生們提出蒐集到的證據後兩天，波特無罪釋放。後來賽門被控二級謀殺罪名，判刑三十七年半。

瑞安州長提出波特平反的事件後，芝加哥兩位報紙記者整理了一份資料，指出伊利諾州大約三百件死刑案裡，幾乎有一半被平反重新審判或重新判刑。

後來更發現，其中三十三位死囚的辯護律師有過被停止律師工作甚至褫奪律師執照的紀錄，可以說，為這些囚犯做生死攸關辯護的律師，在能力或品德上是有問題的。另外，其中有四十六位囚犯是因為獄中其他囚犯的告密而定讞，但這類告密資訊的可靠性和可信度往往備受質疑。許許多多的事實都指出，在逮捕、審訊、定罪的過程中，由於執法人員的疏忽和無能，為數不少的無辜者被判處極刑，甚至被處決。

瑞安接著指出，逮捕、審訊、定罪過程中的標準不一，也是不公平之處。美國最高法院裁定，處決行為能力不足的犯人違憲，但是伊利諾州沒有訂定行為能力不足的定義。檢察官的求刑標準往往也不一致。舉例來說，一級謀殺案的罪犯在伊利諾鄉下地區被判死刑的機率，是芝加哥和其他鄰近地區的五倍。兩位死刑犯在長達十八年的申訴後獲得了平反，但後來捉到的三位真凶，兩人被求刑終身監禁，一人只被求刑監禁八十年。同樣的犯罪行為，被冤枉的人判刑比較重，真凶的判刑反而比較輕。也有例子指出，相似的謀殺罪行在A地被判死刑，在B地卻可能只判四十年監禁；同一個案件裡的共犯雖然犯罪行為相似，被判處的刑罰也可能不同。

瑞安還指出，死牢中的囚犯有三分之二是非裔美國人，其中有三分之一是被全是白人的陪審團定罪的；另外一個數據是，如果受害人是白人或非裔美國人，陪審團判決死刑的機率有三倍以上的差別。瑞安引用加州州長的話：「即使在理論上，死刑似乎是公平的、有效率的，事實上，死刑針對的是貧窮、無知、弱勢和種族的差異。」

瑞安也談到受害者家屬的感受。他在伊利諾州某個小鎮成長，有位他從小看著長大的年輕人，經常到他家幫忙照顧他的六個小孩，這位有為年輕人家境富裕、結婚成家、生了三個小孩，兩家人是過從甚密的好朋友。有天晚上，這位年輕人被綁架，綁匪要求一百萬美元贖金，並把他關入大木箱，埋在四尺深的沙土底下，只給他一瓶水和一條通到地面呼吸用的塑膠管。年輕人在星期三晚上被綁架，當警察在星期五晚上找到他時，他已因窒息而死。警察很快就逮捕到三個嫌犯，主謀同樣是小鎮裡的人，審判後被判處死刑。當瑞安向年輕人的妻子提及要把這個殺人犯從死刑改判為無期徒刑時，她非常憤怒和失望。

瑞安真切感受到家屬的憤怒，也聽到了為他們所經歷的悲劇畫下終點的懇求。然而，瑞安問：

這是不是死刑的目的？我們對受害者家屬有沒有其他更適當的補救措施？我們為什麼不把執行死刑的社會成本轉移過來照顧受害者家屬？在伊利諾州，一年大概有一千件謀殺案，平均只有兩個犯人被判死刑，那麼對於其他九百九十八件謀殺案的家屬來說，他們的悲劇是否就永遠無法得到終結？

甘地說：「An eye for an eye, only leaves the whole world blind.」直接譯成中文就是「以眼還眼，全世界剩下來的都是瞎子」。但是，「blind」這個字不但可以翻成瞎子，也可以翻成失去了方向、失去了前途、失去了光明。林肯總統說過：「我們不是敵人，是朋友，我們不應該成為敵人。情緒的衝擊，在所難免，但是它不會也不能破壞我們之間愛的關連。」❶

瑞安也和死囚的家屬談話，許多人都說他們承受了雙重的痛楚，既知道自己的親人可能曾經給另外一個家庭一段悲慘殘酷的經歷，也清楚明白社會已經準備好剝奪自己親人的生存權。瑞安引用南非的德斯蒙德．屠圖（Bishop Desmond Tutu）大主教的話：「正義並不排除仁慈、寬恕和愛，這些是美德，不是缺點。」並引用林肯的話作結：「仁慈比嚴峻的法令會結出更豐富的果實。」

做為一州的最高行政領導人，瑞安的論述有兩個層面：一是觀念層面，正義並不是報復，仁慈、寬恕和愛是最崇高的美德。一是執行層面，如果死刑執行過程中充滿了疏忽和錯誤、歧視和偏見，那麼不管執行死刑的原意是什麼，都有道理停止、廢除死刑的執行。

美國的死刑法律演進史

美國塔夫茲大學（Tufts University）哲學系退休教授雨果．貝多（Hugo Bedau）寫了一篇文章，開宗明義指出他為何支持廢除死刑，並以客觀的態度與歷史的宏觀角度做了正反分析，再提出自己的論點。

首先，他簡明扼要敘述了美國近四百年來法律制度裡對死刑的看法和做法。雖然遠在三千年以前，世界上各個地區就差不多已有以死刑做為懲罰的方式，但用較短的美國歷史為例有兩個好處：第一、法律制度演變的脈絡比較清晰，第二、美國法律制度演變代表的是較為近代的觀點和做法。回溯美國歷史，當美國還是英國殖民地時，第一個在殖民地被絞刑處決的人遭指控是西班牙間諜，這件事發生在一六〇八年。接下來四百年間，大約有兩萬個以上的犯人因為謀殺、性侵、綁票、間諜與其他罪名被判處極刑，可說是沿用了母國英國以嚴竣法令來鎮壓動亂民眾的做法。美國〈獨立宣言〉簽署人之一的本傑明・魯施（Benjamin Rush）則是美國第一位推動廢除死刑的人，他公開反對死刑，並說死刑違反理性、違反社會的規律與和諧，也違反了上帝的旨意。然而五十六位簽署〈獨立宣言〉的美國開國先賢裡，只有兩個人反對死刑，當時的法律系統對犯人權益的維護、審判程序的執行都相當粗糙。

接著，美國的法律制度做出了六個重大改革。第一個改革是把謀殺罪分成一級謀殺罪和二級謀殺罪，只有犯一級謀殺罪才能被判死刑。一級謀殺罪包括了預謀殺人，以及因為其他的嚴重罪行如：搶劫、性侵、縱火而做出的殺人行為。把謀殺罪分為兩級，宣示著並非所有的殺人犯都是同樣危險、不可挽救的社會敗類，過失殺人、心智不健全者的殺人行為都不屬於一級謀殺罪。近年來，一級謀殺罪還必須加上情節嚴重的考量，犯人才可能被求處極刑，所謂的情節嚴重包括：謀殺警察和其他執法人員、犯人已有嚴重犯罪紀錄和特別殘酷的謀殺行為等。當然，斷定一級謀殺罪和二級謀殺罪的分野並不容易。

第二個改革是停止公開執行死刑。紐約州在一八三四年就率先停止了公開執行死刑，但歷史記載，一九三六年在肯塔基州還有兩萬人圍觀一位二十二歲非裔年輕人的公開絞刑，其中好幾百位群眾甚至大聲歡呼，蜂擁衝上絞刑臺，撕下面罩當作紀念，年輕人驚恐的最後面容也因此一覽無遺。支持廢除死刑的人認為，停止公開執行死刑在某種程度表達的是，奪取一個無助之人的生命是一件不該宣揚的事。

第三個改革是陪審團除了握有決定犯人是否有罪的權力，還擁有決定犯人是否應該被判處死刑，或被判處長期監禁的權力。換句話說，這消除了強制死刑的觀念，任何犯罪行為都不能強制被判死刑，美國最高法院已有強制死刑違憲的判例。

第四個改革是用比較有效、人道的方法來執行死刑，縮短行刑時間，減少受刑人的痛苦，避免對他們的屍體造成損傷。從絞刑改為電刑，改為吸入致命毒氣，再改為注射致命毒藥，都是逐步的改變。

第五個改革是大多數、甚至所有死刑的判決，都會經過聯邦上訴法院的複議，避免可能的錯誤和疏忽。

第六個改革是廢除死刑。在美國，死刑存廢是由各州自行決定的，目前有十九個州完全廢除死刑，過去最多共有二十五個州先後廢除了死刑，但有些州後來又恢復了死刑。

從美國四百年來的發展，可以得到什麼結論呢？一個相當明顯的結論是，死刑將減縮、逐漸消失和停止執行。目前的死刑應用範圍、更加周密的法律程序等，無一不朝著降低死刑的大方向而去。

但是，貝多也指出，這些發展也可能反過來支持死刑的存在。例如以注射致命毒藥為例，既然已經使用了比較有效和人道的方法來執行死刑，把死刑視為殘酷行為因此應該廢除的論點就不再強而有力了。只有情節嚴重的一級謀殺罪才可能被判死刑，彰顯了這些極端的罪行，原本就應該受到最嚴厲的處分——死刑。更加周密的審判和上訴過程，減少了無辜者被誤判的可能性，也減少了種族和其他因素帶來歧視的可能性，也就減少了對於死刑判定的顧慮。這些再再說明了死刑存廢的討論的確是多面向的問題。

從二萬二千件謀殺案件到五十五個死刑

貝多教授透過爬梳美國歷史來討論死刑的存廢，引出了一連串的數字：二萬二千、一萬五千、一萬三千五百、一萬、二千到四千、三百、五十五。這些數字是美國在一九九〇年代這十年的每年平均數字。二萬二千是每年謀殺和非過失殺人的案件數目；一萬五千是被捕、被控謀殺的犯人數目，謀殺案件的犯人被捕率是最高的，但也只有六五%；一萬三千五百是被起訴案件，那是被捕嫌犯的九〇%，也可粗略地說，誤捕機率不高；一萬是犯罪罪名成立的案件數目，那是被捕的三分之二，被起訴的四分之三；二千到四千是犯了情節嚴重的一級謀殺罪，可能被判死刑的案件；三百是被判死刑的案件，那是可能被判死刑案件的十分之一；五十五是死刑執行的實際數目。總結來說，從二萬二千件謀殺案開始，只有三百個被判死刑，五十五個死刑被執行。

大家如何看待這些數字呢？

在支持死刑的陣營裡，對此的看法分成兩組，一組代表憤怒和報復的聲音，為了降低謀殺案件的數目，必須更強勢地運用死刑這個工具。這些數字指出差不多五百個謀殺案件中，只有一個謀殺犯被判死刑，這個數目太低了，遠遠失去嚇阻力量。為了保護我們的社會，表達我們的憤怒，被捕、被起訴、被判刑的數字必須全面地增加，特別是被判死刑和被處決的數目。但貝多教授也指出，以目前的現實情況來說，期待增加是不切實際的。

另一組的觀察卻是：死刑本來就不是用來處決每一個謀殺犯，而是用來處決罪行最最嚴重的人。經由法律過程，一步一步找出最最嚴重的案件，讓最最凶殘的殺人犯接受最嚴厲的處分，因此，死刑必須存在。但貝多教授同樣指出，從二萬二千件謀殺案件變成三百位死刑犯，這一步步的過程裡，充滿了歧視和缺乏一致性。

支持廢除死刑的陣營又如何看呢？同樣分成兩組，第一組的看法是，完全廢除死刑的目標雖然短期間內無法達成，但終究會達成。他們認為經由停止執行死刑，能讓支持死刑者逐漸看到執行死刑的錯誤，也讓國際間廢除死刑的趨向影響支持死刑者的看法。由於死刑在美國仍然存在，許多已經廢除死刑的國家為此拒絕讓被控謀殺罪的凶嫌引渡回美受罰。廢除死刑陣營也觀察到宗教團體對於廢除死刑的支持，相信死刑終將廢除。

包括貝多教授在內的另一組就沒有那麼樂觀了。他們認為按照目前的情形，美國全面廢除死刑並不是容易達到的目標。在三權分立的美國，行政和立法部門都沒有權力推翻一個州與死刑有關的法令，只有美國最高法院的力量才足以讓美國全面廢除死刑。但是，美國最高法院的一些判例顯示，他們並不積極地朝這個方向推動，例如：美國憲法明文規定，殘忍與異常的懲罰是違憲的，但最高法院的判例是，目前死刑執行的方式不屬於殘忍與異常。

最低侵犯原則

貝多教授從美國四百年死刑相關法律改革的歷史觀點，也從美國近年來謀殺案件和執行死刑的數據進行分析，再加上支持死刑和廢除死刑兩大陣營對於這些歷史和數據的看法，提出了他支持廢除死刑的論點。

貝多教授撇開了以生命的寶貴和尊嚴為主軸而反對死刑的常見論點，諸如：死刑剝奪了犯人的生命權、死刑漠視了犯人生命的尊嚴、社會沒有殺害任何一個人的權力、死刑的執行通常充滿了歧視和錯誤等，他的論點基礎來自「最低侵犯原則」（Minimum Invasion Principle）。這個原則說的是，政府任何侵犯個人隱私、自由、自主和其他基本權利的行為，其必要性純粹是因為，沒有其他侵犯性更低的行為足以達到同樣的社會目標。中國古語說「兩害相權取其輕」，英文也有「the least of two evils」的說法，都是和最低侵犯原則一致的觀點。

根據最低侵犯原則，任何懲罰的必要性都是植基於我們想要達到的社會目標。死刑是比長期監禁還要嚴峻的懲罰，因此其侵犯性比長期監禁更高，而做為一種侵犯個人隱私、自由、自主和其他基本權利的懲罰，長期監禁已經足夠讓我們達成社會目標了。因此，當一種侵犯性較低的懲罰就有足夠的效應時，社會必須廢除其他侵犯性較高的懲罰，所以必須廢除死刑。

當然，從最低侵犯原則出發，導引到廢除死刑的結論，中間的每一個論點都還有很多辯論和爭議空間，可以留給各位讀者進行探討。不過，貝多教授是如此總結的：「殺死一個殺人犯，並不是最低侵犯性的方法，來達到和平正義的目標。」

支持死刑的論述

支持保留死刑的論述有兩大類別，第一類是回頭看，回應已經發生的悲慘事件；第二類是往前看，防止相似的悲慘事件再度發生。

首先講第一類回看過去。這一派認為，死刑是對於某一樁殘酷犯罪行為的回應，不應該被視為懲罰或報復，而是犯了殘酷的罪行後應得的報應。懲罰或報復來自於被殘酷的犯罪行為引發的憤怒，甚至憎恨，雖然憤怒和憎恨是難以避免的本能和情緒，但在法治社會裡，本能和情緒不足以支持保留死刑。報應則是來自理性的考量，認為在公平的法治社會裡，犯罪行為應該得到和犯罪行為相當的報應。

更精準地說，報應的論述有三條原則。第一條原則是，所有的犯罪行為都應該得到報應，報應提醒我們必須為自己的行為負責，才能帶來一個由大家共同建置的公平與和諧的社會。反過來說，當犯罪的行為沒有得到同等程度的理性報應時，不但破壞了社會的團結，憤怒和憎恨的本能和情緒更可能會引起動亂和不公平的行為。報應無法消除憤怒和憎恨，但報應是宣洩這些憤怒和憎恨的管道。

德國道德哲學家伊曼努爾．康德（Immanuel Kant）曾經說：「即使一個文明社會決定要自行解散，死牢裡的最後一個犯人還是要被處決。」意指不管外在條件如何改變，犯了罪就必須得到報應。一個犯了性侵罪的人就算因為意外事故喪失了性功能，雖然他再犯的可能性已經不存在了，他仍然應該為他的罪行得到報應。

第二條原則是，只有犯罪的行為才會得到報應，這是公平原則，否則就失去了報應的功效。第三條原則是，報應應該和犯罪行為的嚴重性成正比，這不只是公平原則，也特別支持了做為一種報應的形態，死刑應該存在的理由。謀殺和其他犯罪行為不同，不只是程度有別而已，奪取他人生命和別種犯罪行為有著截然不同的區隔，因此，相當程度的報應也應該有截然不同的區隔。謀殺的報應應該是死刑，論點源自於此。

接著，我們來看看第二大類：往未來看，防止悲慘事件再度發生。第二大類可再細分成兩種：直接防止和全面預防。

直接防止意指死刑消除了殺人犯再犯罪的可能性。許多謀殺罪犯人被釋放出獄後，往往再次犯下謀殺罪，一份統計數字顯示，五萬多個因為被控謀殺罪而監禁在獄中的囚犯裡，有八百多個已經定讞的囚犯，在獄中又謀殺了八百多個囚犯。反對此說法的人則指出，那是不是為了防止再犯，把每一個謀殺罪犯都判死刑呢？這顯然在政治上行不通、在道德上也說不過去，防止再犯並不是死刑存在的唯一理由。但反過來說，把「就算保留死刑也無法百分之百防止再犯」做為廢除死刑的理由，邏輯上同樣有漏洞。終歸來說，死刑的存在到底還是可以防止若干再犯的行為，減少若干位無辜的受害者。

全面預防則是說，死刑有嚇阻的力量，假如一個人殺害了一條無辜的生命，馬上會遭到天譴，當場被天打雷劈，誰還敢殺人！但事實上，較合乎邏輯、一般人心中的層層推論是：第一、對任何人，包括可能犯罪的人，愈害怕就會有愈大的嚇阻力；第二、任何人，包括可能犯罪的人，對死亡的害怕超過了對於任何合乎人道的懲罰；第三、死刑是合乎人道的懲罰；第四、對任何人，包括可能犯罪的人，死刑的嚇阻超過任何合乎人道的懲罰。換句話說，以常理來推論，對於一般人甚至所有人，監禁的嚇阻力大於罰款，監禁二十年的嚇阻力大於監禁兩年，終身監禁的嚇阻力大於監禁二十年，死刑的嚇阻力又大於終身監禁。

此外，有些實際案例也支持死刑具有嚇阻的力量。舉例來說，有些犯下終身監禁罪行的人，當他要在被逮捕和殺害逮捕者以換取逃脫之間做選擇時，可能會因為害怕死刑而選擇被逮捕；許多預謀犯罪行為的人，刻意不攜帶手槍或其他足以殺人的凶器，原因就是為了避免謀殺行為的發生，以避免事後遭受死刑懲處；在美國，預謀殺人者會將受害者從保留死刑的州帶到已經廢除死刑的另一州，避免被判處死刑的可能性。

統計數據同樣支持死刑具有嚇阻力量。一九六八年到一九七六年間，由於美國最高法院的幾個判例對於執行死刑是否違憲提出了質疑，這十年內全美國幾乎沒有執行過死刑，直到一九七七年，美國許多州才恢復了死刑。一項統計結果指出，在比較積極尋求死刑的五個州：喬治亞州、南卡羅納州、佛羅里達州、德拉威州、德州，一九六八年到一九七六年那十年和一九九五年到二〇〇〇年這五年相比，後者的謀殺案比率明顯降低，從每十萬人裡有十五件謀殺案降低到八件。此外，支持死刑存在陣營提供的其他統計數據也指出，從謀殺案比率的降低，可以得到死刑的確有嚇阻功能的結論。

支持保留死刑的陣營也針對廢死論述提出了種種反駁。廢死陣營認為，死刑是殘忍和異常的懲罰，支持保留死刑陣營回答，執行死刑的方法已經逐漸改變、減少受刑人的痛苦了，殘酷的謀殺罪當然應該得到所謂「殘酷的報應」。廢死陣營說，從歷史的演變來看，過去許多犯罪行為包括性侵、綁票、叛國都可能被判處死刑，死刑逐漸只限於極端殘酷的謀殺罪，這種趨勢將導致死刑的廢除，支持保留死刑陣營對此回應，將死刑應用範圍的逐漸縮小解釋成社會對人性尊嚴的逐漸了解，此說法未必一定正確，也可以解釋成社會逐漸失去了主持正義的信心和決心。

正反兩面的思考

今天，我們的社會已容許電視播送流血殺人的殘忍影片，而且尺度愈來愈寬，也廣泛地接受了解帶來寬恕的論調，但是即使如此，支持保留死刑的陣營認為，每個人仍然要為自己的行為負責，甚至從行為責任的觀點出發，直指許多嚴重破壞社會安定和信心的行為，如大公司管理層級的嚴重掏空案件，導致員工失業、股東權益受損、經濟市場動盪，何嘗不應接受最嚴峻的處分？

廢死陣營認為，據統計資料顯示，幾乎所有的謀殺犯都曾有某種程度的大腦損害。支持死刑者則說，此說法太過籠統，許多人的大腦也受過損害，不論是因為使用酒精或藥物，還是在運動或意外時有過衝撞，亦或中風等疾病，除非能夠斷定什麼樣的大腦損害會導致什麼樣的犯罪行為，不然豈不是沒有一個罪犯會被判處死刑？因為每個犯人都可以宣稱自己的大腦受到損害，更何況目前的法律對於心智不全或暫時失去理智而殺人的罪犯，皆已納入特殊考量。

廢死陣營提出的最低侵犯原則主張，社會必須用最低的侵犯行為，達到社會所要追求的目的。先撇開無期徒刑是否可做為最低侵犯行為來取代死刑，達到社會追求的公義和諧目標不談，支持保留死刑的陣營站在公平正義的立場，反對所有犯罪行為的懲罰都以最低侵犯做為上限。廢死陣營指出，按照統計數字，在美國廢除死刑的州裡，其謀殺罪的比率比保留死刑的州要低，但是支持保留死刑的陣營則指出，這些統計數字忽略了不同地區的經濟條件、教育水準、維持執行法律的費用不同，而這些因素事實上和謀殺犯罪率密切相關。

支持廢死的陣營說，剝奪一個人的生命是不可挽回的行為；支持保留死刑的陣營說，剝奪一個人生命中的幾十年也是不可挽回的行為。支持廢死的陣營說，死刑不過是社會認可的謀殺而已；支持保留死刑的陣營說，殘酷的謀殺和死刑的執行不應混為一談。廢死陣營指出，死刑的判決和執行過程往往充滿了錯誤、偏見和疏忽，特別是種族歧視、經濟和社會地位的差異，讓無辜的人被錯誤入罪；支持保留死刑陣營的回應是，第一、這些都可以改進，不足以構成廢除死刑的理由，第二、這些都是個案的狀況，不能以偏概全，並帶點諷刺地指出，廢死陣營拿不出說服大家的道理，只好以行政程序缺失來搪塞。

這一連串的討論，希望能讓我們對死刑存在和廢除這個議題有更深切也更廣闊的思考和了解。毫無疑問，死刑存廢是一個重要且嚴肅、值得深思熟慮的問題，相關討論不能獨用簡短的詞語，例如：仁慈、寬恕、懲罰、嚇阻等一言以蔽之，必須探討這些詞語的解釋、含義和影響，必須廣聽專家意見，了解這些意見會因為時空環境的不同而有差異，在充分了解和分析之後，才做出自己的結論。

推而廣之，在今日的社會裡，我們常常得面對許多和死刑存廢同樣重要、同樣嚴肅的國家或社會議題，必須用理性的分析來探討，不可以意氣用事，不可以先有結論倒過來找理由，觀點更不應該偏狹，這是我們整個社會的進步必須經歷的過程。

注釋

❶ We are not enemies, but friends. We must not be enemies. Though passion may have strained, it must not break our bonds of affection.

從交通事故看社會的進步

在現代社會裡，汽車是很多人擁有的交通工具，喝酒又是社交應酬的重要項目，但正如那句老話：「汽油和酒精不能混合起來。」全世界每年因汽車交通事故死亡的人數約四萬人，其中和酒駕有關的就占了四成左右。酒駕不但危害自己的生命安全、危害乘客的生命安全，也危害其他車子的乘客、路上行人的生命安全，是一件非常危險的事情。

喝酒不開車，開車不喝酒

美國佛羅里達州一名三十一歲的男子，以高達二百公里的時速在速限每小時六十公里的地段飆車，撞死了另一部車裡的十七歲女孩。警方說意外與喝酒有關，法官判這位男子坐牢，期滿之外還有三年假釋期，假釋期間必須在家中明顯處放一張受害女孩的照片，並用大字寫出：「對不起，我奪走了妳的生命。」假釋期間，警察可以隨時搜索男子的住家，假如看不到這張照片，就是違反假釋規定。

日本千葉縣也有一樁酒駕造成四死四傷的事件，肇事者事後還偷車企圖逃跑，最高法院裁示維持初審法院的判決，判處二十年重刑，獲得了許多民眾的支持。

類似事件在臺灣同樣層出不窮。曾有一位男子在早上七點的上班時間，開車逆向闖入公車專用道撞倒了五個人，造成一死四傷，男子當場逃逸，三十個小時後才向警方投案，由法官裁定八萬元交保。

根據報導，二〇〇五年臺灣酒駕肇事致死為五百四十六人，二〇〇六年增加到七百二十七人，二〇〇七年單是一月、二月就高達一百一十七人，創下歷史新高，也成為內政部和交通部聯手推動修法、提高酒測標準、加重酒駕懲罰的契機。

每當發生交通事故，寶貴的生命因意外而消失，又一個家庭受到傷害和打擊，我們都會再三說，不要再讓意外發生了。因此，我想談談開車的安全問題，提醒大家的更是老生常談：第一、酒後不開車；第二、使用安全帶；第三、嚴格遵守交通規則；第四、意外發生後不可以擅自離開現場。在文明進步的社會裡，要避免發生意外、釀成悲劇，必須法令、公民道德、理性和常識，四者相輔相成、互助互補。

酒精在生理上的影響

站在醫學觀點來看，酒精對身體的影響相當明顯，人喝了酒之後，除了一〇%經由小便排出體外，剩下的酒精會進入血液裡，被血液帶往身體各處，自然就會引起各種生理和心理反應。

生理方面，酒精首先會影響視力和聽力，降低視力和聽力的敏銳性；第二、酒精讓人不容易集中注意力；第三、酒精會降低人的反應速度；第四、酒精會降低人同時兼顧幾件事的能力。心理方面，第一、酒精讓人增加自信，因此做出危險的行為；第二、酒精讓人放鬆，增加打瞌睡的可能。

這些反應都說明了一件事，酒駕的確大幅提高了發生意外的可能性。

以生理學常識而言，一罐啤酒、一小杯烈酒、一杯紅酒或白酒，內含的酒精分量其實差不多，千萬別認為喝啤酒或紅酒比較不容易醉。一旦酒精進入血液裡，不論喝咖啡、把酒吐出來、洗冷水澡、運動等都已經太遲了，血液裡的酒精倚靠肝臟分解，一杯酒裡的酒精，肝臟通常得花上一小時才能分解完畢。酒喝得多，自然會增加肝臟的負擔，喝酒傷肝是再明確不過的醫學原理。酒若喝得更多，只有靠更長時間才能清醒過來。

血液裡有多少酒精才算酒醉呢？在臺灣，原本是指一千CC血液裡有〇．五公克的酒精，為了簡便，通常不提單位，說成〇．〇五％。經過交通部和內政部研議後，目前的標準是〇．〇三％。在美國各州，差不多都是〇．〇八％；日本是〇．〇三％，有些歐洲國家甚至低到〇．〇一％。

警察在路邊臨檢酒測時，沒辦法做血液檢查，但正如前面所講，酒精會經由胃和小腸進入血液，血液在全身流動，通過肺氣囊的時候，酒精的分子就會混在呼出來的空氣裡。如今，精密的測量儀器已能估計呼出空氣裡的酒精重量，只要經過簡單的換算，就能得知血液中的酒精含量，是個相當可靠的測試。呼出來的空氣裡的酒精重量，大概是血液裡酒精重量的二千分之一。

以法規做為防線

站在法令的觀點，除了提高酒測標準做為防範，還可以有配套的法令，如：提高罰款、吊銷駕照、扣車、拘役甚至徒刑。然而，正如專家學者所說，目前的問題在於執行層面，臺灣對酒駕者的處分有九九．九八％都以罰款了事，判刑的多數是緩刑，因此法令很難收到嚇阻作用。

除了法令，還有許多輕而易舉的常識和習慣都可以安排，重要的是不要忽略這些小事情。在許多國家，搭乘由喝酒者駕駛的車子同樣要罰鍰，若出了事受傷，保險公司也不會賠償。大約三十年前的德國和日本，朋友們結伴喝酒聚餐，一定會有一個人指定不喝酒，負責開車回家。若在臺灣，喝酒應酬後，搭乘公共交通工具回家更是非常方便。這些大家都知道的事情，為什麼不做呢？說穿了就是怕麻煩。我們應該記住：小麻煩，可以免除大災難。

安全帶的使用

眾所周知，安全帶能夠減低意外時的傷害，大家應該養成一上車就繫安全帶的習慣，不管坐前座或後座，不管在公路還是市區。車子對撞時，前座的人會朝擋風玻璃、方向盤衝過去，很容易受到嚴重的傷害；後座的人則會撞上前面的座椅和前座的人。據統計，即使駕駛人繫上安全帶，如果後座乘客沒繫安全帶，乘客從後面往前衝導致駕駛死亡的機率將增加二．二八倍。至於沒繫安全帶整個人飛出車外，那就更加危險了。

這方面香港做得相當徹底，自用車、計程車，無論前、後座都要繫安全帶。從二〇〇六年開始，小型巴士也規定要繫安全帶。有一次，我任職學校的中型巴士載了幾位學校的客人，在路上被警察攔了下來，因為其中一位客人沒繫安全帶，警察細細詢問是司機沒有提醒乘客嗎？那麼司機就得受罰；還是乘客聽了卻沒有照做呢？那麼乘客就得受罰。香港的態度令人非常佩服。

使用安全帶是一個好習慣，不是累贅，更不需要法令規定或等警察來開罰單。駕駛人提醒乘客繫安全帶不是不禮貌，反而是關心和愛護；乘客繫安全帶不是對駕駛人不信任，而是讓駕駛更安心。現在很多汽車都有安全氣囊，按照專家資料，安全氣囊必須和安全帶一起使用，否則同樣會造成傷害。

嚴格遵守交通規則

其實在正常情形下，遵守交通規則是很簡單的。交通規則是共同的默契，只要大家都按照這個默契來做事，意外就會大大減少。行車不可超速是必然的規則，隨著社會的進步，開車闖紅燈的事件也已大幅降低。

您有過深夜開車時，停在紅燈前，四顧無人，想踩下油門衝過去的念頭嗎？千萬不要這樣做，當您以為四顧無人時，很可能就會有某個人或某輛車衝出來。有則笑話是這樣：有個人在城裡開車，看到紅燈沒停反而一衝而過，車裡的乘客問他：「你為什麼闖紅燈？」他說：「我跟我哥哥學開車，那是他教我的。」看到綠燈時他卻把車子停了下來，乘客問他：「為什麼看到綠燈反而停下來？」他說：「我怕我哥哥從另一個方向開過來呀！」

此外，在高速公路的路肩開車既違法又非常危險。路肩是給車子壞了的人停車以等待求援用的，在路肩上隨便停車同樣十分危險。

不擅自離開事故現場

若真的發生事故，離開事故現場是相當嚴重的罪行，不但是懦夫的行為，更嚴重違反了公共道德，但臺灣卻經常發生肇事逃逸。當交通意外發生時，受傷的人需要立即的醫護救助，肇事人往往是唯一可以伸出援手的，逃離現場不但犯法，也完全忘了愛心和關心。在許多國家，傷人逃逸（hit and run）在法律上的懲罰特別重，更何況肇事後一旦離開現場，許多證據就會被湮滅了。酒駕就是一個最明顯的例子，如果肇事者等酒醒後再去投案，許多證據就不存在了。意外的發生往往不可避免，意外發生後應該馬上想辦法補救，刻意逃避者，法律必須給予相當的制裁。

從開車安全的題目談起，看到一個文明進步的社會，為了大家共同的福祉，也同時是為了每個人的福祉，必須注意三個相互為用的層面，那就是法令規章、公共道德、個人的理性與常識。法令規章的訂定，良法美意是重要的，但是如何切實、公正、公平地執行，讓大家對法令有尊重信賴和遵守的決心，才是有用的法令規章。公共道德是大家共同生活的規範，不能抱著只要躲得過法律，什麼事情都可以做的心態，貪圖自己小小的方便，往往會造成他人、社會很大的傷害和損失。

臺灣從當年窮得連腳踏車都買不起，到今天賓士汽車滿街跑；從當年窮得連飯也吃不飽，到今天佳餚美酒是稀鬆平常的享受；從當年崎嶇不平的小路，到今天寬達八線的高速公路；社會不斷在進步，在進步的過程中，能夠用法令規章、公共道德和常識理性來規範我們的行為，那才是真正的進步。

PART II

倫理

握有代表結果的證據和數字，一定能反推原因嗎？

每一件事情的發生都有前因，每一個動作都有其後果；因果關係有時候很簡單和明確，有時候卻很複雜和模糊。

宗教裡，基督教有行善的人會登天堂，作惡的人會下地獄的教義；佛教有輪迴的說法，《大藏經》說：「欲知前世因，今生受者是；欲知來世果，今生作者是。」說的就是前世做的是原因，今生受的是結果；今生做的是原因，來世受的是結果。

在自然科學、社會科學、醫學、工程各種領域裡，我們探討研究的往往也是原因和結果之間的關係。用力一推是原因，車子往前走是結果；吃了不清潔的食物是原因，上吐下瀉是結果；颱風來了是原因，蔬菜價錢上漲是結果。

很多時候，我們看到結果，想找出其原因；有些時候，我們知道了起因，想預測其結果。怎樣追尋前因後果、來龍去脈，是個既有趣也重要的課題。

追溯來龍去脈，找出那個原因

很多重要的發明和發現都是由於先看到了結果，倒過頭來追問，然後才找出原因的。牛頓看到蘋果從樹上掉下來，找出地心引力是原因；後來推而廣之，我們了解地球和月亮之間的吸力是原因，潮水的漲落是結果。

舉兩個醫學知名案例。幾百年來，醫學界都認為胃潰瘍是由胃酸引起，食物和情緒會導致胃酸的分泌增加，因而引起胃潰瘍。澳洲醫師巴里．馬歇爾（Barry Marshall）和羅賓．沃倫（Robin Warren）則在一九八二年發現並證實，胃潰瘍是由幽門螺旋桿菌所引起。這個結果除了改變前人錯誤的因果關係，也讓診斷和治療胃潰瘍變得更容易且有效，兩人因此獲得二〇〇五年諾貝爾醫學獎。

英國科學家吉利安．派波（Gillian V. Pepper）和史克萊格．羅伯茨（S. Craig Roberts）則找到了新的原因，來解釋為什麼懷孕婦女會反胃、嘔吐，也就是所謂的「害喜」。按照統計，九〇％懷孕婦女會有反胃的現象，五〇％真的有嘔吐的生理現象，以前的解釋是因為婦女懷孕時，身體的荷爾蒙也隨之改變。派波和羅伯茨在全世界二十一個不同地區蒐集的數據卻證實，一個地區的飲食習慣和當地婦女害喜的情形互有關連。在多吃肉類、雞蛋、牛奶、糖、咖啡的國家，婦女的害喜情形比較嚴重；多吃五穀的國家，婦女害喜的情形比較輕微。若從生理學的觀點來看，嘔吐的功能是為了排除對身體有害的食物，而肉類和牛奶確實比較容易有不清潔的細菌。加總證據後的結論是，婦女懷孕時的嘔吐反應，源自身體保護母親和胎兒的功能，把可能有毒性的食物排除在體外。

另一方面，也有很多例子是我們選擇了一個動作之後，想預估它的後果。不科學的做法是靠經驗、憑直覺，比較科學的做法是利用統計和機率，或用實驗和模型進行模擬。一間公司要推出新產品時，投入的廣告費用會產生多少銷售額，這個結果可以用市場分析的統計模型來預估。電子元件在高溫下能否正常運作、能夠正常運作多久，都可以在實驗室裡直接測試，而且為了縮短測試時間，還可以特別提高測試溫度，再倒推電子元件在預期溫度下能夠維持正常運作的時數。

相撲選手到底有沒有作弊？

當我們探討原因和結果的關係時，有一個前提：因和果之間的對應關係應該相當清楚明確，知道了因就可以精準地決定果，知道了果就可以明確地倒推出因，在自然科學和工程裡，許多例子都是如此。但是在很多情形下，因果關係並不是那麼容易明確斷定。例如在社會學、經濟學這些領域，我們會看到證據和數字，這些證據和數字代表了結果，但是什麼原因導致這些結果呢？往往並不容易下定論。史蒂芬．列維特（Steven D. Levitt）和史蒂芬．都伯納（Stephen J. Dubner）寫了一本書《蘋果橘子經濟學》（*Freakonomics*），談到怎樣運用數學和經濟、社會學裡的工具，從證據追溯原來的決定和動作。

第一個例子是運動比賽裡選手作弊的問題。作弊往往是很微小的人為因素，一點點不合法的藥、一個小小的動作，將引致完全不同的比賽結果。《蘋果橘子經濟學》的作者找到了一個有趣的例子，證實作弊的存在。

日本的相撲選手都是按照他們的勝負紀錄來排序，最好的六十六位屬於「幕內」（makuuchi）

和「十兩」（juryo）等組別。他們每年有六次比賽，每次比賽分為十六個人一組，由同組的十六個人循環比賽，每人出賽十五場，如果一位選手能夠贏得半數（八場）以上的比賽，他的排名就會上升；如果他不能贏得半數以上，也就是七場以下，他的排名就會下降。到了循環賽的最後一場時，對紀錄是八勝六負的選手來說，這場的輸贏並沒有那麼重要；反過來說，對紀錄是七勝七負的選手來說，這一場的輸贏就非常重要了。那麼，他們之間會不會有個默契，第一位選手放水，讓第二位選手贏得這一場比賽呢？

作者從一九八九年到二〇〇〇年總共三萬二千場比賽的結果中找出了一些答案。他列出循環賽裡八勝六負選手對戰七勝七負選手的所有比賽結果，發現七勝七負選手贏得關鍵比賽的勝率高達八〇%，但是按照兩位選手過去所有的對戰紀錄，七勝七負選手的勝率遠低於五〇%！當然有人會說，不能斷然下結論這就是八勝六負選手放水作弊，因為他的鬥志很可能不高，但七勝七負選手卻是生死一戰，所以特別賣力。可是他們深入詳查後發現，該場比賽之後，兩位選手在下個循環賽中再碰面時，七勝七負選手的勝率掉到了四〇%。

由此產生的合理懷疑是，在你生死關頭的這場比賽，我讓給你，下一場並非生死攸關的比賽，你就得還一場給我。這個懷疑還有更進一步的證明——數據顯示，過了我讓你一場、你還我一場的交易之後，一切恢復正常，兩位選手之間的勝負率維持在五〇%左右。此外，因為相撲選手分屬於不同經理人旗下的部屋（heya），數據顯示，如果某位選手放水了一場給另外一個部屋的選手，這筆帳不一定由這兩個選手之間來結算，而是由部屋和部屋之間來算。還有，當媒體因為某個事件，對放水作弊的懷疑做比較多報導時，在這段時間裡，一位七勝七負選手能在生死關頭打敗八勝六負選手的勝率會明顯降低。相撲選手的例子說明，充分了解數據的意義，才能找到正確的因果關係。

犯罪率降低的主因是？

第二個例子和美國的犯罪率有關，雖然該例使用的是美國的統計數據，結論並不見得能直接套用在臺灣，但思考方法和分析技術仍然值得注意。一九八〇年代末期到一九九〇年代初期，美國的犯罪率持續增加，一九九五年的一份調查報告說，青少年謀殺案件的增加日後可能高達百分之百，讓政府官員、政治家、犯罪學專家大為緊張。可是正是從一九九五年開始，全美的犯罪率不但沒有上升，反而每年穩定下降，一九九五年到二〇〇〇年這五年內，青少年謀殺案件降低了五〇％。

專家們馬上就問，什麼原因導致了這樣的結果？某些表面上看來合理的解釋，在《蘋果橘子經濟學》作者仔細分析後發現並不充分，讓我們一一細看。

第一種解釋認為，良好的經濟狀況是犯罪率降低的主因之一。但是良好的經濟狀況只能解釋和經濟有關的罪行，例如偷竊、搶劫等罪行的降低，卻難以解釋和經濟沒有直接關係的暴力罪行，如謀殺、性侵的降低。而且按照過去的統計，失業率降低一個百分點，非暴力罪行的數目也會跟著降低一個百分點。可是在一九九〇年代，美國的失業率僅僅降低二％，非暴力罪行的數目卻降低了整整四〇％。

第二種解釋相信，死刑的執行是犯罪率降低的原因之一。但是美國和世界上很多國家一樣，每年執行死刑的數目很低，上訴再上訴，拖延的時間又很長，死刑對犯罪的嚇阻效果應該不大。按照專家估計，執行一次死刑大概可以減少七件謀殺案，按此公式套入實際數字計算會發現，一九九一年美國執行了十四次死刑，二〇〇一年執行了六十六次死刑，（66－14）×7，應該能減少三百六十四件謀殺案，可是三百六十四這個數目，只占了一九九一年至二〇〇一年謀殺案件總數降低的四％。

也有人相信其他的因素，比如第三種解釋：比較嚴格的槍枝管理控制法令；第四種：人口逐漸老化；第五種：警察採用了遏止犯罪的新做法。仔細小心地分析後同樣會知道，這些因素的影響力都不顯著。此外還有第六種解釋：比較嚴謹地執法，當坐牢的人數增加、坐牢的刑期加長時，就能幫助降低犯罪率，因為既能產生嚇阻作用，也把可能再犯罪的犯人關在牢裡久一點，但按照作者估計，那只能解釋犯罪率降低的三分之一。若是依照第七種解釋：增加警察的數目有助於降低犯罪率，也不過足以解釋犯罪率降低的十分之一而已。

複雜的因果關係，拉長時間線才看得出來

《蘋果橘子經濟學》的作者指出了幾個其他專家沒想到的原因，解釋犯罪率的降低。

一九七〇年代初期，美國法律開始允許合法人工流產。當人工流產從非法變成合法時，手術費用降低了，以前只有中產階級以上的婦女才有經濟能力動流產手術，現在未婚、年輕、貧窮的婦女同樣擁有這個選擇。按照統計數據，假如這些婦女沒有選擇人工流產手術的話，她們生下來的小孩，由於所處的生活和教育環境，犯罪的機會是超過平均數目的。因此，美國自一九七〇年代初期人工流產手術的合法，可以成為一九九〇年代犯罪率降低的解釋原因之一。雖然這可能是一個令人不舒服、引起反感的說法，但我們應將其視為學術統計的結果，摒除其餘偏見。

作者也提出了其他數據佐證。有五個州開放人工流產成為合法醫學手術比其他州早了兩、三年，在這五個州裡，自一九八八年至一九九四年暴力罪行數目的降低，比其他州多了一三％；自一九九四年至一九九七年，謀殺案數目的降低比其他州多了四％。作者還指出，一九七〇年代人工流產率比較高的州，一九九〇年代的犯罪率降低也比較顯著；一九七〇年代人工流產率比較低的州，一九九〇年代的犯罪率降低則比較不顯著。作者按照統計數據指出，按照年齡層的分布，犯罪率的降低，差不多完全集中在人工流產成為合法時出生的年齡層。

第一和第二個例子都指出了因和果的關係，有時比較簡單，有時比較複雜，不過站在科學的立場，都可以相當精準地探索和了解。

誠實是最好的策略

我們常常用「誠實是最好的策略」（Honesty is the best policy.）這句名言來規範、督促自己，或用這句話來訓勉後輩，其實這句話解釋起來有三個層次：第一、誠實是最有效、最能夠讓你得到最佳結果的策略；第二、誠實是最容易執行的策略，因為做事只有一個原則，敘述只有一個版本，做起事來不用傷腦筋，敘述時不會有漏洞，誠實地做是很簡單的；第三、誠實是唯一在任何情形之下，都可以讓你心安理得，坦然舒泰做事的策略，是唯一不管結果如何，都會對得起自己、對得起別人，沒有慚愧、沒有後悔的策略。

我聽過一個小故事，有位保險業務員去拜訪想推銷的客戶，當他說明來意之後，客戶說：「我已經買了一份人壽保險的保單了。」業務員說：「能讓我替您看看您的保單嗎？評估一下您的保單是否為您提供了充分的保障？」看完後他對那位客戶說：「依您的年齡、經濟及家庭狀況來判斷，這是一份適當又充分的保單，您不需要再向我買額外的保險。」客戶聽了有點意外，因為業務員通常都會找藉口，要客戶多買一點並不一定需要的保險，但是因為這位業務員非常專業、非常誠實，客戶就把他介紹給自己的大老闆好友，結果那位大老闆買了一份很大的保單。

這則小故事驗證了「誠實是最好的策略」這句話。我選這個故事做為例子，不單因為它是個好例子，還因為它能玩一點小小的文字遊戲。在英文裡，保單叫做 insurance policy，在這個小故事裡，也可以說 To sell insurance policy, honesty is the best policy.。

「狼來了」是最壞的策略

林肯說過：「你可以永遠欺騙部分的人，你可以欺騙所有的人一段時間，但是你不可能永遠欺騙所有的人。」❶這句話和「誠實是最好的策略」可說是對稱的，說謊是最壞的策略。第一、到了最終，說謊不可能讓你得到想要的好結果；第二、說謊是執行起來非常辛苦的策略，有句老話說：「最安全的謊話就是真實地說」，還有句話說：「不管你是多聰明的說謊者，總有一個比你更聰明的人」；第三、說謊是讓你內心很痛苦難過的策略。

大家都聽過《伊索寓言》裡「狼來了」的故事。有個牧童在村子外面的山上牧羊，有一天他覺得無聊，突然大叫：「狼來了！狼來了！」村子裡的人聽了都跑到山上來救他，他哈哈大笑，說：「你們都被我騙了！」這樣好幾次之後，有一天狼真的來了，卻沒有人上去救他了。說謊絕對是一個不好的策略，當你有一天說出誠實的真話時，也沒有人會相信了。

讓我再講一個小故事。有四個學生期中考考試遲到，他們對老師說，周末開車出去玩，趕回來考試的路上，車子的一個輪胎爆了，他們停下來修補輪胎，所以遲到了，請求老師讓他們補考。老師說可以，要他們分坐在教室四個角落補考。卷子發下來，他們打開一看，上面只有一道題目：「哪一個輪胎爆了？」

還有個故事是這樣的：有個人買了一批很名貴的雪茄，特別為這批雪茄買了火災險保單。他把這批雪茄抽完後，著手向保險公司申請賠償，理由是雪茄被火燒光了。保險公司不肯賠償，他向法庭提出告訴，法庭判他勝訴，因為法官認為這批雪茄的確是被火燒掉的。保險公司付了賠款，然後馬上回頭控告他，因為他犯了縱火、破壞財產的罪。就像前面講的，再聰明的謊話，都會被更聰明的人戳破。

出自內心的誠實

大文豪蕭伯納（George Bernard Shaw）如何看待「誠實是最好的策略」這句話呢？他說：「我們必須先把這世界變成一個誠實的世界，然後才可以誠實地告訴我們的下一代『誠實的確是最好的策略』。」這句話的觀點非常現實，在一個不誠實的世界，說謊的人確實會占到便宜。但是我們也該反問，為什麼在不誠實的環境裡，我們不能做一個誠實的人，從而改變這個不誠實的環境？我們不該等周圍的環境變成誠實的環境，然後才開始做一個誠實的人。出汙泥而不染只是開始，把汙濁改變成透明清澈，正是受過良好教育的人的責任和目標。

有間大公司的員工去外地出差，下榻的旅館因為周年慶有打折。當他們向公司報帳時，每個人都照原來的價錢報帳，賺取差額，只有一位員工誠實按照折扣後的費用報帳。當上級主管發現差額的時候，做了調查，把所有照原價報帳的員工都撤職了。

對於「誠實是最好的策略」這句話，有位叫做理查德・懷特利（Richard Whately）的牧師也有其意見。他說，如果一個人把「誠實是最好的策略」這句話奉為圭臬，他就不是一個誠實的人，因為誠實應該出自內心，我們之所以要做一個誠實的人，是因為要問心無愧，如果我們把誠實看作成功和獲利的策略，也許我們的內心並不是一個誠實的人。誠實應該是目標，而不是達到某一個目標的手段。

謊言就算是白色的，一樣愈補愈大

我們都同意謊言不是好東西，不可以說謊，但有個特殊的例外，有時候難免會講講「白色謊言」，也就是無傷大雅的謊言。

「白色謊言」來自英文「White Lie」，白色代表沒有惡意、沒有傷害性，所以「白色謊言」就是不會引起傷害的謊言，甚至是善意的謊言。譬如，去醫院探望生病的朋友，雖然他病容憔悴，你卻會說：「您的氣色不錯。」這就是白色謊言。又或者朋友請你吃臭豆腐，你勉強吞下去後極力讚為美味，也是白色謊言。

很多年前，我和內人、小女兒在巴黎住了一年，有位好朋友常常和我們一起吃飯，有次他說要請我們去非常有名、非常有特色的餐館吃飯，我們聽了他的描述後迫不及待，一家三口趕快跑去吃了一趟。幾個禮拜後，這位朋友真的非常隆重地請我們去這家餐館吃飯，就座後他問我：「你有沒有來過這間餐館？」我看著朋友興奮的表情，一句白色謊言「沒有、沒有」脫口而出，等服務生來點菜時，朋友嘰哩呱啦和她講了一陣法文，轉過來對我說：「服務生說你們來過，她認得你們。」騎虎難下的我笑笑說：「她認錯人了吧？」朋友和服務生嘰哩呱啦再講一陣法文，說：「服務生說她沒有認錯人，她特別認得你們可愛的小女兒。」我只能無可奈何地一笑：「也許亞洲人看起來都一樣?!」謊言愈補愈大。

有個腦筋急轉彎很適合放在最後考一考大家。交叉路口有兩條路，每一條通往一個村子，其中一個村子裡的人永遠講真話，另一個村子裡的人永遠講假話。一位旅人來到交叉路口，想向站在路口的村民問路，但他不知道村民來自哪一個村，也就不知道對方會講真話還是假話。請問，這位旅人該怎樣問村民一句話，就能知道交叉路口兩條路的方向，哪一條通向誠實之村、哪一條通向謊言之村？

注釋

❶ You can fool some of the people all the time, and all the people some of the time, but you can’t fool all of the people all the time.

什麼是奧林匹克精神？

每隔四年舉行的奧運向來是體壇盛事，備受全世界注目。本來，冬季和夏季奧運都在同一年舉行，不過從一九九二年開始，決定把冬季和夏季奧運錯開來，相隔兩年舉辦，所以一九九二年冬季奧運後，馬上又在一九九四年舉行了一次冬季奧運。當年在美國體育界發生了一件粗暴愚蠢的醜聞。

一場缺乏奧林匹克精神的奧運選拔賽

一九九四年的冬季奧運預定於二月在挪威舉行，美國全國溜冰協會因此在一月舉行全國性溜冰冠軍賽，選拔代表美國參賽的選手。參賽選手裡有兩位出色的女子運動員，一位是一九九二年冬季奧運銅牌得主南茜·柯莉根（Nancy Kerrigan），她在一九九一到一九九四年的世界溜冰冠軍賽和全美溜冰冠軍賽表現都非常好，是大家看好的金牌熱門人選。另一位運動員坦雅·哈定（Tonya Harding）是一九九二年冬季奧運第四名，在過去幾年其他的重要比賽裡也有優異的表現，不過已經有點走下坡。這次的選拔賽對她們來說都是一場非常重要的比賽，按照慣例，全國比賽的第一名和第二名將被選拔為美國代表選手。

柯莉根和哈定之間有著相當明顯的瑜亮情結。選拔賽前一天，柯莉根在溜冰場練習完畢，突然有位不知名男子拿著一支金屬棒朝著她的右膝蓋猛打，旋即逃逸無蹤。當天晚上，柯莉根的右膝蓋腫了起來，第二天在教練和醫生的判斷之下，她宣布無法參加即將舉行的選拔賽，結果，選拔賽第一名得主是哈定。

襲擊案在警方追查下很快水落石出。哈定的丈夫和她的隨身保鑣安排了兩個人，一個負責揮棒襲擊柯莉根，另一個在襲擊後負責開車逃離現場。這四個人後來都被判坐牢，哈定的丈夫判刑兩年，其他三人判刑一年半。

襲擊意外事件發生後，哈定本人是否參與此一陰謀自然成為疑問，柯莉根在被襲擊十天後康復。全美溜冰協會打破了以全國冠軍賽前兩名為美國代表的慣例，提名柯莉根和哈定為美國的奧運女子單人溜冰選手。當她們的名字被提送到美國奧林匹克委員會時，委員會對哈定的提名持保留態度，哈定則以提出二千萬美元賠償的法律控訴做為反制手段，讓委員會不再繼續追究。幾個禮拜後，在挪威的冬季奧運中，柯莉根得到銀牌，哈定排名第八。

站在法律的觀點，哈定始終沒有承認她參與襲擊陰謀，雖然其他人的說法連同部分跡象和證據都指出她與此案有關連。最後她坦承知情，並以妨礙警方調查的罪名被判處罰鍰，卻免除了坐牢的懲罰。美國溜冰協會經過內部調查後，後來決定取消哈定的選拔賽冠軍資格，並且終身禁賽。柯莉根則在奧運後退出體壇。四年後，一家電視臺安排她和哈定在電視節目裡見面，哈定仍然說她沒有參與襲擊事件，也沒有表示歉意。

面對比賽的態度：尊敬

按照慣例，選拔賽的第一名和第二名是美國代表，哈定是第一名，柯莉根占去了另外一個名額，原來的第二名就變成候補了。那麼，當時的第二名是誰呢？她就是華人圈裡大家都很熟悉的關穎珊（Michelle Kwan）。關穎珊那時只有十三歲，卻已在世界級溜冰競賽中嶄露頭角。關穎珊的父母是香港移民，她在美國加州出生，八歲開始接受正式的嚴格訓練，她的父母親為了支付訓練費用，連房子都賣了。從一九九四年起，關穎珊得過五次世界冠軍，九次全美冠軍，在一九九八年奧運得到銀牌，二〇〇二年奧運得到銅牌。

二〇〇六年一月，關穎珊原本要參加美國的奧林匹克選拔賽，卻因腹部受傷臨時退出。幾個禮拜後，美國溜冰協會在五位專家評審之後，決定仿傚十二年前柯莉根的前例，破例提名關穎珊為美國代表選手。不過，當她抵達該年冬季奧運的舉行地點義大利後，卻在練習時受了傷，決定退賽。關穎珊說：「我對奧林匹克運動會的尊敬，不容許我勉強參與。」

二〇〇六年，美國國務卿康都萊莎．萊斯（Condoleezza Rice）任命關穎珊為「公民外交大使」，代表美國對全世界年輕人宣揚運動的精神和真諦。她在二〇〇七年對美聯社說，會在二〇〇九年決定是否參加二〇一〇年溫哥華冬季奧運；最終她決定不參加。她說：「過去三年代表美國擔任美國公共外交特使一直是非常有意義的工作，我想做更多事。」關穎珊於二〇〇九年從丹佛大學畢業，在歐巴馬執政時進入白宮工作，希拉蕊．柯林頓（Hillary Clinton）擔任國務卿任內還指定她為女性運動委員會委員。

對我們外行人來說，電視螢幕裡每一位溜冰選手都溜得出神入化，很難分出高下。的確，溜冰、跳水、體操這些運動比賽，都由評審專家的評分決定。國際溜冰聯盟對評審的標準和過程規定得相當嚴謹，每一位選手的分數分成兩部分：一部分是技術評分，選手必須在比賽中完成一系列規定動作，每個動作的準確度和完美度就是技術評分的標準；另一部分是藝術評分，包括溜冰的技術、動作和動作之間的連貫、舞步以及對音樂的詮釋。為了避免個別評審有意無意的失誤，通常會在十二位評審中隨機選出九位評審打的分數，剔除其中最高分和最低分之後，再用剩下來的算出平均分數。評審都是專家，我們期待也相信，他們會盡力做出客觀和公正的評分。不過，是否存在私心和偏心，選手們對評審結果是否心服口服，仍然無解。

公平公正的奧林匹克精神

古代的奧運源自西元前七百多年在希臘奧林匹克一地舉行，持續了近一千年的運動競技會。首次的近代奧運則是一八九六年在希臘雅典舉行，並於一九二四年分成夏季和冬季奧運。以二〇〇四年夏季奧運為例，參加的運動員大約有一萬一千人，參加的國家超過二百個；以二〇〇六年冬季奧運為例，參加的運動員大約有二千五百人，參加的國家有八十個。

法國教育家皮埃爾．德．顧拜旦（Pierre de Coubertin）男爵被認為是近代奧運創始人，他所闡述的奧林匹克精神是：

「在奧林匹克的比賽中，最重要的不是輸贏而是參與，

就像在生命裡，最重要的不是勝利而是打拚，
就像在戰鬥裡，最重要的不是征服而是打一場漂亮的仗。」❶

若用更具體的原則來描述奧林匹克精神，那就是任何比賽和競爭都有它的過程、結果和目的，而我們追求的是和諧的過程、公平的結果和崇高的目的。「崇高」一詞也響應了奧林匹克的格言：「更快、更高、更強壯。」（Swifter, Higher, Stronger.）

競賽的終極意義

從運動的觀點來看，競賽的目的可說是自我鍛鍊、共同成長、友誼建立和善意交流，那該如何確保過程的和諧與結果的公平呢？

第一、運動比賽必須有一套嚴謹的遊戲規則。舉例來說，高爾夫球比賽裡，球的大小和重量都有規定，正式比賽時不能攜帶超過十四支球桿，不許乘坐高爾夫球車代步，球若打到無法揮桿的樹林或雜草堆中，或者掉入水池，怎樣繼續比賽和應得的懲罰都有明文規定；棒球比賽裡，球桿的長度、重量和粗細都有規定，正式比賽時不能使用鋁製球棒，更不能用軟木夾心的球棒（球棒比較輕會增加揮棒的速度），三振出局、四壞球保送都有清楚的規矩；籃球比賽裡，在哪個區域投入的球才算三分球，進攻時只能持球二十四秒，進攻時怎樣算是帶球撞人，防守時怎樣算是擋人前進；乒乓球比賽裡，從一局二十一分，五打三勝，到後來改為一局十一分，七打四勝等，這些遊戲規則都經過詳細討論，是大家共同接受和遵守的，可以修改，但是不會輕易修改。

第二、為了確保過程的和諧與結果的公平，要由裁判來規範，讓運動員按照遊戲規則進行。然而，遊戲規則只是條文，人為的主觀判斷不可避免，因此裁判必須經過專業訓練，更必須保持獨立和公正。溜冰比賽裡，指定的動作是否合乎技術規定？棒球比賽裡，什麼算好球、什麼是壞球？投手投球時什麼叫「投手犯規」（balk）？籃球比賽裡，當對方投籃時，什麼叫「妨礙中籃」（goaltending）？足球和冰上曲棍球比賽都有「越位」（off side）犯規這一項，兩種球類的「越位」情況各如何？這些雖然都有明文規定，還是要靠裁判臨場主觀的解釋和判斷。

第三、為了確保過程的和諧與結果的公平，要由評審決定最終結果。這裡可能產生兩種不同的情形，像高爾夫球、棒球、籃球和賽跑等運動項目，勝負的結果是由絕對的數字來決定，得分多的就贏，得分少的就輸，沒有人為評審的問題。但在溜冰、體操、跳水和拳擊這些運動項目，最後的結果是靠評審的主觀判斷來決定。溜冰、體操、跳水有技術評分，也有藝術評分；拳擊賽裡選手被打倒在地上時，如果裁判數了十下還爬不起來，那是明顯地被打敗，否則就要靠場邊三位評審打的分數平均來決定優勝者，因此和裁判一樣，評審必須有高度專業的訓練、絕對的獨立和公正。

民主政治裡的運動家精神

運動競爭之外，任何形式的競爭，追求的都應是和諧的過程、公平的結果和崇高的目的。小至考試名次、進一流大學，延伸到科技領域的研究發明、爭取諾貝爾級的榮譽和獎項，到企業發展成為規模最大、最賺錢的公司，到民主政治裡的選舉，當上市長、縣長、立委、總統等，都應該以同樣的原則和態度來看待：和諧、公平和崇高。

以民主政治的選舉為例，第一、選舉的法令等於是球場上所有球員共同接受、也必須共同遵守的遊戲規則，這些遊戲規則可以更改，但不能隨便更改，它們的功能是保持和諧、維護公平；第二、選務人員、檢察官、法官就是球場上的裁判，具備專業訓練，必須以獨立、公正的態度讓候選人進行和諧與公平的競爭，不允許粗暴的行為，必須阻止不公平的競爭手段。柯莉根和哈定的故事中那種愚昧自私的行為是不被容許的，而且最終將自食其果；第三、選民就是最終的評審，選民的權利和責任就和運動場上的評審一樣，依據候選人的經驗和能力，用理性和智慧決定哪一位候選人應該獲得選舉的勝利。「民主」是文明進步社會的普世價值，民主容許並鼓勵和諧、公平的公開競爭，相信公開、和諧、公平的競爭，會帶來大家都能接受、支持的結果。

最後，參加競賽的目的是崇高的，正如奧運的格言「更快、更高、更強壯」。市長、縣長、立委、總統的候選人，追求的是為國家、為社會奉獻自身心力的機會，而讓國家進步得更快，讓生活水準提升得更高，讓社會變得更快樂、更健康、更強壯，則是我們每一位選民的期待。面對選舉時，千萬不要忘記做為一個選民，你扮演的是最重要的評審角色，不該推卸這份責任，也不應放棄自身的權利，應該投下神聖的一票，為你自己、為我們大家，選出一個真真正正的冠軍。

注釋

❶ The most important thing is Olympic Games is not to win, but to take parts; just as the most important thing in life is not the triumph but the struggle; the essential thing is not to have conquered, but to have fought well.

皮洛士的勝利

在每一次競爭裡，不論是軍事、商業、運動，甚至學術領域，勝利永遠是競賽者追求的結果。但是，除了傳統觀念裡的勝利者獲得利益和光榮之外，勝利還有好幾種不同的面向——有傷亡慘重、得不償失的勝利，也有空虛的勝利，還有精神上的勝利。

得不償失的勝利

首先，讓我們來看「皮洛士的勝利」（Pyrrhic Victory）。

西元前二七九年，古希臘伊魯斯庇國（Epirus）的國王皮洛士和羅馬人對戰，雖然兩場大戰皮洛士都打敗了羅馬人，可是雙方皆傷亡慘重，只不過羅馬那邊的傷亡人數更多。然而，羅馬人兵源充足，還有十足的勇氣和復仇的決心，皮洛士的官兵卻是傷亡累累，親信將領幾乎全部陣亡，也無力徵集新兵。有人恭賀皮洛士的勝利，他回應道：「假如我再打贏一場仗，恐怕就得單槍匹馬凱旋班師了。」

從這場戰事以後，任何一種形式的競爭，不論是戰爭、政治、商業還是運動比賽，一場傷亡慘重的勝利——得不償失的勝利——就被人稱為「皮洛士的勝利」。

希臘神話裡有個很類似的故事，叫做「卡德摩斯的勝利」。性好漁色的天神宙斯（Zeus）看上了凡間女子歐羅巴（Europa），宙斯化身為一頭白色的公牛來到海邊，當歐羅巴騎在祂身上時，祂就飛起來把歐羅巴帶走了。歐羅巴的三個兄弟奉父親之命尋找她，遍尋不著，後來三兄弟流浪在外，各自建立起自己的家園。三兄弟中的卡德摩斯（Cadmus）找了一處地方想在那裡建立城市，派手下去附近的泉水取水，手下卻統統被守衛泉水的龍殺死了。最後卡德摩斯親自出手，殺死了那條龍，但他身邊已經沒有人能幫他建城了。

好在，卡德摩斯聽了天神的指示，把龍的牙齒埋進土裡，一群武士就從土裡長了出來，彼此廝殺後剩下五個人，被卡德摩斯收為助手，幫助他建立了底比斯（Thebes）城。

這兩個故事都為了獲勝而付出沉重代價，可謂「一將功成萬骨枯」。

最空虛的勝利

相似的說法還有「空虛的勝利」（Hollow Victory），也就是付出了代價以求獲勝，最後卻發現是沒有實質好處的勝利。兩個國家爭奪一座城市，獲勝國卻發現奪來的城市沒有資源；兩所大學競爭學術排名，最後都沒有得到教育部的研究補助經費，這些都是空虛的勝利。又或者是就算贏了也不值得感到光榮，一如古語說「勝之不武」，意思是以絕對的強勢打敗無法抗衡的弱勢，這種勝利也沒有什麼光彩。

「贏了一場戰役，卻輸掉整個戰爭」（Winning a battle, losing the war.）也是講類似的事。兩間公司為了爭奪市場，雙方都賠本傾銷，一年後，小公司的業績超過大公司，財務狀況卻也元氣大傷，無力支撐，最後徹底退出市場。季末七打四勝的棒球冠軍賽裡，王牌打擊手在第一場比賽時因衝壘負傷，縱使贏了第一場，接下來六場比賽都無法上陣，冠軍只能拱手讓人。政治裡，黨內初選時彼此勾心鬥角，刀刀入骨，最終獲得提名的候選人卻也因為缺乏黨內團結力量的支持，在大選中落敗，這些都是例子。

贏一場：關羽水淹七軍

三國演義中，關羽從水淹七軍到敗走麥城的故事，同樣是贏了一場戰役卻輸了整個戰爭。

建安二十四年（西元前二一九年）秋天七月，劉備自立為漢中王，封諸葛亮為軍師，關羽、張飛、趙雲、馬超、黃忠為五虎大將。曹操聞訊大怒，想出兵攻打劉備，後來聽從司馬懿獻計，轉而聯絡孫權，打算合力取回劉備九年前有借無還、正由關羽駐守的荊州。此時此刻，曹操手下的猛將、堂弟曹仁駐守在樊城，呂常駐紮在襄陽，于禁和龐德在樊城北，徐晃駐軍在宛。

諸葛亮聽到曹仁計畫動兵荊州的消息，建議劉備下令關羽出兵攻打樊城，用以掣肘曹仁的兵力。關羽率兵和曹仁交戰，砍殺了曹仁麾下大將夏侯惇和翟元，奪下襄陽，逼使曹仁退守樊城。關羽隨即下令關平❶準備船隻，渡過襄江，直攻樊城。

曹仁的手下呂常帶兵二千，想趁著關羽船渡襄江時半路出擊，卻被關羽殺得落花流水，躲回樊城。曹仁趕緊向曹操告急，曹操便指派于禁率領七支大軍前往救援，並任命龐德為先鋒。不料，有人在曹操面前挑撥，說龐德本是馬超的副將，忠貞恐怕有問題，曹操想免除龐德的先鋒任命，龐德卻再三陳述自己對曹操厚恩的感激，甚至請木匠做了一口棺材，帶著棺材出征。龐德對部下說：

「這棺材放的不是關羽的首級，就是我的屍體。」展現必死的決心。

龐德領軍抵達樊城，和關羽交戰一百餘回合，不分勝負，兩邊官兵都看得目瞪口呆。第二天再戰五十餘回合，龐德撥回戰馬，拖刀而走，趁機偷放一槍冷箭，射中了關羽左臂，關平趕上前營救關羽，龐德正想回馬大加趕殺，忽然聽到後營鑼鼓大震，原來是于禁不想讓龐德立下大功，滅了自己的威風，用曹操吩咐的「關羽智勇雙全，小心有詐」為藉口，速速鳴金收兵。

關羽回營拔了箭頭，敷了金創藥，手下要他暫時安歇。這十幾天內，龐德天天登門叫戰，關平都吩咐手下的人不要報告關羽，也不出來應戰。龐德對于禁說，關羽箭傷未癒，不如趁此機會帶領七支大軍攻殺過去，即刻就能解除樊城之圍。于禁怕龐德立大功，仍然用曹操吩咐過要小心的話推托，不同意龐德出兵。

于禁帶著七支大軍駐紮在樊城之北十里的山谷低窪處，關羽看出于禁不明地理、不懂得當地氣候，吩咐手下準備船筏和行船水具。八月秋天，大雨連日不止，某天晚上風雨大作，襄江江水暴漲，平地水深丈餘，于禁的士兵東奔西竄，隨波逐流，于禁、龐德和手下將領躲在小山丘上避水。天亮時，關羽帶著將領士兵乘大船而來，搖旗鼓譟，將于禁和龐德雙雙活捉生擒。于禁跪地投降請命，龐德卻寧死不降，這就是「關羽水淹七軍」的故事。

此時，曹仁守在樊城裡，只見城外白浪滔天，城牆漸漸傾塌，慌得想棄城逃命。曹仁手下一個有見地的謀士說，不到十日水自然會退，曹仁這才留下來守城。

輸全局：關羽敗走麥城

關羽大獲全勝威震天下，繼續領兵從四面攻打樊城。

一日，關羽在樊城的北門立馬揚鞭，高呼：「汝等鼠輩，不早投降要待何時？」曹仁在城樓上看見關羽只披了護心甲，斜袒穿著綠袍，馬上召集五百個弓弩手同時放箭。關羽右臂中了一支毒箭，翻身落馬，被關平救回營中，只見毒已入骨，右臂毒腫，無法移動。關平想勸關羽退兵回荊州休養，關羽不肯，怒罵道不可以因為小小的創傷誤了大事，隨之而來的就是眾人熟知，關羽一邊下棋，一邊讓華佗替他刮骨療毒的故事。

曹操聽到關羽擒于禁、斬龐德，緊張了起來，樊城之圍不但沒有解，關羽搞不好還會趁勢殺向許都，曹操甚至打算遷離許都去避難。司馬懿此時獻計說，不必遷都，只要說服孫權，趁關羽把兵馬從荊州調去攻打樊城的機會，派兵奪取荊州，就能斬斷關羽的後路了。

於是，孫權派呂蒙為大都督殺向荊州時，曹操派徐晃去抵擋關羽，自己親領大軍營救曹仁。徐晃大敗關平和廖化，直奔關羽大寨，和關羽大戰了八十回合，關羽雖然武藝絕倫，到底是右臂少力，關平只能趕快鳴金收兵。此時此刻，樊城裡的曹仁聽聞曹操的救兵已到，殺出城來和徐晃會合，孫權派出的呂蒙也奪下了荊州和荊州旁邊的公安和南郡。

關羽怒氣衝冠、傷口迸裂，昏厥倒地，只好撤離樊城，希望從旱路打回去，收復荊州，同時也向成都求援。無奈前有吳兵，後有魏兵，關羽手下只剩幾百人，軍心又逐漸渙散，遠在成都的援兵不到，就近請求的援兵也不肯來，最後被困在麥城。眼見手下士兵多半帶傷，城裡又沒有糧食，關羽最後決定突圍，奔向四川。

突圍的路上，關羽和關平被孫權的軍隊擒獲，孫權認為關羽是舉世豪傑，想以禮相待，勸他歸降。孫權的幕僚卻說：「當年曹操善待此人，封侯賜爵，三日一小宴，五日一大宴，上馬一提金，下馬一提銀，如此恩禮尚且留他不住，今日曹操甚至為他所逼，幾乎遷都逃命。現在您已捉住了他，應該馬上把他除掉，以免日後之患。」於是，孫權就把關羽父子斬首了。

關羽奪襄陽、水淹七軍、殺龐德、降于禁，實實在在打了一場大勝仗，最後卻大敗身亡。水淹七軍也許是贏了一場戰役，敗走麥城卻是輸了整個戰爭啊！

阿Q式精神勝利

精神上的勝利又是什麼呢？也就是即使在世俗的眼光中、在傳統的衡量下是失敗的，但在當事人心中、在其精神上卻是重大的勝利。精神上的勝利有兩種面向，一種是在現實的戰爭裡已經失敗了，卻自認獲得勝利；另外一種是現實上根本沒有戰爭，純粹是精神層面的自認獲勝。

魯迅知名短篇小說《阿Q正傳》裡，主人翁阿Q是清朝末年一個不識字、沒有家室、靠做零散粗工過活的人，來自鄉下地方未莊的他被人欺負、被嘲笑、被辱罵，甚至被痛打，他都用心中認為的勝利來安慰和鼓舞自己，這就是精神勝利，也就是阿Q精神。

按照魯迅先生的說法，阿Q的中文名字應該是阿貴，可是沒辦法確定是貴賤的貴，還是桂花的桂，也有人說英文字母「Q」就是阿Q的後腦袋，因為拖著一條辮子嘛。我倒是想起了西班牙文豪賽萬提斯（Miguel de Cervantes）筆下，那位騎著馬、提著長槍，向大風車挑戰的唐吉訶德（Don

Quijote），他的名字裡也有個Q。

在未莊，最受大家尊敬的人是趙太爺，他有個秀才兒子和錢太爺的大兒子一起在城裡的洋學堂讀書。這秀才兒子不知怎地跑去了東洋，半年後回到家裡，連辮子也剪掉了，阿Q最討厭他，叫他假洋鬼子。阿Q在精神上對他們並沒有特別尊重，他在心裡說，我的兒子肯定會闊得多啦——雖然阿Q還沒娶老婆。

阿Q也去過城裡幾次，覺得自己見識比較高，很鄙視城裡的人。光說油煎大頭魚吧，未莊都是加半寸長的青葱，城裡卻是切得細細的蔥絲，阿Q認為那是錯的，太可笑了，但其實未莊的人統統沒見過世面，甚至連城裡的煎魚都沒見過。

阿Q沒有固定的職業，只是給人家做短工，割麥便割麥，舂米便舂米，撐船便撐船。有回一個老頭子說，阿Q真能做，沒人搞得清楚這句是真心話還是譏笑的話，阿Q卻很喜歡，認為自己「真能做」。

阿Q被趙太爺打過巴掌，也被假洋鬼子用黃漆棍子，也就是阿Q所謂的「哭喪棒」啪啪啪地打在頭上。阿Q頭皮上有幾個爛瘡疤，別人要是嘲笑他的瘡疤，阿Q總會和他們打起架來，最終再被揪住辮子在牆壁上碰四、五個響頭。甚至連阿Q坐在太陽底下，脫下破夾襖捉虱子時，也會和坐在旁邊的流氓吵架，然後照例被扭住辮子，拉到牆上，碰幾下頭，再被用力一推，跌出六尺多之遠。可是阿Q在挨揍時心裡老是想：「我總算給兒子打了，現在的世界真不像樣。」心滿意足地為自己慶賀著。

阿Q看到靜修庵裡的小尼姑，大膽伸手摸了小尼姑新剃的頭皮，被小尼姑大罵斷子絕孫，阿Q

卻興高采烈說：「和尚摸得我摸不得嗎？」阿Q在趙太爺家舂了一天米，和女僕吳媽聊天時居然開口調戲她，被趙太爺的秀才兒子拿著大竹竿痛打，阿Q也甘願被懲罰，賠罪了事。

這許許多多都是阿Q精神彰顯的例子。因為調戲吳媽的事件，找阿Q做零工的人愈來愈少，連趙太爺家也不要他了，他們找到一個又瘦又小的窮小子小D負責雜事，阿Q少不了又和小D打過一場不分勝負的架。

走投無路的阿Q決定進城謀生。中秋節後，他回到未莊，穿了新夾襖，腰間掛著一個放錢財衣物的大搭連，拿出一把現錢放在酒店的櫃檯要買酒。阿Q發財的消息讓他得到了新的敬畏。阿Q說從城裡回來是因為不滿意城裡的人，他們煎魚用蔥絲，連女人走路也扭得不好看，阿Q甚至在城裡看過殺頭——「好看啊，殺革命黨，好看、好看。」阿Q還從城裡帶回一些舊衣服賣給小姐和太太，連趙太爺的太太也搶著要，後來消息傳了出來，阿Q在城裡當小偷的幫手，舊衣服極可能是贓物。

宣統三年九月，城裡的舉人老爺派人開了一艘船，運了幾口箱子，打算存放在趙太爺家裡，因為聽說革命黨要進城，舉人老爺要逃難到鄉下來。阿Q聽過「革命黨」一詞，又親眼看過殺革命黨的頭，本來認為革命黨就是在造反，深惡痛絕；可是念頭一轉後認為革命也可以呀，他也要投降革命黨，尤其是喝下兩碗空肚酒之後，他似乎認為自己就是革命黨了，連趙太爺看到自己也改口叫他老Q、阿Q哥，阿Q飄飄然地，大做當了革命黨的夢。

後來革命黨果然進城了，不過倒沒有什麼大改變。在未莊，把辮子盤在頭頂上的人愈來愈多，阿Q也盤了，因為這樣就會被視為革命黨。真正令阿Q生氣的是小D也把辮子盤上了頭，讓人真恨不得揍他一頓。這些日子進城的只有假洋鬼子，阿Q很想透過假洋鬼子去結識革命黨，但他還在盤算應該稱呼對方為洋先生還是革命黨時，就被假洋鬼子轟了出去。

故事最後結局是趙太爺家裡被搶，阿Q被抓了起來，審判、畫押。送去刑場槍斃的路上，阿Q還在百忙中一句、半句唱著：「過了二十年，又是一條好漢。」

阿Q是個單純、沒有錢、沒有學問、沒有身分地位、受人欺負、挨揍、最後把命給送上的小人物，但是憑著阿Q精神，小人物也可以生存得快樂、滿足和勝利。

不損人而利己的精神勝利

第二種精神勝利又是什麼情形呢？

其實這是個對付敵人的好方法，也就是關上浴室的門，對著鏡子詛咒你的敵人，或者寫一封長信臭罵他，但是不把信寄出去。

南北戰爭時，被公認為美國歷史上最偉大的總統林肯（Abraham Lincoln）對於手下幾位將軍的懦弱無能非常憤怒和不滿，他先後給其中三位寫過開頭都很相似的信：「你這個白痴，你這個笨蛋，你這個自大、小鼻子、小眼睛的糊塗蟲……」但是，這些全都是沒有寄出去的信，特別是寫給梅特將軍（General Meade）的。

一八六三年七月一號到三號，賓夕法尼亞州的蓋茨堡戰役（The Battle of Gettysburg）裡，南軍的李將軍（General Lee）帶著敗軍向南撤退到波托馬克河（Potomac River）河畔，當時河水高漲，無法渡河，李將軍和他的軍隊插翅難逃，林肯認為這是一舉殲滅南軍、結束戰爭的良機，立刻下命給梅特將軍：「不要召開軍事會議討論，不可延宕，馬上揮軍攻擊。」梅特將軍卻反其道而行，猶豫不前。結果，河水退了，李將軍率兵渡河而逃。

林肯寫了一封信給梅特將軍，其中幾句是：「你根本不了解此一失誤的嚴重性，敵人本來已掌握在我們的手心裡，戰爭馬上就可以結束，現在戰爭將無限期延長，你錯失了良機，也令我感到萬分挫折和難過。」但是，林肯並沒有把這封信寄給梅特將軍，信寫了，氣也平了，精神上也得到勝利了，又何必讓別人難堪、難過呢？

還有一次某位議員當眾羞辱了林肯，他回家後氣得飯也吃不下，寫了封長信給那位議員，用詞非常尖銳，把對方罵得狗血淋頭，然後上床倒頭大睡。第二天一早，林肯的部下要替他寄信，他卻把信撕掉了。林肯笑著對部下解釋：「我寫信時已經出氣了，何必把它寄出去呢？」

沒寄出的〈蓋茨堡演說〉回函

前述的蓋茨堡戰役造成了南北軍雙方高達七千五百位士兵的死亡。當年十一月十九日，林肯受邀在蓋茨堡死亡將士紀念公墓的落成儀式中致詞。按照當時的習慣，典禮上會由一位主講嘉賓發表一篇主要的演講，然後再請其他嘉賓簡短致詞。當時被邀請的主講嘉賓是愛德華．埃弗里特（Edward Everett），他曾擔任哈佛大學校長、麻薩諸塞州州長、國務卿，是一位出名的演說家。

給林肯的邀請函上說得很清楚：「請您在主講嘉賓講完後，講幾句簡短得體的話。」據說主講嘉賓的邀請函在典禮四十天前就寄出了，林肯的邀請函卻遲至典禮十七天前才寄出。林肯為此寫了一封沒有寄出的回函：「我很樂意參加下個月的儀式，並簡單地講幾句話。我知道你把那個大言不慚的吹牛大王埃弗里特排在我前面，所以我會講得很簡短，我知道他一定會拖泥帶水、沒完沒了，我可不願意去煩在場的聽眾，反正這場儀式是一樁小事，我相信不管誰在那裡，講了什麼話，都不會有人注意，更不會有人記得。」

到了十一月十九號的典禮，埃弗里特發表了長達兩小時，共有一萬三千六百零九個字的演講，接著，林肯發表了那篇傳誦久遠，一共只有二百七十二個字，十句話，短短兩分鐘的〈蓋茨堡演說〉（Gettysburg Address）。❷

儀式結束後隔天，主講嘉賓埃弗里特很有風度地讚美林肯：「假如我能夠說，我在兩小時之內和您在兩分鐘之內講得一樣切題，那我就心滿意足了。」林肯也很有風度地回答：「以我們昨天分別擔任的角色而言，您不能講得太短，我也不該講得太長。」

美國大文豪馬克．吐溫也有用犀利言詞寫信罵人的習慣，但很多封信都被他太太扣下來，沒寄出去。大文豪罵人的信裡寫著：「你需要的是一張埋葬的許可證，只要你開口，我馬上替你辦好送過去。」「我不需要你任何建議，把這些建議保留在你腐爛的腦袋裡就好了。」

另外，提到寫信發洩情緒以獲得精神上的勝利，卻又不把信寄出去傷害對方的做法，應該要特別注意一點，寫信罵人時因為看不到被罵人的惶恐、無辜、委屈、生氣的神情，也無法讓被罵的人有插嘴分辯的機會，用語措詞往往會過分地重，而且在普遍使用電子郵件的今天，傳送鍵一按，罵人的話也就收不回來了，林肯和馬克．吐溫的做法，其實頗有值得學習之處。

改變心境，也是一種精神勝利

還有一種在精神上獲得勝利的做法是逆來順受，把痛楚改變成快樂，把黑暗改變成光明，把哭泣改變成歡笑，把失望改變成希望。

俄國名作家契訶夫寫過一篇短文，題為〈生活是美好的〉，他寫到：

「生活是極不愉快的玩笑，不過要使它美好倒也不難。為了持續感到幸福，你需要：第一、善於滿足現狀。第二、很高興事情原本可能會更糟，這點倒不難。要是火柴在你的衣袋裡燃燒起來，你應當高興而且感謝上蒼，幸虧你的衣袋不是火藥庫。要是有窮親戚來找你，不要臉色發白，而要喜洋洋地叫道：『挺好，幸虧來的不是警察！』要是你的手指頭扎了一根刺，那你應當高興，『挺好，多虧這根刺不是扎在眼睛裡。』如果你的妻子或小姨子在練鋼琴，不要發脾氣，而要感激這份福氣，你是聽音樂，而不是聽狼嚎或貓叫的音樂會。要是你有一顆牙疼，那你應該高興，幸虧不是滿口的牙都疼。要是你被送去警察局，你該樂得跳起來，因為多虧沒有把你送入地獄的大火裡。要是你挨了一頓樺木棍子，你該蹦蹦跳跳叫道：『我運氣真好，人家總算沒有拿帶刺的棒子打我！』要是妻子對你變了心，那該高興，多虧她背叛的是你，不是國家。以此類推，朋友，照著我的勸告去做吧，你的生活將歡樂無窮。」

有一首一九七〇年代、英國六人喜劇團體巨蟒集團（Monty Python）的歌〈永遠看到生活裡美好的一面〉（Always look on the brighter side of life），有段歌詞是這樣的：

「生活裡總會發生不如意的事，
它們真的夠讓人生氣的，
別的更會讓你詛咒和怒罵，
當你咀嚼著生活裡的雞肋，
別抱怨，吹個口哨，
讓一切變得更美好，
永遠看到生活裡美好的一面，
永遠看到生活裡輕鬆的一面，
如果生活似乎很爛，
你肯定忘記了某些事，
那就是歡笑、舞蹈和高歌，
當你覺得很倒楣，
不要做個大啞巴，
噘起嘴唇，吹個口哨，就這樣吧！」[3]

〈當你微笑時〉（When you are smiling）這首老歌的歌詞也闡述了同樣的道理：

「當你微笑，當你微笑，
世界伴著你微笑，
當你歡笑，當你歡笑，
陽光將遍地普照，
當你哭泣，帶來點點雨滴，
不再嘆息，快樂是你的老相識，
永遠微笑，永遠微笑，
世界伴著你微笑。」❹

注釋

❶ 正史裡，關平是關羽的長子，可是《三國演義》中，關平是關羽的義子。

❷ 〈蓋茨堡演說〉原文與翻譯如下：

「Four score and seven years ago, our fathers brought forth upon this continent, a new Nation, conceived in Liberty, and dedicated to the proposition that all men are created equal. Now we are engaged in a great Civil War, testing whether that nation, or any nation so conceived and so dedicated, can long endure. We are met on a great battle-field of that war. We have come to dedicate a portion of that field, as a final resting place for those who here gave their lives that that nation might live. It is altogether fitting and proper that we should do this. But, in a larger sense, we can not dedicate, we can not consecrate, we can not hallow—this ground. The brave men, living and dead, who struggled here, have consecrated it, far above our poor power to add or detract. The world will little note, nor long remember what we say here, but it can never forget what they did here. It is for us, the living, rather to be dedicated here to the unfinished work which they who fought here have thus far so nobly advanced. It is rather for us to be here dedicated to the great task remaining before us-- that from these honored dead we take increased devotion to that cause for which they gave the last full measure of devotion—that we here highly resolve that these dead shall not haves died in vain—that this nation, under God, shall have a new birth of freedom--and that government of the People, by the People, for the People, shall not perish from the earth.」

「八十七年前，我們的先賢在這塊大陸上建立了一個新的國家，一個以追求自由為目標，致力實現人人生來平等此一理念的國家。目前一場嚴峻的戰爭，正在國內進行著，這是一場考驗我們的國家，或者任何一個擁有同樣目標和理念的國家，能否持久永存的戰爭。今天我們共聚在這一場戰爭的一個戰場上，我們要把這個戰場上的一塊土地，奉獻給那些為國家的生存，在這裡英勇捐軀的人們，做為他們日後安息的地方，這是何等莊嚴的舉動。然而從更深、更廣的層面來說，我們微薄的能力不足以奉獻這塊土地，不足以使它變得更為聖潔。因為在這裡奮戰過、奪走或者已經喪生的勇士們，已經神聖地潔淨了這塊地，遠超過我們微薄的能力所能附加的。今天我們在這裡所說的話，世人不會注意，更不會記得，世人將會永誌不忘的，是這些英雄們的功績。我們生者該做的是，獻身於他們在這裡奮戰爭取、努力推進而尚未完成的工作，獻身於依然留在我們面前的重大任務。我們要追隨先烈的榜樣，更加努力地追求他們付出最後的全力所追求的成果。我們要下定最大的決心，讓先烈的鮮血不會白流，我們要讓我們的國家在上帝庇佑之下，看到自由的重生，我們要讓我們民有、民治、民享的政府，永在長存。」

❸ Some things in life are bad,
They can really make you mad.
Other things just make you swear and curse.
When you're chewing on life's gristle,

Don’t grumble, give a whistle!
And this’ll help things turn out for the best.
Always look on the bright side of life!
Always look on the bright side of life!
If life seems jolly rotten,
There’s something you’ve forgotten!
And that’s to laugh and smile and dance and sing.

❹ When you smilin’, when you smilin
The whole world smiles with you.
Yes when you laughin’ oh when you laughin’
The sun comes shinin through.
But when you cryin’, you bring on the rain
So stop your sighin baby, and be happy again
Keep on smilin, keep on smilin baby,
And the whole world smiles with you.

也談平等和自由

我想談談大家都非常熟悉的兩個普世價值：平等和自由。

不平等源自差異

什麼是平等？引用美國〈獨立宣言〉開宗明義的第一句：「人皆生而平等。」（All man are created equal.）換句話說，在法律、政治、社會、經濟、教育裡，每個人的立足點一致、每個人的起跑點相同。今日我們把這句話視為明確又自然的道理，但當我們回看歷史，細看今天，甚至放眼望向不久的將來，爭取平等、追求平等、消除過去的不平等、避免新的不平等的形成和產生，其實是永無休止的延續過程。

也許有人說，現今已經沒有帝王貴族這種隨著出生而來的階級不平等了，其實帝王貴族也好，種族、國籍、語言也好，貧富、教育也好，不平等統統來自人為，是把人和人之間的差異放大所致。出生在帝王之家的小孩和出生在平凡之家的小孩，從出生那一天起就走在不同的路上。出生在不同種族家庭的小孩子，當他們兩、三歲時進入托兒所，開始和別的小孩子在一起時，就會接受到差別和不同的待遇；出生在貧富不同、父母親教育程度不同的家庭，遲早也會面臨不同的挑戰和不同的機會。不平等源自差異，也源自差異被放大。

歷史就是人類消滅不平等的紀錄

講平等，必須同時講自由。

由美國傑佛遜總統（Thomas Jefferson）於一七七六年主筆撰寫的〈獨立宣言〉裡，接在「人皆生而平等」這句話後面的，正是「他們皆被賦予若干不容侵犯和剝奪的權利，包括生命、自由和追求快樂的權利。」❶擁有這些不容侵犯和剝奪的權利，就是自由的真諦。

到了一八六三年，林肯總統在〈蓋茨堡演說〉裡說：「八十七年前，我們的祖先在這個地方，建立了一個孕育在自由裡、深信人人都是平等這個理念的國家。」

當然，平等和自由的觀念並不是源自美國，也不是美國的專利。人類的歷史其實是人類爭平等、求自由的記載。十八世紀末的法國大革命中，最有名的口號就是「自由、平等、博愛」，法文是「Liberté, Egalité, Fraternité」。liberté 就是英文的 liberity，egalité 是英文的 equality，fraternité 翻成英文是 brotherhood，廣義來說就是「博愛」的意思。此外在二十世紀初期，俄國大革命推翻沙皇的統治、辛亥革命推翻滿清的統治，雖然每一場革命的背後，都有相當複雜的權力鬥爭因素，不過最重要的目標或口號，仍然是消除政治和經濟的不平等。

爭取平等人權的美國黑人

由於不可能作宏觀深入的全面敘述，這裡就以一些例子，敘述和討論追求平等的路程和面面觀。

平等和自由是兩個密切關連的觀念和理想，沒有平等的自由是假自由，沒有自由的平等不是真平等。不平等源自差異，源自差異被放大；但是，在自由的環境下，差異的發生是自然而然、無可避免的，甚至應該被鼓勵和期待。以教育為例，在自由的教育環境裡為所有學生提供平等的學習機會時，每一個學生的進步和成就應該會有所不同。而在自由的經濟環境和社會裡，為每個人提供平等的工作機會時，有些人會變成大富翁，有些人過著小康甚至貧窮的生活。在自由的政治環境裡，不同的人會有不同的理念、不同的想法和做法。因此，在平等和自由的環境中，唯有消弭差異、正面地看待和接受差異，發揮差異的功能，才能營造和諧又快樂的社會。

很多時候，先天差異會被不合理地放大，成為不平等待遇的藉口。近代歷史裡最顯著也最沉重的例子無疑是種族歧視，即使在被認為最自由、最平等的美國，黑人人權的爭取也是一條艱辛、漫長、遙遠的路。

從十七世紀殖民地時代起，美國已有將非洲黑人做為奴隸的制度，一八六一年至一八六五年南北戰爭爆發的主因正是黑奴解放。林肯總統在一八六二年就發表了知名的〈解放黑奴文告〉（The Emancipation Proclamation），但是直到一八六五年南北戰爭結束，美國憲法第十三條補充修正案通過之後，美國才在法律上正式終止了奴隸制度。而且，奴隸制度的終止並不等於歧視的結束，美國黑人人權的爭取過程，從以下重要事件可略窺一二。

美國棒球大聯盟已有一百年歷史，卻到一九四七年才出現第一位黑人球員傑基・羅賓森（Jackie Robinson）。一九五五年，阿拉巴馬州首府蒙哥馬利城（Montgomery）的黑人女性羅莎・

帕克斯（Rosa Louise McCauley Parks）在公車上拒絕讓位給白人乘客，那時的公車座位是黑人和白人分排而坐，前四排是白人區，帕克斯和另外三位黑人坐在第五排，一位白人上車後發現前面四排已經坐滿，要求帕克斯和另外三位黑人往後移，她因拒絕而被拘捕。一九五七年，美國阿肯色州州長下令派出軍隊，阻止九位小岩城（Little Rock）的非裔高中生到學校上課，和聯邦政府爆發正面衝突。一九六三年，美國黑人人權運動領導者馬丁・路德・金恩（Martin Luther King, Jr.）在華盛頓特區帶領四萬人遊行，發表有名的〈我有一個夢〉（I Have a Dream）演說，卻不幸於一九六八年遇刺身亡。

南非種族隔離政策的終結

再看看南非的例子。從一九四八年到一九九四年，南非有非常清楚的種族隔離政策（apartheid）。在種族隔離政策下，南非的人民按照法律分成不同族群：白人、黑人、亞洲人（主要是印度和巴基斯坦人）和混合人種（主要是歐洲人和非洲土著的混血），投票權是隔離分開的，學校、公共交通工具、醫院、圖書館、海灘、公共廁所的使用也是隔離分開的，納稅的稅率、工資和土地取得的權利和價值，也都因種族而不同。

南非的種族隔離政策導致了內部的動亂不安，也受到國際社會的指摘和排斥。聯合國於一九六二年通過決議案，指摘南非的種族隔離政策。到了一九八〇年代，包括美國、英國許多經濟大國都對南非採取經濟制裁，例如不和南非的公司做生意、不在南非投資等。經過四十多年抗爭和談判，南非的種族隔離政策終於在一九九四年畫下句點。

整個反對隔離政策的過程中有兩位重要的領導人物，一是納爾遜．曼德拉（Nelson Mandela），他以反對黨非洲人國民大會（African National Congress）的身分反對隔離政策，在一九六二年被捕，被判終身監禁，直到二十七年後的一九九〇年才由當時的南非總統弗雷德里克．威廉．戴克拉克（Frederik Willem de Klerk）下令釋放，整整二十七年裡，曼德拉和妻子只見過三次面。曼德拉從一九九〇年開始採取從抗爭改為協商的策略，在他領導下的協商終於終止了南非的種族隔離政策。一九九四年，南非舉行全民選舉，曼德拉當選為總統，戴克拉克當選副總統，兩人的貢獻也讓他們獲得一九九三年諾貝爾和平獎榮譽。另一位領導人物是德斯蒙德．屠圖（Bishop Desmond Tutu）大主教，他以宗教領袖的身分領導反對隔離政策的行動，獲頒一九八四年諾貝爾和平獎。

大屠殺的教訓

第三個例子發生在第二次大戰的納粹德國，猶太人被迫害和殘殺是人類歷史裡一齣最大的悲劇。「holocaust」一字本來是完全奉獻給神的意思，「holo」是完全，「caust」是燒，現在「Holocaust」卻專指猶太人在二次大戰時被納粹殺害的大屠殺。

自一九三三年希特勒掌握德國政權後，納粹逐漸展開對猶太人的迫害。猶太人在法律、經濟和社會上的權利一步步被限制和打壓，後來甚至被取消了公民權，就在那段期間，許多猶太菁英逃往歐洲和美國。二次大戰爆發後，猶太人被送入勞工營和集中營，據統計約有六百萬到一千萬猶太人遭到集體殺害。這場浩劫最終以戰後的「紐倫堡審判」（Nuremberg Trial）作結。英、美、法、俄四國的法官組成法庭，審判二十四位被控告的戰事罪犯，控告的罪名中包括殘害人類（crimes against humanity）此項。在國際公法裡，殘害人類這項罪名包括了對人類大規模的集體謀殺、折磨、強暴和迫害。

接受差異，才是真平等、真自由

一個平等而自由的開放社會裡，差異是會存在、形成的，甚至是可以接受、可以被鼓勵的。膚色的不同、祖先的不同、語言的不同、性別的不同、身體外貌和健康狀況的不同、年齡的不同、教育程度的不同、財富的不同，都是在一個自由國度的群體社會裡，必然會產生和存在的差異。

但是，差異並不等於分隔、距離、歧視、敵視。把差異轉變為距離是人為的；這種人為距離的形成可能始於傳統、愚昧、無知和偏見，更有可能是被刻意地扭曲放大和醜化。這種人為距離的形成，也許一開始是個人或少數人之間的距離，但卻有可能形成族群之間的距離。當一個微小的差異被放大、被曲解、被情緒化成嚴峻的族群對立距離時，社會將失去和諧而變得動盪，將失去進步的原動力，甚至造成悲慘的後果，讓國家和社會付出非常沉重的代價。

在一個平等的社會裡，首要第一件事是努力消弭這些差異，縮短已經形成的距離。以男女平權為例，受教育的機會、工作和升遷的機會、婚姻中平等的機會、在生兒育女上得到照顧的機會等，都必須注意和安排。若以貧富差異為例，累進稅率、社會福利的建立等做法都是有效的；不必也不可能對每個人的財富設定上限，但必須對社會裡每一個人的生活福利設定最低限度標準。另一方面，自由社會裡會產生新的差異，比如臺灣的外籍配偶和其子女就是一個新族群，而臺灣現在的外籍配偶人數已經到達三十萬了。

第二、只要抱持開放的胸懷，許多差異是很容易被接受，甚至感覺不到其存在的。不同種族的人一起工作、一起生活、互通婚姻，今天已非常普遍。幾十年前那種留學美國的兒子娶了一個洋媳婦，爸爸要斷絕父子關係的故事雖然時有所聞，但到了後來，父子間的距離往往自然而然就消除了。

第三、只要有開放的胸懷，看到的差異將是美麗的一面，而不是醜陋的一面；看到的差異會是建設性的部分，而不是破壞性的部分。一個快樂和諧的社會是多元化的社會，是在同中求異、異中取同的社會。當我們說平等和自由是普世價值的時候，必須了解平等和自由的直接產品，正是快樂與和諧。

今天，當我們看到國家社會在很多情形下一分為二，兩者之間存在無法跨越的鴻溝時，不要問要選哪一邊，而是必須問如何消除這道人為的鴻溝？只有這樣，才能達到快樂和諧的目的。

注釋

❶ they are endowed by their Creator with certain unalienable Rights, that among these are Life, Liberty and the pursuit of Happiness.

PART III

環境科學

一滴水，看天下

為什麼一定要「水」洗？

你想過為什麼我們要用水來洗手、洗澡和洗衣服嗎？外來的雜物如塵埃、泥土、細菌會黏附在皮膚和衣服上，藏在指甲或衣服縫隙裡。當我們用水清洗時，主要是經由水的沖力再加上抹搓的動作，把雜物去除掉，也有些雜物可以被水溶解。

那為什麼要用肥皂呢？有些雜物本身是油性的，或外面包著一層油脂，它們的黏附力比較強，光靠水的沖力和抹搓的動作不夠，這時有兩種處理方法：一是使用如酒精、汽油等溶劑，直接溶解油脂，二是使用肥皂。

人類遠在幾千年前就從生活經驗裡發現了肥皂。肥皂本身沒有溶化油脂的功能，但肥皂的分子結構是一個長長的分子，一端容易被水的分子吸引（化學名詞是「親水」，hydrophilic），一端會抗拒水的分子吸引（化學名詞是「疏水」，hydrophobic），因此容易被油脂的分子吸引（油脂的分子也是疏水的）。只要想像以下這個有趣的畫面：一個肥皂的分子，左手拉著一個水的分子，右手拉著一個油脂的分子，在水力衝擊和抹搓動作之下，手拉手一起離開了衣服或皮膚表面，就能輕鬆理解肥皂去除油脂的道理了。

洗手，代表了尊敬之心

洗手是日常生活裡保持清潔，防止腸病毒、禽流感等疾病傳染，最簡單有效的做法。〈洗手歌〉很多小朋友都琅琅上口：「用水沖沖你的小手，拿起肥皂抹一抹，手心、手背搓一搓，不要忘記你的小指頭，水龍頭下沖泡沫，順便捧水洗龍頭，洗完用毛巾擦乾手，我是健康快樂小朋友。」

但是，洗手不只是一個清潔動作，還包含了一份鄭重和尊敬的心態。

唐朝詩人王建寫過一首膾炙人口的詩，題為〈新嫁娘詞〉：「三日入廚下，洗手作羹湯。未諳姑食性，先遣小姑嘗。」說的是到了婚後第三天，按照習俗，新娘子就要下廚做菜侍奉婆婆，她不但慎重洗淨雙手，小心翼翼烹調，而且因為不知道婆婆的口味和飲食習慣，還特別先請小姑嘗一嘗。

洗手所代表的鄭重和尊敬的心態，在《聖經．新約．馬可福音》第七章有深入的論述。當法利塞人指摘耶穌的門徒吃飯前沒有洗手時，耶穌說：「只注意表面形式是偽善的，就像用嘴唇來表達尊敬的意思，內心卻冷漠而遙遠。」耶穌更進一步說：「從外面進入身體裡的外物無法使人汙穢，因為外物進不了他的心，只是經過他的肚腸再排泄出去，反過來說，從人的內心出來的才會使人汙穢，因為從心裡出來的可能是惡念，盜竊、凶殺、姦淫、貪婪、詭詐、妒忌、驕傲和愚妄等。」

金盆洗手，離開的象徵

洗手還有第二種含義，就是武俠小說裡的「金盆洗手」。當一位大俠決定退出江湖時，他會當著各路人馬的面前，在盛滿清水的金盆裡把雙手洗乾淨，宣示從此不再過問江湖上的事，金盆則代表了慎重，不再反悔。

正如《笑傲江湖》裡衡山派第二高手劉正風的金盆洗手大典——

金盆洗手當日，五、六百位遠客流水般湧來，包括五嶽劍派的泰山派掌門天門道人、華山派掌門岳不群和恆山派代表定逸師太，以及青城派的余滄海、六合門的夏老拳師、丐幫副幫主等，劉府裡裡外外擺設了二百來桌酒席。大家坐定後，劉的弟子先端出一個鋪錦緞的茶几，再用雙手捧了一個徑長尺半、盛滿清水的黃金盆子放在茶几上。笑嘻嘻的劉正風走到廳中，道出金盆洗手、退出武林，再也不出拳動劍、不過問江湖恩怨的心願，並強調「若違是言，有如此劍」，雙手一扳，長劍劍鋒斷成兩截。

劉正風伸出雙手要放入金盆之際，大門外有人厲聲喝道：「且住！」五嶽劍派盟主嵩山派掌門左冷禪的弟子史登達手中高舉五色錦旗，走到劉正風前面說：「奉五嶽劍派左盟主旗令，劉師叔金盆洗手大事，請暫行押後。」劉回：「今日金盆洗手是個人私事，既沒違背武林的道義規矩，更與五嶽劍派並不相干，不受盟主旗令的約束。」

眼見兩人僵持不下，定逸師太開口緩頰，劉正風同意金盆洗手延至隔天午時，卻突然出現幾十位嵩山派弟子，挾持了劉夫人、兩個幼子和七名弟子。此時劉正風再也按捺不住，「劉某若為威力所屈，有何面目立於天地之間」，雙手便往金盆伸去，史登達令旗一展，攔在他身前。劉正風打退了史和其他嵩山弟子，雙手又向金盆伸去，突然間一件暗器破空而至，打在金盆邊緣，清水全潑在地上，左冷禪的四師弟費彬從屋頂躍下，用右足把金盆踹成平平一片。金盆既被踹爛，金盆洗手之舉也就不可行了。

從《笑傲江湖》這段可知，武林如何看重金盆洗手，不是說一說、洗一洗而已。今天，金盆洗手一詞意謂著洗手不幹，代表了離開、退出以前從事的工作圈，包括商業、政治、學術和體育。

洗手不管，「我手上沒有不義的血」

洗手還有第三種含義。

《聖經．馬太福音》第二十七章記載，誣害耶穌的人，把耶穌綑綁了，押送到總督比拉多面前，要求比拉多處死耶穌。比拉多知道耶穌是無辜的，他的妻子也告訴他不要介入這個漩渦裡，傷害這正義之人。當時按照慣例，每逢節日，總督會照民眾的要求釋放一位囚犯，那時有個惡名昭彰的囚犯叫巴拉巴。

比拉多問民眾：「你們要我釋放巴拉巴？還是耶穌？」鼓譟的民眾要求比拉多釋放巴拉巴。比拉多再問：「這兩個人中，你們要我釋放哪一個？」民眾說釋放巴拉巴，把耶穌釘在十字架上。

沒辦法的比拉多拿了水，在眾人面前說：「對這個正義的人所流的血，我是無辜的。」眾人說：「讓他的血漬歸在我們子孫的身上吧！」於是，比拉多釋放了巴拉巴，把耶穌交給負責釘十字架的士兵。

今天的「洗手不管」一詞，含有無奈、推卸責任，甚至缺乏道德勇氣處理事情的意思，也延伸出「我手上沒有不義的血」之意。

富人吃藥，窮人洗腳

講完洗手，接下來講洗腳。

洗腳除了清潔衛生，更是一個放鬆休息、強身保健的行為，尤其是用熱水洗腳。若再加上腳底按摩，確實有促進血液循環的功能。宋代大文學家蘇東坡說，用熱水洗腳之初不覺得有功效，但累積一百多天後，會發覺和服藥進補相比，功效百倍。

俗語說：「富人吃藥，窮人洗腳。」蘇東坡有兩句詩：「他人勸我洗足眠，倒床不復聞鐘鼓。」意思是聽別人的勸告洗了腳上床，倒頭香甜大睡，連鐘鼓聲都聽不見。陸游同樣有兩句詩：「洗腳上床真一快，稚孫漸長解澆湯。」意思是洗腳上床，讚！清代名將曾國藩則說，最重要的養生方法就是「食飯、睡覺要有規律，每頓飯後走三千步和臨睡前洗腳」。

洗腳，洗滌過去的汙點

和洗手一樣，洗腳也有三種意思。

《聖經．舊約．雅歌》第五章第三節：「我脫了衣裳怎能再穿上呢？我洗了腳怎能再沾汙呢？」意思是過去的汙垢已被洗滌，過去的包袱已被拋卸，過去的迷失已被寬恕，不應該再犯錯。

中國文學裡的「滄浪之水清兮，可以濯吾纓。滄浪之水濁兮，可以濯吾足」則說，如果河水是澄清的，可以洗我的帽帶；如果河水是混濁的，可以洗我的腳。但這段話有兩個出處，意思稍有不同。第一個出處是《孟子．離婁．上》，孟子說有小孩在唱這段歌，孔子回應他，到底水是清還是濁，要用來洗帽帶還是洗腳，決定權在你手上，也就是榮辱自取的意思。

第二個出處是《楚辭．漁父．第七》，屈原被放逐之後，形色枯槁地在江畔邊走邊吟詩，一位老漁夫認出了他，問他為什麼讓自己如此不堪？屈原回答：「舉世皆濁我獨清，眾人皆醉我獨醒。」老漁夫開解他：「修養到了最高境界的人，不會被周遭的環境拘束阻絆，要適應，隨著周遭的環境進退。」屈原回應：「剛洗過頭的人，必定彈一彈帽子才戴上；剛洗過澡的人，必定抖一抖衣服才穿上。」表示對道德和理想的堅持。老漁夫笑了笑，唱出「滄浪之水清兮，可以濯吾纓。滄浪之水濁兮，可以濯吾足」這段歌回應，傳達的是與物浮沉、與時推移之意。

洗腳，表達內心的尊敬

洗腳也是表示尊敬的行為，尤其在古代，對遠道而來的客人提供洗腳的安排，甚至幫他們洗腳，都是善意和敬意的表達。

《聖經．舊約．創世記》第十八章記載，被上帝選定為多國之父的亞伯拉罕看到三個人（即天使）站在帳棚口，向他們說：「容我拿點水來，你們洗洗腳，在樹下歇息歇息，我再拿一點餅來，你們可以加添心力。」

《聖經．新約．路加福音》第七章記載，一個法利賽人邀請耶穌到他家吃飯，有位犯了罪的婦人帶著香膏前來，站在耶穌背後挨著他的腳哭。婦人的眼淚沾溼了耶穌的腳，她用自己的頭髮把耶穌的腳擦乾、抹上香膏，耶穌就赦免了她的罪。耶穌對那位露出不以為然神色的法利賽人說：「我進了你家，你沒有準備水給我洗腳，這個婦人卻用眼淚沾溼、用頭髮擦乾、用香膏塗抹了我的腳。」

洗腳，謙卑的象徵

洗腳也是表示謙卑的行為。

《聖經》記載，耶穌的門徒之間常常彼此爭論誰的地位最高、誰最大。耶穌對他們說，最大的要把自己看成最小，當首領的要以服事別人為己任。按照〈約翰福音〉第十三章記載，逾越節前夕的晚餐上，也就是耶穌被出賣之前的那一場「最後的晚餐」，耶穌從席間站起來，脫下外衣，拿起一條手巾束在腰間，把水倒在盆子裡，為他的門徒洗腳，並用腰間的手巾替他們擦乾。

耶穌替他們洗完腳之後，穿上外衣，坐下來對他們說：「你們了解我替你們所做的事情嗎？你們叫我為老師、為大師，那是正確的，那麼如果老師和大師為你們洗腳，你們也該彼此洗腳。我豎立了榜樣給你們，你們也該照著我為你們所做的去做。」

各式各樣的「洗」

我們還會「洗」什麼呢？

一講到「洗耳」，大家馬上會想起「洗耳恭聽」，也就是把耳朵洗乾淨，恭敬地專心聆聽對方講的話。其實「洗耳」的出處來自上古時代，堯帝想把帝位讓給一位叫許由的高士賢人，但許由堅決不接受，隱居在山下水邊，農耕而食。堯帝再次派人邀請許由，說他如果堅持不接受帝位，可以出任九州長，許由仍然不願意，而且為了表示不想再聽到這些話，還跑到住所附近的穎水河邊清洗耳朵。換言之，「洗耳」的原意是遠離俗世的紛擾。

中文雖然不會說洗眼睛，卻有「士別三日，刮目相看」的用法，用刀刮當然比用水洗能讓眼睛更乾淨、目光變得更鋒銳。英文則有「洗洗你的嘴巴」（Wash your mouth out.），通常是用來教訓講髒話的小朋友。至於「洗心」、「洗腦」、「洗腎」、「洗胃」，也都不是真的把五臟六腑掏出來清洗，而是各有其含義。

水到底是什麼？

生活的任一面向裡，水都會以某種形式出現。人類從遠古時代就體會到水是大自然環境裡重要的一部分，以不同的形態出現在我們面前，用不同的力量衝擊我們的生活，經由不同的方式支援延續我們的生命，也為我們帶來不同的象徵和想像。

西方宗教裡的水

宗教的經典歷史記載和遠古神話裡都看得到水。

《聖經．創世記》第一章說，起初上帝創造天地，地是空虛的、混沌的，黑暗覆蓋著深淵，上帝的靈運行在水面上，上帝說要有光，就有了光；上帝說諸水之間要有空氣，將水分為上下；上帝說天下的水要聚在一起使旱地露出來；上帝又說水要滋潤有生命的萬物，讓他們蓬勃生長，後來上帝也對挪亞說要降雨在地上四十晝夜。《可蘭經》第二十五章則說，真主將兩個海域合流，一個是淡水，味道甜美；一個是鹹水，味道苦澀，祂在兩者之間設置了屏障，祂在水身上，創造了一個凡人，也說天降甘霖，讓草木五穀、棕櫚樹和葡萄園茂盛生長。

希臘神話裡，天帝宙斯、海神波賽頓（Poseidon）和冥王黑帝斯（Hades）三兄弟抽籤三分天下，宙斯管天，波賽頓管海，黑帝斯管陰間。當主管海水和浪潮的波賽頓駕著祂的金色馬車行走在水面時，洶湧的波浪就會完全平靜下來。波賽頓曾和宙斯的女兒、智慧女神雅典娜（Athena）爭奪雅典城守護神的資格。祂們分別送了一件禮物給雅典城，因為雅典城的國王說，誰送的禮物比較好，誰就是雅典城的守護神。波賽頓用祂的三叉戟打碎石頭，鑿了一口井當禮物，但因為祂是海神，噴出來的井水是無法使用的海水；雅典娜挖開泥土，把一根橄欖枝變成一棵橄欖樹當禮物，橄欖樹不但會長出橄欖，可吃又能榨油，也代表和平與繁盛，雅典城的國王因此選了雅典娜為守護神，波賽頓大為憤怒，咒罵雅典城永遠得不到足夠的水，雅典城直到今日都是如此。

中國神話裡的水

中國古代神話裡，共工被稱為洪水之神。共工是誰呢？他和祝融都是黃帝軒轅的後代。《淮南子》記載，共工和祝融為了爭奪黃帝的繼承權大打一架，打輸的共工憤怒之下一頭撞向西邊的不周山，把不周山撞斷了，撐天柱地的天空因此傾斜，天上的日月星辰全朝西滑落，成為今天日月星辰的運行路線，東南邊的陸地也塌陷了下去，使得大江大河都從西向東流入大海，因此才有女媧煉石補天的故事。

《淮南子》還記載，帝舜時，共工發動洪水，淹沒大地，老百姓都跑到山上，爬上樹逃命，奉舜帝命令治水的大禹打敗了共工，把他放逐到幽州，大禹因為治水和平定內亂的功勞，繼承了舜帝。而在中國和日本的神話傳說裡，蛟龍也常常被認為是掌管河與海的神。

哲學家眼中的水

接下來讓我們看看哲學家對水的看法。

古老文明如巴比倫、希臘、埃及、印度和中國的哲學家，都曾先後提出基本元素的觀念。當時的哲學家認為，世界上的物質是由四、五個基本元素構成的，今天我們也稱這些元素為古典基本元素。

希臘哲學家恩比多克勒斯（Empedocles）在西元前四百多年提出了水、火、空氣和土是組成萬物的四個基本元素，這些基本元素具有冷、熱、乾、溼等不同性質，例如火是熱和乾，水是冷和溼等。亞里斯多德再加上了第五個元素乙太（Ether），理由是水、火、空氣和土構成了地球萬物，會變化和被破壞，但天空上的天體似乎永遠存在不變，那是什麼東西在支撐天體呢？亞里斯多德認為，整個宇宙充滿了「乙太」元素，乙太既沒有冷、熱、乾、溼這些性質，也不會變化和被破壞。不過這個觀念並沒有得到現代科學家的支持。

中國哲學家在西周末年提出金、木、水、火、土是構成萬物的五種基本元素，中國的五行則把金、木、水、火、土的觀念，從構成萬物的基本元素，推廣到萬物之間的關係，在風水、占卜和醫學裡都有五行相生、相剋的說法。

當然，今天我們都知道，水也好、木也好、空氣也好，都不是構成萬物的基本元素，但我們不能不佩服幾千年前哲學家的遠見。

科學家眼中的水

沿著基本元素此一思路，十七世紀愛爾蘭科學家勞勃．波義耳（Robert Boyle）提出了微粒論（Corpuscularianism），認為物質是由微小的粒子構成，粒子有不同的大小、形狀和動力（motion），不同的性質就由不同的微粒子構成，而且微粒子是可以分割的。

現代化學之父、十八世紀法國科學家安東萬．拉瓦節（Antoine Lavoisier）提出了元素的觀念，亦即元素就是物質被分割的極限，不能再被分解為其他元素。拉瓦節提列了三十三種元素，並把它們分成四類，金屬類包括金、銀、銅、水銀，非金屬類包括硫和磷，土類包括鎂（Magnesium），空氣類包括氫和氧，但也錯誤地包括了光和熱。當時，拉瓦節「不可以再被分解」的觀念說的只是沒辦法在實驗裡分解開來，尚待科學性的定義。

兩位二十世紀初期最重要的科學家，丹麥科學家尼爾斯．波耳（Neils Bohr）和英國科學家歐尼斯特．拉塞福（Ernest Rutherford）建立了原子模型。原子有一個原子核，裡頭有質子和中子，以及圍繞著原子核旋轉的電子。質子的數目和電子的數目是相等的，這個數目也就是該元素的原子序（Atomic number）。不同的元素，原子核裡的質子數目也不同，例如氫有一個，氦有兩個，氧有八個，銀有四十七個，金有七十九個質子等。但是，一個元素卻可能有不同數目的中子，這種質子數相同但中子數不同的元素，就叫「同位素」。而在元素是由原子組成的前提之下，「元素不能被分解」這個觀念就表示，一個元素的原子核不能被打碎成為一個新的原子核，或者兩個元素的原子核不能融合成一個新的原子核。

可是進入二十世紀後，物理學家發現，核子反應的過程可以引起一個元素蛻變成為不同的元素。在物理學裡，核子反應的過程有核子裂變（nuclear fission）和核子融合（nuclear fusion）這兩種可能性，核子裂變是把一個核子分裂成兩個或多個原子核，核子融合是把兩個或多個原子核合併成為一個比較重的原子核。既然如此，「元素不能被分解」這個觀念將需要更精準的回答。因此我們必須說，元素是不能經由化學反應的過程被分解、變成其他元素的基本物質，目前已知元素有一百一十八種。

從水分子到元素的起源

但是，世界上的元素又是從哪裡來的呢？

二十世紀以前的科學家不知道宇宙的起源，可以輕鬆但無奈地說，我們不必追問起源，元素是跟著宇宙而來的。但從二十世紀初開始，科學家逐漸建立起解釋宇宙起源的大爆炸模型。

大爆炸模型是說，遠在一百三十七億年以前，宇宙是一團溫度高達幾兆度，壓力非常大，能量密度非常大的粒子，這些粒子包括了夸克（quark）、膠子（gluon）、電子（electron）和光子（photon）。大爆炸發生時，這一團粒子突然膨脹冷卻下來，三分鐘之後，溫度從 10^{32} ºC 降到 10^{9} ºC，夸克和膠子碰撞形成了質子和中子。

• 大爆炸核子合成

一九四八年，物理學家喬治·伽莫夫（George Gamow）和他的學生拉爾夫·阿爾菲（Ralph

Alpher）計算出來，大爆炸開始後形成了質子，也就是氫的原子核，接下來一個質子加上一個中子形成重氫，那是氫的一個同位素的原子核，再由兩個質子加上兩個中子形成氦的原子核。再經過幾十萬年後，氫原子核和電子合起來形成了氫原子，氦原子核和電子合起來形成了氦原子。他們也正確算出宇宙裡氫原子和氦原子的比例為十比一。

從這些計算結果出發，伽莫夫和阿爾菲的思路似乎可以延伸為：有了氫和氦的原子核，就可以一點一滴合成為各種不同元素的原子核。但這條路卻走不下去，原因是大爆炸之後，宇宙迅速膨脹，溫度也迅速下降，除了氫、氦、小量的鋰（Lithium，鋰有兩個同位素，其原子核分別有三個質子和三個中子，以及三個質子和四個中子）和鈹（Beryllium，它的原子核有四個質子和五個中子）之外，沒有適當的物理條件足以讓別的原子核被合成並產生出來。

為什麼這個被稱為大爆炸核子合成（Big Bang nucleosynthesis）的路走不下去呢？我們可以用一個相當簡單的例子來說明這條路上的障礙：氦的原子核有兩個質子、兩個中子，碳的原子核有六個質子、六個中子，從數學觀點來說，三個氦原子核正好可以合成一個碳原子核，4＋4＋4＝12。但是，讓三個氦原子核同時相遇的機率卻微乎其微，比較可能的是讓兩個氦原子核先合成為一個有四個質子和四個中子的鈹的同位素的原子核，然後再和一個氦原子核合成為一個碳原子核，8＋4＝12。然而，有四個質子和四個中子的鈹的同位素非常不穩定，存在時間極短，因此和一個氦原子核合成為一個碳原子核的機率，也就變得微乎其微了。

・恆星核子合成

在大爆炸中合成的原子核之外，那就是鈹以上更高的原子序的原子核的合成。英國天文學家弗雷德・霍伊爾（Fred Hoyle）和美國天文學家威廉・福勒（William Fowler）提出了一個可能的答案。他們和伯畢奇夫婦（Geoffrey Burbidge 和 Margaret Burbidge）四人在一九五七年一篇重要論文裡指出，恆星核子合成（Stellar nucleosynthesis）的過程會產生其他元素。

用最簡單的話來說，宇宙從一團氫元素開始，氫聚合成恆星，恆星內部強大的重力壓力開始把氫核子融合成氦核子，這個過程會讓恆星開始燃燒，當恆星裡的氫核子燒完之後，氦核子開始燃燒，並在燃燒過程中產生其他原子核，例如碳和氧的原子核。緊接著，這些原子核也開始燃燒並產生其他原子序更高的原子核。

一個最簡單也最重要的例子就是在大爆炸時，由兩個氦原子核合成的鈹的同位素非常不穩定，和第三個氦原子核合成為碳原子核的機率是微乎其微，但在恆星燃燒的高溫和高壓環境之下，合成出碳原子核的機率增加了、變得有可能了。不過，這個機率仍然很低，所以碳原子核形成的過程比較緩慢。另一個例子是，一個碳原子核和一個氦原子核，合成為一個擁有八個質子和八個中子的氧原子核。

在這篇被稱為「B^2FH」的文章裡（B^2FH 是四位作者姓氏的第一個字母），他們追蹤了恆星內部的燃燒過程所引起的原子核融合，解釋了從氫到鐵為止的各種元素，各自的原子核形成過程。

•爆炸核子合成

鐵的原子核有二十六個質子，那麼我們是否可以沿著和伽莫夫、阿爾菲相似的思路，由從氫到鐵的原子核，再融合出原子序更高、也就是有更多質子的元素的原子核呢？

答案是無法直接走得通。把任何元素的原子核合成為鐵的原子核都非常消耗能量，一顆恆星燃燒到合成出鐵的原子核，能量已消耗殆盡，而與此同時，由於突然間缺乏能量保持完整的體積，能量殆盡的恆星會因為自身強大的重力產生內爆，在幾分鐘內坍陷幾千噸，內爆的反作用力更會引起恆星向外爆炸。在爆炸的過程中，會引起原子核的融合，也就是爆炸的核子合成（Explosive nucleosynthesis）。而原子序27的鈷到92的鈾的原子核，就經由爆炸的核子合成過程產生了出來。

經由大爆炸核子合成、恆星核子合成、爆炸核子合成，核子合成至此，所有不同的元素都先後出現了。而元素形成之後，因為電子帶有負電荷，質子帶有正電荷，因此經由電磁吸引力，兩個或多個原子會結合起來，成為一個分子。

組成水分子的元素：氫和氧

現在我們都知道，氫（H）是一種元素，氧（O）是一種元素，水則是由氫和氧合成的物質，或更精確地說，一個水分子是由兩個氫原子和一個氧原子合成的，也就是H_2O。

人類雖然在幾千年前就知道液態水的存在，但我們什麼時候才發現水分子是由氫原子和氧原子合成的？氫和氧又是怎樣被發現的呢？

十七世紀的科學家已經發現把金屬和酸混合起來會產生某種可燃氣體，但通常都把氫的發現歸功於十八世紀的英國科學家亨利・卡文迪許（Henry Cavendish）。卡文迪許在一七七六年的實驗裡把鐵和鹽酸（hydrochloric acid, HCl）或硫酸（sulfuric acid, H_2SO_4）混合起來，產生了一種可燃氣體，也就是氫氣。

雖然卡文迪許當時認為該氣體來自於鐵，但鐵本身就是一種元素，以這點來說，卡文迪許確實錯了。可是他的確也同時發現，該氣體被燃燒之後會產生水，否定了幾千年以前希臘人的認知——他們認為水是構成萬物的基本元素之一。氫的英文「Hydrogen」裡的「hydro」就是水的意思。

當然，我們現在清楚知道，氫被燃燒時會和空氣中的氧結合成水，不過直到一八二〇年瑞典化學家永斯・貝吉里斯（Jons Jakob Berzelius）透過氫和氧的原子量，才確定了一個水分子是由兩個氫原子和一個氧原子合成的這件事。科學家的探索就是如此有趣、有意義和具挑戰性。

那又是誰先發現氧氣的呢？

一般的說法是瑞典化學家卡爾・威廉・舍勒（Carl Wilhelm Scheele）於一七七二年首先發現氧氣，但英國化學家約瑟夫・普利斯特里（Joseph Priestly）也在一七七四年發現了氧氣，並把他的結果寫成論文。換言之，普利斯特里是第一個把氧氣的發現寫成論文發表的人，因為舍勒直到一七七七年才將他的結果印刷並發表。此外，法國化學家拉瓦節也在一七七五年發現了氧氣，並且是第一個正確解釋氧氣和燃燒現象關係的人。

以科學史的記載為根據，再加上部分虛擬創作，當代兩位著名化學家卡爾・傑拉西（Carl Djerassi）和羅德・霍夫曼（Roald Hoffmann）寫成了舞臺劇《氧氣》（*Oxygen*），描寫前述三位化學家和他們的夫人爭取做為第一位氧氣發現者的榮譽，以及遴選委員會的討論和爭議，是齣既發人深省又風趣幽默的劇作。

滋養萬物的水

接下來好好地談談水吧！

水的特性

首先，水分子就像是一對在家裡坐不住的夫妻。原子和原子之間有電磁吸引或排斥的力量，分子和分子之間亦然。之所以說水分子就像一對夫妻，其實是水分子裡的兩個氫原子和一個氧原子結合得相當緊密，但因為水分子和水分子之間的結合力度並不強，所以是在家裡坐不穩的夫妻，一有機會就跑去別人家串門子，甚至製造麻煩。

要是別的物質分子跑到水裡，就會受到水分子的騷擾。以我們放入咖啡或茶的糖為例，糖的分子是 $C_{12}H_{22}O_{11}$，不論是一塊方糖或一粒砂糖，都是由許多糖分子因為電磁吸引的力量才結合起來的，但吸引力並不強。當我們把方糖或砂糖放入水裡時，水分子和糖分子之間的吸引力將破壞糖分子彼此之間的團結，每個糖分子都會被水分子包圍起來，這就是糖溶解在水裡的化學現象。

同樣地，鹽也會溶解在水裡，但水分子遇到鹽分子時，破壞力更強大。鹽的化學名是氯化鈉（NaCl），說明鹽分子是由一個鈉原子（Na）和一個氯原子（Cl）結合而成。當鹽分子跑到水分子裡時，水分子的電磁吸引力會把鹽分子分開成一個鈉離子和一個氯離子，而且水分子會包圍鈉離子和氯離子。換句話說，在家裡坐不穩的水分子破壞了鹽分子的家庭。這裡請留意，我講的是鈉離子和氯離子，不是鈉原子和氯原子，大家應該都還記得化學課裡學過的離子觀念。

為什麼糖分子和鹽分子在水裡溶解時的化學現象不同呢？這需要更深入的討論才能解釋，總之，水是非常有效的溶劑，因為數以百計的化合物都可以在水裡溶解，溶解過程不但可以還原，例如糖溶解於水後，要是能把水分子蒸發掉，糖分子又可以再次結合在一起，而且溶解過程中還能打散被溶解的物質分子，因此只要重新結合這些被打散的分子和原子，就可以製造出新的分子。

水的功用

水有龐大的力量可以破壞世界、改變世界，但也能幫助我們建設世界。暴雨和山洪會引發埋葬整個鄉村的土石流，海嘯會沖毀房舍和田地，颱風和大氣裡的水分分布有著密切關連。溫度若下降，半個地球會被冰雪覆蓋，對生命安全和生活環境的舒適度影響重大。但是，水也能調節氣候和環境，海洋性氣候的氣溫變化比較和緩，大陸性氣候的氣溫變化相對極端。水氣的移動形成了湖泊與沙漠，就連堅硬的岩石也會被水侵蝕溶解，地球上許多地理景觀都是水製造出來的。同時，古代的水車、現代的水力發電、足以切割鋼板的高壓水柱，都是利用水龐大力量的例子。

水的循環

古希臘人看到河水不停流入海洋，海平面卻沒有不斷上升，想到的解釋是：海洋就是江河的源頭。也就是說，江河的水流入海洋，海洋的水又倒流入江河，形成了一個循環。但河水是淡水，海水卻是鹹水呀？古希臘人解釋說，這是因為地球內部的火透過蒸餾，分開了海水裡的鹽，所以才變成淡水。這個簡單的說法當然不正確，卻建立了水循環的觀念。

現在我們知道，太陽是水循環的原動力，水會以三種不同的狀態出現在整個循環裡，分別是固態、液態和氣態。日光把海洋和江河的水加熱變成水蒸氣上升到空中；地面的水和雪也會經由昇華作用（sublimation）直接從固態變成氣態；地底的水則經由地面蒸發，以及被植物的根吸收，經由植物的葉、枝幹和花變成水氣，這個過程叫做蒸騰作用（transpiration）。

水蒸氣在空中冷卻成為雲，雲會隨著氣流移動，空中的水蒸氣則視溫度變化變成雨或雪，降回大地，這就是淡水。可以說，冰和雪、地下水和海洋湖泊，都是在地球上儲存水的方法，而水經過太陽變成水蒸氣回到大氣層的整個循環，則影響並支援著地球上的各種生命和活動。

水，萬物生命之源

水的本性非常慷慨，水自己沒有生命，卻賜予世上萬物生命。人基本上就是水組成的，新生兒的身體裡有四分之三是水，成年男性的身體裡有五五％是水，女性為五〇％。《紅樓夢》的賈寶玉說女人是水做的，男人是泥做的，實在是缺乏科學常識。

我們身體裡的許多器官實際上幾乎全是水：腎臟八一％，心臟七九％，大腦七六％，牙齒倒是只有一％。體內無處不在的水主要都在細胞裡，水把細胞內所有元素緊緊鎖在一起，讓細胞這個複雜的工廠能夠完成反應、交接、重組等工作。細胞外部同樣有水，血液是水不用說，血液和細胞得透過組織液（interstice, tissue fluid）才能進行養分和廢物的交換，淋巴液則是身體免疫系統的重要成分，組織液、淋巴液統統都是水，還有尿、眼淚、汗液，也都是正常健康生活不可或缺的液體。

植物和人一樣，主要由水組成，萵苣九七％是水，番茄九三％是水。水也在植物裡循環流動，不過植物沒有心臟來扮演抽水機的功能，而是靠陽光照射加熱，讓葉子蒸騰水分，引導根部的水分往上輸送。留在植物體內的水經由光合作用，藉由太陽帶來的能量以及植物自己從大氣中吸收的二氧化碳製造氧氣，生產所需的養分。

海水與氾濫的尼羅河

水足以直接影響整個國家的經濟命脈和政府的運作，讓我們舉兩個例子。

古埃及時代，尼羅河每年的定期氾濫是件非常重要的大事。尼羅河是埃及沙漠地帶唯一的水源，每年固定在七月中旬左右氾濫，河水會氾濫到陸地上，淹沒河邊的農田，讓乾燥的農地得到滋潤。也因為有水，野生動物得以大量繁殖，成為狩獵和捕魚季。到了十月中旬左右，河水退去，被河水帶到陸地上的淤泥則留了下來，農地成為沃土，農夫開始播種耕作，從三月到七月中旬因此是收穫期。幾千年來，尼羅河氾濫的時間既規律又準時，讓埃及社會的運作明確劃分成漁獵、耕種和收穫三個時期，沒有尼羅河的氾濫，埃及人就無法得到足夠的食物存活，有人甚至說，沒有尼羅河，古埃及的文明也不會如此輝煌發達。

另外一個例子是來自海水的鹽巴。鹽不但可以調味，也是人體健康不可或缺的，鹽裡的鈉能幫助控制身體裡的水分，維持血液正常的PH值，調節傳送神經訊號和肌肉收縮的功能，而海水提供了人類鹽巴。

中國人很早就知道用海水煮鹽，但古時候煮鹽既費時間又耗燃料，產量又少，使得鹽價高昂，政府對於鹽的製作、買賣和消耗無一不介入和控制。周朝設立了掌鹽官，春秋戰國時有鹽的國家就是富足的國家。漢武帝實行官鹽專賣，禁止私產私鹽。到了明清，壟斷特權的鹽商和政府之間的勾結關係非常密切，鹽商也變得財大勢大，過著奢侈豪華的生活。

水的交通力：水力運輸

海洋和江河同時是重要的交通運輸通道。一艘大型貨船可以運載二百二十輛卡車或一百二十節火車車廂的貨物，這些通道拉近了人和人、物和物之間的距離，讓世界變得更小，也帶動了經濟和政治力量的延伸。

鄭和在明朝永樂三年（西元一四〇五年）帶領二百多艘船隻訪問東南亞三十多個國家，一四九二年哥倫布橫過大西洋發現美洲新大陸，一五一九年葡萄牙航海家麥哲倫率領五艘帆船的船隊用了三年環遊世界一周，全都是具有重大意義和影響的歷史事件。

運河的開濬兼具交通和灌溉功能。世界上最古老的運河是西元前四千年開濬的，目前世界上最長的運河則是從北京到杭州的大運河，全長一千七百七十六公里，是從春秋末年起經歷不同的朝代，一段段連接起來的。而連接地中海和紅海的蘇伊士運河，連接大西洋和太平洋的巴拿馬運河，其交通、經濟和軍事地位也都非常重要。

藝術家與文學家眼中的水

水也為我們帶來許多運動和休憩的機會，游泳、潛水、衝浪、滑雪、溜冰，運動累了還可以來一回恢復疲勞的蒸氣浴。

水更為藝術家、文學家帶來許多靈感和啟示。印象派大師克洛德・莫內（Claude Monet）的許多名作，包括《睡蓮》系列、《日出》系列和海景等，描繪的都是海洋、池塘和光。中國近代藝術大師張大千的許多幅潑墨山水畫，也都是他傑出的代表作。

文學大家鄭板橋寫過〈詠雪詩〉：「一片兩片三四片，五六七八九十片。千片萬片無數片，飛入梅花都不見。」柳宗元有〈江雪〉：「千山鳥飛絕，萬徑人蹤滅。孤舟簑笠翁，獨釣寒江雪。」白居易也有〈問劉十九〉：「綠螘新醅酒，紅泥小火爐。晚來天欲雪，能飲一杯無？」作家海明威（Ernest Miller Hemingway）的短篇小說《老人與海》（*The Old Man and the Sea*）、尼古拉斯・蒙薩拉特（Nicholas Monsarrat）的《無情海》（*The Cruel Sea*）、梅爾維爾（Herman Melville）的長篇小說《白鯨記》（*Moby Dick*），也都是膾炙人口的文學名著。

在音樂方面，英文老歌〈Rain drops keeps falling on my head〉是經典西部片《虎豹小霸王》（*Butch Cassidy and the Sundance Kid*）的主題曲，周杰倫的〈髮如雪〉大家更是耳熟能詳。

水的未來

法國知名經濟學家、政治學家艾瑞克・歐森納（Erik Orsenna）走遍世界各地，看到許多和水有關的事和物，寫成了《水的未來》這本書。

水的旅程第一站：澳洲

歐森納的旅程第一站是澳洲，他訪問了澳洲兩處礦區，一個是在澳洲南部阿得雷德市（Adelaide）北邊五百六十公里，叫做奧林匹克壩（Olympic Dam）的礦區，那裡有全世界最大的鈾礦、第四大的銅礦、第五大的金礦。另外一個是墨爾本北邊一百五十公里的新月金礦礦場，也是十九世紀中期澳洲淘金熱開始之地。

我們通常都不會注意到採礦其實需要消耗大量的水，礦石的挖取、壓碎、分類、清洗，每個步驟統統需要水，防止塵埃飛揚、清潔礦區周遭環境和處理廢棄物等，也都需要用水。奧林匹克壩礦場每天消耗三千五百萬公升水，新月金礦場每天消耗七百萬公升水。為了對這些數字有點觀念，全世界各國每人每日用水量，最高的是美國和加拿大，高達四百多公升，挪威大約三百公升，澳洲和臺灣大約二百五十公升，德國大約二百公升，英國大約一百五十公升，孟加拉大約五十公升，尼日大約三十公升，海地大約十五公升。如果按照聯合國的五十公升貧水區門檻，三千五百萬公升等於是貧水區每人每日用水量的七十萬倍。

半導體製造過程同樣會消耗掉大量的水。半導體晶圓在磨光的過程中，必須用水沖洗掉殘留在表面的雜質，估計一個八吋晶圓得消耗四千公升水，因此一間規模比較大的晶圓廠，每天消耗的水高達一千萬公升以上。

晶圓廠用的水不是普通的水，而是超純水（Ultra pure water）。超純水有相當嚴格的標準，任何雜質包括細菌、金屬離子、有機物質和某些特定化合物如二氧化矽等的密度，都有非常苛刻的上限。打個比方，由二十座奧運規格游泳池相加起來的水裡，只允許一滴雜質。要是沖洗時讓水中的雜質遺留在晶圓表面上，製作出來的晶片就可能會有瑕疵。我們洗完車後，水分蒸發的車身上常會看到許多小小的斑點，那就是原本溶解在水裡的礦物質。

普通用水經由過濾和淨化過程將成為超純水，但製造一千公升超純水，要使用約一千五百公升普通的水，耗損極多，因此半導體製造廠都非常用心地蒐集雨水和空調系統裡凝結的水，把廢水加以重新淨化，並把無法達到淨化標準的汙水用在別的用途，例如沖洗廁所、灌溉花木等，對於汙水的排放也非常謹慎。

•比人類更懂得節能省水的袋鼠

一講到澳洲，許多人馬上想到袋鼠。袋鼠普遍被認為是澳洲的代表動物，因為袋鼠只會往前跳躍，也代表著澳洲不斷往前進步的意思。袋鼠的英文是「Kangaroo」，相傳，英國的航海探險家當年抵達澳洲時，看到這些形狀古怪、蹦蹦跳跳的動物，詢問當地原住民這些動物的名字，當地原住民回答：「Kangaroo。」這是當地土語「我聽不懂」的意思，英國人卻因此誤以為「Kangaroo」就是袋鼠的名字，沿用至今。

在動物學裡，袋鼠是一種有袋動物（Marsupial）。袋鼠寶寶待在母親體內的時間只有短短四、五個禮拜，出生時身長僅僅幾公分，體重不到一公克。袋鼠寶寶會在出生幾分鐘之內爬到母親腹部的袋子裡，含住母親的一個乳頭開始吮吸。母袋鼠的袋子裡一共有四個乳頭。袋鼠寶寶會在袋裡逐漸長大，幾個禮拜後就開始探頭出來，然後再跳到外面走動，不過仍然繼續吮吸母乳，直到七到十個月後才完全離開母親的袋子。

哺乳動物在懷孕時不會排卵，人類甚至在嬰兒出生十個禮拜之後才開始排卵，好讓母親的身體適應懷孕和產後的生理狀態，這是大自然神妙的地方。但是袋鼠卻不同，袋鼠寶寶一出生，母袋鼠就會再次開始排卵，要是在哺乳期間受孕，新的袋鼠寶寶的發育會在一個禮拜後自動停止，等到哥哥或姐姐的哺乳期過了，才繼續在母體內發育，這何嘗不是另一種神妙！而且哺乳和懷孕都會使母親的體溫增加，兩者同時進行可以節省身體能量的消耗，母袋鼠的安排似乎更勝一籌。

母袋鼠還能根據她擁有的食物，調節懷孕期的長短，這也是身體適應環境的聰明做法。大家都知道袋鼠以跳躍的方式來移動，也是大型動物中唯一這樣做的，牠們的移動平均速度是每小時二十至二十五公里，和騎腳踏車差不多。經過科學家驗證，這種移動方式的耗能低於行走和奔跑，也讓袋鼠能夠移動長遠的距離去尋找水和食物。

袋鼠通常白天在陰蔽的地方休息，等到下午和晚上才出來吃草，這是牠們節省水分消耗的妙法之一。袋鼠需要的水量不多，往往只靠食物裡的水分就能維持好幾個月不用喝水。有種叫做 Euro 的袋鼠更是特別，牠的糞便乾燥到能被點燃，生理機制甚至可以把自己的濃稠尿液變成唾液，是另一種避免浪費體內水分的做法。

• 沙漠之舟，駱駝

講到減少水分消耗，自然會聯想到有沙漠之舟美稱的駱駝。在適應高溫和減低耗水量這兩方面，駱駝和袋鼠有許多相似的地方。駱駝同樣可以靠食物中的水分存活好幾個月，駱駝的糞便也很乾燥，尿液則濃得像糖漿。駱駝的體溫變化相當大，夜晚在涼快環境中休息時，駱駝的體溫會下降到攝氏三十四度，白天隨著外界溫度的上升，體溫則逐漸升高到攝氏四十一度，也只在體溫超過攝氏四十一度後才開始出汗，因此即使是白天，駱駝出的汗也不多。

哺乳動物體內的水分要是被過分消耗，血液會變得濃稠，嚴重的缺水則會致命，駱駝卻可以從體內別的組織把水轉移到血液裡。一般的哺乳動物只能承受失去體重一五%左右的水，駱駝卻能承受失去體重二〇%至二五%的水，而且駱駝還能在短時間內喝下大量的水，十分鐘之內接近九十五公升，迅速補回體內失去的水分。這點和駱駝的紅血球組織有關，別的動物可能就無法承受大量的水突然進入體內的生理衝擊。

不過，這裡也要改正一個常見的錯誤觀念，駱駝的駝峰裡頭存的不是水，而是脂肪。脂肪和空氣中的氧氣經過代謝作用（metabolism）後會轉變成水和能量。這又是一個環境適應過程中的有趣現象，駱駝不把脂肪均勻地分布全身，免得脂肪減低了熱量向體外發散的可能。

・地球暖化與溫室效應

袋鼠和地球暖化又有什麼關係呢？允許我粗魯地告訴大家，關係在於袋鼠放的屁。讓我們從頭講起。

首先，地球表面是如何維持讓人類舒適存活的溫度呢？答案的第一部分，當然是太陽放射出來的熱量來到地球表面後，部分被反射出去，部分被地球表面吸收。但是，如果按照答案一來計算，地球表面的溫度應該是攝氏零下二十度左右，太冷了。所以答案的第二部分是，大氣層的溫室效應（Greenhouse effect）讓地球表面的溫度能夠保持在攝氏十四、十五度左右，成為人類的身體可以適應並舒適存活的溫度。

那麼，什麼是溫室效應？

溫室效應的「溫室」往往容易產生誤導。喜歡蒔花弄草的讀者蓋的那種溫室，通常有一個玻璃或塑膠材質的透明屋頂，太陽光會穿透屋頂將溫室的土地和空氣加熱，由於溫室基本上不透風，所以熱空氣不容易跑出去，外面的冷空氣也不容易跑進來，能讓溫室裡面維持比外面高的溫度。

可是，地球大氣層的溫室效應作用，並不是因為大氣層就像溫室的玻璃屋頂，阻止了地球表面氣體和大氣層之間冷熱空氣的對流，「溫室」一詞只是借用。太陽表面的溫度大約是六千度K，K是絕對溫度，它放射出來的電磁波，大部分波長屬於紫外光和可見光範圍。這些電磁波抵達地球大氣層後，大約一半會被大氣層反射出去或被大氣層吸收，另外一半則通過大氣層到達地球表面。這些到達地球表面的電磁波，其中一部分會被地球表面反射出去，部分則被地球吸收，因此地球表面的溫度會上升到前述的攝氏零下二十度左右。而在這個溫度時，由地球放射出來並往上向大氣層走的電磁波，大部分波長屬於紅外線的範圍。

大氣層裡的氣體可以分成兩類，一類叫做非溫室氣體，包括氮、氧和氬，另外一類叫做溫室氣體，包括水蒸氣、二氧化碳、甲烷、一氧化氮和臭氧。對於太陽放射出來的紫外線和可見光電磁波，以及地球放射出來的紅外線電磁波來說，非溫室氣體是「透明」的，換句話說，這些電磁波穿過非溫室氣體時不會引起什麼反應。不過穿過溫室氣體時就不同了。對於太陽放射出來的紫外線和可見光電磁波來說，溫室氣體同樣是透明的；但是對地球放射出來的紅外線電磁波來說，溫室氣體的分子會吸收紅外線電磁波的熱並發生震動，然後再把被吸收的熱重新放射出來。這些重新被放出來的電磁波，不一定會往大氣層外面走，而是四面八方地發射，一部分往大氣層外面走，一部分衝撞到其他溫室氣體的分子，讓它們發生震動，一部分回過頭來往地球表面走。這解釋了一個在觀念上含糊籠統、可是在事實上大致正確的說法，那就是太陽放射到地球的熱，從地球表面反射出來後，又被溫室氣體反射回到地球表面，讓地球表面的溫度隨之上升。

非溫室氣體和溫室氣體之間的分別又是什麼呢？非溫室氣體裡的氬（Ar）是一個單原子的元素，氮（N_2）和氧（O_2）的分子含有兩個相同的原子，原子之間的結合力（Bonding force）比較強；溫室氣體裡的二氧化碳（CO_2）、甲烷（CH_4）、一氧化氮（N_2O）的分子含有好幾個不同的原子，原子之間的結合力比較弱。這個說法也可以應用到臭氧分子（O_3）上，因為原子間的結合力較弱，從地球表面放射出來的紅外線電磁波將引起溫室氣體分子的震動，結果就等於是把地球放射紅外線電磁波的熱量向四面八方發射出去了。

•向袋鼠學習解決溫室效應之道

了解什麼是溫室效應之後，就應理解溫室效應本身不但不是件壞事，相反的，它能幫助地球表面維持一個適合人類生活的溫度，唯有當大氣層中的溫室氣體增加，才會引起地球暖化的現象。科學家遠在十九世紀初期就已經發現、也逐漸驗證了溫室效應的現象，溫室效應可不是二十世紀才流行的時髦玩意兒。

燃燒煤炭和汽油、製造水泥和破壞森林，都會增加大氣層裡的二氧化碳。根據科學家蒐集的數據，近半個世紀來，大氣層裡的二氧化碳持續且迅速地增加著，也的確造成了地球嚴重暖化的現象。

除了二氧化碳，甲烷也是一個重要的溫室氣體，而且若和二氧化碳相比，甲烷對地球暖化的影響更重大，只不過二氧化碳的影響在時間上更為長遠。比較精準的說法是，若拿大氣層裡質量相同的二氧化碳和甲烷比較，在二十年之內，被甲烷困留在地球表面的熱量是二氧化碳的七十二倍，一百年內是二十五倍，五百年內是七．六倍。

地球上的甲烷有好幾個重要來源。首先，地球上終年被冰凍在攝氏零度以下的陸地，地理學名詞叫做「多年凍土」（permafrost），多年凍土多半分布在南北極，占地球陸地面積二〇％，裡頭就儲存了甲烷。多年凍土融化時，甲烷就會被釋放出來，因此如果地球的溫度上升，多年凍土融化的程度超乎尋常地增加，釋放出來的甲烷自然隨之增加，也是科學家對於地球暖化可能引起的惡性循環隱憂之一。

再者，在低窪的溼地和種植農作物的水田裡，微生物也會製造甲烷，特別是反芻動物如牛、羊和鹿，牠們在消化食物時，體內的微生物會經由發酵過程產生甲烷，並透過打嗝和放屁的生理反應把甲烷釋放出來。一隻羊每天會釋放三十公升，一頭牛每天會釋放一百至二百公升，甚至有人說高達五百公升，以全世界有十億頭牛粗略估算，一年釋放的甲烷就有三十兆公升。

有人說，畜牧業產生的溫室氣體占所有溫室效應的一八%。面對這個問題有好些不同的做法，一是減少食用肉類，畢竟從能源消耗的觀點來說，飼養肉牛、肉羊的效率相當低，更何況還有甲烷排放的問題。二是改良動物的飼料，減低動物體內甲烷的產生。三是向袋鼠學習，科學家發現，雖然袋鼠和牛羊一樣是草食性動物，袋鼠排出體外的氣體卻不含甲烷，因此科學家想找出袋鼠的消化系統裡有什麼微生物能在幫助消化食物的同時，又不會產生甲烷，如果能把這些微生物移放到牛和羊的消化系統裡，會不會有同樣的結果。

水的旅程第二站：新加坡

歐森納的「水之旅」下一站是新加坡。

從一八一九年開始長達一百多年間，新加坡從被英國人占據的蕞爾小島，到正式成為英國的殖民地。二次大戰時一度被日本占領，二次大戰後經過二十年的動亂以及和英國與馬來西亞的政治協商，終於在一九六五年正式獨立，並在五十年內建立了一個繁榮、文明、穩定的國家。

新加坡本來只是個面積僅五百八十平方公里的小島，經由填海工程，面積已增加到七百平方公里，約增加了二〇%，而且預計到二〇三〇年會再增加一五%。新加坡的人口也從一百五十萬增加為五百萬。按二〇一〇年數據，新加坡國民平均所得已經超越香港、臺灣和南韓，和日本、德國、法國並駕齊驅，緊追在美國和加拿大之後。

•向馬來西亞買水的新加坡

位於赤道的新加坡雨水充足，每年平均雨量大約是二千五百毫米，和臺灣差不多，但新加坡沒有高山大河，缺乏天然的環境儲存雨水，所以缺水自古以來就是個嚴重的問題。現今，新加坡已明確訂定了供水四大政策：向馬來西亞買水、建立水庫儲存雨水、海水淨化、廢水處理產生清潔的可用水。其中比較特殊的是向馬來西亞買水，讓我們按照順序一個個來看。

幾百年來，馬來西亞和新加坡有著非常密切的社會和政治關係，特別是新加坡在脫離英國管治之後，於一九六三年加入了馬來西亞聯邦（Federation of Malaysia），不過又於一九六五年被逼退出馬來西亞聯邦。政治上的恩怨和糾紛往往直接引起停止供水的威脅，即使把水的買賣視為純粹的商業行為，數量、價錢和其他供需條件的協商也有各種爭議。地理上，馬來西亞南端的柔佛州和新加坡僅一水之隔，因此基本做法是在柔佛州的幾條大河抽水並處理後，輸送到新加坡，同時也供給柔佛州的居民使用。

雙方早在一九二七年就已協議，由新加坡向柔佛州政府租地，建立蓄水和處理水的設施，同時換取免費抽取固定數量的河水，處理之後，柔佛州政府會付費買回固定數量的水，提供給柔佛州居民使用。一九六一年附加了一個新協議，新加坡得付費抽取河水；一九六二年再次增加一個新協議，除了價格和數量的調整，特別說明協議效期延長到二〇六一年。一九九九年增加的協議裡則說，由新加坡出資建立一座水壩，並且支付補償土地損失的費用，該協議的效期同樣是二〇六一年。因此對新加坡的用水來說，二〇六一年是個大限。

目前新加坡靠馬來西亞供應大約四〇%的用水，新加坡一方面希望到了二〇六一年，經由雨水的收集、廢水再生和海水淡化的過程，可以不再仰賴馬來西亞供水。另一方面，雙方政府也在持續商討，描繪著二〇六一年馬來西亞將繼續供應新加坡用水一百年的遠景。

• 向廣東買淡水的香港

接下來，讓我們看看香港的情形。

香港和新加坡相似，年雨量也在二千五百毫米左右，但由於沒有天然水源和足夠的蓄水設施，缺水曾經是非常嚴重的問題。一九五〇年代，香港曾經每隔四天僅僅供應四小時的自來水。

香港水務署自一九五〇年起供應處理過的海水做為沖洗廁所之用，現今香港八〇%的房子還是有兩條水管，一條輸送供飲用和洗澡清潔身體用的淡水，一條輸送沖洗廁所的鹹水。

在淡水方面，從一九六〇年起，香港開始向廣東省購買從珠江支流東江所抽取的水，而且購買的水量數十年來不斷增加。這件事有趣的是，一九六〇年代的香港仍由英國人管轄，此時中國大陸的政治狀態甚為動盪，但是一方基於民生需要，另一方為了在外交上建立友好關係，卻能摒除政治差異，達成對雙方都可以說是有利的安排。英文有句話說：「政治可以讓異夢的人同臥一床。」（politics makes strange bedfellows）正是這意思吧！

不過到了一九九〇年代，香港工業北移進入內地，用水量降低，導致香港水庫存水量過高，不得不把從東江花錢買來的水排放到大海去，被媒體批評為把錢倒入了大海。

而當新加坡和馬來西亞針對水價談判時，馬來西亞指出，香港付給中國大陸的價錢高於新加坡，新加坡則指出，蓄水和處理水的費用全部是新加坡負擔的，更何況以中國大陸和香港的情況來說，中國大陸並不在乎在這樁買賣裡賺大錢。其實在這種特殊情形下，價錢只是雙方同意的一個數目字，確實無法有所謂「公平」的決定。

•收集天降甘霖的水庫

前文提到，新加坡每年的降雨量達二千五百毫米，若能建立蓄水的水庫，估計可供應全國耗水總量二〇%，也需要水庫貯放從馬來西亞買來的水。目前新加坡已有十九座水庫，從建造於一八六八年最老的水庫麥里芝蓄水池（Macritchie Reservoir），到二〇一一年耗資二十億美元新建的水庫，不但可以供應生活、工業和農業灌溉用水，營造戶外休憩空間，水庫和水壩還能提供水力發電的功能。

臺灣在日治時代建造的水庫有烏山頭水庫、澄清湖水庫和日月潭水庫等，石門水庫則是臺灣的主要水庫之一，於一九五六年開始興建，位於桃園縣大溪鎮和龍潭鄉，一九六四年完工，兼具灌溉、發電、給水、防洪、觀光等效益。此外，比較常聽到的還有阿公店溪的阿公店水庫、曾文溪的曾文水庫和八掌溪的仁義潭水庫等。

水庫的建造對於自然環境的影響相當大，將改變河川流動的走向。興建水庫通常得先建一座水壩攔住河水，因此水壩上游的河水會氾濫開來，淹沒上游的陸地，水壩下游的河水則會被截斷或改道，隨之影響了原本的動植物生存環境。舉例來說，原本生活在上游的陸地動物必須遷徙，被水淹沒的植物則會腐爛、分解，釋放出與地球暖化溫室效應密切相關的甲烷；河水中的魚也無法從原本的上游游到下游，或從原來的下游逆游回到上游，因此影響了某些魚類迴游與產卵繁殖的路徑。原本生長在下游附近的動物和植物，也同樣會因為水流的改變而受到影響。

此外，河川在流動時會夾帶許多淤泥沙土，從上游帶下來的沙土往往沉澱在水庫底部。首先，流到河川下游的淤泥沙土減少了，這可不見得是件好事，若沒有這些淤泥沙土，河水的流動就會侵蝕原本的河床，河岸會因此變形。其次，沉澱在水庫底部的淤泥沙土必須清除，否則水庫的容量就會逐漸減少，清除沉澱的淤泥沙土是個複雜又龐大的工程，連估計水庫底部沉積淤泥的數量都是學者專家的一門重要課題。還有，水庫會增加水蒸發的面積，讓比較多的水被蒸發掉，因此也會改變河水的深度。

美國發生過一件關於水庫的小插曲，奧勒岡州（Oregon）波特蘭市（Portland）某座水庫的監視器錄到了一位醉漢在凌晨一點三十分對著水庫小便，水庫管理層認為水庫的水是供應市民飲用的水，決定把整個水庫的水全部放掉，損失費用大概是一百萬新臺幣。專家則認為，不到四分之一公升的尿液實在無傷大雅，這樣做未免庸人自擾。

•急起直追的海水淨化技術

當全世界人口不斷增加，生活、工業和農業所需的淡水也隨著增加時，如何增加淡水的供應成為迫切又必須解決的重要問題。既然地球有七〇％的面積都被水覆蓋，隨著淡化技術的進展，世界上許多地方都開始建造海水淨化設施。

以新加坡為例，他們經由海水淨化的過程，產生了提供生活、工業和農業用的淡水，於二〇〇五年建造了第一座海水淨化設施，並在二〇一三年完成了第二座，目標是在二〇六一年時，淨化後的海水足以供應新加坡全國用水三〇％。歐森納也參觀過以色列首都特拉維夫市（Tel Aviv）南邊一個從地中海抽水的淨化設施。阿拉伯半島上好幾個擁有豐富石油存量的國家也都有規模龐大的淨化設施，從波斯灣抽取海水。

海水淨化的目的是把海水裡的鹽分子抽取出來。之前談過，海水裡的水分子會把從鹽分子分解開來的鈉離子和氯離子包圍起來，要抽出鈉離子和氯離子得耗費相當大的力氣。海水淨化的基本技術之一是蒸餾，也就是把水加熱，讓水變成蒸氣，再將蒸氣冷凝為水。液體在低壓環境裡的沸騰溫度比較低，為了節省蒸餾所需的熱能，海水淨化設備會把海水在低壓的環境中加熱，使其沸騰，但維持低壓環境同樣需要消耗能量。

海水淨化的另一個基本技術是逆滲透（Reverse Osmosis）。讓我先簡單解釋滲透這個化學觀念。首先，用一塊半透水的薄膜把一個容器分成兩半，半透水的薄膜可以讓水分子通過卻不會讓鹽分子通過，說得精準一點，是不會讓水分子包住的鈉離子或氯離子通過。水分子比較小，可以通過半透水薄膜，鹽分子和其他礦物的分子比較大，自然無法通過。接下來，我們在容器的一邊注入鹽分低的清水，一邊注入鹽分高的海水，此時，清水裡的自由水分子比較多，海水裡的自由水分子比較少，因此會產生一股壓力，讓鹽分低的清水裡的自由水分子通過半透水的薄膜，流往鹽分高的海水那一邊，這就是滲透作用。

滲透作用會讓兩邊的水的鹽分逐漸變成相等，達到平衡狀態。但是，如果在海水那邊加上壓力，阻擋清水這邊的自由水分子，就能減緩滲透作用甚至使其停頓下來。既然如此，只要繼續增加海水這邊的壓力，就可以倒轉滲透作用，讓海水中的自由水分子流向清水，這就是所謂的逆滲透作用，也是利用逆滲透來淨化海水的基本觀念。

不管是蒸餾技術也好，逆滲透技術也好，從實驗室到建造出大規模的海水淨化設備都有許多必須注意考量和克服的困難。首先，這兩種技術都會消耗非常多的能量，經濟成本相當高，也是就近擁有豐富且便宜能源（石油）的阿拉伯半島能夠支持大規模海水淨化工程的重要原因。

香港、美國佛羅里達州等地的海水淨化都遭遇了經濟和工程方面的困難，從海裡抽進來的水在淨化前必須事先處理，隔除水中的海草、雜物和油脂，用化學方法脫除過多的氯，調整海水的酸鹼值，因為這些都會影響後續淨化的效率。而且，淨化後的海水過於「乾淨」，因此得把一些人體需要的礦物，例如鈣和鎂再加回去，這都是複雜的工程步驟。還有，海水淨化過程完成後，會把鹽分很高的廢水再倒回海中，這對海洋本身和海岸自然生態的影響可能相當嚴重，引起了許多海洋生物學家的關注。

•海水裡的水和鹽

雖然我們的身體需要水，也需要鹽，鹽能幫助養分和氧氣在身體內傳遞移動，幫助大腦送出和接收神經訊號，也幫助包括心臟肌肉在內的肌肉收縮和舒張，但海裡的鹹水不能直接做為我們的飲用水。為什麼？海水不是同時供應了我們需要的水和鹽嗎？原因在於海水裡的鹽分是血液裡鹽分的三倍，過量的鹽分會使身體內的細胞努力地把水分釋放出來，以幫助稀釋血液裡的鹽分，而過量的鹽分不但會讓細胞徒勞無功，還將引起細胞脫水的現象。與此同時，為了把過量的鹽分傳送到腎臟去，細胞的工作負荷也會過量，將引起抽筋、昏迷、腦損傷和腎衰竭等生理反應，最嚴重的情形將導致死亡。

不過，大自然的神奇正在於，即便人類喝下大量海水會致命，但有些海鳥在遠離陸地幾百里、沒有清水可喝時，卻能夠喝下海水並在體內把鹽分濾掉，再經由鼻孔把過濾出來的鹽水像打噴嚏似地噴出體外。有些植物也可以吸收海水，再把鹽分從根部分泌出來讓動物吃掉，或把鹽分傳到葉子上，變成鹽的結晶，自然掉落。

・廢水處理與觀念宣導

新加坡的第四個、也是他們非常注意的方向是，利用廢水處理產生清潔的可用水，目標是從目前供應全國用水的三〇％，在二〇六一年時提升到四〇％。

新加坡留給歐森納的另一個深刻印象是，新加坡是個非常注意公民教育、培養奉公守法公民的國家，也極力透過宣傳和教育提醒大家珍惜水資源，把抽象觀念變成具體的習慣。歐森納引用了一些新加坡的宣傳和教育口號，例如：「對我們自己的水要有信心，也要培養我們的責任感」、「我們團結一起來善待水和尊重水」、「水是用來表達兩者關係的完美隱喻，愛水的人就是愛新加坡的人」、「愛水是一種忠誠度的表現，是每天必行的投票」，用心良苦的口號確實值得敬佩與肯定。

水的旅程第三站：印度和孟加拉

離開新加坡後，歐森納來到印度和孟加拉。

二次大戰之後，英國於一九四一年退出印度，結束了三百多年的殖民與占據，原本的英屬印度帝國（British India Empire）被一分為二，建立了印度和巴基斯坦兩個獨立國家。此一分割主要是以宗教信仰為原則，印度居民多數信仰印度教，巴基斯坦居民多數信仰回教，但其中引起的爭議、動亂和移民遷徙，因而付出的人力、財力和情緒的衝突，代價非常慘重，其實這何嘗不是所有的人為分割無法避免的代價。

地理上來說，印度占了印度次大陸的大部分，北邊和尼泊爾與不丹相接，南邊為印度洋；巴基斯坦則位於印度的西北角和東北角，兩塊國土相隔達一千五百公里之遠。西巴基斯坦的邊境北面連接阿富汗、伊朗、中國的新疆和西藏，南面連接印度。東巴基斯坦的邊境西面和北面都連著印度，東面與緬甸接壤，南面為印度洋的孟加拉灣。西巴基斯坦的政治和經濟都比較優越，再加上語言和文化差異，終於引發了一九七一年三月東、西巴基斯坦的內戰，經過九個月的戰爭，在印度支持下，東巴基斯坦大敗西巴基斯坦在東部的軍隊，宣告獨立，成為孟加拉共和國。

• 恆河與布拉馬普特拉河

歐森納的印度和孟加拉訪問行程主要在恆河三角洲一帶。兩條流經印度和孟加拉的大河一為恆河，一為布拉馬普特拉河（Brahmaputra）。

恆河源自印度境內的喜馬拉雅山脈西側，喜馬拉雅山脈綿延二千四百公里，屏障了印度次大陸和西藏高原。恆河全長約二千五百公里，自印度北邊向東南方流，穿過孟加拉後，在孟加拉灣注入印度洋。站在民生和經濟的觀點來看，恆河的重要性自不待言，生活用水、灌溉農作物、繁殖水產、運輸和交通，再加上河畔的肥沃土地，使恆河流域的居民高達四億，是全世界人口密度最高的流域。

更重要的是，恆河的宗教和文化地位非常特殊。在印度教裡，恆河被視為最聖潔的河流，印度教徒相信在恆河裡沐浴，特別是在特殊的節日，可以洗滌罪惡，也會把恆河的聖水裝入瓶罐帶回家和親友分享，或把逝世親人的骨灰灑入河中。

在印度神話中，恆河是恆河女神（Ganga）的化身，她的形象通常是一位有四隻手臂的美麗女郎，兩手持淨瓶，兩手持蓮花。恆河女神來到世上變成恆河的神話故事很有趣：薩加拉（Sagara）國王有兩位皇后，一位為他生了六萬個兒子，另外一位只生了一個兒子，薩加拉因為想獲得天帝般的神力，特地舉行了一場盛大的祭典，並用一匹馬當作祭品。但是，因陀羅天帝（Indra）妒忌和害怕薩加拉的祭祀成功後會奪取自己的帝位，偷走了薩加拉的馬，把馬帶到陰曹地府，放在正在坐禪入定的聖人迦毘羅（Kapila）旁邊。馬被偷的薩加拉大為震怒，吩咐兒子們去把馬找回來，他們尋遍世界上每一個角落卻都找不到，最後挖了一個洞來到陰曹地府。當他們看到聖人迦毘羅旁邊的馬時，認定迦毘羅就是偷馬賊，無禮地辱罵他，迦毘羅張開坐禪入定多年都沒張開過的眼睛，注視著薩加拉國王的六萬個兒子，火就從他們身上冒出來，把他們燒成了灰燼。薩加拉知道，若想拯救六萬個兒子的靈魂，唯一途徑就是請恆河女神從天上降臨，潔淨他們的罪過，但是當他把王位傳給唯一存活的兒子之後，他的兒子和孫子卻都請不動恆河女神。一直到了他的曾孫，他的禱告才感動了恆河女神，答應降臨人間和陰曹地府，潔淨薩加拉那六萬個兒子的靈魂。為了避免恆河女神降臨時帶來強大的衝擊力量，最有權力的天帝溼婆神（Shiva）用祂的頭接住從天上下降的恆河女神，恆河女神被困在祂的髮髻裡，分成三條河流流了出來，一條在天上流動，一條在人間流動，一條在地府流動。

十七世紀的印度詩人 Panditaraja Jagannatha 寫過一首讚美恆河的詩：

「我是一個小孩，來到您，我的母親的身邊。
我是一個孤兒，來到您，愛的滋潤的源泉。
我是一個無依的流浪漢，來到您，讓人安息的聖殿。
我是一個淪落的敗兵，來到您，鼓舞士氣的統帥麾下。
我是一個病痛纏身的病患，來到您，妙手回春的良醫面前。
我是一個心靈乾涸的饑渴者，來到您，甜醇的美酒汪洋無際無邊。
我懇求您的眷顧呵護！」

中文用「恆河沙數」代表非常非常巨大的數量，這個詞出自佛教《金剛經》，原來的說法是假設恆河裡的每一粒沙代表一點恆河，那麼恆河裡頭所有的沙，就是一個很大的數量了。

另外一條由中國穿過印度再流入孟加拉的大河是布拉馬普特拉河，全長約二千九百公里。布拉馬普特拉河的上游是西藏的雅魯藏布江，雅魯藏布江源自喜馬拉雅山中段，沿著西藏的南邊，由西向東流入印度，在印度境內被命名為布拉馬普特拉河，自東向西穿過印度，然後向南轉入孟加拉，在孟加拉境內被命名為亞穆納河（Jamuna），和恆河會合，注入孟加拉灣。

・跨國水資源的共享

恆河和布拉馬普特拉河是兩條重要的大河，它們流經不同的國家，卻沒有哪一國的國防機構對這兩條河具有管理的權力和責任。多年來，印度強勢地站在主導地位，後來中國也逐漸增加其決策影響力，而孟加拉不但國力不如印度和中國，又位居下游，差不多只能扮演被主宰的接受者角色。

最嚴重的問題當然就是水量的控制。印度在一九八〇年代建立了一座法拉卡大壩（Farakka），導引恆河的河水供印度農民灌溉使用，同時也讓貫穿加爾各答的胡格利河（Hooghly）水量增加，帶來河畔的繁榮。雖然中國一直說沒有在雅魯藏布江建立水壩的計畫，二〇一〇年卻同樣提出了興建水壩的計畫。即便中國保證該計畫不會影響流入印度的河水量，這些水壩的出現卻可能會減低流到孟加拉的河水量，讓孟加拉可耕地的面積幾乎縮小一半。而且，當這兩條河帶來的淡水流量不足以抵消海灣潮漲帶來的海水鹽分時，許多孟加拉灣口的農作物生長就會受到影響，包括稻子。

此外，即便歐森納幽默地說孟加拉是一個沒有石頭的國家，因為他們都用泥土燒成紅磚來代替石頭，但造成如此結果的真正原因是，布拉馬普特拉河雖然夾帶著河床鵝卵石往下流動，鵝卵石比較大也比較堅硬，是很有用的建材，但印度人張設網子，在印度那邊就把鵝卵石攔截下來。同樣的道理，從上游往下的水生動物也被攔截，上游注入河水的汙染物也統統都被沖入了下游。

以上許多事情都指出，當共同的水資源必須被分享時，相關的政治、經濟、環境、衛生等問題既複雜又嚴重，國家彼此之間一定得經過商議與協商，甚至有必要透過像聯合國這類國際組織來進行。

• 世界上最大的三角洲

恆河和布拉馬普特拉河在孟加拉匯流注入孟加拉灣，形成了世界上最大的三角洲，恆河三角洲。

當一條河經過陸地流入大海時，因為地勢逐漸平坦，水流速度降低，河面也變得廣闊，再加上海水的鹽分較高，河水一路帶下來的淤土、泥沙、雜質就會堆積凝聚在一起，在河岸兩側形成溼地平原。河的形狀也會從一條線變成三角形，這也是三角洲一名的由來。不過，三角洲的形成並不限於一條大河直接流入大海，也有可能是一條大河的好幾條支流，分別在相鄰地區各自流入大海。

三角洲的地勢平坦，土地肥沃，依河臨海的生活資源豐富，交通也方便，再加上氣候往往相當適宜，是農業、漁業、養殖業的好地方，因此經常成為人口稠密、經濟發達的地區。

以珠江三角洲為例，就是珠江入海的地方沖積而成的平原，從廣州市向南，包括東莞、中山、深圳、香港、珠海、澳門等地方。長江三角洲則是長江和錢塘江在入海處沖積而成的平原，包括江蘇和浙江省的上海、杭州、揚州、鎮江等在內，是個非常龐大的經濟體。恆河三角洲呢？則有三分之二在孟加拉，三分之一在印度，是全世界最肥沃的區域之一，因此有綠色三角洲之稱，生活在其上的人口超過了一億。

• 水對植物的影響

恆河三角洲的紅樹林相當有名，孟加拉南端的孫德爾本斯（Sundarbans）國家公園就是全世界最大的紅樹林（Mangrove）。臺灣也有紅樹林植物，如水筆仔、五梨跤、欖李和海茄冬，臺灣有名的紅樹林則包括了位於淡水河北岸出口的淡水紅樹林生態保護區、淡水河和基隆河交匯出口的關渡自然公園，以及臺南七股溪河口的七股紅樹林保護區等。

世上約九八％的植物只能生長在含鹽量低的泥土裡，倚靠淡水來灌溉，這些植物統稱為甜土植物（Glycophytes），比如稻子和豆子，只能容忍每公升水裡一到三公克的含鹽量。有些植物的根部則能接受鹽分比較高的土壤和灌溉水，統稱為鹽土植物（Halophytes）。海水的含鹽量大概是每公升四十公克，有些鹽土植物甚至能容忍每公升水裡高達七十公克的含鹽量。由於鹽土植物能在比較惡劣的環境中生長，如果能夠發展它們的用途，例如當作生物燃料，將會非常有用。

紅樹林其實不是指單一種植物，而是指一群可以適應熱帶及亞熱帶河口岸間沉澱淤積土地，並在其上生長的植物。這類土地不但鹽分較高，漲潮時還會被海水淹沒，退潮時由於海水的蒸發，則會把更多的鹽分留在植物根部，必須等待下一次漲潮來把這些鹽分沖淡。因此，紅樹林植物必須能夠適應這種反覆不穩定的變化，再加上熱帶和亞熱帶比較極端的溫度和水氣，屬於鹽土植物的紅樹林也發展出了特殊的生態來適應生長環境。由於紅樹林所在的地理環境相當特別，所以紅樹林裡的沼澤地也有許多特殊的植物和動物，包括老虎、鱷魚和鳥類。

‧和水有關的傳染病：霍亂

恆河三角洲西邊胡格利河畔的加爾各答也是歐森納水之旅的其中一站。加爾各答是印度的重要大都會與海港，人口高達一千五百萬。歐森納特別訪問了加爾各答的「國家霍亂及腸道疾病研究所」。

霍亂是一種和水有密切關係的傳染病。霍亂源自於一種拖著一條善於搖動的長長尾巴的細菌，也就是霍亂弧菌，它會經由不潔的食物和人，傳到人體的消化系統內。胃裡的胃酸其實具有消滅霍亂弧菌的功能，但要是霍亂弧菌的數目夠大，通常是超過一億個弧菌時，就會有所謂的漏網之魚，讓霍亂弧菌抵達小腸的第一部位——十二指腸。

其實這些存活下來的細菌非常厲害，它們在胃裡時為了保存能量和養分，會停止製造蛋白質的功能，直到抵達小腸。到了小腸後，小腸的腸壁外面有一層稠密的黏液（Mucus），為了通過這層黏液抵達小腸的腸壁，霍亂弧菌會製造出一種叫鞭毛蛋白質的蛋白質，形成一條鞭毛狀的長尾巴，推動霍亂弧菌前進。一旦抵達小腸的腸壁，霍亂弧菌就會在腸壁定居下來並停止製造鞭毛蛋白質，保存能量，以便開始製造另一種含有毒素的蛋白質。

腸壁事實上是一間非常複雜的工廠，負責管理腸道和身體其他部分之間水分與營養的交流，霍亂弧菌製造的這種含有毒素的蛋白質則會破壞腸壁的功能，在短短幾個小時之內，讓腸壁複雜微妙的過濾和鎖閘機制統統被打亂，所有的閥門都被迫打開，細胞的水分開始流失。水分衝入腸道後就會引起腹瀉和嘔吐，嚴重時，體內損失的水分會達到每小時一公升，因而引發嚴重的脫水，腎臟功能也會受到嚴重的影響。隨著水分同時流失的還有體內的電解質（electrolyte），而電解質裡的鉀是心臟肌肉必須的基本元素，鉀若流失，引起的症狀將是血壓降低、心跳加速，腎臟和心臟功能的衰竭，最後引致昏倒死亡。

幸好，霍亂的治療並不困難。霍亂的病菌會停留在腸子裡，不會滲透到身體其他部位，只要迅速補充失去的水分和電解質，加上抗生素的使用，在良好的醫療條件下，霍亂的致命率是一％。但若缺乏適當的醫療處理，致命率將高達五〇％至六〇％。

霍亂主要的傳播途徑是水，不過也會經由海產甲殼類動物的食用傳播。在已發展國家裡，日常生活用水的淨化和汙水處理都上了軌道，霍亂不再是嚴重的健康威脅，但在衛生條件比較差的國家，霍亂的蔓延仍然非常廣泛。

歐森納就在加爾各答的胡格利河震驚地看到，大人和小孩在河裡玩耍、洗澡、小便，婦人在洗衣服，小孩子、狗和烏鴉在垃圾堆裡又找又翻。沿著河，他走到一個花卉市場，地面雖然泥濘不堪，但同樣堆滿了花朵和葉子，天氣一熱，賣花的人就會到河裡取水來澆花，還會把花編成花串配戴在身上，霍亂弧菌也跟著蔓延開來。貧窮的人家一家八、九個人擠在屋子裡，鄰近六、七十人共用一個水井、一間廁所，水井的水則來自被嚴重汙染的地下水。就算是有自來水的地方，供水斷斷續續，斷水時貯存在器皿裡的水儼然成為細菌大量繁殖的好地方，小孩子的髒手伸進伸出也成為細菌的傳播途徑。

直到十九世紀初，霍亂只在印度次大陸傳播。在海上交通不斷發展之下，一九一七年第一次爆發全面大流行，之後又陸續發生了五次大流行，第七次大流行於一九六一年爆發，至今持續肆虐。第七次大流行的蔓延途徑相當典型，起點在印度尼西亞的某座島，兩、三年後擴展到整個東南亞，隨後蘇聯被波及，接著是阿富汗、伊拉克、伊朗，直到整個中東地區。一九七〇年侵襲至非洲，從此非洲深受其苦。拉丁美洲則在一九五一年從秘魯開始遭受入侵，並在接下來三年內累積高達一萬多個病例。這個例子也說明了傳染病在全世界流竄的情形和完全徹底消除的困難。

霍亂的發作是有季節性的。陸地吸熱快、散熱也快，海水吸熱慢、散熱也慢，白天太陽高照時，地面上的空氣比較熱，因此密度比較小、壓力比較低；海面上的空氣比較冷，因此密度比較大、壓力比較高，所以風會從高壓的海面吹向低壓的陸地。到了夜晚，因為陸地的溫度下降得比較迅速，地面上的空氣因此變得比較冷、壓力也比較高，海面上的空氣則變得比較熱、壓力也比較低，所以風會從高壓的陸地吹向低壓的海面。這是早上和晚上海風方向不同的原因。

這樣的情形可以推廣到一年四季。夏天地面上的空氣比較熱，海面上的空氣比較冷，因此風會從海面吹向陸地，隨之帶來大量的水氣，也解釋了為什麼夏天的颱風都是從海上吹向陸地。冬天情況相反，風會從陸地吹向海面，稱為季風。

霍亂的發作因此有它的高峰期，夏天天氣開始變熱時，食物容易腐壞，細菌大量繁殖，再加上海風帶來豪雨和洪水，淹沒大片土地，好水和壞水全混在一起，就變成傳染霍亂弧菌的壞水了。

其實講到和水有關的傳染病，瘧疾也是一種重大傳染疾病。瘧疾通常經由蚊子傳遞，而汙水就是蚊子繁殖的最佳地點。

水的旅程第四站：中國

人類的發展史裡，河流流域是許多古老文明發源的基地。河流供應生活中不可或缺的飲用水、河流流域的肥沃土壤是農業耕作的好地方、河中的魚和到河邊飲水的動物是捕魚和狩獵的目標、河流是重要的交通運輸途徑，這些都讓河流流域自然而然成為人類聚居的地方。最重要的例子如：尼羅河（Nile）流域的古埃及文明、底格里斯河（Tigris）和幼發拉底河（Euphrates）流域的新月沃土（Fertile Crescent）文明，新月沃土包括了美索不達美亞平原（Mesopotamia）、迦南和埃及地區，相當於今天的伊拉克、科威特、敘利亞、黎巴嫩、約旦、以色列、土耳其和伊朗等國家的全部或一部分。還有印度河（Indus River）流域的古印度文明，印度河流域包括今天的巴基斯坦和印度的西北角。

在中國，當然就是黃河流域的黃河文明和長江流域的長江文明，兩者相加即為中華文明或說華夏文明。長江，全長六千三百八十公里，長度是中國第一，世界第三。黃河，全長五千四百六十四公里，長度是中國第二，世界第七。

中國也是歐森納水之旅的第四站。

黃河文明和長江文明源遠流長，考古學的考證可追溯到西元前四、五千年，特別是近代考古學家針對長江文明的發現，逐漸改變了黃河文明是中華文明唯一源泉的說法。以今天的地理來說，黃河沿岸的重要城市包括蘭州、銀川、包頭、呼和浩特、洛陽、鄭州和濟南等，長江沿岸的重要城市則有重慶、宜昌、岳陽、武漢、九江、南京、無錫、蘇州和上海等。

・黃河水患

講到黃河，馬上會想到黃河的水患幾千年來一直是中國的大災難。西元前兩千多年的大禹是第一個成功治理黃河水患的民族英雄。堯在位時，黃河氾濫，他把治洪大任交給舜，治水有功的舜因此獲得堯傳予帝位。後來水患更加嚴重，舜請大禹的父親鯀負責治水，鯀採取築堤防洪的策略，堤防卻擋不住大水，失敗的鯀因此被舜殺了。禹是鯀的兒子，他採取疏浚的策略，治平了水患。

讓我們看看黃河水患的幾個基本原因：

第一，黃河流經黃土高原時，河水本就會帶著泥沙往下流，加上多年來過分砍伐保護土壤的樹木和大量抽用地下水，河邊的沙質變得更加疏鬆，使得大量的沙更容易被河水沖刷，每立方公尺河水居然含有高達三十六公升的沙子，令人震驚！當黃河流入平原時，由於河道變寬、坡度變緩，流速因而變慢，大量泥沙就會沉積在河底，造成河床上升，築堤防洪的後果則形同再次增加泥沙的沉積，演變為惡性循環，許多地方的河床甚至比地面高出好幾公尺。比如開封附近的河床就比地面高出十五到二十公尺，被稱為黃河的懸河段，彷彿河流懸掛在人的頭上。不用說，河床上升的後果，自然是更加容易氾濫了。

第二，由於河道的地理位置和氣侯條件，黃河一年四季都有氾濫的可能，夏秋兩季因為有連續性的大量陣雨，水位往往會突然迅速上漲，也就是所謂的伏汛和秋汛，伏是夏天的意思，兩者都會引起氾濫。冬季時，河套段北部和下游入海部分會先結冰，南面河段結冰較晚，但一進入春季，南面河段卻會先融冰，河套段北部和下游入海部分則融冰較遲，因而形成了上游和下游是凝結的厚冰，中游卻是大量碎冰在凝結的河面底下流動的現象。厚冰和碎片都會阻塞河水的流動，這就是所謂的冬凌和春凌，凌是冰的意思，兩者同樣會引起河面上升，造成河水氾濫。

第三，黃河上游沒有大的湖泊提供調節河流流量和過濾河沙的功能，氾濫的情形因此更顯得變本加厲。

回顧這兩千年來，黃河氾濫超過一千五百次，改道二十餘次，造成生命財產的龐大損失。以一八八七年的氾濫為例，死亡人數在一、兩百萬之譜；一九三一年的氾濫預估死亡人數則高達一百萬到四百萬。一九三八年抗日初期，中華民國國民政府的二十萬華中軍隊情勢嚴重失利，抵擋不住擁有精良武器的日軍，五月徐州陷落，六月二日開封陷落，日軍直通鄭州。國民政府將領因此決定「以水代兵」，利用黃河夏季水漲的時機，在六月八日和九日破壞了鄭州附近花園口的黃河南岸河堤，讓黃河改道，淹沒了五．五萬平方公里土地，擋住了日軍的前進，保護了鄭州，但也造成了八十九萬人死亡，三百九十萬人流離失所的結果，日軍死亡人數估計也在數千之譜。花園口人工決堤事件是一齣為了政治和軍事目的，讓無辜老百姓犧牲的悲劇。

近幾十年來，中國積極修建水庫、修築河堤、監管河水的品質和流量，加強植樹和其他水土保持工作，逐漸地把黃河整治成一條馴服的龍。

•長江與三峽大壩

橫跨長江的長江三峽大壩長二千三百三十五公尺，高一百八十五公尺，位於長江三峽西陵峽裡的宜昌市夷陵區三斗坪。在湍急的河流中興築如此龐大的水壩是很大的工程挑戰，兩個最重要的考驗點，一是建造完成時的合龍工程，二是蓋好的水壩要能承受強大的水壓而不傾倒，當然也不能漏水。

早在一九一九年國父孫中山先生發表的〈建國方略〉裡，就已提出在長江三峽建造大壩的構想，一九四〇年國民政府更做了實地的考察和計畫，卻因內戰爆發未能具體推行。一九五三年，毛澤東寫的一首詞〈水調歌頭・游泳〉中，以「更立西江石壁，截斷巫山雲雨，高峽出平湖」描繪了興建三峽大壩的美麗願景，並把計畫交給國務院督辦。如今，經過近五十年的爭議、討論和建造，三峽大壩終於在二〇〇八年完工啟用。

三峽大壩是全世界最大的水利工程，總經費二百六十億美元，若用幾個簡單的數字和美國知名的胡佛水壩比較：胡佛水壩長三百七十九公尺，是三峽大壩的六分之一；高二百二十一公尺，比三峽大壩略高；發電量為三峽大壩的八分之一；近八十年前蓋的胡佛水壩只花了四千九百萬美元，建造經費和三峽水壩相比大約是一比五百，微乎其微。

三峽水壩有三個重大的效益，亦即防洪、發電和航運。回溯歷史，長江上游河段和其多條支流都曾頻繁爆發洪患，洪水發作時，宜昌以下的長江荊州河段都要採取分洪措施，淹沒鄉村和農田，才能保障武漢的安全。而今，三峽大壩的蓄水量將發揮調節功能，使荊州地區免除洪水的禍患。

水力發電的部分，三峽大壩當初規畫時，號稱將供應全中國用電量一〇％，但因為用電量迅速增加，現今已下調為三％。水力發電不但成本較低，和火力發電相比對環境更友善，也比核能發電來得安全。

在航運方面，長江三峽段水流湍急，李白的「朝辭白帝彩雲間，千里江陵一日還，兩岸猿聲啼不住，輕舟已過萬重山」可謂千古名句，也因此，往下游航行有安全疑慮，往上游航行非常吃力緩慢。過去在宜昌到重慶之間只能通行三千噸的船，三峽大壩啟用後，水勢變得平緩許多，萬噸大輪可由上海直通重慶。當然，輪船通過大壩時得使用船閘，要多花上幾個小時。

然而，三峽大壩的興建也有爭議和疑慮。水壩的建造淹沒了上百個城鎮村落、可耕農地和重要的歷史文物遺跡，一百多萬人不得不被迫遷居（有些估計說接近兩百萬人）。水壩上下游的自然生態也受到了影響，生物多元化因而隨之降低。大壩上游的汙染物和毒物無法迅速流入大海，反而會累積起來流入蓄水的水庫，造成嚴重的水汙染。同時，大壩下游的河中淤泥和沉澱物減少了，下游河岸因此遭受河水侵蝕，即使是遠在一千六百公里外的上海，腳下的淤泥平原也得靠長江沖下來的淤泥補強。最後，四川位處地震帶，強烈的地震若引起大壩的破裂崩毀，後果之嚴重，不堪想像。

•中國古代的水利工程

中國古代的水利工程，大運河和都江堰是兩個重要的例子，這裡讓我們談談都江堰。

岷江是長江上游的一條重要支流，發源於四川省的岷山南麓，由北向南流，灌溉成都平原，在宜賓匯入長江，全長七百九十三公里。岷江上游流經地勢陡峻的山區，到了成都平原後流速突然減慢，江水夾帶的泥沙岩石隨即沉積下來，淤塞河道，水量太多時會氾濫成災，水量太小時又不足以供應灌溉之用。

戰國末期的秦國吞併了蜀國，秦昭襄王派李冰為蜀國郡太守。為了治理岷江的水患，李冰和他兒子在西元前二五六到二五一年在岷江上游三百四十公里處建造了都江堰。李冰並不是採用築壩擋水、導水分流的做法，而是在江中築建了一座堰，也就是一座人工小島，形狀彷彿魚的嘴巴，被稱為分水魚嘴。分水魚嘴利用地形和地勢將岷江一分為二，內江供灌溉之用，外江是岷江正流，供洩洪之用。春季雨量小的時候，六成的水流入內江，四成的水流入外江；夏季洪水的時候，李冰就會拉高魚嘴，讓六成的水流入外江，四成的水流入內江。李冰還設計了一種類似竹籠的裝置，裡面用石頭壓載，扮演移動水壩的功能，同時達到灌溉和洩洪的目的。

這項比秦始皇修築的萬里長城還早了數十年的水利工程，直到今天都持續發揮著灌溉和洩洪的功能，雖然用混凝土取代了竹籠，外江也建造了永久性的水閘。二〇〇〇年，都江堰因為是「當今世界年代久遠唯一留存，以無壩引水為特徵的宏大水利工程」，和青城山共同被列入世界文化遺產名錄。二〇〇八年五月十二日四川汶川大地震波及都江堰市，都江堰的魚嘴也出現裂縫，不過修復後已無大礙。

・文人筆下的黃河與長江

中國文學裡描寫黃河和長江的詩詞相當多，以下舉幾個大家比較熟悉的例子：李白〈將進酒〉一開頭就是：「君不見，黃河之水天上來，奔流到海不復回！」〈送孟浩然之廣陵〉則寫：「故人西辭黃鶴樓，煙花三月下揚州。孤帆遠影碧空盡，惟見長江天際流。」

王之渙的〈涼州詞〉：「黃河遠上白雲間，一片孤城萬仞山。羌笛何須怨楊柳，春風不度玉門關。」以及〈登鸛雀樓〉裡：「白日依山盡，黃河入海流。欲窮千里目，更上一層樓。」

明朝楊慎的〈臨江仙〉：「滾滾長江東逝水，浪花淘盡英雄。」和杜甫的〈登高〉：「無邊落木蕭蕭下，不盡長江滾滾來。」都提到了長江。辛棄疾的〈南鄉子〉裡也有類似的：「千古興亡多少事，悠悠，不盡長江滾滾流。」

還有宋代李之儀的〈卜算子〉：「我住長江頭，君住長江尾。日日思君不見君，共飲長江水。此水幾時休？此恨何時已？只願君心似我心，定不負相思意。」

有名的長江三峽分別是瞿塘峽、巫峽、西陵峽，李白的〈長干行〉裡說：「十六君遠行，瞿塘灩澦堆。」詩句中提到的灩澦堆，指的就是瞿塘峽一塊顯露在長江中心的石頭，長約三十公尺、寬約二十公尺。秋冬時因為水位較低，灩澦堆露出較多，往下行的船可順勢而過，往上行的船卻容易觸礁，所以有「灩澦大如象，瞿塘不可上」的說法。到了夏季水流高漲湍急，水位較高，灩澦堆露出較少，往下行的船速又快，分厘之差就會觸礁，所以有「灩澦大如馬，瞿塘不可下」的說法。雖然灩澦堆是長江的特殊景色之一，不過為了航行安全，在一九五八年被炸毀了。

毛澤東的〈水調歌頭〉：「才飲長沙水，又食武昌魚。萬里長江橫渡，極目楚天舒。」倒是替武昌魚打響了名號，武昌魚是鯿魚的一種。侯德健的著名歌曲〈龍的傳人〉，則在歌詞中把長江與黃河當作中華文化的象徵。

水的旅程第五站：以色列

歐森納的水之旅下一站是以色列。

以色列位於地中海東岸，北面是黎巴嫩，東北角是敘利亞，東面是約旦，西南角是埃及。不過這裡必須先停頓一下，因為在政治和地理兩方面都有個不容易說清楚的地方，也就是在以色列的東面、約旦的西面，有個叫做約旦河西岸（West bank）的地區，同時在以色列的西南角、埃及的東北角，還有個加薩走廊（Gaza Strip），這兩塊地區在地理上並不相連，但聯合起來就是巴勒斯坦。世界上已經有一百多個國家，包括中國和俄國都承認巴勒斯坦是一個獨立的國家，也有超過六十個國家，如美國、德國、法國和日本並不承認巴勒斯坦的獨立國家身分。二〇一一年十一月，巴勒斯坦成為聯合國成員的提案在安理會被擱置。二〇一五年九月，聯合國以壓倒性票數通過讓巴勒斯坦國旗飄揚在總會大樓，這對巴勒斯坦取得聯合國正式會員，被視為是重大的一步。

•以色列與約旦河

中東地區的水資源本來就相當缺乏，除了民生和經濟因素，加上歷史和政治面的恩怨情仇，水資源的共用和分配往往引起激烈的爭論，甚至戰爭危機。以此點來說，水資源和石油資源的擁有和分配其實有許多相似的面向。

中東有三個重要的河流系統，一是尼羅河，尼羅河全長六千六百五十公里，通常被認為是世界最長的河，在非洲由南向北流經十個國家，最後穿過蘇丹和埃及流入地中海，蘇丹和埃及也是最依靠尼羅河水資源的國家。二是在美索不達米亞平原的底格里斯河和幼發拉底河，這兩條河的水資源主要由土耳其掌控。土耳其和以色列的國際關係不錯，由土耳其供應用水給以色列在技術上是可行的，但此計畫目前尚未實現。三是和以色列關係密切的約旦河，約旦河由北向南流，全長僅二百五十一公里，它的上游有來自黎巴嫩、敘利亞和以色列三國之間的黑門山（Mount Hermon）的支流。

約旦河從源頭開始一百公里之後，會流入一個低於海平面二百一十四公尺的大湖，名為加利利海。加利利海是以色列境內最大的淡水湖，水源來自約旦河和地下水，這一段的約旦河等於是以色列的境內河流，流經戈蘭高地（Golan Heights）兩邊。若對中東歷史有些印象，應記得這中間有點複雜，因為戈蘭高地是以色列在一九六七年的六日戰爭中，從敘利亞手裡奪過來的。多年來雖然雙方針對戈蘭高地進行和平協商，卻始終沒有最後的定案。

約旦河從加利利海繼續往南流，匯合從約旦注入的支流後，會流入低於海平面四百二十三公尺的死海。死海是座鹽水湖，水中鹽分高達三三・七％，是海水鹽分的八・六倍，也是世界上鹽分最高的水域之一。死海的水為什麼會如此鹹呢？原因是死海的水沒有出口，僅靠蒸發而消失，因此剩下來的就是河水帶進來的鹽，又處於雨量極小的乾燥地帶，每年平均雨量只有五十到一百毫米。除了鹽，死海的水裡還含有許多其他金屬雜質，相傳能治療不同的疾病。

今日，死海的水平面逐年下降，可能的解救方法是從紅海抽水灌入死海裡。由於死海位於海平面四百公尺以下，此一傾斜度讓工程設計變得比較容易。如果真的建立起「紅海－死海」水道，將成為在蘇黎士運河之外，另一個連接地中海和紅海的通道。

死海這一段的約旦河是以色列和約旦的邊界，以色列在河西，約旦在河東，但這裡同樣有點複雜。因為約旦河西岸的以色列境內，同樣包括了巴勒斯坦的約旦河西岸地區，而以色列和巴勒斯坦之間錯綜複雜的政治關係，當然會直接影響到約旦河的水資源分配。

講完了約旦河的地理環境，讓我們稍微回顧一下歷史。約旦河流域曾經是興起於十三世紀的奧圖曼帝國（Ottoman Empire）版圖的一部分，特別是帝國之中的奧圖曼敘利亞（Ottoman Syria），也就是今天的敘利亞、黎巴嫩、以色列、巴基斯坦、約旦，以及一部分的土耳其和伊拉克。第一次世界大戰後，國祚跨越七世紀之久的奧圖曼帝國崩潰，英國和法國進入這個地區建立殖民地；第二次世界大戰之後，在美國和聯合國介入下，黎巴嫩（一九四一年）、敘利亞（一九四六年）、約旦（一九四六年）、以色列（一九四八年）和巴勒斯坦紛紛先後獨立建國。

了解地理和歷史背景，自然能體會錯綜複雜的政治關係將影響水資源的分配，也會引起政治及軍事衝突，想找出一個合理而且大家都接受的分配方式，並不是件容易的事。以一九五五年由各界與國家技術委員會討論認可的框架為例：在黎巴嫩的上游支流的水由黎巴嫩使用，在敘利亞的上游支流的水由敘利亞使用，這兩條支流的水量其實都不大。約旦河主流的水，以色列可以無條件使用，約旦可以使用有限度但比較大的數量，敘利亞可以使用有限度但比較小的數量。而從約旦流入約旦河的重要支流亞爾木克河（Yarmouk），約旦可以無條件使用，敘利亞可以使用有限度但是比較大的數量，以色列可以使用有限度但比較小的數量。然而，專家和外交官達成的協議，往往無法被現實的政治和衝動的感情所接受，即使有協議，單方面獨斷獨行地築水壩、建置導水管道、違反協議的約束，仍然無法制止。

•水的科技研究

以色列位處沙漠地帶，有三分之一國土是沙漠，東邊的約旦河是唯一的淡水資源，兩邊則是浩瀚的地中海，除了前文提及的海水淨化是一重要研究課題，還針對水做了許多科技研究，比如藻類養殖。

藻類養殖

水產養殖是消耗水量最少的養殖業，藻類養殖則是水產養殖的一種。首先，藻類（Alga, Algae）是一種統稱，若要分門別類的話，種類相當多。總體來說，藻類就是生長在水裡的有機體（Organism），之所不叫做植物，是因為藻類不像一般植物有根、葉、莖等不同的部位扮演不同的功能。藻類是單細胞或多細胞的有機體。考古學家從化石中發現，藻類在三十億年前已在地球上出現，並直到約五億年前才演變成陸地上的植物。和許多植物一樣，藻類有行光合作用的功能，也就是利用太陽光的能量，把二氧化碳和水轉變成氧氣和糖，或是其他有機化合物（$6CO_2+6H_2O \rightarrow C_6H_{12}O_6+6O_2$），因此養殖藻類需要的是陽光、二氧化碳和水。其中包括了許多技術細節，如水溫必須調節在適當範圍內，陽光的分量也必須按照藻類只需要直射陽光分量的十分之一來調節等。藻類生長到三、四吋厚的時候，陽光已無法穿透，必須定時攪拌養殖水池裡的水，並加入氮（N）、硫（P）或鉀（potassium，K）做為養分，幫助藻類的繁殖與生長。

藻類最重要的用途就是做為生物燃料的來源。從藻類可以提煉出生物汽油、生物柴油、生物甲烷等，能夠代替石油、煤等化石燃料，不過目前仍待克服的現實問題是，養殖和提煉的成本相加，仍然比化石燃料的價格來得高。

藻類還能做為食物，臺灣人和日本人都喜歡吃的海苔、用來做果凍和大菜糕（菜燕、石花凍）的洋菜，都是常見的例子。藻類也能養魚或是當肥料，科學家已研發出從藻類抽取具抗老功能的維生素。有種藻類被移植到水池後會毒殺蚊子的幼蟲，是抵抗瘧疾的突破性方法之一。藻類的養殖確實是有著光明遠景的養殖行業，也不需要清潔的淡水，含有鹽分或其他雜質的水也能使用。

滴灌技術

栽過花、種過菜的人應該都記得早晚澆水的經驗，打開水龍頭，拿著裝有強力噴嘴的塑膠水管，不分東西南北、不管高低遠近地揮舞近一、二十分鐘，以保證每株花、每棵菜都獲得到充分的水分，但這是非常浪費的灌溉方法。植物是經由根部吸收水分，離根部太遠的水會被泥土吸收，葉子上的水會蒸發，葉子上的水滴甚至有可能像放大鏡一樣把陽光聚合起來，害葉子燒焦。

古代的農夫發現了一種有效的澆水方法，他們把水注入未上釉的瓦罐裡，再把瓦罐埋在樹根旁邊，瓦罐的水會逐漸滲出來讓樹根吸收，減少許多不必要的浪費，只要定時把水加入瓦罐就可以了。而這種古老的省水灌溉方法，被以色列工程師布拉斯（Simcha Blass）以現代工程技術實現了。

布拉斯自一九三〇年代開始擔任政府的水利工程師，一九五〇年代退休後，他和兒子合開公司，實現了「滴灌」（Drip Irrigation）這個觀念。簡單來說，滴灌就是用一根長塑膠管，每隔一個固定的距離，例如五十或一百公分打一個洞當出口，靠著控制壓力和摩擦力，讓水經由塑膠管慢慢地從每一個出口滴出來。滴灌有許多好處，首先它能節省用水，還可以定時連續供水。若是高低不平或傾斜的地面，只要鋪好塑膠管就能達到均勻灌溉的目的。由於水會直接被植物的根部吸收，所以可以把肥料加入水裡，不致於浪費肥料，野草則會因為缺乏水分而不易生長。最後，滴灌可以使用鹽分比較多的水，因為含鹽量較多的水不會直接灑在葉面傷害葉子，植物根部則能過濾鹽分；也可以使用比較髒的水，因為水會直接送到根部，減少和外界的接觸，不致於引起健康疑慮。滴灌技術現今已普遍於全球各地使用，布拉斯和他兒子的公司也成為一間規模龐大的企業。

• 《聖經》裡的約旦河與死海

接下來，我想講《聖經》中與約旦河和死海相關的故事。

洗禮是基督教教義裡重要的儀式，把身體浸在水裡代表洗除罪惡，信奉上帝，也是成為基督徒的正式儀式，雖然《聖經．舊約》就已提及洗禮，不過直到《聖經．新約》，經由施洗約翰（John the Baptist）在約旦河裡替耶穌行受洗禮的故事，才把洗禮的意義闡述得更清楚。

按照《聖經．新約．馬可福音》記載，施洗約翰是一位先行者，上帝派遣他預告耶穌的降臨，也就是七百年前在《聖經．舊約．以賽亞書》裡預言的「我將派遣我的使者，在你前面為你準備你的道路。」施洗約翰在曠野裡宣講洗禮的意義，那就是悔改，罪惡得到赦免，他說：「天國近了，你們應當悔改。」許多老百姓都前來接受洗禮，施洗約翰也向他們預告：「一位比我更有力量的將會來臨，我只用水潔淨你們，他將用聖靈潔淨你們。」

耶穌從加利利海來到施洗約翰面前，請施洗約翰替他施行受洗禮，施洗約翰謙卑地說：「我本來需要您來為我施洗，怎能替您施洗呢？」耶穌回答：「我們就這樣做吧！因為這是恰當和合乎正道的。」耶穌在約旦河裡受洗上來的時候，天門為他打開，聖靈有如鴿子般降臨到他身上，有聲音從天上說：「這是我愛子，我所喜悅的。」後來，耶穌的信徒不斷增加，施洗約翰的追隨者逐漸減少，施洗約翰已完成了他的先行者任務。

其實，施洗約翰和耶穌有親戚關係，他們的母親是表姐妹，施洗約翰比耶穌早六個月出生，也在耶穌被釘上十字架前六個月被希律王砍頭。按照《聖經．新約．馬可福音》記載，希律王當時統治加利利海和約旦河東岸的山哈地帶，希律王離婚後，迎娶了同父異母的兄弟之妻希羅底。施洗約翰對此非常不以為然，又得罪了希羅底皇后。於是，希羅底趁著希律王生日宴會的機會，讓她在前一段婚姻中生的女兒莎樂美（Salome）為希律王跳舞，希律王非常高興，答應賜給莎樂美任何她提出的要求，甚至包括國家的一半。莎樂美聽了媽媽希羅底的話，要求施洗約翰的頭，希律王雖然後悔失言，仍然下令砍了施洗約翰的頭，放在盤子裡呈上來。這個故事後來被王爾德（Oscar Wilde）寫成劇本，史特勞斯（Richard Strauss）譜成歌劇《莎樂美》，其中最有名的一段，就是莎樂美在希律王面前跳的七紗舞（Dance of the Seven Veils）。

《創世紀》第十八和十九章則記載了死海附近兩座城市的故事：所多瑪和蛾摩拉。上帝帶著兩位天使到亞伯拉罕那裡，告訴亞伯拉罕說：「所多瑪和蛾摩拉這兩座城的人犯了嚴重的罪行，我決定把這兩個城市全部毀滅。」亞伯拉罕向上帝求情，因為他的侄兒羅得和家人住在所多瑪城。最後上帝接受了亞伯拉罕的哀求，同意派兩位天使前往所多瑪城，如果能在城裡找到十個正義的好人，上帝就願意寬恕城裡的人。兩位天使來到所多瑪城後，在亞伯拉罕的侄子羅得家過夜，可是全城的人都在羅得的家門外起哄鬧事。兩位天使要羅得帶著妻子、女兒速速逃離，上帝從天上降下硫磺和火，把所多瑪和蛾摩拉兩座城都毀滅了。附帶一提，加利利海是耶穌傳道、收門徒、行神蹟等許多故事發生的地點，《聖經．新約》裡同樣有詳細的記載。

水的旅程第六站：非洲

為了探索水的各種面貌，歐森納的環球水之旅來到了非洲。

僅次於亞洲的非洲是世界第二大、人口第二多的洲，非洲有五十個獨立國家，再加上兩個不被多數國家承認的領土和一些群島。非洲擁有悠久的歷史，比如重要的古埃及文明；自西元第七世紀起，阿拉伯人進入非洲，建立奴隸制度並將奴隸販賣到阿拉伯地區和歐洲；十九世紀，美國與歐洲列強雙雙前往非洲奪取殖民地；二十世紀後半期，獨立國家的興起與建立，以及隨之而起的戰事和動亂，這些統統是非洲史的重大轉變，而這些歷史上的轉變自然會直接影響到非洲的經濟、社會和文化的發展。總體而言，非洲地區的發展落後於其他地區，貧窮、衛生條件、疾病、文盲，都是嚴重且不容忽視的問題。但與此同時，非洲的自然環境、土地資源、野生動物和植物異常豐富、變化萬端，充滿了奇趣。

非洲北部中段地帶的查德湖（Lake Chad）是歐森納的非洲第一站。查德湖是一個內陸湖，只有一〇％左右的湖水來自降雨，湖水主要來自兩條河，一條是源自中非共和國，穿過查德西南部，全長九百多公里的沙里河（Chari River），查德大部分的人口都沿著沙里河居住與生活。另一條是源自喀麥隆的洛貢河（Logone）。查德湖的水質和水量深受這兩條河的水質和水量所影響，而河流和湖泊之間相互影響的關係往往錯綜複雜，無法用「全球暖化」一言蔽之。

・從查德湖看雨水、河水和湖水

因為氣候的關係，查德湖湖水的蒸發量相當大，不過查德湖仍是淡水湖，因此很值得和以色列的死海做個比較。當湖水的蒸發量比較大時，留下來的鹽分和雜質會比較多，死海就是個鹽水湖，查德湖則因為來自沙里河的水中鹽分比較低，而且部分的礦物質沉澱或被岸邊植物吸收，所以湖裡的水還是淡水。

此外，查德湖是個很淺的湖，最深處只有十公尺，因此湖水面積的變化非常大。五、六千年前估計在三十萬平方公里以上，自一九〇〇年至今的面積則在三種尺寸之間變動，大的時候是二萬五千平方公里，相較於五、六千年前只剩十分之一；中的時候是二萬二千平方公里，也是最常見的大小；小的時候僅有二千五百平方公里。

查德湖每一年的水量都隨著季節變化。七月是雨季的開始，差不多會持續三個月。這代表了在雨季開始以前，幾乎有九個月沒下過雨，不但土地是乾的，所有的小河也都乾涸了，只有最大的沙里河仍然維持著最高峰流量的十分之一。雨季之後，河水隨之上漲，才會讓湖水上漲。雨季的雨量會在八月達到最高峰，因此沙里河的水流量會從九月、十月開始增加，並在十一月達到頂峰，河岸隨之開始淹水。湖水的水量則從十月、十一月開始上漲，在一月達到最高峰，但此時雨季早就過去了，小河的河水也停了。三月到六月是最缺水的，沒有雨，河已乾，查德湖的水量也迅速下降。查德湖是一個最清楚也最特殊的例子，把雨水、河水、湖水之間的關係，顯著地展露出來。

查德湖的湖域和四個國家相鄰，東邊是查德（Chad），西北邊是尼日（Niger），西邊是奈及利亞（Nigeria），南邊是喀麥隆（Cameroon）。這四個國家和沙里河上游的中非共和國，大概有二千萬人生活在查德湖湖域，他們的生計主要是農業和漁業，毫無疑問皆深受湖水漲落的影響，而湖域的自然生態從動物、魚類到植物，自然也會受到影響。二〇〇三年，五國聯合擬定了一個計畫來挽救查德湖的水，基本做法是興建水壩和開挖運河，一來能調節查德湖的水量，水壩還能水力發電，運河同時具有交通運輸的功能。不過這種跨國合作的計畫需要彼此協調，也需要錢，並不容易。

‧查德湖的特殊生態

人類賴以生存的畜牧和漁獵活動都和所處環境脫不了關係，而且關係相當密切。查德湖湖域有一種牛叫做庫里牛（Kouri），能夠適應查德湖湖域的天氣和水草，卻無法在別的地方繁殖。為了適應炎熱的天氣，庫里牛可以浸在水中好幾個鐘頭，又因為得游到湖中小島尋找青草，牠們也很會游泳。庫里牛的最大外形特色是兩隻特大的角，直徑十五公分，長度一公尺以上，形狀就像一顆梨，和常見那種長長尖尖的牛角完全不一樣。庫里牛的牛角有一層薄薄的外殼，裡頭是海綿狀的多孔纖維組織，有種說法是這可以幫助牠們游泳。令人擔心的是，隨著查德湖自然環境的變遷，庫里牛正面臨絕種危機，目前統計的數字大概只剩下幾千頭或一萬頭的純種庫里牛。

捕魚也是許多倚靠查德湖為生的人的生計。據十九世紀在非洲西部探險的著名英國探險家迪臣‧鄧哈姆（Dixon Denham）描述：「查德湖裡多的是魚，婦女們涉水到湖中後，排成一列朝向岸邊走，伸手就能捉到水裡的魚，否則魚也會被趕到岸上，隨手就可以撿起來了。」當然，時至今日，狀況完全不一樣，湖面積的減少、水汙染、水生態的變化，不但漁獲量減少，魚的品種也減少了，影響更波及生物多元性和生態環境的平衡。再加上查德湖周邊一共有四個不同的國家，捕魚領域的爭執更因漁獲的減少而變得愈加激烈，又一次出現因為水資源分配而引發的政治問題。確實，查德湖的自然環境變化是個相當複雜的現象，但是我們同樣要聆聽當地居民的心聲：「非洲製造的溫室氣體非常少，卻要為西方工業化國家付出河流和湖泊乾涸，因而影響生活和生存的代價。」

• 納米比沙漠裡的神奇生物

歐森納接著來到非洲西南角的國家納米比亞（Namibia）和納米比沙漠（Namib Desert）。

非洲最大的沙漠其實是撒哈拉沙漠（Sahara），橫跨非洲的北部，東接紅海，北接地中海，西接大西洋，總面積九百四十萬平方公里，差不多等於整個美國，但它只是全世界第二大的沙漠而已。全世界第一大沙漠在哪？答案是南極洲。沙漠的定義是一個地區每年平均降雨和降雪總量在四十公分以下，更嚴格的定義則是每年平均降雨和降雪的總量在二十五公分之內。南極洲的總面積是一千四百萬平方公里，每年的平均降雨和降雪總量只有二十公分，非常冷但也非常乾燥。換言之，沙漠的定義只和平均水分有關，和平均溫度沒有關係。以跨越中國和蒙古的戈壁沙漠為例，冬天冷到攝氏零下四十度，夏天熱到攝氏五十度。

納米比沙漠被認為是世界上最老的沙漠，有五千萬年到一億年歷史。相鄰納米比沙漠，自北而南的三個國家是安哥拉（Angola）、納米比亞（Namibia）和南非共和國（South Africa）。從安哥拉西南到納米比亞，沿著南大西洋海岸綿延兩千多公里，每年平均雨量只有十公分。

歐森納在納米比沙漠看到了只有在此才找得到、被稱為世界十大最奇特植物之一的「千歲蘭」。千歲蘭的外形相當特別，只有兩片葉子，一根粗壯的莖和根，莖的直徑在一公尺左右，高出地面僅二、三十公分，葉子則長達兩、三公尺，還會裂開來分成許多狹窄的條狀物，狹條堆在一起就像一隻爬在沙灘上的青色大章魚。千歲蘭的存活方式是倚靠葉子上的氣孔吸收大氣中非常少量的水分，通常可以存活五百年到兩千年。但為什麼一片葉子能活幾百年以上呢？其實千歲蘭的葉子後端，也就是接近根的基部之處的細胞，擁有不斷產生新的葉片組織的能力，葉子的前端或因氣候乾燥而枯化，或因風沙撲打而斷裂，彷彿印證著後浪推前浪，也是一片葉子能存活上千年的原因。

歐森納還在納米比沙漠找到一些有趣的昆蟲，靠著吸取霧裡的水氣存活。

首先說明一下納米比沙漠的氣候。從東邊的印度洋吹來的風在穿過陸地時，水分逐漸消失，到達納米比沙漠時已經變得非常乾燥；而從西邊的南大西洋吹來的西風，一遇上東邊的熱空氣，空氣中的水分往往會形成雲和霧，因此在納米比沙漠裡，早晨的霧由海岸吹向內陸是常有的現象，好些沙漠裡的動物和植物就靠著吸收晨霧中的水分維持生存。

第一種叫做聚霧甲蟲（Fog trapping beetle），學名 Lepidochora discoidalis，牠們晚上躲在沙裡，黎明前會爬出來，在沙上迎著風的方向挖一條長長的溝，等到晨霧吹過來時，水氣就會凝結在長溝隆起的邊上，聚霧甲蟲就靠這些水分來維持生命。聚霧甲蟲只是俗稱，聚霧就是用沙溝聚集霧中水氣的意思。

另一種叫做沐霧甲蟲（Fog basking beetle），沐霧就是沐浴在霧裡頭的意思，牠們會爬到沙丘上，頭低下來，後腳撐高，身體形成四十五度角，讓背上的翅膀迎向吹來的晨霧，晨霧裡的水分就會凝聚在翅膀上，往下流到甲蟲的嘴邊。神妙之處不僅如此，在翅膀上形成的晨霧水滴直徑大概只有千分之一公分，很容易就被風吹得四散橫飛，不一定會往下流到甲蟲嘴裡，因此甲蟲的翅膀上有許多隆起的小塊，這些小塊是親水性（hydrophilic）的，小水滴會黏在上面，一旦小水滴黏在這些親水性小塊上面，小水滴的形狀會變成扁平狀，不容易被風吹開，等到小水滴聚合起來，形成直徑約十分之一公分的大水滴時，大水滴就會因為重力作用往下流。此外，圍繞著這些隆起的親水性小塊，是像蠟一樣的疏水性（hydrophobic）物質構成的小槽，讓大水滴能沿著水槽往下流而不會黏在邊上，順利流入甲蟲的嘴裡。

二〇〇一年，兩位英國牛津大學的動物學家魯布納（Michael F. Rubner）和科恩（Robert E. Cohen）發現了沐霧甲蟲的翅膀結構，指出可以利用同樣的原理製作帳篷布料和屋頂瓦片，以收集空氣中的水氣，一群美國麻省理工學院的科學家也在二〇〇六年實現了這個想法。

想和沐霧甲蟲一樣從霧裡收集水，有個大家都知道也經過證明的可行方法，只不過用的是網子或帆布。所謂的捕霧網是一張四公尺高、十公尺長的大網，讓水氣凝結在網上並沿著管線向下流，一天可以收集到二百五十公升的水，平均每一平方公尺的網可以收集四．五公升的水。這種收集方法的關鍵因素是天候，在非洲的兩岸如南非，或是南美洲的海岸如智利和秘魯，氣象條件都很適合，當地人都能利用網或帆布進行收集。

‧水的三態變化

既然能把霧裡的水氣變成水收集起來，那應該也可以把雲裡的水氣變成水，下降到地面來吧？確實，這就是人工造雨的過程。

然而，若想了解人工造雨，首先要改正以下這個常遭誤解的觀念，也就是認為水分子有三個狀態，固態是冰，液態是水，氣態是水蒸氣，水的三態則和溫度有關，攝氏零度以下是冰、攝氏零度到一百度之間是水、攝氏一百度以上是蒸氣。

但是，正確的觀念應該是，和水的狀態有關的其實是水分子移動的速度，即使在同樣的溫度中，水分子移動的速度也會不一樣，快的是蒸氣，慢的是水，冰的水分子則不會移動，只是連在一起振動而已。也因此，我們會看到水和冰混在一起，或水和水蒸氣混在一起。當然，溫度確實會影響水分子移動的速度，溫度很低時，絕大多數的水分子會變成固態，溫度很高時，絕大多數的水分子會變成氣態，但不管如何，水的二態或三態並存的現象都很常見。

大家可以做個有趣的實驗：水若被冷凍到零度以下時，就叫過冷水（Supercooled water），拿一瓶礦泉水或可樂放入冷凍庫，即使冷凍庫的溫度在零度以下，礦泉水或可樂還是有可能保持在液體的狀態，成為過冷水。當你把過冷水或可樂從冷凍庫裡拿出來後，搖動幾下或是打開瓶蓋，一、兩分鐘之內就會看見冰沙的形成。換句話說，部分的水分子從液態變成了固態！

這個現象的解釋是，當水在某一個狀態時，一點點的外來因素如搖動、雜質的引入或壓力的改變，都會引起一連串的狀態改變。特別是在超冷的水（液態）裡引入小量的冰，冰就會很快地形成。同樣的道理可以再做一個實驗：把一小塊冰粒放入超冷的礦泉水裡，同樣會看到冰沙的形成。

改變水的狀態所引入的外來物一般稱為種子，比如第二個實驗裡的那塊小冰粒。而所謂的人工造雨，通常是用碘化銀或乾冰——固態的二氧化碳——當作種子，用飛機載上天，再把種子灑入雲中，讓種子引起雲裡的超冷水和水氣凝結成冰，變成雪或凝結成雨，下降到地面。不過，雖然人工造雨的基本觀念是可行的，但是站在效果和經濟的立場來看，技術上仍有改進空間。

白居易有首小詩〈花非花〉：「花非花，霧非霧，夜半來，天明去。來如春夢幾多時？去似朝雲無覓處。」在詩人眼中，霧是朦朧的、短暫的，來去無蹤。美國詩人威斯坦・休・奧登（W. H. Auden）在詩〈謝謝你，霧〉（Thank you fog）裡，謝謝霧讓他可以留在家裡和家人共度美好時光，把交通停頓下來，誰也不能往來奔跑，戶外一片模糊的沉默，在家裡卻是舒適和安詳，可以閱讀、可以追憶、可以喝酒、可以反思，他謝謝霧，為他帶來短暫的休息和歡樂。

水的旅程第七站：巴黎

講到水、河流與城市的關係，我們一再提到，許多古老偉大的城市都在河邊，因為水資源和交通、土壤和氣候都有密切的關係。舉例來說，泰晤士河（Thames）流過倫敦，萊茵河（Rhine）流過德國的科隆（Cologne）和荷蘭的鹿特丹（Rotterdam），多瑙河（Danube）流過奧地利的維也納（Vienna）、匈牙利的布達佩斯（Budapest）、塞爾維亞的貝爾格萊德（Belgrade），還有長江邊上的重慶、武漢、南京、上海，韓國漢江上的首爾，湄公河上的曼谷和尼羅河上的開羅等。

當然，還有塞納河（Seine）流經的巴黎，也是歐森納的最後一站。

巴黎的文化、藝術、時尚、美食，三天三夜也講不完，但是講到巴黎的水，首先得講塞納河。塞納河從法國東北部向西北流入英倫海峽，全長七百七十六公里，光是流經巴黎這一段的河上就有三十七座橋，有雄偉壯觀的、也有詩情畫意的。除了艾菲爾鐵塔、羅浮宮、聖母院、奧塞美術館，巴黎還有個舉世知名的下水道博物館，吸引了許多觀光客的到訪。

我們在日常生活裡用水煮飯、洗澡、洗衣服、沖廁所，工廠的製造過程中排出許多含有化學物質或其他雜質的廢水，以及暴雨帶來的過多水量，都必須做適當的處理。下水道系統就是一套管線系統，把住家、工廠和街道排水的出口連接起來，匯集廢水和雜物，經過適當的處理輸送到出口處，如河、海和溼地等。有些城市只用一個下水道系統同時輸送這些來源不同的水，有些城市用兩個不同的下水道系統分開輸送下雨或氾濫的河水、湖水，以及家用廢水和工業用廢水。因為後者對健康的影響比較大，固體雜物也比較多，處理過程比較複雜，需用隔離、沉澱等方法，撈除瓶瓶罐罐、爛布廢紙和樹葉泥沙，或用分離器隔離水面的油脂，或用過濾法隔離微生物，或是用化學方法消除過多的氮和硫等會促進微生物生長的化學物質。

・地底巴黎：下水道

巴黎的下水道系統早在一三七〇年就開始建造，不過接下來四百年的進展相當緩慢，到十九世紀初的拿破崙時期只擴建了差不多三百公里的管線。現今的巴黎下水道管線長達兩千多公里，下水道的隧道就像捷運的隧道一樣寬廣，以前隧道裡甚至有小火車和小船供往來之用。巴黎的下水道博物館裡收藏了一件很有趣的東西，一顆直徑約一個成人高度的薄鐵片大球，這顆薄鐵片球在管線裡頭會被水的沖力往前推，原本的水中雜物或被碾碎、或被黏附在球上，藉此清理水道管線。

法國大文學家雨果在巨著《悲慘世界》裡提到：「人類的歷史可以由下水道的歷史來反映。」並描寫：「巴黎底下有另外一個巴黎，一個下水道的巴黎，它有它的道路，它的交叉十字路口、它的廣場、它的死胡同、它的動脈、它的循環，它是沒有人形的汙泥。」

順著雨果的說法，和下水道歷史有關的是廁所的歷史，考古學家考證說，世界上有好幾處地方都找到了三千年前的人使用的馬桶，這裡只談一個小故事，不再多談，否則真的又臭又長了。

西晉時代的石崇被列為中國古代十大富豪之一，他過著非常奢華的生活，家裡的廁所修建得豪華無比，不但有掛著漂亮紗帳的大床，床上鋪著華麗的墊子，還有十多個婢女恭恭敬敬站著侍奉上廁所的客人，同時備有各種香水、香膏供人洗手、抹臉。上完廁所後，婢女會請客人脫下身上原來穿的衣服，再侍侯客人換上新衣服，把原來的衣服丟掉。當時富貴人家的廁所裡都有一個漂亮的漆箱，裡頭裝著會發出淡淡香味的紅棗，有次一個土包子客人跑進去，非常羨慕有錢人甚至在廁所裡都放了果子給人吃，後來才知道那些紅棗不是用來吃，而是塞在鼻子裡防止臭味的，叫做廁棗。

•巴黎水公司

二〇一〇年元旦巴黎市政府正式宣布，將由單一公營機構「巴黎水公司」供應全巴黎的用水。回溯到一九八五年，當時的巴黎市長席哈克（Jacques Chirac）決定和兩間私人公司簽訂二十五年合約，由這兩間公司供應全巴黎的用水。二十五年過後，巴黎又回到了由公營機構供水的做法。

水是生活中不可或缺的必需品，應由公營機構還是私人公司負責供應，是一個複雜的技術、經濟和政治問題。公營或私營，最明顯的選擇標準應是品質、價格和服務，一般認為私人公司的品質和服務比較好，但價格也比較高，而此說孰真孰假有很多正面和反面的例子；另一考量是公營機構獲得的利潤屬於大家，也就是屬於市政府或國家，因此可以回饋給全民謀求共同的福利，私人公司獲得的利潤只屬於私人。反駁此說的人則指出，公營機構往往是賠本的，尚且需要政府補貼，哪有利潤可言。

還有一種情況是原始的投資太大，政府負擔不起，那就非委外辦理不可，尤其是一些開發中的國家和地區，常常會把水的供應交給龐大的跨國公司。此外，法國供應水的私人公司只有三間，再加上一間德國公司，這也是全世界最大的四間供水公司，即便前提是已決定由私人公司供應，由少數幾間大公司壟斷市場，吃虧的往往還是消費大眾。最後，政治影響也不能忽視，政治人物一方面要面對大公司以謀取利潤為目標的壓力，一方面要面對民眾反對圖利私人之心態的壓力，如何取捨，往往不只是純技術、純經濟的考量而已。巴黎於二〇一〇年收回私人水公司的經營權，正是二〇〇七年市長選舉中獲選連任的市長許下的競選承諾。

從水的例子可以看到，許多和水相似的生活必需品，例如電力、汽油、瓦斯，甚至高鐵、郵政、行動電話都有許多相似的面向。公營、私營、政府補貼的私營、向政府付授權金的私營BOT和公私營並存相互競爭，各有利弊，沒有辦法說哪一種是明顯最適當的。

・不環保的瓶裝水

二〇一〇年九月，公營的巴黎水公司在某座公園裡裝了全法國第一臺免費飲用、無限供應，可以喝到氣泡水的飲水機。據統計，法國每人平均每年喝掉一百三十公升瓶裝水，約為二百到二百五十瓶，在全世界排名第六。第一名則是墨西哥人，每人每年平均喝掉四百到四百五十瓶。

巴黎水公司說，設置飲水機的目的是為了鼓勵巴黎人改變他們飲用瓶裝水的習慣，雖然法國的自來水可以直接飲用，但許多人還是喜歡喝瓶裝水，就和臺灣人一樣。毫無疑問，瓶裝水和現成的自來水比較，價格相差很遠，成功大學的黃煌煇校長說他算過，一噸自來水的價錢是十五塊新臺幣，一瓶六百CC的礦泉水價錢也是十五塊新臺幣，相差一千六百六十六倍。

如果問許多人為什麼喝瓶裝水而不喝自來水？味道比較好只是心理作用，比較衛生也不是好理由，煮過的水同樣衛生，就會發現瓶裝水廣告難免有洗腦的作用。為了回應那些因為喜歡氣泡水所以喝瓶裝水的人，巴黎水公司乾脆設置供應氣泡水的飲水機。設置一臺氣泡水飲水機的費用不菲，價格估計要二、三百萬臺幣，是否夠大量裝置因此成為問題。

不過，巴黎自來水公司的目的其實是提醒公共大眾，大量使用塑膠瓶的瓶裝水非常不環保，臺北花博也曾經以一百五十萬支回收的寶特瓶搭建出遠東環生方舟，都是為了提醒大家環保的重要。

• 問渠那得清如許，惟有源頭活水來

花了兩年，歐森納完成了探索水的各種面貌的環球旅程，發表以下七點感想：

第一、水是一切人性的起點，一切尊嚴、一切健康、一切教育、一切發展的起點。在所有優先次序當中，沒有比獲得水資源更優先、更重要的。在科學和經濟已如此發達的今天，地球上仍然有很多人得不到清潔、衛生的可用水供應，這點讓人難以安心。獲得使用水的權利的人必須懂得珍惜這個權利，也必須負起處理汙水的責任。

第二、水來自大自然，保護自然環境是確保水資源的最佳方式。毀斷最寶貴、最重要之物的源頭，將是不可寬恕的愚蠢行為。

第三、水是人類的共同資源，地球上任一角落的水都和其他地方的水互相關連。地球上的水分布得並不均勻，在水資源的控制上，我們不能自私，必須考慮到他人，必須用協調和合作代替爭執和戰爭。《論語．季氏．第十六》說：「有國有家者，不患寡而患不均。」正是這個意思。

第四、水資源的管理是一個政治責任，不管由公共機構或私人公司負責管理，在決策過程和管理作業中，誠實、無私、公正、透明是非常重要的。不管由誰負起這個責任，肩負的都是非常重要的責任，生命的維持、生活的舒適、經濟的繁榮、社會的安定，都包含在這份責任裡。

第五、從總統到部長到市長，負有決策責任者往往會犯兩種重大錯誤：一是認為有形勝於無形，硬體設施重於節約和回收，強調開源卻忽視節流，完全不明白開源和節流是相輔相成的。二是認為清水勝於糞便，其實汙水的處理、再生水的循環，和收集雨水、淨化海水、建造水壩同等重要。

第六、水是每個人生活中不可或缺的資源，不應該用純粹的資本主義如使用者付費原則來分配，窮人應該有固定數量的免費水供應，這是最基本的社會福利。

第七、這兩年內去過的地方，看到許多和水有關的事，都讓歐森納變得相當焦慮，汙染、過度生產、侵蝕、城市化，世界各地的耕地面積愈來愈缺乏，土壤正在枯竭，水源的危機和土地的危機是分不開的。

從科技觀點來看，我們必須相信，歐森納和許多專家學者告訴我們的問題和危機確實是真的，一旦我們知道了問題的存在和危機的潛伏，自然必須努力積極地尋求解決之道，也相信許多看起來很困難的問題還是存在著解決的方法，當然，這需要靠人和人之間、政府和政府之間的互相合作。

《聖經．新約．約翰福音》第四章說，耶穌遠行，走路走得累了，坐在一口井旁休息，一位婦人到井邊打水，耶穌對她說請妳給我水喝，並向她講述活水的道理。耶穌說，喝了井水後還會再渴，但是喝了我賜的水的人將永遠不渴，而且這水將在他裡頭成為泉源，湧出活水，使他得到永生。

宋朝大儒朱熹有一首詩〈觀書有感〉：「半畝方塘一鑑開，天光雲影共徘徊，問渠那得清如許，惟有源頭活水來。」活水是清澈、無盡的，我們不必尋找一個無限大的池塘，要找的應是活水的源頭。

PART IV

經濟學

了解風險投資與創業資金

資本的概念

資本一詞，字典的解釋是資源和財富，經濟學的精準說法則是生產所需資源的一部分；或是創造和增加財富所需資源的一部分。資源通常可分成資本和勞力兩種，舉例來說，農夫要種田生產糧食，需要的資源包括土地、水、電力、耕耘機、肥料和工人，那麼土地、水、電力、耕耘機、肥料都是資本，工人則是勞力。開一間牛肉麵餐館需要店面、家具、廚房設備、食材、廚師、服務生等各種資源，店面、家具、設備和食材統稱為資本資源，廚師和服務生統稱為勞力資源。

資本資源是被動的，必須經由勞力資源才能達成生產的任務，例如耕耘機要靠農夫駕駛，牛肉和麵要靠廚師來煮。許多資本資源都不是消耗性的，一臺機器可以使用好幾年，勞力資源卻需要適時地補充；資本資源的所有權可以轉移，例如轉移機車、專利、商品商標的所有權，幾百年前甚至能轉移奴隸。資本密集型企業需要大量的資本資源來維持生產，如汽車製造業、航空公司、鐵路等，進入門檻往往比較高；勞力密集型的企業則需要大量的勞力資源，如製衣、採礦，或現今的網站設計、會計服務等。

簡單地把生產所需的資源分為資本資源和勞力資源，確實適用於古老的生產過程，也可說其目的在於凸顯資本資源擁有者和勞力資源供應者之間的對比和對立。但在今天多元的社會、經濟和技術環境裡，生產所需要的資源往往包括金融資源（Financial Capital）如現金、貸款；實物資源（Physical Capital）如機器、廠房；自然資源（Natural Capital）如土地、水、陽光；人力資源（Human Capital）如勞力、經過教育訓練的人才、經過磨合的團隊；技術和知識資源（Technology and Knowledge Capital）如專利、商標；社會資源（Social Capital）如社會上的人際關係、公眾的認同和相互的信任。這些都是生產也是創造和增加財富的資源，而其重要性和影響力，從經濟、會計、政治、社會、歷史、地理等不同觀點來看，各有相似與不同之處。

風險投資

風險投資（Venture Capital）是個大家都感興趣的話題，字面來說，風險投資就是提供某企業生產所需要的資源，從而獲得極大的回報。風險投資並不是一個嶄新的觀念，賭博就被看做是一種風險投資，用一百元買一張可能中二十二億獎金的威力彩彩票、用一塊錢賭三個骰子同時擲出六點就能贏得一百五十元，都屬於風險投資。

當然，今日的風險投資一詞不包含賭博，這個名詞源於一九五〇、六〇年代，廣義地說就是一種高風險、高回報的商業投資；狹義地說，由於高科技的發展，成立一家高科技公司的資本門檻可能比較低，一家成功的高科技公司回報率則可能非常高，因此風險投資往往是指投資那些剛成立、生產高科技產品的公司。

・哥倫布的提案

歷史上有兩個有名的風險投資故事。一是探險家哥倫布，他出生於義大利，從小熱愛航海冒險。一四八五年，他向當時的葡萄牙國王約翰二世（King John II）提出一份航海計畫書，請求國王提供三艘堅固的船，給他一年時間西渡大西洋到亞洲去，並要求國王賜予海洋大帥的頭銜，以及讓他擔任任何他發現之地的總督，並加上當地稅收的十分之一。約翰二世拒絕了他。三年後，哥倫布再次提出請求，約翰二世雖然接見他，仍然拒絕了他的請求。哥倫布開始在義大利東奔西跑，卻始終找不到一位肯贊助的金主。他也派胞弟前往英國，當時的英國國王亨利七世（Henry VII）同樣拒絕了他的計畫。

一四八九年，哥倫布找上當時的西班牙國王斐迪南二世（Ferdinand II）和皇后伊莎貝拉一世（Isabella I），雖然計畫同樣被國王的專家拒絕，但為了避免哥倫布把他的計畫拿去別處兜售，斐迪南二世決定給他一份津貼與一封信，憑著這封信，他可以在斐迪南二世統治的國境內獲得免費的食宿供應。一四九二年一月，哥倫布再次覲見皇后，由於計畫再度被拒，哥倫布滿懷失望離城而去，斐迪南二世得知後說服了皇后，派御林軍追回哥倫布，答應說如果他的計畫成功，他將被任命為海洋大帥和任何他替西班牙取得土地的總督，再加上當地稅收的十分之一。此外，他對當地任何職位都可提出三位候選人交由斐迪南二世選任，對於當地任何的商業，他可以購買八分之一股份，收取八分之一利潤。一四九二年八月三日，哥倫布終於展開了航程，而接下來的故事，就是人盡皆知的歷史了。

•識貨的呂不韋

另一個是戰國時期呂不韋的故事。戰國末年，七雄爭奪不下，卻又為了取信對方而互派人質，比如秦昭襄王就送了孫子去趙國當人質，也就是秦太子安國君的兒子異人。呂不韋是個遊走各國的商人，深諳低價買入、高價賣出的做生意之道，財星高照。他到趙國京城邯鄲做生意時，發現異人是個氣度不凡的年輕人，由於秦、趙兩國的關係不佳，趙國並沒有好好對待異人，天冷時甚至連禦寒衣服都沒有。呂不韋得知後馬上想到可以投資在異人身上，藉此換取難以計算的利潤。他自言自語地說：「此奇貨可居也。」意思就是把異人當作珍貴的物品儲藏起來，等待機會賣個好價錢。

呂不韋回家後問父親，種地能獲得多少利潤？他父親說十倍；呂不韋又問，販運珠寶呢？他父親說百倍；呂不韋接著問，把一個失意的人扶植成國君，掌管天下錢財，將獲利多少？他父親吃驚地搖搖頭說，那就沒辦法計算了。於是，呂不韋拿出一大筆錢買通監視異人的趙國官員，對異人說：「我會想辦法讓秦國把你贖回去，立你為太子，那你就是未來的秦國國君了，如何？」異人又驚又喜：「那是我求之不得的好事，真有那一天，我一定會重重報答你。」呂不韋立即前往秦國，用重金賄賂安國君的親信，把異人贖了回去。

安國君有二十多個兒子，但是他最寵愛的華陽夫人卻沒有兒子，呂不韋送給華陽夫人大量奇珍異寶，讓她收異人為嗣子。秦昭襄王死後，安國君繼位，成為秦孝文王，異人果然被立為太子。秦孝文王在位不久就去世了，異人順利繼位為王，是為秦莊襄王，他非常感激呂不韋的擁立之恩，讓呂不韋當丞相，封為文信侯，並把河南洛陽一帶的十二個縣統統封給他，讓他坐收十萬戶租稅的俸祿。秦莊襄王死後，太子政繼位，也就是秦始皇。秦始皇稱呂不韋為仲父，呂不韋一時權傾天下，只不過他最後的下場並不好，但那又是另一段歷史了。

創辦人VS.創業者

不論是開一間牛肉麵館，還是成立一家擁有環球航線的航空公司，或是一間網路銷售公司，創業都是從零開始，經營一個以營利為目的的商業機構，必須集合各種資源進行生產，從而創造各項財富。負責集合這些資源的人是所謂的創辦人，在多數情形下也就是負責經營的老闆，以牛肉麵館為例，找店面、購置廚房設備、聘請廚師和外場服務人員，都屬於牛肉麵館老闆的責任。

近來大家常常聽到「entrepreneur」一詞，這是從法文借過來的，中文翻成「創業者」。按照字典解釋，創業者是建立和經營商業機構的人，和創辦人的定義似乎沒有明顯的分別，但在近年的經濟、商業和技術大環境裡，創業者一詞更強調創新和冒險的成分。

有人用十個「D」來形容創業者的人格特質，第一、Dream，遠大的夢想和廣闊的視野；第二、Derisiveness，能夠果斷地做決定；第三、Doers，實踐、實行的能力；第四、Determination，成功必達的決心；第五、Dedication，全力奉獻；第六、Devotion，興趣、信心和愛心的投入；第七、Details，注意細節；第八、Destiny，堅定不移的目標；第九、Dollars，金錢不是唯一的目標，而是成功帶來的報酬；第十、Distribution，和打拚的夥伴分享成功的果實。

創新就是看見別人沒有看到的東西，想到別人沒有想及的地方，做出別人沒有做過的事情。創新包括了發明（invention）、創作（creation）和發現（discovery）這三個概念。就工程技術而言，創新是新的發明，電燈發明以前，沒有人想到用電來發光；飛機發明以前，沒有人會製造離地飛行的交通工具；抽水馬桶、拉鍊的發明，也都是設計並製造一件別人沒有做過的東西。就藝術而言，創新是新的創作，一本小說、一幅圖畫、一首歌都是從無中生有，創造出別人沒有想到的東西和事情。就科學而言，創新是新的發現，在物理學領域發現一個新粒子；在生物學領域發現一種新毒菌；在天文學領域發現一顆新星球等，某項本來就存在於宇宙之中，但之前沒人看過或找到的新事物，都可以稱為發現。不過，發明、創作與發現，這三個名詞之間的分別是模糊的，不可能也不必畫出清晰的界線。

同時，創業裡的創新也會帶來冒險的成分：新的技術是否正確和實用？新的產品能否適應廣大的顧客群？新的商業模式是否合宜和有效率？由於缺乏過去的經驗和資訊做為反應，創新成功的保證比較低，失敗的風險則相當高。蘋果公司的個人電腦、微軟的操作系統、Google 的搜索引擎、Facebook 的社交網路、亞馬遜的網路購物和電子書，都是「一將功成萬骨枯」的險惡環境存活者、成功者。

不過，正因為創新和冒險的成分，成功創業者的報酬往往非常高，特別是金錢上，現今的經濟市場模式更加速了金錢報酬的快速到來。換言之，創業者的報酬並不限於經營銷售的利潤，更包括公司股票在股票市場的價格上升。簡單說，經營銷售的利潤來自顧客對於產品的接受度和滿意度，股票價格則來自投資人對股市未來的期待和信心。

拿牛肉麵館和 Google 做個比較，即便是日賣千碗牛肉麵的牛肉麵館，其利潤仍有上限，但以 Google 二〇一六年數據為例，全年營收九百零三億美元，純利一百九十五億美元，每股賺二十八塊美元，同時 Google 母公司 Alphabet 的股票市值突破六千億美元，股價最高來到每股八百六十七美元，但不派股息。換句話說，Google 的股票價錢高，但是不會立即產生利潤，創辦人賴利・佩吉（Larry Page）持有二千多萬股，市值大約一百七十五億美元。同樣是二〇一六年數據，Facebook 全年營收二百七十六億，純利一百零二億，每股賺三・五美元，股票市值三千六百億，每股一百一十五美元，同樣不派股息，創辦人馬克・祖克伯（Mark Zuckberg）持有四億多股，市值四百六十億美元，無股息收入。

創業資金哪裡來？

「如何把生產需要的所有資源集合起來？」往往是創業者面臨的最重要問題。資金無疑是最重要的資源，而許多其他種資源，通常也可以經由金錢取得，所以有句老話說：「錢不是萬能，但沒錢萬萬不能。」因此，創業者的首要任務就是集合生產所需的資金。

・自籌

個人創業

最理想也最方便的當然是創業者自己擁有足夠的資金、自行維持公司運作。想要財務不求人，最簡單的做法是靠自己的積蓄，並用自己的財產進行按揭（抵押）借貸。「按揭」是英文「mortgage」的粵語音譯，是指用有價值的實物做為抵押品來貸款。除此之外，再搭配盡量拖延應付的帳款，積極催收應收的帳款，甚至和顧客安排先付款後交貨，同時盡量降低庫存等。

這種自立更生的做法英文叫 bootstrapping，bootstrap 是靴子後面的皮製小環，可以用手指扣住，把靴子拉起來。個人自籌的好處是能夠單獨獲得公司全部的利潤，也擁有全盤做決定的權力。不過個人自籌並不常見，主因是創業者本身的財力往往有限，也會希望找人共同分擔財務風險。

創業夥伴

創業夥伴們按照比例，共同擁有公司全部的資產。當若干個人結合為商業夥伴，有錢出錢、有力出力地集合資源、創辦一家公司時，首先得決定這家公司的擁有權，而按照股份的概念，就是把公司的所有權分成若干股份。股份通常會以股票來代表，讓創業夥伴按照比例持有公司的股票。

不過，許多連帶問題如公司的經營權、利潤的分配、對公司商業行為和財務盈虧的法律責任、公司結束時的資產分配、擁有權的改變和轉讓等，並不一定純粹按照持股比例來分配。原因在於股票可以分級，不同等級的股票對於公司決策有不同的投票權，有些一股一票，有些一股多票，有些根本沒有投票權。而在股票市場上，不同級的股票則是分開買賣，原則上買賣價格不同。

舉例來說，Google 股票分成A、B、C三個等級，A級一股一票，B級一股十票，C級一股零票。很明顯，B級股票大多由原來的創辦人持有。按照二〇一五年二月資料，Google 兩位創辦人賴利・佩吉和謝爾蓋・布林（Sergey Brin）合計共同擁有四千萬股B級股票，是 Google 所發行A級股票和B級股票的一二%，但握有五二%投票權。換句話說，過半數的投票權讓兩位創辦人能夠主導公司的營運。Google 的C級股票是二〇一四年四月引進的，主要目的是做為員工的報酬和收購別間公司時的補償，並讓原始創辦人的控制權不被稀釋。在這個方案提出時，許多持有A級股票的小股東都反對，但他們低於半數的投票權無濟於事。

關於不同等級股票的例子很多。二〇一四年九月阿里巴巴在美國紐約證券交易所上市時，一共募集了二百五十億美元，創下空前紀錄。事實上，阿里巴巴曾經考慮在香港證券市場上市，但是香港證券交易所和美國的證券交易所不同，不允許不同等級、擁有不同投票權的股票。阿里巴巴的創辦合夥人為了保持對公司的主導權，提出折衷辦法：董事會成員由一個二十八位合夥人組成的委員會提名，這二十八人持有約一三％的阿里巴巴股票，馬雲持有約七．四％，已足以控制和主導公司的營運，但香港證券交易所拒絕了。此外，有些公司會發行優先股（preferred stock）。優先股沒有投票權，但對於公司的利潤和結束後的財產分配擁有優先權利。

上述三個例子想說明的是，不管公司用什麼方式募集基金，都必須拿出擁有權的一部分做為交換，以多少股票換多少資金，以什麼樣的股票來換資金，是件非常複雜的事情。

・愛心投資

若創業者想尋找外來的資金，資金有哪些不同的來源呢？

第一波募集資金的最明顯對象往往是親戚和朋友，他們之所願意投入資金，主要是因為認得創業者，對創業者有信心，也願意給予鼓勵和支持。有人把這類資金稱為「愛心投資」或「FFF投資」，FFF指的是家人（Familes）、朋友（Friends）、傻瓜（Fools），意思是出於愛心和愚笨，親戚、朋友和傻瓜都願意參與第一輪的投資。

畢竟在剛起步時，一家公司的成功機率和價值並不容易預測，創業者往往會做出過高的估計。

事實上，成功率本來就無法量化，即使量化也沒有太大的意義，今天九九％的成功率也無法排除未來一％的失敗，只要創業者自覺問心無愧即可。更容易被質疑的其實是對於公司價值的估計，今天估計值一千萬元，因此用一百萬元買下公司十分之一股權，不料後來的專業投資者只估價二百萬元，僅僅用二十萬元就取得了十分之一股權。

舉個簡單的例子：假定新創的Ａ公司能夠發行的股票上限是二百萬股，創業團隊在公司創立之初，共同持有一百三十萬股的股票，為了營運需求，需要增資五百萬元。增資以前，Ａ公司的價值被估為一千萬元，假如親戚、朋友和傻瓜們願意投入五百萬資金，那麼在增資之後，Ａ公司的價值就是一千五百萬元。Ａ公司在增資前的價值一千萬元叫做交易前估值（pre-money valuation），增資後的價值一千五百萬元叫做交易後估值（post-money valuation）。交易前估值並不是一廂情願的數字，而是由目前的團隊和新的投資人討論協商出來的。

然而，當親友和傻瓜們投入五百萬元增資後，Ａ公司價值變成一千五百萬元，他們也握有了Ａ公司三分之一的股權，也就是六十五萬股的股票。請注意，增資之後，創業團隊持有一百三十萬股的股票，親友和傻瓜們持有六十五萬股的股票，Ａ公司一共發行了一百九十五萬股股票，仍然在發行二百萬股上限之內。但就公司的控制權而言，創業團隊從增資前的一〇〇％，變成增資後的六六．七％；就財務而言，創業團隊從擁有一家價值一千萬元公司的一〇〇％，增資後變成擁有一家價值一千五百萬公司的六六．七％。

• 天使資金

要是親友和傻瓜們投入的愛心資金都用光了，公司卻還沒開始賺錢，需要新的資金，第二波的募資對象很可能就是所謂的「天使資金」（Angel Fund）。Angel一字源自希臘語，在許多不同的宗教和神話裡，天使都是上帝的侍者，遵照上帝的指示行事；同時也是上帝的使者，把上帝的旨意傳遞到人間，會負起照顧、保護某些特定的人和物的責任。天使的形象是仁慈、純潔和愛心。

顧名思義，天使資金就是在創業者需要第二輪資金時注入的資金。不過，說得白些，絕大多數天使資金都是抱著「先到先贏」的心態，用較少的資金獲得較多的公司股份。

天使資金投資人通常是本來就很富有，或經由創業發了大財的人，他們以個人或好幾位合夥人的身分，將自己的錢投入新創事業。一般來說，由於風險相當高，真正投入的數字並不會很多，但是一旦成功了，回報從幾十倍到百千倍都有可能。天使資金投資人有可能扮演純粹的投資者角色，完全不參與公司的管理和營運，也可能提供建議，幫忙建立外界的人脈關係等，甚至直接參與公司的運作。有些天使資金投資人則是純粹基於公共利益的考量，願意投入資金支持有意義的企業，不以賺大錢為目的。

繼續以前述A公司為例，設定可發行的股票總數本來為二百萬股，其中創業團隊持有一百三十萬股，親友和傻瓜們持有六十五萬股，此時由於資金用罄，A公司想做兩件事：第一、提出十五萬股做為挽留和激勵優秀員工之用；第二、尋找五百萬元新資金。那麼首先，A公司必須提高可發行的股票總數，比如從二百萬股提高到五百萬股，以備未來不時之需。同時，A公司必須評估公司目前的價值，比如A公司的價值現在是三千萬元，那是新資金投入以前的交易前估值，如果天使資金預計投入一千萬元，交易後估值就會變成四千萬元，天使資金也將獲得A公司二五%的股權。如此一來，創業團隊（一百三十萬股）、親友和傻瓜們（六十五萬股）和員工（十五萬股）全數相加，總共為二百一十萬股，占有二五%的天使資金將獲得七十萬股。

總結一下，經過第二波募資，如今身價四千萬的A公司股權分布就變成：創業團隊擁有四六．四%，親友和傻瓜們擁有二三．二%，員工擁有五．三五%，天使擁有二五%。創業團隊的股權再一次被稀釋，但持有的股票價值也再一次往上升。

・風險投資基金

等新創公司已漸具規模，天使資金也漸漸用光了，公司就會向風險投資基金（Venture Capital Fund）尋求新的資金。通常，風險投資基金是由一群合夥人投入資金成立的有限責任公司（Limited Liability Corporation，簡稱LLC），目的在於入股高風險、高回報的新創公司。

首先解釋兩個重要觀念：「有限責任」（limited liability）和「公司」（corporation）。在美國，公司有「股份公司」（C-Corporation）和「合夥企業」（S-Corporation）之分，股份公司必須支付公司所得稅，合夥企業不必，因此股份公司的持股人就得扛起公司及私人所得稅的雙重負擔。想成為合夥企業必須面對法律上加諸的多重限制，並非所有公司都符合資格，而且，合夥企業雖然沒有股份公司的雙重稅金負擔，合夥人的私人財產卻可以被公司債權人用於償還公司債務。

風險投資基金通常是合夥企業，但若再加上「有限責任」這個條件，那就大不相同了。LLC可以由全部的所有人共同管理，也可以由其中一個或部分所有人代表管理，甚至交由非所有人的專職經理人負責管理，十分靈活。重點是，ＬＬＣ本身的債務責任與ＬＬＣ所有人的私人債務責任是分開的，ＬＬＣ不必繳公司所得稅，只須繳交所得規費（gross income fee）。ＬＬＣ對公司形式上的法律要求較為寬鬆。ＬＬＣ的所有權基本上不能任意轉移給他人，如果有外人想加入，得經由全部現有的所有人同意。

風險投資基金的合夥人大體上分成兩種，有限合夥人（limited partner）和普通合夥人（general partner，也稱無限責任合夥人）。有限合夥人純粹出資，不參與基金的營運，對基金的責任也只限於其提供的資金；普通合夥人主導、負責基金的營運，也因此負有營運面的全部法律責任。換句話說，普通合夥人是帶兵打仗的將軍，被稱為風險投資者（Venture Capitalist），通常完全不投入或只投入少量的資金，並按照基金的規模收取管理費用，多半是基金總額二％左右。簡言之就是，普通合夥人用有限合夥人的錢來投資，幫大家一起發財。

風險投資基金成立之初會訂定資金總數的上限，因此有限合夥人占有的部分不會因為新資金的投入而被稀釋。通常也會預先決定退場時間，往往是七到十年，不過也保有可以延長兩、三年的但書。基金退場時，除了歸還有限合夥人原本的投資，盈餘的利潤則由有限合夥人和普通合夥人瓜分，多半是按照八成和兩成的比例。這是一些基本的原則與做法，不過在不同國家和地區有不同的法令規定和限制，不同的風險投資基金也有不同的細節和安排。

其實新創公司（Start-up）和風險投資基金有一個明顯的共同目標——發大財；新創公司需要錢才能存活擴充，風險投資基金需要善用手上持有的錢來賺更多的錢，他們得共同創造雙贏。

風險投資人是風險的管理者

風險投資人不是盲目的冒險家，而是風險管理者，這可以從幾個觀點來看：

第一、親戚、朋友、傻瓜們，再加上天使基金的投資，使新創公司通過了初步考驗，走出第一步，戰戰兢兢的風險投資者總希望踏著別人的足跡往前走。

第二、新創公司已經有產品和營業的收入，代表已經走過了觀念、構想、設計和產品雛形的階段，產品也已獲得市場的接受，還能從公司近期的營業收入看出營業額的走勢。比較嚴厲的說法是，風險投資基金不會投入一家還沒有營業收入的公司。

第三、由於風險投資基金以三年到七年為退場期限，因此也會希望新創公司在那時已經達到投資之初所預期的成長，否則「俟河之清，人壽幾何」❶？

第四、公司必須有具備經驗、能力、視野和決心的經營團隊，尤其是高科技公司，光有技術不夠，天才兒童和科學怪人更需要保母的照顧和扶持。

第五、公司的產品必須能夠滿足市場的需要。不論從技術或藝術觀點來看，光一個好產品是不會賺錢的。英文有句成語：「Build a better mousetrap, and the world will beat a path to your door.」字面意思是設計一個更好的捕鼠器，全世界的人都會搶著上門來買，中文意譯為「一招鮮，吃遍天」或「桃李不言，下自成蹊」，但現在誰還會搶買一臺嶄新設計的捕鼠器？當黑死病在地球上完全被根除之後，治黑死病的藥自然沒有市場。只要按下杯底開關就會自動把杯中咖啡和奶精攪拌均勻的咖啡杯、方便上班族把香蕉帶出門的香蕉形狀塑膠盒……你如果是一位風險投資人，會投入資金嗎？

第六、公司擴充發展升級的空間和能力，亦即 scalability。一間牛肉麵館擴充升級的空間有限，但牛肉麵連鎖店就不一樣。十位員工能做一百萬元營業額、增加到二十位員工就能做到二百萬元的公司，其潛能遠遠比不上增加到三十個員工可以做五千萬元營業額的公司。風險投資基金不會投資「小確幸」，追求的是「高富帥」、「白富美」，儘管不確定性相當大，血本無歸的可能性確實存在，「富」還是最重要的目標。

第七、風險投資基金對某些行業肯定會有其偏好，一個原因是風險投資者對某些行業比較熟悉和了解，人脈也比較深和廣；另一原因是某些行業的爆發性比較大，以目前全球高科技的走向而言，軟體、生物科技、通訊、網路科技最熱門，醫療器材、資訊服務、半導體、電腦也不差。對於風險投資基金來說，比較落在後面的是娛樂、財務服務、商業服務、消費產品和零售業。

第八、高科技產業裡，智慧財產是一個非常重要的考量。新創公司如果握有重要專利，就是非常寶貴的財產；反之，若有侵占智慧財產之嫌，也將特別危險。站在新創公司的立場，一定要好好保護自己的智慧財產，盡力避免涉及侵占別人的智慧財產。站在風險投資基金的立場，擁有智慧財產的新創公司可謂大加分，同時絕對不會去碰一家可能被訴訟到一敗塗地的公司。

關於風險投資基金，創業者應該了解的七件事

一間新創公司必須站在創業者的立場，針對風險投資基金想知道和了解的重點，做出以下回應：第一、誠實，如果風險投資人發現創業者提供的資訊虛假不實，很明顯雙方沒有合作的可能；第二、實在，空洞的語言、過分的吹噓、沒有根據的預測只會成事不足敗事有餘；第三、提供完整

的商業計畫（business plan）；第四、提供公司過去的財務歷史；第五、分析整個市場，尤其是競爭對手的；第六、提供目前和過去顧客對公司的評估；第七、要求風險投資人簽署保密協議（Non-disclosure agreement，NDA）往往多此一舉，因為風險投資人通常不會簽。

再解釋一下第七點。對創業者來說，要求風險投資人簽署保密協議似乎既合理，又是種故作神祕、抬高身價的做法，但大多數風險投資人對此卻不以為然。

第一、有聲譽的投資人不會偷竊或洩密，先小人後君子往往會被解讀成不信任；第二、保密協議屬於法律文件，在律師還沒仔細看過或修改之前，風險投資人不會輕易簽名。如果一個風險投資人手上有好幾個案子，每個都要簽保密協議，難免曠日廢時；第三、創意常有雷同或相似之處，風險投資人可能看過好幾個創意相似的計畫。更何況同一個風險投資基金裡，可能有好幾位不同的投資人，看過許多個創意相似的計畫，如果最後基金選擇投資其中某一家，為了搞清楚誰看過什麼、是否違反保密協議，那就沒完沒了；第四、風險投資人做初步審核和篩選時，旁人不會知道或了解保密協議所包括的技術和細節；第五、保密協議將限制風險投資人和別人交流的機會，比如風險投資人想找他們認識的專家幫忙評估計畫內容時；第六、真正需要保密協議來保護的創意並不多，正是所謂「英雄所見略同」；第七、簽了也未必有效。

當然，要求風險投資人簽署保密協議的可能性並不是完全不存在，如果創業者在技術上、在聲譽上、在財務上占有相當大的優勢，風險投資人也許會乖乖就範。一旦創業者和風險投資人達成共識，他們就會走過與天使投資入股的過程一樣，根據交易前估值和風險投資基金投入的資金，重新算出股份的分配。

第二、三、四輪資金

獲得資金注入之後，新創公司可能鴻圖大展，可能穩定地往前邁進，也可能傷痕累累面臨財務危機。無論如何，注入新的資金往往是必要的，亦即所謂的第二輪資金募集，接下來可能還有第三輪、第四輪，都是合理且正常的。

站在風險投資人的立場，不願意在第一輪就投入大量資金，而是先觀察該公司的逐步發展、逐步做決定。站在創業者的立場，也不願意在第一輪就大量釋出公司股份，公司的營運若逐步成長，公司的價值自然會逐步提升。相反的，公司的營運也可能萎縮不前，公司價值日漸下降。

第一、二、三輪的資金注入，英文稱為 Seris A、B、C。經過幾輪的資金投入後，無可避免地，創意團隊持有的股份已逐漸被稀釋了；當第二輪資金投入時，第一輪投資者持有的股份也會被稀釋；等到第三輪資金投入時，創業者和第一輪、第二輪投資者持有的股份，也統統遭到了稀釋。

雖然無法找到可靠的統計數據，但美國創業和創投界流傳著一個悲觀的數字估計——風險投資基金投入的公司裡，有四分之三血本無歸，連原先的投資都無法歸還。比較樂觀的估計是十家公司裡有三、四家血本無歸，三、四家打平，只有一、兩家可以讓風險投資基金賺大錢。

平均來說，一家新創公司通常會經歷三到四輪的資金募集。按常理判斷，走過了三、四輪，要嘛公司已經羽翼豐滿、展翅高飛，要嘛沒有垮掉，但也缺乏爆發的可能性了。而經過這三到四輪的資金募集，創業者持有的股份有可能低至五％到一〇％，但一般來說是一〇％到二〇％左右。Google 兩位創辦人佩吉和布林在公司股票上市時還持有一五％，Facebook 創辦人祖克伯仍持有二八%，都是相當特殊的例子。主因是這兩家公司從創業開始就走得相當順利，而且都是軟體公司，不需要昂貴的硬體投資。大家都聽過一句老話，寧願擁有一家價值十億元公司的一成，也不願擁有一家價值十萬元公司的百分之百。

不過，創業者的股權一旦被稀釋，公司控制權也將連帶轉移，許多例子都是創業者在「創業尚未成功，大家仍須努力」的階段就失去了公司的經營權，甚至被趕出了公司。雖然，創業者不一定有足夠的管理經驗和經營能力，確實也言之成理。

政府貸款與投資

新創公司要募集基金，除了靠自己、親戚、朋友、傻瓜、天使和風險投資人之外，還可以向政府申請補助貸款和投資，或是公開向廣大的投資群眾募集基金。

讓人民生活得更好是政府的功能和責任，其中一個環節就是促進經濟繁榮和增加工作機會，因此許多國家的政府都採納了成立投資基金來協助企業發展的政策。投資基金可以推動特定領域的企業發展，例如近年的環保能源、醫藥、生物科技等重要新領域的發展；也可以關懷特別需要協助的企業發展，如新創企業、傳統工業、文創事業、中小型企業、弱勢族群創立的企業等。更何況投資是會賺錢的，和風險投資基金並無兩樣。

在臺灣，行政院國家發展委員會底下的國家發展基金會就負起了這個多重責任。國家發展委員會的前身是經濟建設委員會（經建會），從一九七七年至今已有四十年歷史。最為人津津樂道的成功例子是一九八七年投資協助臺灣積體電路製造公司的成立，帶動了整個臺灣半導體產業的發展。

二〇一五年臺積電市值約四兆元，國家發展基金持有的股份是十六．五億股，約六．三%股份，約合二千四百億元。

公開募股

募集創業資金是個循序漸進、無法一蹴可幾的過程。先靠自己、再求親戚和朋友、再尋覓天使、再找風險投資人，不論一路上的每一步是風平浪靜還是有驚無險，下面這一步才是創業過程中突破性的一大步。因為不再是私領域的募集資金，而是公開向廣大的投資群眾募集資金，包括了首次公開募股（Initial Public Offering，IPO）、兼併和收購（Mergers and Acquisitions，M&A）、反向兼併（Reverse Merger）和群眾籌資（Crowd Funding）。

在創業過程中，為什麼不論是實質面或意義面，公開募集資金都是很重要的一大步？

首先，這是創業過程的重要驗證和肯定，表示公司在經營上、技術上、財務上都已經獲得了認同，能幫助公司奠定在業界的地位。其次，公開募集資金可說是一間公司的成年禮。

以人類社會來說，法律對於成年的定義是很嚴謹的，許多只有成年人才能有的權利和應盡的義務，如開車、買菸、喝酒、選舉投票和服兵役等；在文化和宗教上對於成年也有相似的觀念，歐洲貴族的千金小姐會在年滿十六歲時參加名媛舞會（debutante ball），做為正式踏入社交圈的開始；中國男子二十歲的成年禮稱為冠禮，冠是指帽子，女子十五歲的成年禮稱為笄禮，笄指髮簪；猶太教男子會在十三歲接受受戒儀式 bar mitzvah，女子則在十二歲接受受戒儀式 bat mitzvah，這兩個詞的原意都是他們要開始服從宗教戒律，負起宗教上的責任。

因此，一家公開募集資金成功的公司，不但必須負起嚴謹的法律責任，也該善盡社會責任。公開募集後的公司已從少數投資人擁有的財產，變成了廣大投資群眾共同擁有的公司。為了維護投資群眾的權益，它的運作必須受到更嚴密的監督，在這當中，證券交易所和政府公部門必須扮演相當和適當的角色。而一家屬於許多投資人的公司，自然也是一家「十目所視，十手所指」❷的公司，因此應特別注意公司的社會責任：環保、節能、賑災、公益、教育、助弱、扶貧，都是其中的犖犖大者。❸

第三，公開募集有可能募集到為數非常龐大的資金，遠非前述募資能夠望其項背。二〇一四年九月阿里巴巴股票上市時募集了二百五十億美元，二〇一二年五月 Facebook 股票上市時募集了一百八十四億美元，為兩間公司帶來了龐大的擴充和發展資源。當然，無可諱言，這是成功帶來更大成功的滾雪球效應。

第四，公開募集讓創業者和親戚、朋友、天使資金、風險投資基金能夠獲取各自投入金錢的報酬，也讓創業者和追隨的公司員工們能夠獲得他們投入心力的報酬，這是創業者的責任之一。

第五，當我們談論創業和投資環境，其中一個因素就是成功案例，成功案例可以激發別的創業者的雄心，吸引其他投資人的參與，從而營造出蓬勃的創業和投資環境。舉例來說，二〇〇四年六月，Facebook 的祖克伯年僅二十歲，有投資人出一千萬美元收購 Facebook；二〇〇五年，有公司出七千五百萬美元，後來再提高到十五億美元；同時間先後來探路、討論收購入股可能的公司包括了 Google、Yahoo、NBC、News Corp、AOL等，提出的價碼都在十億美元之譜。微軟在二〇〇七年提出了一個逐步收購 Facebook 的計畫，將 Facebook 的價值估計為一百五十億美元。但祖克伯不為所動，全數拒絕。到二〇一二年 Facebook 股票上市時，其價值估計為一千億美元。

雖然不該用 Facebook 的例子以偏概全，但這些成功的實例希望能激發出臺灣創業者和投資人的雄心壯志——是否接受幾百萬美元的收購？是否交出經營權提早退場？是否仍舊走原先規畫的路？都值得省思。

・公司是獨立經濟法人

首先釐清幾個觀念。一間公司是由一個或多個人組成、從事商業行為的獨立經濟法人；一間股份公司則是資本以股份組成的公司，股東就是投入公司資本的人，並按照投入資本的比例持有公司相當的比例。這裡想強調的是，公司是一個經濟法人，負責從事商業行為，股東雖擁有控制公司的權力，但並不直接從事商業行為。

在法律上，有限責任是指一個人——也包括一個法人——對某些商業行為所要負的經濟責任是有預設上限的。也因此，一間股份有限公司從事商業行為時，公司所負的經濟責任有限度地止於公司所擁有的財產，股東的經濟責任則有限度地止於所投入的股本。換句話說，如果買了某一家公司的股票，不管這家公司做了什麼事情，除了買股票的血本可能蕩然無存之外，投資者沒有任何法律或財務上的責任。

舉個簡單的例子，小明買了一輛車從事計程車服務工作，不幸發生了一場交通事故，受害者向小明提出賠償要求，在無限責任的情況之下，小明名下的所有財產，包括銀行存款、地產、珠寶，統統都有可能被提點做為賠償之用。但如果小明成立了一家有限責任公司來從事計程車服務工作，交通事故的賠償就有限度地止於公司所擁有的財產。

•證券交易所

那麼，一間公司如何公開向廣大的投資群眾募集資金呢？

一間公司要公開出售公司股份時，首先必須選擇一間證券交易所，在證券交易做首次的公開募股（ＩＰＯ）。首次公開募股之後，我們會說該公司的股票已在這間證券交易所掛牌了，意思是這家公司的股票已經成為一個金融工具，在這間證券交易所裡買賣流通。

不妨把證券交易所視為一個商品市場，就像玉石有特定的玉石市場、水果蔬菜有特定的蔬果市場，只有已經登記進入市場的商品才能在市場裡交易和買賣。假若王小姐有一幅張大千的畫，想賣畫換取現金，首先得選擇一個特定的藝術品市場，在那邊做首次公開發售，而這個藝術品市場自有一套嚴格的審核過程，驗證這幅畫是否為真跡，不是贗品或偷來的贓物。首次的公開發售意指，這是第一次把這幅畫從某個人的手裡帶到市場來，轉移到另外一個人手裡，當中自然包括了議價、付款的過程。從此以後，這幅畫的所有權就可以、也只能在這個市場中反覆地交易買賣，所有權的價格有可能上升或下跌，是不停波動的。至於這幅畫存放在哪裡呢？也許是藝術品市場的保險櫃裡，反正擁有所有權的人並不在乎是否天天盯著欣賞張大千的畫，所有權只不過是一個金錢交易的工具而已。試問持有股票的讀者們，您看過您擁有部分產權的公司企業大樓嗎？這樣大家應該就大致明白證券交易所在股票交易買賣裡扮演的角色了。

其實，證券交易所除了做為股票交易買賣的平臺，也可以做為其他金融工具交易買賣的平臺，最重要的例子就是公司債券的交易買賣。全世界各地有許多間證券交易所，以各掛牌公司的總市值來排序：紐約證券交易所、那斯達克、倫敦、日本、上海或香港的證券交易所都在前十大之列，臺灣的證券交易所在二十名上下。

掛牌公司的總市值變化相當劇烈，當一家公司要在證券交易所做首次公開募股時，不但是公司選證券交易所，證券交易所也會挑選公司，中間有非常多細節和考量，其中最明顯的就是公司的規模和過去表現。以臺灣為例，想在臺灣證券交易所申請以第一類股票上市的公司，必須是設立登記後已有五個完整會計年度，而且最近兩個會計年度決算的實質資本額都在新臺幣六億元以上，最近三個會計年度的營運利益及稅前純益必須是正數，而且是年度決算實質資本額的五%到一〇%以上。

證券交易所對於公司的經營和管理往往也有許多嚴格的規定。阿里巴巴曾經嘗試在香港證券交易所上市，但因為香港證券交易所不同意阿里巴巴提出的董事會成員提名方式，最終決定改在紐約上市。上市的證券交易所選好後，要上市的公司還得找一位經紀人負責安排一切上市細節，這裡就不多講了。

兼併和收購

兼併和收購是指兩間公司成為一間公司，中間有可能是兩者合併，有可能是一個被另一個收購。其實以今日的企業經營模式來說，兼併和收購的分界不再那麼涇渭分明。站在新創公司的立場，被兼併或被收購進入一間經濟規模較大、甚至已經在股票市場掛牌的公司，也算是向前走了一大步，將獲得許多掛牌上市的好處。

至於反向兼併，是指一間還未掛牌上市的公司，為了避免嚴峻繁瑣的掛牌上市程序，倒過來兼併一間已經上市的公司，因而成為上市公司的一部分。基本上一間公司會掛牌上市有兩個目的，第一、吸取投資大眾的資金，那是馬上會得到的利益；第二、躋身上市公司之列，不但股票容易脫手出售，也增加了進入資本市場融資的機會和空間，屬於長遠的利益。反向兼併形同放棄了第一個馬上集資的目的，只追求第二個目的，以此取得一家上市公司的身分和地位。借殼上市、嫁入豪門，都是相當傳神的描述。

群眾募資

最後是「群眾募資」，也可簡稱為「眾籌」，是個簡單但並非嶄新的觀念。群眾募資就是向許多素未謀面的對象募集資金，這和大公司通過證券交易所發行大量的股票集合資金，以此支持公司的擴充和發展，或是慈善團體利用街頭勸募集合資金，支持救災濟貧的行動並無兩樣，都是集腋成裘、聚沙成塔。

然而，網路技術的發展為群眾募資帶來了若干新面向。首先，參與的群眾不再是以十、百、千計算，而可能是以百萬、千萬、億為單位，因此即使每一個投資的數額非常低微，累積起來卻足以成大事。再加上許多投資者對於低微數額的投資往往比較不在乎，因此即使是成功機率相當低的新創事業，甚至不可能賺錢但有益的慈善工作，也可能獲得充分的支持。

按照怎樣使用募得的資金，群眾募資分成以下幾種：第一、以傳統股份投資的方式、也就是所謂以股份為基礎的 equity-based crowdfunding，投資者將取得公司的股份，也可以分享公司將來的利潤；第二、以借貸為基礎的群眾募資 loan-based crowdfunding，把募來的資金以貸款方式支持新創事業；第三、以獎勵為基礎的群眾募資 reward-based crowdfunding，以獎品、紀念品、感謝狀來回饋投資者對某些計畫的支持；第四、以捐獻為基礎的群眾投資 donation-based crowdfunding，也就是純粹的慈善公益捐獻。

站在法令的觀點，群眾募資必須有嚴謹的法令加以規範。站在技術的觀點，群眾募資可以透過已經建立的平臺來進行，比較有名、規模也較大的群眾募資平臺包括 Kickstarter 和 Indiegogo，FlyingV 則是個以臺灣為主的群眾募資平臺，有興趣的讀者可以深入細看。

注釋

❶ 等待黃河變清，比喻期望的事情不能實現。出自先秦左丘明《左傳．襄公八年》周詩有之曰：「俟河之清，人壽幾何？」

❷ 出自《禮記．大學》曾子曰：「十目所視，十手所指，其嚴乎！」

❸ 出自西漢司馬遷的《史記．天官書》：「此其犖犖大者。若至委曲小變，不可勝道。」

跟孔子一起學「行銷四P」

沽之哉

《論語．子罕第九》裡，子貢問孔子：「有美玉於斯，韞匵而藏諸？求善賈而沽諸？」意思是說這裡有一塊美玉，是要把它放在盒子裡收藏起來呢？還是找個識貨的商人賣掉它呢？孔子回答：「沽之哉，沽之哉，我待賈者也。」意思就是賣出去吧，賣出去吧，我在等待一個識貨的商人啊！子貢以美玉來比喻孔子的學問和道德，想問孔子依他的才華能力要不要出來做官，為國家社會貢獻服務，孔子回答他想，但要等待一位賞識他的君主。

孔子這個想法也在他講述蘧伯玉的故事時表達了出來。衛靈公是春秋諸侯之一，自西元前五三四年到前四九三年，在位長達四十二年。衛靈公寵幸奸邪諂媚的佞臣彌子瑕，不重用賢臣蘧伯玉，大夫史魚多次上諫，衛靈公都聽不進去。史魚臨死前交待兒子：「我生前沒有盡到幫助改正君王的錯誤，因此我死後也不應該有正式的喪禮，就把我的屍體放在窗邊底下好了。」前往弔唁的衛靈公為此責怪史魚的兒子，得知是史魚的遺命後終於覺悟，說：「這是我的錯。」自此疏遠彌子瑕，重用蘧伯玉，這就是「史魚屍諫」的故事。

孔子在《論語．衛靈公十五》裡稱讚史魚和蘧伯玉：「直哉史魚！邦有道，如矢；邦無道，如矢。君子哉蘧伯玉！邦有道，則仕；邦無道，則可卷而懷之。」意思是史魚是一位正直的人，國家政治清明時他像劍一樣直，國家政治昏暗時他也像劍一樣直；蘧伯玉是一位君子，國家政治清明時他出任政事，國家政治昏暗時他就退隱深居，和孔子的回答「賣出去吧，我在等待一個識貨的商人啊」意思相同。

回到子貢和孔子的對話，「賈」就是商人的意思，「善賈」就是識貨的商人；但是，「賈」字同時又和價錢的「價」字相通，所以子貢的問題也可以解釋為：「老師是不是要等到好價錢才賣呢？」孔子的回答就可以解釋為：「是啊，我在等著好價錢才賣啊。」

大家都知道孔子有三千門生，其中最傑出、和他最親近的七十二人，並稱為七十二賢。七十二賢裡又有所謂四科十哲，指的是十位孔子最得意的門生，並按照十個人的長處分成四科：德行、政治、言語、文字，子貢被分在言語類裡。子貢姓端木，名賜，他口才很好，雄辯滔滔，不但外交能力強，而且善於經商，家境非常富有，是中國歷史上十大商業鉅子。❶

想像中當孔子說：「沽之哉！沽之哉！我在等著好的價錢才賣啊！」子貢可能會問：「那麼老師要把美玉的價錢訂為多少呢？」孔子會回答說：「這我可不懂了，你有做生意的頭腦，何不給我出點主意？」子貢會說：「衡量價錢不只單一的方法，就請讓我談談行銷學吧！」

行銷學

二十世紀中期，位於美洲的美利堅合眾國是世界第一經濟強國，許多學者專家紛紛提出市場學、行銷學等理論，其中一個傳播廣泛且被持續引用、修改延伸的理論是行銷四大重要因素（Marketing Mix），也就是四個相互影響、相互為用，深深影響行銷結果的重要因素，分別是：產品本身（product）、產品的價格（price）、產品從產地傳送到消費者手中的途徑（place）和產品的促銷（promotion）。在英文裡，由於都是P開頭，也叫做行銷的四個P。

四P觀念在一九五〇、六〇年代由詹姆斯・卡林頓（James Culliton）和尼爾・博登（Neil Borden）提出，後由傑羅姆・麥卡錫（E. Jerome McCarthy）條理羅列。這四個因素既相互為用，但也相互牽制，恰恰符合了mix一字的涵義。這些因素就像做菜的材料：豆干、肉絲、辣椒和鹽，如何讓這道菜餚色香味俱全，就是行銷總監調和鼎鼐的責任了。

後來，羅伯特・勞特朋（Robert F. Lauterborn）提出了四個C，用顧客的願望和需求（customer）取代產品，用便利購買（convenience）取代配送和管道，用顧客為了滿足願望和需求必須付出的代價（cost）取代產品的價格，用溝通互動（communication）取代單向促銷。很明顯，四個C的觀點不但把顧客的觀點納入行銷考量，甚至可說是由顧客的觀點主導。英文有「顧客永遠是對的」（The customer is always right.）、法文有「顧客永遠不會錯」（Le client n’a jamais tort.）、德文有「顧客就是皇帝」（De kunde ist könig.）、日文的「お客様を大事にすること」更不用說，統統都是「以客為尊」的意思。

後來還有學者專家提出七個P的觀念：產品（product）、通路（place）、促銷（promotion）、價格（price）、製造者（producer）、消費者（purchaser）和整體環境輪廓（profile），以及七個C的指南針模型（compass model）：消費者（consumer）、通路（channel）、價值（cost）、

溝通（communication）、公司和競爭者－組織－股東（Corporation and Competitor-Organization-Stakeholder, Corporation and C-O-S）、商品（commodity）和環境（circumstance）等。

四P聲韻學

不論是四個P、四個C還是七個P，在英文裡都叫「頭子音韻」（alliteration）。一般來說，英文的每個音節會有一個母音，母音前後都可能有子音，如果在兩個或多個字裡重複任何一個音節的母音前面那個子音，這種音韻技巧就叫「頭子音韻」。

在多數例子裡，頭子音韻都是重複第一個音節的母音前面的子音，如四個P裡的product、price、place、promotion，但頭子音韻並不限於連續的字，羅伯．佛斯特（Robert Frost）的詩〈熟悉黑夜〉（Acquainted with the Night）裡的「I have stood still and stopped the sound of feet」（我曾停下腳步屏息傾聽）就是頭子音韻。有趣的是，頭子音韻指的是兩個音節開頭的子音相同，但子音相同，字母並不一定也相同，如circle segment的開頭子音相同，字母卻不同。反過來說，crazy child的開頭字母都是C，子音卻不同，那就不是頭子音韻了。

如果在兩個或多個字裡重複一個音節母音後面的子音，就叫「尾子音韻」（consonance），如first and last、last but not least、short and sweet、odds and ends。如果在兩個或多個字裡重複一個音節的母音，則叫「母音韻」（assonance），如support and report、the early bird catches the worm、try to light the fire、it's hot and it's monotonous、I feel depressed and restless。

如果一連串字的開頭字母都相同，叫做「同頭字母」（tautogram），像是「ＩＣ之音」廣播電臺的臺呼「I Care、I Can、I Change」。凱撒大帝（Julius Caesar）的名言「I came, I saw, I conquered」則是英文裡最有名的同頭字母例子。沃特・阿比什（Walter Abish）在一九七四年出版的小說《Alphabetical Africa》裡，第一章只用A開頭的字，第二章只用A和B開頭的字，第三章只用A和B和C開頭的字，有興趣的讀者可以找來看看。

中文呢？漢字是單音字，如果兩個字的韻母相同叫「疊韻」，如駱駝、囉嗦、窈窕、霹靂等。如果兩個字的聲母相同叫「雙聲」，如大地、彷彿、永遠、玲瓏、伶俐。但中國各地有不同的方言，例如「沒臉」在國語不是雙聲，在閩南語（bo bin）就是雙聲；「永遠」在國語裡是雙聲，在粵語（wing jyun）卻不是；「康熙」在粵語（hong hei）是雙聲，在國語不是。知名語言學家趙元任先生寫過一篇名為〈施氏食獅史〉的文章，全文連標題共九十二個字，發音統統都是ㄕ，只是陰平、陽平、上聲、去聲不同而已，主要是講石室裡住著一位喜歡吃獅子的施姓詩人的故事。

在英文裡，頭子音韻是同音，同頭字母是同形，而漢字的六書裡同樣有「形聲」這一結構。底下這副對聯是最好的例子，上聯據說出自一位蠻夷小國的使者，他在朝廷上氣焰萬丈出了：「騎奇馬，張長弓，琴瑟琵琶，八大王，王王在上，單戈能戰。」的拆字上聯，騎字是馬字旁一個奇字，張字是弓字邊一個長字，「琴瑟琵琶」四個字的上頭都是兩個王字，所以是「八大王，王王在上」，最後單字旁邊一個戈就是戰字，一副耀武揚威的姿態。一位大臣不慌不忙地對出下聯：「偽為人，襲龍衣，魑魅魍魎，四小鬼，鬼鬼犯邊，合手即拿。」同樣運用拆字技巧，意思是你們這些魑魅魍魎小鬼，不過偽裝成人的樣子穿上龍袍，我們合手就可以把你們拿下來了。

行銷四P無法涵蓋的面向

行銷四個P之所以被批評為比較狹隘，原因有好幾個。

第一、主要是從生產者（賣方）立場出發，單向看待行銷問題，並沒有充分考慮消費者（買方）。第二、主要是從實體產品出發，沒有充分考慮服務也可以是一種產品。第三、沒有明確指出產品行銷有許多賣方無法控制卻必須注意的大環境因素，比如大環境因素裡排第一的人口和經濟環境。人口數目和消費者數目的關係無比密切，二〇一六年十一月十一日「光棍節」，光是阿里巴巴旗下子公司天貓的網路購物總額就高達一千二百零七億人民幣，充分說明了廣大群眾的重要性。

大環境因素排名第二的是技術環境。技術發展會帶來新的產品，但會是比較好的產品，還是比較便宜的產品呢？一八七八年愛迪生發明白熾燈泡，一九六二年尼克．何倫亞克（Nick Holonyalk）發明紅光的發光二極體（Light Emitting Diode，ＬＥＤ），白熾燈泡的平均壽命是一千二百到一千五百個小時，ＬＥＤ燈的平均壽命是二萬到五萬小時。用同樣亮度的白熾燈泡和ＬＥＤ燈相比，消耗電能大約是十比一，換句話說，和六十瓦白熾燈泡同樣亮度的ＬＥＤ燈只需消耗六到八瓦的電能；但ＬＥＤ燈的價格是白熾燈泡的十到二十倍。

大環境因素排名第三的是自然環境。不同環境對於產品的需求往往不盡相同，在新加坡、馬來西亞等熱帶地方，大多數汽車都沒有暖氣；在北美、北歐、俄國等寒冷地區，汽車的引擎往往會加裝預熱器，用電熱避免引擎裡的機油凝固，好讓在低溫中長時間停放的汽車比較容易起動。臺北大街小巷的便利商店都有賣傘，在美國西雅圖想買傘只能去百貨公司，這自然是因為臺北每年的雨量比西雅圖多了一倍，而且常是傾盆大雨，西雅圖卻是微微細雨，再加上臺灣人夏天會撐傘遮陽，西雅圖卻是人人巴不得在太陽底下來個溫暖的日光浴。

大環境因素排第四的是社會和文化環境。由於宗教信仰不同，有些地方的牛肉銷量比較少，有些地方的豬肉銷量比較少。在中國和許多亞洲地區，紅色代表喜慶和幸運，可是紅色在南非卻代表哀悼，因此衣服和飾品設計自然大不相同。在日本，許多家庭仍然習慣在榻榻米上吃飯和睡覺，熱銷家具的類型當然會和歐美不一樣。

大環境因素排第五的是政治和法律環境。嚴謹合理的法律、清明安定的政治環境，都能讓行銷推廣顯得通暢和順利。二〇一四年，全球第六大的英國製藥廠葛蘭素史克（GSK）在中國被控行賄罪名成立，罰款三十億人民幣，是目前為止中國對於行賄開出的最高額罰款，幾位高級主管也被判有期徒刑二到四年。然而在許多西方國家裡，遊說不但是合法行為，費用更是相當可觀。據一份二〇一一年的估計，美國一年花在遊說方面的費用高達三百億美元，光是在華盛頓特區註冊的合法遊說者就有一萬多人，民間團體如農場主人協會、製造商協會、來福槍協會，或是幾間擁有共同利益的大公司如汽車製造商，甚至是外國政府，都可以透過遊說公司或遊說代表，向政府的立法和行政部門與社會大眾表達他們的意見，目的是爭取和保護自身的利益，其中自然也包括了商業利益。

鬼谷子的學生蘇秦和張儀可說是中國歷史上最有名的兩大說客，張儀遊說諸侯不得志，陪楚國國相喝酒，卻遭懷疑偷了國相的玉璽，被狠狠打了一頓。回家後，張儀的妻子說：「你如果沒有讀書、不去遊說，就不會受到這種恥辱了。」張儀張開嘴問：「妳看看我的舌頭還在嗎？」妻子笑著說還在，張儀說那就行了，有舌頭就足夠了。這也正是四個C裡的「溝通」（communication）、七個P裡「整體環境輪廓」（profile）的含意。

細談四個P

了解這些面向的不足後，或許可以更確實地說，行銷學的四個P是一個提綱挈領的理論框架。

第一個P：產品

讓我們先從第一個P「產品」（product）講起。從行銷的觀點來看，怎麼評估一個產品呢？首先是產品的功能，一臺印表機只能列印黑白文件嗎？還是也可以列印彩色文件？一臺冷氣機到了冬天能做為暖氣機嗎？第二是產品的品質，除了產品本身，品質還包括耐用性和安全性，我的精工社（SEIKO）手錶是五十年前當研究生時買的，至今依然耐用；為了安全起見，嬰幼兒玩具不該有能夠拆下來的小片等。

而講到功能和品質，還有個密切關連的因素是成本（cost），因此在四個C的框架裡，成本也是行銷的重要考量因素之一。此外，功能和品質固然是由生產者主導，但顧客（customer）對產品的需求是什麼？外套是供保溫為主還是防雨為主？食品是以可口？還是營養？還是容易儲存？還是方便食用為主？因此顧客也是四個C其中之一。

除了實體產品，還有所謂的延伸產品，亦即售後服務、保固年限等；還要考慮產品的附件，如汽車的音響系統、手機的自拍棒等，都會增加產品本身的功能。產品的包裝應該牢固、美觀和便於運輸，產品的品牌和商標則要引人注意，同時建立顧客信心，目前全世界最知名的品牌包括蘋果、

Google、可口可樂、麥當勞等。

講到品牌和商標，清朝咸豐年間有個叫高貴友的年輕人，由於是他父親老年得子而來，為求養子平安，按照習俗給他取了個粗賤的乳名「狗子」。他十四歲在天津一家小店學會做包子的手藝，開了間包子店，因為生意愈來愈好，他忙著做包子顧不得和客人說話，所以客人開玩笑說：「狗子賣包子，不理人。」久而久之，他的店就變成了「狗不理」。由於以前沒有禁止仿冒的法令，許多仿冒的店名如「苟不理」、「髒狗不理」、「老狗不理」、「狗真不理」等紛紛出現。臺中的太陽餅亦然，因為太陽餅這名字沒有商標，從原本的太陽堂餅店開始，冒出很多同源、不同源的太陽餅店；在臺灣和大陸都有很多永和豆漿店也是同樣的道理。

品牌有其經濟價值，因此也是企業的財產。按二〇一七年數據，全世界排名第一的品牌是蘋果的商標，價值一千八百四十二億美元，第二是Google的一千四百一十七億，第三是微軟的八百億，第四是可口可樂的六百九十七億，接下來是亞馬遜、三星、豐田、Facebook、賓士、IBM；賣家具的宜室宜家排名二十五、賣咖啡的星巴客排名六十，賣電腦的聯想雖然是第一百名，商標也值四十億美元。

商標的經濟價值無庸置疑，但有必要量化到錙銖必較的地步嗎？量化是企圖用似乎客觀的數字來支持主觀判斷的手段之一，就像老師雖然給學生打分數，但老師對每個學生的了解和評價應該是更深入的、多面向的。❷

不過話說回來，站在會計和法律的觀點，把商標的價值量化有其道理。在企業收購和出售的過程裡，企業總值的計算或在商標被侵占的訴訟中提出賠償，都可以用商標的價值來計算。商標品牌的經濟價值可以帶動相關商品的銷售，也可以提高消費者的信心，以同樣的商品來說，知名品牌的商品也可以把價格訂得比較高。那麼，商標的價值該怎樣計算呢？專家學者提出好些不同的方法，至於哪個方法比較適當，那就是各說各話、見仁見智了。

第二個P：地點

行銷的第二個P是「地點」（place），也就是怎樣把產品從出產地或生產地送到消費者手上，因此也可以稱為配送（distribution）或通路（channel）。地點因素最重要的是消費者在什麼地方可以看到、買到想要的產品，這是個雙向行為，可以由消費者去到商品所在的地方，例如傳統的市集和商店；或由行銷者把商品帶到消費者面前，包括傳統的沿街叫賣小販和挨家挨戶推銷的售貨員，以及從十九世紀末開始的商品郵購，還有近年一日千里發展的網路購物。

行銷除了實體商品，也包括服務。舉例來說，傳統的教學方式是學生去學校上課，但現在老師也能經由所謂的「磨課師課程」（MOOCs）來到學生面前。其實孔子當年不辭勞苦周遊列國，何嘗不是送貨上門的行銷方法？

對於不同的產品和不同的消費者，地點因素必須納入很多不同的考量。

首先要考慮周遭的交通和周邊環境、商店規模的大小、產品在商店裡被放置的位置、商店裡的其他產品、商店的營業時間等，全因產品而異。舉個例子，一個產品在超市的哪一區上架，是在最容易走到的通道？還是在角落？旁邊有些什麼商品？附近的商品是這個產品的競爭者嗎？是和這個產品有關的商品嗎？上架所占的空間大小為何？是放在踮腳才搆得到的貨架上，還是得彎腰才看得到？是正好能和視線相接觸的位置嗎？這些都是有關地點的考量。

再者，商店的地理位置要盡可能接近目標顧客，英文有「把冰賣給愛斯基摩人」（Sell ice to Eskimos），中文則有成語「孔子門前賣《孝經》」，都可以解釋為找錯了行銷產品的對象和位置。

其次，地點因素也包括了在什麼地方建立存貨的貨倉、貨倉裡的存貨數量等，這些都和貨物流動、市場需求的供應有著密切關係。貨物運輸方式也會影響地點，二十世紀中期發明的貨櫃徹底改變了海陸空的貨物運輸方式。如今，專門運送汽車的船隻一次能裝載六千至八千輛汽車，歐洲的礦泉水可以運送到亞洲來賣。利用小型無人機把貨物直接送到消費者手中也不再是夢想。不過，如果產品是熱騰騰的披薩，想從烤爐直接送到消費者家裡，就得有很多披薩店才行！根據 Yelp 網路資料，紐約市有八千二百一十二間披薩餐館，舊金山有二千零五十七間，巴黎有二千一百三十間，但這些餐館並非全部都有外送服務。至於臺北市呢？我找到的資料是至少有七十五家披薩店。

次之，地點因素也包括了產品是從生產者直接銷售給消費者，還是經由經銷商再轉手賣給消費者。經銷商又分成大盤、中盤，通常是生產者賣給大盤，大盤賣給中盤，中盤再經由零售商賣給顧客，這些配送和通路層面包括了方便、迅速、費用等考量。而行銷商品的最後一哩，自然是將商品送入消費者手中，至於場所的選擇，方便、清潔、舒適都是重要的考量。

最後，像〈木蘭詞〉裡描述的「東市買駿馬，西市買鞍韉，南市買轡頭，北市買長鞭」情形，不同產品得到不同的市場去買，恰恰指出了販賣這些產品的商人應該集中在同一個賣場，或是賣鞍韉、轡頭和長鞭的商人都該搬到賣馬的東市去，顧客買好馬後就能就近購買其他配件了。

第三個P：促銷

行銷的第三個重要因素是「促銷」（promotion），也就是提升消費者對產品的認識（awareness）、了解（knowledge）、喜歡（liking）、偏愛（preference）和深信不疑（conviction）。讓消費者從知道該產品的存在，到了解該產品的功能和特色，對產品產生好感，到認定該產品優於其他同類產品，最後確定要購買該產品的決心。

叫賣可說是最原始、最簡單的廣告形式。輔助周文王建立霸業的姜太公，在未被周文王賞識起用之前，隱居市井操屠宰之業，他在舖子裡拿著切肉刀敲敲打打、「鼓刀揚聲」高聲叫賣。賣麥芽糖小販也藉由吹簫招徠顧客，北宋梅堯臣就留下了「廣市吹簫尚賣餳」❸的詩句，都是用聲音做為廣告吸引顧客的例子。

酒肆茶館在門外掛上酒幌、茶幌做為招牌，自然也是廣告。杜牧有「千里鶯啼綠映紅，水村山郭酒旗風」詩句，一千多年前張擇端畫的《清明上河圖》裡，北宋京城汴梁城內十字街口的商店招牌，橫豎皆有。

印刷術發明後，在平面媒體刊登廣告成為最普遍使用的促銷手法。顧名思義，廣告就是廣為公告的訊息，英文advertisement一字的字源在古法文裡是「告知」的意思，若再追溯到拉丁文則是「翻轉」之意。

對多數報章雜誌來說，廣告是重要的收入來源，近年平面媒體的讀者數不斷下降，廣告收入又被廣播、電視、網路廣告所搶奪，讓平面媒體的經營變得愈來愈困難。確實，紙本媒體無法和龐大的廣播聽眾與電視廣告觀眾相比。二〇一七年美國的足球超級盃冠軍賽吸引了一億一千一百一十三萬觀眾，廣告價格每三十秒超過五百萬美元，哪些公司願意花大錢呢？包括知名老牌飲料公司可口可樂與創新的共享經濟平臺 Airbnb，不一而是。

總體來講，報章雜誌、廣播和電視廣告都是把商品資訊公開呈現在所有可能的消費者面前，但如果是把商品資訊直接送到預選的可能消費者眼前，那就叫「直接郵遞」（direct mail，DM）。直接郵遞有幾個好處。首先，收到資訊的對象是篩選過的，因此可以預期比較好的促銷結果，避免浪費資源。第二，可以追蹤篩選對象的回應，從而得知廣告投放的效率。第三，除了可以寄送平面印刷資訊，還能寄遞折價券、樣品、紀念品等。

隨著網路技術的發展，出現一種新的廣告方式叫做「按點擊付費」（pay per click）。為了推銷新產品，一間公司若想吸引潛在顧客瀏覽產品網頁，常見做法是找一個許多人會造訪的網頁，例如報導新聞的網頁、報導股票市場動態的網頁等，這種網頁通常叫做出版商（publisher），並在出版商網頁上投放廣告，當造訪出版商網頁的訪客看到廣告時，可能會點擊這則廣告，連接到公司的新產品網頁去。因此，每次有人點擊這則廣告，公司就得付若干費用給出版商。廣告被點擊一次，公司要付多少費用呢？有便宜到幾分錢美元，也有貴到幾塊美元。

那麼，推銷產品的廣告應該放在哪些網頁上？Google 是資料搜尋領域的龍頭老大，當使用者在 Google 搜尋引擎裡輸入一個關鍵字時，搜尋引擎會找出許多和關鍵字有關的資料，如果一間公司的產品和該關鍵字有密切的關係，就應該在搜尋結果旁邊投放產品廣告。以賣維他命的公司來說，廣告應該投放在輸入「維他命」這個關鍵字時的搜尋結果旁邊，因為輸入「維他命」的人很可能會想買維他命。推而廣之，如果輸入的關鍵字是香港腳、夜盲症、甲狀腺腫大，產品廣告也應該要出現，因為這些都和缺乏維他命有關，輸入這些字眼的人最後很有可能想買維他命。

但是，賣維他命的公司很多，誰的廣告能夠出現在搜索結果旁邊呢？這就得經過競標的過程了。此外，一個產品應該和哪些關鍵字拉上關係，同樣需要精心設計，這也是 Google 用搜尋引擎賺大錢的方法之一。

最後，為了塑造良好的公共形象，也為了促銷公司或產品，可以用冠名的方式支持有意義的公共活動，包括賑災、為弱勢團體舉辦康樂活動、支持馬拉松長跑競賽等。

不過總歸一句話，用廣告來促銷必須真實、確切，不可以像劉基寫的〈賣柑者言〉一樣「金玉其外，敗絮其中」。現代社會的法令會規範並懲罰不實的廣告宣傳，可惜玩文字遊戲誤導消費者的事件仍然層出不窮。

第四個P：價格

行銷四P的最後一個是「價格」（price）。

行銷四P是相互為用、相輔相成的，但從財務觀點來說，四個P裡的產品、地點和促銷都是在消耗資源，或說是成本中心（cost center），只有第四個P價格才是產生收入的因素，或說是利潤中心（profit center）。無可諱言，產品、地點和促銷對產品的銷售影響巨大，但想把付出的資源賺回來，價格仍是關鍵。

在歐陽修的長詩〈滄浪亭〉裡，「清風明月本無價」的下一句是「可惜只賣四萬錢」，雖然是斷章取義，但那不正是清風明月的價格嗎？詩中說的是歐陽修的好友詩人蘇舜欽以四萬貫錢買下了蘇州有名的庭園「滄浪亭」，或說以四萬貫錢買下滄浪亭的附帶贈品正是清風明月。

・行銷的大環境

談怎樣決定產品的價格之前，必須充分了解產品行銷的大環境。前面談產品、配送和促銷這三個因素時，大環境的狀況已不容忽視，但是大環境對價格的影響更加直接和明顯。

行銷的大環境可以用三個C來描述，亦即顧客（customer）、競爭（competition）和符合遵從（conformity）。

第一、顧客。行銷的對象是顧客，因此行銷自然以滿足顧客需求和期待為依歸。在實質上和心理上，顧客都會把產品、地點、促銷等因素和價格連起來。顧客願意付較高的價錢購買品質較好、性能較佳的產品，不同品牌的汽車就有不同的顧客群；大賣場和柑仔店賣的東西明明一樣，前者卻更方便，因此顧客願意付出比較高的價錢購買同樣的產品；顧客也願意付出較高的價錢購買知名品牌的產品，比如iPhone和所謂的白牌或山寨版手機，就有不同的顧客群。

第二、競爭。競爭產品的四個P將和我們產品的四個P直接比較，但並不是每個P的一對一比較，而是四個P合起來的四對四比較。在這之中，價格的力道比較大，也有較大的運作空間。如果別人的產品品質不如我們，我們的價格可以和他的價格相同甚至更高；如果別人的產品品質勝於我們，我們的價格可以比他的價格低。價格的競爭可能是一場戰鬥，我們的產品銷售勝過競爭的產品；也可能是一場戰爭，我們的產品徹底把競爭的產品從市場趕出去，甚至打垮競爭者的企業。

第三、產品的行銷策略必須遵從當地市場的法令規章，配合當地的傳統和生活習慣，那就是Conformity。講到傳統和習慣，春節期間紅色的衣服和裝飾品最受歡迎，近年連歐洲知名超級跑車製造商都會按照農曆生肖來裝飾當年推出的新車。日本的茶具往往是一把茶壺配五個杯子，中國和歐美的習慣卻是一把茶壺配四個或六個杯子，據說是因為日本一戶人家平均有兩個小孩，再加上一個做為打破杯子時的備分，日本的茶具就變成了以五個為一套。

‧訂定價格的目標和原則

探討訂定價格之前，必須先講訂定價格的目標和原則。

第一、為了賺錢。賺錢分成細水長流型和一蹴可幾型，以印表機和印表機用的補充碳粉為例，如果印表機價格訂得比較低，會吸引比較多顧客，他們接下來也將持續購買補充碳粉，長遠來說賺的錢會比較多；如果印表機的價格訂得比較高，短期間賺的錢比較多，但顧客群就比較小，補充碳粉的收入也會比較少。

第二、為了增加銷售貨物的數量，或增加銷售的總收入。薄利多銷是大家常常講的，當一個商品剛剛被推到市場上時，增加銷售量就可以增加它的能見度；當一個商品的市場位置逐步下降時，增加銷售量可能會有最後一搏的效果，最低限度也可以再撈最後一把。當公司需要財務周轉資金時，用手上的貨物換取資金也是個可行的途徑；要是產品的原料來源和生產能力都很充分，多產多銷也不失為一種策略。

第三、為了達成預定的投資報酬率，好向投資人交代，穩定投資人的信心。

第四、用價格塑造產品或企業形象。價格高肯定是好東西，價格低肯定是價廉物美。路易威登的產品就是那麼貴、那麼好；白饅頭七塊錢一個、鮮肉包子十五塊錢一個的包子店，每天從早到晚同樣大排長龍。

第五、為了適應競爭的大環境。經由價格，可以侵入強大競爭者的地盤，或消滅弱小的競爭者，或防止新的競爭者進入市場，進而獲得產品在市場上的價格主導權。

第六、為了負起企業的社會責任，奉行企業的理念，而不光是以牟利為唯一目標。

第七、為了符合遵守法令規章，絕不逾越紅線。在今日龐大而複雜、跨越國際的全球經濟體系中，每個政府和地區對商品價格的訂定都有嚴謹的法令規範，以保護當地的企業和消費者的權益。比如說，壟斷就是違法的。當某企業供應的產品獨占市場時，雖然供應者在自由經濟市場上可以任意設定價格以獲得最大的利潤，但在共同生活的社會裡，為了共同利益的考量，政府有公權力制裁不合理的價格提升，例如風災、水災過後，商人不能趁著食品、燃料、醫藥用品缺乏的機會，任意提高這些生活必需品的售價。

今日的高科技產業裡，當一間公司擁有某些產品的關鍵技術專利權，專利授權的價格往往必須受到政府反壟斷法令的檢驗。最近的例子就是二〇一五年中國大陸的國家開發改造委員會在十四個月調查後，認為美國的高通公司（Qualcomm）在中國的專利授權費用設定違反了反壟斷規章，判處六十一億人民幣（接近十億美元）罰款。高通公司是全球智慧型手機技術龍頭，主要產品是移動通訊的硬體、軟體和技術服務，二〇一四年營收為二百六十五億美元，其中差不多一半來自中國大陸。除了巨額罰款，高通也同意減低三分之一左右的專利授權費用。專利授權費用的計算非常複雜，授權公司會把幾個專利綁在一起，希望使用某一專利的廠商必須照單全收，支付所有綁在一起專利的費用，而在這個壟斷案中，高通也同意拆散某些綁在一起的專利，讓使用者能夠選擇性付費。

訂定價格另一種可能違法的行為是聯合壟斷（collusion）。要是某個產品只有少數幾個主要供應商，他們可能會私下商量好一個共同的銷售價格，等於是免除了彼此之間的競爭，一起抬高價格，侵損了消費者的權益。聯合壟斷的例子有兩個，第一例是韓國、日本和臺灣十家ＬＣＤ面板的製造商，二〇〇六年在美國被控告涉嫌聯合壟斷操作面板的價格，多年訴訟下來，這些公司先後被罰款，也有公司高層被判坐牢。另一個例子是石油輸出國組織聯合壟斷石油的價格。石油輸出國組織ＯＰＥＣ（Organization of the Petroleum Exporting Countries）是由全球十二個主要石油輸出國組成，包括了沙烏地阿拉伯、伊拉克、伊朗、厄瓜多爾、委內瑞拉等，這十二個國家的石油總儲量加起來大約是全世界總儲量的七八%，每年提供的石油消費量約占全世界四〇%，他們聯合起來制定國家的石油政策，進而控制並影響了全球石油的價格。

不合理地把價格提高是違法的行為，不合理地把價格壓低也可能是違法的行為。國際貿易中，在某個國家或某個地區把商品的價格訂得低於原產地的價格或低於成本，叫做傾銷（dumping）。傾銷有許多不同的原因和目的，最明顯的目的是打擊、進而消滅當地的競爭者，原因則可能是獲得原產地國家的出口補貼、擴大出口市場、募集國外資金和銷售過剩的產品等。

針對外國產品的傾銷，國家或地區也有反傾銷的法令和措施，比如針對傾銷貨物加重進口稅，設定傾銷貨物的最低價格和最高進口數量等。近年比較引人注目的例子是歐盟國家對中國大陸太陽能面板的反傾銷案例。根據二〇一一年數據，中國大陸輸出到歐盟國家太陽能面板的總值高達二百七十億美元，歐盟委員會（European Commission）認為按照他們的計算，中國太陽能面板在歐盟國家的價格低於合理價格，應該提高八八％，因此決定從中國大陸進口的太陽能面板要加收反傾銷稅，稅率從一一．八％逐漸提高到四七．六％。

•訂定價格的策略

談完決定訂定價格的目標，接著我們談錙銖必較的訂定價格方法與策略。價格的訂定有不同的策略，而且這些策略可以混合使用。

要特別說明的是，訂定價格通常指的是賣方訂定，買方要買就必須接受的價格。這裡不討論買方開價，那包括拍賣、競標；也不討論買賣雙方議價，亦即所謂的「開天說價，落地還錢」，雖然這些確實都是市場買賣交易中的重要做法和觀念。

成本定價

純粹從成本觀點出發的定價策略統稱為成本定價（cost price pricing），亦即不把顧客、競爭和符合遵從這些因素直接列入考慮，價格的訂定就是產品的成本加上利潤。產品的成本分成直接和間接成本兩部分，直接成本是生產產品的費用，包括材料和人工，間接成本包括研發、管理、行銷等費用。

按照成本訂定價格有幾個好處：一、簡單；二、透明；三、有充分理由支援價格的訂定與日後價格的調整；四、避免受到從道德和社會責任等觀點，對於定價的批評和指控。然而，成本定價也有幾個缺點：一、產品的銷售總數往往不易做出精準估計；二、漠視競爭對手的存在和他們可能採取的策略；三、缺少靈活調整的機制；四、成本的估計不易精準，甚至可能產生爭議，特別是間接成本。舉例來說，許多公司會把公司股票發給員工做為激勵，這些股票的價值當然必須算在成本裡，曾有臺灣的公司以原面值十元一股來計算——但股票的市價其實是幾十元甚至幾百元以上——在反傾銷訴訟中，這就會被認為是低估費用。

全額成本定價

在成本定價裡，最簡單的策略是全額成本定價（full cost plus pricing），也就是把生產的總成本——直接和間接成本——加上預計的利潤，除以產品總數目。全額成本定價有兩個重要的假設：第一、產品的總成本大致是固定的；第二、產品的生產和銷售數目差不多一致，而且易於估計。

比較適合使用全額成本定價策略的例子是一場表演或球賽、一本雜誌、一張音樂CD，或是一套電腦軟體的製作。以一場NBA籃球賽為例，總成本包括球員、教練和管理層的薪資、旅行費用、租用場地的費用等，觀眾人數通常會有一個相當可靠的估計，如果是冠軍決賽或天后江蕙的演唱會，就更能確定觀眾會大爆滿了。雜誌、CD或電腦軟體的製造總成本同樣和顧客數目有關，一來印刷紙本或壓製CD的費用可說是微乎其微，二來產品的總數往往是按照預估的顧客數目來製作。

全額成本定價策略最大的缺點是，如果錯估了產品的銷售數目，例如舉辦了一場吸引不到觀眾的表演，那就真的是血本無歸了。

分攤成本定價

全額成本定價的變化版叫做分攤成本定價（absorption pricing），通常是產品有可觀的直接成本，如一輛汽車、一臺電腦，同時也有可觀的間接成本，包括研發、行政、行銷等費用。分攤成本定價的算法是把產品的直接成本加上間接成本的總數，除以產品總數，再加上預期的利潤，就是產品的價格。

舉例來說，一個產品的直接成本是五塊錢，總銷售量是二百萬個，間接成本一共是四百萬元，那麼每個產品分攤的間接成本就是兩塊錢。按照分攤成本定價的規定，產品的定價就是五塊錢的直接成本、加兩塊錢的間接成本、再加預期一塊錢的利潤，等於是八塊錢。

但是，分攤成本定價有個重要的假設：已經預先知道或相當準確地估計了產品銷售的總量；在某些情形之下這是合理的，例如一款銷售量相當穩定的電子儀器，但在別種情形下，銷售量的多寡會和價格高低有密切的關係。

邊際收益定價

也因此，從分攤成本定價產生了邊際收益定價（contribution margin pricing）這個方法。基本概念在於比較靈活地計算間接成本應該如何分攤。

讓我們倒過來算，假設某產品的價格是P，按照這個價格的總銷售量是N，P和N之間有一個彼此消長的關係，P增加N就減少，C則是該產品的直接成本，那麼（P－C）就是一件產品對分攤間接成本和利潤的貢獻，因此叫做邊際收益（contribution margin）。（P－C）乘以N就是當價格訂為P的時候，全部產品對間接成本和利潤的貢獻，如何讓（P－C）乘以N達到最大的數值，背後有一些數學計算方法，在此略過不提。

邊際成本定價

分攤成本定價還有另一種變化，邊際成本定價（marginal cost pricing）。基本觀念是產品根本不分攤任何間接成本，而是以生產一個產品的直接成本或稍微加一點點，訂定為產品的價格。

但古語有云：「殺頭生意有人做，賠錢生意沒人做。」不把間接成本算入定價裡肯定賠本，為什麼要這樣做呢？有幾個可能原因：第一、要用低價打入市場；第二、希望靠銷售產品的附件來賺錢；第三、即使賠錢也要維持該產品的生產能力，如果關閉生產線，日後重新啟動的費用和時間都可能比現在賠得更多。

趁此一提，有一種與邊際成本定價相似的定價方法叫招徠性定價（loss leader pricing），例如大賣場刻意把少數甚至可能只是少量商品的價格壓低在成本以下，藉此吸引顧客到賣場來，實際上是希望顧客同時購買其他商品。

- **成本定價以外的策略**

定價策略向來以成本為最重要的考量，也就是將本求利。中國古代兵書《三十六計》的第二十九計是「樹上開花」，樹上本來是沒有花的，把花貼在樹上，可以解釋為將本求利的意思。然而，在今天如此龐大而複雜的市場裡，成本往往只是決定價格的因素之一，甚至只是個小小的因素，還有許多定價策略不只考慮成本。

抬高定價

抬高定價策略背後可能有好幾種原因。第一種原因是塑造高品質形象，能訂那麼高的價錢一定是好東西，這叫高價定價法（premium pricing），路易威登的包包、亞曼尼的西裝都是例子。

第二種原因是趁著產品在市場上占有特殊優勢的機會，大撈一筆。比如剛剛問市的電子產品，有些顧客基於喜新、好奇、好炫耀的心理，對價錢比較不在乎，願意付出比較高的價錢，這叫撇脂定價法（creaming or skimming pricing）[4]。像是當年蘋果推出第一代 iPod 時，零售價高達三百九十九美元，屬於高價位產品，但許多蘋果迷既有錢也願意花錢，所以紛紛掏錢購買。當然，撇脂定價的風險就是價格訂太高，產品銷售不佳，反而把好好的產品弄垮了。

第三種原因是提高產品的價格，從而襯托出公司另一個價格最低的產品，這叫做假目標高價定價法（premium decoy pricing）。

壓低定價

壓低產品價格的策略同樣也有好幾種成因。一是打入市場增加市場占有率，這叫做滲透定價（penetration pricing）；二是經由低價手段消滅競爭對手，獨占市場，然後再把價錢提升回來，這叫做掠奪性定價（predatory pricing）；三是為了在競爭中生存，為了在市場上獲得資金，忍痛降低價格。

按量定價

按量定價（quantity discount）的基本觀念是多賣多賺。用經濟學的語言來說，規模經濟（economies of scale）就是產品的生產量和銷售量增加時，單一產品的成本會相對降低，總利潤則隨之上升。

按量定價最常見的例子是買一送一或買三送二，以及一瓶洗髮精九十九元、兩瓶一起買一百七十九元等。大賣場只賣二十四罐的箱裝飲料、十二捲一包的衛生紙，也都是按量定價的例子。還有，看似不合理實際上卻是聰明運用按量定價和假目標高價定價的手法，單件襯衫賣四百元，兩件合買只要三百八十元，大家自然趨之若鶩了。

近年相當流行的團購對於賣方來說，同樣也是按量定價。賣方以低於單一產品零售的價錢，把一大批產品賣給由消費者自己組成的消費團體，換句話說，由消費者自行組成的消費團體取代了傳統的零售商，直接以批發價向廠商購買產品。以前的團購是由熟悉的親戚朋友組成，今天透過網路，素未謀面的陌生人也可以經由揪團網站組織在一起，集體購買，負責組團的團長則能獲得手續費做為報酬，其實也扮演著零售商的角色。

揪團、相揪，在臺語裡是集合團體的意思，除了集體購物，也可以揪團旅遊、上館子吃飯等。團購的變化版則是集體購買優惠的折價券，折價券的優點在於更加靈活，不一定是硬體產品的購買，可能包含了上餐館、看電影、美容等各種服務。

集體出售優惠券、折價券的Groupon❺可說是這類銷售方式的先驅，二〇一四年全年營收高達三十億美元，其商業模式是每天提供一個「當日好康」，必須在其指定的固定時間內，有固定數目以上的顧客購買，「當日好康」才會實現。實現之後別的顧客也可以買，但賣方能保留出貨上限。只提供一個好康的原因則是為了減少顧客選擇的麻煩，俗語說「花多眼亂」，正是這個道理。

按量定價的另外一種變化是包裹定價（bundle pricing），就是把不同的產品包裹在一起出售，價錢比單獨購買這些產品的價錢加起來低。例如一條牙膏和一支牙刷合組起來販售，速食店的套餐內含漢堡、薯條與冷飲，高科技的操作系統包括了多個應用軟體、硬體、附件和售後服務，買車時加送車內音響與三年免費保養等，都是包裹定價的例子。

按顧客心理定價

上面講了許多訂定價錢的方法，主要還是由賣方按照成本、目的或策略來訂定價格，對顧客心理著墨不多。雖然在任何一種訂定價格的方法背後，都隱藏著顧客是否有需要、願望、經濟能力和衝動去接受該定價的考量，而這些又會受到產品本身的通路、分配、促銷這三個因素的影響，不過仍有一些例子是純粹從價錢的數字來打動顧客的心。

第一個例子很常見，比如一件衣服的定價是五九九元，聽起來就是比六百元便宜，回家向老婆報帳時，還可以含糊地說才五百多塊。第二個例子是商店裡所有商品都是單一價格或只有兩到三種價格，例如臺灣的十元商店、日本的百元商店，首先就塑造出「這是一個有許多價錢低廉商品的地方」形象，其中有些商品可能只值八元或九元，卻同樣能以十元的價格賣出去，這叫做產品線訂價（line pricing）。第三個例子是大減價，照原價九折、八折甚至一折出售，至於原價到底是怎麼算的，往往說也說不清楚。某百貨公司大老闆曾說，一年三百六十五天，差不多有二百六十天都在想辦法找出一個大減價的理由。

按價值定價

按照顧客心中或大眾心中的產品價值來定價，也是另外一種定價策略，這叫按價值定價（value-based pricing）。採納價值定價策略的主要原因是，如果成功，可以獲取較大的利潤。

適合使用價值定價策略的情境包括：第一，在心理上、情緒上，顧客對產品價值有比較高的評定，例如名牌衣服和手錶、情人節的玫瑰花、農曆新年的水仙花和梅花等。名牌手錶不但可以炫耀身價，還有增值的可能；過年買的梅花開得好會帶來一年的好運，做生意的人往往高價搶購。

第二，產品是針對少數特殊顧客的利基市場（niche market），niche 的本意是可以容物的狹小空間。舉例來說，特大號尺碼的衣服，五、六十年前流行的真空管音響設備和每分鐘三十三又三分之一轉的黑膠唱片等。

第三，產品的短缺和必要的需求，例如機場和車站的食物定價通常比較高，連礦泉水也常常是比較貴的進口品牌。若以成本的觀點出發，機場和車站的店面租金、裝潢費用和交通運輸費用往往比市中心的小攤位高，顧客的數目也比較少，能夠分攤間接成本的除數自然比較小。

按時間定價

前述所有訂定價格的原則都沒有把價格隨著時間調整的可能性包括在內，但在資訊傳遞無比迅速、顧客群又特別龐大的今日，價格隨著市場供需而調整其實是非常重要的環節，這叫按照時間訂定價格（time-based pricing）。

最好的例子是機票和旅館的價格，這些價格往往是按照訂票或訂房旅客的數目，加上預測而不斷調整的。因此站在顧客的立場來講，先買先贏可能是正確卻也不正確的策略，因為賣方握有大量的統計資料來決定，顧客卻只能憑直覺或按照需求做出決定。航空公司如何決定機票價格是個複雜的計算，除了購票時間之外還有其他眾多因素。一個真實的例子是，美國聯合航空從芝加哥到洛杉磯的同一班飛機、同一個位置、同樣的服務，就有四十三種不同的價格，從一百零九到一千七百六十五美元。

曹雪芹《紅樓夢》第一回就出場的賈雨村，在中秋晚上念了一幅對聯：「玉在匱中求善價，釵於奩內待時飛」❻，上聯引用《論語‧子罕第九》裡孔子和子貢的對話，下聯的典故則是女神留了一支玉釵給漢武帝，這支玉釵傳到後來，有一天化成燕子飛掉了，比喻一個人總有一天會飛黃騰達。在我們的討論裡，何嘗不能解釋為價錢會隨著時間變化，目前水餃股的股票，說不定哪天就起飛成股王或股后呢？

有趣的案例

一個在網路上流傳很廣的故事說，一百五十七個中國網站上同時出現了一則「夢露」女用睡衣廣告，售價人民幣一百八十八元，有吊帶和齊肩兩款樣式，並有橙色和紫色兩種顏色，現正舉辦免費奉送活動，希望喜歡的使用者幫忙做口碑宣傳，顧客只要支付快遞費用人民幣二十三元就能收到贈品，快遞費還能貨到付款，也可以退貨。許多人看到廣告後都動心了，一下子就送出一千萬件睡衣。

若以一百八十八元一件來計算，總價就是十八・八億元，這賠錢生意怎麼做得下去？

首先，大家都知道中國義烏的小商品批發市場舉世聞名，一件售價一百八十八元的女用睡衣成本根本不到十元，再加上「夢露」女用睡衣的款式簡單又省布料，若做到一千萬件，一件的成本根本不用八元。快遞費通常是十元一件，但夏天的女用睡衣又輕又薄，可以裝入信封裡，又能一口氣接到一千萬份快遞生意，因此快遞公司願意接受五元一份的運費。網站廣告呢？很多網站本來就願意免費刊登贈品廣告，因為可以增加瀏覽網站的人數，更何況「夢露」和網站談好，每多一個按下接受贈品的顧客，就多付網站三元。至於顧客呢？看到有那麼多網站都刊登了同一則廣告，信心也增加了。這樣一來，讓我們計算一下，23－8－5－3＝7，每送出一件睡衣，「夢露」就能賺七元，送出一千萬件睡衣等於賺了七千萬人民幣。「夢露」公司一共有四個員工：總裁、設計總監、銷售總監和會計，而他們什麼事都沒做！

注釋

❶ 其他歷史巨賈包括：春秋時代輔助越王勾踐復國的范蠡，他功成身退後靠經商發了大財，被尊稱為「財神」陶朱公；戰國末期的商人呂不韋認定秦莊襄王「奇貨可居」，後來莊襄王的兒子——也就是秦始皇——登基後，呂不韋官拜丞相。晚清末年，又做買賣又當官的紅頂商人胡雪巖等。

❷ 孔子稱讚顏回說：「賢哉回也。」《論語・為政第二》孔子也說過：「吾與回言，終日不違如愚，退而省其私，亦足以發，回也不愚！」意思是：整天給顏回講學，他從不提出反對的意見和疑問，好像很蠢笨的樣子，可是等他退下之後，考查他的言論，發現他對講授的內容有所發揮，可見他並不是愚蠢。孔子喜歡公冶長，把女兒嫁給他；孔子也喜歡南容，把侄女嫁給他。看到宰予大白天睡懶覺，就罵他朽木不可雕也，至於子貢呢？孔子曾經問子貢：「你和顏回兩人相比，誰更勝一籌呢？」子貢說：「我怎麼敢和顏回相比，顏回他聽到一件事情就可以推知十件事，我聽到一件事只能夠推知兩件事。」孔子也說同意子貢的說法，充分表現對各個學生的了解和評價不同。

❸ 餳，ㄒㄧㄥˊ，指軟糖。

❹ 為什麼叫做撇脂定價法呢？牛奶的五個主要成分是水、脂肪、蛋白質、乳糖和礦物質，脂肪的比重最輕，牛奶的總比重是一．〇二到一．〇三，脂肪的比重大約是〇．九三。牛奶靜置一段時間後，脂肪會浮到表面上層，撇脂（creaming）就是把上層的脂肪撇出來，而脂肪被視為牛奶的精華，英文有 cream of the crop，法文有 crème de la crème，都是精英的意思。

❺ Groupon 已在二〇一五年九月退出臺灣市場。

❻ 奩，ㄌㄧㄢˊ，是婦女放置飾物的盒子。

用一顆茶葉蛋學會邊際效應

有限的「資源」

肚子餓、營養不良、結婚宴席，都離不開食物；口渴、洗衣服、灌溉農田、水力發電，都需要水；買便當、買房子、投資股票、借貸給朋友，非錢不行；搬運貨物、挖洞築牆、指揮交通、繕寫文書、裝配精密儀器，都靠人力；讀書、運動、約會、旅遊、休息、睡覺，都要有時間。

食物、水、金錢、人力、時間，都是為了完成一份工作、達到一個目標，所需要的有形或無形之物，統稱為「資源」（resource）。資源的特色是：一、可以被使用；二、被消耗後可能會消失；三、總量有限，但可以有新的來源或再生。

在資源是有限的前提之下，如何把資源分配到不同的項目上使用，成為經濟學、社會學、心理學和日常生活裡的重要課題。

邊際效應

早上起來吃了茶葉蛋，咕咕叫的五臟廟安靜下來，精神為之抖擻；公司周年慶祝酒會，政商好友的花籃、花牌紛至沓來，心花怒放；警察局增加了一批新進警察，竊盜事件減少；候選人募得新的競選經費，民調節節上升。吃茶葉蛋、收到花籃、增加新進警察、募得新的競選經費，都可以稱為「行為」（behavior）；肚子飽了、開心得意了、盜竊事件減少了、民調上升了，都可以稱為與行為相對的「效應」（utility）。

我們往往會「量化」這些行為和效應：早上起來吃了三顆茶葉蛋，肚子得到八十分的滿足感；周年慶祝酒會收到一百個花籃，心情十二萬分愉快；增加二十位新進警察，盜竊事件減少了五十件；競選經費增加了一百萬，民調提高了五%，這些是「行為」裡所有動作的總效應。

我們也可以算出「行為」裡某一個動作的平均效應：吃了三顆茶葉蛋得到八十分的效應，每一顆茶葉蛋就是八十除以三，等於二十六．六七分的效應；收到一百個花籃，心情變得十二萬分愉快，十二萬除以一百，等於每個花籃的效應是一千二百分。

可是，假如我們趕著上班，只來得及吃兩顆茶葉蛋呢？假如媽媽堅持我們在吃了兩顆蛋之後，再多吃一顆或兩顆茶葉蛋呢？我們應該更精準估算每一顆茶葉蛋帶來的效應：一早起來肚子空空如也，吃第一顆茶葉蛋就獲得五十分的效應，再吃一顆達到七十分的效應，再吃一顆一共得到八十分的效應。換句話說，雖然是一口氣吃了三顆茶葉蛋，但每顆茶葉蛋的效應不同。第一顆茶葉蛋的效應是把我們的滿足感從〇分提升到五十分，第二顆蛋的效應是把我們的滿足感從五十分提升到七十分，也就是第二顆蛋的效應是二十分，第三顆茶葉蛋的效應是把我們的滿足感從七十分提升到八十分，也就是說它的效應是十分。假如再吃第四顆茶葉蛋，效應可能是五分，再吃第五顆茶葉蛋，效應可能只有兩分而已。

一口氣吃下好幾顆茶葉蛋時，每多吃一顆所增加的效應，叫做「邊際效應」（marginal utility）。五顆茶葉蛋的邊際效應分別是五十分、二十分、十分、五分和二分。警察局增加一位新進警察，盜竊案少了五宗，若再加一位新進警察，盜竊案一共少了七宗，再加第三位新進警察，盜竊案一共少了八宗，因此每增加一位新進警察的邊際效應分別是盜竊案減少了五宗、二宗、一宗。

在上面幾個例子裡，每多吃一顆茶葉蛋、每多收到一個花籃、每增加一位新進警察、每增加一百萬競選經費，產生的邊際效應都是正數，但邊際效應可能是正數，也可能是負數，也可能等於零。

回到茶葉蛋的例子，肚子餓的時候一顆茶葉蛋的邊際效應是正的，可是吃到第五顆、第六顆、第七顆之後，吃到快吐了，邊際效應可能就變成負的了；生病的時候吃抗生素，一開始邊際效應是正的，若是服用過量，邊際效應就可能變成負的了；雪中送炭時的邊際效應是正的，若炭多得無處可放，邊際效應就可能變成負的了。

有句老話說：「一個和尚挑水吃，兩個和尚擔水吃，三個和尚沒水吃。」也可以解釋成，第一個和尚的邊際效應是兩桶水，第二個和尚的邊際效應是負一桶水，第三個和尚的邊際效應又再負一桶水。「一斗米養個恩人，一石米養個仇人」的意思也相同。

邊際效應也可能等於零。報僮不小心送來兩份當天的報紙，第二份報紙的邊際效應就是零；一家五口去遊樂場玩，買門票時售票員說今天買五送一，第六張門票的邊際效應也是零。古諺「渴時一滴如甘露，醉後添杯不如無」，口渴的時候一滴水的邊際效應很大，喝醉的時候，一杯酒的邊際效應就是零了。

上述舉例中的邊際效應都是逐漸遞減，這在許多現實的經濟和社會行為裡都會出現，因此也被稱為「邊際效應遞減定律」。不過在現實生活中，邊際效應也是會遞增的：木匠要做一把椅子，第一和第二隻椅腳的邊際效應是零，第三隻椅腳的邊際效應最大，第四隻椅腳也有正的邊際效應，因為能夠增加椅子的平穩度，但第五隻和第六隻椅腳的邊際效應又等於零了。同樣的道理，想打麻將時，第四個人的邊際效應最大，第五個人的邊際效應就可能是零甚至是負的了。

資源的分配和總效應

再回到茶葉蛋的例子，媽媽說除了茶葉蛋，早餐還有香蕉可以吃。吃一根香蕉有一百二十分的效應，吃兩根一共有一百六十分的效應，吃三根一共有一百八十分的效應，換句話說，三根香蕉的邊際效應分別是一百二十分、四十分、二十分，那我們該怎樣搭配茶葉蛋和香蕉呢？

如果媽媽說：「沒有任何限制，你們就開懷大吃吧！」我們先假設茶葉蛋和香蕉帶來的效應互不干擾，那兩顆茶葉蛋配一根香蕉，將帶來一百九十分的效應（70＋120＝190）、一顆茶葉蛋配三根香蕉則有二百三十分的效應（50＋180＝230）。

但是，如果茶葉蛋和香蕉並不是媽媽供應的，便利商店裡的茶葉蛋每顆十塊錢，香蕉每根二十塊錢，媽媽給我們的預算（總資源）是五十塊錢，要如何分配這五十塊錢的預算，讓茶葉蛋和香蕉的總效應達到最高呢？

有以下幾種可能：五顆茶葉蛋加零根香蕉（總效應 50＋20＋10＋5＋2＝87）；三顆茶葉蛋加一根香蕉（總效應 50＋20＋10＋120＝200）；一顆茶葉蛋加兩根香蕉（總效應 50＋120＋40＝210），

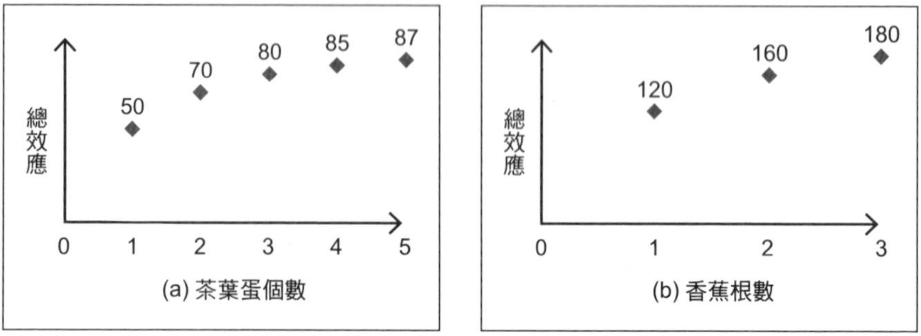

圖一

因此，一顆茶葉蛋配兩根香蕉帶來的總效應最高。圖一的(a)、(b)分別指出了茶葉蛋和香蕉的數目和總效應之間的關係。

這裡可以有個簡單的延伸：為了方便進行數學運算，我們假設茶葉蛋可以負一個、一．〇一個、一．〇二個……二個、二．〇一個……，香蕉也可以負一根、一．〇一根、一．〇二根……，而每〇．〇一顆茶葉蛋、每〇．〇一根香蕉的邊際效應也會隨之變化，這樣一來，圖一(a)和(b)的離散數據就會變成像圖二的(a)和(b)，是用曲線來表達的連續數據了。

同樣的，預算的分配我們也可以花一塊錢、一．〇一塊錢、一．〇二塊錢……。

「朝四暮三」的邊際效應

莊子《齊物論》裡「朝四暮三」的故事想必大家都很熟悉。宋國有一個很喜歡猴子的人，在家裡養了一大群猴子，甚至把家人的口糧節省下來，讓猴子們吃得飽，他很懂得猴子們的心意，猴子們也很懂得他的心意。不久，因為糧食缺乏，他不得不限制猴子們的飼料分量，卻又擔心猴子們會反抗。他先對猴子們說，早上給三顆橡實、晚上給四顆，可以嗎？猴子們氣得跳了起來；

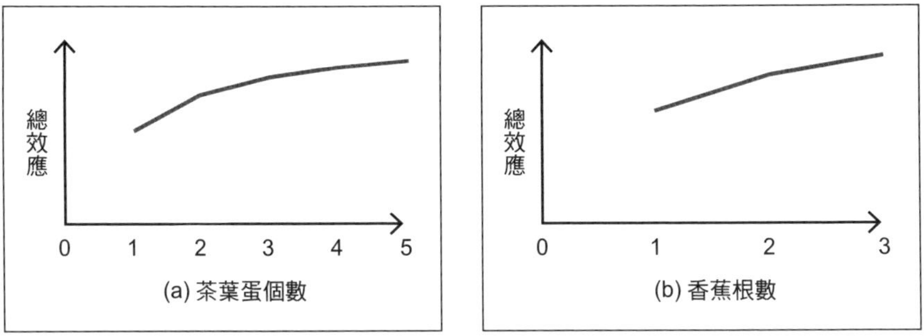

圖二

他改口說，那麼早上四顆、晚上三顆？猴子們高興得不得了。「朝四暮三」原來的寓意是事情實質沒有改變，只是用不同的表達方式來誆騙別人。

然而，「朝四暮三」的故事其實可以用邊際效應來解釋：在不同的時間，猴子們吃橡實的邊際效應可能是不同的，早上因為剛睡醒，肚子空空，吃到第四顆的邊際效應還是滿高的；可是晚上想睡覺了，吃到第四顆的邊際效應就比較小些。

讓我們更小心分析這個問題。首先，猴子們吃的橡實有兩種，一種是早上吃的橡實，一種是晚上吃的橡實。一口氣吃七顆早上橡實的邊際效應，分別是四十、三十、二十五、二十五、十、五、五分；一口氣吃七顆晚上橡實的邊際效應，分別是五十、四十、二十、十、十、五、五分。

在一整天的橡實總數為七顆的前提之下，經計算可知：朝三暮四的總效應是二百一十五分、朝四暮三的總效應是二百三十分，朝四暮三的總效應確實比朝三暮四來得好。我們同時也發現，朝五暮二的總效應是二百二十分，也比朝三暮四要好；朝六暮一、朝一暮六和朝三暮二的總效應都是一百八十五分。

同樣是分配，我們每天有二十四小時，要把這二十四小時分配在睡眠、工作、學習、運動和與家人朋友共處這五個項目上面，這些項目的效應可以用一個健康、快樂、成功的效應來量度。每一小時或每一分鐘花在每一個項目的邊際效應是不同的，粗略來說，大致上都是遞減，例如剛上床睡覺時又甜又香，可是睡夠了，邊際效應就逐漸趨向於零；剛開始工作時的邊際效應很高，若工作過了頭，邊際效應可能就變成負的。若能把花在這五個項目上的時間總效應算出來，就是健康、快樂和成功的指數，也就知道如何分配每天的二十四小時了。

特別講這個例子是為了指出，分配是要把固定的預算分配在不同的商品或項目上，最簡單的例子是只有兩個不同的商品或項目，但這個觀念和方法可以推廣到兩個以上的不同商品或項目。

無差異分配

若想解決資源分配的問題，首先要認識無差異分配（Indifference distribution），或說無異分配、等優分配。無差異分配是把資源分配給不同的項目，但它們的總效應是相同的。以前述茶葉蛋和香蕉為例，三分之二根香蕉和三顆茶葉蛋是兩種無差異分配，因為它們的總效應都是八十分。十二分之七根香蕉加上一顆茶葉蛋、十二分之五根香蕉加上兩顆茶葉蛋、三分之一根香蕉加上三顆茶葉蛋，同樣也是無差異分配，三種的總效應都是一百二十分。

請注意，無差異分配只是總效應相同的分配，並不考慮項目的總價格。同樣的，八小時睡眠、六小時工作、一小時學習、一小時運動、三小時和家人朋友相處的組合，和六小時睡眠、六小時工作、〇小時學習、〇小時運動、六小時和家人朋友相處的組合，也可能是無差異分配，雖然各項目分配到的時間加起來不一定相同，也不一定等於二十四小時。

・無差異曲線

經濟學家會用比較精簡的語言和圖形來表達無差異分配的觀念。有兩種商品，比如說茶葉蛋和香蕉，在XY平面上，X軸代表茶葉蛋的顆數，Y軸代表香蕉的根數，每一點代表一組茶葉蛋和香蕉的分配，例如X在1、Y在7／12，就代表一顆茶葉蛋加上十二分之七根香蕉；X在2、Y在5／12，就代表兩顆茶葉蛋加上十二分之五根香蕉。把每一組分配的總效應算出來，例如前述兩種的總效應都是一百二十，再把所有總效應相同的分配的點連成一線，就叫做「無差異曲線」（indifference curve）。換句話說，無差異曲線上面所有的點的總效應，都是相同的。

很明顯，無差異曲線的觀念，和地理學裡的等高線、電機工程裡的等壓線觀念類似。不同的總效應有不同的無差異曲線，這些曲線彼此之間「平行不相交」。

在多數現實生活裡，每個項目裡的單元邊際效應都是逐漸遞減的，而在兩個項目的組合裡，總效應是單獨商品的總效應之和。在此情形下，XY平面裡的無差異曲線，會是一條在第一象限的左上角向右下角傾斜，斜率為負值，凸向原點的曲線，如圖三所示。

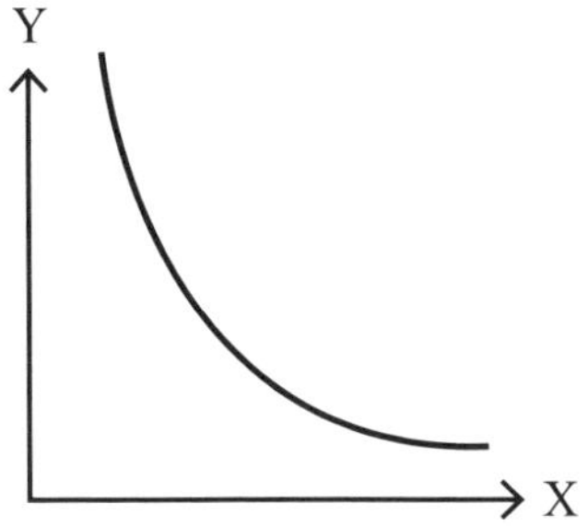

圖三

・完全替代的無差異曲線

但也有些特殊的例子，每個項目裡的單元邊際效應是固定的、不遞減。比如一張百元紙鈔的單元邊際效應是一百分；五十塊銅板的單元邊際效應是五十分。在XY平面上，（X,

Y）座標分別代表X張百元紙鈔、Y個五十塊銅板，所以這個組合的總效應是100X＋50Y，因此（2, 1）、（1, 3）、（0, 5）這三個組合的總效應都是二百五十分，也都在二百五十分這一條無差異曲線上。其實，無差異曲線可以用100X＋50Y＝250這個方程式來代表，那是一條直線。很明顯的，當兩個項目的邊際效應都固定不變時，它們組合的無差異曲線就是一條直線。而當無差異曲線是一條直線時，被稱為「完全替代」（Perfect Substitution）無差異曲線。

•完全互補的無差異曲線

另外還有一種「完全互補」（Perfect Complement）無差異曲線。有兩種商品，比如左腳的鞋子和右腳的鞋子，一隻左腳鞋子和一隻右腳鞋子組合的總效應，就是一雙鞋子的價格。但是，一隻左腳鞋子和N隻右腳鞋子（N＞1）組合的總效應，還是一雙鞋子的價格，因為除了那一隻右腳鞋子，其他隻右腳鞋子的邊際效應是零。同樣地，一隻右腳鞋子和N隻左腳鞋子（N＞1）的組合的總效應，也還是一雙鞋子的價格。推而廣之，兩隻左腳鞋子和兩隻右腳鞋子組合的總效應，就是兩雙鞋子的價格，不過，兩隻左腳鞋子和N隻右腳鞋子，或是N隻左腳鞋子和兩隻右腳鞋子（N≧2）組合的總效應，仍然是兩雙鞋子的價格。

請注意，這裡引進了一個重要的新觀念。之前講茶葉蛋和香蕉的組合時，我們單獨算出茶葉蛋的總效應，也單獨算出香蕉的總效應，把總效應加起來，就是組合的總效應，百元紙鈔和五十塊銅板的例子也是如此。但是，在最廣泛的情形下，兩種商品組合的總效應並不一定是兩種商品單獨的總效應之和。例如一種商品是左腳的鞋子，那一隻左腳鞋子的邊際效應是零，但是當若干隻左腳鞋子，配上若干隻右腳鞋子，這個組合的總效應就不一定等於零了。應用完全互補無差異曲線觀念的實例是，某家製鞋工廠發現工人常常把產品偷回家，就把製作左腳鞋子和右腳鞋子的兩條生產線，故意分別設置在兩個不同的地點。相似的例子還有一輛汽車配五個輪胎、一副鏡框配兩套鏡片，對於一輛汽車多於五個的輪胎，對於一副眼鏡多於兩套的鏡片，邊際效應都等於零。這些完全互補例子裡的無差異曲線是一連串的直角，如圖四所示。

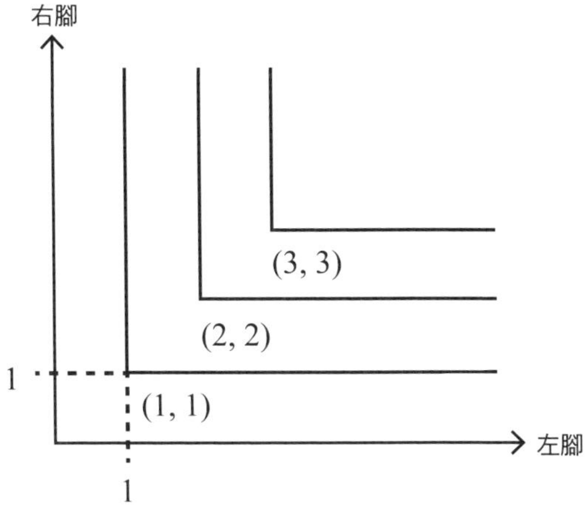

圖四

• 預算線

回到媽媽給我們五十塊錢買茶葉蛋和香蕉當早餐的問題，用X代表茶葉蛋的數目，Y代表香蕉的數目，X等於五、Y等於〇；X等於三、Y等於一；X等於一、Y等於二……都是可能的組合。

如果現在我們說，仍以五十塊錢為預算總額，但是茶葉蛋和香蕉的數目不一定要是整數，可以有多少種不同的組合呢？同樣地，在XY平面上，X軸代表茶葉蛋的顆數、Y軸代表香蕉的根數，那麼 $10X + 20Y = 50$ 這一條直線上的任一點（X, Y），就代表X顆茶葉蛋、Y根香蕉，而且它的總價都是五十塊錢。這條直線叫「預算線」（Budget Line），為圖五(a)所示。

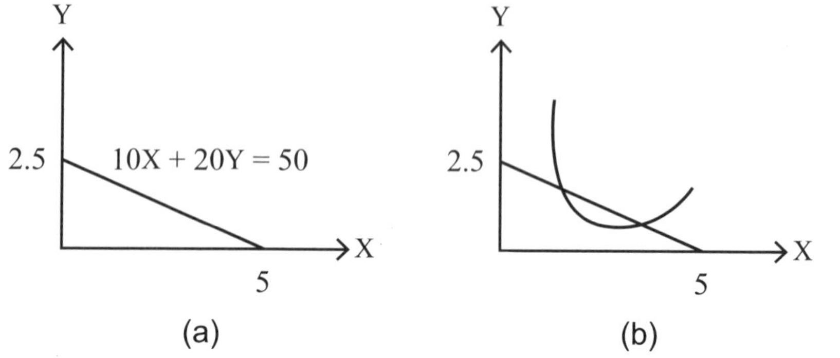

圖五

預算線和一條無差異曲線相交的發生，就代表在這個總預算之下，可以達到某種總效應的分配，如圖五(b)所示。

分配方案的改進——帕雷托最優

上面幾個資源分配的例子都是有一個總預算、一個資源（五十塊錢、七顆橡實、二十四小時），要分配到兩個或多個項目去（茶葉蛋和香蕉、早上和晚上的橡實，以及睡眠、工作和學習時間等），讓同一個使用者使用，再計算其分配的總效應。

接著我們來談談另一種不同的分配情況：有N種資源，各有它的總預算，分配給N個使用者，每個使用者按照分配的資源算出個別的總效應。

譬如，某公司的財務經費有一個總額度，人力資源有一個總數目，空間有一個總面積，總經理要把這些資源分配給不同的部門，每個部門會分到若干經費、若干人力和若干空間。總經理宣布分配方案後，各部門經理就按照分到的經費、人力和空間，算出自己部門的總效應。當然，這種時候總是有人歡喜有人愁，有些部門經理認為被分配到的資源算出來的總效應太低，向總經理提出重新分配的要求。總經理說，如果能找到一個新的分配方案，讓所有部門都不吃虧（每個部門的總效應都不會減少），而最低限度有一個部門會得到好處（該部門的總效應增加），那當然沒問題。

問題是，會有這樣一個新的分配方案嗎？假如不可能的話，那麼原來的方案就被稱為「帕雷托最優」（Pareto optimal）❶。反過來，如果的確有比較好的新分配方案，把舊的分配方案改成新方案，就叫做「帕雷托改進」（Pareto improvement）。

直覺來說，「帕雷托最優」是個合情合理的觀念，在已有一個分配方案的前提下，損人利己的新方案是不被接受的，「帕雷托改進」就是不損人卻利己的意思。用社會學語言來說，在共同的資源已經分配給不同的族群和團體的前提之下，任何分配的改變，讓一個族群或團體受到損害，那就不是「帕雷托改進」。英文也有「Do not rock the boat」這句成語，意思就是不要興風作浪、造反搗亂。反過來，如果能夠找到「帕雷托改進」，那就是在和諧中求進步了。

請注意，「帕雷托最優」並不是以某分配方案為整個公司或整個社會帶來的總效應做為衡量標的，換句話說，並不要求所有部門的總效應加起來為最大。在廣泛的情形下，資源分配時往往有不只一個「帕雷托最優」分配方案，這時就得加上其他標準，以選取一個「帕雷托最優」方案。

舉個簡單的例子，媽媽煮了八顆茶葉蛋當早餐，五顆給哥哥，三顆給弟弟，爸爸在旁邊問，分法不能改變一下嗎？媽媽說當然可以，那就哥哥六顆、弟弟兩顆吧！這一來，哥哥當然開心，弟弟就不滿意了。媽媽說，那不如哥哥四顆、弟弟也四顆，現在換弟弟開心，哥哥卻不滿意。更精準地說，由於哥哥和弟弟的滿意度都是用茶葉蛋的多寡來量度，不論是哥哥五顆、弟弟三顆；哥哥六顆、弟弟兩顆；哥哥四顆、弟弟四顆，都是「帕雷托最優」分配，因為不可能同時增加一個人的滿意度，而不減少另外一個人的滿意度。

不過，當我們說哥哥和弟弟的滿意度都是用茶葉蛋的數目來量度時，等於是說每顆茶葉蛋的邊際效應是固定的，譬如說每顆十分，既不遞減、也不遞增。假如哥哥吃了一連串茶葉蛋的邊際效應是十、八、五、二、二、〇、〇、〇分、弟弟吃了一連串茶葉蛋的邊際效應是十、八、六、三、〇、〇、〇分的話，代表哥哥吃下五顆茶葉蛋就飽了，多吃也沒用；弟弟吃四顆茶葉蛋就飽了，再多吃也沒有用，因此哥哥六顆、弟弟兩顆的這組分配就有「帕雷托改進」空間，因為可以改成哥哥五顆、弟弟三顆。這一來，哥哥的總效應沒有減少，弟弟的總效應卻增加了，成為「帕雷托最優」的分配。同理，哥哥四顆、弟弟四顆，也是「帕雷托最優」的分配。

接下來，讓我們看看另一個分配兩種資源的例子：兩個工人從工廠偷了一批鞋子，十隻左腳的、六隻右腳的。假如工人甲分配到三左四右，工人乙分配到七左二右，這樣的分配就有「帕雷托改進」空間。因為可以改成甲拿三左三右，乙拿七左三右，這樣甲沒有吃虧，乙卻賺了；或是改成甲拿四左四右，乙拿六左二右，乙沒有吃虧，甲賺了。調整後的兩組分配，都是「帕雷托最優」。

讓我們再看一個有趣的例子，有五位牧羊人共用一片草原牧羊，每位牧羊人有兩頭羊，每天早上可以放零頭羊到兩頭羊去草地吃草。對每一位牧羊人來說，收益和他放的羊的數目成正比，也就是放的羊愈多，吃的草也愈多。

但是，如果大家同時放出的羊比較多，每隻羊吃到的草就會比較少；反之，如果大家同時放出的羊比較少，每隻羊吃到的草會比較多。由於每位牧羊人的收益直接受到羊隻總數的影響，若用bi

代表第i個牧羊人放出來吃草的羊隻數目，q_i可能會是〇、或是一、或是二；再用μ_i代表第i個牧羊人的收益，我們假設：$\mu_i = q_i [12 - (q_1 + q_2 + q_3 + q_4 + q_5)]$。換句話說，如果一共有$q_1 + q_2 + q_3 + q_4 + q_5$那麼多頭羊出來吃草，每頭羊的收益是$12 - (q_1 + q_2 + q_3 + q_4 + q_5)$。

舉例來說，如果每位牧羊人都放兩頭羊出來吃草，那麼：

$$\mu_i = 2[12 - (2 + 2 + 2 + 2 + 2)] = 2 \times 2 = 4$$

每位牧羊人的收益為4。

如果有四位牧羊人放兩頭羊出來吃草，一位牧羊人放一頭羊出來吃草，那麼：

$$\mu_i = 2[12 - (2 + 2 + 2 + 2 + 1)] = 6$$

$$\mu_j = 1[12 - (2 + 2 + 2 + 2 + 1)] = 3$$

放兩頭羊出來的牧羊人收益為6，放一頭羊出來的牧羊人收益為3。

依此類推，讀者可以自己計算，如果有三位牧羊人放兩頭羊、兩位牧羊人放一頭羊出來吃草，那麼放兩頭羊的牧羊人收益為8、放一頭羊的牧羊人收益為4；如果每位牧羊人都只放一頭羊出來吃草，那每一位牧羊人的收益都是7。

另外再驗證一下，每位牧羊人都放兩頭羊出來，或是四位牧羊人放兩頭羊、一位牧羊人放一頭羊出來，都有「帕雷托改進」空間；但如果三位牧羊人放兩頭羊、兩位牧羊人放一頭羊出來，或者每位牧羊人都只放一頭羊出來，都是「帕雷托最優」的分配。

一個最重要的問題是，怎樣決定一個已知的分配方案是不是「帕雷托最優」？讓我們用一個簡單的例子來闡述其中的重要觀念。我們有水和電力兩種資源要分配給甲工廠和乙工廠，水的總資源是二百萬立方公尺，電力的總資源是一百萬千瓦小時。

首先，在XY平面上用X軸代表水資源，Y軸代表電力資源，那麼，任何一點（X, Y），只要0≦X≦200、0≦Y≦100，就代表一種分配方案：把X水資源分配給甲廠，（200－X）水資源分配給乙廠；Y電力資源分配給甲廠，（100－Y）電力資源分配給乙廠。

但在給出一個分配方案（X_1, Y_1）時，我們怎麼知道這個方案是不是「帕雷托最優」呢？

答案是：如果我們找到另外一個分配方案（X_2, Y_2），對甲廠而言兩個分配方案的總效應相同，對乙廠而言兩個分配方案的總效應也相同，那這兩個分配方案統統不是「帕雷托最優」！

為什麼？用簡單的幾何就能證明。

先在XY平面上把甲廠的無差異曲線畫出來，如圖六。

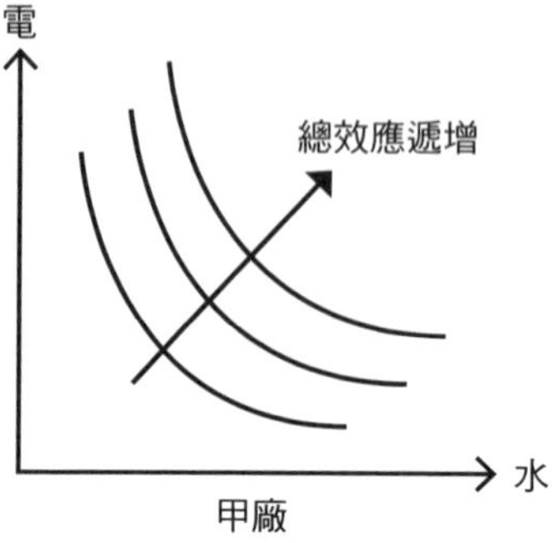

圖六

再畫出乙廠的無差異曲線，如圖七。

聰明的讀者馬上就會看出來，圖七只是圖六轉了一百八十度。請記住，任一點（X, Y），甲廠分配到的水資源若是X，乙廠分配到的水資源就是（200－X），X愈大，甲廠愈有利，乙廠愈不利；同樣在電力資源的分配上，Y愈大，甲廠愈有利，乙廠愈不利。

如果甲廠某一條無差異曲線和乙廠某一條無差異曲線有兩個或兩個以上的交點，如圖八所示，那就代表（X_1, Y_1）和（X_2, Y_2）這兩組分配方案都不是「帕雷托最優」。換句話

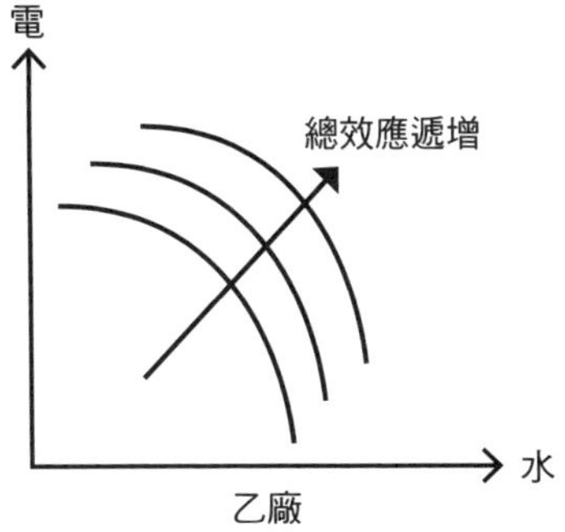

圖七

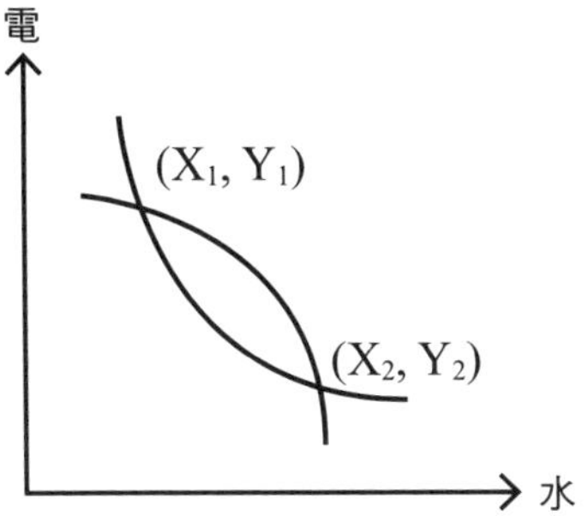

圖八

說，這兩組分配方案都有「帕雷托改進」空間！

為什麼？因為（X_1，Y_1）和（X_2，Y_2）是甲廠某一條無差異曲線上的兩個點，在這條無差異曲線上還可以找到另外一點（代表另一組分配方案），對甲廠來說的總效應一樣，對乙廠來說的總效應卻會增加。同樣地，（X_1，Y_1）和（X_2，Y_2）也是乙廠某一條無差異曲線上的兩個點，在這條無差異曲線上，還可以找到另外一點（同樣代表另一組分配方案），對乙廠來說的總效應一樣，可是對甲廠來說的總效應會增加。

如果說，甲廠某一條無差異曲線和乙廠某一條無差異曲線只有一個交點，那麼這個交點代表的分配方案，就是「帕雷托最優」分配方案。用幾何語言來說，兩條曲線只有一個交點，就是兩條曲線相切。看圖就知道，如果甲廠某一條無差異曲線和乙廠某一條無差異曲線相切，那麼從相切點沿著甲廠的無差異曲線走，甲廠的總效應不會減少，但乙廠的總效應卻會減少；沿著乙廠的無差異曲線走，乙廠的總效應不會減少，甲廠的總效應會減少。如圖九所示。

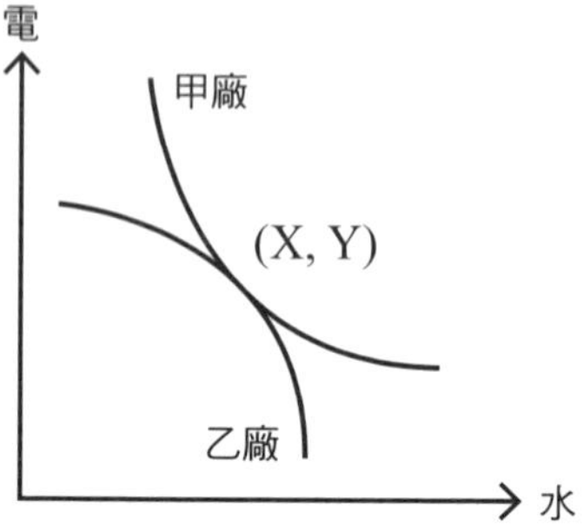

圖九

邊際替代率

再提出一個重要的觀念，叫做「邊際替代率」（Marginal rate of substitution）：一、在兩種資源的無差異曲線上，任一點的斜率叫做這兩種資源的邊際替代率；二、如果兩條無差異曲線相交，那麼這兩條曲線在相交點的斜率不相等，也就是邊際替代率不相同，相交點就不是「帕雷托最優」；三、如果兩條無差異曲線相切，這兩條曲線的相切點斜率相等，也就是無差異曲線的邊際替代率相等，這個切點就是「帕雷托最優」。

讓我們還是回到茶葉蛋和香蕉來做說明。上面已經講過，如果這兩種資源對甲和乙的效應是固定不變的話，那麼甲和乙的無差異曲線都會是直線，這時對任何一組分配方案，茶葉蛋和香蕉有一個固定的替代率（假設是兩顆茶葉蛋換一根香蕉），那麼對於任何一組分配方案來說，用兩顆茶葉蛋和一根香蕉相互替代，總效應都不會改變。不論是四顆茶葉蛋加三根香蕉、兩顆茶葉蛋加四根香蕉、六顆茶葉蛋加兩根香蕉，總效應都一樣。

但是，也如上面講過的，要是茶葉蛋和香蕉的邊際效應不同，在不同的分配方案裡，茶葉蛋和香蕉的替代率就會不一樣。比如在二十顆茶葉蛋和三根香蕉這組分配方案裡，茶葉蛋很多，茶葉蛋就不值錢了，也許五顆茶葉蛋換一根香蕉，仍能維持總效應不變。反過來說，在兩顆茶葉蛋和十根香蕉這組分配方案裡，茶葉蛋很少，香蕉很多，也許一顆茶葉蛋換七根香蕉，還是能維持總效應不變。用幾何語言來說，要是兩種資源的邊際效應不是固定的，無差異曲線也不再是一條直線，而會是一條曲線。在曲線上的每一點就代表一組分配方案，而這一點切線的斜率，就代表兩種資源的邊際替代率。

當兩種資源——水和電力、茶葉蛋和香蕉，要分配給甲和乙時，如果甲和乙的無差異曲線有兩個或兩個以上的交點，意謂著對甲和乙來說，有兩組或兩組以上的分配方案是相同的。舉例來說，在分配方案A裡，甲可以用四顆茶葉蛋和一根香蕉相互替代，乙可以用二．五顆茶葉蛋和一根香蕉相互替代，那如果甲用四顆茶葉蛋向乙換一根香蕉，甲減少了四顆茶葉蛋，多了一根香蕉，沒有吃虧；乙減少了一根香蕉，卻多了四顆茶葉蛋，乙就賺了，也表示方案A有「帕雷托改進」空間。

反過來，如果甲和乙的無差異曲線相切，代表只有一組分配方案對甲和乙來說是沒有差異的，在那個相切點上，甲的無差異曲線的斜率，和乙的無差異曲線的斜率一樣，換句話說，甲的邊際替代率和乙的邊際替代率一樣。譬如說都是三顆茶葉蛋換一根香蕉，那麼甲可以少拿三顆茶葉蛋，多拿一根香蕉，乙可以多拿三顆茶葉蛋，少拿一根香蕉，結果他們兩個都同時穩賺不賠，因此，也就沒有「帕雷托改進」空間。

上述這些都可以從幾何觀點來解釋，這裡只提出基本觀念，有興趣的讀者可以找《微觀經濟學》這本書來看。

注釋

❶ 帕雷托是十九世紀義大利經濟學家，他首先提出「帕雷托最優」這個觀念。

LEARN 033

大人的社會課：從阻撓議事到邊際效應，搞懂世界的真實運作

作者—劉炯朗
校正協力—苗議丰、鄭秀玲
主編—邱憶伶
責任編輯—陳詠瑜
責任企畫—葉蘭芳
封面設計—李莉君
內頁設計—張靜怡

總編輯—李采洪
發行人—趙政岷
出版者—時報文化出版企業股份有限公司
一〇八〇三臺北市和平西路三段二四〇號三樓
發行專線—（〇二）二三〇六—六八四二
讀者服務專線—〇八〇〇—二三一—七〇五
（〇二）二三〇四—七一〇三
讀者服務傳真—（〇二）二三〇四—六八五八
郵撥—一九三四四七二四時報文化出版公司
信箱—臺北郵政七九～九九信箱
時報悅讀網—http://www.readingtimes.com.tw
時報出版愛讀者—http://www.facebook.com/readingtimes.fans
法律顧問—理律法律事務所　陳長文律師、李念祖律師
印刷—勁達印刷有限公司
初版一刷—二〇一七年十二月二十九日
定價—新臺幣三〇〇元
（缺頁或破損的書，請寄回更換）

時報文化出版公司成立於一九七五年，
一九九九年股票上櫃公開發行，二〇〇八年脫離中時集團非屬旺中，
以「尊重智慧與創意的文化事業」為信念。

大人的社會課：從阻撓議事到邊際效應，搞懂世界的真實運作／劉炯朗著. -- 初版. -- 臺北市：時報文化，2017.12
256 面；14.8×21 公分. --（LEARN；33）

ISBN 978-957-13-7244-0（平裝）

1. 公民教育　2. 社會教育

528.3　　106022059

ISBN 978-957-13-7244-0
Printed in Taiwan